Jojo Moyes est romancière et journaliste. Elle vit en Angleterre, dans l'Essex. Après avoir travaillé pendant dix ans à la rédaction de l'*Independent*, elle décide de se consacrer à l'écriture. Ses romans, traduits dans le monde entier, ont été salués unanimement par la critique et lui ont déjà valu de nombreuses récompenses littéraires. *Avant toi* a créé l'événement et marqué un tournant dans sa carrière d'écrivain. Ce best-seller a rencontré un succès retentissant qui lui a valu d'être adapté au grand écran.

Du même auteur, chez Milady, en grand format :

Avant toi
Après toi
Après tout

La Dernière Lettre de son amant
Jamais deux sans toi
Sous le même toit
Les Yeux de Sophie
Paris est à nous
Une douce odeur de pluie
Où tu iras j'irai

Au format poche :

Avant toi
Après toi
Après tout

La Dernière Lettre de son amant
Jamais deux sans toi
Sous le même toit
Les Yeux de Sophie

www.milady.fr

Jojo Moyes

APRÈS TOUT

Traduit de l'anglais (Grande-Bretagne) par Odile Carton

Milady

Milady est un label des éditions Bragelonne

Titre original : *Still Me*

ISBN : 978-2-8112-2573-5

Bragelonne – Milady
60-62 rue d'Hauteville – 75010 Paris

E-mail : info@milady.fr
Site Internet : www.milady.fr

Demande-toi d'abord qui tu veux être, puis agis en conséquence.

Épictète.

Chapitre premier

Ce fut la moustache qui me rappela que je n'étais plus en Angleterre : un mille-pattes gris, compact, qui dissimulait la lèvre supérieure de l'homme. Une moustache de Village People, une moustache de cowboy, la tête miniature d'un balai-brosse qui ne plaisantait pas. Le genre de moustache qu'on n'obtient pas comme ça chez soi. J'étais incapable de m'en détourner.

— Madame ?

Le seul homme que j'aie jamais vu arborer une telle moustache en Angleterre était M. Naylor, notre professeur de maths. Il y collectait des miettes de ses repas – nous les comptions pendant les cours d'algèbre.

— Madame ?

— Oh, excusez-moi…

Sans lever les yeux de son écran, l'homme en uniforme agita son doigt boudiné, me pressant d'avancer. J'attendis devant la cabine, sentant la transpiration accumulée pendant le long vol sécher doucement sous mon chemisier. Il leva une main et agita quatre doigts épais. Je finis par comprendre, après un moment, qu'il me demandait mon passeport.

— Nom.

— C'est écrit là.

— Votre nom, madame.

— Louisa Elizabeth Clark, obtempérai-je en regardant par-dessus le comptoir. Mais je n'utilise jamais Elizabeth. Ma mère s'est aperçue après coup que les gens m'appelleraient Louisa Liza. Et, si vous le prononcez très vite, ça fait un peu « zinzin ». Cela dit, mon père trouve ça plutôt approprié. Non pas que je sois folle.

Je veux dire que vous ne laisseriez pas entrer des fous dans votre pays, bien entendu !

Ma voix anxieuse rebondit sur la vitre en Perspex.

L'homme leva les yeux vers moi pour la première fois. Il avait de larges épaules et un regard susceptible de vous clouer au sol aussi efficacement qu'un Taser. Imperturbable, il attendit que mon sourire s'évanouisse.

— Désolée. Les gens en uniforme me rendent nerveuse.

Je jetai un coup d'œil par-dessus mon épaule, vers le hall de l'immigration : la file d'attente qui serpentait derrière moi s'était repliée sur elle-même tant de fois qu'elle ressemblait à une marée humaine, agitée et impénétrable.

— Je crois que l'attente m'a un peu chamboulée. Honnêtement, je n'avais jamais fait la queue aussi longtemps. J'ai failli commencer à réfléchir à ma liste de Noël.

— Placez votre main sur le scanner.

— C'est toujours comme ça ?

— La prise d'empreintes digitales ? répliqua-t-il en fronçant les sourcils.

— La file d'attente.

Mais il ne m'écoutait plus, occupé à scruter son écran. Je posai mes doigts sur le lecteur. Et là, mon téléphone bipa. C'était maman.

As-tu atterri ?

Je m'apprêtais à taper ma réponse quand l'homme se tourna brusquement vers moi.

— Madame, l'usage des téléphones portables est strictement interdit dans ce périmètre.

— C'est ma mère. Elle veut savoir si je suis bien arrivée.

Tout en faisant disparaître le téléphone, j'essayai subrepticement de sélectionner l'emoji du pouce levé.

— Motif de votre voyage ?

La réponse de ma mère ne se fit pas attendre.

Qu'est-ce que c'est ?

Elle avait pris goût aux textos et tapait désormais plus rapidement qu'elle parlait – c'est-à-dire à peu près à la vitesse de la lumière.

Tu sais bien que mon téléphone ne reproduit pas les petits dessins. Était-ce un SOS ? Louisa, dis-moi que tu vas bien.

— Le motif de votre voyage, madame ?

La moustache trembla d'irritation, et l'homme ajouta lentement :

— Que venez-vous faire ici, aux États-Unis ?

— Commencer un nouveau travail.

— C'est-à-dire ?

— Je vais travailler chez une famille de New York. Central Park.

Je crus voir, très brièvement, les sourcils de l'homme se hausser d'un millimètre. Il consulta l'adresse notée sur mon formulaire pour confirmer l'information.

— Quel genre de travail ?

— C'est un peu compliqué. Mais je suis une sorte de compagne professionnelle.

— Une *compagne professionnelle* ?

— Voyons. Que je vous explique. Je travaillais pour cet homme. Je lui tenais compagnie, mais je me chargeais aussi de lui donner ses médicaments, de le promener et de le nourrir. Ce n'est pas aussi bizarre qu'on pourrait le penser, soit dit en passant : il ne pouvait pas se servir de ses mains. Ça n'avait absolument rien de pervers. En fait, c'est allé plus loin. C'est tellement difficile de garder ses distances avec quelqu'un dont on s'occupe, et Will – l'homme en question – était incroyable, et nous... Eh bien, nous sommes tombés amoureux. (Trop tard, je sentis les larmes familières me monter aux yeux. Je m'empressai de les essuyer.) Donc, je pense qu'il s'agira de quelque chose d'approchant. L'amour en moins. Et je n'aurai pas à nourrir mon employeur.

L'agent de l'immigration me regardait fixement. Je m'efforçai de sourire.

— En fait, je n'ai pas l'habitude de pleurer quand je parle de mon travail. Et je ne suis pas complètement zinzin, malgré mon nom. Mais je l'aimais. Et il m'aimait. Et ensuite, il… Eh bien, il a choisi de mettre fin à ses jours. Donc, ce voyage est en quelque sorte un nouveau départ.

À présent, les larmes, embarrassantes, coulaient sans discontinuer du coin de mes paupières. J'étais apparemment incapable de les contenir – j'étais apparemment incapable de contenir quoi que ce soit.

— Désolée. Ce doit être le décalage horaire. Il est quelque chose comme 2 heures du matin, en vrai, non ? Et puis, je ne parle plus beaucoup de lui. Je veux dire, j'ai un nouveau copain. Et il est super ! Il est ambulancier ! Et canon ! C'est un peu comme décrocher le gros lot de la tombola des célibataires, non ? Un ambulancier canon ?

Je fourrageai au fond de mon sac, cherchant désespérément un mouchoir, avant de m'apercevoir que l'agent me tendait une boîte de Kleenex. J'en pris un.

— Merci. Bref. Donc, mon ami Nathan – il est néo-zélandais et travaille à New York – m'a aidée à trouver ce job. Tout ce que je sais, c'est que je vais m'occuper de la femme dépressive d'un homme riche. Mais j'ai décidé que, cette fois, j'allais vivre conformément aux recommandations de Will, parce que j'ai échoué jusqu'à présent. Je n'ai fait que travailler dans un aéroport.

Je me tus, tétanisée.

— Mais… euh… il n'y a rien de mal à travailler dans un aéroport ! Je suis certaine que le poste d'agent d'immigration est très important. *Vraiment* essentiel. Mais j'ai pris des résolutions. Chaque semaine, je vais faire quelque chose de nouveau, et puis je vais dire « oui ».

— Dire « oui » ?

— À de nouvelles expériences. Une des recommandations de Will. D'où mes résolutions.

L'agent examina mon formulaire.

— Vous n'avez pas correctement rempli l'adresse. Il me faut un code postal.

Il poussa le document vers moi. Je vérifiai le numéro sur la feuille que j'avais imprimée et remplis la case vide d'une main tremblante. Je jetai un coup d'œil sur ma gauche : l'impatience des voyageurs était palpable. Un peu plus loin, deux fonctionnaires interrogeaient une famille de Chinois. Alors que la femme protestait, ils furent conduits dans une pièce attenante. Je me sentis soudain très seule.

L'agent de l'immigration jeta un regard à ceux qui attendaient derrière moi. Et puis, soudain, il tamponna mon passeport.

— Bonne chance, Louisa Clark, dit-il.

Je le regardai.

— C'est tout ?

— C'est tout.

Je souris.

— Oh, merci ! C'est très gentil à vous. Je veux dire, c'est assez bizarre de se retrouver seul à l'autre bout de la planète pour la première fois de sa vie, et maintenant j'ai un peu l'impression d'avoir rencontré la première personne sympathique de ma nouvelle existence, et…

— Je vais vous demander d'avancer, à présent, madame.

— Bien sûr. Excusez-moi.

Je rassemblai mes affaires et chassai de mon front une mèche humide de sueur.

— Et, madame…

— Oui ?

Je me demandai ce que j'avais encore bien pu faire de travers.

Sans lever les yeux de son écran, il me lança :

— Faites attention à ce à quoi vous dites « oui ».

Nathan attendait dans le hall des arrivées, comme promis. Étrangement intimidée, je balayai la foule du regard, secrètement convaincue qu'il ne viendrait pas. Soudain, je le vis agiter son énorme main au-dessus des corps mouvants autour de lui. Le visage fendu d'un sourire, il leva l'autre bras et se fraya un chemin jusqu'à moi avant de me soulever du sol dans une étreinte de géant.

— Lou !

En le voyant, je sentis soudain quelque chose se contracter au fond de moi – quelque chose lié à Will et à cette vulnérabilité qu'on ressent après être resté pendant sept heures assis et secoué dans un avion –, et je fus bien contente qu'il me serre fort dans ses bras, ce qui me laissa le temps de me reprendre.

— Bienvenue à New York, petite ! Je vois que tu n'as pas perdu ton sens du style.

Il me tenait à bout de bras et m'examinait, un grand sourire aux lèvres. Je lissai ma robe, un modèle des années 1970 à l'imprimé tigre. J'avais espéré qu'elle me donnerait un petit air de Jackie Kennedy, celle des années Onassis – à supposer que Jackie Kennedy soit du genre à renverser son café sur ses genoux pendant un vol.

— Ça me fait tellement plaisir de te voir !

Il souleva sans effort ma valise, qui pesait un âne mort.

— Allez, je t'emmène à la maison. La Prius est en révision, mais M. Gopnik m'a prêté sa voiture. La circulation est infernale, mais t'inquiète, tu vas faire une arrivée en beauté.

La voiture de M. Gopnik était élégante, noire, spacieuse, et elle faisait la taille d'un bus. Les portières se refermèrent avec le bruit mat discret trahissant cinq zéros sur l'étiquette du prix. Nathan rangea mes bagages dans le coffre et je m'installai sur le siège passager avec un soupir. Je consultai mon téléphone, répondis aux quatorze messages de ma mère en lui expliquant simplement que j'étais dans la voiture et que je l'appellerais le lendemain. Ensuite, je répondis à celui de Sam, dans lequel il me disait que je lui manquais :

Bien atterri. Bisou.

— Comment va l'homme ? demanda Nathan en me lançant un coup d'œil.

— Bien, merci.

J'ajoutai plusieurs « s » à « Bisou », au cas où.

— Pas trop contrarié par ton départ ?

Je haussai les épaules.

— Il m'a encouragée à partir.

— Comme nous tous. Ça t'a juste pris un peu de temps de trouver ton chemin.

Je rangeai mon portable, me laissai aller contre le dossier et commençai à observer mon nouvel environnement, les noms inconnus éparpillés le long de l'autoroute – Pneus Milo, Richie Muscu –, les ambulances, les camions U-Haul, les maisons délabrées avec leur peinture écaillée et leurs perrons branlants, les terrains de basket et les conducteurs des autres véhicules, qui buvaient dans des tasses surdimensionnées. Nathan alluma la radio ; un type nommé Lorenzo commentait un match de baseball. En l'écoutant, je me sentis brièvement dans une sorte de réalité suspendue.

— Tu as la journée de demain pour atterrir. Quelque chose que tu as envie de faire en particulier ? Je pensais te laisser dormir, et ensuite t'emmener bruncher quelque part. Pour ton premier week-end, il faut absolument que tu fasses l'expérience de l'authentique *diner* new-yorkais.

— Ça me paraît parfait.

— Ils ne rentreront pas du *country club* avant demain soir. La semaine a été agitée. Je te ferai un topo quand tu auras un peu dormi.

Je le regardai avec insistance.

— Pas de secrets, hein ? Ça ne va pas encore être…

— Rien à voir avec les Traynor. Juste la famille dysfonctionnelle de multimillionnaires moyenne.

— Elle est agréable ?

— Elle est super. Bon… pas de tout repos. Mais elle est super. Lui aussi.

Je savais que je ne tirerais guère plus de Nathan en matière de recommandations et d'évaluation de personnalités.

Il retomba dans le silence – ça n'avait jamais été un grand bavard – pendant que, assise dans l'habitacle climatisé et confortable de la Mercedes GLS, je luttais contre les vagues de sommeil qui menaçaient sans cesse de m'emporter. Je pensai à Sam, à plusieurs milliers de kilomètres de là, endormi dans son wagon. Je pensai à Treena et à Thom dans mon petit appartement de Londres. Et puis, la voix de Nathan me tira de mes pensées.

— Nous y voilà.

Je levai mes yeux, irrités sous mes paupières pareilles à du papier de verre. Devant moi, de l'autre côté du pont de Brooklyn, Manhattan, étincelant comme si une boule de lumière avait volé en éclats. C'était grandiose, invraisemblablement dense et magnifique – un panorama rendu si familier par le cinéma que j'avais du mal à croire qu'il se déployait réellement sous mes yeux. Sans voix, je me redressai sur mon siège tandis que nous roulions à toute vitesse vers la métropole la plus célèbre de la planète.

— Sacrée vue, hein ? On ne s'en lasse pas. Ça en jette un peu plus que Stortfold.

Je ne crois pas que j'avais intégré l'idée jusqu'à cet instant.

Mon nouveau chez-moi.

— Salut, Ashok. Ça baigne ?

Pendant que Nathan tirait ma valise dans le hall en marbre, j'examinais le carrelage noir et blanc et les rampes en cuivre, prenant garde à ne pas trébucher. Mes pas résonnaient dans l'espace immense. On se serait cru dans l'entrée d'un grand hôtel légèrement défraîchi, avec l'ascenseur en cuivre doré, le sol tapissé d'une livrée rouge et or, et la réception qui aurait pu être un peu mieux éclairée. Dans l'air flottait une odeur de cire d'abeille, de chaussures vernies et d'argent.

— Ça roule, mon pote. Qui c'est ?

— Louisa. Elle va travailler pour Mme Gopnik.

Le portier en uniforme sortit de derrière le comptoir et me tendit sa main à serrer. Il avait un large sourire et des yeux qui semblaient avoir tout vu.

— Ravie de vous rencontrer, Ashok.

— Une Anglaise ! J'ai un cousin qui vit à Londres. *Croy-down*. Vous connaissez… *Croy-down* ? Ça vous arrive de vous balader dans le coin ? C'est un grand gars, ça vous dit quelque chose ?

— Je ne connais pas vraiment Croydon, dis-je. Mais j'ouvrirai l'œil la prochaine fois que j'y passerai, m'empressai-je d'ajouter en voyant son visage se décomposer.

— Louisa. Bienvenue au Lavery. Si vous avez besoin de quelque chose, d'un renseignement, venez me voir. Je suis là vingt-quatre heures sur vingt-quatre, sept jours sur sept.

— Il ne plaisante pas, me glissa Nathan. Je le soupçonne de dormir sous ce comptoir.

D'un geste, il désigna un ascenseur de service aux portes d'un gris mat, au fond du hall.

— J'ai trois gosses de moins de cinq ans, déclara Ashok. Croyez-moi, être ici me permet de rester sain d'esprit. Je peux pas en dire autant de ma femme, affirma-t-il dans un sourire. Sérieusement, mademoiselle Louisa. N'importe quoi, comptez sur moi.

— Son offre couvre aussi les drogues, les prostituées et les lieux de perdition ? chuchotai-je tandis que les portes de l'ascenseur de service se refermaient sur nous.

— Non. Plutôt les entrées au théâtre, les réservations au restaurant, les adresses des meilleurs teinturiers… C'est la Cinquième Avenue, ici, bon sang. Tu faisais quoi à Londres ?

La résidence des Gopnik s'étendait sur six cent cinquante mètres carrés répartis entre le deuxième et le troisième étage d'un immeuble gothique en briques rouges, un duplex rare dans ce quartier de New York, témoignage de la fortune de plusieurs générations de Gopnik. Nathan m'expliqua que le bâtiment, le Lavery, était une imitation à échelle réduite du célèbre Dakota Building et l'un des plus anciens immeubles coopératifs de l'Upper East Side. Personne ne pouvait y acheter ou vendre un appartement sans l'approbation du conseil d'administration, composé de ses habitants, ardents conservateurs. Alors que les luxueux condominiums de l'autre côté du parc abritaient l'argent neuf – oligarques russes, stars de la pop, magnats de l'acier chinois, millionnaires de la haute technologie –, avec restaurants communautaires, gymnases, garderies et piscines à débordement, les résidents du Lavery se revendiquaient de la vieille école.

Les appartements s'y transmettaient de génération en génération. Leurs occupants s'accommodaient d'installations sanitaires datant des années 1930 et acceptaient de se lancer dans de longues batailles labyrinthiques pour toute modification impliquant plus qu'un interrupteur, tout en fermant poliment les yeux sur la ville qui se métamorphosait autour d'eux, exactement comme on ferait abstraction d'un SDF et de son écriteau en carton.

J'eus à peine le temps d'entrevoir la splendeur du duplex lui-même, avec son parquet, ses hauts plafonds et ses rideaux de damas tombant jusqu'au sol, car Nathan me conduisit directement aux logements du personnel, dissimulés à l'extrémité du deuxième étage, au bout d'un long couloir étroit partant de la cuisine – une anomalie remontant à une époque lointaine. Les immeubles neufs et recyclés ne comportaient pas de logements pour les employés de maison : femmes de ménage et nounous prenaient chaque jour le premier train depuis Queens ou le New Jersey et rentraient chez elles à la nuit tombée. Mais la famille Gopnik était propriétaire de ces chambres depuis la construction de l'immeuble. Rattachées par les titres de propriété à la résidence principale, elles ne pouvaient être ni recyclées ni vendues, bien que convoitées comme espaces de rangement. On comprenait aisément pourquoi elles pouvaient être considérées comme tels.

— On y est.

Nathan ouvrit une porte et laissa tomber mes sacs au sol.

Ma chambre était un carré d'un peu moins de quatre mètres de côté. Elle était meublée d'un grand lit, d'une télévision, d'une commode et d'une armoire. Dans un coin, un petit fauteuil beige à l'assise affaissée trahissait la fatigue de ses précédents occupants. La petite fenêtre devait être orientée au sud. Ou au nord. Ou à l'est.

C'était difficile à dire, étant donné qu'elle s'ouvrait à un peu moins de deux mètres d'un mur aveugle en brique, à l'arrière d'un immeuble si haut qu'il me fallait écraser mon visage contre la vitre et me tordre le cou pour voir le ciel.

Un peu plus loin, il y avait une cuisine que je partagerais avec Nathan et la gouvernante, dont la chambre se situait de l'autre côté du couloir.

Sur mon lit, je trouvai, posés en une pile nette, cinq polos vert foncé et ce qui ressemblait à des pantalons noirs présentant un léger éclat satiné de Téflon.

— Tu n'étais pas au courant pour l'uniforme ?

J'attrapai l'un des polos.

— C'est juste un polo et un pantalon. Les Gopnik estiment que l'uniforme simplifie les choses et que, comme ça, tout le monde sait à quoi s'en tenir.

— À condition d'avoir envie de ressembler à un golfeur professionnel…

Je jetai un œil à la minuscule salle de bains attenante, au carrelage en marbre marron incrusté de calcaire. Elle comportait des toilettes, un petit lavabo datant probablement des années 1940 et une douche. Sur le côté, je remarquai un savon dans son emballage et une boîte de produit contre les cafards.

— En fait, pour Manhattan, c'est plutôt spacieux, fit remarquer Nathan. Bon, ça aurait besoin d'un bon coup de peinture. Si tu veux t'y coller, Mme Gopnik n'y voit pas d'inconvénient. Deux, trois lampes supplémentaires et un petit tour chez *Crate and Barrel*, et ce…

— J'adore, le coupai-je. (Je me tournai vers lui, la voix soudain tremblante.) Je suis à New York, Nathan. Ça y est, cette fois, j'y suis !

Il posa une main sur mon épaule et la pressa.

— Ouaip. Tu y es.

Je réussis à rester éveillée le temps de défaire mes bagages, de manger un plat à emporter avec Nathan (lui, il appelait ça un *takeout*, comme un vrai Américain), de zapper parmi les huit cent cinquante-neuf chaînes sur ma petite télé – dont la plupart semblaient diffuser du football américain en boucle, des publicités pour des médicaments contre les problèmes de digestion ou des séries policières inconnues et mal éclairées –, avant de m'évanouir. Je me réveillai en sursaut à 4 h 45 du matin. J'eus d'abord un moment de confusion, déconcertée par le son lointain et inconnu des sirènes, le gémissement bas d'un camion en marche arrière, puis j'allumai la lampe, me rappelai où j'étais, et une décharge d'excitation me traversa.

Je sortis mon ordinateur portable de mon sac, ouvris la messagerie instantanée et envoyai un message à Sam.

Il y a quelqu'un ?

J'attendis, mais il ne répondit pas. Je ne me souvenais plus de son emploi du temps et me sentais trop désorientée pour calculer l'heure qu'il était en Angleterre. Je reposai mon ordinateur et essayai brièvement de me rendormir – Treena affirmait que je ressemblais à un cheval triste quand je ne dormais pas assez. Mais les bruits inconnus de la ville étaient comme le chant des sirènes et, à 6 heures, je sortis de mon lit et allai prendre une douche en faisant de mon mieux pour ignorer la rouille qui se mêlait à l'eau giclant du pommeau de douche. Je m'habillai (robe chasuble légère et haut vintage turquoise à manches courtes avec une statue de la Liberté sur le devant) et partis me chercher un café.

Une fois dans le couloir, j'essayai de me rappeler l'emplacement de la cuisine commune que m'avait montrée Nathan la veille. J'ouvris une porte, et une femme se tourna et me regarda. La quarantaine, trapue, elle avait les cheveux coiffés en vagues sombres et nettes, telle une star de cinéma des années 1930, et des yeux noirs magnifiques, mais sa bouche pincée trahissait comme une insatisfaction permanente.

— Hum… Bonjour !

Elle continua de me regarder fixement.

— Je… je suis Louisa. La nouvelle. La… l'assistante de Mme Gopnik…

— Ce n'est pas Mme Gopnik.

La femme laissa cette déclaration en suspens.

— Vous devez être…

Je me creusai les méninges, handicapée par le décalage horaire, mais aucun nom ne me vint.

Oh, allez ! me tançai-je.

— Je suis vraiment désolée. J'ai le crâne rempli de porridge, ce matin, à cause du décalage horaire…

— Je m'appelle Ilaria.

— Ilaria. Mais bien sûr ! Désolée.

Je lui tendis la main, mais elle l'ignora.

— Je sais qui vous êtes.

— Hum. Pouvez-vous me montrer où Nathan range son lait ? J'aurais juste voulu me faire un café.

— Nathan ne boit pas de lait.

— Ah bon ? Il en buvait autrefois.

— Vous croyez que je vous mens ?

— Non. Ce n'est pas ce que…

Elle fit un pas sur la gauche et d'un geste désigna un placard deux fois plus petit que les autres et vraiment impossible à atteindre.

— C'est le vôtre.

Là-dessus, elle ouvrit la porte du réfrigérateur pour y ranger son jus de fruits, ce qui me permit de voir la bouteille de deux litres de lait pleine sur son étagère. Elle la referma et m'adressa un regard implacable.

— M. Gopnik sera de retour à 18 h 30. Veuillez passer votre uniforme pour le rencontrer, m'informa-t-elle avant de disparaître dans le couloir, les semelles de ses chaussons claquant sur la plante de ses pieds.

— Ce fut un plaisir de vous rencontrer ! Je suis sûre que nous allons passer beaucoup de temps ensemble ! criai-je à son intention.

Je contemplai le frigo pendant un moment, avant de décider qu'il n'était probablement pas trop tôt pour sortir acheter du lait. N'étais-je pas dans la ville qui ne dort jamais ?

New York était peut-être réveillé, mais le Lavery était plongé dans un silence si dense qu'on aurait pu croire tous ses occupants adeptes de la zopiclone. Je traversai l'entrée et fermai doucement la porte derrière moi, après m'être assurée une dizaine de fois que j'avais bien pris mon sac à main et mes clés. Je décidai de profiter de l'heure matinale et du sommeil des résidents pour examiner de plus près l'endroit où j'avais échoué.

Alors que j'avançais sur la pointe des pieds, l'épais tapis amortissant mes pas, un chien se mit à aboyer derrière une porte, et une voix âgée cria quelque chose que je ne pus distinguer à travers les jappements indignés de l'animal. Je pressai le pas, ne voulant pas risquer de réveiller les autres résidents et, au lieu d'emprunter l'escalier principal, je me dirigeai vers l'ascenseur de service.

Le hall était désert quand je poussai la porte de la rue. À peine eus-je posé un pied sur le trottoir que je fus happée par une clameur et une lumière si fortes que je dus rester immobile un moment pour retrouver mon équilibre. Devant moi, l'oasis verte de Central Park semblait s'étendre sur des kilomètres. Sur ma gauche, les rues transversales grouillaient déjà d'activité : d'énormes types en bleu de travail déchargeaient des caisses d'un camion, surveillés par un policier aux bras comme des jambons croisés sur sa poitrine. Un balayeur fredonnait consciencieusement. Accoudé à sa fenêtre ouverte, un chauffeur de taxi discutait avec un passant. Je comptai mentalement les clichés de la Grosse Pomme. Les carrioles tirées par des chevaux ! Les taxis jaunes ! Les buildings invraisemblablement hauts ! Alors que je restais plantée là à regarder autour de moi, un couple de touristes équipés de poussettes avec enfants, manifestement exténués, passa près de moi ; ils tenaient chacun une tasse de café en polystyrène, opérant peut-être encore selon un autre fuseau horaire. Baigné par le soleil matinal, Manhattan s'étendait dans toutes les directions, énorme, pleine de vie et éblouissante.

Mon décalage horaire s'évanouit aussitôt le jour levé. Je pris une inspiration et me mis en route, incapable de contenir le grand sourire qui me barrait le visage. Après avoir parcouru huit pâtés de maisons sans voir une seule épicerie, je tournai sur Madison Avenue, passant devant les gigantesques vitrines de magasins de luxe aux portes verrouillées, entre lesquelles se glissait l'occasionnel restaurant aux fenêtres obscures, tels des yeux fermés, ou un hôtel à dorures, dont le portier en livrée ne m'accorda pas même un coup d'œil.

Je poursuivis mon exploration sur cinq autres pâtés de maisons, pour aboutir finalement à la conclusion que je n'étais pas dans le genre de quartier où l'on pouvait descendre en vitesse à la supérette du coin. Je m'étais imaginé des *diners* à tous les coins de rue, tenus par des serveuses provocantes et des hommes coiffés de chapeaux *pork pie* blancs, mais tout me semblait énorme et luxueux, et absolument rien n'indiquait qu'une omelette au fromage ou une tasse de thé attendait derrière les portes de l'un de ces établissements. La plupart des gens que je croisais étaient des touristes, ou bien de féroces joggeurs aux corps durs moulés dans du Lycra, coupés du monde par leurs écouteurs et contournant agilement des SDF, dont les regards furieux brillaient au milieu de visages grisâtres et burinés. Enfin, je tombai sur un grand café à l'enseigne d'une chaîne, où la moitié des lève-tôt de New York semblaient s'être rassemblés, penchés sur leurs téléphones dans des box ou nourrissant des bambins miraculeusement joyeux tandis que des haut-parleurs diffusaient de la musique commerciale.

Je commandai un cappuccino et un muffin, et, avant même que j'aie eu le temps de protester, le serveur coupa le petit gâteau en deux, le réchauffa puis le tartina de beurre, sans cesser de commenter un match de baseball avec son collègue.

Je payai et allai m'installer à une table avec mon muffin enveloppé dans du papier d'aluminium. Enfin, je mordis dedans. Même en faisant abstraction de ma faim décuplée par le décalage horaire, je n'avais jamais rien mangé d'aussi bon.

Assise près d'une fenêtre, je passai une demi-heure à contempler la rue de Manhattan en cette heure matinale, la bouche alternativement remplie d'une pâte de muffin au beurre et de café noir brûlant, laissant libre cours à mon éternel monologue intérieur.

Je bois du café new-yorkais dans un café new-yorkais ! Je marche dans une rue de New York ! Comme Meg Ryan ! Ou Diane Keaton ! Je suis à New York – ça y est !

Soudain, je comprenais exactement ce que Will avait essayé de m'expliquer deux ans plus tôt : durant ces quelques minutes, la bouche pleine d'une nourriture inconnue, les yeux remplis de décors nouveaux, je ne vécus que dans l'instant. Je me sentis complètement présente, vivante, les sens aux aguets, mon corps tout entier prêt à accueillir les expériences inédites qui se présenteraient autour de moi. Je me trouvais exactement là où j'étais censée être.

Et soudain, sans prévenir, du moins sans que j'aie pu détecter le moindre signe avant-coureur, deux femmes assises à la table voisine de la mienne se jetèrent l'une sur l'autre et se mirent à se battre à coups de poing, projetant des éclaboussures de café et des bouts de viennoiseries à deux tables de là. Les deux serveurs se précipitèrent pour s'interposer. J'époussetai ma robe pour en chasser les miettes et refermai mon sac, jugeant qu'il était temps de rentrer retrouver la paix du Lavery.

Chapitre 2

Quand je pénétrai dans le hall, Ashok était en train de séparer d'énormes paquets de journaux en plusieurs piles. Il se redressa avec un sourire.

— Bonjour, mademoiselle Louisa. Comment s'annonce votre première journée à New York ?

— Merveilleusement bien, merci.

— Avez-vous fredonné *Let the River Run* en marchant dans les rues ?

Je m'arrêtai net.

— Comment avez-vous deviné ?

— On le fait tous la première fois qu'on vient à Manhattan. Même à moi, ça m'arrive parfois le matin, et on peut pas dire que je ressemble à Melanie Griffith.

— Dites, il n'y a pas d'épiceries dans le coin ? J'ai dû parcourir des milliers de kilomètres pour trouver un café. Et je n'ai aucune idée de l'endroit où je pourrais acheter du lait.

— Mademoiselle Louisa, vous auriez dû venir me voir. Venez là.

Il me fit signe de le rejoindre derrière la réception, puis de le suivre dans une petite pièce obscure, dont le désordre et l'encombrement tranchaient avec le cuivre et le marbre du hall. Sur un bureau s'alignaient des écrans de surveillance, ainsi qu'un vieux poste de télévision, un grand registre, une tasse, des livres de poche et des photos d'enfants aux grands sourires édentés. Derrière la porte se trouvait un réfrigérateur d'une autre époque.

— Tenez. Prenez ça. Vous m'en rapporterez plus tard.

— Est-ce que tous les concierges font ça ?

— Non, aucun. Mais le Lavery est différent.

— Où les gens du quartier font-ils leurs courses ?

Ashok grimaça.

— Les occupants de cet immeuble ne font pas de courses, mademoiselle Louisa. Cette idée ne les effleure même pas. À mon avis, la moitié d'entre eux croient que la nourriture apparaît comme par magie sur leur table.

Après avoir jeté un coup d'œil par-dessus son épaule, il poursuivit en baissant la voix :

— Je suis prêt à parier que quatre-vingts pour cent des femmes qui vivent ici n'ont pas préparé un seul repas en cinq ans. Remarquez, la moitié des femmes qui vivent ici ne mangent pas.

Comme je le regardais fixement, il haussa les épaules.

— Les riches ne vivent pas comme vous et moi, mademoiselle Louisa. Et les riches de New York… eh bien, ils vivent comme *personne d'autre.*

Je pris le pack de lait.

— Tout ce dont vous avez besoin, vous le faites livrer. Vous vous y ferez.

Je voulus l'interroger au sujet d'Ilaria et de Mme Gopnik – qui, apparemment, n'était pas Mme Gopnik –, ainsi que de la famille dont je n'allais pas tarder à faire la connaissance, mais il regardait derrière moi, vers l'autre extrémité du hall.

— Bien le bonjour, madame De Witt !

— Que font tous ces journaux par terre ? On se croirait dans un kiosque mal tenu.

Une minuscule vieille dame fit claquer sa langue, manifestant sa désapprobation face aux piles de *New York Times* et de *Wall Street Journal* qu'Ashok était occupé à déballer. En dépit de l'heure matinale, elle semblait habillée pour un mariage, avec un long manteau framboise, un chapeau tambourin rouge et d'énormes lunettes de soleil en écaille de tortue, qui dissimulaient son petit visage fripé. Au bout d'une laisse, un carlin à la respiration sifflante et aux yeux proéminents me regardait d'un air peu amène (du moins, c'est ce qui me sembla : difficile d'en avoir la certitude, car ses yeux semblaient s'orienter indépendamment l'un de l'autre).

Comme je me penchais pour aider Ashok à déplacer les journaux et libérer le passage à la vieille dame, le chien bondit vers moi avec un grognement. Je me jetai en arrière pour l'éviter et faillis trébucher sur une pile de *New York Times*.

— Oh, pour l'amour du ciel ! s'exclama la femme d'une voix tremblante et impérieuse. Vous avez contrarié mon chien !

Les dents du carlin n'étaient pas passées loin de ma jambe. Je l'avais échappé belle, mais ma peau en frémissait encore.

— Je vous prie de faire en sorte que ce... ces *déchets* aient disparu quand nous reviendrons. J'ai dit et redit à M. Ovitz que l'immeuble était sur la pente descendante. Ah, Ashok, j'ai laissé un sac d'ordures devant ma porte. Veuillez l'emporter immédiatement, sans quoi tout le couloir sentira les lys fanés. Vous parlez d'un cadeau... Dieu sait qui peut bien faire livrer des lys. Des fleurs de funérailles... Dean Martin !

Du bout des doigts, Ashok effleura le bord de sa casquette.

— Certainement, madame De Witt.

Il attendit qu'elle soit partie pour faire volte-face et examiner ma jambe.

— Ce chien a essayé de me mordre !

— Ouais. C'est Dean Martin. Je vous conseille de ne pas vous mettre sur son chemin. C'est le résident le plus désagréable de cet immeuble – c'est vous dire.

Il se pencha de nouveau sur ses journaux, hissant le paquet suivant sur le comptoir, puis s'interrompit pour me chasser.

— Laissez donc, mademoiselle Louisa. Ils sont lourds, et vous avez déjà bien assez à faire comme ça avec les autres, là-haut. Passez une bonne journée.

Il disparut avant même que j'aie pu lui demander ce qu'il voulait dire par là.

La journée passa à toute allure. J'occupai le reste de la matinée à organiser ma petite chambre, à nettoyer la salle de bains, à accrocher des photos de Sam, de mes parents, de Treena et de Thom pour m'y sentir plus chez moi. Nathan m'emmena dans un *diner* près de

Columbus Circle, où je mangeai dans une assiette grande comme un pneu de voiture et bus tellement de café noir que je sentis mes mains trembler sur le chemin du retour. Nathan me signala des endroits qui pourraient m'être utiles – ce bar restait ouvert tard le soir, ce *food truck* vendait d'excellents falafels, je pourrais tirer de l'argent en sécurité à ce distributeur automatique... J'avais la tête qui tournait, ivre d'images et d'informations nouvelles. Plus tard, dans l'après-midi, je me sentis soudain étourdie, les pieds comme du plomb, et Nathan me raccompagna à l'appartement, un bras passé sous le mien. Je retrouvai le calme et la pénombre de l'immeuble avec gratitude, ainsi que l'ascenseur de service, qui m'évita l'escalier.

— Fais une sieste, me recommanda Nathan pendant que je me débarrassais de mes chaussures. Mais ne dors pas plus d'une heure, sinon ton horloge interne sera encore plus déglinguée.

— À quelle heure rentrent les Gopnik, déjà ? demandai-je d'une voix pâteuse.

— En général vers 18 heures. Là, il est 15 heures, donc tu as le temps. Allez, offre-toi un petit somme. Tu te sentiras de nouveau humaine.

Il ferma la porte, et je me laissai tomber sur mon lit avec reconnaissance. J'allais m'endormir, quand je me rendis soudain compte que, si j'attendais, je ne pourrais plus joindre Sam. Momentanément tirée de ma torpeur, j'attrapai mon ordinateur et ouvris la messagerie.

Tu es là ?

Quelques minutes plus tard, avec un petit crépitement, l'image s'agrandit et il apparut, de retour dans son wagon, son corps gigantesque penché vers l'écran. Sam. Ambulancier. Homme montagne. Petit copain bien trop neuf. Nous nous regardâmes en souriant comme des débiles.

— Salut, beauté ! Comment ça se passe ?

— Bien ! Je te montrerais volontiers ma chambre, mais je risque de me cogner aux murs en bougeant l'écran.

Je déplaçai néanmoins un peu l'ordinateur pour qu'il puisse voir ma petite chambre dans toute sa gloire.

— Moi, elle me paraît parfaite. Il y a toi dedans.

Je contemplai la fenêtre grise derrière lui. J'imaginais la scène comme si j'y étais : la pluie tambourinant sur le toit du wagon, la buée réconfortante sur les vitres, le bois, l'humidité, et les poules dehors s'abritant sous une brouette dégoulinante. Sam me regardait fixement et je me frottai les yeux, regrettant tout à coup de ne pas avoir pensé à me maquiller.

— Tu es passé au boulot ?

— Ouais. J'ai été jugé apte à reprendre dans une semaine. Faut que je sois suffisamment en forme pour soulever quelqu'un sans faire sauter mes points.

Instinctivement, il posa une main sur son abdomen, là où deux balles l'avaient atteint à peine quelques semaines plus tôt – l'intervention de routine qui avait failli lui coûter la vie et avait cimenté notre relation –, et je ressentis quelque chose de déstabilisant et de viscéral.

— Qu'est-ce que j'aimerais que tu sois là ! soupirai-je avant d'avoir pu me retenir.

— Moi aussi. Mais, aujourd'hui, l'aventure commence pour toi, et ça va être formidable. Et dans un an, tu seras assise ici...

— Pas *ici*. Dans ta maison terminée.

— Dans ma maison terminée, répéta-t-il. On regardera tes photos sur ton téléphone, et moi je serai secrètement en train de penser : « Oh, pitié, la voilà repartie avec New York ! »

— Est-ce que tu m'écriras ? Une lettre dégoulinant d'amour et de mélancolie, parsemée de larmes solitaires ?

— Ah, Lou. Tu sais bien qu'écrire n'est pas mon truc. Mais je t'appellerai. Et dans quatre semaines, je serai avec toi.

— Bon, dis-je, la gorge nouée. OK. Je ferais bien de dormir un peu.

— Moi aussi. Je vais penser à toi.

— Ah oui ? Des pensées du genre pornographique ? Ou plutôt des trucs romantiques à la Nora Ephron ?

— Ça dépend. Quelle réponse va m'attirer des ennuis ? répondit-il en souriant. Tu as l'air en forme, Lou, ajouta-t-il au bout d'un moment. Tu as l'air… pleine d'enthousiasme.

— Oui, je suis folle d'excitation ! Enfin, je me sens extrêmement fatiguée et, en même temps, j'ai comme une envie d'exploser. C'est assez bizarre.

Je posai une main sur l'écran, et bientôt il leva la sienne comme pour les joindre. Je sentais presque sa paume contre la mienne.

— Je t'aime.

Cela me gênait encore un peu de le dire.

— Moi aussi. J'embrasserais bien l'écran, mais je crains que ça ne te vaille qu'un gros plan de mes poils de nez.

Je refermai mon ordinateur en souriant et, quelques secondes plus tard, je dormais.

Quelqu'un hurlait dans le couloir. Je me réveillai, sonnée, en nage, ne sachant pas très bien si j'étais dans un rêve, et me redressai sur mon lit. Effectivement, une femme criait de l'autre côté de ma porte. Des milliers de pensées s'entrechoquèrent dans mon cerveau embrumé – des gros titres de journaux annonçant des meurtres, New York et comment signaler un crime. Quel était le numéro d'urgence ? Pas 999, comme en Angleterre… Je me creusai les méninges, en vain.

— Pourquoi ? Pourquoi je devrais rester gentiment assise à sourire pendant que ces sorcières m'insultent ? Tu n'entends pas la moitié de ce qu'elles disent ! Tu es un homme ! C'est comme si tu portais des œillères sur les oreilles !

— Ma chérie, je t'en prie, calme-toi. S'il te plaît. Ce n'est ni le bon moment ni le bon endroit.

— Il n'y a jamais de bon moment ni de bon endroit ! Parce qu'il y a toujours quelqu'un, ici ! Je devrais m'acheter un appartement rien que pour avoir un lieu où me disputer avec toi !

— Je ne comprends pas pourquoi tu te mets dans un état pareil. Il faut que tu essaies…

— Non !

Quelque chose se fracassa sur le plancher. Mon cœur battait la chamade, et j'étais maintenant parfaitement réveillée.

Un silence pesant s'abattit.

— Maintenant, tu vas me dire que c'était un héritage de ta famille.

Un ange passa.

— Eh bien, oui. Oui, effectivement.

Un sanglot étouffé.

— Je m'en fous ! Je m'en fous ! J'étouffe avec ton histoire familiale ! Tu m'entends ? J'étouffe !

— Agnes, ma chérie… Pas dans le couloir. Allons. Nous pourrons en discuter plus tard.

Assise au bord de mon lit, je restai parfaitement immobile.

Il y eut encore quelques sanglots étouffés, puis le silence retomba. J'attendis un peu avant de me lever et de marcher sur la pointe des pieds jusqu'à ma porte. Je collai l'oreille au battant. Rien. Je regardai mon réveil : 16 h 46.

J'envisageai d'envoyer un texto à Nathan, puis je me rappelai qu'il était sorti retrouver des amis. J'allai donc me rincer le visage, passai rapidement mon uniforme et me brossai les cheveux. Puis, je sortis sans bruit de ma chambre et marchai jusqu'au bout du couloir.

Là, je m'immobilisai.

Plus loin, près de la cuisine, une jeune femme était recroquevillée en position fœtale. Un homme plus âgé se tenait à ses côtés, les bras autour d'elle, adossé contre l'un des panneaux de lambris qui habillaient les murs. Accroupi, un genou replié sous lui, l'autre relevé, il semblait l'avoir rattrapée en ayant été entraîné dans sa chute. Je ne pouvais distinguer le visage de la femme, dissimulé par un rideau de cheveux blonds, mais une longue jambe mince dépassait disgracieusement de sa robe bleu marine. Les jointures de ses doigts étaient blanches tant elle s'agrippait à lui.

Tétanisée, j'avalai bruyamment ma salive. L'homme leva les yeux et me vit. Je reconnus M. Gopnik.

— Pas maintenant. Merci, dit-il doucement.

Incapable de prononcer un seul mot, je m'empressai de regagner ma chambre, dont je refermai la porte, le cœur tambourinant si fort que j'étais sûre qu'ils pouvaient l'entendre aussi.

Je passai l'heure suivante devant la télévision, sans rien y voir, l'image de ces deux personnes enlacées marquée au fer rouge dans mon esprit. De nouveau, je fus tentée d'envoyer un message à Nathan, mais je n'étais pas sûre de savoir quoi lui écrire. Finalement, à 17 h 55, je quittai ma chambre et me dirigeai timidement vers l'appartement principal, franchissant les portes qui le séparaient des logements du personnel. Guidée par les murmures lointains d'une conversation, mes pieds foulant doucement le parquet, je passai devant une vaste salle à manger déserte, une pièce qui ressemblait à une chambre d'amis et deux portes fermées. Enfin, j'atteignis le salon et m'arrêtai juste devant le battant ouvert.

Assis sur une banquette, sous la fenêtre, M. Gopnik parlait au téléphone, les manches de sa chemise bleu pâle roulées sur ses avant-bras, une main derrière la tête. Il me fit signe d'entrer sans interrompre sa conversation. Sur ma gauche, une jeune femme blonde – Mme Gopnik ? –, assise sur un sofa ancien de couleur rose, tapotait nerveusement l'écran de son iPhone. Elle devait avoir changé de vêtements, et je me sentis momentanément décontenancée. J'attendis, mal à l'aise, que M. Gopnik termine son coup de fil et se lève, ce qu'il fit, remarquai-je, en grimaçant sous l'effort. Je fis un pas de plus vers lui afin de lui éviter de devoir s'avancer et lui serrai la main. Elle était chaude, sa poigne douce et ferme. La jeune femme continuait de pianoter sur son téléphone.

— Louisa. Heureux de voir que vous êtes bien arrivée. J'espère que vous avez tout ce dont vous avez besoin.

Il prononça cette dernière phrase sur un ton qui suggérait qu'il ne s'attendait pas à ce que je lui demande quoi que ce soit.

— Tout est parfait. Merci.

— Voici ma fille, Tabitha. Tab ?

La fille leva une main, m'offrant un soupçon de sourire, avant de se concentrer de nouveau sur son téléphone.

— Veuillez excuser Agnes de ne pas s'être présentée. Elle est allée se coucher une heure. Une migraine atroce. Le week-end a été mouvementé.

Une vague expression de lassitude passa sur son visage. Rien dans son comportement ne trahissait quoi que ce soit de la scène que j'avais surprise une heure plus tôt.

Il sourit.

— Donc… vous êtes libre de passer la soirée à votre guise. À partir de demain matin, vous accompagnerez Agnes partout. Votre titre officiel est « assistante », et votre travail consiste à la seconder dans toutes ses activités. Elle a un emploi du temps chargé – j'ai demandé à mon assistant de vous tenir au courant du planning de la famille, et vous serez informée de toutes les actualisations éventuelles par mails. Le mieux, c'est de les consulter vers 10 heures – heure à laquelle nous procédons généralement aux changements de dernière minute. Vous rencontrerez le reste de l'équipe demain.

— Entendu. Merci.

Notant l'usage du mot « équipe », j'eus une vision fugace de footballeurs trottant dans leur appartement.

— Y a quoi pour le dîner, papa ? demanda Tabitha, comme si je n'étais pas là.

— Je l'ignore, ma chérie. N'as-tu pas dit que tu sortais ?

— Je ne suis pas sûre d'avoir l'énergie de retraverser toute la ville ce soir. Je vais peut-être rester.

— Comme tu voudras. Assure-toi seulement de mettre Ilaria au courant. Louisa, avez-vous des questions ?

J'essayai de trouver quelque chose d'intelligent à dire.

— Oh, et maman m'a chargée de te demander si tu avais trouvé ce petit dessin. Le Miró.

— Mon chou, je ne reviendrai pas là-dessus. Le Miró reste ici.

— Mais maman dit que c'est elle qui l'a choisi. Il lui manque. En plus, tu ne l'as jamais aimé.

— Ce n'est pas la question.

Je me balançai d'une jambe sur l'autre, ne sachant pas si j'avais été congédiée.

— Mais si, c'est la question, papa. Maman a terriblement envie de récupérer un objet qui lui manque et dont tu te fiches.

— Il vaut quatre-vingt mille dollars.

— Maman se moque de l'argent.

— Pouvons-nous en discuter plus tard ?

— Plus tard, tu seras occupé. J'ai promis à maman que je réglerais le problème.

Discrètement, je fis un pas en arrière.

— Il n'y a rien à régler. L'acte liquidatif a été signé il y a un an et demi. Tout a été décidé à ce moment-là. Oh, ma chérie, te voilà. Te sens-tu mieux ?

Je tournai la tête. La femme qui venait d'entrer dans la pièce était d'une beauté à couper le souffle. Elle ne portait aucun maquillage, et ses cheveux blonds étaient retenus en arrière en un chignon lâche. Ses pommettes hautes étaient parsemées de quelques taches de rousseur, et la forme de ses yeux laissait deviner des origines slaves. Elle devait avoir à peu près mon âge. Pieds nus, elle marcha vers M. Gopnik et l'embrassa en laissant courir sa main le long de sa nuque.

— Beaucoup mieux, merci.

— Je te présente Louisa.

Elle se tourna vers moi.

— Ma nouvelle alliée, dit-elle.

— Ta nouvelle assistante, rectifia M. Gopnik.

— Bonjour, Louisa.

Elle tendit une longue main et serra la mienne. Elle me détailla de la tête aux pieds, comme si elle cherchait à résoudre une énigme, puis elle sourit, et j'en fis autant.

— Ilaria a bien arrangé votre chambre ?

Elle avait une voix douce où je perçus un léger accent d'Europe de l'Est.

— Elle est parfaite, merci.

— Parfaite ? Oh, vous n'êtes pas contrariante, vous. Cette chambre ressemble à un placard à balais. Si quelque chose ne vous plaît pas, dites-le-nous et nous l'arrangerons. N'est-ce pas, mon chéri ?

— N'as-tu pas vécu toi-même dans une chambre encore plus petite, Agnes ? lança Tab sans lever les yeux de son iPhone. Papa m'a raconté que tu la partageais avec quinze autres immigrés.

— Tab, souffla M. Gopnik sur un ton d'avertissement.

Agnes prit une inspiration et pointa le menton en avant.

— En fait, ma chambre était plus petite. Mais les filles avec qui je la partageais étaient adorables. Donc, ce n'était absolument pas un problème. Si les gens sont gentils, on peut presque tout supporter, vous ne trouvez pas, Louisa ?

J'avalai ma salive.

— Oui.

À ce moment-là, Ilaria entra et se racla la gorge. Elle portait le même polo et le même pantalon foncé que moi, avec un tablier blanc par-dessus. Elle ne me regarda pas.

— Le dîner est servi, monsieur Gopnik, annonça-t-elle.

— Y en a-t-il assez pour moi, Ilaria chérie ? demanda Tab, une main reposant sur le dossier du canapé. Je pense que je vais rester ici.

Aussitôt, l'expression d'Ilaria s'adoucit. C'était comme si une personne différente avait pris sa place.

— Bien sûr, mademoiselle Tabitha. Je cuisine toujours plus le dimanche au cas où vous resteriez pour dîner.

Agnes se tenait debout au milieu de la pièce. Je crus percevoir un éclair de panique dans ses yeux. Elle serra la mâchoire.

— J'aimerais que Louisa se joigne à nous aussi, dit-elle.

Il y eut un bref silence.

— Louisa ? reprit Tab.

— Oui. J'aimerais beaucoup faire connaissance convenablement. Avez-vous quelque chose de prévu ce soir, Louisa ?

— Euh… non, bégayai-je.

— Alors, vous dînez en notre compagnie. Ilaria, vous avez dit que vous aviez cuisiné en plus ?

Ilaria regarda M. Gopnik, qui parut soudain captivé par son téléphone.

— Agnes, finit par lâcher Tab. Tu sais que nous ne prenons aucun repas avec le personnel, n'est-ce pas ?

— Qui est ce « nous » ? J'ignorais qu'il y avait un règlement. (Agnes leva la main et examina son alliance avec un calme étudié.) Chéri ? As-tu oublié de me soumettre le règlement ?

— Avec tout le respect que je te dois, et même si je suis certaine que Louisa est tout à fait charmante, souligna Tab, il y a des limites. Et elles s'appliquent à tout le monde.

— Je serai heureuse de faire ce qui…, commençai-je. Je n'ai aucunement l'intention de causer…

— Eh bien, avec tout le respect que *je te dois*, Tabitha, j'aimerais que Louisa dîne avec moi. Elle est ma nouvelle assistante, et nous allons passer toutes nos journées ensemble. Je ne vois donc pas en quoi faire connaissance avec elle pose un problème.

— Il n'y a aucun problème, dit M. Gopnik.

— Papa…

— Il n'y a aucun problème, Tab. Ilaria, auriez-vous l'amabilité de dresser la table pour quatre personnes ? Merci.

Ilaria écarquilla les yeux avant de me fusiller du regard, la bouche pincée en une fine ligne de rage contenue, comme si j'avais moi-même manigancé ce coup d'État, avant de disparaître dans la salle à manger, où on l'entendit faire tinter les couverts et les verres avec insistance. Agnes poussa un petit soupir et se lissa les cheveux en arrière. Elle m'adressa un sourire complice.

— Allons-y, dit M. Gopnik au bout d'un moment. Louisa, vous voulez peut-être boire quelque chose ?

Le dîner se déroula dans un silence pénible. J'étais intimidée par l'imposante table en acajou, les lourds couverts d'argent et les verres en cristal, ne me sentant pas à ma place dans mon uniforme.

M. Gopnik n'ouvrit presque pas la bouche du repas et disparut à deux reprises pour répondre à des appels professionnels. Tab zappait sur son iPhone, s'appliquant à n'engager la conversation avec personne. Ilaria apporta un poulet au vin rouge et ses accompagnements, puis desservit avec, comme ma mère l'aurait dit, une tête de cul. Je fus peut-être la seule à remarquer le bruit sourd que produisit mon assiette quand elle la posa devant moi, et le reniflement sonore qu'elle émettait chaque fois qu'elle passait derrière ma chaise.

Agnes ne toucha presque pas au repas. Assise en face de moi, elle bavardait courageusement, comme si j'étais sa nouvelle meilleure amie, son regard glissant régulièrement vers son mari.

— Alors, comme ça, c'est votre premier séjour à New York, dit-elle. Où d'autre avez-vous été ?

— Hum… dans peu d'endroits. Je m'y suis mise tard, en quelque sorte. J'ai voyagé sac au dos en Europe, il y a deux ans, et avant ça… l'île Maurice. Et la Suisse.

— L'Amérique est très différente. Chaque État fait une impression unique, je trouve, pour nous, Européens. Je ne suis allée que dans quelques endroits avec Leonard, mais c'était chaque fois comme changer de pays. Êtes-vous heureuse d'être ici ?

— Oui, très, répondis-je. J'ai bien l'intention de profiter de tout ce que New York a à offrir.

— Exactement comme toi, Agnes, dit Tab d'une voix douce.

Agnes l'ignora, gardant les yeux braqués sur moi. Ils étaient d'une beauté ensorcelante, étirés vers les tempes. À deux reprises, je dus me souvenir de fermer la bouche pendant que je la dévisageais.

— Et parlez-moi de votre famille. Vous avez des frères et sœurs ?

Je lui décrivis ma tribu du mieux que je pus, essayant de les faire paraître plus Ingalls que Addams.

— Et votre sœur vit à présent dans votre appartement à Londres ? Avec son fils ? Va-t-elle venir vous rendre visite ? Et vos parents ? Vous allez leur manquer, n'est-ce pas ?

Je me remémorai la dernière phrase de papa au moment de mon départ : « Surtout, ne te dépêche pas de rentrer, Lou ! Nous allons transformer ton ancienne chambre en jacuzzi ! »

— Oh, oui, beaucoup.

— Ma mère a pleuré pendant deux semaines quand j'ai quitté Cracovie. Et vous avez un petit ami ?

— Oui. Il s'appelle Sam. Il est ambulancier.

— Un ambulancier ! Comme un médecin ? C'est si charmant. Je vous en prie, montrez-moi une photo. J'adore voir des photos.

Je sortis mon téléphone et fis défiler mon album jusqu'à trouver mon portrait préféré de Sam, assis sur ma terrasse sur les toits, dans son uniforme vert foncé. Il venait juste de terminer sa journée et buvait une tasse de thé en me regardant avec un sourire radieux. Le soleil était bas derrière lui, et je me rappelais exactement ce moment. Mon thé refroidissait sur la corniche à côté de moi, et Sam attendait patiemment que j'aie fini de le mitrailler.

— Tellement séduisant ! Va-t-il venir à New York aussi ?

— Hum, non. Il se construit une maison, donc c'est un peu compliqué pour le moment. Et puis, il a un travail.

Les yeux d'Agnes s'agrandirent.

— Mais il faut qu'il vienne ! Vous ne pouvez pas vivre dans des pays différents ! Comment pouvez-vous aimer votre homme s'il n'est pas ici avec vous ? Je ne pourrais pas être loin de Leonard. J'ai du mal même quand il s'absente deux jours pour le travail.

— Oui, je me doute que tu préfères qu'il ne s'éloigne pas trop, glissa Tab.

M. Gopnik leva les yeux de son assiette, et son regard passa de sa femme à sa fille, mais il s'abstint de tout commentaire.

— Enfin, poursuivit Agnes en arrangeant sa serviette sur ses genoux, Londres n'est pas si loin. Et l'amour, c'est l'amour. N'est-ce pas, Leonard ?

— Très certainement, répondit-il, et ses traits s'adoucirent brièvement quand il la vit sourire.

Agnes tendit la main et caressa la sienne, et je m'empressai de baisser les yeux vers mon assiette.

Il y eut un silence.

—Finalement, je crois que je vais rentrer à la maison. J'ai un peu mal au cœur.

Tab repoussa sa chaise dans un crissement bruyant et laissa tomber sa serviette dans son assiette. Immédiatement, le lin blanc s'imbiba de sauce au vin. Je dus me retenir de l'en sortir. Tab se leva et embrassa son père sur la joue. Il tendit sa main libre et lui toucha affectueusement le bras.

—Je t'appelle dans la semaine, papa. (Elle se tourna.) Louisa... Agnes.

Après un bref signe de tête à notre intention, elle quitta la pièce.

Agnes la suivit des yeux. Je crus l'entendre marmonner quelque chose entre ses dents, mais Ilaria fit un tel raffut en ramassant mon assiette et mes couverts que je ne pus en avoir la certitude.

Une fois Tab partie, ce fut comme si toute la combativité d'Agnes avait disparu. Elle parut se flétrir sur son siège, les épaules voûtées, le creux marqué de sa clavicule visible quand sa tête bascula en avant.

Je me levai.

—Je crois qu'il est temps que je regagne ma chambre. Merci beaucoup pour le délicieux dîner.

Personne ne protesta. M. Gopnik avait étendu son bras sur la table en acajou et, du bout des doigts, caressait la main de sa femme.

—Nous vous verrons demain matin, Louisa, dit-il sans me regarder.

Agnes levait vers lui un regard sombre. Je sortis à reculons de la salle à manger et regagnai ma chambre en pressant le pas devant la porte de la cuisine afin d'esquiver les couteaux virtuels que je savais qu'Ilaria lançait dans ma direction.

Une heure plus tard, Nathan m'envoya un message. Il était en train de boire une bière avec des amis à Brooklyn.

J'ai cru comprendre que tu avais reçu le baptême du feu. Ça va?

Je n'eus pas l'énergie d'élaborer une réponse pleine d'esprit. Ni de lui demander comment diable il l'avait su.

Ce sera plus facile quand tu les connaîtras. Promis.

Je répondis seulement :

À demain matin.

J'eus un bref moment d'inquiétude – dans quoi m'étais-je donc embarquée ? –, puis je me donnai mentalement un coup de pied aux fesses et sombrai dans un profond sommeil.

Cette nuit-là, je rêvai de Will. Cela m'arrivait rarement – ce qui m'avait profondément attristée au début, quand il me manquait tant que j'avais l'impression d'avoir un trou dans la poitrine. Les rêves s'étaient arrêtés quand j'avais rencontré Sam. Mais voilà qu'il réapparaissait, aux petites heures du jour, aussi vivace que s'il était devant moi. Il était assis à l'arrière d'une luxueuse limousine noire, comme celle de M. Gopnik, et je le regardais depuis l'autre côté de la rue. Instantanément, j'éprouvai un immense soulagement de constater qu'il n'était pas mort, pas parti finalement, mais je sus d'instinct qu'il ne fallait surtout pas qu'il aille là où il se rendait, quel que soit l'endroit en question. Il m'incombait de l'arrêter. Mais chaque fois que j'essayais de traverser la chaussée encombrée, une file supplémentaire de voitures semblait apparaître devant moi, m'empêchant de le rejoindre, le rugissement des moteurs noyant mes cris. Il était là, si proche mais hors d'atteinte – son teint légèrement hâlé, ce sourire aérien frémissant à la commissure des lèvres –, et disait au chauffeur quelque chose que je ne pouvais entendre. Au dernier moment, son regard croisa le mien – ses yeux s'écarquillèrent subtilement –, et je me réveillai en sueur, sens dessus dessous.

À : Samfielding1@gmail.com
De : Le_bourdon_a_NY@gmail.com

Je t'écris en vitesse – Mme Gopnik prend sa leçon de piano –, mais je vais tâcher de t'envoyer un mail tous les jours pour avoir au moins l'impression que nous bavardons. Tu me manques. S'il te plaît, réponds-moi. Je sais que tu détestes les mails, mais rien que pour moi… S'il te plaîîîît. (Imagine la tête que je fais quand je supplie.) Ou bien, tu sais, des LETTRES ! Je t'aime. Baisers. L.

Chapitre 3

– Bonjour, bonjour !

Un Afro-Américain particulièrement grand et vêtu d'une tenue de sport moulante en Lycra écarlate se dressait devant moi, les mains sur les hanches. Clignant des paupières, je m'arrêtai net sur le seuil de la cuisine, en tee-shirt et culotte, me demandant si je rêvais et s'il serait toujours là si je fermais et ouvrais les yeux encore une fois.

— Vous devez être mademoiselle Louisa ?

Une main gigantesque surgit et saisit la mienne, la secouant avec tant d'enthousiasme que je ne pus empêcher mon corps de suivre le mouvement. Je consultai ma montre : il était vraiment 6 h 15.

— Je suis George, le coach sportif de Mme Gopnik. Il paraît que vous rejoignez le navire. Vous m'en voyez ravi.

Je m'étais réveillée après une nuit courte et agitée, luttant pour démêler l'enchevêtrement de rêves qui s'étaient insinués dans mon sommeil, et avais parcouru le couloir en titubant en pilote automatique, tel un zombie en manque de caféine.

— OK, Louisa ! N'oubliez pas de vous hydrater ! lança-t-il en attrapant deux bouteilles d'eau sur le plan de travail.

Là-dessus, il disparut, remontant le couloir en trottinant d'un pas léger.

Je me servis un café et, comme je restais là à le siroter à petites gorgées, Nathan entra, habillé et enveloppé d'un parfum d'after-shave. Il baissa les yeux vers mes jambes nues.

— Je viens de faire la connaissance de George, lui annonçai-je.

— Il est incollable en matière de fessiers. Tu as apporté tes chaussures de *running* ?

— Ha !

Je bus une gorgée de café, mais Nathan me regardait toujours avec l'air d'attendre une réponse.

— Nathan, personne ne m'a prévenue qu'il faudrait que je coure. De toute façon, je ne cours pas. Je veux dire, je suis anti-sport – je suis une squatteuse de canapé. Tu le sais.

Nathan se servit une tasse de café et reposa la verseuse sur la machine.

— En plus, je suis tombée d'un immeuble il n'y a pas si longtemps. Tu te rappelles ? Il y a eu de la casse.

J'arrivais désormais à plaisanter au sujet de cette nuit durant laquelle, pleurant encore la mort de Will, saoule, j'avais glissé de la corniche de mon immeuble à Londres. Mais les élancements dans ma hanche me tenaient lieu de piqûre de rappel.

— Tu pètes la forme. Et tu es l'assistante de Mme Gopnik. Ton boulot consiste à ne pas la lâcher d'une semelle, ma vieille. Si elle veut aller courir, eh ben, tu cours. (Il but une gorgée de café.) Ah, ne fais pas cette tête. Tu vas adorer. En quelques semaines, tu auras un corps de rêve. Tout le monde le fait, ici.

— Il est 6 h 15.

— M. Gopnik commence à 5 heures. On vient de finir sa séance de physio. Mme G. aime bien faire la grasse mat'.

— Bon, alors, à quelle heure on court ?

— Retrouve-les à 6 h 40 dans l'entrée. À plus !

Il me fit un signe de la main et s'en fut.

Agnes, bien sûr, était de ces femmes qui sont encore plus belles le matin : visage au naturel, légèrement flou sur les bords, dans un genre sexy, comme sur ces photos prises avec un objectif barbouillé de vaseline. Elle s'était attaché les cheveux en une queue de cheval lâche, et son haut ainsi que son pantalon de jogging ajustés lui donnaient l'apparence décontractée d'un top model au repos. Elle parcourut le couloir en longues foulées légères, tel un cheval de course palomino chaussé de lunettes de soleil. Elle me salua d'un mouvement élégant de la main, comme s'il était tout simplement trop tôt pour parler. Je n'avais emporté qu'un short et un débardeur, et devais ressembler à un ouvrier agricole dodu. Légèrement inquiète de ne pas m'être rasé les aisselles, je gardais les coudes plaqués contre mes côtes.

— Bonjour, madame Gopnik ! lança George, qui venait d'apparaître près de nous. Vous êtes prête ?

Elle hocha la tête.

— Vous aussi, mademoiselle Louisa ? Aujourd'hui, nous ne courrons que six kilomètres. Mme Gopnik veut travailler ses abdominaux. Vous vous êtes bien échauffée ?

— Hum, je…

Je n'avais pas pris de bouteille d'eau. Mais nous étions déjà partis.

Je connaissais l'expression « partir sur les chapeaux de roues », mais, jusqu'à George, je crois que je n'en avais jamais vraiment compris le sens. Il démarra dans le couloir à ce qui me sembla soixante kilomètres-heure, et juste au moment où je me disais qu'au moins nous ralentirions pour prendre l'ascenseur, il nous tint la porte à double battant ouverte afin que nous puissions dévaler les douze volées de marches qui nous séparaient du rez-de-chaussée. Déboulant dans le hall, nous passâmes à toute vitesse devant Ashok, dont je distinguai à peine le salut assourdi.

Bon sang, il était beaucoup trop tôt pour ça. Je suivis mes deux compagnons, qui trottaient sans effort tels des chevaux d'attelage, pendant que je moulinais comme une dératée, incapable de caler ma petite foulée sur la leur, sentant mes os vibrer à chaque impact de mes pieds, marmonnant des excuses chaque fois que j'esquivais un piéton kamikaze qui croisait mon chemin. Courir était le grand truc de mon ex, Patrick. En ce qui me concernait, c'était comme le chou kale : l'une de ces choses dont vous connaissez l'existence et qui sont probablement bonnes pour vous, mais, franchement, la vie sera toujours trop courte pour y consacrer du temps.

Oh, allez ! Tu peux le faire ! me dis-je. *C'est ton premier moment « Oui ! ». Tu fais du jogging à New York ! C'est la nouvelle version de toi !*

Pendant quelques glorieuses foulées, j'y crus presque. Le flot de voitures s'arrêta, le feu changea de couleur, et nous attendîmes sur le bord du trottoir – George et Agnes rebondissant légèrement sur leurs orteils, moi, invisible entre les deux. Puis, nous atteignîmes l'autre côté de l'avenue et pénétrâmes dans Central Park, le chemin disparaissant sous nos pieds, les bruits de la circulation s'évanouissant à mesure que nous nous enfoncions dans l'oasis verte au cœur de la ville.

Nous avions à peine parcouru un kilomètre quand je me rendis compte que ce n'était pas une bonne idée. Même si je marchais plus que je courais désormais, j'étais déjà hors d'haleine, ma hanche protestant au nom de mes blessures trop récentes. Cela faisait des années que je n'avais pas couru plus de quinze mètres derrière un bus ralentissant – que je ratais systématiquement. Levant les yeux, je remarquai que George et Agnes discutaient tout en courant. Je ne pouvais pas respirer, et eux, ils papotaient comme si de rien n'était.

Je pensai à un ami de papa qui avait eu une crise cardiaque en faisant son jogging. Papa s'en servait toujours d'exemple quand il voulait démontrer que le sport était mauvais pour la santé. Pourquoi n'avais-je pas parlé de mes blessures ? Allais-je cracher un poumon, là, au beau milieu du parc ?

— Tout va bien derrière, mademoiselle Louisa ?

George se retourna, si bien qu'il se retrouva à courir à reculons.

— Super !

Je levai gaiement les pouces.

J'avais toujours voulu voir Central Park. Mais pas comme ça. Je me demandai ce qui arriverait si je m'écroulais et mourais là, dès la première heure de mon premier jour de boulot. Comment rapatrieraient-ils mon corps ? Je fis un écart pour éviter une femme et ses trois bambins identiques flânant sur le chemin.

Seigneur, je vous en conjure, suppliai-je silencieusement en regardant les deux extraterrestres courant sans effort devant moi. *Faites que l'un des deux tombe.*

Je ne demandais pas une fracture, juste une petite entorse. L'un de ces bobos qui durent vingt-quatre heures et nécessitent de rester allongé toute la journée sur un canapé, la jambe surélevée, à regarder la télé.

L'écart entre nous grandissait maintenant, et je ne pouvais rien y faire. Qu'est-ce que c'était que ce parc où poussaient des collines ? M. Gopnik allait être furieux que je ne sois pas restée auprès de sa femme. Agnes se rendrait compte que, en fait d'alliée, je n'étais qu'une Anglaise boulotte et idiote. Ils embaucheraient une femme mince et magnifique dotée d'une vraie tenue de *running*.

C'est à ce moment-là qu'un vieil homme me dépassa en courant. Il tourna la tête pour me jeter un coup d'œil, puis, sans s'arrêter, consulta son bracelet d'activité, agile sur ses orteils, des écouteurs enfoncés dans les oreilles. Il devait avoir dans les soixante-quinze ans.

— Oh, *allez* !

Je le suivis des yeux tandis qu'il s'éloignait de moi à toute vitesse. J'aperçus alors le cheval et la calèche. Je courus jusqu'à me trouver au niveau du conducteur.

— Eh ! Eh ! Est-ce que par hasard vous pourriez trotter jusqu'à ces gens qui courent là-bas ?

— Quels gens ?

Du doigt, je lui désignai les minuscules silhouettes au loin. Il regarda dans leur direction, puis haussa les épaules. Je grimpai dans la calèche et me dissimulai derrière lui pendant qu'il poussait les chevaux à avancer d'un léger coup de rênes.

Une autre expérience new-yorkaise qui ne se déroule pas comme prévu, songeai-je, toujours accroupie.

Quand nous ne fûmes plus qu'à quelques mètres des deux stakhanovistes de la course à pied, je tapotai l'épaule du cocher pour lui signifier de me laisser descendre. Nous n'avions dû parcourir que cinq cents mètres environ, mais au moins je m'étais rapprochée d'eux. Je me préparai à sauter.

— Quarante dollars, me lança l'homme.

— Quoi ?

— Quarante dollars.

— Pour cinq cents mètres ?

— C'est le prix, madame.

George et Agnes discutaient toujours à bâtons rompus. Je tirai deux billets de vingt dollars de ma poche arrière et les lui jetai, avant de foncer me cacher derrière la calèche et de me remettre à courir, juste au moment où George se retournait et me repérait. De nouveau, je levai joyeusement les pouces à son intention, comme si je m'étais toujours trouvée là.

George finit par avoir pitié de moi. Me voyant boiter, il me rejoignit au pas de course pendant qu'Agnes s'étirait, ses longues jambes déployées évoquant un flamant rose désarticulé.

— Mademoiselle Louisa ! Vous allez bien ?

Je devinai qu'il s'agissait de lui : la sueur me dégoulinait dans les yeux et je ne voyais plus rien. Je m'arrêtai, les mains sur les genoux, hors d'haleine.

— Vous avez un problème ? Vous êtes un peu rouge.

— Un peu… rouillée, haletai-je. Problème… de hanche.

— Vous êtes blessée ? Vous auriez dû le dire !

— Je ne voulais… manquer ça… pour rien au monde ! soufflai-je en m'essuyant les yeux des deux mains, ce qui ne réussit qu'à les irriter davantage.

— Où ?

— Hanche gauche. Fracture. Il y a huit mois.

Il posa les mains sur mon bassin, puis fit bouger ma jambe en avant et en arrière afin de pouvoir la sentir tourner. Je m'efforçai de ne pas grimacer.

— Vous savez, je crois que vous devriez en rester là pour aujourd'hui.

— Mais je…

— Non, vous rentrez, mademoiselle Louisa.

— Oh, si vous insistez… Comme c'est décevant…

— Nous vous retrouverons à l'appartement.

Il me donna une claque dans le dos si vigoureuse que je manquai de tomber face contre terre. Là-dessus, agitant joyeusement la main, ils repartirent.

— Vous vous amusez bien, mademoiselle Louisa ? me demanda Ashok quand je pénétrai dans le hall en clopinant, quarante-cinq minutes plus tard.

Je m'arrêtai le temps de décoller mon tee-shirt trempé de mon dos.

— Merveilleux. J'adore.

En pénétrant dans l'appartement, j'appris que George et Agnes étaient rentrés depuis vingt bonnes minutes.

M. Gopnik m'avait prévenue qu'Agnes avait un emploi du temps chargé. Compte tenu du fait que sa femme n'avait ni travail ni enfants, elle était effectivement la personne la plus occupée que j'aie jamais rencontrée. Après le départ de George, nous disposâmes d'une demi-heure pour petit-déjeuner (sur une table dressée à l'intention d'Agnes étaient disposés une omelette blanche, des baies et un pot de café en argent ; pour ma part, j'engloutis un muffin que m'avait laissé Nathan dans la cuisine du personnel). Ensuite, nous passâmes une demi-heure dans le bureau de M. Gopnik avec Michael, son assistant, pour décider provisoirement des événements auxquels Agnes assisterait durant la semaine.

Le bureau de M. Gopnik était un exercice de style soigneusement exécuté sur le thème de la masculinité, tout en lambris foncés et étagères chargées. Nous prîmes place dans des fauteuils généreusement rembourrés, autour d'une table basse. Derrière nous, sur l'énorme bureau, s'alignaient des téléphones et des blocs-notes à spirale. Régulièrement, Michael priait Ilaria de nous resservir de son délicieux café ; elle s'exécutait, n'accordant ses sourires qu'à lui.

Nous passâmes en revue les points qui seraient probablement abordés lors d'une réunion à la fondation philanthropique des Gopnik. Il y aurait aussi un dîner de charité le mercredi, un déjeuner commémoratif et un cocktail le jeudi, une exposition artistique et un concert au Metropolitan Opera du Lincoln Center le vendredi.

— Une semaine calme, donc, conclut Michael en scrutant son iPad.

L'agenda d'Agnes annonçait pour ce jour-là un rendez-vous avec son coiffeur à 10 heures (elle en avait trois par semaine), un autre chez le dentiste (nettoyage de routine), un déjeuner avec un ancien collègue et un rendez-vous avec un décorateur d'intérieur. Elle avait une leçon de piano à 16 heures (ça, c'était deux fois par semaine) et un cours de *spinning* à 17 h 30. Ensuite, elle sortirait seule avec M. Gopnik pour dîner dans un restaurant de Midtown. Je finirais à 18 h 30.

La perspective de la journée parut satisfaire Agnes. À moins que ça n'ait été sa course matinale. Elle s'était changée, vêtue à présent d'un jean indigo et d'une chemise blanche, dont le décolleté révélait le gros solitaire qu'elle portait en pendentif, et évoluait dans un discret nuage de parfum.

— Tout me paraît parfait, dit-elle. Bien. Je dois passer quelques coups de fil.

Elle avait l'air de penser que je saurais où la retrouver ensuite.

— Si vous avez un doute, attendez-la dans le hall, chuchota Michael quand elle quitta la pièce. (Il sourit, se départant un instant de son vernis professionnel.) Quand j'ai commencé, je ne savais jamais où les trouver. Notre boulot consiste à apparaître à l'instant où ils ont besoin de nous. Pas à leur coller au train jusqu'aux toilettes.

Il n'était probablement pas beaucoup plus âgé que moi, mais il était de ceux qui sortent déjà beaux du ventre de leur mère, les vêtements parfaitement assortis et les chaussures impeccablement cirées. Je me demandai si, à part moi, tout le monde était comme ça à New York.

— Depuis combien de temps travaillez-vous ici ?

— Un peu plus d'un an. Ils ont été obligés de congédier leur ancienne secrétaire particulière parce que… (Il s'interrompit brièvement, mal à l'aise.) Eh bien, nouveau départ, etc. Ensuite, ils ont estimé qu'un seul assistant pour tous les deux ne suffisait pas. C'est là que vous faites votre entrée. Donc, bonjour !

Il me tendit la main. Je la serrai.

— Vous vous plaisez ici ?

— J'adore ! Je ne sais jamais de qui je suis le plus amoureux, de lui ou d'elle. (Il sourit.) Il est si intelligent. Et si beau. Elle, c'est une poupée.

— Vous courez avec eux ?

— Courir ? Vous plaisantez ? (Il frissonna.) Transpirer, ce n'est pas pour moi. Sauf avec Nathan. Oh là là ! Avec lui, ça ne me dérangerait pas du tout. N'est-ce pas qu'il est magnifique ? Il m'a proposé de s'occuper de mon épaule et je suis *instantanément* tombé amoureux. Comment avez-vous pu travailler avec lui si longtemps sans sauter sur son délicieux corps de Néo-Zélandais ?

— Je…

— Ne me dites rien. Si vous y avez goûté, je ne veux pas le savoir. Il vaut mieux que nous restions amis. Bien. Je dois filer à Wall Street.

Il me donna une carte de crédit (« Pour les urgences – elle oublie tout le temps la sienne. Les relevés sont envoyés directement à M. Gopnik. ») et une tablette, dont il me montra comment configurer le code d'accès.

— Tous les numéros dont vous avez besoin sont dedans. Et tout ce qui concerne le calendrier est là, dit-il en faisant défiler les icônes de son index. Chaque personne a son code couleur – vous verrez que M. Gopnik est bleu, Mme Gopnik rouge et Tabitha jaune. Nous ne gérons plus son agenda depuis qu'elle ne vit plus ici, mais il est utile d'indiquer les moments où elle est susceptible d'être présente et les événements où toute la famille est attendue, comme les réunions concernant les trusts ou la fondation. Je vous ai créé une adresse mail privée, et, en cas de modifications, vous et moi les communiquerons pour confirmer tout changement effectué à l'écran. Il faut tout vérifier deux fois. Les conflits d'emploi du temps sont les seules choses qui le rendent furieux à coup sûr.

— OK.

— Vous passerez le courrier de Mme Gopnik en revue tous les matins et sélectionnerez les événements auxquels elle souhaitera assister. Je vérifierai ensuite avec vous, étant donné qu'il arrive qu'elle décline certaines invitations, mais qu'il y passe outre. Donc, ne jetez rien. Simplement, faites deux piles.

— De combien d'invitations parle-t-on ?

— Oh, vous n'imaginez pas. Les Gopnik, c'est la crème de la crème. Ce qui implique qu'ils sont invités à tous les événements mondains et qu'ils n'assistent à presque aucun d'entre eux. Ceux qui viennent après dans la pyramide sociale souhaiteraient être invités à la moitié et assister à tout.

— Et les suivants ?

— Les pique-assiettes. Prêts à assister à l'inauguration d'un camion de burritos. Vous en trouvez même dans les soirées mondaines. Terriblement embarrassant, ajouta-t-il dans un sourire.

Je parcourus l'agenda, zoomant sur cette semaine-là, qui me fit l'impression d'un enchevêtrement terrifiant de couleurs arc-en-ciel. Je m'efforçai de ne rien laisser paraître de mon abattement.

— À quoi correspond le marron ?

— Ce sont les rendez-vous de Felix. Le chat.

— Le chat aussi a son agenda ?

— Il s'agit seulement de ses séances de toilettage ou d'hygiène dentaire, rendez-vous chez le vétérinaire, ce genre de choses. Oh, non, il voit la comportementaliste cette semaine. Il doit encore avoir fait caca sur le Ziegler.

— Et le violet ?

Michael baissa la voix.

— L'ex-Mme Gopnik. Si vous voyez un bloc violet accolé à un événement, c'est qu'elle y assistera aussi.

Il s'apprêtait à ajouter quelque chose quand son téléphone sonna.

—Oui, monsieur Gopnik… Oui, bien sûr… Comptez sur moi. J'arrive tout de suite. (Il rangea son téléphone dans son sac.) OK. Il faut que j'y aille. Bienvenue dans l'équipe !

—Nous sommes combien ? demandai-je, mais il avait déjà franchi la porte en courant, son manteau sur le bras.

—Le premier Code Violet est dans deux semaines. Compris ? Je vous enverrai un mail. Et portez des vêtements normaux quand vous sortez ! Sinon, on vous prendra pour une livreuse de chez Whole Foods…

La journée passa à toute allure. Vingt minutes plus tard, nous sortîmes de l'immeuble pour grimper dans une voiture qui nous conduisit à un salon de coiffure luxueux à quelques rues de là – je m'efforçai désespérément d'avoir l'air habituée à monter et descendre de grosses voitures noires à l'intérieur tapissé de cuir crème. Je demeurai assise d'un côté de la pièce pendant qu'Agnes se faisait laver les cheveux, puis coiffer par une femme dont la chevelure semblait avoir été coupée avec une règle. Une heure plus tard, la voiture nous emmena chez le dentiste où, de nouveau, je patientai dans la salle d'attente. Tous les endroits où nous allions étaient silencieux et raffinés, à mille lieues de la folie qui régnait dans la rue en contrebas.

J'avais enfilé l'une de mes tenues les plus sobres : un chemisier bleu imprimé d'ancres marines et une jupe crayon rayée, mais je n'aurais pas dû m'inquiéter, car, chaque fois que nous entrions quelque part, je devenais instantanément invisible. C'était comme si j'avais le mot « STAFF » tatoué sur le front. Je commençai à repérer les autres assistants personnels, qui faisaient les cent pas dehors en parlant dans leur portable ou surgissaient, chargés de housses du pressing ou de tasses de café calées dans des supports en carton. Je me demandai si j'aurais dû proposer du café à Agnes ou cocher officieusement des points sur des listes. De manière générale, je n'étais pas sûre de ce que je faisais là. Tout semblait marcher comme sur des roulettes sans moi. C'était comme si j'étais une armure humaine – une barrière portative entre Agnes et le reste du monde.

Pendant tout ce temps, celle-ci se montra distraite, parlant au téléphone en polonais ou me demandant de prendre des notes sur ma tablette.

— Nous devons vérifier auprès de Michael que le costume gris de Leonard a bien été nettoyé. Et peut-être appeler Mme Levitsky au sujet de ma robe Givenchy – je crois avoir perdu un peu de poids depuis la dernière fois que je l'ai portée. Elle pourrait la reprendre de deux ou trois centimètres. (Agnes attrapa son énorme sac Prada, dont elle sortit une plaquette de comprimés ; elle en détacha deux qu'elle glissa dans sa bouche.) De l'eau ?

Je regardai autour de moi et découvris une bouteille dans la portière. Je dévissai le bouchon et la lui tendis. La voiture s'arrêta.

— Merci.

Le chauffeur, un quinquagénaire aux cheveux noirs épais et aux bajoues qui tremblotaient quand il bougeait, sortit de la voiture pour lui ouvrir sa portière. La voyant disparaître dans le restaurant après que le portier l'eut accueillie comme une vieille amie, je me préparai à sortir à sa suite, mais le chauffeur referma la portière. On me laissait sur la banquette arrière.

Je restai assise un moment, dubitative. Qu'étais-je censée faire ?

Je consultai mon téléphone, puis jetai un coup d'œil par la vitre en me demandant où m'acheter un sandwich dans le coin. Je tapai du pied. Enfin, je me penchai entre les sièges de devant.

— Mon père avait l'habitude de nous laisser, ma sœur et moi, dans la voiture quand il allait au pub. Il nous apportait un Coca et un paquet de Monster Munch à l'oignon, et, avec ça, il considérait notre sort réglé pour trois heures. (Je tambourinai des doigts sur mon genou.) Aujourd'hui, il aurait probablement été dénoncé aux services sociaux pour mauvais traitements. Remarquez, nous raffolions des Monster Munch à l'oignon. Le meilleur moment de la semaine.

Le chauffeur resta coi.

Je me penchai davantage, approchant mon visage à quelques centimètres du sien.

— Donc, ça prend combien de temps, en général ?

— Le temps que ça prend.

Il détourna son regard du mien dans le rétroviseur intérieur.

— Et vous attendez ici ?

— C'est mon boulot.

Je restai assise en silence un moment, puis tendis la main entre les deux sièges avant.

— Je suis Louisa, la nouvelle assistante de Mme Gopnik.

— Enchanté, marmonna-t-il sans se tourner vers moi.

Ce furent les derniers mots qu'il m'adressa. Il glissa un CD dans le lecteur. *« Estoy perdido »*, dit une voix de femme en espagnol. *« ¿Dónde está el baño? »*

— Es-TOÏ pèr-di-do. Don-dé es-ta èl ba-gnô, répéta le chauffeur.

« ¿Cuánto cuesta? »

— CouANE-to COUESSE-ta, poursuivit-il.

Je passai l'heure suivante à regarder fixement l'iPad, tâchant de faire abstraction des exercices linguistiques du chauffeur et me demandant si j'aurais dû, moi aussi, faire quelque chose d'utile. J'envoyai un mail à Michael, mais il me répondit simplement :

C'est votre pause-déjeuner, chérie. Profitez !

Je préférai ne pas lui avouer que je n'avais rien à manger. Dans la chaleur de l'habitacle, la fatigue me submergea de nouveau, telle une vague. J'appuyai la tête contre la vitre en me disant qu'il était normal que je me sente perdue, dépassée. « Tu vas te sentir mal à l'aise quelque temps dans ton nouvel univers. C'est toujours étrange d'être propulsé hors de sa zone de confort. » La dernière lettre de Will résonna en moi comme un écho lointain.

Et puis, plus rien.

Je me réveillai en sursaut quand la portière s'ouvrit. Agnès monta, le teint pâle, la mâchoire contractée.

— Tout va bien ? demandai-je en me redressant maladroitement.

Elle ne répondit pas. Nous nous mîmes en route en silence, l'air immobile de l'habitacle soudain chargé de tension. Elle se tourna vers moi. Je tâtonnai en quête d'une bouteille d'eau et la lui présentai.

— Auriez-vous des cigarettes ?

— Euh… non.

— Garry, auriez-vous des cigarettes ?

— Non, madame. Mais nous pouvons nous arrêter pour en acheter.

Je me rendis compte que les mains d'Agnes tremblaient. Elle fouilla dans son sac, d'où elle sortit un petit flacon de pilules, et je lui tendis la bouteille. Alors qu'elle buvait quelques gorgées, je remarquai que des larmes perlaient au coin de ses paupières. La voiture s'immobilisa devant un *Duane Reade* et, au bout d'un moment, je compris que j'étais censée descendre.

— Quelle sorte ? Je veux dire : quelle marque ?

— Marlboro Light, dit-elle en se tamponnant les yeux.

Je sautai de la voiture – enfin, je clopinai plutôt, les jambes raidies par la course du matin – et achetai un paquet, ne manquant pas de m'étonner qu'on puisse s'approvisionner en cigarettes dans une pharmacie. Quand je regagnai la voiture, Agnes était au téléphone et hurlait en polonais sur son interlocuteur. Elle raccrocha, puis ouvrit sa vitre et alluma une cigarette en inhalant profondément la fumée. Elle m'en offrit une. Je secouai la tête.

— Ne le dites pas à Léonard, me glissa-t-elle, et son expression s'adoucit. Il déteste que je fume.

Nous restâmes là quelques minutes, le moteur en marche, le temps qu'elle fume sa cigarette par bouffées saccadées, si rageuses que je ne pus m'empêcher de me faire du souci pour ses poumons. Puis, elle l'écrasa avec une moue trahissant la colère qui la consumait et d'un geste indiqua à Garry de se mettre en route.

Je fus brièvement livrée à moi-même pendant la leçon de piano d'Agnes. Je me retirai dans ma chambre, où j'envisageai de m'étendre. Mais, craignant que mes jambes courbaturées ne m'empêchent de me relever, je m'assis au petit bureau et écrivis une rapide lettre à Sam, puis consultai l'agenda des jours suivants.

C'est alors qu'un torrent de notes commença à se répandre dans l'appartement, d'abord des gammes, puis un air mélodieux et beau. Je m'arrêtai pour écouter, émerveillée, me demandant ce que l'on ressentait quand on était capable de créer quelque chose d'aussi magnifique. Je fermai les yeux, laissant la musique me traverser, me remémorant le soir où Will m'avait emmenée à mon premier concert et avait commencé à forcer le monde à s'ouvrir pour moi. La musique jouée en direct était tellement plus vivante que celle enregistrée en studio – elle éveillait quelque chose au plus profond de soi. Le jeu d'Agnes semblait prendre sa source à un endroit préservé de ses rapports au monde ; une part d'elle vulnérable, douce et charmante.

Will aurait beaucoup apprécié, songeai-je distraitement. *Il aurait adoré être ici.*

Au moment exact où la mélodie enflait jusqu'à une percée de pure magie, Ilaria mit l'aspirateur en marche, noyant les notes dans un rugissement ponctué par les coups impitoyables de l'appareil contre les plinthes et les meubles. Le piano se tut.

Mon téléphone vibra.

S'il vous plaît, dites-lui d'arrêter l'aspirateur.

Je me levai et parcourus l'appartement jusqu'à ce que je découvre Ilaria en train de passer furieusement l'aspirateur juste devant la porte du bureau d'Agnes. La tête rentrée dans les épaules, elle abattait la brosse avec fracas sur tout ce qui se trouvait sur sa trajectoire. J'avalai ma salive. Quelque chose chez Ilaria vous forçait à peser le pour et le contre avant de l'affronter – même si elle devait être l'une des rares personnes que je dépassais en taille dans le quartier.

—Ilaria, appelai-je.

Elle ne s'interrompit pas.

—Ilaria !

Je me plantai devant elle afin qu'elle ne puisse plus m'ignorer. D'un coup de talon, elle éteignit l'appareil et me jeta un regard noir.

— Mme Gopnik vous prie d'avoir l'amabilité de passer l'aspirateur à un autre moment. Cela perturbe sa leçon de musique.

— Et quand suis-je censée nettoyer l'appartement ? cracha Ilaria, suffisamment fort pour être entendue de l'autre côté de la porte.

— Hum... Peut-être à n'importe quel autre moment de la journée. C'est-à-dire : pas précisément pendant ces quarante minutes ?

Elle débrancha la prise et s'en fut en traînant bruyamment l'aspirateur. Avant de quitter la pièce, elle me lança un regard si venimeux que je faillis faire un pas en arrière. Il y eut un bref silence, puis la musique reprit.

Quand Agnes reparut, vingt minutes plus tard, elle me jeta un petit regard en coin et sourit.

Cette première semaine se déroula par à-coups, sur le modèle du premier jour : je la passai à guetter des signaux d'Agnes, à la façon dont ma mère observait notre vieux chien devenu incontinent.

A-t-elle besoin de sortir ? Que veut-elle ? Comment puis-je me rendre utile ?

Je courais tous les matins avec elle et George, leur faisant signe de ne pas m'attendre sur un peu plus d'un kilomètre, avant de leur désigner ma hanche qui me faisait souffrir et de faire demi-tour pour regagner l'appartement à pas lents. Je passai beaucoup de temps dans le vestibule, m'absorbant dans la consultation de mon iPad dès que je croisais quelqu'un dans l'espoir d'avoir l'air de savoir ce que je faisais.

Michael venait tous les jours et me chuchotait des informations par rafales. Il semblait passer sa vie à courir entre l'appartement et le bureau de M. Gopnik sur Wall Street, l'un de ses deux téléphones collé à l'oreille, une housse de teinturier sur le bras, un café dans la main. Il était absolument charmant et toujours souriant, et j'aurais été bien incapable de dire s'il m'appréciait ou pas.

Je croisais à peine Nathan. Ses journées étaient rythmées par l'emploi du temps de M. Gopnik. Certains jours, il travaillait dès 5 heures, d'autres, à 19 heures, le rejoignant à son bureau pour l'aider si nécessaire. « Je ne suis pas employé pour ce que je fais, m'expliquait Nathan. Je suis employé pour ce que je *peux* faire. » De temps à autre, il disparaissait, et je découvrais que lui et M. Gopnik s'étaient envolés quelque part pendant la nuit – pour Chicago ou San Francisco. M. Gopnik souffrait d'une forme d'arthrite, et il luttait pour garder la situation sous contrôle : lui et Nathan nageaient ou faisaient de l'exercice souvent plusieurs fois par jour pour compléter son traitement à base d'anti-inflammatoires et d'antidouleurs.

En plus de Nathan et de George le Coach, qui venait tous les matins en semaine, voici la liste de tous ceux qui passèrent à l'appartement durant cette première semaine.

L'équipe de ménage. Apparemment, il existait une différence entre ce que faisait Ilaria (s'assurer de la bonne tenue de la maison) et le ménage proprement dit. Deux fois par semaine, une équipe de quatre personnes en livrée, trois femmes et un homme, nettoyaient les lieux de fond en comble. Ils travaillaient en silence, se consultant brièvement de temps à autre. Chacun était équipé d'une grande caisse remplie de produits d'entretien *eco-friendly*. Ils disparaissaient au bout de trois heures, laissant Ilaria renifler l'air et passer un doigt sur les plinthes avec un air désapprobateur.

Le fleuriste. Il arrivait dans sa camionnette le lundi matin pour livrer des arrangements floraux dans des vases gigantesques, qu'il répartissait stratégiquement dans l'appartement. Certains étaient si volumineux qu'il fallait deux personnes pour les transporter. Le fleuriste et ses employés se déchaussaient avant d'entrer.

Le jardinier. Non, ce n'est pas une blague. La première fois, je crus rêver (« Vous êtes au courant tout de même qu'on est au deuxième étage ? »), jusqu'à ce que je découvre que les longs balcons à l'arrière de l'immeuble étaient bordés d'arbres miniatures en pots et de vasques fleuries, que le jardinier arrosait, taillait et nourrissait d'engrais. Effectivement, les balcons étaient magnifiques, même si personne à part moi ne s'y rendait.

La comportementaliste animalière. Une Japonaise minuscule, aussi menue qu'un oiseau, apparut à 10 heures le vendredi. Elle observa Felix à distance pendant une heure, puis examina sa nourriture, sa petite gamelle, les endroits où il dormait, interrogea Ilaria sur son comportement. Elle fit ensuite des recommandations sur les jouets dont il avait besoin et sur les dimensions et la stabilité de son griffoir. Felix l'ignora tout le temps que dura sa visite, ne s'animant que pour se nettoyer le derrière avec un enthousiasme presque insultant.

L'équipe d'approvisionnement. Les livreurs passèrent deux fois dans la semaine et apportèrent de grands cageots d'aliments frais, qu'ils déballèrent sous la supervision d'Ilaria. Un jour, je tombai sur la facture : de quoi nourrir ma famille – voire la moitié de mon quartier – pendant plusieurs mois.

Sans compter la manucure, la dermatologue, le professeur de piano, l'homme qui révisait et nettoyait les voitures, l'homme à tout faire qui travaillait dans l'immeuble et venait changer les ampoules ou réparer l'air conditionné. Et la femme rousse, maigre comme un clou, qui arrivait chargée de sacs *Bergdorf Goodman* ou *Saks Fifth Avenue* et examinait tout ce qu'essayait Agnes de son œil perçant en déclarant : « Nan. Nan. Nan. Oh, celle-ci est parfaite, mon chou. Ravissante. À porter absolument avec le petit sac Prada que je t'ai montré la semaine dernière. Bon, que fait-on pour le gala ? »

Il y avait aussi le marchand de vin, l'homme chargé d'accrocher les tableaux, la femme qui nettoyait les rideaux, l'homme qui lustrait le parquet du salon principal avec une machine qui ressemblait à une tondeuse à gazon, et quelques autres encore. Je m'habituai simplement à voir des gens que je ne connaissais pas se promener de pièce en pièce. Je ne crois pas que, durant mes deux premières semaines, il y ait eu un seul jour avec moins de cinq personnes en même temps dans l'appartement.

L'endroit n'avait de foyer que le nom. J'y voyais plutôt un lieu de travail pour moi, Nathan, Ilaria, et une infinité d'entrepreneurs, d'employés et de parasites qui y traînaient leurs guêtres dès l'aube et jusqu'à des heures tardives. Parfois, après le dîner, une procession de collègues de M. Gopnik en costume passaient, disparaissaient dans son bureau, pour ressortir une heure plus tard en s'entretenant à voix basse au sujet d'appels à Washington ou à Tokyo. Leonard Gopnik ne semblait jamais vraiment cesser de travailler, mis à part pendant le temps qu'il passait avec Nathan. Même pendant le dîner, ses deux téléphones étaient posés sur la table d'acajou, vibrant discrètement telles des guêpes prises au piège chaque fois que des messages arrivaient.

Je me surprenais parfois à regarder Agnes refermer la porte de son dressing en plein milieu de la journée – probablement le seul endroit où elle pouvait disparaître – et me demandais à quel moment cet endroit avait été un simple foyer.

Toute cette agitation expliquait probablement qu'ils partent le week-end. À moins que leur résidence secondaire ne grouille, elle aussi, de personnel.

— Nan. C'est le seul truc qu'elle ait réussi à imposer, m'expliqua Nathan quand je lui posai la question. Elle a insisté pour qu'il cède leur résidence secondaire à son ex. À la place, elle l'a convaincu d'acheter quelque chose de plus modeste en bord de mer. Trois lits. Une salle de bains. Pas de personnel. (Il secoua la tête.) Et donc, pas de Tab. Pas folle, la guêpe.

— Salut, toi.

Sam était en uniforme. Je fis un rapide calcul et conclus qu'il venait de finir son service. Il se passa une main dans les cheveux, puis se pencha en avant, comme pour mieux me voir sur l'écran pixellisé. Dans ma tête, une petite voix me souffla, comme chaque fois que je lui avais parlé depuis mon départ : *Qu'est-ce qui t'a pris de mettre un océan entre cet homme et toi ?*

— Alors, tu as repris le boulot ?

— Ouais. (Il soupira.) J'ai vu mieux dans le genre reprise.

— Pourquoi ?

— Donna a démissionné.

Je ne pus dissimuler le choc que me causa cette nouvelle. Donna – franche, drôle, calme – était le yin de son yang, son ancre, la voix du bon sens. Il était impossible d'imaginer l'un sans l'autre.

— Quoi ? Pourquoi ?

— On vient de diagnostiquer un cancer à son père. Fulgurant. Incurable. Elle veut être là pour lui.

— Oh, pauvre Donna. Pauvre papa de Donna.

— Ouais, c'est dur. Et maintenant, il ne me reste plus qu'à attendre de voir quel coéquipier ils vont me dégoter. Je ne pense pas qu'ils me mettront avec un nouveau à cause de cette histoire de commission disciplinaire. Donc, je suppose que ce sera quelqu'un d'un autre service.

Sam s'était retrouvé devant la commission disciplinaire à deux reprises depuis le début de notre relation. J'étais responsable d'au moins l'une de ces deux comparutions, et je ne pus m'empêcher d'éprouver un vif accès de culpabilité.

— Elle va te manquer.

— Ouaip.

Il semblait assez abattu. Je voulais traverser l'écran pour le serrer dans mes bras.

— Elle m'a sauvé, dit-il.

Sam n'était pas enclin à faire des déclarations dramatiques, ce qui rendait ces quatre mots plus poignants encore. Cette fameuse nuit me revenait par flashs avec une clarté terrifiante : Sam blessé par balles, le sang s'écoulant sur le sol de l'ambulance. Donna, calme, sûre d'elle, me dictant des instructions, maintenant intact ce fragile fil jusqu'à l'intervention des médecins. Je pouvais encore sentir la peur, viscérale et métallique, dans ma bouche, la chaleur obscène du sang de Sam sur mes mains. Je frémis, m'efforçant de chasser ce souvenir. Je ne voulais confier la sécurité de Sam à personne d'autre. Lui et Donna formaient un duo de choc. Ils étaient toujours là l'un pour l'autre et ne manquaient jamais une occasion de se chambrer.

— Quand part-elle ?

— La semaine prochaine. Elle a été dispensée de son préavis étant donné les circonstances. (Il soupira.) Enfin, la bonne nouvelle, c'est que ta mère m'a invité à déjeuner dimanche. Apparemment, nous aurons droit au rôti avec toutes les options de garniture. Oh, et ta sœur m'a demandé de passer à l'appartement. Ne fais pas cette tête : elle a besoin que je l'aide à purger tes radiateurs.

— Ça y est. Tu fais partie du clan. Ma famille t'a happé comme une plante carnivore.

— Ça va être bizarre, sans toi.

— Peut-être que je devrais rentrer.

Il essaya de sourire, sans succès.

— Quoi ?

— Rien.

— Vas-y.

— Je ne sais pas… J'ai un peu l'impression d'avoir perdu mes deux femmes préférées.

Une boule se logea dans ma gorge. Le fantôme de la troisième femme qu'il avait perdue – sa sœur, morte d'un cancer deux ans auparavant – flotta entre nous.

— Sam, tu n'as pas per…

— Oublie ce que je viens de dire. C'était injuste de ma part.

— Je suis toujours à toi. Juste de loin pendant un moment.

Il soupira de plus belle.

— Je ne pensais pas que ça serait si dur.

— Je ne sais pas si je dois me sentir heureuse ou triste, maintenant.

— Ça ira mieux. Un jour.

Je le regardai pendant un moment en silence.

— OK. Voici le plan. D'abord, tu vas aller nourrir tes poules. Parce que ça t'apaise toujours de les regarder. Et puis, le spectacle de la nature ouvre d'autres horizons, etc.

Il se redressa légèrement.

— Et ensuite ?

— Tu te mitonnes l'une de ces délicieuses sauces bolognaises dont tu as le secret. Celle qui prend des heures de préparation, avec le vin, le bacon et tout, et tout. Parce qu'il est presque impossible de se sentir déprimé après avoir mangé de délicieux spaghettis à la bolognaise.

—Poules. Sauce. D'accord.

—Après, tu vas allumer la télé et trouver un bon film à regarder. Quelque chose qui te captive. Pas une émission de téléréalité. Rien avec des pubs.

—Les « remèdes du soir » de Louisa Clark. J'aime bien.

—Et pour finir… (Je réfléchis quelques instants.) Tu te concentres sur l'idée que, dans à peine plus de trois semaines, nous serons ensemble. Ce qui implique ceci… Ta-daaa !

Je relevai mon haut jusqu'au menton.

Quand j'y repense, ce n'était vraiment pas de bol qu'Ilaria ait choisi ce moment précis pour ouvrir ma porte et entrer dans ma chambre avec mon linge. Elle resta debout là, une pile de serviettes coincée sous le bras, tétanisée en découvrant ma poitrine exposée et le visage de l'homme sur l'écran, puis recula et referma la porte précipitamment en marmonnant. Je m'empressai de me couvrir maladroitement.

—Quoi ? (Sam souriait tout en essayant de regarder sur la droite de l'écran.) Qu'est-ce qui se passe ?

—La gouvernante, dis-je en rajustant mon haut. Merde.

Sam s'écroula contre le dossier de sa chaise. Il riait franchement, à présent, une main sur le ventre, comme pour protéger sa cicatrice.

—Tu ne comprends pas. Elle me déteste.

—Et maintenant, tu es Madame Webcam !

Il riait toujours.

—Mon nom sera traîné dans la boue par toute la communauté des gouvernantes de New York à Palm Springs.

Je gémis encore un peu avant de me mettre à glousser. Impossible de résister face au spectacle d'un Sam absolument hilare.

Il m'adressa un grand sourire.

—Eh bien, Lou, tu as réussi. Tu m'as remonté le moral.

—En attendant, c'était la première et la dernière fois que je te montrais mes appas sur Internet. Dommage pour toi.

Sam se pencha en avant et me souffla un baiser.

— Ouais, eh bien, je suppose que nous devrions juste être reconnaissants que ça ne soit pas moi qui aie été surpris en train de m'exhiber…

Ilaria ne m'adressa pas la parole pendant deux jours après l'incident de la webcam. Elle se détournait quand j'entrais dans une pièce, trouvant immédiatement quelque chose à faire, comme si elle craignait, en croisant mon regard, d'être contaminée par mon penchant obscène pour l'exhibition de nichons.

Nathan me demanda ce qui s'était passé entre nous après l'avoir vue pousser mon café vers moi avec une spatule, mais, craignant d'exagérer la gravité de la scène en la lui décrivant, je me contentai de bafouiller quelque chose au sujet du linge et de l'importance d'avoir des verrous sur nos portes, en priant pour qu'il n'insiste pas.

À: KatClark@yahoo.com
De: Le_bourdon_a_NY@gmail.com

Salut, Connasse Puante Toi-Même,

(Est-ce vraiment comme ça qu'une comptable respectable est censée s'adresser à sa bourlingueuse de sœur ?)

Je vais bien, merci. Mon employeuse – Agnes – a mon âge et est vraiment sympa. Une bonne surprise, tu penses. Tu n'imagines pas les endroits où je vais – hier soir, j'ai assisté à un bal vêtue d'une robe qui vaut plus cher que ce que je gagne en un mois. J'ai eu l'impression d'être Cendrillon. Mais avec une sœur absolument magnifique (ouaip, un vrai changement pour moi, ah, ah, ah !).

Ravie de savoir que Thom se plaît dans sa nouvelle école. Ne t'inquiète pas pour l'accident de feutres, on pourra toujours repeindre ce mur. D'après maman, c'est le signe de sa créativité artistique. Tu savais qu'elle essayait de traîner papa à un cours du soir pour qu'il apprenne à mieux exprimer ses émotions ? Il est persuadé qu'après ça, elle va exiger

qu'il se mette au tantrisme. Dieu sait où il s'est renseigné sur ce sujet… Je lui ai fait croire que c'était effectivement ce qu'elle m'avait confié, et maintenant je culpabilise un peu parce qu'il est paniqué à l'idée de devoir sortir popaul devant une salle pleine d'inconnus.
Donne-moi vite des nouvelles. Surtout de ton rencard !!!
Tu me manques.
Baisers,
Lou

P.-S. : Si effectivement papa sort popaul devant une salle pleine d'inconnus, je ne veux RIEN savoir.

Chapitre 4

À EN CROIRE L'AGENDA DES SORTIES D'AGNES, DE NOMBREUX événements étaient des points culminants du calendrier mondain new-yorkais. Néanmoins, le dîner de la fondation philanthropique de Neil et Florence Strager frôlait le sommet. Les invités portaient du jaune – seulement sur la cravate pour les hommes, à moins d'être particulièrement extravagants –, et les photos de la soirée paraissaient dans de nombreuses publications prestigieuses, du *New York Post* à *Harper's Bazaar*. Bien entendu, les tenues étaient d'une grande élégance, les robes jaunes éblouissantes, et les convives avaient déboursé pas loin de trente mille dollars par table. Pour les bords de la salle. Je le savais pour avoir commencé à enquêter sur chaque événement auquel devait assister Agnes. Ce bal, c'était du lourd à en juger non seulement par les préparatifs auxquels se soumit Agnes (manucure, coiffeur, masseur, heures supplémentaires de George les matins précédents), mais aussi par son niveau de stress. Elle vibra littéralement toute la journée, criant à George qu'elle ne pouvait pas faire les exercices qu'il lui avait indiqués ni courir aussi longtemps. C'était complètement *impossible*. George, qui aurait pu rivaliser de calme avec Bouddha, la rassura : tout allait bien, ils marcheraient pour rentrer, les endorphines produites durant la marche étaient toujours bonnes à prendre. En partant, il m'adressa un clin d'œil, comme pour m'indiquer que ce qui se passait était prévisible.

M. Gopnik, peut-être en réponse à un appel angoissé, rentra à l'heure du déjeuner et la trouva enfermée dans son dressing. J'allai récupérer une housse du teinturier auprès d'Ashok et annulai un rendez-vous chez le dentiste pris pour un blanchiment des dents, puis m'assis dans l'entrée, pas très sûre de ce que j'aurais dû faire. J'entendis sa voix étouffée quand il ouvrit la porte : « Je ne veux pas y aller. »

Quoi qu'elle ait dit ensuite, cela retint M. Gopnik bien plus longtemps que je m'y serais attendue. Nathan était sorti, donc je ne pus discuter avec lui. Michael passa la tête dans l'embrasure de la porte.

— Il est toujours là ? Mon traceur ne marche plus.

— Traceur ?

— Sur son téléphone. C'est le seul moyen dont je dispose pour savoir où il se trouve la moitié du temps.

— Il est avec elle dans le dressing.

Je n'osai rien ajouter, n'étant pas sûre de pouvoir faire totalement confiance à Michael.

— Il semblerait que Mme Gopnik n'ait pas très envie de sortir ce soir, ajoutai-je néanmoins.

— Code Violet. Je vous avais prévenue.

Et là, je me souvins.

— L'ancienne Mme Gopnik, poursuivit-il. Le Bal jaune, c'était sa soirée, et Agnes le sait. Ça l'est toujours. Toutes ses harpies d'amies seront présentes. L'accueil risque de ne pas être très chaleureux.

— Eh bien, voilà qui explique beaucoup de choses.

— M. Gopnik est un important donateur. Il ne peut pas sc permettre de ne pas y assister. De plus, c'est un vieil ami des Strager. Mais c'est l'une des soirées les plus dures de leur agenda. Le bal de l'année dernière a été absolument désastreux.

— Pourquoi ?

— Oh, elle est entrée comme un agneau à l'abattoir. (Il grimaça.) Elle pensait trouver ses nouvelles meilleures amies. D'après ce que j'ai entendu ensuite, elles l'ont *anéantie.*

Je frissonnai.

— Il ne peut pas y aller seul ?

— Oh, mon chou, vous n'avez aucune idée de la façon dont on fonctionne ici. Non. Non. Non. Elle doit y aller. Elle doit se plaquer un sourire sur les lèvres et poser pour les photos. C'est son boulot maintenant. Et elle le sait. Mais ça ne va pas être beau à voir.

Dans le dressing, l'échange se fit plus véhément. Nous entendîmes Agnes protester, puis la voix de M. Gopnik, plus douce, suppliante, mesurée.

Michael consulta sa montre.

—Je vais retourner au bureau. Rendez-moi service : envoyez-moi un texto quand il part. J'ai cinquante-huit choses à lui faire signer avant 15 heures. Je vous adore !

Il me souffla un baiser et disparut.

M'armant de patience, j'essayai de ne pas écouter la dispute qui se déroulait plus loin dans le couloir. J'examinai l'agenda d'Agnes, me demandant ce que je pourrais faire d'utile. Felix passa devant moi, la queue levée en point d'interrogation, suprêmement indifférent à l'agitation des bipèdes autour de lui.

Soudain, la porte s'ouvrit. M. Gopnik me vit.

—Ah, Louisa. Pouvez-vous entrer un moment ?

Je me levai et le rejoignis en trottinant. C'était difficile, car j'avais des élancements affreusement douloureux dans les jambes.

—Je me demandais si vous étiez libre ce soir.

—Libre ?

—Pour nous accompagner au gala de bienfaisance.

—Euh... bien sûr.

Je savais depuis le début que mes horaires ne seraient pas réguliers. Et au moins, cela m'épargnerait de croiser Ilaria. Je téléchargerais un film sur l'un des iPad et le regarderais dans la voiture.

—Voilà. Qu'en penses-tu, ma chérie ?

Agnes semblait avoir pleuré.

—Elle pourra s'asseoir à côté de moi ?

—Je vais m'arranger pour que ce soit le cas.

Elle prit une inspiration tremblante.

—Alors, d'accord. Je suppose.

—M'asseoir à côté de...

—Parfait. Parfait ! (M. Gopnik consulta son téléphone.) Bon. Il faut vraiment que j'y aille. Je te retrouve dans la salle de réception principale à 19 h 30. Je te préviendrai si je parviens à finir cette conférence téléphonique plus tôt. (Il fit quelques pas et prit son visage dans ses mains pour l'embrasser.) Ça va ?

—Ça va.

—Je t'aime. Énormément.

Un autre baiser, et il partit.

Agnes inspira profondément, posa les mains sur ses genoux, puis leva les yeux vers moi.

—Avez-vous une robe de bal jaune ?

Je la regardai fixement.

—Hum. Nan. En fait, je ne suis pas très équipée en robes de bal.

Elle m'examina des pieds à la tête, comme si elle tentait de déterminer si je pourrais entrer dans l'une de ses tenues. Je crois que nous connaissions toutes les deux la réponse à cette question. Brusquement, elle se redressa.

—Appelez Garry. Nous allons chez Saks.

Une demi-heure plus tard, je me tenais dans un salon d'essayage pendant que deux vendeuses pressaient mes seins dans une robe bustier de la couleur du beurre. La dernière fois qu'on m'avait pelotée comme ça, plaisantai-je, je n'avais pas tardé à évoquer la question du mariage. Visiblement, ça ne faisait rire que moi.

Agnes fronça les sourcils.

—Trop mariée. Et elle lui épaissit la taille.

—C'est parce que ma taille est épaisse.

—Nous avons d'excellentes culottes « gainantes », madame Gopnik.

—Oh, je suis sûre que…

—Vous auriez quelque chose qui fasse plus années 1950 ? demanda Agnes en consultant son téléphone. Cela lui affinerait la taille et contournerait le problème des retouches éventuelles. Nous n'avons pas le temps.

—À quelle heure commence la réception, madame ?

— Nous devons y être à 19 h 30.

— Cela nous laisse le temps de reprendre une robe, madame Gopnik. J'enverrai Terri vous la porter à 18 heures.

— Alors, essayons la jaune tournesol, là… et celle-ci, avec les sequins.

Si j'avais su que, cet après-midi-là, j'essaierais des robes à 3 000 dollars pour la première et la dernière fois de ma vie, je me serais assurée de ne pas porter ma culotte avec un teckel dessus et le soutien-gorge qui fermait grâce à une épingle à nourrice. Je me demandai combien de fois, en l'espace d'une semaine, on pouvait se retrouver à montrer ses seins à de parfaits inconnus. Et si ces vendeuses avaient déjà vu un corps comme le mien auparavant, avec de la vraie graisse… Elles étaient bien trop polies pour émettre le moindre commentaire à ce sujet, se contentant de proposer avec insistance des sous-vêtements « correcteurs », apportant robe après robe, luttant pour m'y faire entrer puis pour m'en sortir, comme on se battrait avec du bétail, jusqu'à ce qu'Agnes, assise dans un fauteuil capitonné, annonce :

— Oui ! Celle-ci ! Qu'en pensez-vous, Louisa ? La longueur est parfaite pour vous avec ce jupon de tulle.

J'examinai mon reflet, pas très sûre de l'identité de la jeune femme qui me rendait mon regard. Ma taille était affinée par un corset intégré au bustier, ma poitrine remontée formait un renflement parfait. La couleur donnait de l'éclat à ma peau et la jupe me grandissait de trente centimètres. Bref, j'étais complètement métamorphosée, et le fait que je ne puisse pas respirer n'avait aucune espèce d'importance.

— Avec les cheveux relevés et des boucles d'oreilles, ce sera parfait.

— Et il y a une remise de vingt pour cent sur cette robe, dit l'une des vendeuses. Nous ne vendons plus beaucoup de jaune dans l'année après la soirée Strager…

Je retins un grand soupir de soulagement. Et puis, j'aperçus l'étiquette. Soldée, la robe valait 2 575 dollars. Un mois de salaire.

Agnes dut me voir pâlir, car elle fit un geste à l'intention de l'une des vendeuses.

— Louisa, vous pouvez vous changer. Avez-vous des chaussures assorties ? Nous pouvons aller vous en acheter.

— J'ai des chaussures. Plein de chaussures.

J'avais des chaussures de danse de salon à talons en satin doré qui feraient l'affaire. Pas question d'alourdir la facture...

Je regagnai la cabine d'essayage et m'extirpai précautionneusement de la robe, soudain terriblement consciente de la valeur de chaque centimètre carré de tissu. Tandis que je me rhabillais, j'écoutai Agnes s'entretenir avec les vendeuses. Elle demanda à voir un sac et des boucles d'oreilles, auxquels elle jeta un coup d'œil rapide, apparemment satisfaite.

— Mettez tout sur mon compte.

— Certainement, madame Gopnik.

Je la retrouvai à la caisse. Alors que nous nous éloignions, moi cramponnée aux sacs, je lui soufflai :

— Je vais faire extrêmement attention, comme ça, si vous voulez...

Elle me lança un regard perplexe.

— Avec la robe, précisai-je.

Comme elle ne semblait toujours pas comprendre, je repris, baissant encore la voix :

— À la maison, nous dissimulons l'étiquette sans l'enlever de façon à pouvoir la rapporter le lendemain. Vous savez... tant qu'il n'y a aucune tache de vin et qu'elle ne sent pas trop la cigarette... Au pire, on peut vaporiser une touche de Febreze.

— La rapporter ?

— À la boutique.

— Mais pourquoi ? demanda-t-elle tandis que nous grimpions dans la voiture, qui nous avait attendues, et que Garry rangeait les sacs dans le coffre. N'ayez pas l'air si angoissée, Louisa. Vous pensez que je ne sais pas ce que vous ressentez ? Je n'avais rien quand je suis arrivée ici. Mes amies et moi, nous partagions le peu de vêtements que nous avions. Mais ce soir, vous devez être vêtue d'une belle robe quand vous serez assise à côté de moi. Vous ne pouvez pas porter votre uniforme. Ce soir, vous n'êtes pas mon employée. Et je suis heureuse de payer pour tout ça.

—OK.

—Vous comprenez, n'est-ce pas? Ce soir, il ne faut pas que vous soyez mon employée. C'est très important.

Tandis que la voiture naviguait lentement dans la circulation de Manhattan, je songeai à l'énorme sac en papier dans le coffre derrière moi, un peu sidérée par la tournure que prenait cette journée.

—Leonard dit que vous vous êtes occupée d'un homme qui est mort.

—C'est vrai. Il s'appelait Will.

—Il dit que vous êtes… discrète.

—J'essaie.

—Et aussi que vous ne connaissez personne ici.

—À part Nathan.

Elle réfléchit.

—Nathan. Je pense que c'est un homme bon.

—Il l'est, oui.

Elle examina ses ongles.

—Vous parlez polonais?

—Non.

Je m'empressai d'ajouter:

—Mais je pourrais apprendre, si vous…

—Vous savez le plus dur pour moi, Louisa?

Je secouai la tête.

—Je ne sais pas qui je… (Elle hésita avant de se raviser.) J'ai besoin que vous soyez mon amie, ce soir. OK? Leonard… C'est comme une soirée de travail pour lui. Parler tout le temps, parler aux hommes. Mais vous resterez avec moi, d'accord? Juste à côté de moi.

—Tout ce que vous voulez.

— Et si quelqu'un vous pose la question, vous êtes ma vieille amie. De quand je vivais en Angleterre. Nous… nous sommes connues au lycée. Pas mon assistante, d'accord ?

— Compris. Au lycée.

Apparemment satisfaite, elle hocha la tête et se laissa aller contre le dossier de la banquette. Elle n'ouvrit plus la bouche jusqu'à l'appartement.

Le New York Palace Hotel, où se tenait le gala de la Fondation Strager, était tellement grandiose que c'en était presque comique : une forteresse de conte de fées, avec cour intérieure et fenêtres cintrées, aux couloirs peuplés de valets de pied en livrée et culotte bouffante de soie jaune jonquille. C'était comme si l'architecte avait étudié tous les grands hôtels anciens d'Europe, pris des notes sur les corniches ornées, entrées en marbre et détails de dorures, puis décidé de tout caser en saupoudrant l'ensemble de poussière de fée *made in* Disney pour créer une version théâtrale bien à lui. On s'attendait presque à voir un carrosse-citrouille garé devant et une pantoufle de vair abandonnée sur l'escalier recouvert d'un tapis rouge. Quand la voiture s'arrêta, je jetai un coup d'œil vers l'intérieur illuminé, les lustres scintillants et les robes jaunes, et je faillis éclater de rire. Mais Agnes était si tendue que je n'osai pas laisser libre cours à mon hilarité. De toute façon, mon bustier était tellement serré que j'aurais probablement fait sauter les coutures.

Garry nous déposa devant l'entrée principale après s'être frayé un passage entre des dizaines de limousines noires. Nous entrâmes, abandonnant derrière nous une foule de curieux sur le trottoir. Un homme prit nos manteaux et, pour la première fois, je découvris Agnes en tenue de gala.

Elle était époustouflante. Sa robe n'était pas une robe de bal conventionnelle comme la mienne ou celles des autres femmes présentes. Il s'agissait d'un tube jaune fluorescent, structuré, qui descendait jusqu'au sol, avec, sur une épaule, un motif sculpté qui montait jusqu'à sa tête. Ses cheveux étaient minutieusement plaqués en arrière, lisses et brillants, et deux énormes boucles en or et diamant jaune pendaient à ses oreilles. L'effet aurait dû être extraordinaire. Mais ici, je me rendis compte avec un nœud à l'estomac que c'était trop – l'ensemble détonnait dans l'atmosphère « vieux monde » de l'hôtel.

Alors qu'elle se dressait là, des têtes se tournèrent, des sourcils se haussèrent : les dames retranchées dans leurs écharpes en soie jaune et corsets la dévisageaient de leurs yeux soigneusement maquillés.

Agnes ne parut pas s'en apercevoir. Elle scrutait distraitement les alentours, essayant de repérer son mari. Elle ne se détendrait pas tant qu'elle n'aurait pas passé son bras sous le sien. Il m'était arrivé de remarquer qu'Agnes relâchait la tension quand il était à ses côtés. Sa seule présence lui procurait un soulagement visible.

— Votre robe est magnifique, dis-je.

Elle baissa les yeux vers moi, comme si elle venait juste de se rappeler ma présence. Soudain, il y eut le crépitement d'un flash, et je vis que des photographes se déplaçaient au milieu des convives. Je m'écartai d'Agnes, mais l'homme me fit un signe.

— Vous aussi, madame. C'est ça. Et souriez.

Agnes obtempéra, son regard dansant vers moi comme pour s'assurer que j'étais toujours près d'elle.

Et puis, M. Gopnik apparut. Il marcha dans notre direction d'un pas un peu raide – je savais par Nathan qu'il souffrait particulièrement cette semaine-là – et embrassa sa femme sur la joue. Je l'entendis lui murmurer quelque chose à l'oreille et elle sourit, sincèrement, sans retenue. Leurs mains s'étreignirent brièvement, et, à cet instant, je me fis la réflexion qu'ils avaient beau incarner à eux deux tous les stéréotypes, ils n'en étaient pas moins capables de partager quelque chose d'authentique : la présence de l'autre leur procurait une joie immense. À les voir ainsi, Sam me manqua soudain terriblement. Cela dit, je ne l'imaginais pas dans un endroit pareil, engoncé dans un smoking et étranglé par une cravate.

Il aurait détesté, songeai-je distraitement.

— Votre nom, s'il vous plaît ?

Le photographe était apparu à mes côtés.

Peut-être que d'avoir pensé à Sam me poussa à répondre ça :

— Hum. Louisa Clark-Fielding, dis-je avec l'accent le plus huppé dont je fus capable. D'Angleterre.

— Monsieur Gopnik ! Par ici, monsieur Gopnik !

Je m'éloignai pendant que les photographes s'affairaient autour du couple, la main de M. Gopnik reposant avec légèreté dans le dos d'Agnes, qui se tenait les épaules droites et le menton levé, comme prête à prendre le commandement de la soirée. Puis, je le vis scruter la foule à ma recherche, ses yeux croisant les miens à travers le hall.

Il entraîna Agnes jusqu'à moi.

— Chérie, il faut que j'aille parler à des gens. Pourrez-vous faire votre entrée seules ?

— Bien sûr, monsieur Gopnik, répondis-je comme si je faisais ce genre de choses tous les jours.

— Tu reviens bientôt ? demanda Agnes sans lui lâcher la main.

— Je dois m'entretenir avec Wainwright et Miller. Je leur ai promis de leur accorder dix minutes au sujet de cet achat d'obligations.

Agnes hocha la tête, mais sa réticence à le laisser partir se lisait sur son visage. Alors que nous traversions le hall, M. Gopnik se pencha vers moi.

— Débrouillez-vous pour qu'elle ne boive pas trop. Elle est nerveuse.

— Oui, monsieur Gopnik.

Il hocha la tête, puis regarda autour de lui, comme perdu dans ses pensées. Enfin, il se retourna vers moi et me lança dans un sourire :

— Vous êtes ravissante.

Et il disparut.

La salle de réception était comble – une mer de jaune et de noir. Je portais le bracelet de perles jaunes et noires que Lily, la fille de Will, m'avait offert avant mon départ d'Angleterre – comme j'aurais aimé mettre mes collants « bourdon » aussi ! Ces femmes ne donnaient pas l'impression de laisser de la place à la fantaisie dans leur garde-robe.

La première chose qui me frappa fut que presque toutes étaient minces, sanglées dans des robes minuscules, leurs clavicules saillant comme des rails de sécurité. À Stortfold, les femmes d'un certain âge avaient tendance à s'épanouir doucement vers l'extérieur, dissimulant leurs centimètres de tour de taille en trop sous des gilets ou de grands pulls (« Est-ce que ça me couvre bien les fesses ? »). Et, s'il leur arrivait de manifester de l'intérêt pour leur apparence, cela se réduisait à un nouveau mascara de temps à autre ou une coupe de cheveux toutes les six semaines. Là d'où je viens, accorder trop d'attention à sa personne était suspect, voire malsain.

À voir les femmes dans cette salle, on devinait que leur apparence était un travail à plein-temps. Pas un cheveu qui n'ait été savamment coiffé, pas un bras qui n'ait été tonifié, sculpté grâce à de rigoureux exercices quotidiens. Même les femmes d'un certain âge (difficiles à identifier étant donné la quantité de Botox et de combleurs de rides à laquelle elles avaient recours pour lutter contre les ravages du temps) donnaient l'impression de n'avoir jamais entendu parler de bras flasques, encore moins d'en avoir tâté. Je songeai à Agnes, à ses séances avec son coach sportif, ses rendez-vous avec sa dermatologue, son coiffeur et sa manucure : c'était ça, son travail, désormais. Elle devait se soumettre à toute cette maintenance afin de pouvoir paraître ici et se défendre au milieu de cette foule.

Agnes se déplaçait lentement, la tête haute, souriant aux connaissances de son mari qui venaient à sa rencontre pour échanger quelques mots avec elle pendant que je me tenais légèrement en retrait, mal à l'aise. Les connaissances en question étaient toujours des hommes. Ils étaient les seuls à lui sourire. Les femmes, quant à elles, détournaient discrètement le visage, feignant d'être distraites par quelque chose au loin de façon à ne pas avoir à lui adresser la parole. Elles n'étaient pas assez grossières pour se soustraire tout à fait à ce rapprochement. Tandis que nous progressions à travers la foule, je vis à plusieurs reprises l'expression d'une épouse se durcir, comme si la présence même d'Agnes constituait une sorte de transgression.

— Bonsoir, murmura une voix à mon oreille.

Je levai les yeux et trébuchai en arrière. Will Traynor se tenait à côté de moi.

Chapitre 5

Après coup, je fus bien contente que la salle ait été comble, car, quand je vacillai contre l'homme près de moi, il tendit instinctivement la main : en un instant, plusieurs bras en smoking me remirent d'aplomb et je me retrouvai face à une mer de visages souriants, préoccupés. Tandis que je les remerciais en m'excusant, je m'aperçus de mon erreur. Non, il ne s'agissait pas de Will – il avait la même couleur et la même coupe de cheveux, le même teint délicieusement hâlé. Mais j'avais dû étouffer un cri, car l'homme qui n'était pas Will dit :

—Je suis navré… Je vous ai fait peur ?

—Je… Non. Non. (Je portai une main à ma joue, le regard planté dans le sien.) Vous… vous ressemblez à quelqu'un que je connais. Que j'ai connu.

Je me sentis rougir jusqu'à la racine des cheveux.

—Ça va ?

—Mon Dieu. Bien. Je vais bien.

Je me sentais stupide à présent. Mon visage brûlant trahissait mon embarras.

—Vous êtes anglaise.

—Vous ne l'êtes pas.

—Même pas new-yorkais. Je suis de Boston. Joshua William Ryan, troisième du nom.

Il me tendit la main.

—Vous portez même son nom.

—Pardon ?

Je lui serrai la main. De près, il était assez différent de Will. Il avait les yeux marron foncé, les sourcils plus bas. Mais les similitudes m'avaient complètement déstabilisée. Je m'efforçai de détourner le regard, et me rendis compte que j'étais toujours cramponnée à ses doigts.

— Excusez-moi. Je suis un peu…

— Laissez-moi aller vous chercher un verre.

— Je ne peux pas. Je dois rester avec mon… mon amie, là-bas.

Il regarda Agnes.

— Dans ce cas, je vais vous chercher un verre à toutes les deux. Je n'aurai… euh… aucun mal à vous retrouver.

Il me décocha un grand sourire, posant une main sur mon épaule. Je me forçai à ne pas le suivre des yeux tandis qu'il s'éloignait.

Comme je m'approchais d'Agnes, l'homme avec qui elle était en train de parler fut entraîné au loin par son épouse. Agnes, qui avait levé une main, s'apprêtant à lui répondre quelque chose, se retrouva à parler à un alignement de dos en smoking. Elle se retourna, le visage crispé.

— Désolée. Je suis restée coincée dans la cohue.

— Ma robe ne va pas, n'est-ce pas ? me chuchota-t-elle. J'ai encore commis une grave erreur.

Elle s'en était rendu compte. Dans cette mer de corps, sa tenue était en quelque sorte trop voyante, moins avant-gardiste que vulgaire.

— Qu'est-ce que je vais faire ? C'est un désastre. Je dois absolument me changer.

J'essayai de calculer si elle pouvait raisonnablement repasser chez elle et revenir. Même sans circulation, elle en aurait au moins pour une heure. Et elle risquait de ne pas ressortir…

— Non ! Ce n'est pas un désastre. Absolument pas. C'est juste une question de… (Je marquai une pause.) Vous savez, une robe comme celle-ci, il faut la revendiquer.

— Quoi ?

— Appropriez-la-vous. La tête haute. Comme si vous n'en aviez absolument rien à foutre.

Elle me regarda fixement.

— Un ami m'avait donné ce conseil un jour. L'homme pour qui je travaillais autrefois. Il m'avait dit de porter mes jambes rayées avec fierté.

— Vos quoi ?

— Il… Eh bien, en gros, d'après lui, ce n'est pas grave d'être différent des autres. Agnes, vous êtes à peu près cent fois plus belle que n'importe laquelle des femmes dans cette salle. Vous êtes magnifique. Et la robe est fabuleuse. Alors, portez-la comme un énorme doigt d'honneur. Vous voyez ? *Je porte ce qui me plaît et je vous emmerde.*

Elle me regardait attentivement.

— Vous croyez vraiment ?

— Oh, oui.

Elle prit une profonde inspiration.

— Vous avez raison. Je vais être un *majeur géant.* (Elle redressa les épaules.) Et tous les hommes se fichent de la robe que vous portez de toute façon, n'est-ce pas ?

— Tous !

Elle sourit et me lança un regard entendu.

— Ils ne s'intéressent qu'à ce qu'il y a en dessous.

— Voilà une robe intéressante, madame, fit remarquer Joshua, qui venait d'apparaître à côté de moi. (Il nous tendit à chacune une flûte.) Champagne. La seule liqueur jaune était de la chartreuse, et il m'a suffi de la regarder pour avoir mal au cœur.

— Merci.

Je pris le verre.

Il tendit la main à Agnes.

— Joshua William Ryan, troisième du nom.

— Ce n'est pas possible, vous l'avez *forcément* inventé.

Ils se tournèrent tous les deux vers moi.

— Il n'y a que dans un *soap opera* qu'on peut s'appeler comme ça, déclarai-je, avant de me rendre compte que mon intention avait été de penser ce commentaire, et non de le dire à voix haute.

— OK. Eh bien, vous pouvez m'appeler Josh, rétorqua calmement celui-ci.

— Louisa Clark, dis-je. Première du nom.

Il plissa presque imperceptiblement les yeux.

— Mme Leonard Gopnik. Deuxième du nom, dit Agnes. Mais vous le saviez probablement déjà.

— Effectivement. On ne parle que de vous.

Sa remarque aurait pu être blessante, mais il la prononça avec chaleur. Je vis les épaules d'Agnes se détendre légèrement.

Josh nous expliqua qu'il accompagnait sa tante, qui n'avait pas voulu assister seule au gala alors que son mari était en voyage. Il travaillait dans une maison de titres, conseillait des investisseurs et des fonds spéculatifs en matière de gestion de risques. Il était spécialisé en capital social et en dette.

— Je n'ai aucune idée de ce que tout cela signifie, dis-je.

— La plupart du temps, moi non plus.

Il se montrait galant, bien sûr. Mais soudain, l'atmosphère parut légèrement moins glaciale. Il était de Back Bay, à Boston, venait d'emménager dans ce qu'il décrivit comme un clapier à SoHo et avait pris deux kilos depuis son arrivée à New York parce que les restaurants du centre étaient délicieux. Il nous raconta bien d'autres choses, mais je serais incapable de les répéter, trop occupée à le dévisager pour l'écouter.

— Et vous, mademoiselle Louisa Clark première du nom ? Que faites-vous ?

— Je…

— Louisa est une vieille amie d'Angleterre venue me rendre visite.

— Et que pensez-vous de New York ?

— J'adore ! La tête m'en tourne encore.

— Et le Bal jaune est l'une de vos premières soirées mondaines. Eh bien, madame Leonard Gopnik deuxième du nom, vous ne faites pas les choses à moitié.

Je ne voyais pas le temps passer, et la deuxième coupe de champagne n'y était peut-être pas pour rien. Au dîner, je me trouvai assise entre Agnes et un homme qui ne prit pas la peine de se présenter et m'adressa la parole une seule fois pour demander à mes seins qui ils connaissaient, avant de me tourner le dos quand il fut évident que la réponse se résumait à « pas grand monde ». Je surveillai le verre à vin d'Agnes, conformément aux directives de M. Gopnik, et, quand je le vis me regarder, j'échangeai le verre plein de son épouse contre le mien, presque vide. Je fus soulagée quand, d'un sourire imperceptible, il me signala son approbation. Agnes parlait d'une voix trop forte à l'homme assis à sa droite ; son rire était un peu trop haut perché et ses gestes, saccadés et fébriles. Observant les autres femmes à notre table, je surpris les regards qu'elles lui jetaient avant d'échanger des coups d'œil lourds de sous-entendus comme pour confirmer une opinion déjà exprimée en privé. C'était horrible.

Depuis l'autre extrémité de la table, M. Gopnik ne pouvait atteindre sa femme, mais je vis ses yeux glisser vers elle fréquemment, même quand il souriait, serrait des mains et paraissait, en surface, l'homme le plus détendu de la planète.

— Où est-elle ?

Je me penchai pour mieux entendre Agnes.

— L'ex-épouse de Leonard. Où est-elle ? Vous devez le découvrir, Louisa. Je ne peux pas me détendre tant que je ne le sais pas. Je la *sens*.

Code Violet.

— Je vais aller consulter le plan de table, dis-je avant de m'excuser et de me lever.

J'allai me planter devant l'énorme pupitre à l'entrée de la salle à manger. Il y avait quelque chose comme huit cents noms imprimés en caractères minuscules, et je ne savais même pas si la première Mme Gopnik se faisait toujours appeler Gopnik. Je jurais dans ma barbe quand Josh apparut à côté de moi.

— Perdu quelqu'un ?

Je baissai la voix.

— Je dois trouver où est assise la première Mme Gopnik. Sauriez-vous par hasard si elle utilise toujours son nom de femme mariée ? Agnes aimerait… savoir où elle est placée pour le dîner.

Il fronça les sourcils.

— Elle est un peu tendue, ajoutai-je.

— Aucune idée, je n'en ai peur. Mais ma tante saura peut-être. Elle connaît tout le monde. Ne bougez pas.

Il effleura mon épaule nue et repartit à grandes enjambées dans la salle de réception pendant que je feignais d'examiner le panneau afin de confirmer la présence d'une demi-douzaine d'amis proches, m'efforçant d'ignorer que ma peau venait juste de prendre une teinte rose inattendue.

Moins d'une minute plus tard, il était de retour.

— Elle est toujours Gopnik, annonça-t-il. Ma tante Nancy pense l'avoir vue près de la table des enchères. (Il fit glisser un index manucuré le long de la liste des noms.) Là. Table 144. Je suis passé à côté pour voir, et j'ai repéré une femme qui correspond à sa description. La cinquantaine, cheveux foncés, qui tire des fléchettes empoisonnées de sa pochette Chanel. Ils l'ont placée aussi loin qu'ils ont pu d'Agnes.

— Merci, mon Dieu ! soupirai-je. Elle va être extrêmement soulagée.

— Ces grandes dames new-yorkaises peuvent être assez effrayantes. On ne peut reprocher à Agnes de vouloir surveiller ses arrières. La société anglaise est-elle aussi impitoyable ?

— La société anglaise ? Oh, je ne… je ne suis pas très portée sur les soirées mondaines.

— Moi non plus. Pour être honnête, je suis tellement éreinté après une journée de travail que, la plupart du temps, je ne suis bon qu'à me choisir un plat à emporter. Que faites-vous dans la vie, Louisa ?

— Hum… (Je baissai brusquement les yeux vers mon téléphone.) Oh, zut. Il faut que je file retrouver Agnes.

— Vous reverrai-je avant la fin du bal ? À quelle table êtes-vous ?

— Trente-deux, dis-je avant d'avoir pu penser à toutes les raisons qui auraient dû me dissuader de répondre.

— Alors, à tout à l'heure.

Je restai brièvement pétrifiée devant le sourire de Josh.

— Au fait, ajouta-t-il, je voulais vous dire, vous êtes ravissante. (Il se pencha en avant et baissa la voix de façon à la faire légèrement vibrer près de mon oreille.) J'avoue préférer votre robe à celle de votre amie. Avez-vous déjà pris une photo ?

— Une photo ?

— Tenez.

Il leva la main et, avant que je n'aie eu le temps de comprendre ce qu'il faisait, il nous avait photographiés côte à côte, nos têtes à quelques centimètres l'une de l'autre.

— Voilà. Donnez-moi votre numéro pour que je puisse vous l'envoyer.

— Vous voulez m'envoyer une photo de vous et moi ensemble ?

— Vous avez deviné où je veux en venir ? (Il sourit.) OK, très bien. Je la garderai pour moi. Un souvenir de la plus jolie fille de la soirée. À moins que vous ne souhaitiez l'effacer. Tenez. Je vous en prie.

Il me tendit son téléphone.

Je regardai l'appareil, le doigt hésitant au-dessus du bouton, jusqu'à ce que je laisse retomber ma main.

— Il me semble impoli d'effacer quelqu'un qu'on vient de rencontrer. Mais, euh… merci… Et merci aussi pour votre aide et votre discrétion… C'est très aimable à vous.

— Tout le plaisir a été pour moi.

Nous échangeâmes de grands sourires. Et avant d'avoir pu ajouter quoi que ce soit, je m'empressai de rejoindre ma table.

Je transmis la bonne nouvelle à Agnes – qui l'accueillit en poussant un profond soupir –, puis m'assis et mangeai un morceau de mon poisson, froid désormais, attendant que mes pensées se calment. *Il n'est pas Will*, me répétai-je. Sa voix était différente. Ses sourcils étaient différents. Il était américain. Et pourtant, il y avait quelque chose dans son attitude – cette assurance conjuguée à une vivacité d'esprit, cet air de dire qu'il pouvait faire face à n'importe quelle situation, une façon de vous regarder – qui m'avait troublée au plus profond de moi. Je jetai un coup d'œil derrière moi, me rappelant que je n'avais pas demandé à Josh où il était assis.

— Louisa ?

Je me tournai vers ma droite. Agnes me regardait avec insistance.

— J'ai besoin de passer aux toilettes.

Je mis un moment à me rappeler que j'étais censée l'accompagner.

Nous contournâmes lentement les tables pour gagner les toilettes, et je m'efforçai de ne pas scruter la salle à la recherche de Josh. Tous les regards étaient braqués sur Agnes, pas seulement à cause de la couleur vive de sa robe, mais aussi parce qu'elle avait quelque chose de magnétique et attirait l'attention quoi qu'elle fasse. Elle marchait la tête haute, les épaules en arrière, comme une reine.

À peine la porte des toilettes refermée sur nous, elle s'effondra sur la méridienne dans un coin et me fit signe de lui donner une cigarette.

— Mon Dieu. Cette soirée. Je vais mourir si l'on ne part pas bientôt.

L'employée, une femme d'une soixantaine d'années, haussa un sourcil en voyant la cigarette, puis détourna le regard.

— Euh... Agnes, je crois qu'il est interdit de fumer ici.

Elle allait le faire quand même. Quand on est riche, on considère peut-être que les règles ne s'appliquent qu'aux autres. Après tout, que pouvaient-ils lui faire ? La jeter dehors ?

Elle alluma sa cigarette, prit une bouffée et expira avec soulagement.

— Mmm. Cette robe est si inconfortable. Et j'ai l'impression de porter un fil à couper le beurre plus qu'un string... (Elle se tortilla devant le miroir, remontant sa robe afin de fourrager en dessous de sa main manucurée.) Je n'aurais pas dû mettre de sous-vêtements.

— Mais vous vous sentez bien ?

Elle me sourit.

— Je me sens bien. Quelques personnes ont été très gentilles, ce soir. Ce Josh est adorable, et M. Peterson, à côté de moi à table, très sympathique. Ce n'est pas si pénible. Peut-être qu'enfin certaines personnes commencent à se faire à l'idée que Leonard a une nouvelle femme.

— Ils ont juste besoin de temps.

— Tenez-moi ça. Il faut que j'aille faire pipi.

Elle me tendit sa cigarette à moitié consumée et disparut dans une cabine. Je la tins entre deux doigts, comme une bougie magique. J'échangeai un regard avec l'employée, qui haussa les épaules, l'air de dire : « Que voulez-vous y faire ? »

— Mon Dieu ! s'exclama Agnes dans le box. Je vais devoir enlever la robe. Impossible de la remonter. Vous devrez m'aider avec la fermeture après.

— OK.

La préposée leva les sourcils, et nous nous retînmes toutes deux de pouffer.

Deux femmes d'une cinquantaine d'années entrèrent dans les toilettes. Elles lancèrent à ma cigarette un regard réprobateur.

— La réalité, Jane, c'est que la folie semble s'emparer d'eux, déclara l'une en s'arrêtant devant le miroir pour vérifier la tenue de sa coiffure.

Bien inutilement, si vous voulez mon avis : ses cheveux étaient si imprégnés de laque que même un vent de force dix n'aurait pu les faire frémir.

— Je sais. C'est vieux comme le monde.

— Sauf que, d'ordinaire, ils ont au moins la décence de faire profil bas. C'est ça qui a été si décevant pour Kathryn. Le manque de discrétion.

— Oui. Ce serait tellement plus facile pour elle s'il s'était agi de quelqu'un ayant un peu de classe.

— Exactement. Quel cliché…

Là-dessus, les deux femmes tournèrent la tête vers moi.

— Louisa ? lança une voix étouffée depuis une cabine. Vous pouvez venir ?

C'est à cet instant précis que je devinai de qui elles parlaient. Je le compris à leurs visages pincés.

Il y eut un bref silence.

— Vous savez que vous vous trouvez dans un espace non-fumeurs ? me lança sèchement l'une des deux femmes.

— Vraiment ? Je suis navrée.

J'écrasai la cigarette dans le lavabo, puis fis couler de l'eau sur le mégot.

— Vous pouvez m'aider, Louisa ? La fermeture est coincée.

Elles comprirent. Je vis leurs traits se durcir.

Je passai devant elles et frappai deux coups à la porte de la cabine. Agnes m'ouvrit.

— Qu'est-ce que..., commença-t-elle, debout en soutien-gorge, sa robe tube jaune rabattue sur les hanches.

Je posai un doigt sur mes lèvres et gesticulai en silence en direction des lavabos. Elle regarda par-dessus mon épaule, comme si elle pouvait voir à travers la porte, et ne put réprimer une grimace. Je la fis tourner de façon qu'elle soit dos à moi. La fermeture Éclair, descendue aux deux tiers, était coincée au niveau de sa taille. Je tirai dessus deux, trois fois, puis sortis mon téléphone de mon sac afin de l'utiliser en lampe de poche, essayant de voir ce qui bloquait le mécanisme.

— Vous pouvez arranger ça ? chuchota-t-elle.

— J'essaie.

— Vous devez. Je ne peux pas sortir ainsi devant ces femmes.

Agnes se tenait à quelques centimètres de moi dans un soutien-gorge minuscule ; de sa peau pâle et chaude montaient les effluves d'un parfum luxueux. J'essayai de me décaler, louchant sur la tirette, mais c'était impossible. La cabine était trop exiguë pour ôter la robe et décoincer la fermeture, et je ne pouvais donc la remonter. Je levai les yeux vers Agnes, qui s'était retournée, et haussai les épaules. Son visage prit brièvement une expression angoissée.

— Je ne pense pas pouvoir la débloquer ici, Agnes. Il n'y a pas assez de place. Et je n'y vois rien.

— Je ne peux pas sortir comme ça. Elles vont me traiter de pute.

Désespérée, elle porta les mains à son visage.

De l'autre côté de la porte régnait un silence oppressant : les deux femmes attendaient de voir ce que nous allions faire. Elles ne prirent même pas la peine de feindre d'aller aux toilettes. Nous étions coincées. Je me redressai et secouai la tête en réfléchissant. Et soudain, la lumière se fit.

— Doigt d'honneur géant, chuchotai-je.

Ses yeux s'agrandirent.

Je la regardai droit dans les yeux et hochai brièvement la tête. Elle fronça les sourcils, puis son visage s'éclaira.

J'ouvris la porte du box et reculai. Agnes prit une profonde inspiration, se redressa et sortit. Elle passa nonchalamment devant les deux femmes, tel un mannequin dans les coulisses d'un défilé, la robe autour de la taille, les deux triangles délicats de son soutien-gorge couvrant à peine ses seins pâles. Elle s'immobilisa au milieu de la pièce et se pencha afin que je puisse lui faire passer en douceur la robe par-dessus la tête. Puis, elle se redressa, complètement nue mis à part ses deux bouts de lingerie. En apparence, c'était l'insouciance incarnée. Je n'osai pas regarder le visage des deux femmes, mais, alors que je drapai la robe jaune sur mon bras, j'entendis un soupir bruyant dont l'écho se répercuta dans l'air.

— Eh bien, je…, commença l'une.

— Puis-je vous proposer un nécessaire à couture, madame ?

L'employée de l'hôtel apparut à mes côtés. Elle ouvrit une petite pochette pendant qu'Agnes s'asseyait délicatement sur la méridienne, ses longues jambes pâles repliées modestement sur le côté.

Deux autres femmes entrèrent en bavardant et se turent brusquement en découvrant Agnes presque nue. L'une toussa, et, avec tact, elles détournèrent les yeux en bafouillant quelques platitudes pendant qu'Agnes, toujours assise, affichait une expression parfaitement indifférente.

L'employée me tendit une aiguille, à l'aide de laquelle je pus déloger le minuscule morceau de fil qui s'était coincé dans la fermeture, tirant dessus doucement jusqu'à l'avoir complètement sorti.

— Je l'ai eu !

Saisissant la main que lui tendait l'employée, Agnes se leva et se glissa gracieusement dans la robe, que nous remontâmes autour de son corps. Une fois le vêtement en place, je fis jouer la fermeture d'un mouvement fluide jusqu'à ce que chaque centimètre carré du vêtement adhère à sa peau. Elle le lissa vers le bas en passant les mains sur ses jambes interminables.

L'employée dégaina une bombe de laque.

— Si vous me permettez..., chuchota-t-elle avant de se pencher et de vaporiser brièvement le curseur. Voilà. Cela évitera qu'il ne redescende.

Je lui fis un grand sourire.

— Merci. Vous êtes adorable, dit Agnes.

Elle sortit un billet de cinquante dollars de sa pochette et le lui tendit. Puis, elle se tourna vers moi en souriant.

— Louisa, chérie, que dirais-tu de regagner notre table ?

Et, après un signe de tête impérieux aux autres femmes, Agnes pointa le menton en avant et marcha majestueusement vers la porte.

Il y eut un silence. Alors, la préposée aux toilettes se tourna vers moi et empocha le billet avec un grand sourire.

— Eh bien, dit-elle d'une voix soudain parfaitement audible, *ça*, c'est ce qu'on appelle avoir de la *classe*.

Chapitre 6

Le lendemain matin, George ne vint pas. Personne ne m'avait prévenue. J'attendis, assise dans l'entrée, en short, vaseuse, les yeux secs, jusqu'à ce qu'enfin, à 7 h 30, je comprenne que la session d'entraînement avait dû être annulée.

Il était 9 heures passées quand Agnes émergea ; Ilaria ne manqua pas d'exprimer sa désapprobation en multipliant les regards vers la pendule avec de petits claquements de langue. Un peu plus tôt, Agnes m'avait envoyé un texto pour me demander d'annuler tous ses rendez-vous de la journée. Vers le milieu de la matinée, elle m'annonça qu'elle avait envie d'aller marcher autour du Reservoir. C'était une journée venteuse, et nous gardions le menton enfoui dans nos écharpes et les mains dans nos poches. Le visage de Josh m'avait hantée toute la nuit. Encore troublée, je me surpris à me demander combien de sosies de Will se baladaient à cet instant précis dans le monde. Josh avait les sourcils plus fournis que ceux de Will, les yeux d'une couleur différente, et bien sûr un accent américain. Mais quand même.

— Vous savez ce que je faisais avec mes amies quand nous avions la gueule de bois ? me demanda Agnes, interrompant le fil de mes pensées. Nous allions manger un bol de nouilles dans un restaurant japonais près de Gramercy Park, et nous passions des heures à refaire le monde.

— Eh bien, allons-y, alors.

— Où ?

— À ce japonais. Nous pourrions passer chercher vos amies en chemin.

Son visage s'éclaira un instant, plein d'espoir, puis elle donna un coup de pied dans un caillou.

— Je ne peux plus. C'est différent.

— Rien ne vous oblige à arriver dans la voiture avec Garry. Nous pourrions prendre un taxi. Je veux dire, vous n'auriez qu'à enfiler une tenue plus discrète et passer, tout simplement. Tout irait bien.

— Je vous le dis, c'est différent. (Elle se tourna vers moi.) J'ai déjà essayé, Louisa. Quelque temps. Mais mes amies sont curieuses. Elles veulent tout savoir de ma vie maintenant. Et ensuite, quand je leur dis la vérité, ça les rend... bizarres.

— Bizarres ?

— Avant, on était toutes pareilles, vous voyez ? Maintenant, elles disent que je ne peux pas comprendre leurs problèmes. Parce que je suis riche. C'est comme si je n'avais plus le droit d'avoir de soucis. Ou alors, elles se comportent étrangement, comme si j'étais devenue quelqu'un d'autre et que les aspects positifs de ma vie étaient autant d'insultes que je leur adressais. Vous croyez vraiment que je peux me plaindre de ma gouvernante auprès de quelqu'un qui n'a pas de maison ?

Elle s'arrêta au milieu du chemin.

— Quand j'ai épousé Leonard, il m'a offert de l'argent. Un cadeau pour que je n'aie pas à lui en demander tout le temps. J'en ai donné une partie à Paula, ma meilleure amie – dix mille dollars pour payer ses dettes et lui permettre de prendre un nouveau départ. Au début, elle était ravie, et moi aussi. Je voulais qu'elle n'ait plus de souci à se faire, comme moi !

Elle poursuivit d'un ton mélancolique.

— Et ensuite... ensuite, elle n'a plus voulu me voir. Elle a changé. Jamais disponible. Et j'ai fini par comprendre qu'elle m'en voulait de l'avoir aidée. Elle ne le fait pas exprès, mais maintenant, quand elle me voit, tout ce qu'elle pense, c'est qu'elle a une dette envers moi. Et elle est fière. Très fière. Elle ne veut pas vivre avec cette pensée. Alors... (Agnes haussa les épaules.) Alors, elle ne souhaite plus déjeuner avec moi ni répondre à mes appels. J'ai perdu une amie à cause de l'argent.

— On a tous des problèmes, déclarai-je quand il devint clair qu'elle attendait que je dise quelque chose. Peu importe d'où ils viennent.

Elle fit un pas de côté pour éviter un enfant sur une trottinette. Elle le suivit des yeux, pensive, puis elle se tourna vers moi.

— Vous avez des cigarettes ?

J'avais appris ma leçon. Je sortis le paquet de mon sac à dos et le lui tendis. Je n'étais pas sûre que ce soit très malin de l'encourager à fumer, mais elle était ma patronne. Elle inhala puis recracha longuement la fumée.

— On a tous des problèmes, répéta-t-elle lentement. Vous avez des problèmes, Louisa Clark ?

— Mon copain me manque, affirmai-je, plus pour me rassurer qu'autre chose. À part ça, pas vraiment. Ce qui m'arrive est… super. Je suis heureuse ici.

Elle hocha la tête.

— Moi aussi, je sentais ça, autrefois. New York ! Toujours quelque chose de nouveau à découvrir. Toujours quelque chose d'excitant. Maintenant je… j'aimerais seulement…

Elle laissa sa phrase en suspens.

Pendant une seconde, je crus voir des larmes briller dans ses yeux. Mais ensuite, son visage se figea.

— Vous savez qu'elle me déteste ?

— Qui ?

— Ilaria. La sorcière. C'était la gouvernante de l'autre. Leonard refuse de la renvoyer. Donc, je suis coincée avec elle.

— Elle finira peut-être par vous apprécier.

— Elle finira peut-être par mettre de l'arsenic dans ma nourriture. Je vois bien sa façon de me regarder. Elle aimerait me voir morte. Vous savez ce que ça fait de vivre avec quelqu'un qui souhaite votre mort ?

Je ne voulais pas lui avouer que j'avais moi-même un peu peur d'Ilaria. Nous nous remîmes en route.

— J'ai travaillé pour quelqu'un que je soupçonnais au début de me détester, racontai-je. Peu à peu, j'ai compris que cela n'avait rien à voir avec moi. C'est sa vie en général qu'il détestait, pas moi en particulier. Puis, nous avons appris à nous connaître, et nous avons fini par très bien nous entendre.

— Un jour, il a brûlé « accidentellement » votre chemisier préféré ? Ou mis du détergent dans votre culotte pour irriter votre minou ?

— Euh… non.

— Ou servi un plat que vous n'aimez pas, alors que vous le lui avez répété cinquante fois, afin de vous faire passer pour la râleuse de service ? Ou colporté des ragots sur vous pour donner l'image d'une traînée ?

Je me rendis compte que j'avais la bouche ouverte comme un poisson. Je la refermai et secouai la tête.

Elle repoussa les mèches qui lui tombaient sur le visage.

— Je l'aime, Louisa. Mais partager sa vie est impossible. Ma vie est un enfer…

Elle s'interrompit.

Nous nous arrêtâmes et regardâmes les gens qui passaient sur le chemin : des patineurs et des enfants sur des trottinettes vacillantes, des couples bras dessus, bras dessous, et des policiers avec leurs lunettes de soleil. Il faisait plus froid tout à coup, et je frissonnai malgré moi.

Elle soupira.

— OK. Rentrons. Voyons lequel de mes vêtements préférés la sorcière a bousillé aujourd'hui.

— Non. Allons plutôt manger des nouilles. Ça, nous pouvons le faire.

Nous prîmes un taxi jusqu'à Gramercy Park. Le véhicule s'arrêta dans une rue transversale ombragée, devant un bâtiment en grès brun suffisamment crasseux pour qu'on le soupçonne d'abriter quelque terrible bactérie intestinale. Mais, à peine arrivée, Agnes parut plus légère. Pendant que je payais le taxi, elle gravit les marches quatre à quatre et disparut dans l'établissement obscur. Une jeune Japonaise émergea de la cuisine. En la voyant, elle lui sauta au cou et la serra contre elle, comme si elles étaient de vieilles amies. Puis, la tenant par le coude, elle ne cessa de lui demander où elle était passée tout ce temps. Agnes ôta son bonnet et expliqua vaguement qu'elle avait été très occupée, qu'elle s'était mariée et avait déménagé, sans jamais donner le moindre indice sur son changement de situation financière. Je remarquai alors qu'elle portait son alliance, mais pas sa bague de fiançailles, un solitaire suffisamment imposant pour muscler ses triceps.

Quand nous nous glissâmes autour de la table en Formica, j'eus l'impression d'avoir quelqu'un d'autre en face de moi. Drôle et animée, Agnes s'exprimait d'une voix forte et éclatait d'un rire franc, et je n'eus aucun mal à voir de qui M. Gopnik était tombé amoureux.

— Et comment vous êtes-vous rencontrés ? demandai-je alors que nous dégustions à grand bruit des bols bouillants de ramen.

— Leonard ? J'étais sa masseuse.

Elle se tut, semblant attendre ma réaction scandalisée, et, comme elle ne venait pas, elle baissa la tête et poursuivit :

— Je travaillais au St. Regis. Tous les jours, ils envoyaient un masseur à son domicile – André, en général. Il était très bon. Mais ce jour-là, André était malade et ils m'ont demandé de le remplacer. J'ai pensé : « Oh, non, encore un de ces types de Wall Street ! » La plupart d'entre eux friment tellement qu'ils ne vous considèrent pas comme une personne. Ils ne disent pas bonjour, ne parlent pas… Certains, ils demandent… un *happy ending*. Vous connaissez ? Comme si on était des putes. Beurk. Mais Leonard, il était gentil. Il me serrait la main, me proposait une tasse de thé quand j'arrivais. Il était tellement content que je le masse. Et je voyais bien…

— Quoi donc ?

— Qu'elle ne le touchait jamais. Sa femme. Ça se sent quand on touche un corps. Il partageait sa vie avec une femme froide, froide. (Agnes baissa les yeux.) Et il souffrait beaucoup certains jours. Ses articulations étaient très douloureuses. C'était avant l'arrivée de Nathan. C'est moi qui ai eu l'idée de le faire venir pour maintenir Leonard en bonne santé. Enfin, bref. Je lui ai fait un bon massage sans compter mes heures. J'ai écouté ce que me disait son corps. Et après, il m'a remerciée mille fois et m'a demandé de revenir la semaine suivante. André était furieux, mais je n'y pouvais rien. Donc, après, je suis retournée chez lui deux fois par semaine. Et parfois, il me proposait une tasse de thé après le massage et on parlait. Et ensuite… Ça a été dur quand je me suis rendu compte que j'étais en train de tomber amoureuse de lui. Et c'était interdit par le règlement.

—Comme les médecins avec leurs patients. Ou les profs avec leurs élèves.

—Exactement.

Agnes s'interrompit pour engloutir une boulette. Je ne l'avais jamais vue manger autant. Elle mâcha en silence un moment.

—Mais je n'arrêtais pas de penser à cet homme. Si triste. Et si tendre. Et si seul ! J'ai fini par dire à André qu'il fallait qu'il me remplace. Je ne pouvais plus aller là-bas.

—Et que s'est-il passé ?

J'avais arrêté de manger.

—Leonard est venu chez moi ! Dans le quartier de Queens ! Je ne sais pas comment il avait trouvé mon adresse, mais il s'est pointé devant chez moi dans sa grosse voiture. Avec mes amies, on était assises sur l'escalier de secours et on fumait une cigarette. Et là, il sort de sa voiture et il dit : « J'ai besoin de vous parler. »

—Comme dans *Pretty Woman*.

—Oui ! C'est ça ! Je suis descendue le rejoindre sur le trottoir et il était furieux. Il m'a dit : « Vous ai-je insultée sans m'en rendre compte ? Vous ai-je manqué de respect ? » Moi, j'ai fait signe que non. Alors, il a fait les cent pas et il a dit : « Pourquoi ne voulez-vous plus venir ? Je ne veux plus André. Je vous veux, vous. » Et là, comme une idiote, je me suis mise à pleurer.

Je m'aperçus qu'elle avait les yeux pleins de larmes.

—Je pleurais comme ça, en pleine journée, au milieu de la rue, sous les yeux de mes amies, qui observaient la scène. Et là, je lui ai dit : « Je ne peux pas vous expliquer. » Il s'est mis en colère. Il voulait savoir si sa femme s'était montrée impolie avec moi.

Ou si quelque chose était arrivé au travail. Alors, finalement je lui ai avoué : « Je ne peux pas aller chez vous, car je vous apprécie beaucoup. Vraiment beaucoup. Et ce n'est pas du tout professionnel. Je risque de perdre mon travail. » Il m'a regardée un moment sans rien dire. Pas un mot. Ensuite, il est remonté dans sa voiture et son chauffeur a démarré. Moi, je me suis dit que je ne le reverrais plus jamais et que j'avais sûrement perdu mon boulot. Quand je suis allée au travail le lendemain, j'étais morte d'inquiétude. À tel point que j'en avais mal au ventre.

— Vous avez cru qu'il en parlerait à votre responsable ?

— C'est ça. Mais vous savez ce que j'ai trouvé en arrivant là-bas ?

— Quoi ?

— Un énorme bouquet de roses rouges. Je n'en avais jamais vu d'aussi gros, avec de magnifiques fleurs parfumées aux pétales comme du velours. Si doux que vous avez envie de les toucher. Pas de nom. Mais j'ai aussitôt deviné de qui elles venaient. Et ensuite, tous les jours, un nouveau bouquet de roses. Notre appartement en était rempli. Mes amies se plaignaient de ne plus supporter l'odeur, explique-t-elle en riant. Et puis, il est revenu chez moi. Je suis descendue et il m'a demandé de monter avec lui dans la voiture. On était à l'arrière et il a demandé au chauffeur de faire un tour. Là, il m'a raconté qu'il était très malheureux et que, depuis notre rencontre, il n'arrêtait pas de penser à moi. Je n'avais qu'un mot à dire pour qu'il quitte sa femme et qu'on vive ensemble.

— Et vous ne vous étiez même pas encore embrassés ?

— Rien. Je lui massais les fesses, bien sûr, mais ce n'était pas pareil. (Elle soupira, savourant le souvenir.) Et je savais. Je savais qu'on était faits pour être ensemble. Alors, je lui ai dit : « Oui. »

J'étais pétrifiée.

— Ce soir-là, il est rentré chez lui et il a annoncé à sa femme qu'il voulait se séparer d'elle. Et elle s'est mise très en colère. Elle lui a demandé pourquoi il ne voulait plus d'elle et il lui a répondu qu'il ne souhaitait plus un mariage sans amour. Plus tard, il m'a appelée d'un hôtel et m'a demandé de le rejoindre… Et je me suis retrouvée avec lui dans une suite du *Ritz-Carlton*. Vous y avez déjà été ?

— Euh… non.

— Je suis entrée, et il est resté debout à côté de la porte, comme s'il était trop nerveux pour s'asseoir. Il m'a dit qu'il savait qu'il était un cliché ambulant, qu'il était trop vieux pour moi, que son corps était abîmé par l'arthrite, mais que, si je voulais vraiment être avec lui, il ferait son possible pour me rendre heureuse. Parce qu'il sentait qu'on avait quelque chose à vivre ensemble. Qu'on était des âmes sœurs. Et finalement, je me suis jetée dans ses bras et l'on s'est embrassés. Ensuite, on a passé la nuit à parler – de notre enfance, de nos vies, de nos espoirs et de nos rêves.

— C'est l'histoire la plus romantique que j'aie jamais entendue.

— Et après, on a baisé, bien sûr, et j'ai senti que cet homme était resté congelé pendant des années, vous voyez ce que je veux dire ?

À ce moment-là, je toussai, projetant un morceau de ramen sur la table. Quand je levai les yeux, plusieurs personnes assises aux tables voisines nous dévisageaient.

Agnes haussa la voix, se mit à gesticuler.

— Vous n'imaginez pas. C'est comme s'il était affamé et que son appétit se débattait en lui depuis des années. Ça *pulsait*. Cette nuit-là, il était insatiable.

— OK, glapis-je en m'essuyant la bouche avec une serviette en papier.

— Cette rencontre entre nos corps, c'était magique. Ensuite, on est restés des heures dans les bras l'un de l'autre. Je me suis enroulée autour de lui, sa tête sur mes seins, et je lui ai promis qu'il n'aurait plus jamais froid.

Le silence régnait dans le restaurant. Derrière elle, un jeune homme en sweat à capuche avait le regard braqué sur sa nuque, la cuillère immobilisée à quelques centimètres de sa bouche. Quand il se rendit compte que je le regardais, il lâcha le couvert, qui tomba en tintant bruyamment sur son assiette.

— C'est… c'est vraiment une histoire charmante.

— Et il a tenu parole. Tout ce qu'il dit est vrai. Nous sommes heureux ensemble. Si heureux. (Son expression s'assombrit légèrement.) Mais sa fille me déteste. Son ex-femme me déteste.

Elle dit que tout est ma faute, même si elle ne l'aimait pas. Elle raconte à tout le monde que je suis une femme mauvaise qui lui a volé son mari.

Je ne savais pas quoi dire.

— Toutes les semaines, il faut que j'assiste à ces cocktails et ces galas de bienfaisance, et que je sourie en faisant semblant de ne pas savoir ce qu'on dit sur moi. La façon dont ces femmes me regardent… Je ne suis pas celle qu'elles décrivent. Je parle quatre langues. Je joue du piano. J'ai passé un diplôme pour me spécialiser en massages thérapeutiques. Vous savez quelle langue elles parlent ? *L'hypocrisie.* Mais c'est dur de faire semblant de ne pas avoir mal. De faire semblant de s'en foutre…

— Les gens changent, dis-je, pleine d'espoir. Avec le temps.

— Non. Je n'y crois pas. (La mélancolie passa comme une ombre sur le visage d'Agnes, puis elle haussa les épaules.) Le bon côté des choses, c'est qu'elles sont toutes plutôt vieilles. Peut-être que certaines mourront bientôt.

Cet après-midi-là, je profitai de ce qu'Agnes faisait une sieste et qu'Ilaria était occupée en bas pour appeler Sam. J'avais encore la tête qui tournait après la soirée de la veille et les confidences d'Agnes. J'avais un peu l'impression d'avoir changé d'espace. Alors que nous rentrions à l'appartement, elle m'avait déclaré : *« Je vous considère plus comme mon amie que comme mon assistante. Ça fait du bien de pouvoir faire confiance à quelqu'un. »*

— J'ai reçu tes photos, me dit-il.

Là-bas, c'était le soir. Jake, son neveu, restait dormir chez lui. J'entendais sa musique en fond sonore. Sam colla la bouche au combiné.

— Tu étais magnifique.

— Je n'aurai plus jamais l'occasion de porter une robe pareille. Mais cette soirée a été assez incroyable. Le repas, la musique, la salle de réception… Le plus dingue, c'est que ces gens ne remarquent rien. Ils ne voient même plus ce qu'il y a autour d'eux ! L'un des murs était tapissé de gardénias et de guirlandes lumineuses – un mur gigantesque !

Et puis, le fondant au chocolat… une merveille : un carré décoré de plumes en chocolat blanc et de truffes minuscules. Pas une femme n'a touché au sien. Pas une seule ! J'ai fait le tour des tables exprès pour vérifier. J'ai été tentée de glisser quelques truffes dans mon sac à main, mais j'ai eu peur qu'elles ne fondent. Je parie qu'ils ont tout fichu à la poubelle. Oh, et chaque table avait un ornement différent, mais toujours avec un oiseau à plumes jaunes. Sur la nôtre, c'était une chouette.

— Effectivement, on dirait que tu as passé une sacrée soirée.

— Il y avait un barman qui te composait un cocktail en fonction de ta personnalité. Tu devais lui dire trois choses sur toi et il te préparait ta boisson.

— Et toi, il t'a servi quoi ?

— Rien. Le mec avec qui je discutais a eu un Salty Dog, et j'ai eu peur qu'il ne me prépare un Corpse Reviver, un Slippery Nipple ou un truc du genre. Du coup, je me suis contentée de champagne. *Je me suis contentée de champagne !* De quoi j'ai l'air ?

— Et tu as discuté avec qui, alors ?

Il avait marqué une pause imperceptible avant de poser la question. Et j'eus une brève hésitation avant de répondre, ce qui me contraria.

— Oh… juste ce type… Josh. Un de ces hommes d'affaires… Il nous tenait compagnie, à Agnes et moi, en attendant que M. Gopnik revienne.

Un autre silence.

— Super.

J'enchaînai en jacassant.

— Et le mieux, c'est que tu n'as jamais à te préoccuper de la façon dont tu vas rentrer chez toi, parce qu'il y a toujours une voiture qui t'attend dehors. Même quand tu vas faire des courses. Le chauffeur se gare devant le magasin, puis il attend ou il fait le tour du pâté de maisons, et toi, tu ressors et… ta-da ! Ta grosse voiture noire et brillante est là. Tu montes. Il met tous tes sacs dans le coffre. (Ici, ils disent malle arrière.) Pas de bus de nuit ! Pas de dernier métro avec les passagers qui vomissent sur tes pompes.

— La grande vie, hein ? Tu ne vas jamais vouloir rentrer…

— Oh, non. Ce n'est pas comme si c'était *ma* vie. Je ne suis qu'un parasite. Mais c'est assez incroyable d'observer ça de près.

— Il faut que j'y aille, Lou. J'ai promis à Jake que je l'emmènerais manger une pizza.

— Mais… nous avons à peine parlé. Et toi ? Raconte-moi ce qui se passe dans ta vie.

— Une autre fois. Jake a faim.

— D'accord ! dis-je d'une voix trop aiguë. Tu lui diras bonjour de ma part !

— OK.

— Je t'aime.

— Moi aussi.

— Plus qu'une semaine ! Je compte les jours.

— Faut que j'y aille.

Je me sentis bizarrement déstabilisée en reposant le téléphone. Je ne comprenais pas bien ce qui venait de se passer. Je restai un moment assise sur le bord de mon lit sans bouger. Puis, je regardai la carte de visite professionnelle de Josh. Il me l'avait tendue au moment où nous partions, la pressant sur ma paume et refermant mes doigts dessus : *« Appelez-moi. Je vous ferai découvrir des endroits sympas. »*

Je l'avais prise et lui avais souri poliment. Ce qui, bien sûr, aurait pu signifier n'importe quoi.

Fox's Cottage
Mardi 6 octobre

Ma chère Louisa,

J'espère que vous allez bien et que vous profitez de votre séjour à New York. Je crois que Lily vous écrit, mais j'ai réfléchi après notre dernière conversation et je suis montée au grenier, d'où j'ai descendu des lettres de Will datant de son séjour à New York. J'ai pensé que cela vous amuserait peut-être de suivre ses traces.

J'en ai lu quelques-unes moi-même. Une expérience assez douce-amère. N'hésitez pas à les garder jusqu'à notre prochaine rencontre.
Avec toute mon affection,

Camilla Traynor

New York
12 juin 2004

Chère maman,

J'aurais voulu te téléphoner, mais le décalage horaire et mon emploi du temps ne me le permettent pas. J'ai donc décidé de te choquer en t'écrivant une lettre. La première depuis ce bref passage à Priory Manor, je crois. Je n'étais pas vraiment fait pour le pensionnat, n'est-ce pas ?

New York est assez incroyable. Il est impossible de ne pas se sentir contaminé par l'énergie de cet endroit. Je me réveille tous les matins à 5 h 30. Le siège de mon entreprise se trouve sur Stone Street, dans le quartier d'affaires. Nigel m'a dégoté un bureau (pas à l'angle, mais avec une vue imprenable sur le fleuve), et les gars au boulot ont l'air de former une bonne équipe. Dis à papa que, samedi, je suis allé à l'opéra au Met avec mon patron et sa femme (Der Rosenkavalier, mise en scène pas très subtile), et tu seras heureuse d'apprendre que j'ai assisté à une représentation des Liaisons dangereuses. Je déjeune souvent avec des clients, et l'on fait régulièrement des matchs de softball entre collègues. Pas grand-chose le soir : mes nouveaux collègues sont pour la plupart mariés et jeunes parents. Il ne me reste qu'à faire la tournée des bars en solo.

Je suis sorti avec quelques filles – rien de sérieux (ici, les « dates » semblent être un passe-temps comme un autre) –, mais, de manière générale, je vais m'entraîner au gymnase ou je traîne avec de vieux amis. Il y a plein de gens de Shipmans ici, et j'ai

retrouvé quelques connaissances de l'université. Il semblerait que le monde soit petit, finalement... Je trouve beaucoup de mes anciens camarades changés, cela dit. Ils sont plus durs, plus avides que dans mon souvenir. Je crois que c'est l'un des effets de cette ville sur les gens.
Bon ! Ce soir, je retrouve la fille d'Henry Farnsworth. Tu te souviens d'elle, la figure de proue du poney club de Stortfold ? Elle est devenue une sorte de gourou du shopping. (Ne va rien imaginer, je le fais pour Henry.) Je l'emmène à mon steak house préféré dans l'Upper East Side : on y sert des pavés de viande de la taille d'un tapis de selle de gaucho. J'espère qu'elle n'est pas végétarienne. Ici, tout le monde semble avoir sa lubie alimentaire...
Oh, et dimanche dernier, j'ai suivi ton conseil : j'ai pris la ligne F et je suis descendu à l'autre bout du pont de Brooklyn pour retraverser le fleuve à pied. Ma plus belle balade depuis mon arrivée. J'ai eu l'impression de me retrouver dans un vieux Woody Allen – tu sais, de l'époque où il avait à peine dix ans d'écart avec ses actrices vedettes...
Dis à papa que je l'appellerai la semaine prochaine et fais un gros câlin au chien pour moi.
Je t'embrasse affectueusement,

W.

Chapitre 7

Depuis ce modeste bol de nouilles, quelque chose avait changé dans ma relation avec les Gopnik. Je crois que je saisissais un peu mieux la façon dont je pouvais assister Agnes dans son nouveau rôle. Elle avait besoin de quelqu'un de confiance sur qui s'appuyer. Cela, combiné à l'étrange énergie osmotique de New York, faisait que désormais je sautais littéralement de mon lit le matin, comme ça ne m'était plus arrivé depuis que je travaillais pour Will. Mon enthousiasme tout neuf me valut des claquements de langue désapprobateurs et des regards excédés de la part d'Ilaria, ainsi que des coups d'œil inquiets de Nathan, qui devait me soupçonner de prendre de la drogue.

En fait, l'explication était simple : je voulais être à la hauteur de ma mission. Je travaillais pour des gens incroyables et j'étais résolue à profiter au maximum de mon expérience new-yorkaise. Je voulais vivre chaque journée à fond, comme Will l'aurait fait. Je lus et relus cette première lettre, et, une fois habituée à l'étrange sentiment que l'écho de sa voix provoquait en moi, je me découvris de nouvelles affinités inattendues avec cette version de Will qui venait de débarquer à New York.

Je ne reculai devant rien. Je me mis à courir pour de bon avec Agnes et George tous les matins, tenant parfois tout le parcours sans avoir envie de vomir. Je finis par connaître les lieux où Agnes avait ses habitudes, ce qu'elle aurait probablement besoin d'avoir à disposition, de porter et de rapporter à la maison. J'étais prête, dans l'entrée, avant elle, et lui proposais de l'eau, des cigarettes ou du *green juice*, anticipant ses envies autant que possible. Quand elle devait assister à un déjeuner où elle aurait probablement à affronter quelques affreuses bonnes femmes, je faisais des plaisanteries sur le chemin pour la détendre, ou lui envoyais pendant le repas des GIF de pandas péteurs ou de spectaculaires chutes de trampolines. Dans la voiture, sur le chemin du retour, je l'écoutais me raconter, les larmes aux yeux, les piques et les silences lourds de sens. Je hochais la tête avec compassion ou renchérissais en affirmant que, oui, elles étaient d'« horribles monstres », « sèches comme des brindilles », « sans cœur ».

J'étais de plus en plus douée pour ne rien laisser paraître quand Agnes m'en disait un peu trop sur le magnifique, si magnifique corps de Leonard, et ses si nombreux et « meeerveilleuuux » talents au lit, et me retenais de rire quand elle me lançait des mots en polonais, tels que *cholernica*, grâce auxquels elle insultait la gouvernante à son insu.

Agnes, je le découvris assez vite, ne filtrait rien. Papa m'accusait toujours de dire tout ce qui me passait par la tête, mais j'étais loin de « Vieille salope moisie ! » en polonais, ou : « Vous imaginez épiler le maillot de cette horrible Susan Fitzwalter ? Ça doit être comme d'arracher la barbe d'une moule fermée. Beurk. »

Agnes n'avait pas un mauvais fond. Je crois qu'elle se sentait soumise à une telle pression, étouffant dans le carcan des convenances qui exigeaient qu'elle s'expose aux regards, aux jugements et qu'elle en sorte irréprochable, que je devins une sorte de soupape de sécurité. À peine les avait-elle quittées qu'elle se mettait à jurer et à les insulter. Le temps que Garry nous ramène, elle avait recouvré sa sérénité et pouvait retrouver son mari.

Je mis au point des stratégies visant à réintroduire une pointe de fantaisie dans la vie d'Agnes. Une fois par semaine, sans l'indiquer dans l'agenda, nous disparaissions en plein milieu de la journée au cinéma de Lincoln Square pour voir des comédies stupides, et nous gloussions en engloutissant des pelletées de pop-corn. Nous nous défiions d'entrer dans les boutiques haut de gamme de Madison Avenue et d'essayer les pires tenues de créateurs que nous pouvions trouver, nous admirant sans nous départir de notre sérieux, avant de demander : « Vous ne l'auriez pas dans un vert plus vif ? » Les vendeuses, sans quitter longtemps des yeux le sac Birkin d'Agnes, s'agitaient autour de nous, s'efforçant de nous complimenter du bout des lèvres. Un jour, à l'heure du déjeuner, Agnes convainquit M. Gopnik de nous rejoindre. Je la regardai prendre la pose comme un mannequin sur un *catwalk* et parader devant lui vêtue d'une série de tailleurs-pantalons clownesques, le mettant au défi de rire, et vis son mari déployer des efforts surhumains pour contenir son hilarité. « Vilaine coquine », lui souffla-t-il tendrement ensuite en secouant la tête.

Mais ma bonne humeur ne devait pas tout à mon travail : je commençais à comprendre un peu mieux New York, et, en retour, la ville semblait plus disposée à m'accueillir. Ce n'était pas bien difficile dans ce haut lieu de l'immigration – hors de la stratosphère raréfiée de la vie sociale d'Agnes. Je faisais partie des dizaines de milliers de personnes venues des quatre coins du monde et qui couraient d'un bout à l'autre de la ville, travaillaient, s'achetaient un plat à emporter et apprenaient à préciser trois préférences en commandant un café ou un sandwich, pour le plaisir de passer pour des New-Yorkais.

J'observais et j'apprenais.

Voici ce que je retins sur les New-Yorkais au cours de mon premier mois dans leur ville.

1. Les résidents de mon immeuble ne s'adressaient pas la parole, et les Gopnik ne parlaient qu'à Ashok. La vieille dame du deuxième étage, Mme De Witt, ignorait royalement le couple de Californiens qui vivait dans le penthouse, et le *working*-couple du troisième étage parcourait les couloirs au pas de charge sans jamais lever le nez de leur iPhone, aboyant des instructions dans le combiné ou à leur conjoint. Même les enfants du premier étage – de petits mannequins magnifiquement habillés, escortés par une jeune Philippine stressée – ne saluaient pas, baissant automatiquement le regard vers le tapis épais quand ils me croisaient. Quand je parvenais à adresser un sourire à la petite fille, elle écarquillait les yeux comme si j'avais fait quelque chose de terriblement suspect.

Quand les résidents du Lavery quittaient l'immeuble, ils s'engouffraient directement dans des véhicules noirs identiques qui les attendaient patiemment le long du trottoir. Ils semblaient toujours reconnaître d'instinct celui qui était le leur. De manière générale, à ma connaissance, Mme De Witt était la seule à parler à quelqu'un. En tout cas, elle parlait constamment à Dean Martin pendant qu'elle le promenait autour du pâté de maisons en clopinant, maugréant au sujet de ces « maudits Russes » et de ces « affreux Chinois » qui vivaient dans l'immeuble derrière le nôtre, et qui exigeaient que leurs chauffeurs les attendent vingt-quatre heures sur vingt-quatre devant leur entrée, obstruant la rue. Elle récriminait bruyamment contre Agnes et son piano auprès d'Ashok ou du gérant de l'immeuble, et, si nous la croisions dans le couloir, elle pressait le pas, émettant à l'occasion un claquement de langue agacé.

2. À l'inverse, dans les boutiques, tout le monde vous parlait. Les vendeuses vous suivaient partout, la tête penchée en avant comme pour mieux vous entendre, serviables et disponibles, vous proposant de « mettre ceci de côté pour vous en cabine d'essayage ». Je n'avais plus fait l'objet d'une telle attention depuis que Treena et moi nous étions fait prendre la main dans le sac après avoir volé un Mars au bureau de poste. J'avais huit ans. Après ça, pendant trois ans, Mme Barker nous avait collées au train, tel un agent du MI5, chaque fois que nous y entrions pour acheter une sucette.

Et puis, tous les vendeurs de New York voulaient que vous passiez une bonne journée. Même si vous ne faisiez qu'acheter un jus d'orange ou un journal. Au début, encouragée par leur gentillesse, je répondais : « Oh, merci ! Bonne journée à vous aussi ! » Ce qui ne manquait jamais de les décontenancer légèrement – jusqu'à ce que je comprenne les règles qui régissaient les échanges à New York.

Personne, par exemple, ne franchissait le seuil de l'immeuble sans échanger quelques mots avec Ashok. Mais c'était du business. Il connaissait son travail. Il s'assurait toujours que vous alliez bien, que vous ne manquiez de rien. « Vous ne pouvez pas sortir avec des chaussures éraflées, mademoiselle Louisa ! » Il était capable de tirer un parapluie de sa manche avec l'agilité d'un prestidigitateur, avant de vous accompagner jusqu'au bord du trottoir, acceptant les pourboires d'un discret mouvement de la main digne d'un tricheur aux cartes. Il pouvait sortir des dollars de nulle part pour remercier discrètement l'agent de la circulation qui facilitait l'accès à un livreur ou au coursier de la teinturerie, et faisait apparaître comme par magie un taxi jaune vif grâce à un sifflement que seuls les chiens devaient entendre. Il n'était pas seulement le gardien de l'immeuble, mais aussi son centre névralgique, lui qui veillait à ce que les choses entrent et sortent, comme un apport sanguin, et que tout se passe sans à-coups.

3. Les New-Yorkais – ceux qui ne montaient pas dans des limousines en bas de notre immeuble – marchaient très, très vite, sillonnant les trottoirs à grandes enjambées, plongeant dans la foule ou en émergeant comme s'ils avaient des capteurs incorporés qui les arrêtaient automatiquement avant qu'ils ne percutent un autre piéton. Ils tenaient des téléphones ou des gobelets de café en polystyrène, et, avant 7 heures du matin, au moins la moitié d'entre eux portaient des tenues de sport. Chaque fois que je ralentissais le pas, j'entendais un juron étouffé à mon oreille ou sentais un sac me percuter le dos. Je renonçai à porter mes chaussures les plus décoratives – et donc les plus instables : mes tongs de geisha ou mes bottes à plates-formes rayées des années 1970 – et optai pour des tennis de façon à pouvoir me mouvoir avec le courant au lieu d'être un obstacle fendant les eaux. Si vous m'aviez vue de haut, vous n'auriez jamais pensé que je n'étais pas à ma place.

Les premiers week-ends, j'ai marché pendant des heures. J'avais d'abord cru que Nathan et moi passerions du temps ensemble, explorerions la ville. Mais il s'était apparemment constitué un réseau de mecs virils, le genre qui ne trouvaient vraiment aucun intérêt à la compagnie des femmes, à moins qu'elles n'aient bu plusieurs bières avant. Il passait des heures à la salle de sport et complétait chaque week-end avec un rencard ou deux. Quand je proposais que nous visitions un musée ou allions nous balader sur la High

Line, il m'adressait un sourire embarrassé et me répondait qu'il avait déjà des plans. Je marchais donc seule, traversant Midtown jusqu'à Meatpacking District, Greenwich Village, SoHo, évitant les axes principaux, me dirigeant vers tout ce qui me semblait intéressant, mon plan à la main, essayant de me rappeler dans quel sens circulaient les voitures. J'appris à distinguer les différents quartiers de Manhattan, des gratte-ciel du Midtown aux rues pavées, qui avaient un charme fou, autour de Crosby Street, où une personne sur deux ressemblait à un mannequin ou donnait l'impression d'avoir un fil Instagram consacré aux bienfaits de la nourriture saine. Je marchais sans but, n'étant attendue nulle part. Je mangeai des crudités dans un bar à salade, commandant quelque chose avec des haricots noirs et de la coriandre parce que je n'en avais jamais mangé. Je pris le métro en tâchant de ne pas avoir l'air d'une touriste quand j'essayai de comprendre comment acheter un ticket et d'identifier les fameux fous qui hantaient les quais. Une fois à l'air libre, j'attendis que mon pouls retrouve son rythme normal. Alors, je traversai le pont de Brooklyn, comme Will l'avait fait. Entre le grondement de la circulation sous mes pieds et la vue de l'eau étincelante en contrebas, je crus que mon cœur s'envolait. Dans ma tête retentit de nouveau sa voix : « Vis avec audace, Clark. »

Je m'arrêtai au milieu du pont et restai parfaitement immobile, le regard perdu vers l'autre rive de l'East River, momentanément suspendue, presque étourdie par l'impression de ne plus être attachée à aucun endroit. Une autre case de cochée. Et puis, je décidai d'arrêter de recenser les nouvelles expériences, puisque presque tout était nouveau et étrange.

Au cours de ces premières balades, je vis pas mal de curiosités.

Un travesti à bicyclette chantant de grands airs de comédies musicales dans un micro relié à un haut-parleur. Plusieurs passants l'applaudirent.

Quatre filles sautant à la corde entre deux bornes d'incendie. Elles faisaient tourner deux cordes à la fois, et c'est moi qui me suis arrêtée pour applaudir quand enfin elles firent une pause ; elles m'ont souri timidement.

Un chien sur un skateboard. Quand j'envoyai un message à ma sœur pour le lui raconter, elle me répondit que j'avais trop bu.

Robert De Niro. Enfin, je crois. Le soir tombait et j'avais un peu le mal du pays ; il passa devant moi au coin de Spring Street et de Broadway, et, avant de pouvoir me retenir, je m'exclamai – ça ne s'invente pas : « Oh, mon Dieu, Robert De Niro ! » Il ne se retourna pas, et je ne pus déterminer ensuite si c'était parce qu'il s'agissait d'un passant lambda qui avait cru que je parlais toute seule, ou bien si c'était exactement ce que vous feriez si vous étiez Robert De Niro et qu'une femme sur le trottoir s'avisait de crier votre nom.

Je privilégiai la seconde hypothèse. Une fois de plus, ma sœur m'accusa d'être en état d'ivresse. Je lui envoyai une photo prise avec mon téléphone, mais elle objecta :

Ça pourrait être la nuque de n'importe qui, espèce d'andouille !

Puis, elle ajouta que je n'étais pas seulement saoule, mais aussi tout à fait stupide. Du coup, je me sentis un peu moins mélancolique.

Je voulais le raconter à Sam. Je voulais tout raconter à Sam, dans des lettres magnifiquement calligraphiées, ou au moins dans de longs mails décousus que nous garderions et imprimerions plus tard pour les retrouver au grenier après cinquante ans de mariage et attendrir nos petits-enfants. Mais les premières semaines furent si épuisantes que je n'arrivai qu'à lui envoyer des messages où je lui disais combien j'étais fatiguée.

Je suis tellement fatiguée. Tu me manques.

Toi aussi.

Non, vraiment, super hyper fatiguée. Au point de pleurer devant des pubs à la télé et de m'endormir en me lavant les dents pour me réveiller la poitrine couverte de dentifrice.

OK, tu gagnes.

J'essayais de ne pas prendre mal le fait qu'il m'écrive si peu. J'essayais de me rappeler qu'il faisait un boulot vraiment éprouvant, qu'il sauvait des vies à longueur de journée et apportait sa pierre à l'édifice de l'humanité pendant que je patientais dans des instituts de manucure ou courais dans Central Park.

Son superviseur avait modifié son planning. Il travaillait quatre nuits d'affilée et attendait toujours qu'on lui propose un partenaire définitif. Cela aurait dû nous faciliter la communication, mais, bizarrement, ce ne fut pas le cas. Je consultais mon téléphone dès que j'avais un instant de libre en fin de journée, mais c'était généralement le moment où il commençait son service.

Parfois, je nous sentais curieusement éloignés, comme si je l'avais simplement rêvé.

Mais il ne tarda pas à me rassurer :

Une semaine… Plus qu'une semaine !

Ça ne pouvait pas être si difficile, si ?

Agnes jouait encore du piano. Elle jouait quand elle était heureuse, malheureuse, en colère ou frustrée, choisissant des morceaux tourmentés, pleins d'émotion, fermant les yeux tandis que ses mains montaient et descendaient sur le clavier, se balançant sur le tabouret de piano. La veille au soir, elle avait joué un nocturne, et, en passant devant la porte ouverte du salon, je m'étais attardée un moment pour regarder M. Gopnik, assis à côté d'elle sur le tabouret. Même si elle était totalement absorbée par la musique, il ne faisait aucun doute qu'elle jouait pour lui. Je remarquai combien il était heureux d'être seulement assis à ses côtés et de tourner les pages de la partition pour elle. Après avoir achevé le morceau, elle lui adressa un grand sourire, et il déposa un baiser sur sa main. Je poursuivis mon chemin sur la pointe des pieds en faisant comme si je n'avais rien vu.

Je passais la semaine en revue dans le bureau (j'en étais au jeudi : déjeuner de bienfaisance en faveur des enfants atteints du cancer, *Les Noces de Figaro*) quand j'entendis frapper à la porte. Ilaria était avec la comportementaliste animalière – Felix avait encore commis une infamie innommable dans le bureau de M. Gopnik. Je gagnai donc l'entrée et allai ouvrir.

Mme De Witt se tenait devant moi, la canne brandie comme pour frapper. Instinctivement, je rentrai la tête dans les épaules, puis, quand elle la baissa, je me redressai, paumes levées. Je tardai une seconde avant de comprendre qu'elle s'en était simplement servi pour frapper à la porte.

— Puis-je vous être utile ?

— Dites-lui de cesser ce vacarme infernal !

Elle était si furieuse que son minuscule visage ridé avait viré au bordeaux.

— Je vous demande pardon ?

— La masseuse. L'épouse vendue par correspondance. Je l'entends depuis l'autre bout du couloir.

Elle portait un long manteau des années 1970, un Pucci, peut-être, avec des volutes vertes et roses, et un turban émeraude. Bien que hérissée par ses insultes, j'étais médusée.

— À vrai dire, Agnes est en fait une physiothérapeute qualifiée. Et elle joue du Mozart.

— Ça pourrait aussi bien être l'Étalon noir jouant du kazoo avec sa cinquième patte, je m'en fiche. Dites-lui de la fermer. Elle vit dans un immeuble. Elle devrait avoir un peu de considération pour les autres résidents !

Dean Martin me regarda en grognant, comme pour appuyer les récriminations de sa maîtresse. Je m'apprêtais à ajouter quelque chose, mais perdis le fil en essayant de déterminer de quel œil le chien me regardait, ce qui se révéla curieusement distrayant.

—Je ne manquerai pas de lui passer le message, madame De Witt, déclarai-je, mon sourire professionnel bien en place.

—Que voulez-vous dire par « passer le message » ? Ne vous contentez pas de « passer le message ». Faites-la cesser. Elle me rend folle avec son maudit Pianola. Le Lavery était autrefois un immeuble paisible.

—Eh bien, pour être honnête, votre chien aboie sans ar...

—L'autre ne valait pas mieux. La misérable. Toujours en train de cancaner avec ses amies. Coin-coin-coin dans le couloir, bouchant la rue avec leurs énormes voitures. Pfff. Je ne suis guère surprise qu'il en ait changé.

—Je ne suis pas sûre que M. Gopnik...

—« Physiothérapeute qualifiée ». Seigneur, c'est donc ainsi qu'on les appelle, de nos jours ? Je suppose que cela fait de moi la négociatrice en chef des Nations unies.

Elle se tamponna le visage avec un mouchoir.

—Si j'ai bien compris, la grande vertu de l'Amérique est qu'on peut y devenir qui l'on veut, dis-je avec un grand sourire.

Elle plissa les yeux.

—Êtes-vous anglaise ?

—Oui.

Flairant une possibilité de l'amadouer, je me lançai :

—Pourquoi ? Avez-vous de la famille en Angleterre, madame De Witt ?

—Ne soyez pas ridicule, cracha-t-elle en m'examinant de la tête aux pieds. Seulement, je croyais que les jeunes femmes anglaises étaient censées avoir du style.

Là-dessus, elle tourna les talons et, agitant la main dédaigneusement, elle remonta le couloir en boitillant. Dean Martin, sur ses talons, me lança des regards pleins de ressentiment.

—C'était la vieille folle du bout du couloir ? lança Agnes alors que je refermais doucement la porte. Pfff. Pas étonnant que cette sorcière ne reçoive jamais de visites. Elle est comme un horrible bout séché de *suszony dorsz*.

Il y eut un bref silence, puis je l'entendis qui tournait des pages.

Agnes entama alors un morceau tonitruant et entraînant, ses doigts frappant le clavier, écrasant la pédale si violemment que je sentis le plancher vibrer.

Je me recomposai un sourire en traversant le vestibule et consultai ma montre en soupirant intérieurement. Plus que deux heures.

Chapitre 8

Sam arrivait ce jour-là et restait jusqu'au lundi. Il nous avait réservé une chambre dans un hôtel à quelques pâtés de maisons de Times Square. Encouragée par le discours d'Agnes sur le fait que nous ne devrions pas être séparés, je lui avais demandé si je pourrais partir plus tôt l'après-midi, et elle m'avait répondu « peut-être… » sur un ton qui m'avait semblé positif, même si j'avais eu la nette impression que la visite de Sam ce week-end-là la contrariait. En attendant, je marchais jusqu'à Penn Station d'un pas plein d'allant, un sac pour le week-end sur l'épaule. Je pris l'AirTrain jusqu'à JFK. Le temps d'atteindre l'aéroport, légèrement en avance, je frémissais d'impatience.

Le panneau des arrivées indiquait que l'avion de Sam avait atterri et que ses passagers attendaient leurs bagages. Je me précipitai aux toilettes pour vérifier ma coiffure et mon maquillage. J'avais la peau légèrement moite après la marche et le train bondé. Je retouchai mon mascara et mon rouge à lèvres, et me passai un coup de brosse dans les cheveux. Je portais une jupe-culotte en soie turquoise avec un pull fin à col roulé noir et des bottines noires. Je voulais être moi-même, tout en donnant l'impression d'avoir changé de façon indéfinissable, peut-être en devenant légèrement plus mystérieuse. J'esquivai une femme à l'air épuisé traînant une énorme valise à roulettes, m'aspergeai d'un nuage de parfum avant d'estimer que je ressemblais enfin à une femme qui retrouve son amant dans un aéroport international.

Ce qui ne m'empêcha pas, en sortant, le cœur battant et en jetant un coup d'œil à l'écran, de me sentir étrangement nerveuse. Nous n'avions été séparés que quatre semaines. Cet homme m'avait vue dans mes pires moments, brisée, paniquée, triste, butée, et pourtant, il m'appréciait toujours. C'était toujours Sam, me dis-je. Mon Sam. Rien n'avait changé depuis la première fois qu'il avait sonné chez moi et m'avait invitée maladroitement, par l'interphone, à sortir avec lui.

L'écran indiquait encore: « BAGAGES EN ATTENTE. »

Je me calai contre la barrière, vérifiai encore ma coiffure et me tournai vers la double porte, souriant malgré moi aux cris de joie qui ponctuaient les retrouvailles de couples après une longue séparation.

Dans une minute, c'est nous qui crierons comme ça, pensai-je.

Je pris une profonde inspiration, remarquant au passage que mes paumes étaient devenues moites. Un flot de voyageurs franchirent les portes ; mon visage ne cessait de reprendre une expression que je soupçonnais d'être un rictus d'impatience un poil dément, les sourcils haussés, le sourire ravi, tel un politicien qui feint de reconnaître quelqu'un dans la foule.

Et, alors que je fouillais dans mon sac en quête d'un mouchoir, j'eus un temps d'arrêt et relevai aussitôt les yeux. J'avais bien vu : là, à quelques mètres de moi, dans la cohue, se tenait Sam, qui dépassait d'une tête tout le monde autour de lui. Il scrutait la foule, exactement comme moi. Je marmonnai des excuses à la personne sur ma droite le long de la barrière, me baissai pour passer en dessous et me précipitai vers lui. Il se retourna pile au moment où j'arrivai à sa hauteur et me donna un grand coup dans le tibia avec son sac.

— Oh, zut. Ça va ? Lou ?... Lou ?

Je m'agrippai la jambe en réprimant un juron. Des larmes jaillirent aux coins de mes paupières, et, quand je pris la parole, ce fut d'une voix étranglée par la douleur.

— Le panneau indiquait que tu attendais tes bagages, dis-je, les dents serrées. Je n'arrive pas à croire que j'aie raté nos grandes retrouvailles ! J'étais aux toilettes !

— Je n'ai pris qu'un bagage à main. (Il posa une main sur mon épaule.) Ça va, la jambe ?

— Mais j'avais tout prévu ! J'avais préparé une pancarte que j'avais fait plastifier et tout !

Je me tortillai pour la sortir de sous ma veste et me redressai, m'efforçant de faire abstraction de la douleur qui irradiait dans mon tibia : « LE PLUS BEAU DES AMBULANCIERS DU MONDE »

— C'était censé être un moment essentiel de notre relation ! L'un de ceux auxquels on repense en disant : « Ah, tu te rappelles la fois où j'étais allée te chercher à JFK ? »

— C'est quand même un super moment, tempéra-t-il, plein d'espoir. Ça me fait plaisir de te voir.

— *Ça te fait plaisir de me voir ?*

— Ça me fait *super* plaisir de te voir. Désolé. Je suis crevé. Pas dormi.

Je me frottai le menton. Nous nous regardâmes quelques instants sans rien dire.

— Ça ne va pas, dis-je. Il faut que tu recommences.

— Que je recommence ?

— Retourne à la sortie. Et là, je ferai comme prévu, à savoir brandir ma pancarte et courir vers toi – et l'on s'embrasse et l'on fait ça bien.

Il me regarda fixement.

— Sérieusement ?

— Ça en vaut la peine. Allez. S'il te plaît.

Il lui fallut un moment supplémentaire pour s'assurer que je ne plaisantais pas, puis il repartit à contre-courant, fendant le flot des arrivants. Plusieurs personnes se tournèrent pour le dévisager, et quelqu'un fit un « tttt » désapprobateur.

— Stop ! criai-je à travers le hall bruyant. Ça ira comme ça !

Mais il ne m'entendit pas. Il continua à marcher jusqu'à la double porte – je fus brièvement prise de panique à l'idée qu'il remonte dans l'avion.

— *Sam !* hurlai-je. *STOP !*

Tout le monde me regarda. Alors, il se retourna et me vit. Et comme il se remettait à marcher dans ma direction, je me baissai pour passer sous la sangle escamotable.

— Par ici, Sam ! C'est moi !

J'agitai ma pancarte, et il marcha vers moi en souriant de toutes ses dents face au ridicule de la situation.

Je lâchai la pancarte et courus vers lui, et cette fois il ne m'envoya pas son sac dans le tibia, mais le laissa tomber à ses pieds et me souleva du sol, et nous nous embrassâmes comme un couple de cinéma, sans retenue, allègrement, sans aucune gêne ni peur d'une haleine de café. Ou peut-être que si. Je serais incapable de vous le dire. Parce qu'à partir du moment où Sam referma les bras sur moi, j'oubliai tout le reste – les sacs, la foule et le regard des gens. Oh, bon sang, la sensation de ses bras autour de moi, la douceur de ses lèvres sur les miennes. Je ne voulais pas le lâcher. Je me cramponnai à lui en m'extasiant de sentir sa force m'envelopper et respirai son odeur. J'enfouis le visage dans son cou, savourant le contact de sa peau contre la mienne, avec l'impression qu'il m'avait manqué dans chaque cellule de mon corps.

— Satisfaite, espèce de folle ? demanda-t-il après avoir reculé d'un pas de façon à pouvoir me voir convenablement.

Je devais avoir du rouge à lèvres partout. Et, incontestablement, j'avais déjà le bas du visage irrité par sa barbe naissante.

— Oh, oui ! acquiesçai-je, incapable d'arrêter de sourire. C'était parfait.

Nous décidâmes de passer d'abord déposer nos sacs à l'hôtel. Surexcitée, j'essayais de me retenir de jacasser pendant tout le trajet. Je disais n'importe quoi – un flot de pensées et de remarques décousues franchissaient mes lèvres sans aucun filtre. Il me regardait comme vous pourriez regarder votre chien s'il se mettait à danser sans prévenir : avec un léger amusement et une vague inquiétude contenue. Mais ensuite, les portes de l'ascenseur se refermèrent sur nous, et il m'attira contre lui, prit mon visage dans ses mains et m'embrassa de plus belle.

— C'était pour me faire taire ?

— Non. J'en avais envie depuis quatre longues semaines, et j'ai bien l'intention de le faire autant de fois que je le peux jusqu'à mon départ.

— C'est une bonne réplique.

— Ça m'a pris presque tout le vol de la mettre au point.

Je l'observai tandis qu'il passait la carte magnétique dans la porte et, pour la millième fois, je m'émerveillai de l'avoir trouvé quand je pensais que plus jamais je ne pourrais aimer quelqu'un. Je me sentais impulsive, romantique – un personnage dans un film de dimanche après-midi.

— Eeeet… nous y voilà !

Nous nous arrêtâmes sur le seuil. La pièce était plus petite que ma chambre chez les Gopnik. Le sol était couvert d'une moquette écossaise marron, et, sur le lit à deux places, au lieu du luxueux linge Frette que je m'étais imaginé, un couvre-lit à carreaux bordeaux et orange dissimulait tant bien que mal le matelas affaissé. J'essayai de ne pas me demander à quand remontait son dernier lavage. Pendant que Sam refermait la porte, je fis le tour du lit pour pouvoir jeter un coup d'œil par la porte de la salle de bains : une douche, pas de baignoire, et, quand vous faisiez jouer la lumière, le ventilateur s'enclenchait en gémissant comme un marmot à la caisse d'un supermarché. Dans la pièce flottait un mélange d'odeur de tabac froid et de désodorisant artificiel.

— Tu détestes, devina-t-il en me scrutant.

— Non ! C'est parfait !

— Ce n'est pas parfait. Désolé. J'ai fait la réservation sur l'un de ces sites en rentrant d'un service de nuit. Tu veux que je descende demander s'ils ont d'autres chambres ?

— J'ai entendu la femme de la réception dire qu'ils étaient complets. Mais de toute façon, c'est très bien ! Il y a un lit, une douche, c'est en plein New York et tu es dedans. Donc, c'est merveilleux !

— Ah, merde, j'aurais dû te consulter.

Je n'ai jamais été très bonne pour mentir. Il attrapa ma main et je serrai la sienne.

— Vraiment. C'est bien.

Nous restâmes un instant debout à contempler le lit. Je posai une main sur ma bouche jusqu'à ce que je comprenne que je ne pouvais pas retenir les mots que j'essayais de ne pas prononcer.

— Nous ferions quand même mieux de vérifier qu'il n'y a pas de punaises de lit.

— Sérieusement ?

— D'après Ilaria, la ville en est infestée.

Je vis les épaules de Sam s'affaisser.

— Même certains hôtels très chics en ont.

Je m'avançai et tirai les couvertures d'un coup sec, scrutant les draps blancs avant de me pencher pour examiner le bord du matelas. Je m'approchai encore.

— Rien ! annonçai-je. Voilà une bonne nouvelle ! Nous sommes dans un hôtel sans punaises de lit ! (Je levai les pouces.) Youpi !

Il y eut un long silence.

— Allons nous balader, dit-il.

Nous allâmes nous balader. Au moins, nous étions extrêmement bien placés. Nous descendîmes la Sixième Avenue sur un demi-kilomètre environ, puis remontâmes par la Cinquième, zigzaguant selon nos envies. Je tentai de me retenir de parler de moi sans arrêt ou de New York, ce qui fut plus difficile que je ne l'aurais cru étant donné que Sam était assez taciturne. Il me prit la main, et je me laissai aller contre son épaule en m'empêchant de le dévorer du regard. Le voir là était étrange. Je me surpris à me focaliser sur de minuscules détails – une égratignure sur sa main, un léger changement dans la longueur de ses cheveux – essayant de me le réapproprier dans mon imagination.

— Tu ne boites plus, fis-je remarquer alors que nous nous arrêtions devant le Museum of Modern Art pour scruter l'intérieur à travers les vitres.

Son silence me rendait nerveuse, je craignais que l'horrible chambre d'hôtel n'ait tout gâché.

— Toi non plus.

— Je me suis mise à courir ! Je te l'ai dit ! Je fais le tour de Central Park tous les matins avec Agnes et George, son coach sportif. Vas-y, tâte mes jambes !

Sam pressa le haut de ma cuisse que je levais vers lui et afficha une expression impressionnée de circonstance.

— Tu peux me lâcher maintenant, signalai-je en m'apercevant que les gens autour de nous commençaient à nous regarder de travers.

— Désolé. Ça faisait longtemps...

J'avais oublié à quel point il préférait être à l'écoute plutôt que parler. Il laissa passer un long moment avant de commencer à me donner des nouvelles de lui. On lui avait enfin attribué une nouvelle partenaire. Après deux faux départs – un jeune homme qui avait décidé que finalement il ne voulait pas être ambulancier, et Tim, un délégué syndical d'une cinquantaine d'années qui apparemment détestait le genre humain dans son ensemble (pas l'état d'esprit idéal pour ce travail) –, on l'avait mis en équipe avec une femme de l'antenne de North Kensington, qui avait récemment déménagé et souhaitait travailler plus près de son domicile.

— Elle est comment ?

— Pas comme Donna, mais ça va. Au moins, elle a l'air de savoir ce qu'elle fait.

Il avait pris un café avec son ancienne équipière la semaine précédente. La chimiothérapie ne semblait pas fonctionner sur son père, mais elle avait dissimulé sa tristesse sous des sarcasmes et des plaisanteries, comme à son habitude.

— Je voulais lui dire de laisser tomber le masque, m'expliqua-t-il. Elle sait par quoi je suis passé avec ma sœur. Mais... nous faisons tous face à ces choses-là différemment, ajouta-t-il avec un regard en coin.

Il m'apprit que Jake avait de bonnes notes au lycée et qu'il m'embrassait. Son père, le beau-frère de Sam, avait laissé tomber le groupe de soutien pour personnes en deuil sous prétexte que ce n'était pas pour lui, bien que les séances l'aient aidé à arrêter de coucher sur un coup de tête avec des inconnues.

— Maintenant, il étouffe ses émotions en mangeant. Il a pris plus de cinq kilos depuis ton départ.

— Et toi ?

— Bah. Je m'en sors.

Il l'avait dit simplement, mais mon cœur se fêla.

— Ce ne sera pas toujours comme ça, dis-je.

— Je sais.

— Et nous allons faire tout un tas de trucs chouettes ce week-end.

— Qu'est-ce que tu as prévu ?

— Mmm. Essentiellement, il va s'agir de toi tout nu. Puis dîner. Puis encore plus de toi tout nu. Peut-être une promenade dans Central Park, quelques trucs clichés de touristes, genre balade sur le ferry de Staten Island et Times Square, shopping dans l'East Village, et enfin de la très bonne bouffe avant de finir avec un peu plus de toi tout nu.

Sam me décocha un grand sourire.

— Et moi, j'ai droit aussi à un peu de toi toute nue ?

— Oh, oui. C'est une formule : deux pour le prix d'un. (J'appuyai la tête contre son bras.) Mais, sérieusement, j'aimerais bien que tu viennes voir où je travaille. Peut-être rencontrer Nathan et Ashok, et tous les gens dont je n'arrête pas de te parler. M. et Mme Gopnik partent en week-end, donc tu ne les verras probablement pas, mais au moins tu pourras te faire une idée.

Il s'arrêta et me regarda droit dans les yeux.

— Lou, je me fiche de ce qu'on fait du moment qu'on est ensemble.

Il rougit légèrement en prononçant ces mots, comme surpris par ses propres paroles.

— Voilà une déclaration d'un romantisme à toute épreuve, monsieur Fielding.

— Mais j'ai un aveu à te faire. Je vais devoir me mettre quelque chose sous la dent vite fait si je veux pouvoir assurer pour la partie où l'on est tout nus. Où est-ce qu'on pourrait trouver à manger ?

Nous étions en train de passer devant Radio City et étions entourés de gigantesques immeubles de bureaux.

— Il y a un café, là.

— Oh, non ! s'exclama-t-il en joignant les mains. Voilà exactement ce qu'il me faut. Un authentique *food truck* new-yorkais !

Du doigt, il me désigna l'un de ces camions-restaurants qu'on voyait partout. Celui-ci annonçait des « burritos complets » : « Nous les préparons comme vous les aimez ! » Je le suivis et attendis pendant qu'il commandait un *wrap* qui me parut aussi gros que son avant-bras et dégageait des effluves de fromage chaud et d'une viande grasse non identifiée.

— Tu n'avais pas prévu de dîner quelque part, si ? me demanda-t-il en mordant dedans.

Je ne pus réprimer un éclat de rire.

— Tant que ça te permet de rester éveillé... Sauf que je crains que ce monstre ne te pousse dans un coma alimentaire.

— Oh, bon sang, c'est trop bon ! Tu en veux ?

Eh bien, oui, en fait. Mais je portais un très joli ensemble de lingerie et ne tenais pas à finir le ventre trop plein. J'attendis donc qu'il achève son festin, se lèche bruyamment les doigts et jette sa serviette en papier dans une poubelle. Il poussa un soupir de satisfaction.

— Bon, dit-il en me prenant le bras. (Soudain, tout me sembla merveilleusement normal.) Donc, cette formule tout nus...

Nous regagnâmes l'hôtel en silence. Je ne ressentais plus aucune gêne. L'impression que le temps que nous avions passé séparés avait créé une distance inattendue entre nous s'était dissipée. Je n'avais plus aucune envie de parler. Je voulais seulement sentir sa peau contre la mienne. Je voulais de nouveau être complètement sienne, possédée. Nous descendîmes la Sixième Avenue, passâmes devant le Rockefeller Center, et je ne remarquais plus les touristes qui se dressaient sur notre passage. Je me sentais enveloppée dans notre bulle invisible, tous mes sens concentrés sur la main chaude qui s'était refermée sur la mienne, le bras qui s'était glissé autour de mes épaules. Le moindre de ses mouvements me semblait lourd de sens. J'en avais presque le souffle coupé. Je pouvais supporter l'absence si les moments que nous passions ensemble étaient aussi délicieux que celui-ci.

À peine avions-nous posé un pied dans l'ascenseur qu'il se tourna et m'attira contre lui. Nous nous embrassâmes, et je fondis, me perdis dans la sensation de son corps contre moi, le sang bourdonnant si fort à mes oreilles que j'entendis à peine s'ouvrir les portes de l'ascenseur. Nous avançâmes dans le couloir en titubant.

— Le truc pour ouvrir la porte… Le truc pour ouvrir la porte ! Je l'ai mis où ? paniqua-t-il en se tâtant fébrilement les poches.

— C'est moi qui l'ai, soufflai-je en sortant maladroitement la carte de ma poche arrière.

— Ouf ! s'exclama-t-il en refermant le battant derrière nous d'un coup de pied, sa voix rauque dans mon oreille. Tu n'imagines pas depuis combien de temps j'attends ce moment.

Deux minutes plus tard, allongée sur le couvre-lit bordeaux de la désolation, une pellicule de sueur séchant sur ma peau, je me demandais si ce serait vraiment un tue-l'amour que je me baisse pour récupérer ma culotte. Malgré ma chasse aux punaises de lit un peu plus tôt, je me méfiais de ce dessus-de-lit et préférais mettre une barrière entre lui et mon corps nu.

La voix de Sam flotta dans l'air à côté de moi.

— Désolé, murmura-t-il. Je savais que j'étais content de te voir, mais pas à ce point.

— Pas de problème, dis-je en me tournant vers lui.

Il avait une façon bien particulière de m'attirer à lui, comme s'il me ramassait, de sorte que je me sentais complètement contenue. Je ne comprenais pas les femmes qui disaient qu'un homme leur donnait l'impression d'être en sécurité – jusqu'à ce que je rencontre Sam. Je le voyais lutter contre le sommeil, battant des paupières. Pour lui, il était à peu près 3 heures du matin. Il déposa un baiser sur mon nez.

— Donne-moi vingt minutes et l'on remet ça.

Je laissai courir mon doigt sur son visage, suivant le contour de ses lèvres, puis me décalai pour qu'il puisse tirer les draps sur nous. Je posai une jambe sur les siennes, de façon que presque tout mon corps soit en contact avec le sien. Ce simple mouvement suffit à m'embraser. J'ignore ce qui, chez Sam, me rendait si différente – totalement désinhibée et affamée. Je ne pensais pas pouvoir toucher sa peau sans ressentir instinctivement cette vague de chaleur au plus profond de moi. Il me suffisait de jeter un coup d'œil à ses épaules, à ses avant-bras puissants, au doux duvet sombre à la limite de ses cheveux pour me sentir submergée par le désir.

— Je t'aime, Louisa Clark, murmura-t-il.

— Vingt minutes, hein ? dis-je avec un sourire en le serrant davantage contre moi.

Mais il sombra dans le sommeil comme quelqu'un qui sauterait d'une falaise. Je le regardai un moment, me demandant si j'arriverais à le réveiller et par quels moyens, puis je me rappelai à quel point je m'étais sentie désorientée et épuisée à mon arrivée. Ensuite, il me revint en mémoire qu'il avait enchaîné les services de douze heures toute la semaine. Et qu'il ne s'agissait que de quelques heures sur les trois jours que nous allions passer ensemble. Avec un soupir, je me résignai à le lâcher et me laissai rouler sur le dos. Dehors, la nuit était tombée et les bruits de la circulation flottaient jusqu'à nous. Un million d'impressions m'assaillirent, et je fus déconcertée en reconnaissant parmi elles la déception.

Arrête, m'admonestai-je fermement. Mon horizon d'attente pour ce week-end était bien trop haut pour soutenir le contact avec l'atmosphère. Sam était là, et nous étions ensemble. Et, dans quelques heures, nous serions de nouveau éveillés.

Dors, Clark, me dis-je.

Je tirai son bras sur moi, respirai l'odeur de sa peau chaude, et fermai les yeux.

Une heure et demie plus tard, j'étais assise au bout du lit avec mon téléphone. J'avais ouvert Facebook et m'émerveillai de l'appétit apparemment insatiable de maman pour les citations stimulantes et les photographies de Thom en uniforme scolaire. Il était 22 h 30, et le sommeil se refusait obstinément à moi. Je descendis du lit et me rendis dans la salle de bains sans allumer afin de ne pas risquer de réveiller Sam avec les couinements du ventilateur. J'hésitai à retourner près de lui. Le matelas était si affaissé que Sam avait doucement glissé au milieu, ne me laissant que quelques centimètres libres sur le bord – à moins de m'allonger sur lui, en gros. Je me demandai distraitement si une heure et demie de sommeil avait suffi. Finalement, je grimpai dans le lit, glissai mon corps contre le sien, chaud, puis, après une seconde d'hésitation, je l'embrassai.

Le corps de Sam réagit avant lui. Son bras m'attira plus près, sa grande main glissant le long de mon dos, et il me rendit mon étreinte – avec des baisers si lents, si ensommeillés encore, si tendres et doux que mon corps se cambra contre le sien. Je me décalai de manière que son poids soit sur moi, ma main cherchant la sienne, mes doigts s'emmêlant aux siens, et laissai échapper un soupir de plaisir. Il me voulait. Il ouvrit les yeux dans la pénombre et j'y plongeai mon regard, où se lisait le désir, m'étonnant qu'il transpire déjà.

Il me regarda fixement un moment.

— Salut, beau gosse, chuchotai-je.

Il fit mine de dire quelque chose, mais rien ne vint.

Son regard dévia sur le côté. Et soudain, il se redressa et bondit du lit.

— Quoi ? demandai-je. Qu'est-ce que j'ai dit ?

— Désolé, souffla-t-il. Deux secondes.

Il se précipita dans la salle de bains, dont il claqua la porte derrière lui. J'entendis un « Oh, bordel », et puis des bruits étouffés, et je fus heureuse, cette fois, que le ventilateur geignard les couvre.

Je restai assise ainsi, tétanisée, puis sortis du lit en enfilant un tee-shirt.

— Sam ?

Je me penchai vers la porte, y collai une oreille avant de me reculer. L'intimité, me dis-je, ne peut pas survivre à de tels effets sonores.

— Sam ? Ça va ?

Sa réponse assourdie me parvint.

— Ouais…

Ça n'allait pas.

— Que se passe-t-il ?

Un long silence. Un bruit de chasse d'eau.

— Je… je crois que c'est une intoxication alimentaire.

— C'est pas vrai ! Je peux faire quelque chose ?

— Non. Juste… N'entre pas, d'accord ? (S'ensuivirent d'autres haut-le-cœur et jurons prononcés à voix basse.) N'entre pas.

Nous passâmes presque deux heures comme ça : lui livrant une terrible bataille contre son système digestif d'un côté de la porte, moi assise dans mon tee-shirt de l'autre côté, inquiète. Il refusa de me laisser entrer pour voir comment il allait – sa fierté, je pense, l'interdisait.

L'homme qui finit par sortir un peu avant 1 heure du matin avait le teint couleur mastic, luisant comme de la Vaseline. Voyant la porte s'ouvrir, je me relevai, raide, et il tituba un peu, semblant surpris de me trouver encore là. Je tendis une main, comme si j'avais une chance d'empêcher quelqu'un de sa taille de tomber.

— Qu'est-ce que je dois faire ? As-tu besoin de voir un médecin ?

— Non… Il faut attendre que ça passe. Littéralement.

Il s'effondra sur le lit, haletant, en se tenant le ventre. Il avait les yeux cernés et regardait fixement devant lui.

— Je vais te chercher de l'eau. (Je l'examinai.) En fait, je vais courir à la pharmacie t'acheter du Dioralyte ou ce qu'ils ont d'équivalent ici.

Il ne dit rien, se contentant de se recroqueviller sur le côté, les yeux toujours braqués droit devant lui, le corps trempé de sueur.

J'achetai le médicament requis, remerciant silencieusement la ville qui non seulement ne dort jamais, mais offre en plus des solutions de réhydratation à toute heure. Sam en but une d'un trait, avant de battre de nouveau en retraite dans la salle de bains en s'excusant. De temps à autre, je glissais une bouteille d'eau par la porte entrebâillée, et pour finir j'allumai la télévision.

— Désolé, marmonna-t-il en ressortant, chancelant, peu avant 4 heures.

Puis, il s'écroula sur le dessus-de-lit de la désolation et sombra dans un bref sommeil agité.

Je dormis deux heures, enveloppée dans le peignoir de l'hôtel. Quand je me réveillai, il dormait encore. Je me douchai, m'habillai et sortis en silence me chercher une tasse de café à la machine dans le hall. Je me sentais complètement vaseuse.

Au moins, il nous reste encore deux jours.

Mais, quand je pénétrai dans la chambre, il avait encore disparu dans la salle de bains.

— Vraiment désolé, dit-il quand il en émergea.

Il avait tiré les rideaux et, dans la lumière du jour, il semblait encore plus gris que les draps de l'hôtel, des cernes sombres sous les yeux.

— Je risque de ne pas être bon à grand-chose aujourd'hui, ajouta-t-il.

— Ce n'est pas grave.

— Je me sentirai peut-être mieux cet après-midi.

— Super !

— Mais je ne serai peut-être pas d'attaque pour le tour en ferry. Je préfère éviter de me retrouver…

— … dans des toilettes publiques. Je comprends.

Il soupira.

— Je ne m'étais pas vraiment imaginé la journée comme ça.

— Ne t'inquiète pas…, le rassurai-je en grimpant sur le lit à côté de lui.

— Tu veux bien arrêter de faire comme si tout allait bien ? lâcha-t-il avec humeur.

J'hésitai un moment, piquée, avant de déclarer d'un ton glacial :

— Pas de problème.

Il me jeta un regard en coulisse.

— Désolé.

— Arrête de t'excuser.

Assis sur le dessus-de-lit, nous évitions de nous regarder. Puis, sa main saisit la mienne.

— Écoute, finit-il par dire. Je vais probablement devoir rester ici encore quelques heures pour essayer de reprendre des forces. Ne te sens pas obligée de me tenir compagnie. Va faire du shopping ou quelque chose.

— Mais tu n'es à New York que jusqu'à lundi ! Je ne veux rien faire sans toi.

— Je ne suis bon à rien, Lou.

Il aurait probablement donné un coup dans le mur s'il avait eu la force de lever le poing.

Je parcourus deux pâtés de maisons avant de trouver un kiosque à journaux, dont je repartis avec une brassée de quotidiens et de magazines. Ensuite, j'allai m'acheter un café correct et un muffin au son d'avoine, ainsi qu'un bagel nature au cas où Sam aurait eu envie de manger quelque chose.

— Provisions ! annonçai-je en laissant tomber ma cargaison de mon côté du lit. Je suis prête à hiberner.

Et c'est comme ça que nous passâmes la journée. Je lus le *New York Times* dans son intégralité, sans omettre les résultats de baseball. J'accrochai le panneau « Ne pas déranger » sur la porte et regardai Sam somnoler, espérant qu'il finirait par reprendre des couleurs.

Peut-être qu'il se sentira suffisamment bien pour que nous fassions une balade avant que la nuit tombe.

Peut-être que nous pourrons prendre un verre au bar de l'hôtel.

S'il arrivait à tenir assis, ce serait bon signe.

Bon, il ira peut-être mieux demain.

À 21 h 45, j'éteignis la télévision, poussai les journaux du lit et m'enfouis sous les draps. Nos corps ne se touchaient pas, mais nous nous tenions la main, les doigts entremêlés.

Quand il se réveilla le dimanche matin, il se sentait un peu mieux. Je crois qu'il s'était tellement vidé que son corps n'avait plus rien à rendre. Je lui achetai un bouillon, qu'il but avec circonspection avant de se déclarer suffisamment bien pour aller se promener. Vingt minutes plus tard, nous revînmes en courant et il s'enferma dans la salle de bains. Là, il était vraiment furieux. J'essayai de lui dire que ce n'était pas grave, mais cela eut l'air de le mettre hors de lui. Il n'y a pas grand-chose de plus pathétique qu'un homme-montagne d'un mètre quatre-vingt-cinq qui essaie de paraître fou de rage alors qu'il n'est même pas capable de soulever un verre d'eau.

Je finis par le laisser, car je n'arrivai plus à dissimuler ma déception. J'avais besoin de marcher et de me rappeler qu'il ne s'agissait pas d'un signe, que cela ne voulait rien dire et qu'on avait tôt fait de devenir pessimiste quand on manquait de sommeil et qu'on venait de passer quarante-huit heures enfermé avec un homme souffrant de troubles gastro-intestinaux, combattus dans une salle de bains à l'isolation sonore gravement défaillante.

Mais que nous soyons dimanche me brisait le cœur. Je retournerais travailler le lendemain. Et nous n'avions rien fait de ce que j'avais imaginé. Nous n'étions pas allés voir un match de baseball, nous n'avions fait aucun tour sur le ferry de Staten Island. Nous n'étions pas montés au sommet de l'Empire State Building et nous ne nous étions pas non plus promenés sur la High Line bras dessus, bras dessous. Ce soir-là, assis dans le lit, il mangea du riz blanc que j'avais acheté dans un restaurant japonais, et moi, un sandwich insipide au poulet grillé.

— Ça y est, je vais mieux, murmura-t-il tandis que je remontais les draps sur lui.

— Super.

Et il s'endormit.

Incapable d'affronter une autre soirée en tête à tête avec mon téléphone, je me levai sans bruit, lui laissai un mot et sortis. Je me sentais terriblement malheureuse et bizarrement en colère. Pourquoi avait-il fallu qu'il mange quelque chose qui l'avait rendu malade ?

Pourquoi ne se remettait-il pas plus vite ? Il était ambulancier après tout. Pourquoi n'avait-il pas choisi un hôtel plus agréable ? Les mains profondément enfoncées dans les poches, je descendis la Sixième Avenue, le vacarme de la circulation m'emplissant les oreilles, et rapidement je me retrouvai à marcher vers chez moi.

Chez moi.

Je fus surprise en m'apercevant que c'était en ces termes que j'y pensais.

Debout sous l'auvent, Ashok discutait avec un autre gardien, qui s'écarta dès que je m'approchai.

— Bonjour, mademoiselle Louisa. Vous n'étiez pas censée être avec votre petit ami ?

— Il est malade. Intoxication alimentaire.

— Pas possible. Où est-il ?

— Il dort. Je... Impossible de rester douze heures de plus dans cette chambre sans rien faire.

Curieusement, je me sentais soudain au bord des larmes. Je crois qu'Ashok s'en rendit compte, car il me fit signe d'entrer. Dans sa petite loge, il mit à bouillir de l'eau et me prépara un thé à la menthe. Je le bus à petites gorgées, assise à son bureau, pendant qu'il allait jeter des coups d'œil dans le hall de temps en temps pour s'assurer que Mme De Witt n'apparaissait pas, prête à l'accuser de fainéantise.

— Bon. Mais qu'est-ce que vous faites ici, au fait ? Le gardien de nuit ne devrait pas être là ?

— Il est malade aussi. Ma femme est furax. Elle devait assister à une réunion pour la bibliothèque, mais nous n'avions personne pour s'occuper des enfants. Si je passe un jour de repos de plus ici, elle m'a menacé d'en toucher elle-même deux mots à M. Ovitz. Ce qui n'est souhaitable pour personne. (Il secoua la tête.) Ma femme est redoutable, mademoiselle Louisa. Il est fortement déconseillé de la contrarier.

— J'aimerais vous aider, mais je crois qu'il vaudrait mieux que je rentre à l'hôtel pour voir comment Sam se sent.

— Soyez gentille, dit-il tandis que je lui tendais sa tasse. Il a fait un long voyage pour vous voir. Et je peux vous garantir qu'il se sent dix fois pire que vous, là, maintenant.

Quand je regagnai la chambre, Sam était réveillé. Calé contre des oreillers, il regardait la télé à l'image pixellisée.

— Je suis juste sortie faire un tour. Je… je…

— Tu ne supportais plus l'idée de passer une minute de plus coincée avec moi ici.

Je restai plantée sur le seuil. Il avait la tête rentrée dans les épaules, le teint pâle et semblait affreusement déprimé.

— Lou… si tu savais comme j'ai envie de me donner des baffes.

— Ça v… (Je m'interrompis juste à temps.) Vraiment. Il n'y a pas de problème.

Je fis couler l'eau dans la douche, l'aidai à y monter et lui lavai les cheveux, vidant le fond de la minuscule bouteille de shampoing de l'hôtel, puis regardai l'eau savonneuse glisser sur la pente de ses larges épaules. Il saisit ma main en silence et embrassa doucement l'intérieur de mon poignet – un baiser d'excuse. Je posai la serviette sur ses épaules et nous regagnâmes la chambre. Il s'étendit sur le dos avec un soupir. Je me déshabillai et m'allongeai à côté de lui, regrettant de me sentir à ce point à plat.

— Dis-moi quelque chose de toi que je ne sais pas.

Je me tournai vers lui.

— Oh, mais tu sais tout. Je suis un livre ouvert.

— Allez. Fais-moi plaisir.

Sa voix était grave contre mon oreille. Je ne trouvai rien à raconter. Je me sentais encore bizarrement fâchée pour ce week-end, même si je savais que c'était injuste de ma part.

— D'accord, dit-il quand il fut clair que je ne dirais rien. Dans ce cas, c'est moi qui commence. Je ne mangerai plus jamais quoi que ce soit en classe économique.

— Hilarant.

Il scruta mon visage un moment. Quand il reprit la parole, sa voix était curieusement basse.

— Et ces dernières semaines n'ont pas été faciles.

— Comment ça ?

Il mit une minute à reprendre la parole, et même alors, il sembla hésiter.

— C'est le boulot. Tu sais, avant de me faire tirer dessus, je n'avais peur de rien. J'étais capable de maîtriser n'importe quelle situation. Je suppose que je me considérais comme un dur. Mais maintenant, ce qui s'est passé me reste dans un coin de la tête.

Je m'efforçai de ne pas trahir mon inquiétude.

Il se frotta le visage avec les mains.

— Depuis que j'ai repris le boulot, je me rends compte à chaque intervention que je n'évalue plus les situations comme avant. J'essaie de repérer les issues possibles et les risques potentiels. Même quand ce n'est absolument pas justifié.

— Tu as peur ?

— Ouais. Moi. (Il eut un éclat de rire sans joie et secoua la tête.) Ils me proposent de consulter un psychologue. Oh, je connais la musique, c'était pareil dans l'armée. Parler, comprendre que c'est comme ça que ton esprit va digérer ce qui s'est passé. Je le sais. Mais c'est déconcertant. (Il roula sur le dos.) Pour être honnête, je ne me reconnais plus.

J'attendis.

— C'est pour ça que le départ de Donna a été aussi dur. Avec elle, je me sentais en sécurité, je savais qu'elle veillait sur moi.

— Mais ta nouvelle partenaire veillera sur toi aussi, certainement. Comment s'appelle-t-elle ?

— Katie.

— Katie veillera sur toi. Je veux dire, elle a de l'expérience, et vous êtes tous les deux formés pour surveiller vos arrières, n'est-ce pas ?

Son regard glissa vers moi.

— Tu ne te feras plus tirer dessus, Sam. Je le *sais*.

Je me rendis compte immédiatement que c'était une chose stupide à dire. Mais je ne supportais simplement pas l'idée qu'il soit malheureux. Et je voulais que ce soit vrai.

— Ça finira par aller mieux, conclut-il doucement.

J'avais l'impression de l'avoir abandonné. Je me demandai depuis combien de temps il voulait me le dire. Nous restâmes ainsi un moment. Je laissai courir un doigt le long de son bras, essayant de décider de ce que j'allais dire.

— À toi, murmura-t-il.

— À moi de quoi ?

— Raconte-moi quelque chose que je ne sais pas. Sur toi.

J'allais lui affirmer qu'il savait l'essentiel. J'allais lui jouer mon numéro de Lou la New-Yorkaise, pleine de vie, dynamique, impénétrable. J'allais lui dire quelque chose pour le faire rire. Mais il m'avait avoué la vérité sur lui.

Je me tournai de façon à lui faire face.

— Il y a une chose. Mais je ne veux pas que tu me voies différemment si je te la dis.

Il fronça les sourcils.

— Ça s'est passé il y a longtemps. Mais tu m'as confié quelque chose, alors je vais le faire aussi.

Je pris une longue inspiration et lui racontai l'histoire que je n'avais jamais relatée qu'à Will, un homme qui avait écouté et puis m'avait délivrée de l'emprise que cela avait eue sur moi. Je racontai à Sam l'histoire d'une fille qui, dix ans auparavant, avait trop bu et trop fumé, et appris à ses dépens que les garçons de bonne famille n'étaient pas forcément recommandables. Je m'exprimai calmement, d'une voix légèrement détachée. Depuis quelque temps, j'avais presque l'impression que c'était arrivé à quelqu'un d'autre, après tout. Dans la pénombre, Sam écoutait, ses yeux dans les miens, en silence.

— C'est l'une des raisons pour lesquelles venir à New York et faire cette expérience était si important pour moi. Je m'étais rangée dans une boîte où je suis restée des années, Sam. Je voulais me convaincre que c'était ce dont j'avais besoin pour me sentir en sécurité. Et maintenant… Eh bien, maintenant, je suppose qu'il faut que j'avance. J'ai besoin de savoir de quoi je suis capable si j'arrête de baisser les yeux.

Il resta silencieux longtemps après que j'eus fini, suffisamment pour que, un bref instant, je me demande si j'avais bien fait de me confier à lui. Mais il avança une main et me caressa les cheveux.

— Je suis désolé. Je regrette de ne pas avoir été là pour te protéger. Je regrette…

— Ce n'est pas grave. C'était il y a longtemps.

— Si, c'est grave.

Il m'attira contre lui. Je laissai reposer ma tête contre son torse, m'imprégnant des battements réguliers de son cœur.

— Je ne veux pas que ton regard sur moi change, c'est tout, chuchotai-je.

— C'est inévitable.

Je penchai la tête en arrière de manière à pouvoir le regarder.

— Seulement dans la mesure où tu me parais encore plus merveilleuse, déclara-t-il, un bras serré autour de moi. En plus de toutes les autres raisons que j'ai de t'aimer, tu es courageuse et forte, et tu viens de me rappeler que nous avons tous des obstacles à surmonter. Mes peurs finiront par passer. Mais je te promets une chose, Louisa Clark… (Quand il reprit la parole, ce fut d'une voix basse et tendre.) Personne ne te fera plus jamais de mal.

Chapitre 9

Mon réveil sonna à 6 h 30, une mini-sirène fluette brisant le silence. Il fallait que je sois chez les Gopnik à 7 h 30. Je poussai un vague grognement en tendant le bras vers la table de nuit et tâtonnai pour l'éteindre. J'avais calculé qu'il me faudrait un quart d'heure pour rejoindre Central Park. Je passai rapidement en revue les choses que je pourrais avoir à faire, me demandant s'il restait un peu de shampoing dans la salle de bains et si je devrais repasser mon chemisier.

Sam tendit le bras et m'attira à lui.

— Ne t'en va pas, dit-il d'une voix ensommeillée.

— Il le faut.

Son bras me clouait au matelas.

— Sois en retard.

Il ouvrit un œil. Son corps dégageait une odeur chaude et douce, et il soutint mon regard tout en glissant lentement sur moi une jambe musclée.

J'étais incapable de lui refuser quoi que ce soit. Sam se sentait mieux. Beaucoup mieux, apparemment.

— Il faut que je m'habille.

Il embrassa ma clavicule, y déposant des baisers comme des plumes qui me firent frissonner. Sa bouche, légère et déterminée, se mit à descendre résolument vers le bas. De sous la couverture, il leva les yeux vers moi, un sourcil haussé.

— J'avais oublié ces cicatrices. Je les adore.

Il baissa la tête et embrassa les stries argentées sur ma hanche, restes de mon opération, me faisant me tortiller, puis il disparut.

— Sam, il faut que j'y aille. Vraiment. (Mes doigts se refermèrent sur le dessus-de-lit.) Je… vraiment, je… je… oh !

Plus tard, la sueur séchant sur ma peau parcourue de frissons, hors d'haleine, je m'allongeai sur le ventre, un sourire niais sur le visage, des muscles endoloris à des endroits inattendus. Les cheveux me tombaient sur les yeux, mais je n'avais pas la force de les repousser. Une mèche se souleva avec ma respiration. Sam était allongé à côté de moi. Sa main tâtonna sur les draps jusqu'à trouver la mienne.

— Tu m'as manqué.

Il se décala et roula de façon à se retrouver sur moi, me plaquant au lit.

— Louisa Clark, murmura-t-il d'une voix invraisemblablement basse qui résonna tout au fond de moi. Tu me fais quelque chose.

— Je crois que c'est toi qui m'as fait quelque chose, pour être exact.

Son visage affichait une expression pleine de tendresse. Je l'embrassai. C'était comme si les dernières quarante-huit heures n'avaient pas eu lieu. J'étais exactement là où je devais être, en compagnie de l'homme avec qui je devais être. Ses bras m'enveloppaient et son corps magnifique me rappelait ma vie d'avant. Je fis courir un doigt le long de sa joue, puis me penchai et l'embrassai lentement.

— Ne recommence pas ça, me mit-il en garde, le regard plongé dans le mien.

— Pourquoi ?

— Parce qu'alors, je ne pourrai pas me retenir, et tu es déjà en retard. Je ne voudrais pas que tu perdes ton boulot à cause de moi.

Je tournai la tête pour voir le réveil. Je clignai des yeux.

— Huit heures moins le quart ? C'est une blague ? Mais comment c'est possible, putain ? (Je me tortillai pour m'extirper de sous son corps, battant des bras, et sautillai jusqu'à la salle de bains.) Mon Dieu, je suis tellement en retard. Oh, non – oh non non non non non…

Je me jetai sous la douche, si rapide que je ne savais même pas si l'eau avait eu le temps d'entrer en contact avec mon corps. Quand j'en sortis, Sam se leva et me tendit des vêtements afin que je n'aie plus qu'à me glisser dedans.

— Mes chaussures. Où sont mes chaussures ?

Il me les tendit.

— Cheveux, dit-il en les désignant d'un geste. Il faut que tu les brosses. Ils sont complètement… eh bien…

— Quoi ?

— Emmêlés. Sexy. Genre, je viens juste de prendre mon pied. Je m'occupe de faire ton sac.

Au moment où je m'apprêtais à courir vers la porte, il m'attrapa par le bras et m'attira à lui.

— Ou bien tu pourrais, tu sais… arriver encore un tout petit peu plus tard.

— J'arrive déjà « plus tard ». Beaucoup trop « plus tard » !

— Juste une fois. C'est ta nouvelle meilleure copine. Ce n'est pas comme s'ils risquaient de te virer. (Il m'enlaça, m'embrassa et fit glisser ses lèvres sur le côté de mon cou, me faisant frissonner.) Et je pars tout à l'heure…

— Sam…

— Cinq minutes.

— Ça ne dure jamais cinq minutes… Ben ça alors ! Je n'arrive pas à croire que j'aie dit ça comme si c'était une mauvaise chose !

Il poussa un grognement de frustration.

— Et merde. Je me sens bien aujourd'hui. Genre *vraiment* bien.

— Crois-moi, j'avais remarqué.

— Désolé, dit-il. (Mais il se reprit vite.) En fait, non. Je ne suis pas désolé du tout.

Souriant de toutes mes dents, je fermai les yeux et lui rendis son baiser. Ah, comme il serait facile de basculer sur le dessus-de-lit bordeaux de la désolation et de me perdre de nouveau…

— Moi non plus. Mais on se voit plus tard.

Je me tortillai pour échapper à son étreinte et sortis en courant de la chambre. En détalant dans le couloir, je l'entendis me crier : « Je t'aime ! »

Finalement, malgré les punaises de lit potentielles, les dessus-de-lit douteux et l'isolation sonore inexistante de la salle de bains, cet hôtel était vraiment très agréable.

À : SillyLily@gmail.com
De : Le_bourdon_a_NY@gmail.com

Salut, Lily !
Je me dépêche parce que je tape ce mail dans le métro (je suis tout le temps à la bourre ces jours-ci), mais j'ai été ravie d'avoir de tes nouvelles et de savoir que ça se passe bien au lycée, même s'il semblerait que tu aies eu de la chance pour cette histoire de cigarette. Ta grand-mère a raison – ce serait vraiment dommage de te faire renvoyer avant d'avoir passé tes examens. Mais je n'ai pas l'intention de te sermonner.
New York est fantastique. Je profite de chaque minute passée ici. Bien sûr, j'adorerais que tu viennes, mais je pense qu'il te faudrait loger à l'hôtel, donc il serait bon que tu en parles d'abord à ta mère. Et puis, je suis assez occupée chez les Gopnik, et mes journées sont longues, et je risquerais de ne pas avoir beaucoup de temps à te consacrer pour l'instant.
Sam va bien, merci. Non, il ne m'a pas encore larguée. En fait, il est là en ce moment même. Il repart tout à l'heure. Tu pourras lui demander de te prêter sa moto à son retour. Je crois que c'est une question qui vous regarde et qu'il faut que vous régliez ensemble.
Bon, mon arrêt approche. Transmets mes amitiés à Mme Traynor. Dis-lui que j'ai fait les choses que raconte ton père dans ses lettres (pas toutes : je ne suis pas sortie avec de belles blondes à longues jambes travaillant dans les relations publiques).
Bisous,
Lou

Chapitre 10

Les jambes de M. Gopnik le faisaient terriblement souffrir et l'avaient tenu éveillé la moitié de la nuit. Agnes était inquiète et grincheuse. Elle avait passé un week-end éprouvant au *country club* ; les autres femmes l'avaient délibérément exclue de toutes les conversations et lui avaient cassé du sucre sur le dos au spa. Nathan me chuchota son rapport quand je le croisai dans l'entrée, et sa description me fit penser à des pestes de treize ans lors d'une soirée pyjama.

— Vous êtes en retard, grogna Agnes, qui rentrait de son jogging avec George en s'essuyant le visage avec une serviette.

Elle avait parlé sans me regarder.

Dans la pièce voisine, j'entendis M. Gopnik discuter au téléphone d'une voix inhabituellement forte.

— Je suis désolée. C'est parce que…, commençai-je, mais elle était déjà partie.

— Elle flippe à cause du gala de bienfaisance de ce soir, murmura Michael en passant devant moi chargé de housses de chez le teinturier et d'un porte-bloc.

Je parcourus mon Rolodex mental.

— L'hôpital pour les enfants atteints du cancer ?

— Celui-là même. Elle est censée apporter un gribouillage.

— Un gribouillage ?

— Un petit dessin. Sur une carte spéciale. Ils seront mis aux enchères pendant le dîner.

— Qu'est-ce que ça a de compliqué ? Elle n'a qu'à dessiner un smiley, ou une fleur, ou n'importe quoi. Je m'en chargerai, si elle veut. Je sais dessiner un super cheval qui sourit. Je peux même lui mettre un chapeau avec les oreilles qui dépassent.

Encore imprégnée de Sam, je ne voyais pas l'ombre d'un problème à l'horizon.

Il me regarda.

— Mon chou. Vous croyez que « gribouillage » est à prendre littéralement ? Oh, non. Il doit vraiment s'agir d'art.

— J'avais quinze de moyenne en terminale.

— Vous êtes adorable. Non, Louisa, elles ne sont pas censées le faire elles-mêmes. Tous les artistes, entre ici et le pont de Brooklyn, ont apparemment passé le week-end à pondre une délicieuse petite étude à l'encre contre monnaie sonnante et trébuchante. Elle ne l'a appris qu'hier soir. Elle a entendu deux des sorcières en parler avant de quitter le club et, quand elle leur a posé la question, elles lui ont dit la vérité. Alors, devinez votre mission du jour… Je vous souhaite une bonne matinée !

Il me souffla un baiser et disparut par la porte.

Pendant qu'Agnes se douchait et prenait son petit déjeuner, je fis une recherche en ligne sur les « artistes à New York ». Autant chercher « chiens avec une queue ». Les rares qui avaient un site Internet et daignèrent décrocher leur téléphone me répondirent comme si je venais de leur suggérer de danser la valse à poil dans le centre commercial le plus proche. « Vous voulez que M. Fischl fasse un… *gribouillage* ? Pour un *gala de bienfaisance* ? » Je me fis raccrocher au nez deux fois de suite. Apparemment, les artistes se prenaient très au sérieux.

J'appelai tous les gens susceptibles de m'aider dans ma quête. Des galeristes de Chelsea. La New York Academy of Art. Pendant tout ce temps, je m'efforçai de ne pas penser à ce que Sam était en train de faire. Il devait s'offrir un bon brunch dans ce *diner* dont nous avions parlé. Se promener sur la High Line, comme nous aurions dû le faire. Je devrais être rentrée à temps pour cette balade en ferry avant son départ pour l'Angleterre. Au crépuscule, ce serait romantique. Je nous imaginai, son bras autour de ma taille, les yeux levés vers la statue de la Liberté. Il me déposerait un baiser dans les cheveux. Je m'efforçai de revenir à la réalité et me remuai les méninges. Et puis, je songeai à la seule autre personne que je connaissais à New York qui pourrait venir à ma rescousse.

—Josh ?

—Qui est à l'appareil ?

Des milliers de voix masculines derrière lui.

—C'est… c'est Louisa Clark. Nous nous sommes rencontrés au Bal jaune.

—Louisa ! Quel plaisir de vous entendre ! Comment allez-vous ?

Il semblait si détendu, comme si des inconnues l'appelaient tous les jours de la semaine. Ce qui était probablement le cas.

—Attendez, je vais sortir… Alors, quoi de neuf ?

Il avait la capacité de vous mettre instantanément à l'aise. Je me demandai si tous les Américains naissaient avec.

—Eh bien, en fait, je suis dans une sorte d'impasse et je ne connais pas grand monde à New York, donc je me demandais si vous pourriez m'aider.

—Allez-y, balancez.

Je lui expliquai la situation, sans évoquer l'humeur d'Agnes, sa paranoïa et la terreur paralysante que m'inspirait la scène artistique new-yorkaise.

—Ça ne devrait pas être trop difficile. Quand vous faut-il ce truc ?

—C'est là que ça se corse. Ce soir.

Une brusque inspiration.

—OK. Ouais. Là, c'est un peu plus difficile.

Je me passai une main dans les cheveux.

—Je sais. C'est dingue. Si j'avais été au courant plus tôt, j'aurais pu faire quelque chose. Je suis vraiment désolée de vous avoir dérangé.

—Non, non. Nous allons arranger ça. Puis-je vous rappeler ?

Agnes était sur le balcon en train de fumer. Je n'étais pas la seule à y sortir, apparemment. Il faisait froid, et elle s'était emmitouflée dans une grande étole en cachemire. Les doigts qui émergeaient de la laine étaient légèrement rosis.

— J'ai passé un certain nombre de coups de fil. J'attends que quelqu'un me rappelle.

— Vous savez ce qu'ils diront de toute façon, Louisa ? Si je leur rapporte ce stupide gribouillage ?

J'attendis.

— Ils diront que je suis inculte. Qu'attendre d'autre d'une masseuse polonaise ? Ou alors, ils diront que personne ne voulait le faire pour moi.

— Il n'est que 12 h 20. Nous avons encore du temps.

— Je me demande bien pourquoi je prends la peine…

J'eus envie de dire que ce n'était pas elle qui « prenait la peine », pour être exacte. Sa préoccupation principale, pour l'instant, semblait être de fumer et de tirer une gueule de trois pieds de long. Mais je savais où était ma place. Au même moment, mon téléphone sonna.

— Louisa ?

— Josh.

— Je crois avoir trouvé quelqu'un susceptible de vous aider. Pouvez-vous vous rendre à East Williamsburg ?

Vingt minutes plus tard, nous étions dans la voiture, en route vers le Midtown Tunnel.

Tandis que, assises à l'arrière, nous subissions les aléas de la circulation dense avec un Garry impassible et silencieux à l'avant, Agnes téléphona à M. Gopnik, inquiète de sa santé, de ses douleurs.

— Est-ce que Nathan va au bureau ? Tu as pris tes antidouleurs ?… Tu es sûr que ça va, chéri ? Tu n'as besoin de rien ? Je peux passer… Non… Je suis dans la voiture. Je dois régler quelque chose pour ce soir. Oui, j'y vais toujours. Tout va bien.

Je distinguais seulement les modulations de la voix de son mari à l'autre bout de la ligne. Graves, rassurantes.

Elle raccrocha, le regard perdu par la fenêtre, et poussa un long soupir. J'attendis un moment, puis commençai à lui lire mes notes.

—Donc, apparemment, ce Steven Lipkotz est une étoile montante et prometteuse dans le monde des beaux-arts. Il a exposé dans des endroits très importants. Et il est… (Je scrutai mes notes.) Figuratif. Pas abstrait. Donc, il vous suffit de lui dire ce que vous voulez qu'il dessine et il le fera. Par contre, je n'ai aucune idée de ce que ça va coûter.

—Aucune importance, dit Agnes. Ça va être un désastre.

Je me penchai de nouveau sur mon iPad et fis une recherche sur le nom de l'artiste. Avec soulagement, je vis que ses dessins étaient effectivement très beaux : des représentations sinueuses du corps. Je tendis l'iPad à Agnes pour qu'elle puisse voir, et, en un instant, son humeur parut s'améliorer.

—C'est bon.

Elle semblait presque surprise.

—Oui. Pensez à ce que vous voudriez qu'il dessine. S'il accepte, nous serons peut-être de retour vers… 16 heures ?

Et ensuite, je pourrai partir, ajoutai-je pour moi.

Pendant qu'elle faisait défiler d'autres photos, j'envoyai un message à Sam.

Ça va ?

Pas mal. Balade sympa. Acheté un casque porte-canettes de bière, souvenir pour Jake. Ne te moque pas.

J'aimerais être avec toi.

Silence.

À quelle heure tu penses te libérer ? Il faut que je parte pour l'aéroport à 19 heures.

J'espère à 16 heures. Je te tiens au courant. BaiserSSS

Avec la circulation new-yorkaise, il ne nous fallut pas moins d'une heure pour arriver à l'adresse que m'avait fournie Josh : un ancien immeuble de bureaux miteux et anonyme, dissimulé derrière des bâtiments industriels. Garry se gara et renifla d'un air sceptique.

— Vous êtes sûre que c'est ici ? demanda-t-il en se tournant avec effort sur son siège.

Je vérifiai l'adresse.

— C'est ce qui est écrit.

— Je reste dans la voiture, Louisa. Je vais rappeler Leonard.

Dans le couloir à l'étage, je suivis un alignement de portes, dont quelques-unes étaient ouvertes. De la musique hurlait quelque part. J'avançai lentement pour lire les numéros des appartements. Je remarquai des pots de peinture blanche devant certains et, en passant devant une porte ouverte, j'aperçus une femme en jean ample, tendant une toile sur une énorme structure en bois.

— Bonjour ! Est-ce que vous savez où est Steven ?

Elle tira une salve d'agrafes dans le cadre avec un énorme pistolet de métal.

— Au quatorze. Mais je crois qu'il vient juste de sortir déjeuner.

Le numéro quatorze était tout au bout. Je frappai à la porte, puis la poussai timidement et entrai. Des toiles s'alignaient contre les murs du studio ; au milieu trônaient deux grandes tables couvertes de palettes barbouillées de peinture à l'huile et de pastels usés. Aux murs étaient accrochés des tableaux surdimensionnés représentant des femmes dévêtues à des degrés variés, certains non achevés. Dans l'air flottait une odeur de peinture, de térébenthine et de tabac froid.

— Bonjour.

Je me retournai pour voir un homme tenant un sac en plastique blanc. Âgé d'une trentaine d'années, il avait un visage assez banal, mais un regard intense, une barbe de plusieurs jours et des vêtements froissés et fonctionnels, qu'il semblait avoir enfilés au hasard. Il aurait pu jouer les mannequins masculins dans un magazine de mode particulièrement ésotérique.

— Bonjour. Louisa Clark. Nous nous sommes parlé au téléphone tout à l'heure. Enfin, non – votre ami Josh m'a dit de venir.

— Oh, ouais. Vous voulez acheter un dessin.

— Pas exactement. Nous aurions besoin que vous nous *fassiez* un dessin. Juste un petit.

Il s'assit sur un tabouret bas, ouvrit une boîte de nouilles et se mit à manger en les portant à sa bouche avec de rapides mouvements de baguettes.

— C'est pour une soirée caritative. Ces gri… petits dessins seront mis aux enchères. Apparemment, les meilleurs artistes de New York participent, donc…

— Les meilleurs artistes, répéta-t-il.

— Eh bien, oui. On ne peut pas le faire soi-même, et Agnes – mon employeuse – a vraiment besoin que quelqu'un de brillant réalise le sien. (Ma voix aiguë trahissait ma nervosité.) Je veux dire, ça ne devrait pas vous prendre trop de temps. Nous ne voulons rien de sophistiqué…

Il me regardait fixement sans rien dire, et j'entendis ma voix mourir, fluette et hésitante.

— Nous… ne regarderons pas à la dépense, ajoutai-je. Et c'est pour une bonne cause.

Il engloutit une nouvelle bouchée en regardant attentivement le fond de son carton. J'allai me planter devant la fenêtre et attendis.

— Ouais, dit-il quand il eut fini de mâcher. Vous vous êtes trompée de personne.

— Mais Josh m'a dit…

— Vous voulez que je vous aide à satisfaire l'ego d'une femme qui ne sait pas manier un crayon et ne veut pas être pointée du doigt devant des dames en train de gueuletonner… (Il secoua la tête.) Vous voulez que je vous dessine une carte de vœux.

— Monsieur Lipkotz, s'il vous plaît. Je me suis probablement mal expliquée. Je…

— Vous vous êtes très bien expliquée.

— Mais Josh a dit…

—Josh n'a pas parlé de carte de vœux. Je déteste ces conneries de galas de bienfaisance…

—Moi aussi.

Agnes était debout sur le seuil. Elle fit un pas dans la pièce en jetant un regard vers le sol pour s'assurer qu'elle n'allait pas marcher sur l'un des tubes de peinture ou bouts de papier qui jonchaient la pièce. Elle tendit une longue main pâle.

—Agnes Gopnik. Je déteste aussi ces conneries.

Steven Lipkotz se leva lentement et là, comme mû par une impulsion remontant à une époque plus courtoise et contre laquelle il ne pouvait pas grand-chose, il tendit la sienne pour la serrer. Il ne pouvait détacher les yeux de son visage. J'avais oublié qu'Agnes faisait cet effet quand on la rencontrait.

—Monsieur Lipkotz, c'est bien ça ? Lipkotz ? Je sais que ce n'est pas quelque chose de normal pour vous. Mais je dois assister à cette réunion de sorcières. Vous savez ? De vraies sorcières. Et je dessine comme une fillette de trois ans avec des moufles. Si je dois y aller et leur montrer mon dessin, elles vont me faire la peau.

Elle s'assit et sortit une cigarette de son sac à main. Puis, elle se pencha pour attraper un briquet posé sur une table et l'alluma. Steven Lipkotz la dévisageait toujours, ses baguettes pendant mollement dans sa main.

—Je ne suis pas d'ici. Je suis une masseuse polonaise. Ça n'a rien de honteux. Mais je ne veux pas donner à ces sorcières une nouvelle occasion de me mépriser. Vous savez ce que ça fait d'être entouré de gens qui vous méprisent ?

Elle exhala, les yeux plongés dans les siens, tête penchée, si bien que la fumée coula horizontalement vers lui. Je fus presque sûre de l'avoir vu l'inhaler.

—Je… euh… Ouais.

—Donc, c'est une petite faveur que je vous demande. Je sais que ce n'est pas votre truc et que vous êtes un artiste sérieux, mais j'ai vraiment besoin d'aide. Et je vous paierai très bien.

Le silence s'installa dans la pièce. Mon téléphone vibra dans ma poche arrière. J'essayai de l'ignorer. Je savais qu'à cet instant précis, il valait mieux que je ne bouge pas. J'eus l'impression que nous restâmes ainsi une éternité.

— D'accord, finit-il par lâcher. Mais à une condition.

— Ce que vous voulez.

— Je vous dessine.

Pendant encore un moment, personne ne parla. Agnes haussa un sourcil, puis tira lentement sur sa cigarette sans le quitter des yeux.

— Moi ?

— Ce ne doit pas être la première fois qu'on vous le demande.

— Pourquoi moi ?

— Ne jouez pas les ingénues.

Il sourit. Elle garda une expression indéchiffrable, comme occupée à déterminer si elle se sentait insultée par cette proposition. Elle baissa les yeux vers ses pieds et, quand elle les releva, elle lui adressa un petit sourire hésitant, une récompense qu'il pensait avoir gagnée.

Elle écrasa sa cigarette par terre.

— Combien de temps ça va prendre ?

Il repoussa le carton de nouilles et saisit un bloc blanc de feuilles épaisses. Je ne sais pas si je fus la seule à remarquer la façon dont il baissa la voix pour répondre :

— Tout dépendra de votre capacité à rester immobile.

Quelques minutes plus tard, j'étais de retour dans la voiture. Je fermai la portière. Garry écoutait l'une de ses cassettes.

« Por favor, habla más despacio. »

— Por fa-bor, ha-bla mas dé-spa-cio. (Il frappa le tableau de bord du plat de la main.) Ah, merde. Faut que je réessaie. Hablamasdéspacio. (Il répéta trois phrases de plus, puis se tourna vers moi.) Elle en a pour longtemps ?

Je levai les yeux vers les fenêtres du deuxième étage.

— J'espère que non.

Agnes reparut enfin à 15 h 45, c'est-à-dire une heure et quarante-cinq minutes après que Garry et moi eûmes épuisé nos sujets de conversation déjà limités. Après avoir regardé une comédie téléchargée sur son iPad (il ne me proposa pas de me joindre à lui), il s'était assoupi, ronflant doucement, le menton reposant sur son torse. Assise à l'arrière, un peu plus tendue à chaque minute qui passait, j'envoyai régulièrement des messages à Sam sur le thème :

Elle n'est pas encore revenue.

Toujours rien.

C'est pas possible, qu'est-ce qu'elle peut bien fabriquer là-haut ?

Il avait déjeuné dans un minuscule deli à l'autre bout de la ville ; il me dit avoir si faim qu'il aurait pu engloutir quinze chevaux. Il semblait joyeux, détendu, et chaque mot que nous échangions me suggérait que j'étais au mauvais endroit, que j'aurais dû me trouver à ses côtés, appuyée contre lui, à me délecter des vibrations de sa voix à mon oreille. Je commençais à détester Agnes.

Et soudain, elle apparut, sortant du bâtiment à grandes enjambées, un grand sourire aux lèvres et un paquet sous le bras.

— Oh, merci, mon Dieu, soufflai-je.

Garry se réveilla en sursaut et s'empressa de sortir de la voiture pour en faire le tour et lui ouvrir la portière. Elle se glissa calmement à l'intérieur, comme si elle ne s'était absentée que deux minutes, enveloppée d'une légère odeur de cigarettes et de térébenthine.

— Il faut que nous nous arrêtions chez *McNally Jackson* afin d'acheter un joli papier pour l'envelopper.

— Nous avons du papier dans le…

— Steven m'a parlé de ce papier spécial, pressé manuellement. Je veux envelopper le dessin dedans. Garry, vous voyez de quel endroit je parle ? Nous pouvons faire un détour par SoHo, oui ?

Elle agita une main.

Je m'adossai contre la banquette, légèrement désespérée. Garry démarra, faisant doucement passer la limousine sur les nids-de-poule qui jonchaient le parking avant de reprendre la route de ce qu'il estimait être la civilisation.

La voiture s'arrêta devant de Lavery à 16 h 40. Comme Agnes en sortait, je me précipitai à ses côtés, agrippant le sac contenant le papier spécial.

— Agnes, je… Vous vous souvenez, quand je vous ai demandé si je pourrais partir un peu plus tôt aujourd'hui…

— J'hésite entre la Temperley ou la Badgley Mischka pour ce soir. Qu'en pensez-vous ?

J'essayai de me rappeler les deux robes. Puis, je calculai combien de temps je mettrais pour me rendre à Times Square, où Sam attendait à présent.

— La Temperley. Aucun doute. Elle est parfaite. Agnes – vous vous rappelez que vous m'aviez dit que je pourrais finir un peu plus tôt ce soir ?

— Mais elle est d'un bleu vraiment foncé. Je ne suis pas sûre que ce bleu m'aille bien. Et les chaussures assorties à cette robe me font mal au talon.

— Nous en avons parlé la semaine dernière. Ça ne poserait pas de problème ? J'aimerais beaucoup accompagner Sam à l'aéroport.

Je me fis violence pour ne pas trahir mon irritation.

— Sam ?

Elle remercia Garry d'un signe de tête.

— Mon petit ami.

Elle réfléchit.

— Mmm. D'accord. Oh, ils vont être tellement impressionnés par ce dessin. Steven est un génie, vous savez ? Un véritable génie.

— Alors, je peux y aller ?

— Bien sûr.

Je sentis mes épaules se relâcher sous l'effet du soulagement. En partant dix minutes plus tard, je pourrais prendre la ligne sud du métro et être avec lui à 17 h 30. Ça nous laisserait encore une heure et des poussières ensemble. Mieux que rien.

Les portes de l'ascenseur se refermèrent derrière nous. Agnes ouvrit un poudrier et vérifia son rouge à lèvres, adressant une moue à son reflet.

— Mais restez peut-être jusqu'à ce que je sois habillée. J'ai besoin d'un deuxième regard sur la Temperley.

Agnes changea de tenue quatre fois. Il était trop tard pour que je rejoigne Sam dans Midtown, Times Square ou ailleurs. J'arrivai à JFK un quart d'heure avant qu'il doive passer la sécurité. Je jouai des coudes parmi la foule de voyageurs et le vis de l'autre côté des portes de l'aéroport, debout devant le panneau des départs ; je me jetai contre son dos.

— Je suis désolée. Tellement désolée.

Nous nous étreignîmes un long moment.

— Qu'est-ce qui s'est passé ?

— Agnes, voilà ce qui s'est passé.

— Je croyais qu'elle devait te laisser partir plus tôt ? Je croyais qu'elle était ta « pote ».

— Elle était complètement obsédée par cette histoire de dessin, et tout a… Oh, bon sang, c'était à devenir fou. (J'agitai les mains en l'air.) Et puis, de toute façon, pourquoi est-ce que je fais ce boulot à la con, Sam ? Elle m'a fait attendre parce qu'elle n'arrivait pas à décider quelle robe porter ce soir. Au moins, Will avait vraiment besoin de moi.

Il pencha la tête de façon à presser son front contre le mien.

— Nous avons eu ce matin.

Je l'embrassai et passai les bras autour de son cou afin de pouvoir plaquer mon corps contre le sien. Nous restâmes ainsi, les yeux clos, tandis que l'aéroport tanguait autour de nous.

Et puis, mon téléphone sonna.

— Je n'ai rien entendu, murmurai-je contre son torse.

L'appareil continua de se manifester avec insistance.

— Ça pourrait être elle.

Il m'écarta doucement de lui.

Je poussai un grognement sourd, puis tirai mon téléphone de ma poche arrière et le plaquai contre mon oreille.

— Agnes ?

Je m'efforçai de ne pas laisser paraître mon irritation.

— C'est Josh. J'appelais juste pour savoir comment ça s'était passé aujourd'hui.

— Josh. Euh… oh. Oui, c'était parfait. Merci !

Je me détournai légèrement et me bouchai l'autre oreille de ma main libre. Je sentis que Sam se raidissait à côté de moi.

— Alors, il a fait le dessin ?

— Oui. Elle est vraiment ravie. Merci mille fois d'avoir organisé cette rencontre. Écoutez, je ne peux pas vraiment parler, mais merci. C'était vraiment adorable de votre part.

— Heureux que ça ait marché. Écoutez, appelez-moi, oui ? Allons boire un café un jour.

— Avec plaisir !

Quand je raccrochai, Sam me regardait fixement.

— Josh, dit-il.

Je glissai le téléphone dans ma poche.

— Le mec que tu as rencontré au bal.

— C'est une longue histoire.

— OK.

— Il m'a aidée à résoudre le problème du dessin d'Agnes aujourd'hui. J'étais désespérée.

— Donc, tu avais son numéro.

— C'est New York. Tout le monde a le numéro de tout le monde.

Il se passa une main sur le crâne et se détourna.

— Ce n'est rien. Vraiment.

Je fis un pas vers lui et l'attirai vers moi par la boucle de sa ceinture. Je sentais encore une fois le week-end m'échapper.

— Sam… Sam…

Il soupira et m'enlaça. Il appuya le menton sur le haut de mon crâne et le caressa en tournant la tête de droite à gauche.

— C'est…

— Je sais, dis-je. Je sais. Mais je t'aime et tu m'aimes, et au moins nous avons réussi à faire un peu du programme « toi et moi tout nus ». Et c'était super, non ? La séance de « tout nus » ?

— Oui, pendant genre cinq minutes.

— Les meilleures de ces quatre dernières semaines. Cinq minutes qui m'aideront à tenir les quatre prochaines.

— Sauf que, cette fois, c'est sept.

Je glissai les mains dans les poches arrière de son pantalon.

— Ne nous quittons pas là-dessus. S'il te plaît. Je n'ai pas envie que tu partes fâché à cause du coup de fil de quelqu'un qui ne signifie littéralement rien pour moi.

Il soutint mon regard, et son visage s'adoucit, comme toujours. C'était l'une des choses que j'adorais chez lui, la façon dont ses traits, si durs en temps normal, fondaient quand il me regardait.

— Je ne suis pas fâché contre toi. Je suis fâché contre moi-même. Et la bouffe d'avion… ou les burritos… Et cette femme, là, qui apparemment n'est pas fichue d'enfiler une robe toute seule.

— Je serai là à Noël. Pour une semaine.

Sam fronça les sourcils. Il prit mon visage dans ses mains. Elles étaient chaudes et un peu rêches. Nous restâmes ainsi un moment, puis nous nous embrassâmes, et, plusieurs décennies plus tard, il se redressa et jeta un coup d'œil au panneau d'affichage.

— Et maintenant, il faut que tu partes.

— Et maintenant, il faut que je parte.

J'avalai la boule qui s'était logée dans ma gorge. Il m'embrassa encore une fois, puis balança son sac sur son épaule. Je restai dans le hall une minute à regarder fixement l'endroit où il s'était tenu avant que la sécurité l'ait avalé.

D'ordinaire, je ne suis pas quelqu'un de maussade. Je ne suis pas très douée pour le numéro des portes claquées, froncements de sourcils et yeux levés au ciel. Mais ce soir-là, en regagnant la ville, je jouai des coudes sur le quai du métro et fronçai les sourcils comme un New-Yorkais. Pendant tout le trajet, je me surpris à surveiller l'heure.

Là, il attend l'embarquement. Il doit probablement être en train de monter dans l'avion. Et… il est parti.

À l'heure prévue du décollage, je sentis quelque chose s'effondrer à l'intérieur de moi et mon humeur vira tout à fait à l'orage.

Je m'achetai des sushis à emporter et marchai de la station de métro jusqu'à l'immeuble des Gopnik. Une fois dans ma petite chambre, je m'assis et contemplai la boîte de sushis, puis le mur... Finalement, incapable de rester seule avec mes pensées, je frappai à la porte de Nathan.

—Entrez!

Nathan regardait du football américain, une bière à la main, vêtu d'un short de surfeur et d'un tee-shirt. Il me lança un regard interrogateur, après un délai imperceptible, comme quand les gens veulent vous faire comprendre qu'ils sont vraiment absorbés par quelque chose d'autre.

—Je peux dîner ici avec toi?

Il arracha encore ses yeux de l'écran.

—Mauvaise journée?

Je hochai la tête.

—Tu as besoin d'un câlin?

Je secouai la tête.

—Juste virtuel. Si tu es trop gentil avec moi, je risque de me mettre à pleurer.

—Ah... Ton homme est reparti, c'est ça?

—Ça a été un désastre, Nathan. Il a été malade presque tout le temps, et ensuite Agnes m'a retenue au lieu de me laisser sortir plus tôt comme elle me l'avait promis. Du coup, je l'ai à peine vu, et quand enfin on s'est retrouvés, ça a été... bizarre.

Nathan baissa le volume de la télévision et tapota le matelas à côté de lui. Je grimpai sur le lit et posai mon sac de sushis sur mes genoux – plus tard, je m'aperçus que de la sauce soja avait coulé et taché mon pantalon. Je posai la tête sur son épaule.

—C'est toujours difficile, les relations à distance, déclara Nathan sur un ton qui suggérait qu'il était le premier à s'être penché sur la question.

Puis il ajouta:

—Genre, superdifficile.

—C'est vrai.

—Pas seulement à cause du sexe et de l'inévitable jalousie...

—Nous ne sommes pas jaloux.

—Mais il ne sera plus la première personne à qui tu raconteras ta vie et avec qui tu partageras les trucs du quotidien. Et c'est superimportant.

Il me tendit sa bière et je bus une gorgée avant de la lui rendre.

—Nous savions que ce serait difficile. Je veux dire, nous en avons parlé avant mon départ. Mais tu veux savoir ce qui me dérange vraiment ?

Il détourna le regard de l'écran.

—Je t'écoute.

—Agnes savait à quel point j'avais envie de passer du temps avec Sam. Nous en avions parlé. C'est elle qui disait qu'il fallait que nous soyons ensemble, que nous ne devrions pas être séparés, blablabla. Et finalement, elle m'a fait rester avec elle jusqu'à la dernière minute.

—C'est le boulot, Lou. Ils passent avant tout.

—Mais elle savait combien c'était important pour moi.

—Peut-être.

—Elle est censée être mon amie.

Nathan haussa un sourcil.

—Lou. Les Traynor n'étaient pas des employeurs ordinaires. Will n'était pas un employeur ordinaire. Les Gopnik non plus. Mais ces gens auront beau se comporter agréablement, tu ne dois jamais oublier qu'il s'agit d'un lien de subordination. C'est une transaction. (Il but une gorgée de bière.) Tu sais ce qui est arrivé à la dernière secrétaire particulière des Gopnik ? Agnes a dit au vieux Gopnik qu'elle parlait d'elle dans son dos, commettait des indiscrétions. Alors, ils l'ont virée. Après vingt-deux ans. Virée.

—Et est-ce que c'était vrai ?

—Quoi ?

—Qu'elle commettait des indiscrétions ?

—Je n'en sais rien. Mais c'est pas vraiment le problème, non ?

Je ne voulais pas le contrarier, mais si j'expliquais à Nathan en quoi la relation que j'avais avec Agnes était différente, je la trahirais. Je jugeai donc préférable de me taire.

Nathan sembla sur le point d'ajouter quelque chose, mais se ravisa.

— Quoi ?

— Écoute… on ne peut pas tout avoir.

— Comment ça ?

— C'est vraiment un super boulot, non ? Je veux dire, tu ne le penses peut-être pas ce soir, mais tu habites en plein New York, tu es bien payée et tes employeurs sont convenables. Tu es amenée à aller dans toutes sortes d'endroits incroyables, avec des à-côtés à l'occasion. Ils t'ont acheté une robe de bal à presque trois mille dollars, non ? Moi, je me suis retrouvé à aller aux Bahamas avec M. Gopnik il y a deux mois. Hôtel cinq étoiles, vue sur la mer, la totale. Tout ça pour ne bosser que deux, trois heures par jour. Nous avons de la chance. Mais, à long terme, le coût de l'expérience pourrait bien être une relation avec quelqu'un qui mène une vie complètement différente à des milliers de kilomètres. C'est ça, le choix que tu as fait quand tu es partie.

Je le regardai fixement.

— Il me semble juste qu'il faut être réaliste.

— Tu ne m'aides pas vraiment, Nathan.

— Je ne vais pas te mentir. Mais vois le bon côté des choses. Il paraît que tu as fait du super boulot aujourd'hui avec le dessin. M. Gopnik m'a dit qu'il était très impressionné.

— Ils ont vraiment aimé ?

J'essayai de dissimuler ma satisfaction.

— Waouh, tu parles. Sérieux… Ils ont adoré. Elle va mettre la pâtée à ces mémés charité.

Je m'appuyai contre lui et il remonta le volume.

— Merci, Nathan, dis-je en déballant mes sushis. Tu es un vrai pote.

Il fit une petite grimace.

— Ouais. Euh… le poisson cru, là. Y aurait moyen que tu attendes d'être dans ta chambre pour le manger ?

Je refermai la boîte. Il avait raison. On ne pouvait pas tout avoir dans la vie.

À : MetMmeBernardClark@yahoo.com
De : Le_bourdon_a_NY@gmail.com

Salut, maman,

Excuse-moi de te répondre si tard. On ne chôme pas, ici ! Pas le temps de s'ennuyer !

Je suis bien contente que les photos t'aient plu. Oui, les tapis sont cent pour cent laine, certains en soie, et les panneaux en bois massif. Et j'ai demandé à Ilaria : les rideaux sont nettoyés à sec une fois par an pendant que les Gopnik se rendent dans les Hamptons. L'équipe de ménage est très minutieuse, mais Ilaria nettoie elle-même le carrelage de la cuisine une fois par jour, car elle ne leur fait pas confiance.

Oui, Mme Gopnik a une douche à l'italienne ainsi qu'une pièce entière consacrée à ses vêtements. Elle adore son dressing et s'y enferme souvent pour appeler sa mère en Pologne. Désolée, je n'ai pas eu le temps de compter ses paires de chaussures, mais à vue de nez je dirais qu'elle en a plus d'une centaine. Elles sont rangées dans leurs boîtes, avec une photo collée sur le devant pour qu'elle puisse s'y retrouver. Pour chaque nouvelle paire, il me revient de prendre la photo. Il y a un appareil exprès pour ça !

Je suis ravie d'apprendre que ton cours d'art t'a plu ; le module « mieux communiquer en couple » a l'air formidable, mais il faut absolument que tu expliques à papa que ça n'a rien à voir avec ce qui se passe dans votre chambre. Il m'a envoyé trois mails cette semaine pour me demander si je pensais qu'il pouvait simuler une insuffisance cardiaque.

Désolée d'apprendre que grand-père est mal fichu. Cache-t-il toujours ses légumes sous la table ? Tu es sûre que tu dois laisser tomber tes cours du soir ? Ce serait vraiment dommage.

Bon, il faut que j'y aille. Agnes m'appelle. Je te tiens au courant pour Noël, mais ne t'inquiète pas, je serai là.
Je t'embrasse,
Louisa

P.-S. : Non, je n'ai pas revu Robert De Niro, mais oui, si je le recroise, je ne manquerai pas de lui dire que tu l'as beaucoup aimé dans *Mission*.
P.P.-S. : Et non, je t'assure, je n'ai jamais mis les pieds en Angola, et je n'ai pas du tout besoin que tu m'envoies de l'argent. Ne réponds pas à ces mails.

Chapitre 11

Je ne suis pas experte en matière de dépression. Je n'avais même pas compris la mienne après la mort de Will. Mais je trouvais les humeurs d'Agnes particulièrement difficiles à suivre. Les amies de ma mère qui avaient souffert de dépression – et il semblait y en avoir eu un nombre inquiétant – paraissaient écrasées par la vie, se débattant dans un brouillard qui les enveloppait au point qu'elles ne distinguaient plus ni joie ni source de plaisir. Elles étaient incapables de se projeter. Cela se voyait à la façon dont elles déambulaient dans la ville, les épaules voûtées, la bouche pincée en une moue résignée. Transpirant la tristesse.

Agnes n'était pas comme ça. Elle était animée et volubile un moment, puis larmoyante et furieuse l'instant suivant. On m'avait dit qu'elle se sentait isolée, méprisée, sans alliés. Mais ça ne collait pas vraiment. Car, à force de la côtoyer, je m'aperçus que les sorcières ne l'intimidaient pas : elles la mettaient hors d'elle. L'injustice la faisait enrager, elle criait sur M. Gopnik ; dans le dos de son mari, elle s'amusait à les imiter cruellement et marmonnait des horreurs au sujet de la première Mme Gopnik, d'Ilaria ou de ses manières intrigantes. Elle était changeante, brûlait d'indignation, sifflant des *« cipa »*, ou *« debil »*, ou *« dziwka »* (dès que j'avais deux minutes, je cherchais sur Google ces mots, dont la traduction me faisait rosir les oreilles).

Et puis, tout à coup, elle devenait quelqu'un d'autre – une femme qui s'enfermait pour pleurer sans bruit, le visage tendu et insondable après une longue conversation téléphonique en polonais. Sa tristesse se manifestait sous forme de migraines, dont je n'étais pas certaine qu'elles soient réelles.

J'en discutai avec Treena dans le café où j'étais venue le matin suivant mon arrivée à New York. Je profitais du wifi gratuit, et nous utilisions FaceTime Audio plutôt que de nous regarder tout en parlant. Ce que je préférais – sinon, je me laissais distraire par la taille de mon nez, qui semblait énorme sur l'écran, ou espionnais ce que faisait mon voisin derrière moi. Et puis, je ne voulais pas qu'elle voie la grosseur des muffins beurrés que je mangeais.

—Elle est peut-être bipolaire, hasarda Treena.

—Ouais. C'est ce que j'ai pensé. J'ai fait une recherche, mais ça ne colle pas. Elle n'est jamais frénétique à proprement parler. Juste… énergique.

—Je ne suis pas sûre que la dépression soit un truc à taille unique, Lou, fit remarquer ma sœur. D'ailleurs, est-ce que tous les gens aux États-Unis n'ont pas un truc qui cloche ? On m'a toujours dit qu'ils carburaient aux médocs…

—Contrairement à l'Angleterre, où maman t'enverrait faire une bonne balade revigorante.

—Rien de tel pour chasser les idées noires, gloussa ma sœur.

—… et effacer ce vilain froncement de sourcils.

—Mets donc un peu de rouge à lèvres et souris ! Voilà ! Qui a besoin de ces satanés médicaments ?

Depuis mon départ, ma relation avec Treena avait changé. Nous nous appelions une fois par semaine, et, pour la première fois depuis que nous étions adultes, elle ne m'asticotait plus systématiquement. Elle semblait s'intéresser sincèrement à ma vie, me posant des questions sur mon travail, les endroits que je visitais et les gens qui m'entouraient. Quand je lui demandais conseil, elle me donnait généralement une réponse réfléchie au lieu de se contenter de me traiter d'attardée ou de rétorquer qu'elle ne s'appelait pas Google.

Deux semaines plus tôt, elle m'avait confié qu'elle avait rencontré un homme qui lui plaisait. Ils étaient allés boire des cocktails de hipsters dans un bar de Shoreditch, puis avaient vu un film dans un cinéma éphémère à Clapton. Après cette soirée, elle avait passé plusieurs jours sur un petit nuage. L'idée de ma sœur dans cet état était nouvelle pour moi.

— Il est comment ? Tu devrais pouvoir me dire quelque chose *maintenant.*

— Je ne dirai rien pour le moment. Chaque fois que je parle de ces trucs-là, ça foire.

— Même pas à moi ?

— Pas encore. C'est… eh bien… Bref. Je suis heureuse.

— Oh… Alors, c'est pour ça que tu es sympa.

— Pour ça quoi ?

— Tu prends ton pied. Moi qui croyais que c'était parce que tu approuvais enfin mes choix…

Elle partit d'un grand éclat de rire. Ma sœur ne riait pas d'ordinaire, sauf quand elle se moquait de moi.

— Je trouve juste chouette que tout se passe bien. Tu t'es trouvé un super job aux États-Unis. J'adore mon boulot. Thom et moi sommes ravis à Londres. J'ai vraiment l'impression que nous sommes tous à un bon moment de nos vies.

C'était tellement rare d'entendre des propos aussi optimistes dans la bouche de ma sœur que je n'eus pas le cœur de lui parler de Sam. Nous discutâmes encore un peu – des projets de maman, qui avait un moment envisagé de travailler à mi-temps à l'école du quartier, pour finalement renoncer à postuler à cause de la santé déclinante de grand-père. Je terminai mon muffin et mon café, et m'aperçus que, tant que j'étais occupée, je n'avais pas du tout le mal du pays.

— Tu ne vas pas te mettre à parler avec cet horrible accent d'outre-Atlantique, hein ?

— Je suis toujours moi, Treen. Ça ne risque pas de changer, déclarai-je avec un horrible accent d'outre-Atlantique.

— Espèce de triple buse ! rétorqua-t-elle.

— Bonté divine. Vous êtes encore là.

Mme De Witt sortait de l'immeuble quand j'y arrivai. Debout sous l'auvent, elle enfilait ses gants. Je fis un pas en arrière, évitant soigneusement les dents de Dean Martin, qui fit claquer sa mâchoire tout près de ma jambe, et lui souris poliment.

— Bonjour, madame De Witt. Où pourrais-je bien être d'autre ?

— J'aurais cru que la danseuse érotique estonienne vous aurait renvoyée depuis le temps. Je suis surprise qu'elle ne s'inquiète pas de ce que vous séduisiez le vieux, comme elle l'a fait.

— Pas vraiment mon mode opératoire, madame De Witt, répondis-je gaiement.

— Je l'ai encore entendue crier dans le couloir, l'autre soir. Un vacarme affreux. Au moins, l'autre s'est contentée de bouder pendant deux décennies. Bien plus facile à supporter pour les voisins.

— Je passerai le message.

Elle secoua la tête et s'apprêtait à partir quand elle s'immobilisa et examina ma tenue. Je portais une jupe plissée dorée, mon gilet en fausse fourrure et un bonnet couleur fraise que Thom avait reçu pour Noël deux ans auparavant et qu'il refusait de mettre parce qu'il faisait « trop fille ». J'étais chaussée de brogues en cuir verni rouge vif, achetées en soldes dans un magasin de chaussures pour enfants. Je me revoyais, criant victoire au milieu des mères harassées et des bambins hurleurs quand je m'étais rendu compte qu'elles m'allaient.

— Votre jupe.

Je baissai les yeux et me préparai à encaisser la pique, quelle qu'elle soit, qu'elle n'allait pas manquer de m'envoyer.

— J'en ai eu une identique autrefois. Achetée chez *Biba*.

— Elle *vient* de chez *Biba* ! m'exclamai-je, ravie. Je l'ai achetée aux enchères sur Internet il y a deux ans. Quatre livres et demie ! À cause d'un minuscule accroc à la ceinture.

— J'ai exactement la même. Je voyageais beaucoup dans les années 1960. Chaque fois que j'allais à Londres, je passais des heures dans ce magasin. J'envoyais des malles de robes de chez eux à Manhattan. À l'époque, nous n'avions rien de semblable.

— On dirait le paradis. J'ai vu des photos. Quelle merveille d'avoir eu la chance de connaître ça. Que faisiez-vous ? Je veux dire, qu'est-ce qui vous amenait à voyager autant ?

— Je travaillais dans la mode. Pour un magazine féminin. C'était… (Elle vacilla en avant, secouée par une quinte de toux, et j'attendis qu'elle ait repris son souffle.) Enfin bref. Vous n'êtes pas trop mal fagotée, déclara-t-elle en posant une main au mur.

Puis, elle se détourna et s'en fut clopin-clopant, Dean Martin m'adressant des regards menaçants – à moi et au bord du trottoir derrière lui.

Le reste de la semaine fut, comme l'aurait dit Michael, *intéressant*. Tabitha faisant redécorer son appartement de SoHo, celui des Gopnik devint, pour une semaine environ, le théâtre d'une guerre de clans apparemment invisible à l'œil masculin, mais bien trop évidente pour Agnes, que j'entendais siffler ses doléances à M. Gopnik quand elle croyait Tabitha hors de portée d'oreille.

Ilaria se délectait de son rôle de fantassin. Elle ne manquait pas de servir à Tab ses plats préférés – currys épicés et viande rouge –, auxquels Agnes ne touchait pas, puis plaidait l'ignorance quand Agnes se plaignait. Elle s'assurait que le linge de Tab était lavé en premier et posé soigneusement plié sur son lit, pendant qu'Agnes courait dans l'appartement en peignoir, essayant de savoir ce qu'était devenu le chemisier qu'elle avait prévu de porter ce jour-là.

Le soir, Tab prenait position dans le salon où Agnes s'était déjà installée pour parler avec sa mère en Pologne. Elle se mettait alors à fredonner bruyamment tout en jouant avec son iPad, jusqu'à ce qu'Agnes, enrageant en silence, finisse par se lever et se replier dans son dressing. De temps à autre, Tab invitait des amies, et elles occupaient la cuisine ou la salle de télévision, formant un troupeau de voix criardes, cancanant, gloussant, un cercle de têtes blondes sur lequel le silence s'abattait si Agnes venait à passer non loin.

— C'est sa maison aussi, ma chérie, objectait doucement M. Gopnik quand Agnes protestait. Elle a grandi ici.

— Elle me traite comme un élément de décoration temporaire.

— Elle finira par s'habituer à toi. À bien des égards, c'est encore une enfant.

— Elle a *vingt-quatre* ans.

Agnes poussait alors un grognement guttural, un son que j'étais presque sûre qu'aucune femme anglaise n'aurait jamais pu maîtriser (je m'y essayai plusieurs fois), et lançait les mains en l'air en signe d'exaspération. Michael passait devant moi, une expression indéchiffrable sur le visage, et m'adressait un regard empreint d'une solidarité muette.

Agnes me demanda d'envoyer un colis en Pologne par FedEx. Elle voulait que je paie en liquide et conserve le reçu. La boîte était grande, cubique et pas particulièrement lourde. Nous discutions dans son bureau, qu'elle avait pris l'habitude de fermer à clé, ce qui avait le don de contrarier Ilaria.

— Qu'est-ce que c'est ?

— Juste un cadeau pour ma mère. (Elle agita une main.) Mais Leonard trouve que je dépense trop d'argent pour ma famille, donc je ne veux pas qu'il sache tout ce que j'envoie.

Je trimballai le colis jusqu'au bureau de FedEx de la 57e Rue Ouest et fis la queue. Au moment de remplir le formulaire, l'employé me demanda :

— Que contient le paquet ? Pour la douane.

Je me rendis compte que je l'ignorais. J'envoyai un texto à Agnes, qui me répondit promptement :

Dites seulement que ce sont des cadeaux pour la famille.

— Mais quel genre de cadeaux, madame ? insista l'homme avec lassitude.

J'envoyai un autre message. Quelqu'un dans la file derrière moi poussa un soupir exaspéré.

Tchotchkes.

Je regardai fixement le message. Puis je tendis mon téléphone.

— Désolée. Je suis incapable de le prononcer.

Il jeta un coup d'œil à l'écran.

—Ouais… Madame, ça ne m'aide pas vraiment.

J'envoyai un message à Agnes.

Dites-lui de s'occuper de ses affaires. Pas de ce que je veux envoyer à ma mère!

Je fourrai mon téléphone dans ma poche.

—Elle dit que ce sont des cosmétiques, un pull et quelques DVD.

—Valeur?

—Cent quatre-vingt-cinq dollars et cinquante-deux cents.

—Enfin, marmonna l'employé de FedEx.

Je lui tendis la carte de crédit de la maison en espérant que personne ne verrait les doigts croisés de mon autre main.

Le vendredi après-midi, quand Agnes commença sa leçon de piano, je me retirai dans ma chambre et appelai l'Angleterre. En composant le numéro de Sam, je sentis les palpitations familières de l'excitation à l'idée d'entendre sa voix. Certains jours, il me manquait tant que c'était comme une douleur que je promenais avec moi. Je m'assis et attendis pendant que ça sonnait chez lui.

Une femme décrocha.

—Allô?

Elle avait une voix posée, légèrement rauque, comme si elle avait fumé trop de cigarettes.

—Oh, je suis désolée, j'ai dû faire une erreur.

J'écartai brièvement l'appareil de mon oreille et consultai l'écran.

—Qui cherchez-vous?

—Sam? Sam Fielding?

—Il est sous la douche. Attendez, je l'appelle.

Je l'entendis poser la main sur le combiné et crier son nom, sa voix brièvement étouffée. Je m'immobilisai. Il n'y avait aucune jeune femme dans la famille de Sam.

—Il arrive, dit-elle après un moment. Qui le demande?

— Louisa.

— Oh. OK.

Les appels longue distance vous rendent étrangement sensible aux plus légères modulations de ton et aux accents, et quelque chose dans ce « Oh » me mit mal à l'aise. Je m'apprêtais à demander à qui j'avais l'honneur quand Sam prit le combiné.

— Salut !

— Salut !

Le mot sortit étrangement cassé, ma bouche étant devenue subitement sèche, et je dus le répéter.

— Quoi de neuf ?

— Rien ! Je veux dire, rien d'urgent. Je… je… j'avais seulement envie d'entendre ta voix.

— Attends. Je vais fermer la porte.

Je l'imaginais parfaitement dans son petit wagon… Quand il reprit le combiné, il semblait enjoué, rien à voir avec la dernière fois que nous nous étions parlé.

— Alors, qu'est-ce que tu me racontes ? Tout va bien pour toi ? Quelle heure est-il là-bas ?

— Un peu plus de 14 heures. Hum, qui c'était ?

— Oh, c'est Katie.

— Katie ?

— Katie Ingram, ma nouvelle équipière.

— Katie ! D'accord ! Et… euh… qu'est-ce qu'elle fait chez toi ?

— Elle va juste m'emmener à la fête de départ de Donna. Ma bécane est au garage. Un problème avec le pot d'échappement.

— Alors, elle surveille vraiment tes arrières !

Je me demandais distraitement s'il portait une serviette.

— Ouais. Elle vit un peu plus bas dans la rue, donc c'est pratique.

Il prononça cette phrase avec la neutralité désinvolte d'un homme qui se sait écouté par deux femmes.

— Et vous vous retrouvez où, alors ?

— Dans ce bar à tapas, à Hackney. L'ancienne église. Je ne sais pas si nous y sommes déjà allés ensemble.

— Une église ! Ah, ah, ah ! Vous allez être obligés de vous tenir à carreau ! dis-je en riant un peu trop fort.

— Mmm, une bande d'ambulanciers dans un bar ? J'en doute.

Il y eut un court silence. Je m'efforçai de faire abstraction du nœud dans mon estomac. La voix de Sam s'adoucit.

— Tu es sûre que ça va ? Tu sembles un peu…

— Je vais bien ! Carrément ! Je voulais juste entendre ta voix.

— Mon chou, c'est super de te parler, mais il faut que j'y aille. Katie m'a rendu un fier service en proposant de me déposer là-bas, et nous sommes déjà en retard.

— OK ! Alors, amusez-vous bien ! Ne fais rien que je ne ferais pas ! (Je parlais en points d'exclamation.) Et embrasse Donna pour moi !

— Sans faute ! On se reparle plus tard dans la semaine.

— Je t'aime. (Cela sortit sur un ton plus plaintif que voulu.) Écris-moi !

— Ah, Lou…

Et il raccrocha. Je me retrouvai à regarder fixement mon téléphone dans une chambre bien trop silencieuse.

J'organisai une projection privée d'un nouveau film dans une petite salle de cinéma pour les épouses d'associés de M. Gopnik, avec buffet de hors-d'œuvre. J'appelai le fleuriste au sujet d'une facture pour des fleurs qui n'avaient jamais été livrées, puis je courus chez Sephora acheter deux flacons de vernis qu'Agnes avait vus dans *Vogue* et qu'elle voulait emporter à la campagne.

Et deux minutes après avoir fini ma journée, une fois les Gopnik partis pour leur retraite de fin de semaine, je dis non merci à un reste de boulettes de viande que me proposait Ilaria et me précipitai dans ma chambre.

Et là, j'ai fait *le* truc à ne pas faire. Je l'ai cherchée sur Facebook.

Cela ne me prit pas plus de quarante minutes d'identifier la Katie Ingram qui m'intéressait parmi les cent et quelques autres. Son profil n'était pas protégé, et y apparaissait le logo du National Health Service. Pour sa profession, elle indiquait : « Ambulancière : j'adore mon boulot ! » Elle était rousse ou blond vénitien, c'était difficile à dire sur les photos, et elle devait avoir la trentaine, jolie avec son nez retroussé. Sur les trente premières photos qu'elle avait postées, elle riait avec des amis, immortalisée au milieu de bons moments. Elle était malheureusement canon en bikini (« Skiathos 2014 !!! L'éclate !!! »), avait un petit chien au poil ébouriffé, un penchant pour les talons vertigineux et une meilleure copine aux longs cheveux bruns qui adorait l'embrasser sur la joue pour les photos (je nourris brièvement l'espoir qu'elle soit lesbienne, jusqu'à ce que je m'aperçoive qu'elle faisait partie d'un groupe Facebook intitulé « Levez la main celles qui sont secrètement ravies que Brad Pitt soit de nouveau célibataire !!! »).

Sa « situation amoureuse » indiquait « célibataire ».

Je parcourus son fil d'actualité, me détestant secrètement de m'abaisser à ça, mais incapable de m'arrêter. J'examinai ses photos, essayant d'en trouver une sur laquelle elle aurait l'air grosse, ou morose, ou victime d'une terrible maladie de peau qui l'aurait laissée couverte de squames. Je cliquai sans relâche. Et juste au moment où j'allais refermer mon portable, je m'immobilisai. Là, postée trois semaines plus tôt… Par une belle journée d'automne, Katie Ingram se tenait debout devant la station d'ambulance de l'est de Londres, dans son uniforme vert, son équipement posé fièrement à ses pieds. Cette fois, son bras était passé autour de Sam, qui, bras croisés, également en uniforme, souriait au photographe.

« Meilleur équipier du MONDE, disait la légende. J'adore mon nouveau boulot ! »

Juste en dessous, sa copine aux cheveux bruns avait commenté : « Je me demande bien pourquoi… », suivi d'un smiley qui faisait un clin d'œil.

Voyons. La jalousie n'est pas seyante. Au fond, vous le savez. Et vous n'êtes pas comme ça ! Les femmes jalouses sont affreuses ! Et puis, ça n'a aucun sens ! Si quelqu'un vous aime, il restera avec vous ; si cette personne ne vous aime pas assez pour demeurer à vos côtés, c'est qu'elle ne valait pas la peine que vous soyez avec elle, de toute façon. Vous le savez. Vous êtes une femme raisonnable et mûre de vingt-huit ans. Vous avez lu des tas d'articles de développement personnel. Vous avez regardé *Dr. Phil.*

Mais quand vous vivez à cinq mille kilomètres de votre petit ami ambulancier, beau, gentil, sexy, et qu'il a une nouvelle équipière ayant la voix et l'allure de Pussy Galore – une femme qui passe au moins douze heures par jour à proximité de l'homme que vous aimez, un homme qui vous a déjà avoué combien il trouvait la séparation physique difficile –, la part rationnelle se fait impitoyablement écrabouiller par l'énorme crapaud rampant qu'est votre part irrationnelle.

Quoi que je fasse, je n'arrivais pas à me débarrasser de cette image d'eux ensemble. Elle s'était logée, tel un négatif en noir et blanc, quelque part entre mes yeux, et me hantait : son bras à elle, légèrement hâlé, autour de sa taille à lui, ses doigts reposant délicatement sur la ceinture de son uniforme. Étaient-ils assis côte à côte dans ce bar, elle lui donnant un coup de coude tandis qu'ils s'esclaffaient en chœur à une plaisanterie ? Était-elle de ces femmes qui effleurent, pressent, tapotent, touchent le bras à tout bout de champ ? Est-ce qu'elle sentait bon, si bien que, quand il la quittait le soir, il lui semblait, sans pouvoir se l'expliquer, qu'il lui manquait quelque chose ?

Je savais que ces réflexions me mèneraient droit à la folie, mais j'étais incapable d'y échapper. Je pensai à l'appeler, mais rien ne dit plus « petite amie collante et parano » qu'un coup de téléphone à 4 heures du matin. Mes pensées tourbillonnaient et s'emmêlaient avant d'atterrir dans un énorme nuage toxique. Et je me détestais de les nourrir. Et elles tournoyaient sans relâche.

— Oh, pourquoi ne t'ont-ils pas collé avec un gros gars sympa ? murmurai-je, les yeux au plafond.

Je finis par m'endormir au petit matin.

Le lundi, après notre course dans Central Park (je ne fis qu'une seule pause), nous allâmes faire des achats chez *Macy's*, où Agnes acheta des vêtements pour sa nièce. Je les envoyai à Cracovie au bureau de FedEx, cette fois certaine du contenu du colis.

Pendant le déjeuner, elle me parla de sa sœur, mariée trop jeune au patron d'une brasserie de leur quartier et qui la maltraitait. Elle était devenue si soumise, si craintive, qu'Agnes ne parvenait pas à la convaincre de quitter cet homme.

— Tous les jours, elle va pleurer chez ma mère à cause de quelque chose qu'il lui a dit – qu'elle est grosse ou laide, et qu'il aurait pu trouver mieux. Cette tête de nœud puante, ce sac à fiente de poulet. Aucun chien n'irait pisser sur sa jambe, même en ayant bu cent seaux d'eau.

Son but ultime, me confia-t-elle par-dessus sa salade de blette et de betterave, était de faire venir sa sœur à New York pour l'éloigner de cet homme.

— Je crois pouvoir convaincre Leonard de lui donner du travail. Peut-être un poste de secrétaire dans son bureau. Ou, mieux, gouvernante dans notre appartement ! Comme ça, nous pourrions nous débarrasser d'Ilaria ! Ma sœur est très bonne, vous savez. Très consciencieuse. Mais elle refuse de quitter Cracovie.

— Peut-être ne veut-elle pas perturber l'éducation de sa fille. Ma sœur était très inquiète à l'idée de faire déménager Thom à Londres, dis-je.

— Mmm.

Manifestement, Agnes ne considérait pas vraiment ça comme un problème. Je me demandais s'il arrivait aux riches de voir des obstacles à leurs projets.

Nous étions rentrées depuis à peine une demi-heure quand, après avoir jeté un coup d'œil à son téléphone, elle m'annonça que nous allions à East Williamsburg.

— Chez l'artiste ? Mais je croyais…

— Steven me donne des cours de dessin.

Je clignai des yeux.

— D'accord.

— C'est une surprise pour Leonard. Vous ne devez rien dire.

Elle ne croisa pas une seule fois mon regard durant tout le trajet.

— Tu rentres tard, fit remarquer Nathan quand j'arrivai à l'appartement.

Il était sur le départ pour aller jouer au basket avec des copains de son club de gym, son sac de sport sur l'épaule et la capuche de son sweat rabattue sur la tête.

— Ouais.

Je laissai tomber mon sac et remplis la bouilloire. J'avais rapporté une boîte de nouilles que je posai sur le comptoir.

— Tu es allée dans des endroits intéressants ?

J'hésitai.

— Juste… ici et là. Tu sais comment elle est.

J'allumai la bouilloire.

— Ça va ?

— Oui.

Je sentis son regard sur moi, jusqu'à ce que je me tourne et me force à sourire. Alors, il me donna une claque dans le dos et se détourna pour partir.

— Y a des jours comme ça, hein ?

Tu l'as dit.

Je contemplai le plan de travail. Je ne savais pas quoi lui répondre. J'ignorais comment expliquer les deux heures et demie que Garry et moi avions passées à attendre Agnes dans la voiture, mes yeux filant sans arrêt des fenêtres illuminées du studio à mon téléphone. Au bout d'une heure, fatigué de ses cassettes d'espagnol, Garry avait envoyé un message à Agnes pour la prévenir qu'un employé du parking l'avait fait changer de place et qu'elle devrait l'avertir par message dès qu'elle voudrait partir, mais elle n'avait pas répondu. Nous fîmes le tour du pâté de maisons, et il alla faire le plein, avant de me proposer d'aller prendre un café.

— Elle n'a pas précisé pour combien de temps elle en avait. Généralement, ça veut dire au moins deux heures.

— Ça lui est déjà arrivé de disparaître comme ça ?

— Mme Gopnik fait comme il lui plaît.

Il me commanda un café dans un *diner* presque désert, dont le menu plastifié montrait des photos sous-exposées de chaque plat, et nous restâmes assis presque en silence, chacun surveillant son téléphone au cas où elle aurait appelé, pendant que le crépuscule de Williamsburg se transformait peu à peu en nuit illuminée de néons. J'avais emménagé dans la ville la plus excitante de la planète, et pourtant il me semblait que ma vie s'était réduite à un aller-retour permanent entre l'appartement et la limousine.

— Ça fait longtemps que vous travaillez pour les Gopnik ?

Garry touilla lentement son café, dans lequel il avait glissé deux morceaux de sucre, écrasant les emballages dans ses gros poings.

— Un an et demi.

— Vous travailliez pour qui, avant ?

— Quelqu'un d'autre.

Je bus une gorgée de mon café, étonnamment bon.

— Ça ne vous a jamais dérangé ?

Il leva les yeux sous ses sourcils broussailleux.

— De passer votre temps à l'attendre ? clarifiai-je. Je veux dire… elle fait ça souvent ?

Il remuait toujours son café, les yeux de nouveau baissés sur son mug.

— Ma petite, dit-il au bout d'une minute. Je ne voudrais pas être impoli, mais vous n'êtes pas dans ce business depuis longtemps, ça ne fait pas un pli, et si vous tenez à ce poste, vous feriez mieux de ne pas poser trop de questions. (Il se cala au fond de son siège, son ventre s'épanouissant doucement sur ses cuisses.) Je suis le chauffeur. Je suis là quand ils ont besoin de moi. Je parle quand on m'adresse la parole. Je ne vois rien, n'entends rien, et j'oublie tout. C'est comme ça que j'ai réussi à rester dans le jeu pendant trente-deux ans et que j'ai pu payer des études à deux gamins ingrats. Dans deux ans et demi, je prends ma retraite anticipée et je pars m'installer dans ma propriété du Costa Rica avec vue sur mer. C'est comme ça qu'il faut faire. (Il s'essuya le nez avec une serviette en papier, faisant trembloter ses bajoues.) Vous me suivez ?

— Ne rien voir, ne rien entendre…

— … et tout oublier. Vous avez pigé. Vous voulez un donut ? Ils en font des bons, ici. Ils sont frais toute la journée.

Il se leva et marcha lourdement jusqu'au comptoir. Quand il revint, il ne m'adressa plus la parole, se contentant de hocher la tête quand je finis par admettre que, oui, les donuts étaient vraiment bons.

Agnes nous rejoignit sans un mot. Elle se lissa les cheveux, puis se cala contre le dossier de la banquette.

— Très bonne leçon. J'ai vraiment l'impression d'apprendre beaucoup de choses. Steven est un artiste exceptionnel, annonça-t-elle.

Ce n'est qu'à mi-chemin de la maison que je m'aperçus qu'elle ne rapportait aucun dessin.

Cher Thom,
Je t'envoie une casquette de baseball parce qu'hier, Nathan et moi sommes allés assister à un vrai match et que tous les joueurs en portent (en fait, ils portent des casques, mais je préfère la version traditionnelle). J'en ai acheté une pour toi, et une deuxième pour quelqu'un d'autre. Demande à ta mère de te prendre en photo avec pour que je puisse l'afficher dans ma chambre!
Non, malheureusement, il n'y a pas de cowboys dans cette partie des États-Unis – mais aujourd'hui, je vais dans un country club et j'ouvrirai l'œil au cas où il y en aurait un qui passerait à cheval.
Merci pour le très joli dessin de mon popotin avec mon chien imaginaire. Je ne m'étais pas rendu compte que mon derrière était d'une telle teinte violette sous mon pantalon, mais je tâcherai de m'en souvenir si jamais l'envie me prenait de passer toute nue devant la statue de la Liberté, comme sur ton dessin. Ta version de New York surpasse de loin la réalité.
Je t'embrasse fort, fort, fort.
Très affectueusement,

Tata Lou

Chapitre 12

Le country club des Grands Pins s'étendait sur des hectares de campagne luxuriante, ses arbres et ses champs se déroulant si harmonieusement et dans des nuances de vert si vives qu'ils auraient pu avoir surgi de l'imagination d'un enfant de sept ans muni de crayons de couleur.

C'était un après-midi frais et clair. Garry remonta lentement la longue allée et, quand la voiture s'arrêta devant le vaste bâtiment blanc, un jeune homme en uniforme bleu pâle s'avança pour ouvrir la portière à Agnes.

— Bonjour, madame Gopnik. Comment allez-vous ?

— Très bien, merci, Randy. Et vous ?

— Ça ne pourrait aller mieux, madame. Il y a déjà beaucoup de monde. C'est un grand jour !

Il fit un petit salut en touchant sa casquette et Garry s'éloigna avec la voiture.

M. Gopnik ayant été retenu à son bureau, il incombait à Agnes de remettre à Mary, l'une des plus anciennes employées du country club, son cadeau de départ à la retraite. Tout au long de la semaine, Agnes n'avait pas manqué de manifester sa réticence à la perspective de cette tâche : elle ne supportait pas le country club. De plus, la clique de l'ex-Mme Gopnik serait présente, et elle avait horreur de s'exprimer en public – elle en était incapable sans Leonard à ses côtés. Mais, cette fois, il s'était montré intraitable. « Cela t'aidera à revendiquer ta place, ma chérie. Et Louisa sera avec toi. »

Nous avions répété son discours et mis un plan au point. Nous arriverions dans la grande salle le plus tard possible, juste avant que les hors-d'œuvre soient servis, de façon à pouvoir nous asseoir en nous excusant, accusant la circulation de Manhattan. Mary Lander, l'employée vedette du jour, apparaîtrait après le café à 14 heures ; plusieurs personnes devaient dire quelques mots en son honneur. Alors, Agnes se lèverait, s'excuserait pour l'absence de M. Gopnik et chanterait les louanges de Mary avant de lui offrir son cadeau de départ. Ensuite, nous ferions acte de présence par politesse pendant une demi-heure, puis nous partirions, prétextant une affaire urgente dans le centre.

— Vous croyez que cette robe fera l'affaire ?

Elle était vêtue d'un ensemble anormalement classique : robe droite sans manches fuchsia sous une veste à manches courtes d'une teinte plus pâle, et un collier de perles. Pas son style habituel, mais je comprenais qu'elle ait besoin de porter une armure.

— Parfaite.

Elle inspira profondément et je lui donnai un petit coup de coude en souriant. Elle me prit la main et la serra quelques secondes.

— On entre et on sort, dis-je. Rien de plus.

— Deux gros doigts d'honneur, murmura-t-elle avant d'esquisser un petit sourire.

Le bâtiment lui-même était vaste et lumineux, avec des murs rose pâle. D'énormes bouquets de fleurs et des reproductions de meubles anciens étaient présents partout. Les boiseries de chêne, les portraits des fondateurs aux murs et le personnel qui passait d'une pièce à l'autre en silence concouraient à la solennité des lieux, renforcée par le doux murmure des conversations, que ponctuait de temps à autre le tintement d'une tasse de café ou d'un verre. Où que l'on pose les yeux, tout était beau et semblait avoir été soigneusement pensé.

La grande salle était comble : il devait y avoir une soixantaine de tables rondes élégamment décorées, occupées par des femmes bien habillées qui discutaient devant leur verre d'eau minérale plate ou un punch aux fruits sans alcool. Toutes les chevelures étaient impeccablement lissées et le code vestimentaire privilégié, onéreux et élégant – robes impeccablement coupées et vestes en tissu bouclé, ou tailleurs soigneusement assortis. L'air était chargé d'un mélange entêtant de parfums. À quelques tables étaient assis des hommes solitaires, étrangement neutralisés par cette assemblée largement féminine.

Pour l'observateur fortuit – ou peut-être un homme moyen –, presque rien n'aurait paru clocher. De légers mouvements de têtes, une baisse subtile du niveau sonore sur notre passage, des moues discrètes. Je marchais derrière Agnes. Soudain, elle hésita, si bien que je faillis lui rentrer dedans. C'est alors que je vis nos voisins de table : Tabitha, un jeune homme, un homme moins jeune, deux femmes que je ne reconnus pas et, à côté de moi, une femme plus âgée qui leva la tête et regarda Agnes droit dans les yeux. Comme le serveur s'avançait pour tirer son siège, je compris qu'Agnes était assise en face de Code Violet en personne : Kathryn Gopnik.

— Bonjour, lança Agnes à la cantonade, réussissant, ce faisant, à ne pas regarder la première Mme Gopnik.

— Bonjour, madame Gopnik, répondit l'homme assis de mon côté de la table.

— Monsieur Henry, repartit Agnes, dont le sourire vacilla. Tab. Tu ne m'avais pas dit que tu viendrais aujourd'hui.

— Nous ne sommes pas tenues de t'informer de tous nos déplacements, répliqua la jeune femme.

— Et à qui avons-nous l'honneur ? demanda le vieux monsieur sur ma droite en se tournant vers moi.

Je m'apprêtais à répondre que j'étais une amie londonienne d'Agnes, mais je m'aperçus que ce n'était plus possible.

— Je suis Louisa. Louisa Clark.

— Emmett Henry, dit-il en me tendant une main noueuse. Enchanté de faire votre connaissance. Ai-je entendu un accent anglais ?

— Effectivement.

Je levai les yeux pour remercier une serveuse qui me versait de l'eau.

— Comme c'est charmant. Êtes-vous en visite ?

— Louisa est l'assistante d'Agnes, Emmett. (La voix de Tabitha s'éleva depuis l'autre côté de la table.) Agnes a pris l'extraordinaire habitude d'amener ses employés à toutes les réceptions auxquelles elle assiste.

Je sentis mes joues s'empourprer sous la brûlure du regard scrutateur de Kathryn Gopnik, ainsi que de celui de toute la tablée.

Emmett resta pensif, puis déclara :

— Eh bien, vous savez, les dix dernières années de sa vie, ma Dora emmenait son infirmière, Libby, absolument partout. Restaurant, théâtre – où que nous allions. Elle disait toujours que la vieille Libby avait plus de conversation que moi. (Il me tapota la main et eut un petit rire, imité obligeamment par plusieurs convives.) J'ose dire qu'elle avait raison.

Et, juste comme ça, je fus sauvée de la disgrâce sociale par un vieillard de quatre-vingt-six ans. Emmett bavarda avec moi le temps de l'entrée aux crevettes, me racontant sa longue appartenance au country club, ses années à travailler comme avocat à Manhattan et sa retraite dans une résidence pour personnes âgées non loin de là.

— Je viens ici tous les jours, vous savez. Cela me maintient actif, et il y a toujours des gens à qui parler. C'est ma deuxième maison.

— C'est magnifique, dis-je en jetant un coup d'œil derrière moi – plusieurs têtes se détournèrent immédiatement. Je comprends pourquoi vous aimez y venir.

Agnes paraissait calme, mais je décelai un très léger tremblement dans ses mains.

— Oh, ce bâtiment est historique, ma chère, poursuivit Emmett en désignant d'un geste le mur de la salle où était accrochée une plaque. Il date de…

Il marqua une pause pour être sûr de son effet, puis articula soigneusement :

— … 1937.

Je m'abstins de lui dire que, dans notre rue, en Angleterre, nous avions des logements sociaux plus vieux que ça. Je crois même que maman devait avoir des collants plus vieux que ça. Je hochai la tête, souris, mangeai mon poulet aux champignons en me creusant les méninges pour trouver un moyen de me rapprocher d'Agnes, clairement à la torture.

Le repas s'éternisait. Emmett me raconta d'interminables anecdotes sur le club, rapportant des choses amusantes dites et faites par des gens dont je n'avais jamais entendu parler. De temps à autre, Agnes levait les yeux et je lui souriais, mais je la voyais sombrer. Des regards glissaient subrepticement vers notre table et des têtes se penchaient vers d'autres têtes. « Les deux Mmes Gopnik assises à quelques centimètres l'une de l'autre ! Vous imaginez ! » Après le plat principal, je m'excusai et me levai.

— Agnes, auriez-vous l'amabilité de me montrer où sont les toilettes ?

Je me disais qu'une escapade, même de dix minutes, l'aiderait à soulager ses souffrances.

Avant qu'elle n'ait pu répondre, Kathryn Gopnik posa sa serviette sur la table et se tourna vers moi.

— Laissez-moi vous montrer, ma chère. Je vais justement dans cette direction.

Elle saisit son sac à main et se planta à côté de moi. Je jetai un coup d'œil à Agnes, mais l'ex-Mme Gopnik ne bougea pas.

Agnes hocha la tête.

— Allez-y. Je… je n'ai pas fini mon poulet, dit-elle.

Je suivis Mme Gopnik, entre les tables de la grande salle, le cerveau en ébullition. Nous parcourûmes un couloir au sol recouvert de moquette et nous arrêtâmes devant les toilettes. Elle poussa la porte en acajou et recula d'un pas pour me laisser passer.

— Merci, marmonnai-je avant de me diriger vers une cabine.

Je n'avais même pas envie de faire pipi. Je m'assis sur le siège : peut-être que, si je restais assez longtemps, elle serait partie lorsque je sortirais. Mais, quand j'émergeai, je la trouvai debout devant les lavabos en train de retoucher son rouge à lèvres. Son regard glissa vers moi pendant que je me lavais les mains.

— Alors, comme ça, vous vivez dans mon ancien chez-moi, lança-t-elle.

— Oui.

Je ne voyais pas trop l'intérêt de mentir.

Elle fit une moue, puis, satisfaite, referma son tube de rouge à lèvres.

— Tout ceci doit être assez délicat pour vous.

— Je fais simplement mon travail.

— Mmm.

Elle sortit une petite brosse de son sac à main et la passa légèrement sur ses cheveux. Je me demandai s'il serait impoli de partir, si l'étiquette exigeait que je regagne la table en sa compagnie. Je me séchai les mains et me penchai vers le miroir, traquant les traînées noires sous mes yeux, prenant autant de temps que possible.

— Comment se porte mon mari ?

Je clignai des paupières.

— Leonard. Comment va-t-il ? Je doute que vous commettiez une indiscrétion en me répondant.

Son reflet me regardait.

— Je… je ne le vois pas beaucoup, mais il semble aller bien.

— Je me demandais pourquoi il n'était pas là. Si son arthrite s'était réveillée.

— Oh, non. Je crois qu'il avait quelque chose à son travail aujourd'hui.

— « Quelque chose à son travail ». Eh bien… Je suppose que c'est une bonne nouvelle.

Elle rangea soigneusement sa brosse dans son sac, dont elle sortit un poudrier. Elle se tamponna le nez une fois, deux fois, de chaque côté, avant de refermer le boîtier. J'allais me retrouver les bras ballants. Je fouillai dans mon sac, essayant de me rappeler si j'avais également apporté un poudrier. Soudain, Mme Gopnik se tourna pour me faire face.

— Est-il heureux ?

— Je vous demande pardon ?

— Je vous ai posé une question simple.

Mon cœur cogna maladroitement contre ma cage thoracique. Elle s'exprimait d'une voix mélodieuse, égale.

— Tab refuse de me parler de son père. Elle lui en veut encore beaucoup, bien qu'elle l'aime désespérément. Elle a toujours été la fille de son papa. Je ne la crois donc pas capable de me brosser un tableau très impartial de la situation.

— Madame Gopnik, avec tout votre respect, je ne crois vraiment pas que ce soit mon rôle de…

Elle détourna la tête.

— Non. Je suppose que non. (Elle glissa le poudrier dans son sac.) Je pense avoir une bonne idée de ce qu'on vous a raconté sur moi, mademoiselle… ?

— Clark.

— Mademoiselle Clark. Et je suis sûre que vous avez conscience que tout est rarement noir ou blanc dans la vie.

— Effectivement. (J'avalai ma salive.) Je sais aussi qu'Agnes est quelqu'un de bien. Intelligente. Gentille. Cultivée. Et pas une croqueuse de diamants. Comme vous le dites, rien n'est jamais noir ou blanc.

Ses yeux rencontrèrent les miens dans le miroir. Nous restâmes ainsi quelques secondes de plus, puis elle referma son sac et, après un dernier coup d'œil à son reflet, elle eut un petit sourire.

— Je suis heureuse que Leonard se porte bien.

Nous revînmes à notre table au moment où les assiettes étaient débarrassées. Elle ne m'adressa plus la parole de l'après-midi.

Le café fut servi en même temps que le dessert, les conversations déclinèrent ; le repas touchait à sa fin. Plusieurs dames âgées furent escortées jusqu'aux toilettes, leurs déambulateurs dégagés au fur et à mesure de leur progression dans un léger tumulte de pieds de chaises. Un homme en costume monta sur le petit podium, transpirant légèrement dans son col, et remercia tout le monde d'être venu. Puis, il dit quelques mots au sujet d'événements à venir au club, parmi lesquels une soirée caritative deux semaines plus tard, qui avait été victime de son succès et affichait complet (une salve d'applaudissements accueillit la nouvelle). Enfin, poursuivit-il, ils avaient une annonce à faire. Il hocha la tête en scrutant notre table.

Agnes prit son courage à deux mains et se leva. Tous les regards étaient braqués sur elle. Elle marcha vers la petite estrade et prit la place du directeur devant le micro. Elle attendit pendant qu'il guidait une femme afro-américaine d'un certain âge, vêtue d'un uniforme foncé, jusqu'au podium. La femme agitait les mains, comme pour protester face à tant d'attention. Agnes lui sourit, prit une profonde inspiration, comme je le lui avais recommandé, puis posa soigneusement ses deux petites cartes devant elle sur le pupitre et commença à parler d'une voix claire et assurée.

— Bonjour à tous. Merci d'être venus aujourd'hui, et merci à tout le personnel pour ce déjeuner exquis.

Sa voix était parfaitement modulée, les mots polis comme des galets par les heures passées à les répéter durant la semaine. Il y eut un murmure d'approbation. Je jetai un bref coup d'œil vers Mme Gopnik, dont l'expression était indéchiffrable.

— Comme beaucoup d'entre vous le savent, c'est aujourd'hui le dernier jour de Mary Lander au club. Nous aimerions lui souhaiter beaucoup de bonheur pour sa nouvelle vie. Leonard m'a chargée de vous dire, Mary, qu'il est tout à fait désolé de ne pas avoir pu se joindre à nous. Il tient à vous témoigner sa reconnaissance pour tout ce que vous avez fait pour le club. Nous vous devons beaucoup.

Elle marqua une pause, comme je le lui avais suggéré. Le silence régnait dans la salle, les visages des femmes dans l'assistance étaient attentifs.

— Mary a commencé aux Grands Pins en 1967 comme aide de cuisine et a gravi les échelons jusqu'à devenir adjointe à l'intendance. Tout le monde ici a grandement apprécié votre compagnie et votre professionnalisme, Mary, et vous allez nous manquer. Aujourd'hui, nous aimerions vous offrir ce modeste gage de notre reconnaissance, et vous souhaiter sincèrement une merveilleuse retraite.

Ses paroles furent accueillies par des applaudissements polis, et l'on tendit à Agnes une volute en verre sculptée sur laquelle était gravé le nom de Mary. Elle la tendit à l'employée en souriant et garda la pose pendant que des photographes faisaient leur travail. Puis, elle se dirigea vers le bord de l'estrade et regagna notre table, le visage trahissant son soulagement d'être autorisée à quitter la lumière des projecteurs. Je regardai Mary, qui souriait pendant qu'on prenait d'autres photos, cette fois en compagnie du directeur. Je m'apprêtai à me pencher vers Agnes pour la féliciter quand Kathryn Gopnik se leva.

— Si vous le permettez, lança-t-elle, sa voix s'élevant au-dessus des bavardages, j'aimerais dire quelques mots.

Nous la suivîmes des yeux tandis qu'elle marchait jusqu'à l'estrade, puis passait devant le pupitre sans s'arrêter. Elle prit le cadeau et le confia au directeur. Puis, elle saisit les mains de Mary et les garda dans les siennes.

— Oh, Mary ! s'exclama-t-elle avant de se tourner de manière qu'elles soient toutes deux face à l'assistance. Mary, Mary, Mary. Quel *ange* vous avez été !

Un tonnerre d'applaudissements éclata spontanément dans la salle. Mme Gopnik hocha la tête, attendant qu'il s'apaise.

— Au fil des années, ma fille a grandi sous votre regard attentif, dont nous, les adultes, avons aussi bénéficié durant les centaines, non, les milliers d'heures que nous avons passées ici. Des moments si heureux... Dès que nous avions le moindre problème, vous étiez là, résolvant toutes les situations, désinfectant les genoux écorchés ou appliquant patiemment de la glace sur les innombrables bosses à la tête. Je crois que tout le monde se souvient de l'incident du hangar à bateaux !

Il y eut des rires en cascade.

— Vous avez particulièrement aimé nos enfants, et ce lieu nous a toujours fait l'effet d'un havre de paix, à Leonard et moi, parce que c'était le seul endroit où nous savions que notre famille serait en sécurité et heureuse. Ces magnifiques pelouses ont été le théâtre de moments merveilleux, pleins de rires. Pendant que nous jouions au golf ou que nous sirotions un délicieux cocktail avec quelques amis sur la ligne de touche, vous vous occupiez de surveiller nos enfants et proposiez des verres de cet inimitable thé glacé. Nous adorons tous le thé glacé de Mary, n'est-ce pas, mes chers amis ?

Il y eut des exclamations. Je voyais Agnes se raidir, applaudissant tel un robot, comme si elle ne savait pas quoi faire d'autre.

Emmett se pencha vers moi.

— Le thé glacé de Mary est effectivement inoubliable. J'ignore ce qu'elle met dedans, mais, Seigneur, il est *fatal*.

Il leva les yeux au ciel.

— Tabitha a tenu à faire le déplacement, comme nombre d'entre nous aujourd'hui, parce que, je le sais, elle ne vous considère pas seulement comme une employée de ce club, mais aussi comme un membre de la *famille*. Et nous savons tous que rien ne remplace la famille.

Je n'osais plus regarder Agnes tandis que les applaudissements retentissaient de plus belle.

— Mary, reprit Kathryn Gopnik une fois le calme revenu, vous avez aidé à perpétuer les vraies valeurs de ce lieu – valeurs que certains peuvent considérer comme d'un autre temps, mais qui, à notre sens, font de ce country club ce qu'il est : la cohérence, l'excellence et la *loyauté*. Vous avez été son visage souriant, son cœur palpitant. Je sais que je parle au nom de tous quand je dis que ce ne sera plus pareil sans vous. (La vieille dame rayonnait à présent, les yeux brillants de larmes.) Que tout le monde remplisse son verre et le lève pour notre merveilleuse *Mary*.

L'assistance explosa. Ceux qui en étaient capables se levèrent. Tandis qu'Emmett se hissait, chancelant, sur ses pieds, je jetai un regard autour de moi ; et alors, me sentant d'une certaine façon déloyale, je me levai aussi. Agnes fut la dernière à le faire, applaudissant toujours, un sourire aussi éblouissant que crispé sur les lèvres.

Il y avait quelque chose de rassurant dans un bar bondé, le genre où vous deviez enfoncer la main à travers trois rangées de corps pour espérer attirer l'attention du barman, et où vous aviez de la chance si les deux tiers de votre boisson se trouvaient toujours dans votre verre au moment où vous réussissiez à rejoindre votre table. *Balthazar*, m'expliqua Nathan, était une institution à SoHo : toujours plein à craquer, avec une ambiance incomparable, un club incontournable de la nuit new-yorkaise. Et ce soir, même un dimanche, l'endroit était comble, suffisamment agité avec le brouhaha, les barmans infatigables, les lumières et le tintement des verres pour me faire oublier les événements de la journée.

Debout au bar, nous descendîmes deux bières chacun, et Nathan me présenta à ses copains de la salle de sport, dont j'oubliai presque instantanément les noms, mais qui étaient drôles et gentils, et avaient seulement besoin du prétexte d'une oreille féminine pour se balancer joyeusement des insultes. Nous finîmes par aller nous asseoir à une table en jouant des coudes. Je bus un peu plus, mangeai un cheeseburger et me sentis un peu mieux. Vers 22 heures, alors que les garçons étaient occupés à imiter des habitués de leur salle de sport en poussant des grognements, agrémentés de grimaces et de veines saillantes, je me levai et me rendis aux toilettes, où je m'attardais dix minutes, savourant le silence relatif qui y régnait tandis que je retouchais mon maquillage et m'ébouriffais les cheveux. J'essayai de ne pas penser à ce que Sam était en train de faire. Au lieu de me réconforter, cela avait tendance à me nouer l'estomac. Puis je ressortis.

— Ma parole, vous me suivez !

Je fis volte-face dans le couloir. Devant moi se dressait Joshua Ryan en chemise et jean, les sourcils haussés.

— Quoi ? Oh ! Salut ! (Je portai instinctivement une main à mes cheveux.) Non… Non, je suis juste venue avec des amis.

— Je vous taquine. Comment allez-vous, Louisa Clark ? Vous voici bien loin de Central Park. (Il se pencha pour m'embrasser sur la joue, sentant délicieusement bon le citron vert et quelque chose de doux et de musqué.) Waouh. C'était presque poétique.

— Je fais juste la tournée de tous les bars de Manhattan. Vous savez ce que c'est.

— Oh, ouais. Le fameux « essayer quelque chose de nouveau ». Vous êtes très mignonne. J'aime bien ce… (D'un geste, il désigna ma robe droite et mon cardigan à manches courtes.) Ce look BCBG.

— J'ai déjeuné dans un country club aujourd'hui.

— Ça vous va bien. Vous voulez boire une bière ?

— Je… je ne peux pas vraiment abandonner mes amis. (Il parut momentanément déçu.) Mais n'hésitez pas à vous joindre à nous !

— Super ! Laissez-moi seulement prévenir les gens avec qui je suis – ils seront ravis de se débarrasser de moi. Où êtes-vous ?

Je m'ouvris un chemin jusqu'à Nathan, le visage soudain rouge et les oreilles légèrement bourdonnantes. Peu importait que son accent soit différent, tout comme ses sourcils et ses yeux inclinés dans la mauvaise direction, il était impossible de regarder Josh sans voir Will. Je me demandai si cela cesserait un jour de me faire un choc. Puis, je m'interrogeai sur l'usage inconscient de l'expression « un jour ».

— Je suis tombée par hasard sur un ami, dis-je juste au moment où Josh apparaissait.

— Un *ami*, répéta Nathan.

— Nathan, Dean, Arun, voici Josh Ryan.

— Vous oubliez « troisième du nom ». (Il me sourit, comme si nous venions d'échanger une plaisanterie que nous étions seuls à pouvoir comprendre.) Salut.

Josh tendit la main et se pencha pour serrer celle de Nathan, qui le dévisagea avant de me lancer un bref coup d'œil. J'ébauchai un sourire joyeux et neutre, comme si j'avais un tas de charmants amis à Manhattan susceptibles de nous rejoindre dans des bars.

— Puis-je offrir une bière à quelqu'un ? lança Josh. Tout ce qu'ils font à manger est également excellent si ça intéresse quelqu'un.

— Un *ami* ? murmura Nathan une fois que Josh se fut éloigné vers le bar.

— Oui. Un ami. Je l'ai rencontré au Bal jaune. Avec Agnes.

— Il ressemble à…

— Je sais.

Pensif, Nathan me regarda, puis Josh.

— Ton histoire de dire « oui » à tout… Tu n'as pas…

— J'aime Sam, Nathan.

— Bien sûr. Je demande, c'est tout.

Je sentis le regard scrutateur de Nathan sur moi pendant tout le reste de la soirée. Je ne sais comment, Josh et moi finîmes à un bout de la table, un peu à l'écart, où nous parlâmes de son travail, des mélanges complètement fous d'opiacés et d'antidépresseurs dont ses collègues se gavaient quotidiennement afin de pouvoir faire face à leurs lourdes responsabilités, et de la difficulté qu'il rencontrait à ne pas froisser son patron, qui était d'une susceptibilité légendaire, et comment il ne cessait d'échouer, de l'appartement qu'il n'avait jamais eu le temps de décorer et de la réaction de sa maniaque de mère venue de Boston lui rendre visite. Je hochais la tête, souriais, écoutais et essayais de m'assurer, quand je me surprenais à le dévisager, que j'affichais l'air intéressé approprié, et pas cette expression fascinée et mélancolique qui disait « oh-mais-tu-lui-ressembles-tellement ».

— Et vous, alors, Louisa Clark ? Vous n'avez presque pas parlé de vous de toute la soirée. Comment se passent vos vacances ? Quand repartez-vous ?

Le boulot. Je m'aperçus avec un frisson que, la dernière fois que nous nous étions vus, j'avais menti sur qui j'étais. Et aussi que j'étais trop saoule à présent pour entretenir n'importe quel type de mensonge ou me sentir aussi honteuse de le confesser que j'aurais dû.

— Josh. Il faut que je vous dise quelque chose.

Il se pencha en avant.

— Ah… vous êtes mariée.

— Nan.

— Bon, c'est déjà ça. Vous avez une maladie incurable ? Il ne vous reste que quelques semaines à vivre ?

Je secouai la tête.

— Vous vous ennuyez ? Vous vous ennuyez. Vous aimeriez pouvoir discuter avec quelqu'un d'autre maintenant ? Je comprends. C'est à peine si j'ai arrêté de parler pour respirer.

Je me mis à rire.

— Non, pas ça. Vous êtes de très bonne compagnie. (Je baissai les yeux vers mes pieds.) Je… ne suis pas ce que je vous ai dit. Je ne suis pas une amie anglaise d'Agnes. Je n'ai raconté ça que parce qu'elle avait besoin d'une alliée au Bal jaune. Je… Eh bien, je suis son assistante. Je ne suis qu'une assistante.

Quand je levai les yeux, il m'observait fixement.

— Et ?

Ce fut à mon tour de le dévisager. De petits éclats dorés parsemaient ses yeux.

— Louisa. Vous êtes à New York. Tout le monde se fait mousser. N'importe quel guichetier de banque est vice-président junior. Tous les barmans ont une maison de production. Je m'étais douté que vous travailliez pour Agnes étant donné votre empressement à la suivre partout. Aucun ami ne ferait ça. À moins d'être vraiment stupide. Ce que vous n'êtes clairement pas.

— Et ça ne vous dérange pas ?

— Non, je suis juste soulagé que vous ne soyez pas mariée. À moins que vous ne le soyez. Cette partie n'était pas un mensonge aussi, si ?

Il m'avait pris la main. Je sentis l'air se dilater brièvement dans ma poitrine, et je dus avaler ma salive avant de répondre.

— Non. Mais j'ai un petit ami.

Il garda les yeux plongés dans les miens, attendant peut-être la chute, puis lâcha ma main avec réticence.

— Ah. Eh bien, quel dommage. (Il se recula sur sa chaise et se cala contre le dossier avant de boire une gorgée de sa boisson.) Et comment se fait-il qu'il ne soit pas ici ?

— Il vit en Angleterre.

— Va-t-il venir vous rejoindre ?

— Non.

Il fit une grimace, celle qu'on affiche quand on pense que quelqu'un fait quelque chose de stupide, mais qu'on ne veut pas le dire tout haut. Il haussa les épaules.

— Alors, nous pouvons être amis. Vous savez qu'ici, sortir avec quelqu'un n'engage à rien, n'est-ce pas ? Ça n'a pas besoin de signifier quoi que ce soit. Je serai votre *escort* incroyablement séduisant.

— Quand vous parlez de sortir avec quelqu'un, vous voulez dire coucher ?

— Waouh ! Vous, les Anglaises, vous ne mâchez pas vos mots.

— Je ne veux simplement pas vous mener en bateau.

— Vous m'avertissez qu'il ne s'agira pas d'une amitié avec option lit double. D'accord, Louisa Clark. J'ai compris.

J'essayai en vain de me retenir de sourire.

— Vous êtes très mignonne, ajouta-t-il. Et vous êtes drôle. Et directe. Et différente de toutes les filles que j'ai rencontrées.

— Et vous êtes absolument charmant.

— C'est parce que je suis un petit peu ébloui.

— Et moi, un peu saoule.

— Oh, maintenant, je suis blessé. Vraiment blessé.

Il posa une main sur son cœur.

C'est à ce moment-là que, tournant la tête, je vis que Nathan me regardait. Il haussa imperceptiblement un sourcil, puis se tapota le poignet, me faisant signe qu'il était tard. Cela suffit à me ramener à la réalité.

— Vous savez… il va falloir que j'y aille. Je commence tôt demain.

— Je suis allé trop loin. Je vous ai effrayée.

— Oh, il en faut plus pour me faire peur. Mais j'ai une journée délicate qui m'attend. Et mon jogging matinal coince un peu après plusieurs bières et une tequila pour les faire passer.

— Vous m'appellerez ? Pour une bière platonique ? Histoire que je puisse penser un peu à vous ?

— Mmm. Je vais y réfléchir, dis-je en souriant.

Il éclata de rire.

— Je suis sérieux. Appelez-moi.

En partant, je sentis ses yeux dans mon dos jusqu'à ce que j'atteigne la sortie. Tandis que Nathan hélait un taxi jaune, je me tournai juste au moment où la porte se refermait. J'eus à peine le temps de l'apercevoir dans l'entrebâillement, mais ce fut suffisant pour constater qu'il me regardait toujours. Et souriait.

J'appelai Sam.

— Hey…, dis-je quand il décrocha.

— Lou ? Mais pourquoi je pose la question ? Qui d'autre me téléphonerait à 4 h 45 du matin ?

— Qu'est-ce que tu fais ?

Je m'allongeai sur le dos sur mon lit et me débarrassai de mes chaussures, qui tombèrent sur la moquette.

— Je viens de rentrer du boulot. Je lis. Comment ça va ? Tu as l'air toute gaie.

— J'étais dans un bar. Dure journée. Mais je me sens beaucoup mieux maintenant. J'avais juste envie d'entendre ta voix. Parce que tu me manques. Et que tu es mon petit ami.

— Et que tu es saoule.

Il rit.

— Peut-être. Tu disais que tu étais en train de lire ?

— Ouaip. Un roman.

— Vraiment ? Je croyais que tu ne lisais jamais de fiction.

— Oh, c'est Katie qui me l'a passé. Elle est persuadée que je vais adorer. Je n'ai pas envie de me coltiner un interrogatoire si je ne le finis pas.

— Elle t'offre des livres maintenant ?

Je me redressai, ma bonne humeur soudain envolée.

— Pourquoi ? Qu'est-ce que ça veut dire, qu'elle m'achète un livre ?

Il semblait légèrement amusé.

— Ça veut dire que tu lui plais.

— Pas du tout.

— Si, carrément. (L'alcool m'avait désinhibée et je sentis les mots venir avant de pouvoir les retenir.) Si une femme essaie de te faire lire quelque chose, c'est parce que tu lui plais. Elle veut entrer dans ta tête. Elle veut te faire penser à un truc précis.

Je l'entendis pouffer.

— Et si c'est un manuel de mécanique moto ?

— Ça compte aussi. Parce que ça voudrait dire qu'elle essaie de te montrer le genre de nana cool, sexy et fan de moto qu'elle est.

— Eh bien, ce n'est pas sur les motos. C'est un truc français.

— Français ? Ça sent mauvais. Quel est le titre ?

—*Madame de*…

—*Madame de* quoi ?

—Juste *Madame de*… Ça parle d'un général, d'une paire de boucles d'oreilles et…

—Et quoi ?

—Il a une liaison.

—Elle te fait lire des livres sur des Français qui ont des liaisons ? Oh là là, tu lui plais trop !

—Tu te trompes, Lou.

—Je sais reconnaître quelqu'un qui cherche à séduire, Sam.

—Vraiment ?

Dans sa voix commençait à percer la fatigue.

—Eh bien, un homme m'a fait des avances ce soir. Je savais que je lui plaisais. Donc, je lui ai dit direct que j'étais avec quelqu'un. J'ai coupé court.

—Oh, vraiment ? Et c'était qui, alors ?

—Il s'appelle Josh.

—*Josh*. S'agit-il, par hasard, du même Josh que celui qui t'a appelée quand nous étions à l'aéroport ?

Même dans mon léger état d'ébriété, j'avais commencé à me rendre compte que cette conversation était une mauvaise idée.

—Oui.

—Et tu l'as, par hasard, rencontré dans un bar…

—Oui ! J'étais avec Nathan. Et je lui suis littéralement rentrée dedans en sortant des toilettes.

—Et qu'est-ce qu'il a dit ?

Il y avait une légère tension dans sa voix.

—Il… il a dit que c'était dommage.

—Et ça l'est ?

—Quoi ?

—Dommage ?

Il y eut un bref silence. Soudain, je me sentis affreusement dégrisée.

—Je te répète juste ce qu'il a dit. Je suis avec toi, Sam. Je ne cherche qu'à illustrer le fait que je sais quand je plais à quelqu'un et comment j'ai mis les choses au clair avant qu'il ne puisse se faire des illusions. Une idée que tu sembles avoir du mal à saisir.

—Non. Moi, j'ai l'impression que tu m'appelles au milieu de la nuit pour me harceler au sujet de ma partenaire qui m'a prêté un livre, alors que ça ne te pose pas de problème de passer une soirée dans un bar avec ce Josh à parler de relations amoureuses. Putain. Tu ne voulais même pas admettre que nous étions ensemble jusqu'à ce que je t'y pousse. Et maintenant, tu discutes de choses intimes avec un mec que tu as rencontré dans un bar. *Si* tu l'as vraiment croisé par hasard dans un bar.

—Ça m'a pris du temps, Sam ! Je ne pensais pas que c'était sérieux pour toi !

—Ça t'a pris du temps parce que tu étais encore amoureuse du souvenir d'un autre mec. Un mec mort. Et maintenant, tu es à New York parce que, eh bien... parce qu'il voulait que tu y ailles. Donc, je ne comprends vraiment pas pourquoi tu pars en vrille et que tu te mets à te faire des films avec Katie. Ça ne t'a jamais posé de problème que je passe du temps avec Donna.

—Parce que Donna n'en pinçait pas pour toi.

—Mais tu ne connais même pas Katie ! Comment pourrais-tu savoir si elle en pince pour moi ou pas ?

—J'ai vu les photos !

—Quelles photos ? explosa-t-il.

Je fermai les yeux. Quelle idiote !

—Sur sa page Facebook. Elle a des photos. De toi et elle. (J'avalai ma salive.) Une photo.

Un long silence s'installa. Le genre qui signifie : « Tu plaisantes ? » Le genre de silence inquiétant qui s'éternise quand quelqu'un revoit sans rien dire l'idée qu'il avait de vous. Quand Sam reprit la parole, sa voix était grave et maîtrisée.

—Cette discussion est ridicule et il faut que je dorme.

—Sam, je...

—Va te coucher, Lou. On se rappelle plus tard.

Et il raccrocha.

Chapitre 13

Je dormis à peine cette nuit-là, la tête pleine de toutes les choses que j'aurais aimé dire ou ne pas dire. Je fus réveillée, défaite, par des coups frappés à ma porte. Je descendis maladroitement de mon lit et ouvris le battant pour trouver Mme De Witt debout sur le seuil de ma chambre en peignoir. Ni maquillée ni coiffée, elle semblait minuscule et frêle, et son visage était déformé par l'angoisse.

— Oh, vous êtes là, dit-elle, comme si j'aurais pu être ailleurs. Venez. Venez. J'ai besoin de votre aide.

— Qu-quoi ? Qui vous a laissée entrer ?

— Le grand. L'Australien. Venez. Pas de temps à perdre.

Je me frottai les yeux, luttant pour me réveiller.

— Il m'a déjà aidée par le passé, mais cette fois, il ne peut pas laisser M. Gopnik. Oh, quelle importance ? J'ai ouvert ma porte ce matin pour sortir ma poubelle et Dean Martin s'est enfui. Il est quelque part dans l'immeuble, mais je ne sais absolument pas où. Je n'arriverai pas à le retrouver toute seule. (Elle s'exprimait d'une voix chevrotante et impérieuse, et ses mains voletaient autour de sa tête.) Dépêchez-vous, dépêchez-vous. J'ai peur que quelqu'un n'ouvre les portes en bas et qu'il ne sorte sur le trottoir. (Elle se tordit les mains.) Il n'est pas bon à grand-chose tout seul dehors. Et quelqu'un pourrait le voler. C'est un chien de race avec pedigree, vous savez.

J'attrapai mes clés et la suivis dans le couloir, toujours en tee-shirt.

— Où avez-vous déjà regardé ?

— Eh bien, nulle part, ma chère. Marcher n'est pas mon fort. C'est pour cela que j'ai besoin de vous. Je vais chercher ma canne.

Elle me lança un regard, comme si j'avais dit quelque chose de particulièrement stupide. Je soupirai et essayai d'imaginer ce que je ferais si j'étais un petit carlin aux yeux de traviole avec des envies inattendues de liberté.

— Je n'ai que lui. Vous devez le retrouver.

Elle se mit à tousser, à croire que ses poumons ne supportaient pas la tension.

— Je vais commencer par le hall d'entrée.

Je me précipitai au rez-de-chaussée, partant du principe qu'il y avait peu de chances que Dean Martin ait pu prendre l'ascenseur, et scrutai le hall en quête d'un petit chien colérique. Vide. Pas étonnant : en consultant ma montre, je remarquai avec consternation qu'il n'était pas encore 6 heures. Je me penchai derrière et sous le comptoir de la réception, puis courus jusqu'au bureau d'Ashok, que je trouvai fermé à clé. Pendant tout ce temps, j'appelai Dean Martin d'une voix douce, me sentant un peu stupide. Aucun signe du chien. Je remontai l'escalier en courant et fis la même chose à notre étage, vérifiant au cas où dans la cuisine et les couloirs du fond. Rien. Puis, je recommençai aux deuxième, troisième et quatrième étages, avant de me dire que, si j'étais moi-même hors d'haleine, les chances pour qu'un petit carlin dodu parvienne à gravir autant de volées de marches à cette vitesse étaient maigres. Soudain, j'entendis dehors le crissement familier du camion poubelle. Et je songeai à notre vieux chien et à sa tolérance spectaculaire – voire son goût prononcé – pour les odeurs les plus répugnantes qu'on puisse imaginer.

Je me dirigeai aussitôt vers l'entrée de service. Là, fasciné, se tenait Dean Martin, la bave aux lèvres. Il regardait les éboueurs tirer et pousser les poubelles puantes jusqu'à leur camion. Je m'approchai de lui doucement, mais il y avait un tel raffut et il était si concentré sur les ordures qu'il ne m'entendit pas, jusqu'à l'exact moment où je me baissai et l'attrapai.

Avez-vous déjà tenu dans vos bras un carlin furibard ? Je n'ai jamais rien senti se débattre avec une telle détermination depuis le jour où j'ai dû plaquer Thom, alors âgé de deux ans, sur un canapé pendant que ma sœur extrayait une bille baladeuse de sa narine gauche. Coincé sous mon bras, Dean Martin se jetait de droite à gauche, les yeux injectés de sang, écarquillés de rage, ses jappements outragés emplissant l'immeuble silencieux. Je dus passer les deux bras autour de lui, la tête tournée de façon à rester hors de portée de ses coups de mâchoire. J'entendis Mme De Witt appeler d'en haut :

— Dean Martin ? Est-ce bien lui ?

Faisant un effort surhumain pour ne pas le lâcher, je gravis la dernière volée de marches en vitesse, pressée de le rendre à sa maîtresse.

— Je l'ai eu ! haletai-je.

Mme De Witt s'avança, les bras tendus. Elle avait une laisse prête et l'accrocha à son collier au moment où je me baissai pour le déposer à terre. C'est alors que, à une vitesse étonnante pour sa taille et son gabarit, il fit volte-face et me planta ses dents dans la main gauche.

Si les aboiements du chien n'avaient pas déjà réveillé tout le monde dans l'immeuble, mon hurlement s'en serait probablement chargé. En tout cas, il fut assez puissant pour surprendre Dean Martin au point de lui faire lâcher prise. Pliée en deux, la main plaquée sur le ventre, je jurai, le sang perlant déjà de la blessure.

— Votre chien m'a mordue ! Il m'a mordue, putain de merde !

Mme De Witt prit une inspiration en se redressant légèrement.

— Voyons, ça n'a rien d'étonnant, étant donné la façon dont vous le serriez. Il était probablement dans une position terriblement inconfortable !

Elle fit entrer son chien chez elle, où il continua de gronder à mon intention en montrant les dents.

— Là, vous voyez ? poursuivit-elle en le désignant d'un geste. Vos cris lui ont fait peur. Il est perturbé, maintenant. Si vous voulez vous y prendre correctement avec un chien, il faut vous renseigner sur l'espèce canine.

Je restai sans voix. Bouche bée, façon dessin animé. C'est à ce moment que M. Gopnik, en pantalon de survêtement et tee-shirt, ouvrit la porte à toute volée.

— Qu'est-ce que c'est que ce vacarme ? aboya-t-il en sortant dans le couloir.

Je fus effrayée par la férocité de sa voix. Il embrassa la scène du regard : moi en tee-shirt et culotte, agrippant ma main sanguinolente, et la vieille dame dans son peignoir, avec le chien claquant des mâchoires à ses pieds. Derrière M. Gopnik, j'aperçus Nathan en uniforme, s'épongeant le visage avec une serviette.

— Que se passe-t-il, bon sang ?

— Oh, demandez-le donc à cette misérable. C'est elle qui a commencé. (Mme De Witt se pencha pour reprendre Dean Martin dans ses bras maigres, puis agita un doigt en direction de M. Gopnik.) Et, en matière de vacarme, ne vous avisez pas de me faire la leçon, jeune homme. Avec toutes ces allées et venues, votre appartement ne vaut guère mieux qu'un casino de Las Vegas. Je suis sidérée que personne ne se soit plaint auprès de M. Ovitz.

Puis, la tête haute, elle lui tourna le dos et claqua la porte de son appartement.

M. Gopnik cligna deux fois des yeux, lança un rapide regard dans ma direction, puis vers la porte fermée. Il y eut un court silence. Et, à ma grande surprise, il éclata de rire.

— « Jeune homme » ! Eh bien, dit-il en secouant la tête, cela faisait longtemps qu'on ne m'avait pas appelé comme ça. (Il se tourna vers Nathan, toujours derrière lui.) Vous devez être vraiment doué.

Une voix étouffée monta des profondeurs de l'appartement de la vieille dame.

— Ne vous flattez donc pas, Gopnik !

M. Gopnik m'envoya en voiture avec Garry me faire vacciner contre le tétanos par son médecin. Je patientai dans une salle d'attente qui ressemblait au salon d'un hôtel de luxe et fus reçue par un médecin iranien d'une cinquantaine d'années, qui se révéla probablement la personne la plus attentionnée que j'aie jamais rencontrée. Quand je jetai un coup d'œil à la facture, que la secrétaire de M. Gopnik se chargerait de payer, j'oubliai complètement la morsure et envisageai de m'évanouir à la place.

Agnes avait déjà été mise au courant à mon retour. J'étais apparemment le sujet de conversation de tout l'immeuble.

— Vous devriez la poursuivre en justice ! Cette vieille femme est une horrible enquiquineuse. Et ce chien est tout simplement dangereux. Je ne suis pas certaine que ce soit prudent de vivre dans le même immeuble. Vous avez besoin de prendre votre journée ? Si vous le souhaitez, je lui envoie mon avocat pour exiger d'être dédommagée.

Je ne dis rien, ruminant ma rancœur vis-à-vis de Mme De Witt et de Dean Martin.

— Aucune bonne action ne reste impunie, hein ? me lança Nathan quand je tombai sur lui dans la cuisine. (Il souleva ma main et examina le bandage.) La vache... Ce roquet est enragé.

Pourtant, même si je me sentais assez furieuse contre elle, je ne cessais de repenser à ce que Mme De Witt m'avait dit quand elle était venue me trouver dans ma chambre : « Je n'ai que lui. »

Bien que, cette semaine-là, Tabitha ait regagné ses pénates, l'humeur dans l'appartement demeura morose, feutrée, et marquée par d'occasionnelles explosions. M. Gopnik disparut encore de longues heures à son bureau pendant qu'Agnes passait une bonne partie du temps à discuter au téléphone avec sa mère. La crise couvait. Ilaria brûla l'un des chemisiers favoris d'Agnes – un vrai accident, me sembla-t-il, étant donné que cela faisait des semaines qu'elle se plaignait des boutons de contrôle de la température du nouveau fer à repasser. Quand Agnes l'accusa en hurlant d'être déloyale – une traîtresse, une *suka* dans sa propre maison – et lui jeta le vêtement abîmé au visage, Ilaria explosa et annonça à M. Gopnik qu'elle ne pouvait plus rester chez eux, que c'était impossible, que personne n'aurait pu travailler aussi dur pour si peu de reconnaissance pendant toutes ces années. Elle ne le supportait plus et lui donnait sa démission. M. Gopnik inclina la tête et, à force de mots doux pleins d'empathie, parvint à l'en dissuader (peut-être la soudoya-t-il aussi). Agnes ne manqua pas de considérer son intervention comme une trahison. Elle claqua sa porte suffisamment fort pour faire tomber le second petit vase chinois sur la table de l'entrée, qui vola en éclats dans un tintement musical. Elle passa ensuite toute la soirée à pleurer dans son dressing.

Quand je la retrouvai le lendemain matin, Agnes était assise à côté de son mari à la table du petit déjeuner, la tête sur son épaule, buvant les paroles qu'il lui murmurait à l'oreille, leurs doigts entremêlés. Elle présenta solennellement ses excuses à Ilaria devant son mari souriant – mais, dès qu'il fut parti travailler, elle jura furieusement en polonais, et continua tout le long de notre course autour de Central Park.

Ce soir-là, elle annonça qu'elle partait passer un long week-end en Pologne pour voir sa famille, et je me sentis vaguement soulagée quand je compris qu'elle ne souhaitait pas que je l'accompagne. Parfois, j'étouffais dans cet appartement, aussi gigantesque soit-il, à force de subir les humeurs changeantes d'Agnes ainsi que les tensions entre elle et son mari, Ilaria et la famille de M. Gopnik. La perspective de quelques jours toute seule me faisait l'effet d'une oasis.

— Que souhaiteriez-vous que je fasse pendant votre absence ? lui demandai-je.

— Rien ! Profitez ! Reposez-vous ! dit-elle, tout sourire. Vous êtes mon amie, Louisa ! Je crois que vous devez vous amuser pendant que je ne suis pas là. Oh, je suis heureuse de retrouver ma famille. Si heureuse. (Elle joignit les mains.) La Pologne, c'est tout ! Pas le moindre gala de bienfaisance à l'horizon ! Je suis si contente.

Je me rappelai à quel point il lui coûtait de passer ne serait-ce qu'une seule nuit séparée de son mari quand j'avais débuté chez eux. Avant de repousser cette idée.

Quand je regagnai la cuisine, encore étonnée par ce changement, je trouvai Ilaria en train de faire le signe de croix.

— Vous vous sentez bien, Ilaria ?

— Je prie, dit-elle sans lever les yeux de sa poêle.

— Tout va bien ?

— Oui, bien. Je prie que cette *puta* ne revienne jamais.

J'envoyai un mail à Sam, avec le germe d'une idée qui m'emplit d'excitation. Je l'aurais volontiers appelé, mais je n'avais pas eu de nouvelles depuis notre dernière conversation téléphonique, et je craignais qu'il ne soit encore énervé contre moi. Je lui expliquai que je me retrouvais à l'improviste avec un week-end de trois jours, que j'avais recherché des billets d'avion et que j'envisageais de faire une folie et de me prendre un aller-retour pour l'Angleterre. Qu'en pensait-il ? À quoi servait un salaire, sinon ? Je signai avec un smiley, un emoji d'avion, des cœurs et des baisers.

La réponse arriva dans l'heure.

Désolé, je travaille à fond tout le week-end et j'ai promis à Jake de l'emmener samedi soir à l'O2 voir un concert. C'est une idée sympa, mais ce week-end, ça tombe mal. Baisers. Sam

Je contemplai le mail en essayant de repousser l'impression d'avoir reçu un seau d'eau froide sur la tête. « C'est une idée sympa. » Une balade au parc lui aurait fait autant d'effet.

— Est-il en train de m'oublier ?

Nathan relut le mail.

— Non. Il t'explique qu'il est occupé et que ce n'est pas un bon moment pour débarquer par surprise.

— Il m'oublie. Il n'y a rien dans ce mail. Pas d'amour, pas de… *désir.*

— Ou bien il était en route pour le boulot quand il l'a écrit. Ou aux chiottes. Ou en train de parler à son patron. C'est juste un mail de mec.

Je n'y croyais pas une minute. Je connaissais Sam. Je relus ces quelques lignes sans relâche, disséquant le moindre mot, traquant l'intention cachée. Je me connectai à Facebook, m'en voulant aussitôt, pour voir si Katie Ingram avait annoncé un plan particulier pour le week-end. Je fus contrariée de constater qu'elle n'avait rien posté – exactement ce que vous feriez si vous projetiez de séduire le petit copain ambulancier canon de quelqu'un d'autre. Puis, je respirai un grand coup avant de rédiger ma réponse à Sam. Enfin, plusieurs, mais voici celle pour laquelle j'optai :

Pas de problème. C'était à tout hasard. Amusez-vous bien avec Jake. Baisers. L.

J'appuyai sur « envoyer » en m'émerveillant de la distance qu'il pouvait y avoir entre le contenu d'un mail et ce que vous ressentiez réellement.

Agnes partit le jeudi dans la soirée, chargée de cadeaux. Après l'avoir saluée avec force gestes de la main et grands sourires, je m'effondrai devant la télévision.

Le vendredi matin, j'allai voir une exposition sur les costumes d'opéra chinois au Met Costume Institute et passai une heure à admirer les robes aux broderies complexes et aux couleurs vives, l'éclat miroitant des soieries. De là, inspirée, je gagnai la 37e Ouest avec l'intention de chiner dans des boutiques de tissus et des merceries repérées la semaine précédente. Il faisait frais en cette journée d'octobre, on sentait que l'hiver approchait. Je pris le métro, dont je savourai la chaleur crasseuse et étouffante. Puis, je passai une heure à examiner les présentoirs, à me perdre parmi les coupons de tissus imprimés. J'avais décidé d'assembler ma propre planche de tendances, que je montrerais à Agnes à son retour. Je recouvrirais la petite méridienne et les coussins de couleurs vives et gaies – des verts jade et des roses, de magnifiques imprimés perroquets et ananas, loin des tissus damassés et des rideaux aux teintes fades que des décorateurs d'intérieur hors de prix ne cessaient de lui proposer – les couleurs de la première Mme Gopnik. Agnes devait apposer sa marque dans l'appartement – quelque chose d'audacieux, de vivant et de magnifique. J'expliquai mon projet à la femme derrière le comptoir, qui m'indiqua une autre boutique dans East Village, où l'on trouvait des vêtements de seconde main et, dans ses profondeurs, des rouleaux de tissus vintage.

La devanture n'était guère prometteuse – une façade crasseuse des années 1970 qui annonçait « Grand magasin de vêtements vintage, toutes les décennies, tous les styles, prix bas garantis ». Mais, une fois à l'intérieur, je restai pétrifiée. La boutique était un entrepôt rempli de portants de vêtements répartis en différentes sections, signalées par des pancartes sur lesquelles on pouvait lire : « Années 1940 », « Années 1960 », « Vêtements dont sont faits les rêves » et « Coin des bonnes affaires : pas de honte dans une couture déchirée ». Il flottait dans l'air une odeur musquée, mélange de parfums vieux de dizaines d'années, d'effluves de fourrure mangée par les mites et de soirées depuis longtemps oubliées. Je la respirai comme de l'oxygène, avec l'impression d'avoir retrouvé une partie de moi-même dont j'avais été amputée sans même m'en rendre compte. Je flânai dans la boutique, essayant des brassées de vêtements de couturiers dont je n'avais jamais entendu parler, leurs noms comme les échos chuchotés d'une époque depuis longtemps oubliée – Tailored by Michel, Fonseca of New Jersey, Miss Aramis –, laissant courir mes doigts sur des coutures invisibles, pressant des soies chinoises et des mousselines contre ma joue. J'aurais pu m'acheter une dizaine de vêtements, mais je me décidai finalement pour une robe de cocktail ajustée bleu sarcelle avec d'énormes manchettes en fourrure et un col danseuse (je me convainquis que la fourrure ne comptait pas si elle datait des années 1950), une salopette en jean vintage et une chemise à carreaux qui me donna envie d'aller abattre un arbre, ou peut-être de monter sur un cheval dont la queue fouetterait l'air. J'aurais pu rester là toute la journée.

— Je convoite cette robe depuis si longtemps, m'annonça la fille au comptoir quand je la posai devant elle. (Elle était lourdement tatouée, avait des cheveux teints en noir retenus en un énorme chignon et les yeux soulignés de khôl.) Mais impossible d'y faire entrer mes fesses. En tout cas, elle vous va à merveille.

Elle avait une voix de fumeuse, rauque et incroyablement cool.

— Je n'ai aucune idée de quand j'aurai l'occasion de la porter, mais il me la faut.

— C'est exactement l'effet que me font les fringues. Elles vous parlent, non ? Cette robe n'a pas arrêté de me crier : « Achète-moi, espèce d'idiote ! Et arrête de te goinfrer de chips ! »

Elle la caressa.

— Bye bye, mon amie bleue. Désolée de t'avoir déçue.

— Votre boutique est incroyable.

— Oh, on s'accroche. Malmenées par les vents cruels des augmentations de loyer et les habitants de Manhattan qui préfèrent aller chez *TJ Maxx* plutôt que d'acheter quelque chose d'original et de beau. Regardez-moi la qualité. (Elle dégagea la doublure de la robe et désigna les minuscules points des coutures.) Vous croyez que vous allez obtenir un travail pareil dans un atelier de misère en Indonésie ? Il n'y a pas une femme dans tout l'État de New York qui possède une robe comme celle-ci. (Elle haussa les sourcils.) À part vous, miss Grande-Bretagne. Et d'où vient cette beauté ?

Je portais un manteau militaire vert, dont mon père prétendait que l'odeur trahissait sa participation à la guerre de Crimée, avec un bonnet rouge, un short en tweed et des collants, et j'étais chaussée de mes Dr. Martens turquoise.

— J'adore votre look. Si un jour vous voulez vous débarrasser de ce manteau, je pourrais le vendre en moins de deux. (Elle claqua des doigts si fort que je reculai la tête, surprise.) Les manteaux militaires. On ne s'en lasse pas. J'en ai un rouge de l'infanterie que ma grand-mère jure avoir volé à un garde de Buckingham Palace. Je l'ai raccourci pour le transformer en *bumfreezer* – vous savez ce qu'est un *bumfreezer*, n'est-ce pas ? Vous voulez voir une photo ?

Oh, oui ! Nous avons donc fait connaissance autour de cette veste courte comme d'autres sympathisent autour de photos de bébés. Ma nouvelle copine s'appelait Lydia et vivait à Brooklyn. Elle et sa sœur, Angelica, avaient hérité la boutique de leurs parents sept ans plus tôt. Elles avaient une clientèle peu nombreuse mais fidèle, et se maintenaient à flot grâce aux visites de costumiers de la télévision ou du cinéma, qui achetaient des vêtements pour les mettre en pièces et les recycler. La plupart de leurs articles, m'expliqua-t-elle, provenaient de ventes aux enchères organisées pour des successions.

— La Floride est une mine d'or. Imaginez toutes ces grands-mères avec leurs énormes placards climatisés remplis de robes de cocktail des années 1950 dont elles n'ont jamais pu se convaincre de se débarrasser. Tous les deux mois, nous descendons en avion et refaisons nos stocks grâce à des familles en deuil… Mais ça devient de plus en plus difficile à cause de la concurrence. (Elle me donna une carte où figuraient leur site Internet et leur adresse mail.) Si un jour vous voulez vendre quelque chose, appelez-moi.

— Lydia, dis-je pendant qu'elle enveloppait mes achats dans du papier de soie et les glissait dans un sac. Je crois que je suis plus une acheteuse qu'une vendeuse. Mais merci. Votre boutique est formidable. Vous êtes formidable. Je me sens… comme chez moi.

— Vous êtes adorable.

Soudain, elle leva un index et disparut sous le comptoir. Elle se releva en brandissant une paire de lunettes de soleil vintage à monture bleu clair.

— Quelqu'un les a oubliées ici il y a des mois. J'allais les mettre en vente, mais je viens de penser qu'elles vous iraient à merveille, surtout avec cette robe.

— Je ne devrais pas, commençai-je. J'ai déjà dépensé…

— Chhhut. Cadeau. Comme ça, vous serez obligée de revenir. Voilà. N'êtes-vous pas adorable avec ?

Elle me tendit un miroir.

Je devais admettre qu'effectivement, j'étais adorable. Je remontai les lunettes sur mon nez.

— Eh bien, ceci est officiellement ma plus belle journée à New York. Lydia, je vous dis à la semaine prochaine ! J'ai l'intention de dépenser presque tout mon argent ici à partir de maintenant.

— Cool ! Voilà comment nous usons du chantage affectif pour convaincre nos clients de nous aider à survivre.

Elle alluma une Sobranie et me salua de la main.

Je passai l'après-midi à élaborer la planche de tendance et à essayer mes nouveaux vêtements. Soudain, il fut 18 heures et je me retrouvai assise sur mon lit à tambouriner des doigts sur mes genoux. Si la perspective d'avoir du temps pour moi m'avait jusque-là enchantée, la soirée se présentait telle une plaine morne et sans relief. J'envoyai un message à Nathan, qui se trouvait encore avec M. Gopnik, pour voir s'il avait envie d'aller manger un morceau plus tard. Cependant, il avait un rencard, ce qu'il me dit gentiment, mais d'une façon qui ne laissait aucun doute sur le fait qu'il ne tenait pas à ce que je vienne tenir la chandelle.

J'envisageai d'appeler Sam, mais j'avais cessé de croire que nos conversations téléphoniques se dérouleraient dans la réalité comme dans ma tête, et, bien que je ne cesse de jeter des coups d'œil au téléphone, mes doigts n'atteignirent jamais le clavier. Je pensai à Josh. Si je l'appelais pour lui proposer d'aller boire un verre, penserait-il que cela voulait dire quelque chose ? Puis, je me demandai si le fait que je veuille aller boire un verre avec lui signifiait effectivement quelque chose. Je consultai la page Facebook de Katie Ingram, mais elle n'avait rien posté de nouveau. Je me dirigeai vers la cuisine avant d'avoir pu commettre une autre bêtise et demandai à Ilaria si elle avait besoin d'aide pour préparer le dîner. Manquant de tomber à la renverse dans ses pantoufles noires, elle me toisa d'un air suspicieux pendant dix bonnes secondes.

— Vous voulez m'aider à préparer le dîner ?

— Oui, dis-je en souriant.

— Non, cracha-t-elle avant de se détourner.

Jusqu'à ce soir-là, je ne m'étais pas rendu compte que je connaissais bien peu de monde à New York. J'avais été si occupée depuis mon arrivée, et ma vie avait été tellement en orbite autour de celle d'Agnes, de son emploi du temps et de ses besoins qu'il ne m'était jamais venu à l'esprit que je ne m'étais fait aucun ami. Mais il y avait quelque chose dans un vendredi soir à New York sans projets qui vous faisait vous sentir… un peu comme un *loser*.

Je marchai jusqu'à mon restaurant japonais préféré et achetai une soupe miso et des sashimis que je n'avais encore jamais goûtés, en m'efforçant de ne pas penser : *De l'anguille ! Je mange de l'anguille !* Je bus une bière, puis m'allongeai sur mon lit, d'où j'entrepris de zapper d'une chaîne à l'autre tout en repoussant certaines pensées, notamment celles qui me ramenaient à Sam et à ce qu'il pouvait être en train de faire. Je songeai que j'étais à New York, le centre de l'univers, alors quelle importance si je passais mon vendredi soir chez moi ? Je me reposais simplement après une semaine de travail éprouvante. Je pouvais sortir n'importe quel soir de la semaine si j'en avais envie. Je me le répétai plusieurs fois. Et puis, mon téléphone tinta.

Encore en train d'explorer les meilleurs bars de NY ?

Je n'eus pas besoin de regarder qui était l'expéditeur. Quelque chose en moi se contracta brièvement. J'hésitai un instant, avant de répondre.

En fait, ce soir, je suis tranquille chez moi.

Que diriez-vous d'une bière amicale avec une victime de l'esclavage salarié et du monde des affaires ? Au moins, vous m'éviteriez de rentrer chez moi en mauvaise compagnie.

Un léger sourire flottant sur mes lèvres, je répondis :

Qu'est-ce qui vous fait croire que ma présence constituerait une défense ?

Êtes-vous en train d'insinuer que jamais personne ne nous imaginerait ensemble ? Comme c'est cruel…

Je voulais dire : qu'est-ce qui vous fait croire que je m'interposerais si vous souhaitiez ramener une femme chez vous ?

Le fait que vous répondiez à mes messages ? J

J'arrêtai de taper, me sentant soudain déloyale. Je contemplai mon téléphone. Sur l'écran, le curseur clignotait impatiemment. Pour finir, il écrivit :

J'ai tout gâché ? Je viens de tout gâcher, n'est-ce pas ? Bon sang, Louisa Clark. J'avais juste envie de boire une bière avec une jolie fille un vendredi soir et je m'étais préparé à ignorer le vague découragement qui accompagne l'idée qu'elle aime un autre homme. J'apprécie votre compagnie à ce point. Accordez-moi une bière. Une bière ?

Je m'adossai contre mes oreillers, pensive. Puis, je fermai les yeux et poussai un grognement. Enfin, je me redressai et répondis :

Je suis vraiment désolée, Josh. Je ne peux pas.

Mon message resta sans réponse. Je l'avais offensé. Je n'entendrais plus jamais parler de lui.

Mon téléphone tinta de nouveau.

OK. Bon, si je fais des bêtises, je vous enverrai un message à peine réveillé. Venez au moins me secourir en jouant les petites amies folles de jalousie. Préparez-vous à frapper fort. Ça marche ?

Je me rendis compte que je riais.

C'est le moins que je puisse faire. Passez une bonne soirée.

Vous aussi. Mais pas trop bonne quand même. La seule chose qui m'aide à tenir, là, tout de suite, c'est l'idée que vous regrettez secrètement de ne pas venir me rejoindre.

Effectivement, je le regrettais un peu. Bien sûr. Aucune fille normalement constituée ne peut enchaîner indéfiniment les épisodes de *The Big Bang Theory*. J'éteignis la télévision et contemplai le plafond, puis je pensai à mon petit ami à l'autre bout de la terre, et à un Américain qui ressemblait à Will Traynor et qui voulait passer du temps avec moi plutôt qu'avec une fille aux cheveux blonds ébouriffés qui donnait l'impression de porter un string à paillettes sous son uniforme. Je songeai à appeler ma sœur, mais je ne voulais pas réveiller Thom.

Pour la première fois depuis mon arrivée aux États-Unis, j'eus la sensation presque physique de me trouver au mauvais endroit, comme si j'étais attachée à des cordes qui me tiraient vers un lieu à des millions de kilomètres de là. À un moment, je me sentis si mal que, quand j'entrai dans ma salle de bains et découvris un gros cafard sur le lavabo, je ne criai pas comme à mon habitude, mais envisageai brièvement de l'apprivoiser, tel un personnage dans un livre pour enfants. Puis, je m'aperçus que j'étais officiellement en train de devenir folle et l'aspergeai d'insecticide.

À 22 heures, irritable et agitée, je me rendis à la cuisine et pris deux bières dans la réserve de Nathan. Je lui laissai un mot d'excuse sous sa porte, puis les bus l'une après l'autre, si vite que j'eus du mal à réprimer un énorme rot. Je me mis à culpabiliser vis-à-vis de ce pauvre cafard. Après tout, qu'est-ce qu'il m'avait fait ? Il se contentait de s'occuper de ses affaires de cafard… Peut-être s'était-il senti seul. Peut-être avait-il eu envie de devenir mon ami. Je me levai et allai jeter un coup d'œil sous le lavabo, où je l'avais envoyé d'un coup de pied, mais il était clairement mort. Ce constat me plongea dans une rage irrationnelle. Je ne me serais jamais crue capable de tuer des cafards. On m'avait menti à leur sujet. Je l'ajoutai à ma liste de raisons d'être en colère.

Je mis mes écouteurs et commençai à chanter d'une voix d'ivrogne des chansons de Beyoncé qui, je le savais, ne manqueraient pas de m'enfoncer un peu plus. Mais, bizarrement, je m'en fichais. J'ouvris le dossier « Images » de mon téléphone et fis défiler les quelques photos que j'avais de Sam et moi ensemble, tâchant d'évaluer la force de ses sentiments à la façon dont il passait son bras autour de moi ou penchait la tête vers la mienne. Je les examinai et essayai de me rappeler ce qui m'avait fait me sentir si sûre de nous, tellement en sécurité dans ses bras. Alors, je saisis mon ordinateur, ouvris un mail et entrai son nom dans la ligne du destinataire.

Je te manque toujours ?

Et je l'envoyai, comprenant, au moment où ma question disparaissait dans l'éther, que je m'étais condamnée à au moins vingt-quatre heures infernales, suspendue à ma boîte mail, en attente de sa réponse.

Chapitre 14

JE ME RÉVEILLAI LE CŒUR AU BORD DES LÈVRES – ET CE N'ÉTAIT pas à cause de la bière. En moins de dix secondes, la vague sensation de nausée atteignit une synapse et se connecta avec le souvenir de ce que j'avais fait la veille au soir. J'ouvris lentement l'écran de mon ordinateur et m'enfonçai les poings dans les yeux quand je découvris que, oui, je l'avais effectivement envoyé, et que, non, il n'avait pas répondu. Même après que j'eus actualisé quatorze fois ma boîte de réception.

Je restai quelques minutes en position fœtale, essayant de me débarrasser du nœud dans mon estomac. Puis, je songeai à l'appeler et à lui expliquer d'un ton léger que j'étais un peu pompette quand je lui avais envoyé ce message. Et que j'avais eu le mal du pays, et envie d'entendre sa voix, et tu sais, désolée… Mais il m'avait dit qu'il travaillerait toute la journée du samedi, ce qui signifiait qu'à cet instant précis, il était dans l'ambulance avec Katie Ingram. Je n'avais aucune envie d'avoir cette conversation avec elle à portée d'oreille.

Pour la première fois depuis que je travaillais pour les Gopnik, le week-end s'étirait devant moi tel un voyage interminable au milieu d'un paysage désolé.

Je fis donc ce que fait n'importe quelle fille quand elle est loin de chez elle et un peu triste : j'éventrai un paquet de Granola et appelai ma mère.

— Lou ? C'est toi ? Attends, j'allais laver les sous-vêtements de ton grand-père. Laisse-moi couper l'eau chaude.

J'entendis ma mère traverser la cuisine, le murmure de la radio au loin brusquement réduit au silence, et je fus instantanément transportée dans notre petite maison de Renfrew Road.

— Coucou ! Me revoilà ! Tout va bien ?

Elle semblait hors d'haleine. Je l'imaginai détacher son tablier derrière son dos. Elle l'enlevait toujours pour les coups de fil importants.

— Très bien ! Je n'ai pas eu une minute pour te parler convenablement. Aujourd'hui, je suis tranquille et j'ai eu envie de t'appeler.

— N'est-ce pas affreusement ruineux ? Je croyais que tu préférais communiquer par mail. Tu ne vas pas recevoir l'une de ces factures de mille livres, dis-moi ? J'ai vu toute une enquête à la télévision sur des gens qui se faisaient piéger en utilisant leur téléphone en vacances. Je ne voudrais pas que tu te retrouves à devoir vendre ton appartement en rentrant pour éponger tes dettes.

— J'ai vérifié les tarifs. Ça me fait plaisir de t'entendre, maman.

Elle était si manifestement heureuse de m'avoir au téléphone que je me sentis un peu honteuse de ne pas l'avoir appelée plus tôt. On ne pouvait plus l'arrêter. Elle me parla des cours de poésie auxquels elle comptait s'inscrire dès que grand-père irait mieux, des réfugiés syriens qui s'étaient installés au bout de la rue et auxquels elle donnait des leçons d'anglais.

— Bien évidemment, je ne comprends pas la moitié de ce qu'ils me disent, mais nous nous débrouillons en faisant des dessins, tu sais ? Zeinah – la mère – me cuisine toujours quelque chose pour me remercier. Tu n'imagines pas ce qu'elle arrive à faire avec de la pâte feuilletée. Ils sont absolument adorables.

Le nouveau médecin avait dit à papa qu'il devait perdre du poids. Grand-père entendait de moins en moins bien, et le volume de la télévision était mis si fort que, chaque fois qu'il l'allumait, elle manquait de se faire pipi dessus. Dymphna, qui habitait un peu plus bas dans la rue, allait avoir un bébé, et ils l'entendaient vomir du matin au soir. Assise sur mon lit, j'écoutais les nouvelles, me sentant étrangement réconfortée à l'idée que la vie suive son cours normalement quelque part ailleurs dans le monde.

— As-tu parlé à ta sœur ?

— Pas depuis une quinzaine de jours, pourquoi ?

Elle baissa la voix, comme si Treena se trouvait dans la pièce, et non à soixante kilomètres de sa cuisine.

— Elle a un homme dans sa vie.

— Oh, ouais, je sais.

— Tu sais ? Comment est-il ? Elle ne veut rien nous dire. Elle doit le voir deux ou trois fois par semaine maintenant. Dès que j'aborde le sujet, elle se met à fredonner en souriant. C'est vraiment *étrange*.

— Étrange ?

— De voir ta sœur sourire comme ça. Ça me perturbe beaucoup. Je veux dire, c'est charmant, bien sûr, mais je ne la reconnais plus. Lou, l'autre jour, je suis allée chez eux garder Thom pour qu'elle puisse sortir, et, quand elle est rentrée, elle *chantait*.

— Waouh !

— Je sais. Et presque juste, en plus. Quand j'en ai parlé à ton père, il m'a accusée de manquer de romantisme. Manquer de romantisme, moi ! Je lui ai rétorqué que seule une femme qui croyait vraiment en l'amour pouvait rester mariée après trente ans à récurer les caleçons de sa moitié.

— Maman !

— Seigneur, j'oubliais… Tu ne dois pas avoir encore pris ton petit déjeuner. Enfin. Bon. Si tu lui parles, essaie de lui soutirer des informations. Comment va ton homme, au fait ?

— Sam ? Oh… bien.

— Formidable. Il est passé à ton appartement une ou deux fois après ton départ. Je crois qu'il souhaitait seulement se rapprocher de toi, le brave garçon. Treena dit qu'il se traînait comme une âme en peine. Il cherchait des choses à réparer. Il est aussi venu déjeuner un dimanche. Là, ça fait un moment qu'on ne l'a pas vu.

— Il est très occupé, maman.

— Je n'en doute pas. Il fait le travail d'un homme et demi, non ? Bon, il faut que je te laisse raccrocher avant que ce coup de fil ne nous mette sur la paille. Je t'ai dit que je voyais Maria cette semaine ? L'employée des toilettes de ce charmant hôtel où nous avons logé en août dernier ? Je vais à Londres voir Treena et Thom vendredi, et avant je déjeune avec Maria.

— Dans les toilettes ?

— Ne dis pas de bêtises. Il y a un resto italien, près de Leicester Square, qui propose une formule midi tout à fait intéressante : deux plats de pâtes pour le prix d'un. Je ne me souviens pas du nom. Maria est très difficile ; d'après elle, la propreté de la cuisine d'un restaurant se mesure à la propreté des toilettes. Apparemment, la fréquence de nettoyage de celui-ci est tout à fait satisfaisante. Une fois par heure, à heure fixe. Et toi, comment vas-tu ? Comment se passe ta vie palpitante sur la 5e Rue ?

— Avenue. Cinquième Avenue, maman. C'est super. Tout est… extraordinaire.

— N'oublie pas de m'envoyer des photos. J'ai montré celle de toi au Bal jaune à Mme Edwards, et elle a dit que tu ressemblais à une vedette de cinéma. Elle n'a pas précisé laquelle, mais je sais que c'était un compliment. Je disais à ton père que nous devrions aller te rendre visite avant que tu ne deviennes trop célèbre pour nous reconnaître.

— Comme si ça risquait d'arriver…

— Nous sommes terriblement fiers, mon chou. Je n'en reviens toujours pas d'avoir une fille qui fréquente la haute société new-yorkaise, roule en limousine et fréquente des hommes raffinés.

Je lançai un regard circulaire à ma petite chambre, avec son papier des années 1980 et le cadavre du cafard sous le lavabo.

— Ouais, dis-je. J'ai vraiment beaucoup de chance.

Je m'habillai, essayant de ne pas penser au fait que Sam ne passait plus à mon appartement pour se sentir plus proche de moi ni à ce que cela voulait dire. Je bus un café et descendis. J'allais retourner au *Grand Magasin du Vintage*. Lydia ne verrait sûrement pas d'inconvénient si je me contentais de fouiner.

Je choisis soigneusement ma tenue – un chemisier style chinois turquoise avec une jupe-culotte en laine noire et une paire de ballerines rouges. Il me suffisait de me créer un look qui n'impliquait ni polo ni pantalon en nylon pour me sentir complètement moi-même. Je me fis deux nattes, que je nouai avec un petit ruban rouge, et complétai l'ensemble avec les lunettes que Lydia m'avait offertes et des boucles d'oreilles en forme de statue de la Liberté, auxquelles je n'avais pas pu résister en passant devant un stand de souvenirs et de breloques pour touristes.

En descendant l'escalier, j'entendis des éclats de voix dans le hall. Je me demandai ce qui arrivait encore à Mme De Witt, mais je me rendis compte que les cris provenaient d'une jeune femme d'origine indienne et qui semblait décidée à fourrer un petit enfant dans les bras d'Ashok.

— Tu m'avais dit que j'aurais ma journée. Tu avais promis. Je dois aller manifester !

— Je ne peux pas, bébé. Vincent n'a pas pu venir. Ils n'ont personne pour surveiller le hall.

— Alors, tes enfants n'ont qu'à rester là pendant ce temps. Je vais à cette manifestation, Ashok. Ils ont besoin de moi.

— Je ne peux pas garder les enfants ici !

— La bibliothèque va *fermer*, bébé. Tu comprends ça ? Tu sais que c'est le seul endroit climatisé où je peux aller l'été ? Et le seul endroit où je me sente saine d'esprit. Dis-moi où, sinon, je suis censée emmener ces enfants quand je suis seule avec eux dix-huit heures par jour.

Ashok leva les yeux et m'aperçut.

— Oh, bonjour, mademoiselle Louisa.

La femme se retourna. Je ne sais pas très bien à quoi j'imaginais que l'épouse d'Ashok ressemblerait, mais pas à cette femme à l'air farouche en jean et bandana, et aux longs cheveux bouclés qui lui dégringolaient dans le dos.

— Bonjour.

— Bonjour. (Elle se détourna.) Cette discussion est close, bébé. Tu m'avais dit que j'aurais la journée de samedi. Je vais manifester pour défendre une infrastructure publique précieuse. Point final.

— Il y a une autre manif' la semaine prochaine !

— Nous devons maintenir la pression ! Les conseillers municipaux votent les budgets ces jours-ci ! Si nous ne descendons pas dans la rue maintenant, les chaînes d'information locales n'en parleront pas et ils croiront que tout le monde s'en contrefout. Tu sais comment fonctionnent les relations publiques, bébé ? Tu sais comment fonctionne le *monde* ?

— Je risque de perdre mon travail si mon boss se pointe ici et découvre trois enfants. Mais si, je t'aime, Nadia. Je t'aime vraiment. Ne pleure pas, mon chou. (Il tourna la tête vers la petite dans ses bras et embrassa sa joue mouillée.) Papa doit juste faire son travail aujourd'hui.

— J'y vais, bébé. Je serai de retour en début d'après-midi.

— Je t'interdis de partir. Je t'interdis... Eh !

Elle partit, les mains en l'air comme pour repousser toute protestation. En sortant de l'immeuble, elle se baissa pour attraper une pancarte qu'elle avait laissée près de la porte. Parfaitement synchronisés, les trois enfants se mirent à pleurer en chœur. Ashok jura entre ses dents.

— Merveilleux ! Et maintenant ?

— Je peux m'en occuper, lançai-je avant même de savoir ce que je faisais.

— Quoi ?

— Il n'y a personne à l'appartement. Je peux les emmener là-haut.

— Vous êtes sérieuse ?

— Ilaria va voir sa sœur le samedi. M. Gopnik est à son club. Je n'ai qu'à les mettre devant la télé. Ça ne doit pas être si compliqué que ça...

Il me regarda.

— Vous n'avez pas d'enfants, n'est-ce pas, mademoiselle Louisa ? (Il se reprit.) Mais, bon sang, vous me sauveriez la vie. Si M. Ovitz passe et me voit avec ces trois-là, il me renverra avant d'avoir eu le temps de dire, euh...

Il réfléchit un instant.

— « Vous êtes viré » ? proposai-je.

— Exactement. OK, laissez-moi vous accompagner à l'étage, et je vous expliquerai qui est qui et qui aime quoi. Eh, les enfants, vous allez partir à l'aventure là-haut avec Mlle Louisa ! Carrément cool, hein ?

Trois enfants au visage baigné de larmes et barbouillé de morve me regardèrent. Je leur adressai un sourire joyeux. Et là, tous en chœur, ils éclatèrent en sanglots de plus belle.

Si vous vous trouvez un jour en proie à la mélancolie, loin de votre famille et doutant un peu de la personne que vous aimez, je vous recommande chaudement d'avoir à veiller sur trois petits inconnus, dont au moins deux pas encore en âge d'utiliser les toilettes. L'expression « vivre dans l'instant » n'a réellement pris tout son sens pour moi qu'au moment où je me suis retrouvée à courir après un bébé crapahutant à quatre pattes sur un tapis Aubusson hors de prix, la couche pendouillant et menaçant de déborder, tout en essayant d'empêcher un enfant de quatre ans de poursuivre un chat complètement traumatisé. Je parvins à neutraliser celui du milieu, Abhik, avec des biscuits, et je le laissai devant des dessins animés dans la salle télé. Il fourrait des poignées de miettes dans sa bouche baveuse de ses mains potelées pendant que j'essayais de garder les deux autres ensemble dans un rayon de six mètres. Ils étaient drôles et mignons, et pleins d'entrain et épuisants, à piailler, courir et se cogner sans arrêt contre les meubles. Des vases vacillèrent, des livres furent tirés de leurs étagères et hâtivement remis à leur place. L'air était rempli de bruits – et d'odeurs douteuses. À un moment, je me retrouvai assise par terre, enserrant de mes bras la taille des deux plus jeunes tandis que leur grande sœur, Rachana, m'enfonçait un doigt poisseux dans l'œil en riant. Je riais aussi. C'était assez drôle, dans la mesure où – merci, mon Dieu – cela finirait bientôt.

Au bout de deux heures, Ashok monta et m'annonça que sa femme était retenue à sa manifestation : pourrais-je m'occuper des enfants une heure de plus ? J'acceptai. Il avait les yeux écarquillés d'un homme vraiment désespéré, et, après tout, je n'avais rien d'autre à faire. Je décidai néanmoins, par précaution, de les emmener dans ma chambre, où je mis des dessins animés, essayai de les empêcher d'ouvrir la porte et acceptai, quelque part tout au fond de moi, que l'air dans cette partie de l'immeuble n'aurait probablement plus jamais la même odeur. J'étais en train d'essayer de dissuader Abhik de se vider la bombe d'insecticide dans la bouche quand on frappa à ma porte.

— Une seconde, Ashok ! criai-je en essayant d'arracher l'aérosol à l'enfant avant que son père ne le voie.

Mais ce fut le visage d'Ilaria qui apparut dans l'embrasure. Son regard se posa sur moi, puis sur les enfants, puis de nouveau sur moi. Abhik cessa brièvement de pleurer, la dévisageant de ses énormes yeux bruns.

— Hum. Bonjour, Ilaria !

Elle ne dit rien.

— Je… je dépanne juste Ashok pendant deux heures. Je sais que ce n'est pas l'idéal, mais, hum… s'il vous plaît, ne dites rien. Ils ne vont plus rester longtemps.

Elle examina la scène, puis renifla.

— Je désinfecterai la pièce plus tard. S'il vous plaît, ne dites rien à M. Gopnik. Je vous promets que ça ne se reproduira pas. Je sais que j'aurais dû demander la permission d'abord, mais il n'y avait personne ici et Ashok était désespéré. (Pendant que je jacassais, Rachana courut en gémissant vers la nouvelle venue et se rua contre son ventre tel un ballon de rugby. Je grimaçai en voyant Ilaria chanceler en arrière.) Je vous assure, ils seront partis d'une minute à l'autre. Je peux appeler Ashok tout de suite. Personne n'a besoin de savoir…

Mais Ilaria se contenta de lisser son chemisier, puis cueillit la petite fille dans le creux de son bras.

— Tu as soif, *compañera* ?

Sans un regard en arrière, elle s'en fut en traînant les pieds, Rachana blottie contre sa volumineuse poitrine, son petit pouce enfoncé dans la bouche.

Alors que je restai assise là, la voix d'Ilaria retentit dans le couloir.

— Amenez-les à la cuisine.

Ilaria fit frire une fournée de beignets à la banane, tendant aux enfants des rondelles de fruit pour les occuper en attendant ; pendant ce temps, je remplis leurs gobelets d'eau en essayant d'éviter que les plus petits ne se cassent la figure de leurs chaises. Ilaria ne m'adressa pas la parole, mais elle ne cessa de fredonner tout bas, une expression d'une douceur inattendue sur le visage, ou de leur parler d'une voix suave et chantante. Tels des chiens répondant à un dresseur aguerri, les enfants se calmèrent aussitôt, dociles, tendant des mains pleines de fossettes en quête d'un autre morceau de banane, se rappelant les « s'il vous plaît » et les « merci », conformément aux instructions d'Ilaria. Ils mangèrent et mangèrent, de plus en plus souriants et placides, la petite dernière frottant ses poings contre ses paupières comme si elle était prête à aller dormir.

— Faim, dit Ilaria en indiquant les assiettes vides du menton.

J'essayai de me rappeler si Ashok m'avait parlé de nourriture dans le sac à dos contenant les affaires du bébé, mais j'avais été trop distraite pour regarder. J'étais simplement reconnaissante qu'il y ait une adulte responsable dans la pièce.

— Vous êtes formidable avec les enfants, observai-je en mâchant un morceau de beignet.

Elle haussa les épaules. Mais ma remarque parut lui faire plaisir.

— Vous devriez changer la petite. Nous pouvons lui aménager un lit dans le tiroir du bas de votre commode.

Je la regardai fixement.

— Parce qu'elle tomberait de votre lit.

Elle leva les yeux au ciel, comme si cela aurait dû être une évidence.

— Oh. Bien sûr.

J'emmenai Nadia dans ma chambre et la changeai en grimaçant. Je tirai les rideaux. Ensuite, j'ouvris le tiroir du bas de ma commode et accommodai mes pulls de façon qu'ils en tapissent le fond et les bords. J'y allongeai Nadia, puis attendis qu'elle s'endorme. Elle commença par résister, me regardant de ses grands yeux, ses petites mains dodues se tendant vers les miennes, mais je voyais bien que c'était un combat perdu d'avance. J'essayai d'imiter Ilaria et entonnai doucement une berceuse. Enfin, ce n'était pas exactement une berceuse : la seule chanson dont je me rappelais les paroles était *The Molahonkey Song*, qui la fit glousser, et une autre sur Hitler qui n'avait qu'un testicule et que papa me chantait quand j'étais petite. Mais elle sembla au goût du bébé. Ses yeux commencèrent à se fermer.

J'entendis les pas d'Ashok dans l'entrée, et la porte s'ouvrit derrière moi.

— N'entrez pas, chuchotai-je. Elle y est presque. « Himmler avait un problème similaire… »

Ashok resta sur le seuil.

— « Mais le pauvre Goebbels n'avait plus de roubignoles… »

Et, juste comme ça, elle s'endormit. J'attendis un moment, la couvris de mon pull turquoise en cachemire à col rond afin qu'elle n'ait pas froid, puis me redressai.

— Vous pouvez la laisser là, si vous voulez, chuchotai-je. Ilaria est dans la cuisine avec les deux autres. Je crois qu'elle…

Je me retournai et poussai un petit glapissement. Sam se tenait sur le seuil, les bras croisés et un demi-sourire sur les lèvres. Un fourre-tout était posé sur le sol entre ses jambes. Je clignai des yeux, me demandant si j'étais en train d'halluciner. Et puis, mes mains montèrent lentement à mon visage.

— Surprise ! articula-t-il en silence.

Je traversai la pièce en trébuchant et le poussai dans le couloir, où je pouvais l'embrasser.

Il avait tout prévu le soir où je lui avais parlé de mon long week-end. Jake n'avait pas posé de problème – les amis heureux d'accepter une entrée gratuite à un concert ne manquaient pas – et il avait réorganisé son planning, mendiant des faveurs et échangeant des heures. Puis, il avait acheté l'un de ces billets bradés de dernière minute et avait débarqué par surprise.

— Heureusement que je n'avais pas décidé de faire la même chose.

— L'idée m'a traversé l'esprit à dix mille mètres. Je t'ai soudain vue volant dans la direction opposée.

— On a combien de temps ?

— Seulement quarante-huit heures, malheureusement. Il faut que je reparte de bonne heure lundi. Mais, Lou, c'est juste… je ne voulais pas attendre encore des semaines.

Il n'en dit pas plus, mais je savais ce qu'il voulait me faire comprendre.

— Je suis tellement contente que tu sois là. Merci. Merci. Dis-moi, qui t'a ouvert ?

— Ton copain à la réception. Il m'a prévenu au sujet des enfants. Avant de me demander si je m'étais remis de mon intoxication alimentaire.

Il haussa un sourcil.

— Ouais. Il n'y a pas de secrets dans cet immeuble.

— Il m'a également dit que tu étais un amour et la personne la plus gentille de cette résidence. Ce que je savais déjà, bien sûr. Et ensuite, une vieille dame avec un petit roquet est sortie dans le couloir et s'est mise à l'enguirlander au sujet du ramassage des ordures, alors je l'ai abandonné à son sort.

Nous bûmes du café jusqu'à ce que la femme d'Ashok arrive et emmène les enfants. Elle s'appelait Meena et, rayonnant encore de l'énergie accumulée lors de la manifestation, elle me remercia avec effusion et nous parla de la bibliothèque de Washington Heights qu'ils essayaient de sauver. Ilaria ne parut pas vouloir lui rendre Abhik : elle était occupée à rire avec lui, lui pinçant les joues et le faisant glousser. Pendant tout le temps que nous passâmes là avec les deux femmes, je sentis la main de Sam dans le bas de mon dos, sa charpente gigantesque emplissant notre cuisine, sa main libre enroulée autour de l'une de nos tasses, et soudain, il me sembla que cet endroit était un peu plus ma maison parce que je serais désormais en mesure de l'y représenter.

— Enchanté de vous rencontrer, avait-il dit à Ilaria en lui tendant la main.

Elle lui avait rendu chaleureusement son salut et, au lieu de son habituelle expression soupçonneuse et fermée, elle l'avait même accompagnée d'un petit sourire.

Je m'aperçus combien les gens qui prenaient la peine de se présenter à elle étaient rares. Elle et moi étions invisibles, la plupart du temps, et Ilaria – peut-être du fait de son âge ou de sa nationalité – encore plus que moi.

—Assurez-vous que M. Gopnik ne le voie pas, marmonna-t-elle quand Sam partit dans la salle de bains. Les petits amis ne sont pas admis dans l'immeuble. Passez par l'entrée de service.

Elle secoua la tête, comme choquée de se rendre complice de quelque chose d'aussi immoral.

—Ilaria, je n'oublierai pas ce que vous avez fait pour moi. Merci.

J'ouvris les bras et fis un pas vers elle, mais elle m'adressa un regard d'avertissement. Je me figeai et me contentai de lever les pouces.

Nous mangeâmes une pizza – avec une garniture végétarienne inoffensive. Ensuite, nous nous arrêtâmes dans un bar obscur et crasseux et nous assîmes à une table minuscule sous laquelle nos genoux se touchaient. Au-dessus de nos têtes, un petit poste de télévision retransmettait à plein volume un match de baseball. La moitié du temps, je bavassai sans savoir vraiment de quoi nous parlions, n'en revenant toujours pas que Sam soit là, devant moi, adossé contre sa chaise, riant de mes divagations et se passant une main sur le crâne. Comme d'un commun accord, nous n'évoquâmes ni Katie Ingram ni Josh, mais parlâmes de nos familles. Jake avait une nouvelle petite amie et ne venait plus que rarement chez Sam. Il lui manquait, même s'il comprenait qu'un garçon de dix-sept ans ait mieux à faire que de traîner avec son oncle.

—Il est bien plus heureux, même si son père n'est pas encore tiré d'affaire, et je ne peux que me réjouir pour lui.

—Tu peux toujours aller voir ma famille. Ils seront ravis d'avoir ta visite.

—Je sais.

— Ça t'ennuie si je te dis pour la cinquante-huitième fois combien je suis heureuse que tu sois là ?

— Tu peux me dire tout ce que tu veux, Louisa Clark, souffla-t-il avant de porter ma main à ses lèvres.

Nous traînâmes au bar jusqu'à 23 heures. Bizarrement, malgré le peu de temps que nous devions passer ensemble, ni l'un ni l'autre ne ressentit l'urgence et le besoin paniqué de nos retrouvailles précédentes de profiter de chaque minute au maximum. Sa présence était un cadeau si inattendu que je pense que nous nous étions tacitement mis d'accord pour simplement profiter l'un de l'autre. Nous n'avions nul besoin de faire du tourisme, d'enchaîner les expériences new-yorkaises ou de nous précipiter au lit. Comme disent les jeunes, tout baignait.

Nous quittâmes le bar étroitement enlacés, tels deux ivrognes heureux. Je m'avançai jusqu'au bord du trottoir, mis deux doigts dans ma bouche et sifflai, sans sursauter quand un taxi jaune pila devant moi dans un crissement de pneus. Je me tournai pour faire signe à Sam de grimper, mais il me regardait fixement.

— Oh. Ouais. Ashok m'a appris. Il faut mettre les doigts sous la langue. Regarde – comme ça.

Je lui adressai un sourire radieux, mais quelque chose dans son expression me troubla. Je croyais qu'il apprécierait mon petit numéro, mais, au lieu de ça, c'était comme si tout d'un coup il ne me reconnaissait pas.

Quand nous arrivâmes, le bâtiment était plongé dans le silence. Le Lavery se dressait, paisible et majestueux, dominant le parc, s'élevant au milieu du bruit et du chaos de la ville, étant, d'une certaine façon, au-dessus de tout ça. Sam s'arrêta alors que nous atteignîmes la portion de trottoir couverte qui s'étendait depuis la porte d'entrée, et leva les yeux vers le bâtiment dressé devant lui, sa monumentale façade de brique, ses fenêtres palladiennes. Il secoua la tête, presque comme pour lui-même, et nous entrâmes. Le hall en marbre était silencieux, le gardien de nuit, assoupi dans le bureau d'Ashok. Nous empruntâmes l'escalier de service, nos pas étouffés par l'épais tapis bleu roi, nos mains glissant sur la rampe en cuivre astiquée; puis, après une autre volée de marches, nous atteignîmes le couloir des Gopnik. Au loin, Dean Martin se mit à aboyer. J'ouvris puis refermai l'énorme porte derrière nous.

Aucune lumière ne filtrait sous la porte de Nathan. Nous entendions au loin le murmure du poste de télévision de la chambre d'Ilaria. Sam et moi traversâmes le vaste vestibule sur la pointe des pieds, passâmes devant la cuisine, puis gagnâmes ma chambre. J'enfilai un tee-shirt, regrettant soudain de ne rien avoir d'un peu plus sophistiqué, puis allai à la salle de bains et commençai à me laver les dents. Allant et venant tout en les brossant, je découvris Sam assis sur le lit, les yeux rivés au mur. Je lui lançai un regard aussi interrogateur que me le permettait ma bouche pleine de mousse à la menthe poivrée.

—Quoi?

—C'est... bizarre, dit-il.

—Mon tee-shirt?

—Non. D'être ici, dans cet endroit.

Je retournai dans la salle de bains, crachai et me rinçai la bouche.

—Ne t'inquiète pas, commençai-je en fermant le robinet. Ilaria ne dira rien et M. Gopnik ne rentrera pas avant demain soir. Si tu n'es vraiment pas à l'aise, je peux nous réserver une chambre demain dans ce petit hôtel que m'a recommandé Nathan, à deux rues d'ici, et nous pouvons...

—Pas *ça*. Toi. Ici. La dernière fois, à l'hôtel, c'était toi et moi, les mêmes que d'habitude, mais dans un endroit différent. Ici, je peux enfin voir combien tout a changé pour toi. Tu vis sur la Cinquième Avenue, bon sang. L'une des adresses les plus prestigieuses du monde. Tu travailles dans cet immeuble incroyable. Tout respire le fric. Et tu trouves ça parfaitement normal.

Curieusement, je me sentis aussitôt sur la défensive.

—Je suis toujours moi.

—Bien sûr. Mais tu es ailleurs, littéralement.

Il s'exprimait calmement, mais quelque chose dans cette conversation me mettait mal à l'aise. Pieds nus, je marchai jusqu'à lui, posai les mains sur ses épaules et déclarai, avec un peu plus d'insistance que je ne l'aurais voulu :

— Je suis toujours Louisa Clark, ta copine un peu barrée de Stortfold.

Comme il ne disait rien, j'ajoutai :

— Je ne suis qu'une employée ici, Sam.

Il plongea son regard dans le mien, puis tendit une main et me caressa la joue.

— Tu ne comprends pas. Tu ne vois pas combien tu as changé. Tu es différente, Lou. Tu parcours les rues de cette ville comme si tu y avais toujours vécu. Tu siffles les taxis et ils rappliquent. Même ta démarche a changé. C'est comme si… Je ne sais pas. Tu as grandi, tu es devenue une autre version de toi-même. Ou peut-être que tu es devenue quelqu'un d'autre.

— Tu vois, là, tu dis quelque chose de gentil, et pourtant, curieusement, ça ressemble à une critique.

— Ce n'en est pas une. Je te trouve juste… différente.

Je m'assis alors à califourchon sur lui, mes jambes nues pressées contre son jean. J'avançai mon visage, mon nez touchant le sien, ma bouche à quelques centimètres de la sienne. Je passai les bras autour de son cou, si bien que je sentis la douceur de ses cheveux bruns et courts sur ma peau, son souffle chaud sur ma poitrine. La pièce était plongée dans la pénombre, un néon projetait un rayon de lumière froide sur mon lit. Je l'embrassai, et, dans mon baiser, j'essayai de lui transmettre quelque chose de ce qu'il représentait pour moi, le fait que je pouvais siffler un million de taxis et savoir encore qu'il était la seule personne avec qui je voudrais monter dedans. Je l'embrassai, et mes baisers se firent de plus en plus ardents, tandis que je me pressais contre lui, jusqu'à ce qu'il me cède, jusqu'à ce que ses mains se referment sur ma taille et glissent plus haut, jusqu'à ce que je sente le moment exact où il cessa de penser. Il m'attira brutalement à lui, sa bouche écrasant la mienne, et je haletai quand il pivota et me fit basculer en arrière, tout son être réduit à une intention.

Cette nuit-là, je donnai quelque chose à Sam. Je fus désinhibée, différente. Je devins quelqu'un d'autre parce que je voulais désespérément lui montrer à quel point j'avais besoin de lui. Je me fis violence, même s'il ne le sut pas. Je cachai mon propre pouvoir et l'aveuglai avec le sien. Il n'y eut aucune place pour la douceur ou les mots tendres. Quand nos yeux se rencontrèrent, j'étais presque en colère contre lui.

C'est toujours moi, lui dis-je en silence. *Ne t'avise pas d'en douter. Pas après tout ça.*

Il me couvrit les yeux, posa sa bouche contre mes cheveux et me posséda. Je le laissai faire. Je le voulais à moitié en colère. Je voulais qu'il sente qu'il avait tout pris. J'ignore quels bruits j'ai bien pu faire, mais, quand ce fut fini, j'avais les oreilles qui bourdonnaient.

— C'était… différent, affirma-t-il quand il eut repris son souffle. (Il fit glisser sa main sur moi, tendre désormais, son pouce me caressant doucement la cuisse.) Tu n'avais jamais été comme ça.

— Peut-être que tu ne m'avais jamais manqué comme ça.

Je me penchai et lui embrassai le torse, gardant une trace salée sur mes lèvres. Nous restâmes ainsi dans le noir, clignant des yeux en regardant le trait de néon au plafond.

— C'est le même ciel, dit-il dans l'obscurité. C'est ce que nous devons nous rappeler. Nous sommes toujours sous le même ciel.

Au loin, une sirène de police retentit, suivie d'une autre dans un déchant discordant. Je ne les remarquais plus vraiment : les sons de New York m'étaient devenus familiers, fondus dans un bruit blanc que je n'entendais pas. Sam se tourna vers moi, le visage dans l'ombre.

— Je commençais à oublier des choses, tu sais. Ces petites parties de toi que j'adore. Je ne me rappelais plus l'odeur de tes cheveux. (Il baissa la tête vers la mienne et inspira.) Ou la forme de ta mâchoire. Ou la façon dont ta peau frissonne quand je fais ça… (Il fit courir un doigt léger sur ma clavicule, et j'eus un petit sourire en sentant mon corps réagir malgré moi.) Ce regard délicieusement étourdi que tu me lances après… Il fallait que je vienne, pour me souvenir.

— C'est toujours moi, Sam.

Il déposa de petits baisers sur mes lèvres et dit en chuchotant :

— Eh bien, qui que tu sois, Louisa Clark, je t'aime.

Puis, il roula doucement sur le dos et laissa échapper un soupir.

Mais alors, je dus admettre une vérité embarrassante. J'avais été différente avec lui, pas seulement parce que je voulais lui montrer combien je le désirais, combien je l'adorais. Quelque part, dans un recoin obscur de ma conscience, j'avais voulu lui montrer que je valais mieux qu'*elle*.

Chapitre 15

Le lendemain, nous dormîmes jusqu'à 10 heures passées, puis marchâmes jusqu'au *diner* près de Columbus Circle. Assis l'un en face de l'autre, les genoux emmêlés, nous mangeâmes à en avoir mal au ventre.

— Tu es content d'être venu ? demandai-je, comme si je ne connaissais pas la réponse.

Il tendit une main et la posa sur ma nuque, puis se pencha par-dessus la table et m'embrassa, sans se soucier des autres clients, jusqu'à ce que j'aie la réponse dont j'avais besoin. Autour de nous étaient assis des couples d'âge moyen plongés dans la lecture des journaux du week-end, et des groupes de fêtards aux tenues extravagantes qui n'étaient pas encore allés se coucher et bavardaient à qui mieux mieux, ainsi que des couples épuisés accompagnés d'enfants grincheux.

Sam se cala au fond de son siège et poussa un long soupir.

— Ma sœur a toujours voulu venir ici, tu sais. Quel dommage qu'elle ne l'ait jamais fait !

— Vraiment ?

Je lui pris la main et il la retourna paume vers le haut pour attraper la mienne et refermer les doigts dessus.

— Ouais. Elle avait une liste de choses qu'elle voulait faire, comme d'aller assister à un match de basket. Les Kicks ? Les Knicks ? Une équipe qu'elle voulait voir. Et manger dans un *diner* new-yorkais. Et surtout, elle voulait monter en haut du Rockefeller Center.

— Pas l'Empire State ?

— Nan. D'après elle, le Rockefeller était mieux parce que tu peux tout voir depuis son observatoire en verre. Notamment la statue de la Liberté.

Je lui pressai la main.

— On pourrait y aller aujourd'hui.

— On pourrait. Mais ça fait réfléchir, non ? (Il tendit sa main libre vers sa tasse.) Il faut saisir sa chance quand on peut.

Une vague mélancolie s'empara de lui. Je n'essayai pas de l'en libérer. Je savais mieux que personne à quel point il était précieux d'accorder aux gens le droit d'être tristes. J'attendis un moment avant de lui avouer :

— Je ressens ça tous les jours.

Il se tourna de nouveau vers moi.

— Je vais dire quelque chose au sujet de Will Traynor.

Je préférais l'avertir.

— D'accord.

— Pas une journée ne passe, ou presque, depuis que je suis ici, sans que je pense qu'il serait fier de moi.

Une pointe d'inquiétude me tenailla au moment où je prononçai ces mots, consciente d'avoir testé Sam au début de notre relation en n'arrêtant pas de parler de Will, de ce qu'il avait signifié pour moi, du trou qu'il avait laissé dans mon cœur. Mais il se contenta de hocher la tête.

— Je n'en doute pas, dit-il en me caressant la main. En tout cas, moi, je le suis. Fier de toi. Je veux dire, tu me manques affreusement. Mais… waouh ! Tu es incroyable, Lou. Tu as débarqué dans cette ville que tu ne connais pas et tu as fait tes preuves dans ce boulot au milieu de millionnaires et de milliardaires. Tu t'es fait des amis. Tu t'es donné les moyens de vivre *ça*. La plupart d'entre nous traversent l'existence sans faire le dixième de ce que tu as accompli.

D'un geste, il désigna les gens autour de nous.

— Toi aussi, tu pourrais. (Cela m'avait échappé.) Les services hospitaliers new-yorkais cherchent toujours de bons ambulanciers, et je suis sûre qu'on n'aurait pas de mal à te faire embaucher.

J'avais dit ça sur le ton de la plaisanterie, mais aussitôt après, je constatai combien j'en avais envie. Je me penchai par-dessus la table.

— Sam, on pourrait louer un petit appartement dans Queens ou ailleurs, et comme ça, on passerait nos soirées ensemble, à moins que l'un d'entre nous ne travaille à des heures pas possibles, et l'on s'enverrait en l'air tous les dimanches matin. On pourrait être *ensemble.* Est-ce que ce ne serait pas merveilleux ?

« On n'a qu'une vie. » J'entendais ces mots tinter à mes oreilles. *Dis oui*, lui soufflai-je mentalement. *Dis oui, c'est tout.*

Il reprit ma main dans la sienne. Puis soupira.

— Je ne peux pas, Lou. Ma maison n'est pas finie. Même si je décidais de la mettre en location, il me faudrait d'abord la terminer. Et je ne peux pas encore quitter Jake. Il faut qu'il sache que je suis là pour lui. Encore un petit peu.

Je me forçai à sourire, comme si ma proposition n'avait en fait pas été très sérieuse.

— Bien sûr. C'était juste une idée stupide.

Il posa les lèvres sur ma paume.

— Non, pas stupide. Seulement irréalisable pour le moment.

Nous décidâmes tacitement de n'aborder aucun sujet potentiellement délicat, ce qui en élimina un nombre surprenant – son travail, sa vie quotidienne, notre avenir –, et nous nous promenâmes sur la High Line, avant d'aller au grand magasin de vêtements vintage, où je saluai Lydia comme une vieille amie. J'enfilai un survêtement en sequins roses des années 1970, puis un manteau de fourrure des années 1950 avec une casquette de marin, ce qui fit rire Sam.

— Alors, *ça* ! s'exclama-t-il en me voyant émerger de la cabine d'essayage dans une robe en nylon rose et jaune psychédélique, un modèle droit, sans manches. C'est la Louisa Clarke que je connais et que j'aime.

— Elle vous a montré la robe de cocktail bleue ? Celle avec les manches ?

— Je n'arrive pas à me décider entre cette robe et le manteau de fourrure.

— Mon chou, dit Lydia, tu ne peux pas porter de fourrure sur la Cinquième Avenue. Personne ne comprendrait l'ironie.

Quand je sortis enfin de la cabine, Sam se tenait devant le comptoir. Il me tendit un paquet.

— C'est la robe des années 1960, dit obligeamment Lydia.

— Tu me l'as achetée ? (Je lui pris le sac des mains.) Vraiment ? Tu ne la trouvais pas trop tapageuse ?

— Elle est complètement dingue, dit Sam, impassible. Mais tu avais l'air si heureuse dedans… alors…

— Oh là là, celui-là, il ne faut pas le laisser filer, me chuchota Lydia, une cigarette plantée au coin de la bouche, au moment où nous sortions. Mais la prochaine fois, il faut le convaincre de t'acheter le survêtement. Tu faisais trop caïd dedans.

Nous regagnâmes l'appartement, où nous fîmes une sieste de deux heures, complètement habillés, enroulés chastement l'un autour de l'autre, en overdose de glucides. À 16 heures, nous nous levâmes, un peu dans le gaz, et décidâmes de sortir pour notre dernière excursion, Sam décollant à 8 heures de JFK le lendemain matin. Pendant qu'il rangeait ses affaires dans son sac, j'allai nous préparer un thé à la cuisine, où je rencontrai Nathan en train de mixer une sorte de *shake* de protéines. Il me décocha un grand sourire.

— J'ai appris que ton homme était là.

— Il n'y a pas moyen d'avoir une vie privée, dans ce couloir ?

Je remplis la bouilloire et la mis en marche.

— Pas quand les murs sont aussi fins, ma vieille, non… Je plaisante ! s'empressa-t-il d'ajouter en me voyant rougir jusqu'à la racine des cheveux. J'ai rien entendu. Mais je suis content de voir, à la couleur de ton visage, que tu as passé une bonne nuit !

J'allai le frapper quand Sam apparut sur le seuil. Nathan alla se planter devant lui et lui tendit la main.

— Ah, le fameux Sam. Heureux de faire enfin ta connaissance, mon pote.

— Pareil.

Je les regardai, inquiète, me demandant s'ils allaient jouer les mâles alpha. Mais Nathan était bien trop décontracté de nature, et Sam encore tout attendri par vingt-quatre heures de nourriture et de sexe. Ils se serrèrent donc la main, tout sourires, puis échangèrent quelques plaisanteries.

— Vous sortez, ce soir ?

Nathan but une gorgée de sa mixture tandis que je tendais une tasse de thé à Sam.

— Nous pensions monter en haut du 30 Rockefeller. C'est un peu une mission.

— Ouh, les amis, ce serait dommage de passer votre dernière soirée dans des files d'attente pleines de touristes. Venez donc au *Holiday Cocktail Lounge* dans l'East Village. Je retrouve des potes là-bas – Lou, tu les as déjà rencontrés. Ils font je ne sais quelle promo ce soir. Il y a toujours une bonne ambiance.

J'échangeai un regard avec Sam. Il haussa les épaules. On pourrait y faire un saut. Puis on essaierait de monter jusqu'au Top of the Rock. C'était ouvert jusqu'à 23 h 15.

Trois heures plus tard, nous étions coincés autour d'une table encombrée de verres et de bouteilles. La tête me tournait doucement à cause de tous les cocktails qui avaient atterri devant moi les uns après les autres. J'avais mis ma robe psychédélique pour que Sam voie combien je l'adorais. Lui, pendant ce temps, à la façon de ces hommes qui apprécient la compagnie d'autres mâles, s'était lié avec Nathan et ses copains. Ils critiquaient bruyamment les goûts musicaux des autres et se racontaient d'horribles anecdotes de concert de leur jeunesse.

Tout en souriant et en me joignant régulièrement à la conversation, je calculai mentalement à quelle fréquence je pourrais participer financièrement pour que Sam vienne deux fois plus que ce que nous avions initialement prévu. Il ne pouvait que constater à quel point c'était bon. Comme nous étions bien ensemble.

Sam se leva pour aller chercher la tournée suivante.

— Je vais nous prendre des menus, articula-t-il.

Je hochai la tête. Je savais que je devrais probablement manger quelque chose, ne serait-ce que pour ne pas me couvrir de honte plus tard.

Et là, je sentis une main sur mon épaule.

— Tu me suis vraiment ! Pour la peine, on se tutoie…

Devant moi, Josh me souriait de toutes ses dents blanches. Je me levai brutalement, rougissante, et me tournai, mais Sam était au bar, dos à nous.

— Josh ! Salut !

— Tu sais que ce bar est l'un de mes QG ?

Il portait une chemise bleue à rayures, dont il avait relevé les manches.

— Non, je ne savais pas !

Je parlais d'une voix trop aiguë, mon débit était trop rapide.

— Je te crois. Tu veux boire quelque chose ? Ils font un Old Fashioned qui vaut vraiment le détour.

Il tendit la main et me toucha le coude.

Je bondis en arrière comme s'il m'avait brûlée.

— Oui, je sais. Et non. Merci. Je suis ici avec des amis et…

Je me retournai juste au moment où Sam revenait chargé d'un plateau rempli de verres, quelques menus sous le bras.

— Salut, dit-il en jetant un coup d'œil à Josh avant de poser le plateau sur la table.

Puis, il se redressa lentement et le détailla de la tête aux pieds.

Debout, les bras ballants, raide, j'annonçai :

— Josh, voici Sam, mon… mon copain. Sam, je te présente… Josh.

Sam l'observait fixement, comme s'il essayait d'assimiler une information.

— Ouais, finit-il par dire. Je crois que j'aurais pu le deviner.

Il me regarda, puis de nouveau Josh.

— Est-ce que je peux vous offrir un verre ? Je veux dire, je vois bien que vous êtes servis, mais je serais heureux d'apporter ma contribution à cette soirée.

Josh fit un geste en direction du bar.

Sam déclina sa proposition.

— Non, merci, mon pote. Je crois que ça ira.

Sam était resté debout, si bien qu'il dépassait Josh d'une bonne demi-tête.

Il y eut un silence gêné.

— Bon, très bien. (Josh me regarda et hocha la tête.) Enchanté de t'avoir rencontré, Sam. Tu es là pour longtemps ?

— Suffisamment longtemps.

Le sourire de Sam n'atteignit pas ses yeux. Je crois que je ne l'avais jamais vu aussi hostile.

— Bon, eh bien, je vais vous laisser. Louisa, à bientôt. Passez une bonne soirée.

Il leva les mains, paumes ouvertes, dans un geste pacifique. J'ouvris la bouche, mais rien de ce que j'aurais pu dire n'aurait paru juste, donc je me contentai de lui faire un signe de la main en agitant bizarrement les doigts.

Sam s'assit lourdement. Je jetai un coup d'œil à Nathan, dont le visage exprimait une neutralité parfaite. Les autres semblèrent ne rien avoir remarqué et parlaient toujours, comparant les prix des billets des derniers concerts auxquels ils avaient assisté. Sam parut brièvement perdu dans ses pensées, puis leva enfin les yeux. Je lui pris la main, mais il ne serra pas la mienne en retour.

L'humeur ne s'allégea pas. Le bar était trop bruyant pour que nous puissions avoir une conversation, et je n'étais pas sûre de ce que je voulais dire. Je bus mon cocktail à petites gorgées en passant en revue tous les arguments qui me traversaient l'esprit. Sam vida son verre, hocha la tête et sourit aux autres, mais je vis la crispation de sa mâchoire et sus que son cœur n'y était plus. À 22 heures, nous partîmes et rentrâmes en taxi. Je le laissai le héler.

Nous montâmes par l'ascenseur de service, comme convenu, et tendîmes l'oreille avant de nous glisser dans ma chambre. M. Gopnik semblait être couché. Sam ne parlait pas. Il alla dans la salle de bains se changer, fermant la porte derrière lui, le dos raide. Je l'entendis se brosser les dents et se gargariser pendant que je me mettais au lit. Je me sentais à la fois incertaine et en colère. Il resta là-dedans ce qui me parut une éternité. Enfin, il ouvrit la porte et se tint dans l'embrasure en caleçon. Les cicatrices sur son ventre étaient encore rouge vif.

— Je me comporte comme un connard.

— Oui. On est d'accord.

Il poussa un énorme soupir. Il regarda ma photo de Will, entre la sienne et celle de ma sœur avec Thom, un doigt dans le nez.

— Désolé. Ça m'a dérouté, c'est tout. La ressemblance…

— Je sais. Mais dans ce cas, tu pourrais dire que passer du temps avec ma sœur est bizarre.

— Sauf qu'elle ne te ressemble pas. (Il haussa les sourcils.) Quoi ?

— J'attends que tu me déclares que je suis mille fois plus jolie.

— Tu es mille fois plus jolie.

J'écartai les couvertures et il s'empressa de me rejoindre dans le lit.

— Tu es beaucoup plus jolie que ta sœur. Incontestablement. En gros, tu es un top model. (Il posa une main sur ma hanche. Elle était chaude et lourde.) Mais avec des jambes plus courtes. Ça te va comme ça ?

J'essayai de ne pas sourire.

— C'est mieux. Mais je trouve ton commentaire sur mes jambes un peu limite.

— Ce sont de magnifiques jambes courtes. Mes préférées. Les jambes des top models sont tout simplement… ennuyeuses.

Il se déplaça de façon à être sur moi. Chaque fois qu'il faisait ça, tout mon corps semblait s'éveiller instinctivement à la vie, et je dus fournir un effort pour ne pas me mettre à ondoyer. Appuyé sur ses coudes, il me clouait au matelas sans me quitter des yeux.

Je m'efforçais de garder mon sérieux bien que mon cœur batte la chamade.

— Je crois que tu as probablement donné la frousse de sa vie à ce pauvre garçon, ajoutai-je. Tu avais l'air d'avoir légèrement envie de le frapper.

— C'est parce que j'en avais légèrement envie.

— Sam Fielding, tu es un idiot.

Je levai le bras et l'embrassai, et, quand il me rendit mon baiser, il souriait de nouveau. Son menton était couvert d'une barbe naissante.

Cette fois, il fut tendre. En partie parce que nous croyions désormais que les murs étaient fins et qu'il n'était pas censé être là. Mais je pense surtout que nous étions tous les deux attentifs l'un à l'autre après les événements inattendus de la soirée. Chaque fois qu'il me touchait, c'était avec une sorte de vénération. Il me dit qu'il m'aimait, d'une voix grave et douce, en me regardant droit dans les yeux. Les mots se propagèrent en moi comme des ondes sismiques.

Je t'aime.

Je t'aime.

Je t'aime aussi.

Nous avions programmé le réveil pour 4 h 45, et je m'éveillai en pestant, tirée du sommeil par le son strident. À côté de moi, Sam grogna et tira un oreiller sur sa tête. Je dus le pousser pour le sortir du sommeil.

Je le propulsai, ronchonnant, dans la salle de bains, ouvris la douche et trottinai jusqu'à la cuisine pour nous préparer du café. Quand je revins, j'entendis qu'il coupait l'eau. Je m'assis sur le bord du lit, sirotai mon café à petites gorgées en me demandant qui avait eu la bonne idée de boire des cocktails un dimanche soir. La porte de la salle de bains s'ouvrit à toute volée au moment où je venais de me laisser retomber en arrière sur le matelas.

— Puis-je t'accuser de m'avoir fait boire ? J'ai besoin d'en vouloir à quelqu'un.

J'avais des élancements dans la tête. Je la soulevai et la reposai doucement.

— Qu'est-ce qu'ils avaient mis dedans ? (Je posai les doigts sur mes tempes.) Ils ont dû doubler la dose. Je ne me sens pas aussi patraque normalement après une soirée arrosée. Oh, bon sang. Nous aurions dû nous contenter d'aller au 30 Rock.

Comme il ne disait toujours rien, je tournai la tête pour pouvoir l'observer. Il se tenait toujours sur le seuil de la salle de bains.

— Tu veux m'expliquer ça ?

— Quoi, ça ?

Je me redressai en poussant sur mes mains.

Il portait une serviette autour de la taille et tenait une petite boîte blanche rectangulaire. Pendant un bref instant, je crus qu'il essayait de m'offrir un bijou, et je faillis éclater de rire. Mais, quand il me tendit la boîte, il ne souriait pas.

Je la pris. Et découvris, effarée, un test de grossesse. La boîte était ouverte et la petite baguette en plastique blanc bringuebalait à l'intérieur. J'y jetai un œil, notant distraitement l'absence de lignes bleues. Puis, je levai les yeux vers lui, momentanément muette.

Il s'assit lourdement sur le bord du lit.

— Nous avons utilisé un préservatif, non ? La dernière fois que je suis venu. Nous avons utilisé un préservatif.

— Que... Où as-tu trouvé ça ?

— Dans ta corbeille. J'allais y jeter mon rasoir.

— Ce n'est pas à moi, Sam.

— Tu partages cette chambre avec quelqu'un ?

— Non.

— Alors, comment peux-tu ne pas savoir à qui c'est ?

— Je ne sais pas ! Mais... ce n'est pas à moi ! Je n'ai couché avec personne d'autre !

Je m'aperçus au moment même où je protestai que le simple fait de soutenir avec véhémence que vous n'aviez couché avec personne d'autre donnait l'impression que vous essayiez de cacher exactement le contraire.

—Je sais de quoi ça a l'air, mais je n'ai aucune idée de ce que fait ce truc dans ma salle de bains!

—C'est pour ça que tu ne me lâches pas au sujet de Katie? Parce que tu te sens coupable de voir quelqu'un d'autre? Comment ils appellent ça? Un transfert? Est-ce que… est-ce que c'est pour ça que tu étais si… si différente hier soir?

Soudain, l'air vint à manquer dans la pièce. J'eus l'impression d'avoir reçu une gifle. Je le regardai fixement.

—C'est vraiment ce que tu crois? Après tout ce que nous avons traversé?

Il ne dit rien.

—Tu… tu crois vraiment que je te tromperais?

Il était pâle, aussi sidéré que moi.

—Je crois seulement que, si ça ressemble à un canard et que ça fait «coin-coin», eh bien… c'est très probablement un canard.

—Je ne suis pas un canard, *merde*… Sam. Sam.

Il tourna la tête avec réticence.

—Je ne te tromperais pas. Ce n'est pas à moi. Tu dois me croire.

Ses yeux scrutaient mon visage.

—Je ne sais pas combien de fois je peux le dire. Ce n'est pas à moi.

—Nous n'avons pas passé beaucoup de temps ensemble. Et à distance la plupart du temps. Je ne…

—Tu ne quoi?

—C'est l'une de ces situations, tu sais? Si tu en parlais à tes copains au pub, ils te lanceraient ce regard qui dit: «*Mec…*»

—Alors, ne parle pas à tes foutus copains au pub! Écoute-*moi*!

—J'aimerais bien, Lou!

—Mais alors, c'est quoi, ton problème, merde!

—C'est le sosie de Will Traynor!

Les mots jaillirent comme s'ils n'avaient pas d'autre endroit où aller. Il enfouit son visage dans ses mains. Puis, il les répéta doucement.

—C'est le sosie de Will Traynor.

J'avais les yeux remplis de larmes. Je les essuyai du revers de la main. Je m'étais probablement étalé le mascara de la veille sur la joue, mais je m'en fichais royalement. Quand je pris la parole, ce fut d'une voix grave, sévère, qui ne me ressemblait pas vraiment.

— Je vais le répéter une dernière fois. Je ne couche avec personne d'autre. Si tu ne me crois pas, je… Eh bien, je ne sais pas ce que tu fais ici.

Il ne répondit pas, mais j'eus l'impression que sa réponse flottait silencieusement entre nous : « Moi non plus. » Il se leva et attrapa son sac, dont il sortit un pantalon, qu'il enfila d'un geste rageur.

— Il faut que j'y aille.

Je ne pouvais rien ajouter. Je m'assis sur le lit et le regardai, me sentant à la fois perdue et furieuse. Je gardai le silence pendant qu'il finissait de s'habiller et jetait le reste de ses affaires dans son sac. Puis, il le balança sur son épaule, marcha jusqu'à la porte et se retourna.

— Bon voyage, dis-je.

J'étais incapable de sourire.

— Je t'appelle quand j'arrive.

— OK.

Il se pencha et m'embrassa sur la joue. Je ne levai pas les yeux quand il ouvrit la porte. Il hésita un moment sur le seuil, puis il partit en la refermant silencieusement derrière lui.

Agnes revint à midi. Garry alla la chercher à l'aéroport et elle arriva étrangement abattue, comme si elle n'avait pas envie d'être là. Elle me salua derrière ses lunettes de soleil avec un « bonjour » hâtif, puis se retira dans son dressing, où elle resta enfermée pendant les quatre heures qui suivirent. À l'heure du thé, elle reparut, douchée et habillée, et se força à sourire quand j'entrai dans son bureau avec la planche tendance terminée. Je lui expliquai les couleurs et les tissus, et elle hocha distraitement la tête, mais je voyais bien qu'elle était ailleurs. Je la laissai boire son thé et attendis d'être sûre qu'Ilaria était descendue. Je fermai alors la porte de son bureau, ce qui la fit lever la tête vers moi.

— Agnes, dis-je doucement. C'est une question un peu bizarre, mais avez-vous jeté un test de grossesse dans ma salle de bains ?

Elle me regarda en clignant des yeux par-dessus sa tasse. Puis, elle la reposa sur sa soucoupe et fit une grimace.

— Oh, ça... Oui, j'allais vous en parler.

Je sentis la colère monter en moi comme de la bile.

— Vous alliez m'en parler ? Vous savez que mon copain est tombé dessus ?

— Votre ami est venu pour le week-end ? Comme c'est charmant ! Vous avez passé un bon moment ?

— Jusqu'à ce qu'il trouve un test de grossesse dans ma salle de bains.

— Mais vous lui avez dit que ce test n'était pas à vous, n'est-ce pas ?

— Oui, Agnes. Mais, bizarrement, les hommes ont tendance à se mettre en rogne quand ils trouvent des tests de grossesse dans la salle de bains de leur copine. Surtout quand la copine en question vit à l'autre bout du monde.

Elle balaya mes préoccupations d'un revers de la main.

— Oh, pour l'amour du ciel ! S'il vous fait confiance, tout ira bien. Vous ne le trompez pas. Il ne devrait pas être aussi stupide.

— Mais pourquoi ? Pourquoi mettre ce test de grossesse dans ma salle de bains ?

Elle s'immobilisa. Puis, elle jeta un coup d'œil derrière moi, comme pour vérifier que la porte de son bureau était bien fermée. Et soudain, son expression devint sérieuse.

— Parce que, si je l'avais laissé dans la mienne, Ilaria l'aurait trouvé, expliqua-t-elle, impassible. Et il n'est pas question qu'Ilaria voie cette chose. (Elle leva les mains comme si j'étais complètement bouchée.) Leonard a été très clair quand nous nous sommes mariés. Pas d'enfant. C'était notre marché.

— Vraiment ? Mais ce n'est pas... Et si vous décidez que vous en voulez ?

Elle fit la moue.

— Ça n'arrivera pas.

— Mais… mais vous avez mon âge. Comment pouvez-vous en être sûre ? J'ai du mal à me décider pour une marque d'après-shampoing. Beaucoup de gens changent d'avis quand…

— Je n'aurai pas d'enfants avec Leonard, coupa-t-elle sèchement. D'accord ? Assez parlé d'enfants.

Je me levai, un peu à contrecœur, et elle tourna brusquement la tête. Elle avait une expression farouche sur le visage.

— Je suis désolée. Je suis désolée si je vous ai causé des ennuis. (Elle se passa le revers de la main sur le front.) D'accord ? Je suis désolée. Maintenant, je vais aller courir. Seule.

Ilaria était dans la cuisine quand j'y pénétrai quelques instants plus tard. Elle était occupée à pétrir une grosse boule de pâte dans un saladier en faisant des mouvements réguliers et puissants.

— Vous croyez qu'elle est votre amie, dit-elle sans lever les yeux.

Je m'arrêtai, ma tasse à mi-chemin de la machine à café.

Elle se mit à pétrir le pâton avec encore plus de force.

— La *puta* n'hésiterait pas à vous vendre pour sauver sa peau.

— Ça ne m'aide pas beaucoup, Ilaria.

C'était peut-être la première fois que je lui répondais. Je remplis ma tasse et marchai vers la porte.

— Et, croyez-le ou non, vous ne savez pas tout.

Je l'entendis ricaner depuis le milieu du couloir.

Je descendis au bureau d'Ashok pour récupérer des vêtements d'Agnes revenus de chez le teinturier, m'arrêtant un instant pour bavarder, espérant ainsi être distraite de mes sombres pensées. Ashok était toujours d'humeur égale et optimiste. Une conversation avec lui me faisait l'effet d'une fenêtre ouverte sur un monde plus léger. Quand je remontai à l'appartement, je trouvai un petit sac en plastique légèrement fripé appuyé contre notre porte. Je me baissai pour le ramasser et découvris, à ma grande surprise, qu'il m'était adressé. Ou, du moins, à « Louisa, je crois qu'elle s'appelle ».

Je l'ouvris dans ma chambre. À l'intérieur, enveloppé dans du papier de soie réutilisé, se trouvait un foulard Biba vintage imprimé de plumes de paon. Je le dépliai et le passai autour de mon cou, admirant l'éclat subtil du tissu, la façon dont il chatoyait même dans la faible lumière. Il sentait le clou de girofle et un vieux parfum. Puis, je plongeai la main dans le sac et en sortis une petite carte. Le nom, en haut, était imprimé en bleu marine dans une écriture déliée : Margot De Witt. En dessous, avait été griffonné d'une main tremblante :

« Merci d'avoir sauvé mon chien. »

À : MetMmeBernardClark@yahoo.com
De : Le_bourdon_a_NY@gmail.com

Salut, maman,

Oui, Halloween est une fête importante, ici. Je me suis promenée ce soir-là et c'était très mignon à voir. Il y avait plein de petits fantômes et de sorcières portant des paniers remplis de bonbons, les parents suivant un peu en retrait avec des torches – certains s'étaient même déguisés. Et tout le monde a envie de participer, pas comme dans nos rues, où la moitié des voisins plongent leur maison dans le noir et se calfeutrent dans les pièces du fond pour dissuader les enfants de frapper à leur porte. Toutes les fenêtres sont décorées de citrouilles en plastique ou de faux fantômes ; les gens ont l'air d'aimer se déguiser. Et je n'ai vu personne lancer d'œufs.

Mais, dans notre immeuble, pas d'enfants qui viennent demander des bonbons. Ce n'est pas vraiment le genre de quartier où les gens vont frapper chez leur voisin à l'improviste. Dans le pire des cas, peut-être apostropheraient-ils leurs chauffeurs respectifs. De toute façon, il leur faudrait passer devant le gardien de nuit, lui-même assez effrayant.

Et puis, bientôt, ce sera Thanksgiving. À peine les guirlandes de fantômes décrochées, les publicités pour la dinde font leur apparition. Je ne suis pas très sûre de ce en quoi consiste Thanksgiving – à manger, principalement, je crois. Comme la plupart des fêtes ici, semble-t-il.

Je vais bien. Je suis désolée de ne pas avoir beaucoup appelé. Embrasse papa et grand-père pour moi.

Tu me manques.

Je t'embrasse fort,

Lou

Chapitre 16

DEVENU RÉCEMMENT SENTIMENTAL EN MATIÈRE DE RÉUNIONS familiales, comme souvent agissent les hommes tout juste divorcés, M. Gopnik avait décrété qu'il voulait fêter Thanksgiving avec sa famille proche et organiser un dîner chez lui, profitant de ce que l'ancienne Mme Gopnik partait dans le Vermont avec sa sœur. La perspective de ce joyeux événement – ainsi que les journées de travail de dix-huit heures de son mari – suffit à plonger Agnes dans un état de panique persistant.

Sam m'envoya un message à son retour – vingt-quatre heures après, pour être exacte – afin de me dire qu'il était fatigué et que tout cela était plus difficile qu'il ne l'avait cru. Je répondis avec un simple « oui », car, en vérité, j'étais fatiguée aussi.

Je courais tôt le matin avec Agnes et George. Les jours où je ne faisais pas de jogging, je me réveillais dans ma petite chambre enveloppée par les bruits de la ville, et l'image de Sam debout sur le seuil de ma salle de bains imprimée sur la rétine. Je restais là, à me retourner dans mon lit, jusqu'à être complètement emmêlée dans les draps, le moral en berne. Ma journée était fichue avant même d'avoir commencé. Quand, au contraire, je devais me lever et enfiler mes tennis, je me réveillais déjà en mouvement, forcée ensuite de contempler la vie des autres, concentrée sur les courbatures de mes cuisses, l'air froid dans ma poitrine, le son de ma respiration. Je me sentais pleine d'énergie, forte, prête à repousser à coups de batte toutes les merdes que la journée ne manquerait pas de me balancer.

Et cette semaine-là, il y en eut de belles. La fille de Garry décida d'abandonner ses études, ce qui le mit dans une humeur massacrante, et, chaque fois qu'Agnes quittait la voiture, il pestait contre l'ingratitude des enfants, qui ne comprenaient pas la notion de sacrifice ou la valeur de l'argent gagné à la sueur du front du travailleur. Ilaria bouillait d'une fureur muette permanente, exaspérée par les habitudes encore plus bizarres qu'à l'ordinaire d'Agnes, qui réclamait un plat qu'elle refusait ensuite de manger ou fermait son dressing à clé quand elle n'y était pas, ce qui empêchait la gouvernante d'y ranger ses vêtements.

— Elle veut que je laisse ses petites culottes dans le couloir ? Elle veut ses tenues affriolantes exposées devant l'épicier ? Que cache-t-elle, de toute façon ?

Michael traversait l'appartement en voletant tel un fantôme, affichant l'expression épuisée et tourmentée d'un homme qui accomplit le travail de deux. Même la sérénité de Nathan fut un peu entamée : il envoya balader la spécialiste des chats quand elle lui expliqua que le malencontreux dépôt découvert dans l'une de ses baskets était le résultat de ses « mauvaises ondes ».

— Je vais lui en donner, moi, des mauvaises ondes, marmonna-t-il en laissant tomber sa paire de chaussures de sport dans une poubelle.

Mme De Witt frappa deux fois à notre porte cette semaine-là pour se plaindre du piano, et, en guise de représailles, Agnes passa l'enregistrement d'un morceau intitulé « L'escalier du diable » en montant le volume au maximum juste avant que nous partions.

— Ligeti.

Elle renifla, vérifiant son maquillage dans le miroir de son poudrier alors que nous descendions dans l'ascenseur, les notes atonales et martelées montant et descendant au-dessus de nos têtes. Je m'empressai d'envoyer un message en privé à Ilaria pour lui demander de l'éteindre dès que nous serions parties.

La température baissa, les trottoirs devinrent encore plus encombrés, et les décorations de Noël commencèrent à envahir les devantures des magasins, tel un raz-de-marée tape-à-l'œil et scintillant. Je réservai mes billets pour l'Angleterre avec un peu d'appréhension, ne sachant plus quel accueil j'y recevrais. J'appelai ma sœur en espérant qu'elle ne me poserait pas trop de questions. Je n'aurais pas dû m'inquiéter : elle était aussi bavarde que d'habitude, me racontant les projets de Thom à l'école, les amis qu'il s'était faits dans l'immeuble, ses prouesses au football. Quand je l'interrogeai sur son petit ami, elle devint anormalement silencieuse.

— Comptes-tu nous dire *quelque chose* un jour sur lui ? Tu sais que maman est folle de curiosité ?

— Tu viens toujours à Noël ?

— Ouaip.

— Alors, il se pourrait que je vous présente. Si tu promets de ne pas te comporter comme une idiote pendant deux heures.

— Est-ce qu'il a rencontré Thom ?

— Ce week-end..., dit-elle d'une voix un peu hésitante. Ce sera la première fois. Et si ça ne collait pas ? Je veux dire, Eddie adore les enfants, mais s'ils ne...

— Eddie !

Elle soupira.

— Oui. Eddie.

— Eddie. Eddie et Treena. Oooh, les amoureux..., chantonnai-je.

— Ce que tu peux être puérile !

C'était la première fois que je riais de la semaine.

— Tout se passera bien, la rassurai-je. Et ensuite, tu pourras le présenter à papa et maman. Comme ça, ce sera toi qu'elle tannera pour savoir quand il y aura un mariage dans la famille, et je pourrai faire un *break* et arrêter de culpabiliser parce que je déçois notre chère mère.

— Un *break*... Ah, cette désinvolture nord-américaine... Et comme si ça risquait d'arriver. Tu sais qu'elle s'inquiétait que tu ne deviennes trop célèbre pour leur adresser la parole à Noël ? Elle croit que tu ne voudras pas monter dans la camionnette de papa parce que tu t'es habituée à te déplacer en limousine.

— C'est vrai que je m'y suis habituée.

— Bon, sérieusement, comment ça va ? Tu ne m'as rien raconté sur toi.

— J'adore New York, récitai-je comme un mantra. Je travaille beaucoup.

— Oh, merde. Il faut que j'y aille. Thom s'est réveillé.

— Tu me raconteras comment ça s'est passé ?

— Bien sûr. Sauf si ça foire, auquel cas j'émigrerai et ne parlerai plus à personne jusqu'à la fin de ma vie.

— Voilà une réponse mesurée comme on les aime dans la famille.

Le samedi fut servi froid avec des rafales en accompagnement. Il m'avait échappé jusque-là à quel point le vent à New York pouvait être violent. C'était comme si les hauts buildings amplifiaient n'importe quelle petite brise, la frottant fort et vite pour en faire un courant d'air glacial, féroce, prêt à emporter tout ce qui se trouvait sur son passage. J'eus plusieurs fois l'impression de marcher dans une sorte de soufflerie sadique. Je gardai la tête rentrée dans les épaules, courbée comme une équerre, et, tendant de temps à autre le bras pour m'agripper à une bouche d'incendie ou à un lampadaire, je pris le métro pour me rendre au grand magasin de vêtements vintage. J'y bus un café histoire de me décongeler et achetai un manteau à l'imprimé zèbre pour la modique somme de douze dollars. En vérité, je tuais le temps. Je n'avais pas envie de retrouver ma petite chambre silencieuse, avec la télé d'Ilaria en fond sonore à l'autre bout du couloir, les échos fantomatiques de Sam et la tentation de consulter mes mails tous les quarts d'heure. Il faisait nuit quand je regagnai l'appartement, et j'étais suffisamment frigorifiée et exténuée pour ne pas me sentir anxieuse ou submergée par ce sentiment persistant à New York que ne pas sortir signifiait que je ratais quelque chose.

Je regardai la télé dans ma chambre et songeai à écrire un mail à Sam, mais j'étais encore trop en colère pour me sentir conciliante et doutais que ce que j'avais à dire aide à arranger les choses. J'avais emprunté un roman de John Updike dans la bibliothèque de M. Gopnik, mais il n'y était question que de la complexité des relations modernes, et tous les personnages semblaient malheureux ou convoitaient follement quelqu'un, si bien qu'assez vite j'éteignis la lumière et m'endormis.

Le lendemain matin, quand je descendis, Meena était dans le hall. Elle était sans enfants, cette fois, mais accompagnée d'Ashok en civil. Je fus légèrement déroutée de le voir sans son uniforme, en train de farfouiller sous son bureau. Je compris soudain combien il était plus facile pour les riches de refuser de savoir quoi que ce soit sur nous quand nous n'étions pas habillés comme des individus.

— Bonjour, mademoiselle Louisa, dit Ashok. J'ai oublié mon bonnet. J'en ai besoin pour aller à la bibliothèque.

— Celle qu'ils veulent fermer ?

— Ouaip. Vous voulez venir avec nous ?

— Venez nous aider à sauver la bibliothèque, Louisa ! s'exclama Meena en me donnant une tape dans le dos. Nous avons besoin de toutes les bonnes volontés.

J'avais prévu d'aller au café, mais je n'avais rien d'autre à faire, et le dimanche s'annonçait long et morose, alors j'acceptai. Ils me tendirent une pancarte sur laquelle était inscrit le slogan « UNE BIBLIOTHÈQUE, C'EST PLUS QUE DES LIVRES », et vérifièrent que j'avais un bonnet et des gants.

— Comme ça, vous êtes parée pour une heure ou deux. La troisième, on a vraiment froid, m'expliqua Meena quand nous sortîmes.

C'était une femme que mon père aurait qualifiée de « couillue » – une New-Yorkaise voluptueuse et sexy dotée d'une magnifique crinière, qui avait quelque chose de drôle à reprendre son mari chaque fois qu'il ouvrait la bouche et qui adorait le mettre en boîte au sujet de ses cheveux, de sa façon de s'occuper de leurs enfants ou de ses prouesses sexuelles. Elle avait un gros rire rauque et ne se laissait pas marcher sur les pieds. Manifestement, il l'adorait. Ils s'appelaient « bébé » si souvent que je me demandai s'ils n'avaient pas oublié leurs prénoms respectifs.

Nous prîmes le métro jusqu'à Washington Heights, et ils me racontèrent qu'Ashok avait accepté ce travail en attendant mieux au moment de la première grossesse de Meena. Une fois que les enfants seraient en âge d'aller à l'école, il chercherait autre chose, un boulot avec des horaires de bureau pour pouvoir aider un peu plus. (« Mais la couverture santé est bonne, ce qui rend difficile la décision de partir. ») Ils s'étaient rencontrés à l'université – j'eus honte d'admettre que j'avais imaginé un mariage arrangé.

Quand je finis par le lui avouer, Meena explosa de rire.

— Dis donc ! Tu ne crois pas que j'aurais poussé mes parents à me trouver quelqu'un de mieux ?

— Ce n'est pas ce que tu disais hier soir, bébé, objecta Ashok.

— C'est parce que j'étais concentrée sur la télé.

Quand enfin, riant toujours, nous sortîmes du métro au niveau de la 163e Rue, je me retrouvai soudain dans un New York totalement différent.

Les bâtiments dans cette partie de Washington Heights paraissaient épuisés : devantures de magasins condamnées, escaliers de secours affaissés, boutiques de vins et spiritueux, bouis-bouis où l'on ne servait que du poulet frit et salons de beauté avec des photos racornies et décolorées de coiffures démodées dans les vitrines. Un homme poussant un charriot rempli de sacs en plastique passa en jurant doucement dans sa barbe. Des bandes de gamins traînaient au coin des rues, se sifflant les uns les autres, et le trottoir était jonché de sacs d'ordures, parfois en tas désordonnés, parfois vomissant leur contenu sur la chaussée. Ici, on était loin de l'éclat de Lower Manhattan, loin de l'ambition qui flottait dans l'air de Midtown. Ici, l'atmosphère sentait le graillon et la désillusion.

Meena et Ashok ne semblaient pas le remarquer. Ils marchaient côte à côte à vive allure, leurs têtes penchées l'une vers l'autre, consultant leurs téléphones pour s'assurer que la mère de Meena n'avait pas de problèmes avec les enfants. Meena se retourna pour vérifier que je les suivais toujours et sourit. Je jetai un coup d'œil en arrière, enfonçai mon portefeuille plus profondément dans ma veste et pressai le pas derrière eux.

Nous entendîmes la manifestation avant de la voir, une vibration dans l'air se transformant peu à peu en une sorte de mélopée distincte et distante. Nous passâmes un coin de rue et là, devant un bâtiment de brique noirci de suie, se tenaient une cinquantaine de personnes agitant des pancartes et scandant des slogans à l'intention d'une petite équipe de télévision. Comme nous approchions, Meena brandit sa pancarte :

— Éducation pour tous ! cria-t-elle. Ne privez pas nos enfants d'un refuge !

Nous fendîmes la foule, qui nous avala rapidement. J'avais bien remarqué que New York était hétérogène, mais je me rendais compte que tout ce que j'avais envisagé jusqu'à présent, c'était la couleur de peau des gens, leur style vestimentaire. Ici, je découvrais une autre gamme de New-Yorkais. Il y avait de vieilles dames coiffées de casquettes en tricot, des hipsters avec des bébés attachés dans leur dos, de jeunes Noirs aux cheveux soigneusement tressés et de vieilles Indiennes en sari. Tous ces gens vibraient à l'unisson, tendus vers un but commun, collectivement mus par la volonté de faire entendre leurs arguments. Je me joignis à leur chœur, voyant le sourire éblouissant de Meena, sa façon d'étreindre ses compagnons tout en avançant à travers la foule.

— Ils disent qu'on passera aux infos ce soir, m'annonça une vieille dame qui s'était tournée vers moi en hochant la tête, satisfaite. C'est la seule chose que le conseil municipal remarque. Ils veulent tous passer à la télévision.

Je souris.

— Tous les ans, c'est pareil, pas vrai ? Tous les ans, nous devons nous battre un peu plus pour maintenir cette communauté soudée. Tous les ans, nous devons nous cramponner un peu plus à ce qui nous appartient.

— Je… je suis désolée, je ne suis pas vraiment au courant. J'accompagne des amis.

— Mais vous êtes venue nous aider. C'est ça qui compte. (Elle posa une main sur mon bras.) Vous savez que mon petit-fils participe à un programme de mentorat ici ? Il est payé pour enseigner l'informatique à d'autres jeunes gens. La municipalité le paie, vous vous rendez compte ? Il enseigne aussi à des adultes.

Il les aide à postuler à des emplois. (Elle frappa ses mains gantées l'une contre l'autre pour essayer de se réchauffer.) Si le conseil municipal ferme la bibliothèque, ces gens n'auront plus nulle part où aller. Et vous pouvez parier que les conseillers seront ensuite les premiers à se plaindre de ces jeunes qui traînent aux coins des rues. Vous le savez.

Elle me sourit, comme si c'était vrai.

Un peu plus loin devant, Meena brandissait de nouveau sa pancarte. Près d'elle, Ashok se pencha pour saluer le petit garçon d'un ami, l'attrapant et le hissant au-dessus de la foule pour qu'il puisse mieux voir. Il semblait complètement différent au milieu de ce rassemblement, sans son uniforme de gardien. Malgré toutes nos conversations, je ne l'avais jamais considéré qu'à travers le prisme de sa fonction. Je ne m'étais jamais interrogée sur sa vie au-delà du bureau de la réception, je ne m'étais jamais demandé comment il pourvoyait aux besoins de sa famille, ni combien de temps il mettait à venir travailler ou combien il gagnait. Je scrutai la foule, plus calme depuis que l'équipe de télévision était partie, et me sentis curieusement honteuse du peu que j'avais réellement exploré de New York. Cet endroit définissait autant la ville que les tours scintillantes de Midtown.

Nous continuâmes de scander nos slogans encore une heure. Les voitures et les camions klaxonnaient en passant pour signifier leur soutien, et nous les acclamions en retour. Deux bibliothécaires sortirent et offrirent des plateaux de boissons chaudes à autant de manifestants qu'ils le purent. Je n'en pris pas. J'avais entre-temps repéré les coutures déchirées du manteau de la vieille dame, les chaussures éculées, les vêtements élimés autour de moi. Une femme indienne et son fils traversèrent la rue avec de grandes barquettes en papier d'aluminium remplies de pakoras chauds, et nous nous jetâmes dessus, les remerciant avec effusion.

— Ce que vous faites est important, dit la femme. Nous vous remercions.

Mon pakora était plein de petits pois et de pommes de terre, épicé à m'en couper le souffle et absolument délicieux.

— Ils nous en apportent chaque semaine, que Dieu les bénisse, dit la vieille dame en époussetant son écharpe pour enlever des miettes.

Une voiture de police patrouilla non loin deux, trois fois ; l'agent au volant scanna la foule en gardant une expression impassible.

— Aidez-nous à sauver notre bibliothèque, monsieur ! lui cria Meena.

Il détourna la tête, mais son collègue sourit.

À un moment, Meena et moi entrâmes pour utiliser les toilettes, et j'eus l'occasion de voir ce pour quoi je me battais apparemment. C'était un bâtiment ancien, avec de hauts plafonds et des tuyaux qui couraient le long du sol. Il y régnait une atmosphère feutrée. Les murs étaient couverts d'affiches proposant des cours pour adultes, des séances de méditation, de l'aide à la rédaction de CV, et annonçaient six dollars l'heure pour faire du mentorat. L'endroit était plein de gens, le coin des enfants bondé de jeunes familles, la section informatique bourdonnait d'adultes tapant prudemment sur des claviers, doutant encore de ce qu'ils faisaient. Une poignée d'adolescents assis dans un coin discutaient tranquillement, certains lisant, d'autres portant des écouteurs. La présence de deux agents de sécurité debout près du bureau des bibliothécaires me surprit.

— Ouais. Il y a parfois des bagarres. L'entrée est gratuite, vous voyez ? chuchota Meena. Des histoires de drogue, en général. Il y aura toujours des problèmes.

En redescendant les marches, nous croisâmes une vieille dame au bonnet raide de crasse et à la doudoune bleue froissée et usée, avec des déchirures qui lui faisaient comme des épaulettes. Je me surpris à la suivre des yeux tandis qu'elle se hissait, une marche après l'autre, vers le haut de l'escalier, ses chaussons fatigués lui tenant à peine aux pieds, agrippée à un sac d'où dépassait un livre de poche.

Nous restâmes dehors encore une heure – suffisamment longtemps pour qu'un journaliste et une autre équipe de télévision s'arrêtent et posent des questions, promettant de faire leur possible pour diffuser l'information. Puis, comme d'un commun accord, la foule commença à se disperser. Meena, Ashok et moi nous dirigeâmes vers la bouche de métro, tous deux discutant avec animation des gens avec qui ils avaient parlé et des manifestations prévues la semaine suivante.

— Que ferez-vous si la bibliothèque ferme vraiment ? leur demandai-je une fois dans le train.

— Honnêtement ? dit Meena en repoussant son bandana en arrière sur ses cheveux. Aucune idée. Mais ils finiront probablement par fermer. Il y en a une autre mieux équipée à deux kilomètres, et ils nous diront que nous n'avons qu'à y emmener nos enfants. Parce que, évidemment, tout le monde ici a une voiture. Et il n'y a rien de mieux pour les personnes âgées que de marcher deux kilomètres par plus de trente degrés, ajouta-t-elle en levant les yeux au ciel. Mais nous nous battrons jusqu'au bout, hein ?

— Il faut des lieux réservés à la communauté. (Ashok leva une main avec emphase, tranchant l'air.) Il faut des lieux où les gens puissent se réunir, discuter et échanger des idées, et que ce ne soit pas seulement une question d'argent, vous comprenez ? Les livres vous apprennent la vie. Les livres vous enseignent l'*empathie*. Mais vous ne pouvez pas acheter des livres si vous avez à peine de quoi payer le loyer. Donc, cette bibliothèque est une ressource vitale ! Si vous fermez une bibliothèque, Louisa, vous ne condamnez pas seulement un bâtiment, vous fermez la porte de l'*espoir*.

Il y eut un bref silence.

— Je t'aime, bébé, déclara Meena avant de l'embrasser sur la bouche.

— Je t'aime aussi, bébé.

Ils se regardèrent, et je secouai des miettes imaginaires de mon manteau tout en essayant de ne pas penser à Sam.

Nous nous séparâmes. Ashok et Meena partaient chez la mère de la jeune femme, où ils devaient récupérer leurs enfants. Ils m'étreignirent et me firent promettre de les accompagner la semaine suivante. Je me rendis au *diner*, où je commandais un café et une part de gâteau. Je ne cessais de penser à la manifestation, aux gens dans la bibliothèque et aux rues mal entretenues qui l'environnaient. Je revoyais le manteau déchiré de cette femme, la vieille dame si fière du salaire que touchait son petit-fils grâce au mentorat. Je songeai au plaidoyer passionné d'Ashok en faveur de la communauté. Je me rappelai comment ma vie avait changé grâce à la bibliothèque de ma ville, la façon dont Will insistait sur le fait que « le pouvoir est dans le savoir ». J'aurais pu relier chaque livre que je lisais aujourd'hui – et presque chaque décision que j'avais prise entre-temps – à cette époque-là.

Je songeai aux liens évidents existant entre les manifestants, à la façon dont ils avaient partagé à manger et à boire, échangé des idées. Je pensai à la poussée d'énergie que j'avais ressentie conjointement au plaisir d'avoir un objectif commun.

Je songeai à ma nouvelle maison, à cet immeuble silencieux occupé par une trentaine de résidents qui ne s'adressaient pas la parole, à part pour se plaindre de quelque atteinte à leur tranquillité, où personne ne semblait s'apprécier ou n'aurait pris la peine d'essayer de connaître suffisamment ses voisins pour le découvrir.

Je restai assise là jusqu'à ce que mon gâteau refroidisse devant moi.

En rentrant, je fis deux choses. J'écrivis un mot à Mme De Witt, dans lequel je la remerciai pour le magnifique foulard, lui disant que ce cadeau avait illuminé ma semaine et que, si elle avait de nouveau besoin d'aide un jour avec le chien, je serais ravie d'en apprendre plus sur la prise en charge et les soins à apporter à ces animaux. Je le mis dans une enveloppe, que je glissai sous sa porte.

Puis, je frappai à la porte d'Ilaria, prenant sur moi pour ne pas me laisser intimider quand elle l'ouvrit et me regarda d'un air ouvertement soupçonneux.

— Je suis passée par le café où ils vendent les biscuits à la cannelle que vous aimez, et je vous en ai acheté. Tenez.

Je lui tendis le sachet.

Elle y jeta un coup d'œil méfiant.

— Qu'est-ce que vous voulez ?

— Rien ! Juste… vous remercier pour votre aide l'autre jour avec les enfants. Et puis, vous savez, nous travaillons ensemble, tout ça, donc… (Je haussai les épaules.) Ce ne sont que des biscuits.

Je les lui mis presque sous le nez, si bien qu'elle fut obligée de les prendre. Elle regarda le sac, puis moi, et j'eus l'impression qu'elle s'apprêtait à me les rendre. Alors, sans lui en laisser le temps, je la saluai d'un geste et m'empressai de regagner ma chambre.

Ce soir-là, je fis des recherches en ligne sur la bibliothèque, épluchant tout ce que je pus trouver : les articles sur les réductions de budget, menaces de fermeture, petites histoires de réussite – « Un adolescent du quartier affirme qu'il doit sa bourse d'études à la bibliothèque… » –, imprimant les extraits les plus importants et conservant tout ce qui me parut utile dans un dossier.

Et, à 20 h 45, un mail apparut dans ma boîte de réception. Il était intitulé : « DÉSOLÉ. »

Lou,

J'ai couru toute la semaine et je voulais écrire en ayant plus de cinq minutes devant moi et en étant sûr que je ne risquais pas d'aggraver les choses. Les mots, ce n'est pas mon fort. Et je suppose qu'il n'y en a qu'un seul d'important ici. Je suis désolé. Je sais que tu ne me tromperais pas. J'ai été idiot ne serait-ce que de le penser.

Le truc, c'est que c'est dur d'être si loin et de ne pas savoir ce qui se passe dans ta vie. Quand nous nous retrouvons, c'est comme si le volume était monté trop haut sur tout. Nous ne pouvons pas nous contenter de passer du temps ensemble.

Je sais que ton séjour à New York compte énormément pour toi et je ne veux pas t'empêcher d'en profiter.

Encore une fois, je suis désolé.

Je t'embrasse,

Ton Sam

De tout ce qu'il m'avait jamais envoyé, c'était ce qui s'apparentait le plus à une lettre. Je relus ses mots, tâchant de démêler mes émotions. Enfin, j'ouvris un mail et tapai :

Je sais. Je t'aime. Quand nous nous verrons à Noël, avec un peu de chance, nous aurons le temps de passer simplement de longs moments ensemble, détendus. Baisers. Lou

En pilote automatique, sans cesser de penser à Sam, je répondis ensuite à un mail de maman et en rédigeai un autre à Treena. « Oui, maman, j'irai voir les nouvelles photos du jardin sur Facebook. Oui, la fille de Bernice fait sa *duck face* sur toutes ses photos. C'est censé être sexy. »

Je me connectai à ma banque en ligne, puis sur Facebook, et me surpris à sourire malgré moi devant les selfies de la fille de Bernice avec sa moue caoutchoutée. Je regardai les photos de maman prises dans notre petit jardin, les nouvelles chaises qu'elle avait achetées à la jardinerie. Puis, presque sur un coup de tête, je me retrouvai à passer en revue la page de Katie Ingram. Je le regrettai presque immédiatement en découvrant sept photos récemment postées d'une soirée entre ambulanciers, peut-être celle à laquelle ils se rendaient quand j'avais appelé.

Ou, pire, peut-être pas.

Et voilà Katie, dans un chemisier rose foncé qui ressemblait à de la soie, un grand sourire aux lèvres, le regard entendu, penchée au-dessus de la table dans le feu d'une discussion, ou riant la tête rejetée en arrière, la gorge exposée. Et puis, voilà Sam dans son blouson en cuir vieilli et un tee-shirt gris, sa grosse main fermée autour d'un verre de ce qui ressemblait à du sirop de citron vert, dépassant tout le monde de quelques centimètres. Sur toutes les photos, le groupe était joyeux, chacun riant à des plaisanteries. Sam semblait parfaitement détendu, à l'aise. Et, sur chaque photo, Katie Ingram était collée à lui, blottie dans le creux de son bras ou les yeux levés vers son visage, une main reposant, légère, sur son épaule.

Chapitre 17

— J'ai une mission pour vous.

Agnes se faisait faire une couleur et un brushing chez son coiffeur super branché. Assise dans un coin, je passais le temps en regardant sur les chaînes d'information locales les bulletins concernant la manifestation de samedi et la bibliothèque de Washington Heights. La voyant approcher, j'éteignis mon téléphone en hâte. Ses cheveux disparaissaient sous des feuilles de papier d'aluminium savamment pliées. Ignorant la coloriste, qui aurait clairement souhaité qu'elle regagne son siège, elle s'assit à côté de moi.

— Je veux que vous trouviez un tout petit piano. À envoyer par bateau en Pologne.

Elle m'annonçait ça sur le même ton que si elle m'avait demandé d'aller lui acheter un paquet de chewing-gums chez *Duane Reade*.

— Un tout petit piano.

— Un tout petit piano pour enfant. C'est pour la petite fille de ma sœur. Mais il doit être de très bonne qualité.

— Il n'y en a pas en Pologne ?

— Pas aussi bon. Je voudrais un piano de chez *Hossweiner & Jackson*. Il n'en existe pas de meilleurs. Et vous devez organiser un transport spécial avec climatisation pour que le piano ne soit pas détérioré par le froid ou l'humidité, qui altèrent le son. Mais la boutique devrait pouvoir anticiper ce genre de choses.

— Quel âge a la fille de votre sœur, déjà ?

— Quatre ans.

— Euh… d'accord.

— Et il faut que ce soit le meilleur pour qu'elle puisse entendre la différence. Il y a une différence énorme, vous savez, entre les tons. C'est comme de jouer sur un stradivarius comparé à un violon lambda.

— Bien sûr.

— Mais voilà le problème.

Elle se détourna, ignorant la coloriste, qui gesticulait frénétiquement à l'autre bout du salon en désignant sa tête et en tapotant une montre imaginaire à son poignet.

— Je ne veux pas que ça apparaisse sur mon relevé bancaire. Donc, vous devez retirer de l'argent chaque semaine pour payer. Petit à petit. D'accord ? J'ai déjà du cash.

— Mais... M. Gopnik n'y verrait certainement aucun inconvénient ?

— Il trouve que je dépense trop pour ma nièce. Il ne comprend pas. Et si Tabitha le découvre, elle va exagérer et me traiter de voleuse. Vous savez comment elle est, Louisa. Alors ? C'est oui ?

Elle me regardait avec insistance sous ses couches de papier d'alu.

— Euh... d'accord.

— Vous êtes fantastique. Je suis tellement contente d'avoir une amie comme vous.

Sans prévenir, elle me serra contre elle, si bien que les feuilles d'aluminium s'écrasèrent contre mon oreille et que la coloriste arriva en courant pour évaluer les dégâts occasionnés.

J'appelai le magasin et leur demandai de m'envoyer un devis pour deux pianos miniatures différents, plus le transport. Une fois que j'eus fini de cligner des yeux, j'imprimai les chiffres qui nous intéressaient et les montrai à Agnes dans son dressing.

— C'est un beau cadeau, fis-je remarquer.

Elle agita une main.

J'avalai ma salive.

— Le transport représente deux mille cinq cents dollars supplémentaires.

Je clignai de nouveau des yeux. Pas Agnes. Elle marcha jusqu'à sa commode, dont elle déverrouilla un tiroir avec une clé qu'elle gardait dans la poche de son jean. Sous mes yeux, elle sortit une liasse approximative de billets de cinquante dollars aussi grosse que son bras.

— Voilà. Il y a huit mille cinq cents. Je veux que vous alliez tous les matins tirer ce qui manque. Cinq cents à la fois. OK ?

Je n'étais pas très à l'aise avec l'idée de retirer autant d'argent à l'insu de M. Gopnik. Mais je savais qu'Agnes entretenait des liens très forts avec sa famille restée en Pologne, et j'étais bien placée pour savoir combien l'envie de se sentir proche de ceux qu'on a laissés derrière soi pouvait être forte. Qui étais-je pour remettre en question la façon dont elle dépensait son argent ? Après tout, j'étais à peu près sûre qu'elle possédait des robes qui avaient coûté davantage que ce petit piano.

Les dix jours suivants, je me rendis consciencieusement au distributeur sur Lexington Avenue et retirai la somme convenue, fourrant les billets au fond de mon soutien-gorge avant de faire le trajet du retour, prête à combattre des voyous qui n'apparaissaient jamais. Je donnais l'argent à Agnes quand nous étions seules, et elle l'ajoutait à sa réserve dans la commode. Pour finir, j'emportai le tout à la boutique, signai le formulaire requis et comptai les billets devant un vendeur médusé. Le piano arriverait en Pologne à temps pour Noël.

Ce fut la seule chose qui sembla réjouir Agnes. Toutes les semaines, Garry la conduisait au studio de Steven Lipkotz pour son cours de dessin. Le chauffeur et moi nous gavions en silence de caféine et de sucre au *Best Doughnut Place*, ou bien, hochant la tête de temps à autre, je l'écoutai me dispenser ses avis sur l'ingratitude de sa progéniture et sur la perfection des donuts saupoudrés d'éclats de caramel. Nous allions chercher Agnes deux heures plus tard en essayant de faire comme s'il était parfaitement normal qu'elle ne rapporte jamais le moindre dessin.

Son ressentiment face à l'enchaînement ininterrompu des galas de bienfaisance avait pris de nouvelles proportions. Elle n'essayait même plus d'être aimable avec les autres femmes, me souffla Michael devant un café pris à la hâte dans la cuisine. Elle se contentait de trôner, magnifique et maussade, attendant que chaque événement s'achève.

— Je suppose qu'on ne peut pas le lui reprocher après toutes les saloperies qu'elles lui ont faites. Mais cela le rend un peu dingue. C'est très important pour lui d'avoir une épouse prête à sourire de temps à autre, à défaut de faire-valoir.

M. Gopnik semblait épuisé par son travail, et par la vie en général. Michael me raconta que les choses au bureau n'étaient pas faciles. La négociation d'un énorme contrat visant à soutenir une banque dans un pays émergent avait mal tourné, et ils travaillaient tous nuit et jour pour essayer de limiter la casse. Simultanément – ou peut-être à cause de cela –, Nathan me raconta que son arthrite s'était réveillée et qu'il procédait à des séances supplémentaires afin de lui permettre de se mouvoir normalement. M. Gopnik se gavait de médicaments et était suivi par un médecin deux fois par semaine.

— Je déteste cette vie, déclara Agnes un jour que nous traversions le parc. Tout cet argent qu'il dépense, et pour quoi ? Pour que, quatre fois par semaine, nous nous asseyions afin de manger des canapés desséchés en compagnie de gens desséchés. Et pour que ces femmes desséchées puissent raconter des saloperies sur moi.

Elle s'arrêta et jeta un coup d'œil au Lavery derrière nous, et je vis qu'elle avait les larmes aux yeux. Elle baissa la voix.

— Parfois, Louisa, j'ai l'impression que je ne peux plus continuer.

— Il vous aime, glissai-je, ne sachant pas quoi dire d'autre.

Elle s'essuya les yeux de la main et secoua la tête, comme pour chasser ses émotions.

— Je sais. (Elle me sourit, et ce fut le sourire le moins convaincant que j'aie jamais vu.) Mais ça fait longtemps que je ne crois plus que l'amour résout tout.

Prise d'une impulsion, je fis un pas en avant et la serrai dans mes bras. Après coup, je fus incapable de dire si je l'avais fait pour elle ou pour moi.

L'idée germa un peu avant Thanksgiving. Ce jour-là, Agnes avait refusé de se lever, plombée par la perspective d'un dîner organisé par une fondation œuvrant en faveur des patients atteints de troubles mentaux. Elle soutenait qu'elle était trop déprimée pour y assister, refusant apparemment de voir l'ironie de la situation.

J'y réfléchis en buvant une tasse de thé, avant de parvenir à la conclusion que je n'avais pas grand-chose à perdre.

— Monsieur Gopnik ?

Je frappai à la porte de son bureau et attendis qu'il m'invite à entrer.

Il leva la tête. Je remarquai sa chemise bleu pâle immaculée et ses yeux, que l'épuisement semblait tirer vers le bas. La plupart du temps, j'éprouvais un peu de pitié pour lui, comme celle qu'on peut ressentir à l'égard d'un ours en cage – teintée de respect et de prudence.

— Qu'est-ce que c'est ?

— Je… je suis désolée de vous déranger. Mais j'ai eu une idée. Quelque chose qui, je pense, pourrait aider Agnes.

Il se redressa contre le dossier de son fauteuil et me fit signe de fermer la porte derrière moi. Sur son bureau, je remarquai un tumbler en cristal contenant du cognac. En général, il ne s'offrait un petit remontant que beaucoup plus tard.

— Puis-je parler franchement ?

J'étais tellement nerveuse que j'étais au bord du malaise.

— Je vous en prie.

— OK. Bon, je n'ai pas pu m'empêcher de remarquer qu'Agnes n'est pas aussi… hum… heureuse qu'elle pourrait l'être.

— Un bel euphémisme, dit-il doucement.

— J'ai l'impression que la plupart de ses problèmes sont liés au fait qu'elle a été arrachée à son ancienne vie et n'est pas vraiment intégrée à la nouvelle. Elle m'a expliqué qu'elle ne peut plus voir ses anciennes amies parce qu'elles ne comprennent pas vraiment sa nouvelle existence. Et, d'après ce que j'ai vu, la plupart de ses fréquentations actuelles ne semblent pas tenir à devenir plus intimes. Je crois qu'elles craignent de paraître… déloyales.

— Vis-à-vis de mon ex-femme.

— Oui. Donc, elle n'a ni travail ni amies. Et cet immeuble n'abrite aucune vraie communauté. Vous avez votre activité et êtes entouré de gens que vous connaissez depuis des années, qui vous apprécient et vous respectent. Mais Agnes n'a rien. Je sais qu'elle trouve les galas de bienfaisance particulièrement éprouvants. Mais l'aspect philanthropique des choses est très important pour vous, donc j'ai eu une idée.

— Continuez.

— Voilà. Une bibliothèque de Washington Heights est menacée de fermeture. J'ai toutes les informations ici. (Je poussai mon dossier en travers de son bureau.) C'est une vraie bibliothèque communautaire, fréquentée par toutes sortes de gens de différentes origines, de tous âges, et il est absolument vital pour les habitants du quartier qu'elle reste ouverte. Ils se battent avec acharnement pour la sauver.

— C'est du ressort du conseil municipal.

— Eh bien, peut-être. Mais j'ai parlé à l'une des bibliothécaires, et elle m'a dit que, par le passé, il leur est arrivé de recevoir des donations spontanées qui les ont aidés à tenir. (Je me penchai en avant.) Si seulement vous y alliez, monsieur Gopnik, vous verriez – il y a des habitants du quartier qui viennent suivre des cours, des mères qui s'efforcent de garder leurs enfants au chaud et en sécurité, et des gens qui essaient vraiment d'améliorer les choses. De façon concrète. Je sais que ce n'est pas aussi prestigieux que les réceptions auxquelles vous assistez – je veux dire, il n'y aura pas de bal, là-bas, mais ça reste un projet philanthropique, non ? Et je pensais que, peut-être… eh bien, que vous pourriez vous impliquer. Mieux, si Agnes s'investissait aussi, elle pourrait faire partie d'une communauté et construire un projet personnel. Vous et elle accompliriez quelque chose de formidable.

— Washington Heights ?

— Vous devriez aller voir. C'est un quartier très mixte. Assez différent d'ici. Je veux dire, certaines parties se sont embourgeoisées, mais pas celle-ci…

— Je connais Washington Heights, Louisa. (Il tambourina avec ses doigts sur son bureau.) En avez-vous discuté avec Agnes ?

— J'ai préféré vous en parler d'abord.

Il tira le dossier vers lui et l'ouvrit d'un geste sec. Il fronça les sourcils devant la première page – une coupure de journal sur les premières manifestations. La deuxième, un relevé que j'avais téléchargé sur le site Internet du conseil municipal, présentait le bilan de la dernière année fiscale.

— Monsieur Gopnik, je pense vraiment que vous pourriez faire la différence. Pas seulement pour Agnes, mais pour toute une communauté.

C'est à ce moment-là que je me rendis compte qu'il semblait insensible, dédaigneux, même. Pas de changement spectaculaire dans son expression, mais un durcissement subtil, le regard qui s'abaissait. Et soudain, il me vint à l'esprit qu'être aussi riche signifiait probablement qu'il recevait des centaines de requêtes du même genre par jour, ou des suggestions sur la façon dont il devrait investir son argent. Et que, peut-être, en y participant, j'avais franchi une ligne invisible séparant l'employé de l'employeur.

— Enfin bref. C'était juste une idée. Probablement pas très bonne. Je suis désolée de vous avoir dérangé. Je vais retourner travailler. Ne vous sentez pas obligé de regarder tout ça si vous êtes occupé. Je peux le reprendre avec moi si vous…

— Tout va bien, Louisa.

Fermant les yeux, il pressa le bout de ses doigts sur ses tempes. Je me levai, ne sachant pas très bien si j'avais été congédiée.

Enfin, il tourna son visage vers moi.

— Pouvez-vous aller parler à Agnes, s'il vous plaît ? Et essayer de découvrir si je vais devoir aller seul à ce dîner ?

— Oui. Bien sûr.

Je sortis de la pièce à reculons.

Elle assista au dîner des troubles mentaux. Nous n'entendîmes aucune dispute quand ils rentrèrent, mais, le lendemain, je découvris qu'elle avait passé la nuit dans son dressing.

Durant les deux semaines qui précédèrent mon retour en Angleterre pour Noël, je devins complètement accro à Facebook. Je consultais la page de Katie Ingram matin et soir, décortiquant ses conversations publiques, cherchant les nouvelles photos qu'elle aurait pu poster. L'une de ses amies lui avait demandé si elle aimait son boulot, et elle avait répondu « Je l'ADORE » accompagné d'un emoji clin d'œil (elle avait un goût très agaçant pour les emoji clin d'œil). Un autre jour, elle avait posté : « Journée très dure au boulot. Merci, mon Dieu, pour mon merveilleux partenaire ! *#blessed* »

Elle posta une autre photo de Sam au volant de l'ambulance. Il riait et levait la main comme pour protester, et l'expression de son visage, l'intimité du cliché, la façon dont je me retrouvai transportée dans l'habitacle avec eux me coupèrent le souffle.

Nous nous étions donné rendez-vous au téléphone un soir (pour lui), mais, quand j'appelai, il ne décrocha pas. Je réessayai à deux reprises, en vain. Deux heures plus tard, juste au moment où je commençais à m'inquiéter, je reçus un message :

Désolé. Tu es toujours là ?

— Tout va bien ? Il s'est passé quelque chose au boulot ? demandai-je quand il m'appela.

Il hésita une fraction de seconde avant de répondre.

— Pas exactement.

— Comment ça ?

J'étais dans la voiture avec Garry. Agnes était chez la pédicure. Même s'il semblait captivé par les pages de sport de son *New York Post*, j'avais conscience que Garry pouvait m'entendre.

— J'étais en train d'aider Katie avec quelque chose.

J'eus le ventre noué à la simple mention de son nom.

— Tu l'aidais avec quoi ?

J'essayai de garder un ton léger.

— Juste une armoire Ikea. Elle l'a achetée il y a un certain temps, mais n'a pas réussi à la monter, alors j'ai proposé de lui donner un coup de main.

Je me sentis mal.

— Tu es allé chez elle ?

— Seulement pour l'aider avec un meuble, Lou. Elle n'a personne d'autre. Et on est presque voisins.

— Tu as pris ta boîte à outils…

Je me rappelais quand il venait chez moi réparer des trucs. Ça avait été l'une des premières choses que j'avais aimées chez lui.

— Oui. J'ai pris ma boîte à outils. Pour l'aider avec son armoire Ikea.

Je détectai une pointe de lassitude dans sa voix.

— Sam ?

— Quoi ?

— Est-ce que c'est toi qui as proposé d'y aller ? Ou bien elle te l'a demandé ?

— C'est important ?

Je voulais lui dire que oui, parce qu'il était évident qu'elle essayait de me le voler. Elle jouait alternativement le rôle de la femme sans défense, de la fêtarde rigolote, de la meilleure amie compréhensive et de la collègue de travail. Dans le meilleur des cas, il était aveugle, dans le pire, il était conscient de ses avances. Elle n'avait pas posté une seule photo où elle n'était pas scotchée à lui, comme une sorte de sangsue à rouge à lèvres. Je me demandai si elle avait deviné que je les regardais, si elle tirait une quelconque satisfaction à imaginer le malaise que ces images provoquaient en moi, et si cela faisait partie de son plan de me rendre malheureuse et paranoïaque. Les hommes ne comprendront jamais l'arsenal infiniment subtil dont les femmes usent les unes contre les autres.

Le silence s'installa entre nous. Je savais que je ne pouvais pas gagner. Si j'essayais de le mettre en garde, je devenais une harpie jalouse. Si je ne le faisais pas, il continuerait d'avancer aveuglément vers son piège à hommes. Jusqu'au jour où il s'apercevrait soudain qu'elle lui manquait plus que je lui avais jamais manqué. Ou bien, blottie contre lui au pub après une dure journée, elle glisserait sa douce main dans la sienne… Ou encore, ils se rapprocheraient sous le coup d'une poussée d'adrénaline partagée, après avoir vu la mort de près, et se retrouveraient à s'embrasser et…

Je fermai les yeux.

— Tu rentres quand ?

— Le 24.

— Super. Je vais essayer d'aménager mon planning. Mais je travaille pendant la période de Noël, Lou. Tu connais mon job. Ça n'arrête jamais.

Il soupira, puis marqua une pause avant de reprendre la parole.

— Écoute. Je pensais à un truc. Peut-être que ce serait une bonne chose que tu rencontres Katie. Comme ça, tu pourras voir que c'est une fille bien. Elle ne cherche pas à être plus qu'une copine.

Tu parles.

— Super ! Ça me ferait très plaisir.

— Quelque chose me dit qu'elle va te plaire.

— J'en suis sûre.

Me plaire comme le virus Ebola. Ou comme une brûlure au troisième degré. Ou comme ce fromage qui grouille de bestioles.

Il parut soulagé et reprit :

— J'ai trop hâte de te voir. Tu restes une semaine, c'est ça ?

Je baissai la tête, essayant d'étouffer un peu ma voix.

— Sam, est-ce que… est-ce que Katie souhaite vraiment me rencontrer ? Est-ce que c'est quelque chose dont vous avez discuté ?

— Ouais.

Et puis, comme je ne disais rien, il ajouta :

— Je veux dire, pas de façon… Nous n'avons pas parlé de ce qui se passait entre toi et moi, ou rien. Mais elle comprend que ce doit être difficile pour nous.

— Je vois.

Je sentis ma mâchoire se contracter.

— Elle trouve que tu as l'air géniale. Évidemment, je lui ai dit qu'elle se trompait.

Je ris, mais je crois que même le pire acteur du monde n'aurait pas pu paraître moins convaincant.

— Tu verras lorsque tu la rencontreras. J'ai hâte.

Quand il raccrocha, je levai les yeux et m'aperçus que Garry m'observait dans le rétroviseur intérieur. Nos regards se croisèrent un bref instant, puis il détourna le sien.

Étant donné que je vivais dans l'une des métropoles les plus denses et animées de la planète, j'avais fini par comprendre que l'univers dans lequel j'évoluais était en fait très petit, gravitant essentiellement autour des demandes des Gopnik, qui pleuvaient de 6 heures du matin jusqu'à une heure avancée de la soirée. J'avais mis mon existence au diapason de la leur. Comme avec Will, je devins attentive à toutes les humeurs d'Agnes, capable de détecter aux signaux les plus subtils si elle était déprimée, en colère ou simplement affamée. Je savais désormais quand elle devait avoir ses règles, dont j'indiquais la date dans mon agenda personnel afin de me préparer à cinq jours d'émotions intenses ou de séances de piano plus passionnées encore que le reste du temps. Je savais me rendre invisible durant les périodes de tensions familiales, ou, au contraire, quand être omniprésente. Je devins une ombre, à tel point qu'il m'arrivait parfois de me sentir presque évanescente – n'existant plus qu'à travers ma relation avec eux.

Ma vie avant les Gopnik s'était estompée, transformée en une réalité pâle, fantomatique, que je me remémorais lors de rares coups de fil (quand l'emploi du temps des Gopnik le permettait) ou de mails sporadiques. Je ne pus appeler ma sœur pendant deux semaines et pleurai en recevant une lettre de ma mère contenant des photos d'elle et de Thom au théâtre – « Juste au cas où tu aurais oublié à quoi nous ressemblons. »

Il m'arrivait de saturer. Alors, pour équilibrer la balance, même si j'étais épuisée, j'allais toutes les semaines à la bibliothèque avec Ashok et Meena – je m'y rendis même seule un jour où leurs enfants étaient malades. Je fis des progrès en matière d'équipement contre le froid et créai ma propre pancarte – « Le pouvoir est dans le savoir ! » –, avec un petit clin d'œil à Will. Ensuite, je reprenais le train et me rendais dans l'East Village pour boire un café au grand magasin de vêtements vintage et passer en revue les nouveaux articles que Lydie et sa sœur avaient reçus.

M. Gopnik ne me reparla jamais de la bibliothèque. Je m'aperçus avec une certaine déception qu'ici la charité avait un sens particulier : effectuer des dons ne suffisait pas, il fallait qu'on vous voie donner. Les hôpitaux affichaient les noms de leurs généreux donateurs en lettres de deux mètres de haut au-dessus de leurs portes. Les bals portaient le patronyme de leurs organisateurs. Même les bus affichaient des noms sur la vitre arrière. M. et Mme Gopnik étaient réputés pour leur générosité parce qu'ils étaient visibles en tant que tels dans la société. Une bibliothèque miteuse dans un quartier délabré n'avait rien d'aussi glorieux.

Ashok et Meena m'avaient invitée à fêter Thanksgiving dans leur appartement de Washington Heights, horrifiés d'apprendre que je n'avais rien de prévu.

— Vous ne pouvez pas passer Thanksgiving toute seule ! s'était exclamé Ashok.

Je décidai de garder pour moi le fait que peu de gens en Angleterre savaient de quoi il s'agissait.

— Ma mère se charge de préparer la dinde, mais ne t'attends pas à de la cuisine américaine, m'avait expliqué Meena. Nous ne supportons pas cette nourriture insipide. Prépare-toi à une belle dinde tandoori.

Je n'eus aucun mal à dire « oui » à cette expérience nouvelle : une telle perspective m'enchantait. J'achetai une bouteille de champagne, de bons chocolats et des fleurs pour la mère de Meena, puis j'enfilai ma robe cocktail bleue aux manches de fourrure, décidant qu'un Thanksgiving indien serait parfaitement approprié pour sa première sortie – ou, en tout cas, sans code vestimentaire imposé. Ilaria était très occupée par les préparatifs du dîner de la famille Gopnik, et je décidai de ne pas la déranger. Je sortis donc, non sans avoir vérifié les instructions fournies par Ashok.

Alors que je remontais le couloir, je remarquai que la porte de Mme De Witt était ouverte. Le murmure d'une télévision semblait provenir du fond de l'appartement. Planté au milieu du corridor, à quelques pas de la porte, Dean Martin me lançait des regards furibonds. Redoutant une nouvelle tentative d'évasion de sa part, je pressai la sonnette.

Mme De Witt émergea de l'une des pièces du fond.

— Madame De Witt ? lui criai-je. Je crois que Dean Martin est sur le point de partir en vadrouille.

Le chien rentra dans l'appartement et trottina vers sa maîtresse. Elle s'appuya au mur. Elle semblait frêle et fatiguée.

— Pourriez-vous claquer la porte, ma chère ? J'ai dû mal la fermer.

— Bien sûr. Joyeux Thanksgiving, madame De Witt, lui dis-je.

— Ah, c'est aujourd'hui ? J'avais oublié.

Elle disparut de nouveau, le chien sur ses talons, et je refermai la porte d'entrée de son appartement. À ma connaissance, elle ne recevait jamais de visites, même informelle, et je me sentis un peu triste à l'idée qu'elle passe Thanksgiving seule.

Je me détournais pour partir quand Agnes apparut dans le couloir en tenue de sport. Elle parut étonnée de me voir.

— Où allez-vous ?

— Dîner.

Je ne voulais pas lui dire chez qui. J'ignorais ce que penseraient les résidents de l'immeuble s'ils savaient que leurs employés se réunissaient sans eux. Elle me lança un regard horrifié.

— Mais vous ne pouvez pas partir, Louisa. La famille de Leonard vient ici. Je ne peux pas les affronter seule. J'ai dit que vous seriez là.

— Ah oui ? Mais…

— Vous devez rester.

Je regardai la porte. Mon cœur se serra.

— Je vous en prie, Louisa. Vous êtes mon amie. J'ai besoin de vous, insista-t-elle en baissant la voix.

J'appelai Ashok pour le prévenir. Ma seule consolation fut que, du fait de son travail, il comprit immédiatement ma situation.

— Je suis vraiment désolée, chuchotai-je dans le combiné. J'avais très envie de venir.

— Nan. Vous devez rester. Eh, Meena me crie de vous dire qu'elle va vous garder de la dinde. Je vous l'apporterai demain… Bébé, ça y est, je lui ai dit! Si! Elle vous conseille de siffler toutes leurs bonnes bouteilles. OK?

Je me sentis un instant au bord des larmes. Je m'étais fait une joie de passer une soirée au milieu d'enfants espiègles, de plats délicieux et d'éclats de rire. Au lieu de quoi, j'allais encore être une ombre, un soutien silencieux dans une pièce glaciale.

J'avais raison d'avoir peur.

Trois membres de la famille de M. Gopnik vinrent pour Thanksgiving: son frère, une version plus âgée, plus grise et plus anémique, et qui semblait s'occuper de quelque chose en rapport avec la loi – ministre de la Justice, probablement. Il amena leur mère, qui se déplaçait en fauteuil roulant. La vieille dame refusa d'ôter son manteau de fourrure pendant toute la soirée et se plaignit d'une voix forte de ne rien entendre de ce qui se disait. La femme du frère de M. Gopnik, une ancienne violoniste, apparemment assez célèbre, les accompagnait. Elle fut la seule à se donner la peine de me demander ce que je faisais. Elle salua Agnes en l'embrassant sur les deux joues, avec le genre de sourire professionnel qui aurait pu être destiné à n'importe qui.

Tab vint compléter cette assemblée. Elle arriva tard, avec l'air de celle qui a passé sa course en taxi à expliquer au téléphone combien elle n'avait pas envie d'être là. Peu après, nous prîmes place autour de la longue table ovale en acajou de la salle à manger, située à côté du salon principal.

La conversation était guindée, c'est le moins que l'on puisse dire. M. Gopnik et son frère se mirent aussitôt à discuter des restrictions légales dans le pays où il faisait alors des affaires, et les deux épouses se posèrent quelques questions convenues, telles deux personnes qui pratiquent une langue étrangère en échangeant de menus propos.

— Comment vas-tu, Agnes ?

— Bien, merci. Et toi, Veronica ?

— On ne peut mieux. Tu as l'air en forme. Ta robe est ravissante.

— Merci. Tu es très en beauté aussi.

— J'ai appris que tu étais allée en Pologne ? Leonard a dit que tu as rendu visite à ta mère.

— Oui, j'y étais il y a deux semaines. Ça m'a fait très plaisir de la voir, merci.

Assise entre Tab et Agnes, je regardai cette dernière boire trop de vin blanc et Tab tripoter son portable avec un air de défi et lever régulièrement les yeux au ciel. Je mangeai ma soupe de citrouille à la sauge, hochai la tête, souris en m'efforçant de ne pas penser à l'appartement d'Ashok et au joyeux chaos qui devait y régner. J'aurais volontiers interrogé Tab sur sa semaine – tout plutôt que d'endurer plus longtemps cette conversation poussive –, mais elle avait glissé tant de remarques acides en aparté sur l'« horreur » d'avoir du « personnel » à des réunions familiales que je n'en eus pas le courage.

Pendant ce temps, les plats continuaient de défiler.

— Comme la *puta* polonaise ne cuisine pas, quelqu'un doit sacrifier son Thanksgiving, avait marmonné Ilaria.

Elle avait préparé un festin composé de dinde, de pommes de terre rôties et de plusieurs choses que je n'avais jamais vues servies en accompagnement, mais qui, je le soupçonnais, allaient immédiatement me laisser avec un diabète de type 2 – patates douces confites nappées de marshmallows, haricots verts au miel et bacon, courge poivrée rôtie au bacon et arrosée de sirop d'érable, pain de maïs au beurre et carottes rôties au miel et aux épices. Il y avait aussi des *popovers* – une sorte de pudding –, que j'examinai subrepticement pour voir s'ils baignaient aussi dans le sirop.

Bien sûr, seuls les hommes goûtèrent à tous les plats. Tab poussa les aliments autour de son assiette. Agnes mangea un petit morceau de dinde, rien d'autre ou presque. Je me servis un peu de tout, reconnaissante d'avoir quelque chose à faire, et aussi dans l'espoir qu'Ilaria cesse de balancer les plats devant moi avec brusquerie. En réalité, elle me lança plusieurs regards pleins de compassion, prenant la mesure de mon calvaire. Les hommes continuaient à parler affaires, sans se soucier du climat hostile qui régnait à l'autre extrémité de la table.

De temps à autre, le silence était rompu par la vieille Mme Gopnik, qui réclamait que quelqu'un lui serve une pomme de terre ou demandait d'une voix forte pour la énième fois ce que cette femme avait bien pu faire aux carottes. Plusieurs personnes lui répondaient en même temps, prêtes à saisir n'importe quel prétexte pour se sortir de leur prostration.

— Votre robe est très originale, Louisa, fit remarquer Veronica après un silence particulièrement long. Très singulière. Vous l'avez achetée à Manhattan ? On ne voit plus beaucoup de manches en fourrure ces temps-ci.

— Merci. Je l'ai achetée dans l'East Village.

— Est-ce une Marc Jacobs ?

— Hum, non. C'est du vintage.

— *Vintage*, répéta Tab avec un reniflement méprisant.

— Qu'est-ce qu'elle a dit ? demanda Mme Gopnik d'une voix forte.

— Elle parle de la robe de la fille, mère, dit M. Gopnik frère. Elle dit qu'elle est vintage.

— Vintage quoi ?

— Quel est le problème avec « vintage », Tab ? demanda calmement Agnes.

Je me ratatinai contre mon dossier.

— C'est un mot qui n'a absolument aucun sens, non ? Juste une façon de dire « de seconde main ». Une manière de déguiser quelque chose pour le faire passer pour ce qu'il n'est pas.

J'aurais voulu lui dire que « vintage » signifiait bien plus que cela, mais j'ignorais comment l'exprimer – et soupçonnais que ce n'était pas ce qu'on attendait de moi. Tout ce que je voulais, c'était qu'on change de sujet ; je ne tenais pas à me retrouver au centre de la conversation.

— Il me semble que les tenues vintage sont désormais très à la mode, intervint Veronica avec le tact d'une diplomate en s'adressant à moi. Bien sûr, je suis beaucoup trop vieille pour comprendre les tendances d'aujourd'hui.

— Et beaucoup trop polie pour dire de telles choses, marmonna Agnes.

— Excuse-moi ? lança Tabitha.

— Oh, maintenant, tu t'excuses ?

— Je reformule : qu'est-ce que tu viens de dire ?

M. Gopnik leva les yeux de son assiette. Il lança des regards méfiants à sa femme et à sa fille.

— Je veux dire : qu'est-ce qui t'oblige à te montrer si impolie envers Louisa ? Elle est mon invitée ici, même si elle est aussi mon employée. Et il faut que tu critiques sa tenue.

— Je n'ai pas été impolie. J'ai juste fait une remarque.

— C'est comme ça qu'on est impoli de nos jours. « Je dis les choses comme je les vois. Je suis honnête, c'est tout. » Le langage des brutes. Nous le connaissons tous.

— De quoi viens-tu de me traiter ?

— Agnes, ma chérie…

M. Gopnik tendit le bras et posa une main sur celle de sa femme.

— Qu'est-ce qu'elles disent ? s'écria Mme Gopnik. Dites-leur de parler plus fort.

— Je disais que Tab faisait preuve d'impolitesse vis-à-vis de mon amie.

— Elle n'est pas ton amie, bon sang. Tu la *paies* pour être ton *assistante*. Mais je soupçonne que, en matière d'amies, tu ne peux guère espérer plus, ces jours-ci.

— Tab ! s'exclama son père. Ce que tu viens de dire est affreux.

— Eh bien, c'est la vérité. Personne ne veut rien avoir à faire avec elle. Tu ne vas pas prétendre que tu ne le vois pas partout où vous allez. Tu te rends compte que notre famille est la risée de tous, papa ? Tu es devenu un cliché. Elle est un cliché ambulant. Et pour quoi ? Nous savons tous quel est son plan.

Agnes saisit sa serviette sur ses genoux et en fit une boule.

— Mon plan ? Tu veux bien me dire en quoi il consiste ?

— Celui de toutes les immigrées arrivistes et sans scrupules. Tu as réussi à convaincre papa de t'épouser en usant de je ne sais quel stratagème. Maintenant, tu fais tout ce qu'il faut pour être enceinte et pondre un ou deux bébés, et puis, dans les cinq ans, tu divorceras. Et tu seras tranquille jusqu'à la fin de tes jours. Boum ! Plus de massages. Rien que *Bergdorf Goodman*, un chauffeur et des déjeuners avec ton assemblée de sorcières polonaises.

M. Gopnik se pencha sur la table.

— Tabitha, je ne veux plus jamais t'entendre employer le mot « immigré » de manière désobligeante dans cette maison. Tes arrière-grands-parents étaient des immigrés. Tu es toi-même descendante d'immigrés...

— Pas ce genre-là.

— Qu'est-ce que ça veut dire ? demanda Agnes, le rouge aux joues.

— Tu veux que je te fasse un dessin ? Il y a ceux qui atteignent leur but en travaillant dur, et ceux qui y parviennent en restant vautrés sur leur...

— Comme toi ? cria Agnes. Comme toi qui vis du revenu d'un fonds de placement à presque vingt-cinq ans ? Toi qui n'as presque jamais travaillé de ta vie ? Je suis censée prendre exemple sur toi ? Au moins, je sais ce que c'est que de travailler dur...

— Oui. En chevauchant des inconnus. Tu parles d'un boulot...

— Ça suffit ! hurla M. Gopnik en se levant. Tu te trompes, Tabitha, et tu dois t'excuser.

— Pourquoi ? Parce que je ne la vois pas avec les yeux de l'amour ? Papa, je suis désolée de te le dire, mais tu es complètement aveugle et tu n'as pas la moindre idée de ce que cette femme te cache.

— Non, c'est toi qui te trompes !

— Alors, elle ne voudra jamais d'enfants ? Elle a vingt-huit ans, papa. Réveille-toi !

— De quoi parlent-ils ? demanda Mme Gopnik avec humeur à sa belle-fille, qui lui chuchota quelque chose à l'oreille. Mais elle a parlé de « chevaucher des inconnus » ! Je l'ai entendue.

— Bien que cela ne te concerne en rien, Tabitha, je peux te garantir qu'il n'y aura plus d'enfants dans cette maison. Agnes et moi nous sommes mis d'accord sur ce point avant que je l'épouse.

Tab grimaça.

— *Ooooh.* Vous vous êtes mis *d'accord*. Comme si ça voulait dire quoi que ce soit. Une femme comme elle promettrait n'importe quoi pour pouvoir t'épouser ! Papa, je déteste dire ça, mais tu es d'une naïveté désespérante. Dans un an, il y aura un petit « accident », et elle te persuadera...

— Il n'y aura pas d'accident !

M. Gopnik fit claquer ses mains sur la table si fort que les verres s'entrechoquèrent en tintant.

— Comment peux-tu le savoir ?

— Parce que j'ai subi une vasectomie, bordel de merde ! (M. Gopnik se rassit. Ses mains tremblaient.) Deux mois avant notre mariage. Au Mount Sinai. Avec l'accord d'Agnes. Es-tu satisfaite maintenant ?

Le silence se fit dans la pièce. Tab dévisageait son père, bouche bée.

La vieille dame regarda sur sa gauche, puis sur sa droite, avant de lâcher en scrutant M. Gopnik :

— Leonard a eu une appendicectomie ?

Un bourdonnement sourd commença quelque part à l'arrière de ma tête. Comme à distance, j'entendis M. Gopnik insister pour que sa fille présente des excuses, puis je vis Tab reculer sa chaise et quitter la table sans s'exécuter. Je vis Veronica échanger des regards avec son mari et, d'un air las, boire son vin à longs traits.

Puis, je me tournai vers Agnes, qui contemplait son assiette, sur laquelle les restes parsemés de bacon de son repas s'étaient figés dans le miel. Quand M. Gopnik tendit le bras pour serrer sa main, j'entendis mon cœur tambouriner à mes oreilles.

Elle ne me regarda pas.

Chapitre 18

Je m'envolai pour l'Angleterre le 22 décembre, chargée de cadeaux et vêtue de mon nouveau manteau vintage imprimé zèbre, qui, comme je le découvris plus tard, réagit bizarrement à l'air recyclé du 767 : à l'arrivée à Heathrow, il dégageait une puissante odeur de carcasse d'équidé.

Je devais initialement voyager le 24, mais Agnes avait insisté pour que je parte plus tôt, elle-même improvisant un court aller-retour en Pologne pour voir sa mère, qui n'était pas bien. Apparemment, il était inutile que je reste à New York à ne rien faire quand je pouvais être avec ma famille. M. Gopnik avait payé mon changement de réservation. Après le dîner de Thanksgiving, Agnes s'était montrée excessivement gentille avec moi, tout en gardant ses distances. Quant à moi, j'avais été professionnelle et accommodante. Parfois, la tête me tournait quand je pensais à ce que j'avais appris. Mais me revenait alors le conseil de Garry à mes débuts, en automne : « Ne rien voir, ne rien entendre, tout oublier. »

Dans les jours précédant Noël, quelque chose s'était produit. Mon humeur s'était égayée. Peut-être étais-je seulement soulagée à la perspective de quitter cet appartement et cette famille dysfonctionnelle. Ou peut-être qu'acheter des cadeaux de Noël m'avait aidée à renouer avec une certaine légèreté dans ma relation avec Sam. À quand remontait la dernière fois où j'avais acheté des cadeaux de Noël à un homme, après tout ? Durant les deux dernières années de notre relation, Patrick se contentait de m'envoyer des mails avec les liens vers les articles de fitness qu'il convoitait. « Ne t'embête pas à les emballer, bébé. Si tu te trompes, il faudra que je les renvoie. » Tout ce que j'avais à faire, c'était cliquer sur « valider votre panier ». Je n'avais passé aucun Noël avec Will. Et là, j'avançais au coude à coude avec d'autres clients de Saks, essayant d'imaginer mon petit ami dans des pulls en cachemire dans lesquels j'enfouissais le visage, des chemises à carreaux dans le genre de celles qu'il aimait porter dans son jardin et de grosses chaussettes d'extérieur de chez *REI*. J'achetai des jouets pour Thom, risquai l'overdose en respirant les vapeurs de sucre dans la boutique M&M's de Times Square. J'achetai du papier à lettres pour Treena chez *McNally Jackson* et une magnifique robe de chambre pour grand-père chez *Macy's*.

Me sentant à la tête d'une petite fortune, ayant si peu dépensé durant les derniers mois, j'achetai à maman un petit bracelet de chez *Tiffany* et une radio à manivelle pour papa, qu'il pourrait utiliser dans sa remise.

Et puis, comme après coup, j'achetai une chaussette de Noël pour Sam. Je la remplis de petits cadeaux : un après-rasage, des chewing-gums, des chaussettes et une housse de canette imprimée d'une pin-up en mini-short. Enfin, je retournai à la boutique de jouets où j'avais fait mes cadeaux pour Thom et achetai quelques meubles de maison de poupée – un lit, une table et des chaises, un canapé et un ensemble de salle de bains. Après les avoir empaquetés, j'écrivis sur l'étiquette : « En attendant que la vraie soit finie. » J'y ajoutai une minuscule trousse de secours, m'émerveillant des détails de son contenu. Soudain, Noël me parut une évidence, et la perspective de presque dix jours loin des Gopnik et de la ville me fit elle-même l'effet d'un cadeau.

J'arrivai à l'aéroport en priant silencieusement pour que le poids de mes cadeaux ne m'ait pas fait dépasser la limite autorisée. Lors de l'enregistrement, l'employée de la compagnie prit mon passeport et me demanda de hisser ma valise sur le tapis roulant. Elle fronça les sourcils en regardant l'écran.

— Il y a un problème ? demandai-je en la voyant jeter un coup d'œil à mon passeport, puis derrière elle.

Je calculai mentalement combien je pourrais avoir à payer pour le surpoids.

— Oh, non, madame. Vous ne devriez pas être dans cette file.

— Vous plaisantez ! (Mon cœur se serra quand je jetai un coup d'œil à l'énorme file d'attente derrière moi.) Bon, et où devrais-je être ?

— Vous êtes en classe affaires.

— En classe affaires ?

— Oui, madame. Vous avez été surclassée. Vous devriez vous enregistrer à ce comptoir, là-bas. Mais ne vous en faites pas. Je peux m'en occuper ici.

Je secouai la tête.

— Oh, je ne crois pas. Je…

C'est alors que mon téléphone tinta. Je baissai les yeux vers l'écran.

> Vous devriez être à l'aéroport, maintenant. J'espère que cela rendra votre voyage plus agréable. Petit cadeau d'Agnes. À bientôt pour la nouvelle année, camarade ! Michael

J'écarquillai les yeux.

— C'est parfait. Merci.

Je suivis du regard mon énorme valise tandis qu'elle disparaissait, emportée par le tapis roulant, et glissai mon téléphone dans mon sac.

L'aéroport grouillait de monde, mais, dans la partie de l'avion réservée à la première classe, tout était calme et paisible, une petite oasis de suffisance collective coupée du chaos du dehors et de l'hystérie des fêtes de fin d'année. Une fois installée, j'examinai le contenu de ma trousse de toilette – crèmes de nuit et autres petits cadeaux –, enfilai les chaussettes gracieusement mises à la disposition des passagers et essayai de ne pas trop parler à l'homme assis à côté de moi, qui finit par mettre son masque de sommeil et s'allonger. J'eus seulement un petit contretemps avec le siège inclinable, quand ma chaussure se coinça dans le repose-pieds, mais le steward, absolument charmant, me montra comment la dégager. Je mangeai du canard avec un glaçage au xérès et de la tarte au citron, remerciant les membres de l'équipage chaque fois qu'ils m'apportaient quelque chose. Je regardai deux films, puis m'aperçus qu'il fallait vraiment que j'essaie de dormir un peu. Mais j'étais si fascinée par cette plaisante expérience que c'était difficile… C'était exactement le genre de chose que j'aurais raconté par mail à mes proches – mais, songeai-je avec des papillons dans le ventre, cette fois, je pourrais le leur raconter en personne.

La Louisa Clark qui rentrait chez elle était différente. C'était ce qu'avait dit Sam, et j'avais décidé de le croire. J'étais plus sûre de moi, plus professionnelle, loin de la jeune femme triste, tourmentée et brisée physiquement qui avait fait le trajet dans l'autre sens trois mois plus tôt. J'imaginai le visage de Sam quand je le surprendrais, exactement comme il l'avait fait. Il m'avait envoyé une copie de son planning pour les quinze prochains jours afin que je puisse planifier mes visites à mes parents. J'avais prévu de laisser mes affaires à l'appartement, où je passerais quelques heures avec ma sœur, puis d'aller chez lui pour l'y retrouver à la fin de son service.

Cette fois, nous ferions les choses bien. Nous avions un peu de temps devant nous et pourrions laisser s'installer un genre de routine sans drames ni malentendus. Il avait toujours été évident que les trois premiers mois seraient les plus difficiles. Je tirai ma couverture sur moi et, bien que déjà trop loin au-dessus de l'Atlantique pour que ce soit vraiment utile, j'essayai en vain de m'endormir, l'estomac noué et le cerveau en ébullition tandis que, sous mes yeux, le minuscule avion glissait lentement en clignotant sur mon écran pixellisé.

J'arrivai devant mon immeuble peu après l'heure du déjeuner. Je tâtonnai maladroitement au fond de mon sac en quête de mes clés, puis ouvris la porte. Treena était au travail, Thom, encore à l'école. Le gris de Londres était égayé par le scintillement des illuminations et des chants de Noël que diffusaient les boutiques, des airs que j'avais entendus des millions de fois auparavant. Je gravis les marches de mon ancien immeuble, respirant le parfum familier du désodorisant bon marché et de l'humidité londonienne, puis j'ouvris la porte de mon appartement, lâchai ma valise et poussai un soupir.

J'étais chez moi. En quelque sorte.

Je traversai le vestibule tout en ôtant mon manteau et pénétrai dans le salon. J'avais un peu redouté ce retour, craignant de me heurter au souvenir des mois passés plongée dans la dépression et l'alcool, à ces pièces vides et mal-aimées, comme si je me reprochais de n'avoir pas su sauver l'homme qui m'avait donné ce foyer. Mais l'appartement que je découvris, je m'en aperçus immédiatement, n'était pas le même que celui que j'avais quitté : en trois mois, il avait été complètement transformé. L'intérieur autrefois nu était désormais plein de couleurs grâce aux dessins de Thom qui décoraient les murs. Il y avait des coussins brodés sur le canapé, un nouveau fauteuil tapissé, des rideaux et une étagère remplie de DVD. Les placards de la cuisine débordaient de nourriture et de vaisselle neuve. Un bol de Coco Pops sur un set de table arc-en-ciel racontait un petit déjeuner abandonné en hâte.

J'ouvris la porte de la chambre d'amis – désormais celle de Thom – et souris en découvrant les posters de football, la couette imprimée de personnages de dessins animés et une nouvelle armoire débordant de vêtements de petit garçon. Je me rendis ensuite dans ma chambre – où s'était installée Treena – et découvris une couette froissée, une nouvelle étagère de livres et un store. Toujours pas grand-chose en matière de vêtements, mais elle avait ajouté un fauteuil et un miroir, et la petite coiffeuse était couverte de brosses et de cosmétiques qui suggéraient que ma sœur avait peut-être tellement changé durant mon absence que je ne la reconnaîtrais pas. Ses livres de chevet me confirmaient qu'il s'agissait bien de sa chambre : *Tolley's Capital Allowances* et *Une introduction au registre du personnel*.

Je savais que j'étais épuisée, mais je me sentais quand même bizarrement troublée. Était-ce ce que Sam avait éprouvé lors de sa seconde visite à New York ? Lui avais-je paru à la fois si familière et inconnue ?

J'avais les yeux desséchés, et mon horloge interne était complètement détraquée. Treena et Thom ne rentreraient pas avant trois bonnes heures. Je me lavai la figure, ôtai mes chaussures et m'allongeai sur le canapé avec un soupir, les sons de la circulation londonienne refluant lentement.

Je fus réveillée par une main collante qui me tapotait la joue. Luttant pour reprendre mes esprits, j'essayai de la chasser, mais quelque chose m'écrasait la poitrine. Ça bougeait. Une main me tapota de nouveau. Et puis, j'ouvris les yeux et me retrouvai nez à nez avec Thom.

— Tata Lou ! Tata Lou !

Je grognai.

— Salut, Thom.

— Qu'est-ce que tu m'as apporté ?

— Laisse-la ouvrir les yeux, au moins.

— Tu m'écrases le sein, Thom. Aïe !

Libérée, je me redressai et clignai des yeux en observant mon neveu, qui s'était mis à sautiller sur place.

— Qu'est-ce que tu m'as apporté ?

Ma sœur se baissa et m'embrassa sur la joue, laissant une main sur mon épaule, qu'elle serra. Détectant un parfum onéreux, je reculai légèrement pour mieux la voir. Elle était maquillée. Avec du vrai maquillage, subtilement appliqué : on était loin de l'unique eye-liner bleu reçu en cadeau avec un magazine en 1994, qu'elle avait gardé dix ans dans un tiroir de sa table de chevet pour les grandes occasions.

— Alors comme ça, tu as réussi. Papa et moi avions parié que tu te tromperais d'avion et atterrirais à Caracas.

— Sympa ! (Je posai ma main sur la sienne et l'y laissai un peu plus longtemps que nous ne nous y attendions, elle et moi.) Waouh ! Mais dis-moi, tu es ravissante.

C'était vrai. Elle avait rafraîchi sa coupe de cheveux et ils tombaient librement en vagues sur ses épaules. Ça changeait de sa sempiternelle queue-de-cheval. Avec le chemisier bien coupé et le mascara, le résultat était bluffant : ma sœur était magnifique.

— Eh bien, c'est le travail, en fait. Il faut faire un effort, à la City, déclara-t-elle en détournant les yeux.

On ne me la faisait pas.

— Je crois qu'il est temps que je rencontre cet Eddie. Il a clairement plus d'effet sur toi que je n'en ai jamais eu.

Treena remplit la bouilloire et l'alluma.

— Ça, c'est parce que tu t'habilles toujours comme si on t'avait offert un bon de deux livres à dépenser dans une friperie et que tu avais décidé de tout claquer.

Il faisait de plus en plus sombre dehors. Mon cerveau ramolli par le décalage horaire comprit soudain ce que cela signifiait.

— Ah, ça vient de monter à mon cerveau. Quelle heure est-il ?

— L'heure de me donner mes cadeaux ?

Les mains jointes, suppliant, Thom me regardait avec un grand sourire édenté.

— Ne t'inquiète pas, me rassura Treena. Tu as encore une heure avant que Sam finisse – c'est-à-dire largement le temps. Thom, si Lou doit te donner quelque chose, ce sera après avoir bu une tasse de thé et remis la main sur son déodorant. Au fait, sœurette, c'est quoi, cette dépouille tigrée dans l'entrée, bordel de merde ? Ça sent le poisson pourri.

Cette fois, pas de doute, je me sentais vraiment de retour.

— OK, Thom, dis-je. Il se pourrait qu'il y ait quelque chose pour toi dans ce sac bleu. Apporte-le-moi.

Une douche et une touche de maquillage plus tard, je me sentais de nouveau humaine. J'enfilai une minijupe argentée, un col roulé noir et des chaussures en daim à semelles compensées achetées chez Lydia, le foulard Biba de Mme De Witt et un « pschitt » de *La Chasse aux papillons*, le parfum que Will m'avait convaincue d'acheter et qui me donnait confiance en moi. Thom et Treena étaient en train de dîner quand je fus prête à partir. Elle m'avait proposé une assiette de pâtes au fromage et à la sauce tomate, mais mon estomac avait commencé à faire des nœuds, et mon horloge interne était déréglée.

— J'aime bien ce que tu t'es fait aux yeux. Très joli, lui dis-je.

Elle me fit une grimace.

— Tu es sûre que tu peux conduire ? Parce que, clairement, tu n'y vois rien.

— Ce n'est pas loin. Et j'ai fait une sieste réparatrice.

— Quand te revoyons-nous ? Ce nouveau canapé-lit est carrément incroyable, au cas où tu te poserais la question. Avec un vrai matelas à ressorts. Rien à voir avec ta camelote de cinq centimètres d'épaisseur en mousse.

— J'espère ne pas avoir à utiliser le canapé-lit pendant un jour ou deux, répondis-je avant de lui décocher un sourire niais.

— C'est quoi, ça ?

Thom avala sa bouchée de pâtes et pointa du doigt le paquet que je tenais sous le bras.

— Ah, c'est une chaussette de Noël. Sam travaille le 25, et je ne le verrai pas avant le soir, donc j'ai pensé lui laisser quelque chose à ouvrir à son réveil.

— Mmm. Ne demande pas ce qu'il y a dedans, Thom.

— Il n'y a rien que je ne pourrais offrir à grand-père. Ce sont juste des petites choses pour rire.

Treena me fit un clin d'œil ! Je remerciai intérieurement Eddie et ses talents de faiseur de miracles.

— Envoie-moi un message tout à l'heure, d'accord ? Pour que je sache si je mets la chaîne ou pas.

Je les embrassai tous les deux et marchai vers la porte.

— Évite de le dégoûter avec ton accent américain pourri !

Je sortis en brandissant mon majeur à son intention.

— Et n'oublie pas de conduire à gauche ! Et ne mets pas ce manteau qui pue le maquereau !

Je l'entendis éclater de rire au moment où je refermai la porte.

Pendant les trois derniers mois, j'avais marché, hélé des taxis ou m'étais laissé conduire par Garry dans une énorme limousine noire. Cela me fit un drôle d'effet de me retrouver de nouveau derrière le volant de ma petite voiture, avec son embrayage branlant et ses miettes sur le siège passager. Je devais déployer des efforts surhumains pour me concentrer.

C'était la fin de l'heure de pointe. J'allumai la radio et essayai de faire abstraction de mon cœur qui battait la chamade, ne sachant pas très bien si c'était la peur de conduire ou la perspective de revoir Sam qui me mettait dans cet état.

Le ciel était noir. Les rues illuminées par les décorations de Noël grouillaient de gens chargés de sacs et de paquets. Je sentis mes épaules se relâcher lentement, jusqu'à descendre quelque part près de mes oreilles au fur et à mesure que je traçais ma route vers la banlieue, enchaînant coups de freins et coups de volant. Les trottoirs devinrent des accotements, et la foule se dispersa avant de disparaître. Finalement, je ne vis plus que de rares personnes par les fenêtres illuminées de leurs maisons. Et puis, peu après 20 heures, je ralentis et avançai au pas, sondant l'obscurité devant moi. Les routes de ce coin de cambrousse n'étaient pas éclairées et j'avais peur de m'être trompée de chemin.

Le wagon brillait au milieu du champ plongé dans le noir. Ses fenêtres projetaient une lumière dorée sur la boue et l'herbe, et je distinguai la moto de Sam à l'autre extrémité du portail, rangée dans la petite remise derrière la haie. Il avait même décoré l'aubépine sur le devant d'une petite guirlande lumineuse. Il était vraiment chez lui.

Je me garai sur l'aire de croisement et coupai les phares. Puis, sur une impulsion, je pris mon téléphone et tapai :

Vraiment hâte de te voir. J - 2 !

Il y eut une courte pause. Puis, la réponse arriva.

Moi aussi. Bon voyage !

Je souris et sortis de la voiture, m'apercevant trop tard que je m'étais garée sur une flaque : mes chaussures s'enfoncèrent dans l'eau glaciale et boueuse.

— Oh, sympa, l'univers, chuchotai-je. Merci pour cette petite touche personnelle.

Je me coiffai précautionneusement de mon ridicule bonnet rouge et blanc et attrapai la chaussette de Noël sur le siège passager. Je fermai doucement la portière, prenant soin de la verrouiller manuellement afin d'éviter d'être trahie par le bip de la fermeture automatique.

Mes pieds émirent des bruits spongieux, et je me rappelai la première fois que j'étais venue ici : je m'étais fait saucer par une averse soudaine et Sam m'avait prêté des vêtements pendant que les miens séchaient en fumant dans sa petite salle de bains. Ça avait été une nuit extraordinaire, comme si Sam détachait chaque couche de la carapace dont je me protégeais depuis la mort de Will. Je repensai soudain à notre premier baiser, à la sensation de ses énormes chaussettes sur mes pieds glacés, et une vague de chaleur se répandit en moi.

J'ouvris le portail, soulagée de constater que, en mon absence, il avait aménagé une allée rudimentaire jusqu'au wagon avec des dalles de béton. Une voiture passa sur la route et, brièvement illuminée par ses phares, j'aperçus la maison en cours de construction devant moi : la toiture avait été posée, ainsi que les fenêtres. Là où l'une manquait, une bâche bleue claquait doucement. Et soudain, de façon saisissante, cette demeure en devenir me parut réelle, un endroit où nous pourrions vivre un jour.

Je fis quelques pas de plus sur la pointe des pieds, puis m'immobilisai devant la porte. Une odeur intense flotta par une fenêtre ouverte – un ragoût ? Je reconnus des effluves de tomate et une touche d'ail, et constatai avec surprise que j'étais affamée. Sam ne mangeait jamais de nouilles toutes prêtes ou de haricots en boîte : il parvenait toujours à improviser un repas avec ce qu'il trouvait dans son réfrigérateur, comme s'il prenait plaisir à accomplir les choses méthodiquement. Soudain, je le vis : toujours vêtu de son uniforme, un torchon sur l'épaule, il se penchait pour examiner le contenu d'une casserole. Pendant quelques secondes, je me tins là, invisible, dans l'ombre, parfaitement calme. Je tendis l'oreille pour écouter la brise qui soufflait là-haut dans les arbres, les doux gloussements des poules, enfermées dans leur poulailler, le bourdonnement des voitures au loin sur la grand-route. Je sentis l'air froid sur ma peau et le parfum piquant de l'anticipation dans l'air que je respirais.

Tout était possible. C'était ce que j'avais appris ces derniers mois. La vie avait peut-être été compliquée, mais ce soir, il ne s'agissait que de moi et de l'homme que j'aimais, de son wagon et de la perspective d'une soirée heureuse. J'inspirai profondément, m'autorisant à savourer cette pensée, puis je fis un pas en avant et posai la main sur la poignée de la porte.

Et là, je la vis.

Elle traversait le wagon en disant quelque chose que je ne pus distinguer, ses cheveux relevés retombant en boucles douces autour de son visage. Elle portait un tee-shirt d'homme – était-ce celui de Sam ? – et tenait une bouteille de vin. Je le vis secouer la tête. Et, alors qu'il se penchait vers le four, elle alla se placer derrière lui et posa les mains sur son cou en s'inclinant au-dessus de lui, puis elle se mit à le masser, exécutant de petits mouvements circulaires des pouces, un geste qui ne pouvait être né que d'une profonde intimité. Je remarquai le vernis fuchsia de ses ongles. Alors que je restais plantée là, l'air comprimé dans la poitrine, il bascula la tête en arrière, les yeux fermés, comme s'il s'abandonnait à ses petites mains acharnées.

Ensuite, il se tourna pour lui faire face, un grand sourire aux lèvres, la tête penchée sur le côté, et elle fit un pas en arrière en riant avant de lever son verre à son intention.

Je ne vis rien de plus. Mon cœur battait si fort à mes oreilles que je crus que j'allais m'évanouir. Je titubai en arrière, puis tournai les talons et redescendis l'allée en courant. Je respirais bruyamment et je ne sentais plus mes pieds dans mes chaussures trempées.

Ma voiture avait beau être garée à une cinquantaine de mètres du wagon, j'entendis son éclat de rire par la fenêtre ouverte, tel un bruit de verre brisé.

J'attendis dans ma voiture sur le parking derrière mon immeuble jusqu'à ce que je sois sûre que Thom dormait à poings fermés. J'étais incapable de dissimuler mes émotions et il était hors de question que j'explique la situation à Treena devant lui. Je guettais les fenêtres de l'appartement. La lampe fut allumée dans sa chambre, puis, une demi-heure plus tard, on l'éteignit de nouveau. Je coupai le moteur et le laissai refroidir en cliquetant, pendant que tous les rêves auxquels je m'étais accrochée s'effondraient.

Je n'aurais pas dû être surprise, après tout. Katie Ingram n'avait jamais caché son jeu. Ce qui m'avait choquée, c'était que Sam soit complice. Il ne l'avait pas repoussée d'un haussement d'épaules. Il avait répondu à mon texto, puis lui avait préparé à dîner et l'avait laissée lui tripoter le cou, avant de… quoi ?

Chaque fois que je me repassais la scène, je me surprenais à me tenir le ventre, pliée en deux, comme si j'avais reçu un coup de poing. Je n'arrivais pas à me débarrasser de cette image d'eux. La façon dont il avait penché la tête en arrière sous la pression de ses doigts. Son rire à elle, plein d'assurance, taquin, qui trahissait une inquiétante complicité entre eux.

Bizarrement, j'étais incapable de pleurer. Ce que je ressentais allait au-delà du chagrin. Je me sentais engourdie, le cerveau bourdonnant de questions – *Depuis combien de temps ? Jusqu'où ? Pourquoi ?* Et alors, je me retrouvais encore pliée en deux. J'aurais aimé vomir tout ça, cette nouvelle, ce choc extrême, cette douleur, cette douleur, cette douleur…

J'ignore combien de temps je restai assise là, mais, vers 22 heures, je montai lentement les marches et pénétrai dans l'appartement. J'avais espéré que Treena serait allée se coucher, mais elle était en pyjama devant les informations, son ordinateur portable sur les genoux. Elle souriait en regardant quelque chose à l'écran et fit un bond quand j'ouvris la porte.

— Bon sang, j'ai bien failli mourir de peur… Lou ? (Elle rangea son ordinateur.) Lou ? Oh, non…

C'est toujours la gentillesse qui vous achève. Ma sœur, une femme qui était moins à l'aise face aux contacts physiques qu'avec une séance de détartrage, m'enlaça. Alors, tout au fond de moi, quelque chose céda et j'éclatai en sanglots, le souffle coupé, les yeux et le nez dégoulinants. Je pleurai comme je n'avais plus pleuré depuis la mort de Will, laissant couler les larmes qui contenaient la mort de mes rêves et l'affreuse appréhension des mois que j'allais devoir traverser le cœur brisé. Nous tombâmes lentement sur le canapé, et j'enfouis mon visage dans le creux de son épaule en l'étreignant. Et cette fois, ma sœur appuya sa tête contre la mienne, et ne me lâcha pas.

Chapitre 19

Ni Sam ni mes parents ne m'attendant si tôt, je pus rester cloîtrée dans l'appartement et faire comme si je n'étais pas là. Je n'étais prête à voir personne. Je n'étais prête à *parler* à personne. J'ignorai les messages que Sam m'envoya – il penserait sûrement que je courais partout dans New York tel un poulet décapité. Je me surpris plusieurs fois à en relire deux.

Qu'est-ce que tu as envie de faire le 24 au soir ? Messe ? Ou trop fatiguée ?

On se voit le 26 ?

Je m'émerveillai de la facilité à me mentir que cet homme, que j'avais cru si franc et si honorable, semblait avoir acquise.

Pendant deux jours, je me forçai à sourire tant que Thom était dans l'appartement. Je repliais le canapé-lit pendant qu'il prenait son petit déjeuner en bavardant, puis disparaissais sous la douche. Dès qu'il était parti, je retrouvais le canapé et restais prostrée là à ruminer, les yeux rivés au plafond, des larmes coulant du coin de mes paupières, ou me demandant comment j'avais réussi à me tromper sur toute la ligne.

M'étais-je jetée la tête la première dans une relation avec Sam pour me consoler d'avoir perdu Will ? L'avais-je vraiment connu un jour ? Nous ne voyons que ce que nous voulons voir, après tout, surtout quand l'attirance physique nous aveugle. Avait-il été infidèle à cause de Josh ? À cause du test de grossesse d'Agnes ? Avait-il eu besoin d'un prétexte ? Je ne faisais plus assez confiance en mon jugement pour répondre à ces questions.

Pour une fois, Treena n'essaya pas de me tirer de mon abattement. Elle secouait la tête, incrédule, et insultait Sam dès qu'elle se trouvait hors de portée des oreilles de Thom. Même du fond de mon trou, j'étais époustouflée qu'Eddie soit manifestement parvenu à éveiller chez ma sœur une capacité à l'empathie.

À aucun moment elle ne me dit que ça n'était pas vraiment une surprise, étant donné que je vivais à des milliers de kilomètres, que je devais avoir fait quelque chose pour le pousser dans les bras de Katie Ingram, ou que tout ça était inévitable. Elle m'écouta lui raconter les événements qui avaient conduit à cette nuit-là, s'assura que je mangeais, me lavais et m'habillais. Et bien qu'elle ne soit pas une grande buveuse, elle rapporta à l'appartement deux bouteilles de vin, annonçant que j'avais droit à deux jours d'auto-apitoiement (mais que, si je vomissais, ce serait à moi de nettoyer).

La veille de Noël, une nouvelle carapace, épaisse, s'était formée autour de mon cœur. J'étais une statue de glace. Il faudrait bien que je parle à Sam à un moment, mais je n'étais pas encore prête. Je n'étais pas sûre de l'être un jour.

— Qu'est-ce que tu vas faire ? demanda Treena, assise sur les toilettes pendant que je prenais un bain.

Elle ne verrait pas Eddie avant le lendemain, mais se vernissait les ongles de pieds en rose pâle en prévision, même si elle ne l'aurait jamais admis. Dans le salon, Thom regardait la télévision à un volume assourdissant tout en sautant sur le canapé, surexcité par l'imminence du réveillon.

— Je pensais peut-être lui dire que j'avais raté mon avion. Et que nous parlerions après Noël.

Elle fit une grimace.

— Tu ne voudrais pas lui parler maintenant, tout simplement ? Il n'avalera jamais ça.

— Là, tout de suite, je me fiche un peu de ce qu'il croit. J'ai juste envie de fêter Noël avec ma famille, sans drame.

Je m'enfonçai sous l'eau pour ne pas entendre Treena crier à Thom de baisser le son.

Il ne me crut pas et m'écrivit aussitôt :

Quoi ? Comment as-tu fait pour rater ton avion ?

Comme ça. On se voit le 26.

Je m'aperçus trop tard que je n'avais même pas pris la peine d'écrire « bisous » à la fin de mon message. Il y eut un long silence, puis un seul mot en réponse.

OK.

Treena conduisit jusqu'à Stortfold, Thom bondissant sur la banquette arrière durant toute l'heure et demie que dura le trajet. Nous écoutâmes des chants de Noël et parlâmes peu. À un kilomètre de l'arrivée, je remerciai ma sœur pour sa considération. Elle me chuchota que ce n'était pas de la délicatesse : Eddie n'avait pas encore rencontré papa et maman, et elle avait l'estomac retourné en pensant au lendemain.

— Tout ira bien, lui dis-je.

Le bref sourire qu'elle m'adressa n'avait rien de très convaincant.

— Oh, allez. Ils ont bien aimé ce comptable avec qui tu es sortie cette année. Et franchement, Treena, tu es célibataire depuis si longtemps que je crois que, quel que soit l'homme que tu leur présenteras, du moment qu'il ne s'agit pas d'Attila le Hun, ils seront enchantés.

— Eh bien, nous n'allons pas tarder à vérifier ta théorie.

La voiture s'immobilisa sans que je puisse ajouter quoi que ce soit. Avant de descendre, je vérifiai l'état de mes yeux, qui ressemblaient encore à des petits pois après tout ce que j'avais pleuré. Tel un sprinteur sur les starting-blocks, ma mère jaillit de la maison et remonta l'allée en courant. Elle jeta les bras autour de moi, me serrant si fort que je sentis son cœur battre.

— Regarde-toi ! s'exclama-t-elle en me tenant à bout de bras avant de m'attirer contre elle de nouveau.

Elle écarta une boucle de mon visage et se tourna vers mon père qui, debout sur les marches, bras croisés, souriait de toutes ses dents.

— Comme tu es belle ! Bernard ! Regarde comme elle est magnifique, notre fille. Oh, tu nous as tellement manqué ! As-tu perdu du poids ? On dirait que tu as perdu du poids. Tu as l'air fatiguée. Il faut que tu manges quelque chose. Viens à l'intérieur. Je parie qu'ils ne t'ont rien donné pour le petit déjeuner dans cet avion. J'ai entendu dire que tout était à base d'œufs en poudre, de toute façon.

Elle serra Thom dans ses bras et, avant que mon père n'ait eu le temps d'avancer, elle attrapa mes sacs et repartit vers la maison en nous faisant signe de la suivre.

— Bonjour, ma chérie, dit papa d'une voix douce, et je fis un pas en avant jusque dans ses bras.

Comme ils se refermaient autour de moi, je m'autorisai enfin à reprendre mon souffle.

Grand-père n'était pas arrivé jusqu'au perron. Il avait fait une autre attaque, me chuchota maman, et il lui coûtait désormais de se lever et de marcher, si bien qu'il passait le plus clair de ses journées dans le fauteuil droit du salon. (« Nous ne voulions pas t'inquiéter. ») Très élégant avec sa chemise et son pull-over choisis pour l'occasion, il m'adressa un sourire tordu quand je pénétrai dans la pièce et leva une main tremblante. Je l'étreignis affectueusement, remarquant au passage combien il me semblait plus petit.

En fait, tout me semblait plus petit. La maison de mes parents, avec son papier peint vieux de vingt ans, ses bibelots et cadres choisis moins pour des raisons esthétiques que parce qu'ils avaient été offerts par quelqu'un de cher ou servaient à couvrir un coup dans le mur, son ensemble canapé et fauteuils affaissés, sa salle à manger minuscule, où les chaises heurtaient les murs si vous les repoussiez trop loin, et la suspension qui pendait seulement à quelques centimètres au-dessus de la tête de mon père. Je me surpris à comparer mon ancien foyer au grand appartement des

Gopnik, avec ses hectares de plancher lustré, ses immenses plafonds ornés, et Manhattan qui s'étendait, bruyant, au-delà de notre porte. Je m'étais attendue à éprouver du réconfort en rentrant chez moi.

Au lieu de ça, je me sentais détachée, comme si soudain je me rendais compte que, en fait, je n'appartenais à aucun de ces deux endroits.

Nous fîmes un dîner léger composé d'un rôti, de pommes de terre, d'un pudding et d'un diplomate – de petites choses que maman avait préparées « vite fait » avant le grand festin du lendemain. N'entrant pas dans le réfrigérateur, la dinde avait été entreposée dans la remise de papa, et, toutes les demi-heures, il allait vérifier qu'elle n'était pas tombée entre les pattes de Houdini, le chat de la maison d'à côté. Maman nous fit un récapitulatif des tragédies variées qui s'étaient abattues sur nos voisins.

— Bon, bien sûr, ça, c'était avant le zona d'Andrew. Il m'a montré son ventre – je peux vous dire qu'après, je n'ai pas pu toucher à mes Weetabix –, et j'ai dit à Dymphna qu'il fallait qu'elle surélève ses jambes avant la naissance du bébé. Franchement, elles sont tellement couvertes de varices qu'on dirait une carte des Chilterns avec toutes les routes départementales. Je vous ai dit que le père de Mme Kemp était mort ? Tu te souviens, il avait fait quatre ans pour vol à main armée, avant qu'ils découvrent que c'était en fait le type du bureau de poste – qui avait les mêmes implants capillaires...

Papa profita de ce qu'elle débarrassait nos assiettes pour se pencher vers moi et me glisser :

— Tu as vu comme elle est nerveuse ?

— À cause de quoi ?

— Toi. Ta réussite. Elle avait presque peur que tu ne veuilles pas revenir ici. Que tu passes Noël avec ton gars et repartes directement à New York.

— Mais pourquoi ferais-je une chose pareille ?

Il haussa les épaules.

— Je ne sais pas. Elle a cru que tu étais devenue trop bien pour nous. Je lui ai dit qu'elle racontait des bêtises. Ne te méprends pas, elle est très fière de toi. Elle imprime toutes les photos que tu lui envoies et les colle dans son cahier de scrapbooking, puis emmerde les voisins pour qu'ils les regardent.

Il sourit, posa une main sur mon épaule et la serra.

J'eus soudain un peu honte du temps que j'avais eu l'intention de passer chez Sam. J'avais prévu de laisser maman s'occuper de tous les préparatifs de Noël, de ma famille et de grand-père. Comme toujours.

Je laissai Treena et Thom avec papa et emportai le reste des assiettes à la cuisine, où maman et moi fîmes la vaisselle dans un silence complice. Elle se tourna vers moi.

— Tu as vraiment l'air fatiguée, ma chérie. Tu souffres du décalage horaire ?

— Un peu.

— Va t'asseoir avec les autres. Je m'occupe de ça.

Je redressai les épaules.

— Non, maman. Ça fait des mois que je ne t'ai pas vue. Raconte-moi un peu ta vie. Comment se passent tes cours du soir ? Et que dit le médecin pour grand-père ?

La soirée se poursuivit au salon. La télévision ronronnait dans un coin de la pièce, et la température monta au point de nous laisser tous à moitié comateux, à nous caresser le ventre comme des femmes sur le point d'accoucher. À la perspective de recommencer le lendemain, mon estomac se retourna doucement en signe de protestation. Grand-père somnolait dans son fauteuil, et nous l'y laissâmes pour aller à la messe de minuit. Dans l'église, entourée de gens que je connaissais depuis l'enfance et qui se donnaient des coups de coude en me souriant, je chantai les cantiques dont je me souvenais, fis du play-back sur ceux que j'avais oubliés et essayai de ne pas penser toutes les cinq minutes à ce que Sam faisait à cet instant précis. De temps en temps, depuis l'autre extrémité du banc, Treena captait mon regard et m'adressait un petit sourire encourageant, que je lui rendais comme pour dire « tout va bien, pas de problème », bien que ce soit un gros mensonge. À notre retour, je filai me réfugier dans ma chambre-cagibi avec soulagement. Peut-être que ce fut de me retrouver dans ma maison d'enfance ou de sortir de trois jours à brasser des émotions intenses, mais je dormis profondément pour la première fois depuis mon retour en Angleterre.

J'entendis vaguement Treena se réveiller à 5 heures du matin, puis des martèlements excités et papa criant à Thom que, bon sang de merde, c'était le milieu de la nuit et que, si son petit-fils ne retournait pas se coucher immédiatement, il dirait au père Noël de venir reprendre tous ses cadeaux – bon sang de merde ! Quand je me réveillai la fois suivante, maman posait une tasse de thé sur ma table de chevet et me demandait de bien vouloir m'habiller, car nous allions commencer à ouvrir les paquets.

Je saisis le petit réveil, plissai les yeux et le secouai. Il était 11 h 15.

— Tu avais besoin d'une bonne grasse matinée, dit-elle en me caressant la tête avant de repartir jeter un coup d'œil aux choux de Bruxelles.

Je descendis vingt minutes plus tard, vêtue du pull avec le renne au nez lumineux que j'avais acheté chez *Macy's* en pensant à Thom. Ils étaient déjà en bas, habillés, et avaient pris leur petit déjeuner. Je leur souhaitai un joyeux Noël et embrassai tout le monde, allumai et éteignis le nez de mon renne plusieurs fois, puis distribuai mes cadeaux, m'efforçant de ne pas penser à l'homme qui aurait dû recevoir le pull en cachemire et la chemise à carreaux en flanelle ultra douce, qui croupissaient au fond de ma valise.

Je ne penserai pas à lui aujourd'hui, me dis-je fermement.

Le temps que je passais avec ma famille était précieux, et je n'allais pas le gâcher en me morfondant.

Mes cadeaux eurent leur petit succès. Apparemment, le fait qu'ils viennent tout droit de New York leur ajoutait un charme supplémentaire, même si j'étais presque sûre qu'on pouvait trouver à peu près la même chose chez *Argos*. « Quand je pense que ça vient de New York ! » s'exclamait maman, émerveillée, chaque fois que quelqu'un ouvrait son cadeau, jusqu'à ce que Treena lève les yeux au ciel et que Thom commence à l'imiter. Bien sûr, le présent qui eut le plus de succès fut le moins cher : une boule à neige en plastique achetée sur un étal de souvenirs à Times Square. J'étais prête à parier qu'elle terminerait fuyant tranquillement au fond d'un tiroir de Thom avant la fin de la semaine.

De mon côté, je reçus :

– des chaussettes de la part de grand-père (j'étais à peu près certaine qu'elles avaient été choisies et achetées par maman) ;

– des savons de la part de papa (idem) ;

– un petit cadre en argent avec une photo de la famille (« Comme ça, tu pourras nous emmener partout avec toi » – maman. « Pourquoi voudrait-elle s'encombrer d'un truc pareil ? Elle est partie à New York pour ne plus voir nos gueules, bon sang de merde ! » – papa) ;

– un appareil pour s'épiler les poils du nez de la part de Treena (« Ne me regarde pas comme ça. Tu approches de l'âge où ça devient utile. ») ;

– un dessin d'arbre de Noël avec un poème en dessous de la part de Thom.

Après un interrogatoire serré, j'appris que ce n'était pas lui qui l'avait fait : « Notre maîtresse dit qu'on ne colle pas les décorations au bon endroit, alors elle les a faits et, nous, on a juste mis nos noms dessus. »

Je reçus un cadeau de Lily, qu'elle avait déposé la veille de son départ aux sports d'hiver avec sa grand-mère – « Elle a l'air en forme, Lou. Même si j'ai entendu dire qu'elle faisait tourner Mme Traynor en bourrique… » –, une bague ancienne, une énorme pierre verte montée sur un anneau en argent qui s'ajustait parfaitement à mon petit doigt. Je lui avais envoyé une paire de boucles d'oreilles en argent qui ressemblaient à des menottes, dont la vendeuse effroyablement branchée d'une boutique de SoHo m'avait affirmé qu'elles étaient parfaites pour une adolescente. Surtout du genre à se faire des piercings à des endroits inattendus.

Souriante, je remerciai tout le monde et regardai grand-père s'assoupir. Je croyais avoir imité assez correctement quelqu'un qui passait une bonne journée. Mais on ne la faisait pas à maman.

— Tout va bien, ma chérie ? Tu as l'air vraiment à plat.

Elle versait de la graisse d'oie sur les pommes de terre à l'aide d'une louche, et fit un pas en arrière pour éviter des projections qui jaillirent en crépitant furieusement.

— Oh, regarde-moi ça ! Elles vont être délicieusement croustillantes.

— Tout va bien, maman.

— Est-ce encore le décalage horaire ? Ronnie, qui vit trois maisons plus bas, disait que, quand il est allé à Miami, ça lui a pris trois semaines pour arrêter de se cogner aux murs.

— C'est à peu près ça.

— Je n'arrive pas à croire que j'ai une fille atteinte de décalage horaire. Tout le monde au club est jaloux, tu sais.

Je levai les yeux.

— Tu y es retournée ?

Après que Will avait mis fin à ses jours, mes parents avaient été ostracisés du club auquel ils appartenaient depuis des années, jugés responsables par procuration de mes actes, moi qui avais soutenu son plan – l'une des nombreuses choses dont je me sentais coupable.

— Eh bien, cette langue de vipère de Marjorie a déménagé à Cirencester. Ensuite, Stuart, le garagiste, a proposé à papa de passer faire une partie de billard. L'air de rien. Après, c'était reparti, ajouta-t-elle avec un haussement d'épaules. Et, tu sais, cette histoire remonte à deux ans maintenant. Les gens ont d'autres chats à fouetter.

« Les gens ont d'autres chats à fouetter. » J'ignorais pourquoi, mais cette remarque innocente me saisit à la gorge. Pendant que j'essayais d'encaisser une soudaine vague de chagrin, maman mit le plat de pommes de terre dans le four. Elle en referma la porte avec un claquement sourd satisfait, puis se tourna vers moi en ôtant ses maniques.

— J'allais oublier… J'ai été très surprise, mais Sam a appelé ce matin pour demander ce que nous avions prévu demain pour ton arrivée et si ça nous ennuyait qu'il aille te chercher à l'aéroport.

Je me figeai.

— Quoi ?

Elle souleva le couvercle d'une casserole, dont s'échappa un filet de vapeur, puis le reposa.

— Eh bien, je lui ai dit qu'il avait dû confondre et que tu étais déjà là, donc il a annoncé qu'il passerait plus tard. Honnêtement, je pense que son boulot l'épuise. J'ai entendu dire à la radio que travailler de nuit peut endommager terriblement le cerveau à la longue. Tu devrais peut-être le prévenir.

— Que… quand doit-il venir ?

Maman jeta un coup d'œil à la pendule.

— Hum… Je crois me souvenir qu'il finissait en milieu d'après-midi et qu'il viendrait ensuite. Toute cette route le jour de Noël ! Dis, tu as rencontré l'ami de Treena ? Tu as vu comment elle s'habille maintenant ? (Elle jeta un coup d'œil derrière elle, vers la porte, émerveillée.) C'est presque comme si elle était devenue normale.

Je fus, durant tout le repas, en état d'alerte maximum, calme en apparence, mais tressaillant chaque fois que quelqu'un passait devant chez nous. Les plats préparés par ma mère se transformaient en cendres dans ma bouche. Les mauvaises blagues des crackers de Noël que mon père lisait à voix haute me passaient par-dessus la tête. Je ne mangeais pas, n'entendais pas, ne sentais pas. J'étais coincée sous une cloche d'appréhension et de tristesse. Je jetai un coup d'œil à Treena, qui semblait aussi préoccupée que moi, et je me rappelai qu'elle attendait l'arrivée d'Eddie.

Ce n'est quand même pas si terrible, songeai-je, sinistre. *Au moins, son petit copain ne la trompe pas. Au moins, il veut être avec elle.*

Il commença à pleuvoir. De grosses gouttes s'écrasèrent méchamment sur les fenêtres pendant que le ciel s'obscurcissait pour s'accorder à mon humeur. Notre petite maison décorée de guirlandes et de cartes de vœux pailletées rétrécit soudain autour de nous. Je passais alternativement d'une sensation d'asphyxie à un sentiment de terreur vis-à-vis du monde qui s'étendait au-delà de ses murs. Plusieurs fois, je surpris le regard de maman glisser vers moi, comme si elle se demandait ce qui m'arrivait, mais elle ne me posa aucune question et je ne l'y encourageai pas.

J'aidai à débarrasser en discutant – de façon tout à fait convaincante, me sembla-t-il – des joies des livraisons à domicile à New York. Enfin, la sonnette retentit et mes jambes se transformèrent en gélatine.

Maman se tourna vers moi.

— Est-ce que tu te sens bien, Louisa ? Tu es très pâle, tout à coup.

— Je te raconterai plus tard, maman.

Ma mère me regarda avec insistance, puis son visage s'adoucit.

— Je suis là. (Elle tendit la main et glissa une mèche derrière mon oreille.) Quoi que tu aies à me dire, je suis là.

Sam se tenait sur le seuil de la maison dans un pull bleu cobalt que je n'avais jamais vu. Je me demandai qui le lui avait offert. Il me fit un petit sourire, mais ne se pencha pas pour m'embrasser ou m'étreindre comme lors de nos précédentes retrouvailles. Nous échangeâmes des regards méfiants.

— Tu veux entrer ? demandai-je enfin d'une voix étrangement formelle.

— Merci.

Je le précédai dans le couloir étroit, attendis qu'il ait salué mes parents depuis le seuil du salon, puis le guidai jusqu'à la cuisine et fermai la porte derrière nous. Je ressentais vivement sa présence, comme si nous étions tous deux légèrement électrifiés.

— Tu veux un thé ?

— S'il te plaît… Sympa, le pull.

— Oh… merci.

— Tu as… laissé ton nez allumé.

— Ah oui.

Je l'éteignis aussitôt, ne voulant surtout pas risquer d'alléger l'atmosphère entre nous.

Il s'assit, son corps soudain trop grand pour nos chaises de cuisine, sans me quitter des yeux, et il joignit les mains sur la table, comme quelqu'un qui se prépare pour un entretien d'embauche.

Dans le salon, j'entendis papa s'esclaffer devant un film et Thom demander d'une voix suraiguë ce qu'il y avait de drôle. Je me donnai une contenance en préparant le thé, et je sentis son regard brûlant dans mon dos.

— Donc, commença Sam quand je lui tendis un mug, tu es là.

À ce moment-là, je faillis flancher. Je contemplai son beau visage de l'autre côté de la table, ses larges épaules et ses mains enserrant doucement la tasse, et une pensée me vint : *Je ne le supporterai pas, s'il me quitte.*

Et puis, je me retrouvai de nouveau debout sur cette marche, frigorifiée, voyant les doigts fins de Katie dans son cou, mes pieds congelés dans mes chaussures mouillées, et je retrouvai ma froideur.

— Je suis arrivée il y a deux jours.

Une pause imperceptible.

— OK.

— J'ai voulu te surprendre. Jeudi soir. (Je grattai une tache sur la nappe.) Finalement, c'est moi qui ai été surprise.

Je vis la compréhension descendre lentement sur son visage : le léger froncement de sourcils, les yeux de plus en plus plissés, puis brièvement fermés quand la lumière se fit.

— Lou, je ne sais pas ce que tu as vu, mais…

— Mais quoi ? « Ce n'est pas ce que tu crois » ?

— Eh bien, si et non.

Ce fut comme un coup de poing.

— Ne jouons pas à ça, Sam.

Il leva la tête.

— Je suis assez au clair avec ce que j'ai vu. Si tu essaies de me convaincre que j'ai mal interprété la scène, je voudrai tellement te croire qu'il se peut que tu y parviennes. Mais ces deux derniers jours, j'ai compris que ceci… n'est pas bon pour moi. Pour aucun de nous deux.

Sam posa sa tasse. Il se passa une main sur le visage et son regard se perdit dans le vide.

— Je ne l'aime pas, Lou.

— Je me fiche un peu de ce que tu ressens pour elle.

— Bon, mais je tiens à ce que tu le saches. Oui, tu avais raison au sujet de Katie. J'avais mal interprété les signes. Effectivement, elle m'apprécie.

J'eus un éclat de rire amer.

— Et tu l'apprécies, toi aussi.

— Je n'en ai aucune idée. C'est toi que j'ai dans la tête. C'est à toi que je pense quand je me réveille. Mais tu…

— Stop. Ne t'avise pas de me faire porter le chapeau. N'essaie même pas. Tu m'as dit de partir. *Tu m'as dit de partir.*

Nous gardâmes le silence pendant un moment. Je me surpris à regarder fixement ses mains – avec leurs grosses jointures abîmées, elles paraissaient si dures, si puissantes, alors qu'elles étaient capables de tant de tendresse. Je détournai les yeux vers la tache sur la nappe et l'examinai avec détermination.

— Tu sais, Lou, je pensais que je m'en sortirais après ton départ. Après tout, je suis resté seul longtemps. Mais tu as ouvert quelque chose chez moi.

— Oh, donc, c'est ma faute.

— Je n'ai pas dit ça ! explosa-t-il. J'essaie de t'expliquer. Ce que je dis… Ce que je dis, c'est qu'être seul ne me réussit plus comme je le croyais. Après la mort de ma sœur, je ne voulais plus ressentir quoi que ce soit pour personne, OK ? J'avais de l'espace pour m'occuper de Jake, mais personne d'autre. J'avais un boulot et ma maison à moitié construite, et mes poules, et c'était très bien comme ça. Ça me suffisait. Et puis, tu es apparue et tu es tombée de cet immeuble, et, littéralement, quand tu m'as agrippé la main, j'ai senti quelque chose céder en moi. J'avais soudain quelqu'un à qui j'avais hâte de parler. Quelqu'un qui comprenait ce que je ressentais. Qui comprenait vraiment. Je passais devant chez toi dans l'ambulance en sachant qu'à la fin d'une journée de merde, j'allais pouvoir t'appeler, passer et me sentir mieux. Et, oui, je sais que ça coinçait de temps en temps, mais je sentais simplement – tout au fond – que ce qui nous arrivait était juste, tu comprends ?

Il avait la tête penchée au-dessus de son thé, la mâchoire serrée.

— Et là, juste au moment où nous devenions si proches – plus proches que je ne l'ai jamais été d'un autre être vivant – tu… tu as *disparu*. C'est comme si, d'une main, quelqu'un m'avait fait ce cadeau, m'avait donné cette clé qui ouvrait toutes les portes, avant de me l'arracher de l'autre.

— Mais alors, pourquoi m'as-tu laissée partir ?

Sa voix explosa dans la pièce.

— Parce que… parce que je ne suis pas cet homme-là, Lou ! Je ne suis pas l'homme qui va insister pour que tu restes. Je ne suis pas l'homme qui va t'empêcher d'avoir les aventures, les expériences enrichissantes que tu vis là-bas. Je ne suis pas ce mec !

— Non, tu es le mec qui se met avec quelqu'un d'autre quand j'ai le dos tourné ! Quelqu'un dans le même code ZIP !

— On dit *code postal* ! Tu es en Angleterre, pas aux États-Unis, bordel !

— Ouaip, et tu n'as pas idée comme je le regrette.

Sam se détourna, luttant clairement pour se contenir. De l'autre côté de la porte de la cuisine, bien que la télévision soit toujours allumée, j'eus vaguement conscience du silence qui régnait au salon.

Au bout d'un moment, je dis doucement :

— Je ne peux pas, Sam.

— Tu ne peux pas quoi ?

— Je ne peux pas passer mon temps à m'inquiéter de Katie Ingram et de ses tentatives de séduction – parce que, quoi qu'il se soit passé cette nuit-là, j'ai bien vu ce qu'elle, elle voulait, même si je ne sais pas ce que, toi, tu veux. Cela me rend folle et triste, et pire… (J'avalai ma salive avec difficulté.) Cela me fait te détester. Et je n'arrive pas à comprendre comment j'ai pu en arriver là en l'espace de trois petits mois.

— Louisa…

On frappa un coup léger à la porte. Le visage de ma mère apparut dans l'entrebâillement.

— Je suis désolée de vous déranger tous les deux… Puis-je entrer préparer du thé ? Grand-père en meurt d'envie.

— Bien sûr, répondis-je sans me retourner.

Elle se glissa dans la pièce et remplit la bouilloire en nous tournant le dos.

— Ils regardent un film avec des Martiens. Où est passé l'esprit de Noël ? Je me rappelle l'époque où, le 25, ils passaient *Le Magicien d'Oz*, ou *La Mélodie du bonheur*, ou quelque chose qu'on pouvait regarder en famille. Maintenant, ils nous servent ces bêtises pleines de coups de feu et de rayons laser, et grand-père et moi ne comprenons pas un mot des dialogues.

Ma mère jacassait, affreusement gênée de son intrusion, tambourinant des doigts sur le plan de travail en attendant que l'eau bouille.

— Vous savez que nous n'avons même pas regardé le discours de la reine ? Papa l'a enregistré avec le vieux magnétophone. Mais je trouve que ce n'est pas la même chose de le voir après, si ? J'aime le regarder quand je sais que tout le pays le suit en même temps. Cette pauvre vieille dame, coincée dans ces lecteurs de cassettes jusqu'à ce que tout le monde ait fini avec les extraterrestres et les dessins animés. On pourrait croire qu'après soixante ans – ça fait combien de temps qu'elle est sur ce trône ? –, la moindre des choses serait de la regarder faire son travail quand elle le fait. Remarque, papa me dit que je suis ridicule et qu'elle a probablement enregistré son discours il y a des semaines. Sam, voulez-vous un peu de gâteau ?

— Ça va aller, merci, Josie.

— Lou ?

— Non. Merci, maman.

— Je vous laisse.

Elle sourit, gênée, chargea sur un plateau un cake aux fruits de la taille d'une roue de tracteur et sortit précipitamment. Sam se leva et alla fermer la porte derrière elle.

Nous restâmes assis dans un silence pesant, écoutant le tic-tac de la pendule. J'avais l'impression d'être écrasée sous le poids des non-dits qui s'accumulaient entre nous.

Sam but une longue gorgée de thé. Je voulais qu'il parte, tout en songeant que je mourrais peut-être s'il le faisait.

— Je suis désolé, dit-il enfin. Pour l'autre soir. Je n'ai jamais voulu… Enfin, c'était une erreur.

Je secouai la tête. Je ne pouvais plus parler.

— Je n'ai pas couché avec elle. S'il y a une chose que tu dois entendre, j'aimerais que ce soit ça.

— Tu as dit…

Il leva la tête.

— Tu as dit que plus personne ne me ferait du mal. Tu as dit ça. Quand tu es venu à New York. (Ma voix montait des profondeurs de ma poitrine.) Jamais je n'aurais imaginé que c'est toi qui me blesserais.

— Louisa…

— J'aimerais que tu partes maintenant.

Il se leva lourdement et hésita, les mains à plat sur la table devant lui. Je ne pouvais pas le regarder. Je ne pouvais pas regarder le visage que j'aimais alors qu'il était sur le point de sortir de ma vie pour toujours. Il se redressa, poussa un profond soupir et se détourna de moi.

Il tira un paquet de sa poche intérieure et le posa sur la table.

— Joyeux Noël, dit-il.

Puis il sortit.

Je le suivis dans le couloir, comptant onze longs pas, puis nous fûmes sur le seuil. Si je levais les yeux vers lui, je serais perdue. Je l'implorerais de rester, lui promettrais d'abandonner mon travail, le supplierais de changer de boulot, de ne plus jamais revoir Katie Ingram. Je deviendrais pathétique, le genre de femme que je plaignais. Le genre de femme dont il n'avait jamais voulu.

Alors, je restai plantée là, les épaules rigides, m'interdisant de regarder plus haut que ses stupides pieds de géant. Une voiture s'arrêta. Une porte claqua quelque part plus loin dans la rue. Des oiseaux chantèrent. Et moi, je restai là, coincée dans mon malheur, dans un moment qui refusait obstinément de finir.

Brusquement, il fit un pas en avant et ses bras se refermèrent sur moi. Il m'attira contre lui, et, dans cette étreinte, je sentis tout ce que nous avions représenté l'un pour l'autre, l'amour et la douleur, et la putain d'impossibilité qui en découlait. Mon visage, qu'il ne pouvait pas voir, se chiffonna.

J'ignore combien de temps nous restâmes comme ça. Probablement quelques secondes seulement. Mais le temps s'arrêta brièvement, s'étira, disparut. C'était juste lui et moi, et cet horrible sentiment de mort qui rampait de ma tête à mes pieds, comme si je me pétrifiais.

— Non. Ne me touche pas, dis-je quand cela devint insupportable.

J'avais parlé d'une voix étranglée que je ne reconnus pas. Je tentai de le repousser loin de moi.

— Lou…

Sauf que ce n'était pas sa voix, c'était celle de ma sœur.

— Lou, est-ce que tu pourrais – excuse-moi – te décaler, s'il te plaît ? J'ai besoin de passer.

Je clignai des yeux et tournai la tête. Treena, mains en l'air, essayait de se glisser hors de la maison alors que nous occupions l'étroite embrasure de la porte d'entrée.

— Désolée. Il faut juste que…

Sam me lâcha, assez brutalement, et s'éloigna à grandes enjambées dans l'allée, les épaules voûtées, s'arrêtant seulement quand le portail s'ouvrit. Il ne regarda pas en arrière.

— Serait-ce le nouvel ami de notre Treena qui arrive ? dit maman derrière moi. (Elle arracha son tablier et se passa une main dans les cheveux dans un même mouvement fluide.) Je croyais qu'il venait à 16 heures. Je n'ai même pas mis de rouge à lèvres… Tu te sens bien ?

Treena se retourna et, à travers mes larmes, je distinguai tout juste son visage, où s'épanouit un petit sourire plein d'espoir.

— Papa, maman, je vous présente Eddie.

Debout dans l'allée, un petit bout de femme noire en robe à fleurs courte nous salua d'un geste hésitant de la main.

Chapitre 20

Vu la tournure des événements, si vous avez besoin de vous changer les idées alors que vous venez juste de perdre le second grand amour de votre vie, je ne peux que vivement recommander le *coming out* de votre sœur le jour de Noël, surtout avec une jeune femme de couleur nommée Edwina.

Maman dissimula sa stupéfaction sous une profusion de paroles de bienvenue d'un enthousiasme excessif et la promesse d'un bon thé chaud. Elle entraîna Eddie et Treena dans la maison, ne s'arrêtant qu'un instant pour m'adresser un regard que, si elle avait été capable de jurer, j'aurais traduit par un : « Putain, c'est quoi, ce bordel ? » avant de disparaître dans le couloir de la cuisine. Thom surgit du salon en criant « Eddie ! » et sauta dans les bras de notre invitée. Il attendit ensuite en sautillant d'un pied sur l'autre de recevoir son cadeau, dont il arracha le papier, puis repartit à toute berzingue avec un nouveau jeu Lego.

Complètement silencieux, papa se contentait d'observer la scène, semblant avoir été parachuté dans un rêve hallucinatoire. Voyant l'expression angoissée inhabituelle de Treena et percevant un sentiment de panique croissant dans l'air, je sus qu'il fallait que j'agisse. Je glissai à papa de fermer la bouche, puis m'avançai en tendant la main.

— Eddie ! Bonjour ! Je suis Louisa. Ma sœur t'a sûrement dit beaucoup de mal de moi.

— Au contraire, elle ne m'a dit que des choses merveilleuses. Tu vis à New York, n'est-ce pas ?

— Essentiellement.

J'espérais que mon sourire ne paraissait pas aussi forcé qu'il l'était.

— J'ai vécu à Brooklyn pendant deux ans après mes études. Ça me manque encore.

Elle ôta son manteau couleur bronze et attendit que Treena l'ait calé sur les patères surchargées. Elle était minuscule, une poupée de porcelaine, avec des traits d'une symétrie exquise comme je n'en avais jamais vu, et des yeux aux cils d'une longueur extravagante recourbés vers le haut. Elle bavarda tranquillement tandis que nous entrions au salon – peut-être trop polie pour remarquer la stupéfaction à peine dissimulée de mes parents – et se pencha pour serrer la main de grand-père, qui lui décocha son sourire tordu avant de se tourner de nouveau vers le poste de télévision.

Je n'avais jamais vu ma sœur comme ça. C'était comme si l'on venait de nous présenter non pas une, mais deux inconnues. Il y avait Eddie – d'une politesse irréprochable, intéressante, vive, nous guidant gracieusement à travers les eaux un peu agitées de la conversation –, et il y avait la Nouvelle Treena, l'ombre d'une hésitation sur le visage, un sourire fragile, sa main traversant de temps à autre le canapé pour aller serrer celle de sa petite amie en quête de réconfort. La mâchoire de papa dégringola de sept bons centimètres la première fois qu'il la vit faire, et maman lui donna des coups de coude dans les côtes jusqu'à ce qu'il la referme.

— Alors ! Edwina ! s'exclama maman en servant le thé. Treena nous a raconté – hum – si peu de choses à votre sujet. Comment vous êtes-vous rencontrées ?

Eddie sourit.

— Je tiens une boutique de décoration près de chez Katrina. Elle est passée plusieurs fois pour acheter des coussins et du tissu, et nous avons commencé à discuter. Et puis, nous sommes allées boire un verre, au cinéma... Et il s'est révélé que nous avions beaucoup de choses en commun.

Je me surpris à hocher la tête, tout en essayant de comprendre ce que ma sœur pouvait bien partager avec la créature raffinée et élégante assise en face de moi.

— Des choses en commun ! Comme c'est charmant. Les choses en commun sont formidables ! Oui. Et... et d'où venez-vous donc ? Oh, Seigneur, je ne voulais pas dire...

— D'où je viens ? Blackheath. Je sais... Les gens quittent rarement le sud de Londres pour le nord. Mes parents se sont installés à Borehamwood quand ils ont pris leur retraite il y a trois ans. Donc, je suis l'un de ces spécimens rares – une Londonienne du nord et du sud. (Elle adressa un grand sourire à Treena, comme si c'était une plaisanterie entre elles, avant de se tourner de nouveau vers maman.) Et vous ? Avez-vous toujours vécu par ici ?

— Maman et papa quitteront Stortfold dans leurs cercueils, affirma Treena.

— Espérons que ce ne sera pas trop vite !

— Ça a l'air d'être une belle ville. Je comprends qu'on veuille y rester, dit Eddie en tendant son assiette. Ce gâteau est incroyable, madame Clark. C'est vous qui l'avez fait ? Ma mère en prépare un avec du rhum et elle jure qu'il faut laisser macérer les fruits pendant neuf mois pour obtenir le goût parfait.

— Katrina est *homo* ? lâcha papa.

— Il est bon, maman, dit Treena. Les raisins de Smyrne sont vraiment... moelleux.

Papa nous regardait l'une après l'autre.

— Notre Treena aime les filles ? Et personne ne dit rien ? On va rester là, à parler de stupides coussins et de *gâteaux* ?

— Bernard..., souffla ma mère.

— Peut-être devrais-je vous laisser un moment, glissa Eddie.

— Non, reste.

Treena jeta un coup d'œil à Thom, complètement absorbé par la télévision, et déclara :

— Oui, papa, j'aime les femmes. Ou du moins, Eddie.

— Treena pourrait être bi, proposa maman, nerveuse. C'est bien comme ça qu'on dit ? Les jeunes gens de mon cours du soir m'ont expliqué que, de nos jours, beaucoup d'entre eux ne sont ni une chose ni l'autre. Il y a un speculum. Ou un sceptre. Je ne sais jamais.

Papa cligna des yeux.

Maman avala une gorgée de thé si bruyamment que ce fut presque douloureux.

— Eh bien, personnellement, dis-je quand Treena eut fini de lui tapoter le dos, je trouve tout simplement génial que quelqu'un veuille sortir avec Treena. Qui que ce soit. Vous savez, quelqu'un avec des yeux, des oreilles, un cœur et tout.

Treena me lança un regard de pure gratitude.

— C'est vrai que, en grandissant, tu t'es mise à ne porter presque que des jeans, fit remarquer maman, songeuse, en s'essuyant la bouche. Peut-être aurais-je dû te forcer à mettre plus de robes.

— Ça n'a rien à voir avec les jeans, maman. Les gènes, à la rigueur…

— Eh bien, en tout cas, ça ne vient certainement pas de ma famille, intervint papa. Sans vouloir vous offenser, Edwina.

— Il n'y a pas de mal, monsieur Clark.

— Je suis lesbienne, papa. Je suis lesbienne, et je suis plus heureuse que je ne l'ai jamais été, et la façon dont je choisis d'être heureuse ne regarde personne. Mais j'aimerais vraiment que maman et toi puissiez vous réjouir pour moi et, le plus important, j'espère qu'Eddie partagera ma vie et celle de Thom pour très longtemps.

Elle jeta un coup d'œil à Eddie, qui lui adressa un sourire rassurant.

Un long silence s'installa.

— Tu n'as jamais rien dit, objecta papa d'un ton accusateur. Tu ne t'es jamais comportée comme une homosexuelle.

— C'est-à-dire ? rétorqua Treena.

— Eh bien… lesbienne. Comme… Tu n'as jamais ramené de filles à la maison.

— Je n'ai jamais ramené personne à la maison. À part Sundeep. Le comptable. Et il ne t'a pas plu parce qu'il n'aimait pas le football.

— J'aime bien le football, glissa Eddie obligeamment.

Papa s'assit et regarda fixement son assiette. Enfin, il soupira et se frotta les yeux avec la paume de ses mains. Quand il arrêta, il affichait l'air hébété de quelqu'un qu'on a réveillé en sursaut.

Maman l'observait intensément, et l'inquiétude se lisait sur son visage.

— Eddie. Edwina. Je suis désolé si je vous ai donné l'impression d'être un vieux con. Je ne suis pas homophobe, mais…

— Oh, mon Dieu, souffla Treena. Il y a un *mais*…

Papa secoua la tête.

— Mais, de toute façon, je vais probablement dire ce qu'il ne faut pas et offenser quelqu'un, parce que je ne suis qu'un vieux schnock qui ne comprend rien au jargon moderne et aux mœurs actuelles – ma femme vous le dira. Cela étant dit, même moi, je sais que, tout ce qui importe au bout du compte, c'est que mes deux filles soient heureuses. Et si vous rendez Treena heureuse, Eddie, comme Sam rend notre Lou heureuse, eh bien, bravo. Je suis ravi de vous connaître.

Il se leva et tendit la main par-dessus la table basse, et, après une seconde d'hésitation, Eddie se pencha et la serra.

— Bien. Et maintenant, mangeons donc un peu de ce gâteau.

Maman poussa un petit soupir de soulagement et saisit le couteau.

De mon côté, je fis mon possible pour sourire, puis quittai la pièce précipitamment.

Il y a clairement une hiérarchie en matière de cœur brisé. Tout en haut du classement : la personne que vous aimez meurt. Aucune situation n'est susceptible de susciter un tel choc ni une compassion aussi totale : les visages se décomposent, une main affectueuse se tend et vient serrer votre épaule. « Oh, mon Dieu, je suis terriblement désolé ! » En deuxième position, probablement : être quitté pour quelqu'un d'autre – la trahison, la vilenie des deux fourbes vous attirant des témoignages d'indignation et de solidarité. « Oh, ça a dû être un tel choc pour toi ! » À cela, on pouvait ajouter : les séparations forcées, les obstacles religieux, les maladies graves. Mais, « nous nous sommes éloignés l'un de l'autre, car nous vivions sur des continents différents », même si c'est vrai, ne risque pas de provoquer plus qu'un hochement de tête compréhensif, un haussement d'épaules pragmatique et entendu. « Ouais, ça arrive. »

J'ai vu cette réaction, quoique déguisée en préoccupation maternelle, dans la réponse de ma mère à mes nouvelles, puis dans celle de mon père. « Eh bien, c'est terriblement dommage. Mais on aurait pu s'y attendre. » Je me sentis piquée sans pouvoir l'exprimer – Comment ça, on aurait pu s'y attendre ? JE L'AIMAIS.

Le 26 passa lentement, les heures distendues s'écoulant tristement. Je dormis d'un sommeil agité, heureuse qu'Eddie fasse diversion et m'épargne d'être le centre de l'attention. Je traînai dans mon bain, sur le lit de la chambre-cagibi, essuyai de temps à autre une larme isolée en espérant que personne n'avait rien remarqué. Maman m'apportait des tasses de thé et essayait de ne pas trop parler de la joie de ma sœur, radieuse.

Treena faisait vraiment plaisir à voir. Enfin, disons que je me serais réjouie si je n'avais pas eu le cœur en miettes. Je les regardai se prendre la main subrepticement sous la table pendant que maman servait le dîner, vis leurs têtes se rapprocher tandis qu'elles commentaient quelque chose dans un magazine et leurs pieds se toucher pendant qu'elles regardaient la télévision, Thom calé entre elles avec la confiance d'un enfant profondément aimé, indifférent aux circonstances. Une fois retombé le monumental effet de surprise, ce fut pour moi comme une évidence : Treena était parfaitement heureuse et détendue en compagnie de cette femme – je ne l'avais jamais vue comme ça. De temps à autre, elle me lançait des coups d'œil à la fois timides et tranquillement triomphants, et je lui souriais avec une gaieté que j'espérais crédible.

Parce que, tout ce que je ressentais, c'était la présence d'un second trou gigantesque à la place de mon cœur. Privée de la colère qui m'avait alimentée durant les dernières quarante-huit heures, j'étais comme une coquille vide. Sam était parti, et c'était moi qui l'avais pratiquement foutu à la porte. Aux yeux des autres, la fin de notre relation était peut-être compréhensible ; pour moi, elle était insensée.

Dans l'après-midi, alors que ma famille comatait sur le canapé (j'avais oublié combien de temps on passait, dans cette maison, à discuter, manger et digérer), je me levai et marchai jusqu'au château de Stortfold. Le site était désert, à l'exception d'une femme en coupe-vent avec son chien. Elle me salua d'un hochement de tête qui suggérait qu'elle ne souhaitait aucunement engager la conversation, et je gagnai les remparts jusqu'à un banc d'où je pouvais voir, au-delà du labyrinthe, la moitié sud de Stortfold. Je laissai la brise cinglante me piquer la pointe des oreilles et mes pieds devenir froids en songeant que je ne me sentirais pas toujours aussi triste. Je m'autorisai à penser à Will, aux nombreux après-midi que nous avions passés ensemble près de ce château, à la façon dont j'avais survécu à sa mort, et je me dis que cette douleur nouvelle était moins intense. Non, je n'allais pas passer des mois à me morfondre dans un chagrin si profond que j'en aurais la nausée. Je ne penserais pas à Sam. Je ne penserais pas à lui avec cette femme. Je ne regarderais pas Facebook. Je m'en retournerais à ma nouvelle vie new-yorkaise, si palpitante, mouvementée et riche, et, une fois que je serais vraiment loin de lui, les morceaux de moi qui semblaient brûlés, détruits, finiraient par guérir. Peut-être n'avions-nous pas été ce que je croyais. Peut-être que l'intensité de notre rencontre – après tout, qui pouvait résister à un ambulancier ? – nous avait fait croire que c'était le fondement de notre histoire. Peut-être avais-je eu besoin de quelqu'un pour cesser de pleurer Will. Peut-être ne s'était-il agi que d'une relation réparatrice et que je m'en remettrais bien plus vite que je ne le pensais.

C'est ce que je ne cessais de me répéter, mais une partie de moi refusait obstinément d'écouter. Enfin, quand j'en eus assez de faire comme si tout allait s'arranger, je fermai les yeux, enfouis mon visage dans mes mains et fondis en larmes. Dans ce château désert, un jour où tout le monde restait chez soi, je laissai le chagrin me submerger, et je sanglotai sans retenue ni peur d'être découverte. Je pleurai comme je n'avais pas pu le faire dans la petite maison de Renfrew Road et ne pourrais plus le faire une fois rentrée chez les Gopnik, avec colère et tristesse – une sorte de saignée émotionnelle.

— Espèce de salaud, sanglotai-je dans mes genoux. Je n'étais partie que depuis trois mois…

Ma voix était étrange, étranglée. Et, comme Thom qui, autrefois, allait délibérément s'observer dans la glace quand il pleurait avant de se mettre à sangloter de plus belle, je me répétai ces mots si tristes et si horriblement définitifs, et me mis à pleurer encore plus fort.

— Merde, Sam ! Pourquoi m'avoir fait croire que ça en valait la peine !

— Je peux m'asseoir aussi, ou bien c'est une fête du chagrin privée ?

Je relevai brusquement la tête. Devant moi se tenait Lily, emmitouflée dans une énorme parka noire et une écharpe rouge, les bras croisés sur la poitrine. Elle donnait l'impression de m'observer depuis un petit moment. Elle me décocha un grand sourire, comme si, d'une certaine façon, me voir dans mon heure la plus sombre était en fait assez amusant, puis attendit que je reprenne mes esprits.

— Eh bien, je suppose que je n'ai pas besoin de demander ce qui se passe dans *ta* vie, dit-elle avant de me donner un gros coup de poing dans le bras.

— Comment as-tu su que j'étais là ?

— Je suis passée chez toi pour dire bonjour, étant donné que je suis rentrée des sports d'hiver depuis deux jours et que tu n'as même pas pris la peine d'appeler.

— Je suis désolée. Ça a été…

— Ça a été difficile parce que tu t'es fait lourder par Sexy Sam. C'est à cause de cette sorcière blonde ?

Je me mouchai et la regardai.

— Je suis restée quelques jours à Londres avant Noël. Je suis passée à la station d'ambulances pour le saluer et elle était là, cramponnée à lui comme une sorte de mildiou humain.

Je reniflai.

— Tu t'en es rendu compte.

— Oh là là, oui. J'allais te mettre en garde, et puis je me suis dit : à quoi bon ? Tu n'aurais pas pu y faire grand-chose depuis New York. Beurk. Les hommes sont tellement cons. Comment a-t-il pu ne rien voir venir ?

— Oh, Lily, tu m'as manqué !

Je n'avais pas vraiment mesuré à quel point jusqu'à ce moment. La fille de Will, dans toute sa splendeur et sa vitalité d'adolescente. Elle s'assit à côté de moi et je me blottis contre elle, comme si c'était elle l'adulte. Nous laissâmes nos regards se perdre au loin. Je distinguais à peine la maison de Will, Grantchester House.

— Je veux dire, juste parce qu'elle est jolie, qu'elle a de gros nibards et une de ces bouches d'actrice porno qui semblent spécialement conçues pour sucer...

— OK, tu peux arrêter, maintenant.

— Enfin, bref. Je ne pleurerais plus si j'étais toi, dit-elle sagement. Primo, aucun homme n'en vaut la peine. Même Katy Perry te le dira. Deuxio, tes yeux deviennent vraiment, vraiment petits quand tu pleures. Petits genre couilles de mite.

Je ne pus me retenir de rire.

Elle se leva et me tendit une main.

— Viens. Allons chez toi. Tout est fermé aujourd'hui, et grand-père, et Della, et le sacro-saint bébé qui ne peut pas faire de mal me rendent folle. Il me reste encore vingt-quatre heures à tuer avant que grand-mère vienne me chercher. Beurk... Je rêve ou tu as laissé des traînées de limace sur mon manteau ? Non, je ne rêve pas ! Alors là, tu vas nettoyer, ma vieille !

À la maison, devant un thé, Lily me mit au courant de tout ce qu'elle ne m'avait pas raconté dans ses mails. Combien elle aimait sa nouvelle école, mais n'avait pas encore réussi à se mettre au travail comme elle était supposée le faire. (« Finalement, avoir beaucoup séché les cours a des conséquences. Ce qui est assez agaçant quand il faut se coltiner les "je te l'avais bien dit" des adultes. ») Elle adorait tant vivre avec sa grand-mère qu'elle ne se gênait pas pour la charrier comme elle le faisait avec les gens qu'elle aimait profondément – avec un humour sarcastique et joyeux. Elle avait peint les murs de sa chambre en noir et sa grand-mère en faisait tout un plat. Et Mme Traynor refusait de la laisser conduire, bien que

Lily en soit parfaitement capable et qu'elle veuille juste prendre de l'avance en attendant de pouvoir commencer les leçons.

Son enjouement retomba quand elle évoqua sa mère. Celle-ci avait finalement plaqué le beau-père de Lily – « évidemment » –, mais le voisin architecte dont elle avait prévu de faire son mari l'avait laissée en plan, refusant de quitter sa femme. Elle passait désormais son temps à gémir, enchaînant les crises de larmes spectaculaires dans sa maison de location de Holland Park, où elle s'était installée avec les jumeaux. Elle regardait défiler les nounous philippines, lesquelles, malgré un niveau de tolérance hors du commun, supportaient difficilement Tanya Houghton-Miller plus de deux semaines.

— Je n'aurais jamais cru qu'un jour je plaindrais les garçons, mais c'est le cas, dit Lily. Aïe. J'ai vraiment envie d'une cigarette. Je n'ai envie de fumer que quand je parle de ma mère. Pas besoin de s'appeler Freud pour piger, hein ?

— Je suis désolée, Lily.

— Ne sois pas désolée. Ça va. Je suis avec grand-mère ou à l'école. Les drames de ma mère ne me perturbent plus vraiment. Bon, elle laisse de longs messages sur mon répondeur, dans lesquels elle pleure ou me traite d'égoïste parce que je refuse de retourner vivre avec elle, mais je m'en tape. (Elle frissonna brièvement.) Parfois, je pense que, si j'étais restée avec elle, je serais devenue complètement tarée.

Je repensai à la jeune fille qui était apparue sur le seuil de mon appartement quelques mois plus tôt – saoule, malheureuse, seule –, et soudain, je ressentis une bouffée fugace de joie tranquille en songeant que, en l'accueillant, j'avais aidé la fille de Will à construire cette relation heureuse avec sa grand-mère.

Maman entrait et ressortait, rechargeant son plateau de morceaux de jambon, de fromage et de *mince pies* chauds. Elle semblait ravie de la présence de Lily, d'autant plus que celle-ci, la bouche pleine, lui fit un compte rendu détaillé de la vie dans la grande maison. Lily ne pensait pas M. Traynor très heureux. Della, sa nouvelle épouse, sérieusement éprouvée par la maternité, ne cessait de s'agiter autour du bébé, tressaillant dès qu'il poussait un petit cri, c'est-à-dire, en gros, tout le temps.

— Grand-père passe la plupart de ses journées dans son bureau, ce qui ne fait que la contrarier encore plus. Mais, quand il essaie d'aider, elle l'engueule et lui dit qu'il fait tout mal. « Steven ! Ne la tiens pas comme ça ! Steven ! Tu lui as mis son gilet à l'envers ! » À la place de grand-père, je lui dirais d'aller se faire foutre, mais il est trop gentil.

— Il appartient à une génération d'hommes qui se sont fort peu occupés de leurs enfants, dit gentiment maman. Je ne crois pas que votre père ait changé une seule couche.

— Il me demande toujours des nouvelles de grand-mère, alors je lui ai dit qu'elle avait un copain.

— Mme Traynor a un homme dans sa vie ? s'exclama ma mère, les yeux ronds comme des soucoupes.

— Non, bien sûr que non. Grand-mère dit qu'elle profite de sa liberté. Mais il n'a pas besoin de le savoir, si ? Je lui ai raconté qu'un canon à la crinière d'argent passe deux fois par semaine la chercher dans son Aston Martin et que je ne connais pas son nom, mais que le bonheur de grand-mère fait plaisir à voir. Il crève d'envie de me poser des questions, mais il n'ose pas avec Della à côté, alors il hoche juste la tête en souriant et en disant « très bien » avant de se replier de nouveau dans son bureau.

— Lily ! dit ma mère. Tu ne peux pas mentir comme ça !

— Pourquoi pas ?

— Parce que… eh bien, parce que ce n'est pas vrai !

— Il y a tout un tas de trucs pas vrais dans la vie. Le père Noël, par exemple. Mais je parie que vous en avez quand même parlé à Thom. Grand-père s'est remarié. Cela lui fait du bien – et à grand-mère aussi – de croire qu'elle enchaîne les escapades romantiques à Paris avec un retraité riche et séduisant. Et ils ne se parlent jamais, alors où est le mal ?

Son raisonnement était d'une logique implacable. La preuve, la bouche de maman s'activa comme celle de quelqu'un qui se découvre une dent qui bouge, mais elle ne trouva aucun argument à opposer à Lily.

— Enfin bref. Je ferais bien de rentrer. Dîner en famille. Ho ho ho !

À cet instant, Treena et Eddie rentrèrent de leur balade au parc avec Thom. Je vis maman afficher soudain une expression inquiète à peine dissimulée, et priai : *Oh, Lily, je t'en supplie, pas de commentaire désobligeant !* Je fis un geste dans leur direction.

— Voici Lily, Eddie. C'est la fille de mon ancien employeur, Will. Eddie est…

— Ma petite amie, termina Treena.

— Oh, cool. (Lily serra la main d'Eddie, puis se tourna de nouveau vers moi.) Donc, j'ai toujours l'intention de convaincre grand-mère de m'emmener à New York. Elle ne veut pas y aller tant qu'il fait froid, mais au printemps, oui. Alors, prépare-toi à prendre quelques jours de congé. On est d'accord qu'avril, c'est le printemps, hein ? Tu es partante ?

— Carrément, dis-je.

À côté de moi, maman se dégonfla lentement, soulagée.

Lily me serra fort contre elle, puis s'en fut en courant. Je la regardai s'éloigner en enviant la robustesse de la jeunesse.

De : Le_bourdon_a_NY@gmail.com
À : KatrinaClark@scottsherwinbarker.com

Super photo, Treen ! Vraiment charmante. Je l'ai presque autant aimée que les quatre que tu m'as envoyées hier. Non, ma préférée reste celle que tu m'as envoyée mardi. Vous trois au parc. Oui, Eddie a vraiment de très beaux yeux. Tu as définitivement l'air heureuse. Ça me fait hyper plaisir. Pour ce qui est d'en faire encadrer une et de l'envoyer à papa et maman, cela me semble peut-être un peu prématuré, mais fais comme tu le sens.
Gros bisous à Thommo.
Je t'embrasse.
L.
P.-S. : Je vais bien, merci de t'en inquiéter.

Chapitre 21

Je retrouvai New York plongée dans le genre de tempête de neige qu'on voit aux informations à la télé, quand seul le haut des voitures est visible, que les enfants font de la luge dans des rues normalement encombrées de voitures et que même les présentateurs météo ne peuvent réprimer une joie enfantine. Les larges avenues étaient désertes, mesure imposée par le maire, et les énormes chasse-neige de la ville montaient et descendaient les rues principales en ronronnant consciencieusement, telles de gigantesques bêtes de somme.

La vue d'une telle quantité de neige m'aurait probablement ravie en temps normal, mais mes conditions météo personnelles étaient grises et humides, et un gros nuage planait au-dessus de moi, lourd et glacial, anéantissant toute joie sur mon passage.

Je n'avais jamais eu le cœur brisé jusqu'alors, du moins pas par quelqu'un de vivant. Je m'étais séparée de Patrick en sachant profondément que, pour lui comme pour moi, notre relation était devenue une habitude, une paire de chaussures que vous n'aimiez peut-être plus tant que ça, mais que vous portiez pour ne pas avoir à faire l'effort d'en acheter de nouvelles. Après la mort de Will, j'avais cru que je ne ressentirais plus jamais rien.

Néanmoins, comme je ne tardai pas à l'apprendre, savoir que la personne que vous aviez aimée et perdue respirait encore n'était guère réconfortant. Mon cerveau, organe sadique s'il en est, insistait pour revenir à Sam tout le long de la journée. Qu'était-il en train de faire ? À quoi pensait-il ? Était-il avec elle ? Regrettait-il ce qui s'était passé entre nous ? Avait-il songé à moi, ne serait-ce qu'un peu ? Je me disputais mentalement avec lui une dizaine de fois par jour, et remportai même certains de ces affrontements. La raison s'immisçait parfois pour me dire que penser à lui était inutile. Ce qui était fait était fait. J'étais repartie sur un autre continent. Nos vies se poursuivaient désormais à des milliers de kilomètres l'une de l'autre.

Et puis, de temps en temps, une part de moi un poil hystérique intervenait avec une sorte d'optimisme forcené – *Je peux être qui je veux! Personne ne me retient!* Je pouvais vivre où je le voulais sans avoir à culpabiliser ni à rendre de comptes à quiconque! Ces trois composantes se retrouvaient parfois quelques minutes à jouer des coudes dans mon esprit – fréquemment, en fait. C'était une existence légèrement schizophrène et parfaitement épuisante.

Je les noyais. Je courais avec George et Agnes à l'aube sans jamais ralentir, même quand la poitrine me faisait mal ou que deux tisonniers brûlants me tenaient lieu de mollets. Je m'activais dans l'appartement, anticipant tous les besoins d'Agnes, proposant mon aide à Michael quand il semblait débordé, épluchant des pommes de terre près d'Ilaria en ignorant ses grognements offusqués. J'offris même à Ashok de déneiger le trottoir – tout, plutôt que de risquer de rester assise à m'apitoyer sur mon sort. Il grimaça et me pria de ne pas dire n'importe quoi : est-ce que je voulais le voir au chômage?

Josh m'envoya un message trois jours après mon retour. Une paire de chaussures pour enfant à la main, Agnes discutait avec sa mère au téléphone, essayant manifestement de définir quelle taille elle devrait acheter et si sa sœur approuverait, quand je sentis mon téléphone vibrer.

> Eh, Louisa Clark première du nom. Ça fait un bail. J'espère que tu as passé de bonnes fêtes. Ça te dirait d'aller boire un café un de ces jours?

Je regardai fixement l'écran un moment. Je n'avais aucune raison de refuser, mais, j'ignore pourquoi, cela ne me semblait pas bien. J'étais encore trop à vif, mes sens toujours imprégnés d'un homme qui se trouvait à cinq mille kilomètres de là.

Salut, Josh. Je suis un peu débordée (Agnes me fait trimer comme jamais !), mais peut-être bientôt. J'espère que tu vas bien. Je t'embrasse. L.

Il ne répondit rien, ce qui me fit curieusement culpabiliser.

Garry rangea les achats d'Agnes dans le coffre. Son téléphone sonna. Elle le sortit de son sac à main et y jeta un coup d'œil. Après avoir réfléchi quelques instants, le regard perdu par la fenêtre, elle se tourna vers moi.

— J'ai oublié que j'avais un cours de dessin. Nous devons aller à East Williamsburg.

C'était un mensonge, bien sûr. Le pénible repas de Thanksgiving me revint soudain en mémoire, avec toutes ses révélations, mais je m'efforçai de ne rien laisser paraître.

— Je m'occupe d'annuler le cours de piano, dis-je d'une voix égale.

— Oui. Garry, j'ai mon cours de dessin. J'avais oublié.

Sans un mot, Garry démarra.

Garry et moi attendîmes en silence sur le parking, le moteur tournant doucement pour nous protéger du froid glacial qui régnait au-dehors. Je ruminai ma colère à l'encontre d'Agnes, qui avait choisi cet après-midi-là pour son « cours de dessin » et me laissait seule face à mes pensées, un paquet d'invitées indésirables qui refusaient de partir. Je mis mes écouteurs et me passai de la musique entraînante. Sur l'iPad, j'organisai le reste de la semaine d'Agnes. Je jouai trois coups de Scrabble avec maman en ligne. Je répondis à un mail de Treena, qui me demandait si je trouvais prématuré d'amener Eddie à un dîner avec ses collègues. (À mon avis, autant se lancer.) Je contemplai le ciel plombé et me demandai s'il allait encore neiger. Garry regardait une série comique sur sa tablette, s'esclaffant en chœur avec les rires préenregistrés, le menton calé sur la poitrine.

— Ça vous dit, un café ? lançai-je quand il ne me resta plus un ongle à ronger. Elle en a pour des heures, non ?

— Nan. Mon médecin m'a conseillé de me calmer avec les donuts. Et vous savez ce qui arrivera si nous allons dans cet endroit de perdition.

Je tirai sur un fil de mon pantalon.

— Vous voulez jouer à « Devine qui je suis » ?

— Vous rigolez ?

Je m'enfonçai dans la banquette en soupirant et écoutai le reste de sa série, puis la respiration laborieuse de Garry, qui ralentit avant de devenir un ronflement occasionnel. Le ciel s'était assombri, passant à un gris acier hostile. Nous allions mettre des heures à rentrer avec les bouchons… Soudain, mon téléphone sonna.

— Louisa ? Vous êtes avec Agnes ? Son téléphone semble éteint. Vous pourriez me la passer ?

Je jetai un coup d'œil aux fenêtres du studio de Steven Lipkotz, qui projetaient des rectangles jaunes sur la neige grisâtre en dessous.

— Euh… elle est juste… Elle est en plein essayage, monsieur Gopnik. Donnez-moi deux minutes, le temps de courir la trouver. Je vais lui dire de vous rappeler tout de suite.

La porte d'entrée du bâtiment était maintenue ouverte par deux pots de peinture, comme en plein milieu d'une livraison. Je gravis les marches en ciment quatre à quatre et remontai le couloir au pas de course jusqu'à la porte fermée du studio. Là, je m'immobilisai, haletante. Je baissai les yeux vers mon téléphone, puis les levai au ciel. Je n'avais aucune envie d'entrer. Je n'avais aucune envie de recevoir la preuve irréfutable de ce que j'avais conclu des révélations de Thanksgiving. Collant l'oreille au battant, j'essayai de savoir si je pouvais frapper sans risque. J'avais l'impression de faire quelque chose de mal alors que ce n'était pas moi qui étais en faute. Mais je ne distinguai que de la musique et des voix étouffées.

Un peu plus sûre de moi, je frappai. J'attendis un instant, puis ouvris la porte. Steven Lipkotz et Agnes se tenaient à l'autre extrémité de la pièce, de dos ; ils étaient en train d'examiner une série de toiles appuyées contre le mur. Le peintre avait une main sur l'épaule d'Agnes, l'autre agitant une cigarette vers l'une des plus petites peintures. Dans l'air flottait une odeur de tabac, de térébenthine et, plus légère, de parfum.

— Eh bien, pourquoi ne m'apporteriez-vous pas d'autres photos d'elle ? disait-il. Si vous trouvez que ça ne lui ressemble pas vraiment, nous devrions...

— Louisa !

Agnes fit volte-face, une main ouverte tendue devant elle, comme pour me repousser.

— Je suis désolée, dis-je en brandissant mon portable. C'est... c'est M. Gopnik. Il essaie de vous joindre.

— Vous n'auriez pas dû entrer ! Pourquoi n'avez-vous pas frappé ?

Elle était pâle comme un linge.

— J'ai frappé. Je suis désolée. Je n'avais aucun moyen de...

C'est en reculant vers la porte que j'aperçus la toile. Une petite fille aux cheveux blonds et aux grands yeux, détournée comme pour prendre la fuite. Et, avec une clarté soudaine et implacable, je compris tout : la dépression, les conversations interminables avec sa mère, les innombrables achats de jouets et de chaussures...

Steven se pencha pour la ramasser.

— Écoutez. Emportez celle-ci si vous voulez. Pensez-y...

— Taisez-vous, Steven !

Il tressaillit, comme incertain de ce qui avait motivé sa réaction. Mais ce fut finalement ce qui confirma mes conclusions.

— Je vous attends en bas, dis-je, et je refermai doucement la porte derrière moi.

Nous regagnâmes l'Upper East Side en silence. Agnes appela son mari et s'excusa – elle ne s'était pas rendu compte que son téléphone était éteint, un défaut de conception, l'appareil ne cessait de s'arrêter tout seul, il lui en fallait vraiment un autre.

— Oui, mon chéri. Nous sommes en train de rentrer. Oui, je sais...

Elle ne se tourna pas vers moi. De toute façon, j'aurais été incapable de soutenir son regard. Le cerveau en ébullition, je me repassai les événements de ces derniers mois en les associant à ce que je venais de comprendre.

Quand enfin nous arrivâmes au Lavery, je pris soin de rester quelques pas derrière Agnes en traversant le hall. Mais, comme nous attendions l'ascenseur, elle pivota brusquement, les yeux rivés au sol, puis se dirigea vers la porte.

— OK. Venez avec moi.

Nous pénétrâmes dans un bar d'hôtel sombre et orné de dorures, le genre où j'imaginais de riches hommes d'affaires du Moyen-Orient inviter des clients et régler des additions salées sans même y jeter un coup d'œil. La salle était presque déserte. Agnes et moi nous assîmes dans un coin plongé dans la pénombre, et attendîmes que le serveur nous apporte cérémonieusement deux vodkas tonic et un pot d'olives vertes et brillantes, non sans avoir essayé en vain de croiser le regard d'Agnes.

— Elle est à moi, dit Agnes dès qu'il se fut éloigné.

Je bus une gorgée de ma boisson, redoutable, et je me réjouis de cette diversion bienvenue.

— Ma fille. (Sa voix était tendue, furieuse, curieusement.) Elle vit avec ma sœur en Pologne. Elle va bien – elle était si jeune quand je suis partie qu'elle se rappelle à peine quand sa maman vivait avec elle –, et ma sœur est contente parce qu'elle ne peut pas avoir d'enfants, mais ma mère est fâchée contre moi.

— Mais…

— Je ne le lui ai pas dit quand je l'ai rencontré, OK ? J'étais si… si heureuse que quelqu'un comme lui m'apprécie. Je n'ai pas pensé une minute que nous finirions ensemble. C'était comme un rêve. Je pensais : « Je vais vivre cette petite aventure, et puis mon visa de travail arrivera à expiration, je rentrerai en Pologne et je garderai ce beau souvenir au fond de moi. » Ensuite, tout est arrivé très vite, il a quitté sa femme. Je ne savais pas comment lui annoncer la nouvelle. Chaque fois que je le vois, je me dis : « Cette fois, c'est la bonne, maintenant… » Et puis, quand nous sommes ensemble, il me répète qu'il ne veut plus d'enfants. Plus *jamais*. Il croit qu'il a tout gâché avec sa famille et il ne veut pas compliquer la situation avec un demi-frère, une demi-sœur… Il m'aime, mais il est intraitable sur la question des enfants. Comment le lui avouer, alors ?

Je me penchai en avant pour que personne ne m'entende.

— Mais… mais c'est complètement dingue, Agnes. Vous avez déjà une fille !

— Et comment lui annoncer ça après deux ans ? Vous croyez qu'il ne me prendra pas pour une traîtresse affreuse ? Vous croyez qu'il n'y verra pas une terrible tromperie ? Me voilà dans de beaux draps, Louisa, dit-elle en prenant une gorgée de sa vodka tonic. Je me demande sans cesse : comment arranger ça ? Mais il n'y a rien à arranger. Je lui ai menti. Pour lui, la confiance est tout. Il ne me pardonnerait pas. Donc, la solution est simple. Comme ça, il est content, je suis contente, je peux subvenir aux besoins de tout le monde. J'essaie de convaincre ma sœur de venir vivre à New York. Ainsi, je pourrais voir Zofia tous les jours.

— Mais elle doit vous manquer affreusement.

Elle serra la mâchoire.

— Je lui construis son avenir. (Elle parlait comme si elle récitait une liste dressée depuis longtemps et maintes fois répétée.) Avant, notre famille vivait humblement. Ma sœur habite maintenant dans une belle maison toute neuve avec quatre chambres. Le quartier est très agréable. Zofia ira dans les meilleures écoles de Pologne, elle sera une pianiste hors pair, elle ne manquera de rien.

— Sauf de vous.

Elle eut soudain les larmes aux yeux.

— Non. Soit je quitte Leonard, soit je laisse ma fille entre de bonnes mains. Voilà. C'est ma… ma… oh, comment on dit, déjà ? Ma *pénitence* de vivre sans elle.

Sa voix se brisa légèrement.

Je sirotai ma vodka. Je ne savais pas quoi faire d'autre. Nous nous perdîmes toutes deux dans la contemplation de nos verres.

— Je ne suis pas une mauvaise personne, Louisa. J'aime Leonard. Beaucoup.

— Je sais.

— Je croyais que, une fois que nous serions mariés, après avoir été ensemble un moment, j'aurais le courage de le lui dire. Et qu'il serait un peu fâché, mais que, peut-être, il accepterait et qu'ainsi je pourrais aller et venir entre les États-Unis et la Pologne, vous voyez ? Ou qu'elle pourrait passer du temps ici. Mais les choses deviennent si… si compliquées. Sa famille me déteste. Vous savez ce qui arriverait s'ils apprenaient son existence maintenant ? Vous imaginez ce qui arriverait si Tabitha était au courant ?

J'avais ma petite idée.

— Je l'aime. Je sais que vous pensez beaucoup de choses sur moi. Mais je l'aime. C'est un homme bon. Parfois, je trouve ça très dur parce qu'il travaille beaucoup et parce que personne ne m'apprécie dans son monde… Et je me sens si seule et peut-être… Je sais que je n'ai pas un comportement exemplaire, mais, quand j'imagine être sans lui, c'est insupportable. C'est mon âme sœur. Je le sais depuis le premier jour. (Du bout de son doigt fin, elle dessina un motif sur la table.) Mais ensuite, je pense à ma fille grandissant sans moi pour les dix, quinze prochaines années et je… je…

Elle poussa un soupir tremblant, assez fort pour attirer l'attention du barman. Je plongeai la main dans mon sac, puis, ne trouvant pas de mouchoir, je lui tendis une serviette en papier. Quand elle leva les yeux, les traits de son visage s'étaient adoucis en une expression que je ne lui avais jamais vue, rayonnant d'amour et de tendresse.

— Elle est si belle, Louisa. Elle a presque quatre ans et elle est si intelligente. Si brillante ! Elle connaît les jours de la semaine, elle sait montrer les pays sur un planisphère et elle chante très bien. Elle sait où se trouve New York. Elle peut dessiner un trait entre Cracovie et New York sans que personne le lui montre. Et chaque fois que je vais lui rendre visite, elle se pend à moi et dit : « Pourquoi tu dois partir, maman ? Je ne veux pas que tu partes. » Et j'en ai le cœur brisé. Parfois, je n'ai même pas envie de la voir parce que la douleur quand je dois partir est… C'est…

Agnes se voûta au-dessus de son verre, essuyant d'une main les larmes qui tombaient silencieusement sur la table brillante.

Je lui tendis une autre serviette en papier.

—Agnes, dis-je doucement. Combien de temps encore allez-vous vous infliger ça ?

Elle se tamponna les yeux, la tête penchée. Quand elle se redressa, il était impossible de dire qu'elle avait pleuré.

—Nous sommes amies, oui ? Bonnes amies.

—Bien sûr.

Elle jeta un coup d'œil par-dessus son épaule et se pencha sur la table.

—Vous et moi. Nous sommes toutes les deux immigrées. Nous savons que c'est difficile de trouver sa place dans ce monde. Vous voulez avoir une vie meilleure, travailler dur dans un pays qui n'est pas le vôtre – vous vous faites une nouvelle vie, de nouveaux amis, vous trouvez un nouvel amour. Vous devenez une nouvelle personne ! Mais ce n'est pas simple, il y a toujours un prix à payer.

J'avalai ma salive et repoussai une image brûlante et douloureuse de Sam dans son wagon.

—On ne peut pas tout avoir. Et nous, les immigrés, sommes bien placés pour le savoir. Toujours un pied dans deux endroits différents. On ne peut jamais être complètement heureux parce que, à partir du moment où vous partez, vous êtes deux personnes, et, où que vous soyez, il y a toujours une moitié de vous qui appelle l'autre. C'est le prix que nous devons payer, Louisa. Le prix à payer pour ce que nous sommes.

Elle but une gorgée de vodka tonic, puis une autre. Elle prit une profonde inspiration et secoua les mains au-dessus de la table comme pour se débarrasser d'un excès d'émotion par l'extrémité de ses doigts. Quand elle reprit la parole, sa voix était froide comme l'acier.

—Vous ne devez rien lui dire. Vous ne devez pas lui dire ce que vous avez vu aujourd'hui.

—Agnes, vous ne pourrez pas cacher ça éternellement. C'est trop gros. Ça…

Elle tendit la main et la posa sur mon bras. Ses doigts se refermèrent fermement sur mon poignet.

— S'il vous plaît. Nous sommes amies, n'est-ce pas ?

J'avalai ma salive.

Ainsi appris-je à mes dépens qu'il n'existe pas de vrais secrets chez les riches. Seulement des gens payés pour les garder. Je montai les marches, ce nouveau fardeau, étonnamment lourd, pesant sur mon cœur. Je pensais à cette petite fille de l'autre côté de l'océan qui avait tout, sauf ce qu'elle souhaitait le plus au monde, et à cette femme qui ressentait probablement la même chose, même si elle commençait seulement à s'en apercevoir. Je fus tentée d'appeler ma sœur – la seule personne avec laquelle je pouvais me permettre d'en discuter –, mais je connaissais déjà son avis sur la question. Elle se serait coupé le bras plutôt que de laisser Thom dans un autre pays.

Je songeai à Sam, et aux compromis que nous faisons avec nous-mêmes pour justifier nos choix. Ce soir-là, je ruminai dans ma chambre, jusqu'à ce que mes pensées volent bas, sombres, autour de ma tête. Alors, j'attrapai mon téléphone.

Salut, Josh. Est-ce que la proposition tient toujours ? Mais plutôt pour un verre qu'un café ?

Dans les trente secondes, sa réponse m'arriva :

Il te suffit de me dire où et quand, Louisa.

Chapitre 22

Pour finir, je retrouvai Josh dans un bar de quartier qu'il connaissait, près de Times Square. La salle était longue et étroite, les murs couverts de photographies de boxeurs et le sol collant sous mes pieds. Je portais un jean noir et m'étais attaché les cheveux en queue-de-cheval. Personne ne leva les yeux quand je me frayai un chemin parmi des hommes d'âge moyen et des photos dédicacées de poids mouches et autres boxeurs au cou plus gros que la tête.

Je le découvris assis à une table minuscule au fond du bar. Il portait l'un de ces imperméables de gentleman-farmer. Quand il me vit, son visage s'éclaira d'un sourire spontané et contagieux, et je me réjouis un instant que quelqu'un soit simplement heureux de me voir, dans un monde qui me semblait devenu incroyablement compliqué.

— Comment ça va ?

Il se leva et donna l'impression de vouloir me serrer dans ses bras, mais quelque chose – peut-être les circonstances de notre dernière rencontre – le retint. Il me toucha le bras à la place.

— J'ai eu une journée assez intense. Plutôt une semaine, en fait. Et j'ai vraiment besoin d'un visage amical avec qui prendre un verre ou deux. Et – devine quoi ! – ton nom est le premier que j'ai tiré de mon chapeau new-yorkais !

— Qu'as-tu envie de boire ? En gardant à l'esprit qu'ils ne doivent pas préparer plus de six cocktails ici…

— Une vodka tonic ?

— Je suis presque sûr que c'est dans leurs cordes.

Il revint quelques minutes plus tard avec une bière en bouteille pour lui et une vodka tonic pour moi. J'avais ôté mon manteau et me sentais étrangement nerveuse, ainsi assise en face de lui.

— Alors… ta semaine… Que t'est-il arrivé ?

Je bus une gorgée de vodka tonic. Qui s'ajouta à celles de l'après-midi.

— Je… j'ai découvert quelque chose, aujourd'hui, qui m'a un peu secouée. Je ne peux pas te dire ce dont il s'agit – pas parce que je n'ai pas confiance en toi, mais parce que c'est tellement gros que ça affecterait toutes sortes de gens… Et je ne sais pas quoi en faire. (Je m'agitai sur mon siège.) Je crois qu'il faut juste que j'avale le morceau, d'une certaine façon, sans le laisser me donner une indigestion. Est-ce que je me fais comprendre ? Donc, j'ai eu envie d'aller boire un verre ou deux en ta compagnie, de t'écouter me raconter un peu ta vie – agréable, sans obscurs secrets, à supposer que tu n'en aies pas –, et de me rappeler que l'existence peut être normale et chouette, mais je ne veux vraiment pas que tu me fasses parler de la mienne. Au cas où je baisserais la garde.

— Louisa, je ne veux rien savoir de ton affaire. Je suis juste content de te voir, dit-il, la main sur le cœur.

— Honnêtement, je te le dirais si je le pouvais.

— Je n'éprouve aucune curiosité à l'égard de ce gigantesque et perturbant secret. Tu es en sécurité avec moi.

Il but une gorgée de bière et m'adressa l'un de ses sourires parfaits. Et, pour la première fois en deux semaines, je me sentis un tout petit peu moins seule.

Deux heures plus tard, le bar était comble et il y faisait une chaleur étouffante. Le long du comptoir s'entassaient, sur trois rangées, des touristes fourbus, émerveillés de pouvoir boire des bières à trois dollars. Les habitués, quant à eux, suivaient un match de boxe sur un poste de télévision dans le coin, saluant en chœur un puissant uppercut et rugissant à l'unisson quand leur homme, le visage pilonné et déformé, s'effondrait contre les cordes. Josh était le seul homme du bar à ne pas le regarder. Il se tenait légèrement penché au-dessus de sa bouteille de bière, et ses yeux ne quittaient pas les miens.

Moi, par contre, j'étais affalée sur la table et lui racontais en détail l'épisode de Treena et Edwina le jour de Noël, l'une des rares histoires que j'étais en droit de partager, avec celle de l'attaque de grand-père, celle du petit piano (je dis que c'était pour la nièce d'Agnes) et – au cas où j'aurais paru trop négative – l'agréable surprise de mon vol en classe affaires entre New York et Londres. J'ignorais combien de verres de vodkas tonic j'avais éclusés à ce stade – Josh semblait détenir le pouvoir de les faire apparaître devant moi avant que je n'aie pu m'apercevoir que j'avais fini le précédent –, mais j'avais vaguement conscience que ma voix était devenue bizarrement chantante, dérapant vers le haut ou vers le bas sans rapport aucun avec ce que j'étais en train de dire.

— Bon, mais c'est cool, non ? demanda-t-il quand j'en arrivai au discours de papa sur le bonheur.

J'en avais peut-être un peu rajouté. Dans ma dernière version, papa était devenu Atticus Finch prononçant son discours de clôture au tribunal dans *Ne tirez pas sur l'oiseau moqueur*.

— Tout va bien, poursuivit Josh. Il ne veut que son bonheur. Quand mon cousin a fait son *coming out*, mon oncle ne lui a plus adressé la parole pendant un an.

— Elles sont si heureuses, dis-je en étirant les bras pour les rafraîchir au contact de la table poisseuse – ce dont j'essayai de faire abstraction. C'est super. Vraiment. (Je bus une autre gorgée de mon cocktail.) Elles font tellement plaisir à voir. Parce que, tu sais, Treena est restée seule des millions d'années, mais, honnêtement, ce serait chouette si elles pouvaient être un tout petit peu moins radieuses quand elles sont ensemble. Et pas *toujours* à se dévorer des yeux. Ou à échanger des sourires complices après une plaisanterie qu'elles sont seules à comprendre, ou suggérant une récente partie de jambes en l'air très, très réussie. Et peut-être que Treena pourrait arrêter de m'envoyer des photos d'elles. Ou des messages chaque fois qu'Eddie dit ou fait quelque chose d'extraordinaire. À savoir tout le temps, apparemment.

— Oh, allez. Elles sont amoureuses, leur histoire commence ! C'est ce que font les gens au début, non ?

— Moi, jamais. Toi, oui ? Sérieusement, je n'ai jamais envoyé à Treena de photos de moi en train d'embrasser quelqu'un, ni même dans les bras d'un copain. D'ailleurs, si je l'avais fait, elle aurait réagi comme si je lui avais envoyé une photo de bite. Je veux dire, nous parlons de la femme qui, jusqu'à récemment, trouvait *répugnante* toute démonstration d'émotion.

— Alors, c'est la première fois qu'elle est amoureuse. Et elle sera ravie de recevoir la prochaine photo que tu lui enverras de toi et ton copain nageant dans le bonheur. (Il avait l'air de se moquer de moi.) Peut-être pas celle de la bite.

— Tu me trouves épouvantable.

— Je ne te trouve pas épouvantable. Seulement un peu… amère.

Je grognai.

— Je sais. Je suis épouvantable. Je ne leur demande pas de ne pas être heureuses, juste de faire preuve d'un chouïa de délicatesse à l'égard de ceux qui ne sont pas… aussi…

Je ne pus finir ma phrase.

Josh s'était renversé contre son dossier et m'observait maintenant attentivement.

— Ex, dis-je d'une voix brisée. C'est désormais un ex.

Il haussa les sourcils.

— Waouh. Deux semaines intenses, alors.

— Oh là là. (Je posai le front sur la table.) Tu n'as pas idée.

J'eus conscience du silence s'installant doucement entre nous. J'envisageai un instant de faire une petite sieste réparatrice, là tout de suite. C'était si agréable. La bande-son du match de boxe s'estompa brièvement. La sueur perlait à mon front. Et puis, je sentis sa main sur la mienne.

— OK, Louisa, je crois qu'il est temps qu'on te sorte d'ici.

Je saluai tous les gens si sympathiques sur mon passage, tapant dans les mains du plus grand nombre possible (certains ratèrent la mienne, les idiots). Je ne sais pas pourquoi, mais Josh n'arrêta pas de s'excuser à haute voix. Je pense qu'il a dû bousculer tout le monde.

Il posa mon blouson sur mes épaules quand nous atteignîmes la porte, et j'eus un fou rire en constatant que j'étais incapable de passer les bras dans les manches. Quand il y parvint, ce fut dans le mauvais sens, façon camisole de force.

— J'abandonne ! finit-il par dire. Porte-le comme ça, tant pis.

J'entendis quelqu'un crier :

— Buvez donc un peu d'eau, ma petite dame.

— Je *suis* une dame ! m'écriai-je. Une dame anglaise ! Je suis Louisa Clark première du nom, pas vrai, Joshua ?

Je me tournai pour leur faire face et envoyai un coup de poing en l'air. Mais je m'étais adossée contre un mur de photos, et quelques-unes me dégringolèrent sur la tête.

— On s'en va, on s'en va ! lança Joshua en levant les mains vers le barman.

Quelqu'un se mit à crier. Joshua s'excusa de plus belle. Je lui expliquai qu'il ne fallait pas trop s'excuser – c'était Will qui me l'avait appris. Il valait mieux garder la tête haute.

Soudain, nous fûmes dehors, dans l'air froid et mordant. Et avant que je n'aie pu me rendre compte de quoi que ce soit, je trébuchai sur quelque chose et mes genoux heurtèrent l'asphalte glacé du trottoir. Je poussai un juron.

— Merde ! s'exclama Josh, qui avait glissé un bras ferme autour de ma taille et me hissait sur mes pieds. Je crois qu'il te faudrait un café.

Il sentait si bon. Il sentait comme Will autrefois – cher, comme le rayon homme d'un grand magasin chic. J'enfouis mon nez dans son cou et inspirai profondément alors que nous titubions sur le trottoir.

— Tu sens délicieusement bon.

— Merci beaucoup.

— Très cher.

— Bon à savoir.

— J'envisage sérieusement de te lécher.

— Si ça peut te faire plaisir.

Je le léchai. Son après-rasage n'était pas aussi agréable au goût qu'à l'odeur, mais c'était assez distrayant de lécher quelqu'un.

—Je me sens mieux, constatai-je, un peu surprise. Je t'assure!

—D'accord… Là, c'est le meilleur endroit pour attraper un taxi.

Il se décala de façon à se trouver face à moi et posa les mains sur mes épaules. Autour de nous, Times Square se déployait, aveuglant et étourdissant, un cirque de néons scintillants, ses images monumentales m'écrasant de leur luminosité impossible. Je me mis à tourner lentement sur moi-même, les yeux levés vers les lumières, avec l'impression que je pourrais tomber. Je tournai sans relâche pendant qu'elles se brouillaient, puis titubai lentement. Je sentis que Josh me rattrapait.

—Je peux te mettre dans un taxi pour chez toi, car je pense qu'à ce stade, il ne te reste plus qu'à aller te coucher. Ou nous pouvons marcher jusque chez moi pour que je te prépare un café. Comme tu veux.

Il était 1 heure du matin passée, et pourtant, il lui fallait crier pour se faire entendre par-dessus les braillements des fêtards autour de nous. Il était tellement beau avec sa chemise et son imperméable. Si propre sur lui et pimpant. Je l'aimais vraiment beaucoup. Je me tournai dans ses bras et le regardai en clignant des yeux. Cela aurait été pratique s'il avait arrêté de se balancer.

—C'est très aimable à toi, dit-il.

—Est-ce que j'ai parlé tout haut?

—Ouaip.

—Désolée. Mais tu l'es vraiment. Extrêmement beau. Genre *américainement* beau. Comme une vraie star de cinéma. Josh?

—Ouais?

—Je crois que je vais m'asseoir. J'ai la tête qui tourne.

J'étais à mi-chemin du sol quand je sentis qu'il m'interceptait de nouveau.

—C'est bon, je te tiens.

—J'aimerais vraiment te dire le truc. Mais je ne peux pas.

—Alors, ne me dis pas le truc.

— Tu comprendrais. Je le sais. Tu sais… tu ressembles tellement à quelqu'un que j'ai aimé. Vraiment aimé. Tu savais ? Tu es son portrait craché.

— C'est… c'est bon à savoir.

— Oui, c'est bon. Il était extrêmement beau. Comme toi. Beau comme une star de cinéma… Je me répète, peut-être ? Il est mort. Je t'avais dit qu'il était mort ?

— J'en suis désolé. Mais je crois qu'il faut qu'on t'éloigne d'ici.

Il me fit marcher sur deux pâtés de maisons, héla un taxi et, avec un effort, m'aida à y monter. Je me redressai maladroitement sur la banquette arrière et me cramponnai à sa manche. Du coup, il se retrouva un pied dans le taxi, un pied sur le trottoir.

— Où va-t-on, madame ? me lança le chauffeur en me regardant.

Je me tournai vers Josh.

— Tu peux rester avec moi ?

— Bien sûr. Où allons-nous ?

Je vis le regard méfiant du chauffeur dans le rétroviseur intérieur. Une télévision beugla de derrière son siège et le public d'un plateau de télévision se mit à applaudir. Dehors, il y eut soudain un concert de Klaxon. Les lumières étaient trop fortes. New York me parut tout à coup trop bruyante, trop tout.

— Je ne sais pas. Chez toi, dis-je. Je ne peux pas rentrer. Pas encore. (Je le regardai et me sentis soudain au bord des larmes.) Tu sais que j'ai les deux jambes à deux endroits différents ?

Il se pencha vers moi, une expression bienveillante sur le visage.

— Louisa Clark, je ne sais pas pourquoi, mais ça ne me surprend pas.

Je laissai aller ma tête sur son épaule et sentis son bras se glisser doucement autour de moi.

Je fus réveillée par la sonnerie d'un téléphone, stridente et insistante. Je pris note de mon soulagement immense quand elle cessa, puis du murmure d'une voix masculine, et enfin de la merveilleuse odeur amère du café. Je remuai, essayant de soulever ma tête de l'oreiller. La douleur que ce mouvement me causa dans les tempes fut si intense et impitoyable que je laissai échapper un petit couinement animal, comme celui d'un chien dont la queue aurait été coincée dans une porte. Je fermai les yeux, inspirai profondément, puis les ouvris de nouveau.

Ce n'était pas mon lit.

Ce n'était toujours pas mon lit quand je les rouvris une troisième fois.

Ce fait indiscutable suffit à me convaincre d'essayer de nouveau de soulever la tête, ignorant cette fois la douleur lancinante assez longtemps pour faire le point sur mon environnement. Nan, clairement, ce n'était pas mon lit. Ni ma chambre. En fait, je n'avais jamais vu cette chambre auparavant. Je repérai des vêtements – des vêtements d'homme – soigneusement pliés sur le dossier d'une chaise, la télévision dans un coin, le bureau et l'armoire, et pris conscience de la voix qui approchait. Soudain, la porte s'ouvrit et Josh entra, impeccable en costard. D'une main, il me tendait une tasse tandis que, de l'autre, il tenait son téléphone contre son oreille. Il croisa mon regard, haussa un sourcil et posa le mug sur la table de chevet sans cesser de parler.

—Ouais, il y a eu un problème avec le métro. Je vais attraper un taxi, je serai là dans vingt minutes... Bien sûr. Pas de problème... Non, elle planche déjà dessus.

Je me redressai en poussant sur mes mains, m'apercevant alors que je portais un tee-shirt d'homme. Les ramifications de cette constatation mirent un peu de temps à faire leur chemin dans mon cerveau, et je me sentis rougir.

—Non. Nous en avons déjà parlé hier. Il a toute la paperasse prête.

Comme il se détournait, je me tortillais en arrière de façon que la couette remonte autour de mon cou. Je portais ma culotte. C'était déjà ça.

—Ouais. Ce serait super. Oui – un déjeuner, ça me va. (Josh raccrocha et fourra son téléphone dans sa poche.) Bonjour ! J'allais justement te chercher un Advil pour accompagner ton café. Tu en veux ? Je suis désolé, il faut que je parte.

— Que tu partes ?

J'avais un goût affreux dans la bouche, aussi sèche que si j'avais avalé une cuillerée de talc. Je l'ouvris et la fermai deux fois, remarquant qu'elle produisait un petit chuintement un peu dégoûtant.

— Travailler. On est vendredi.

— Oh, mon Dieu ! Quelle heure est-il ?

— Sept heures et quart. Il faut que je file. Je suis déjà en retard. Tu sauras trouver la sortie, ça ira ? (Il fouilla dans un tiroir, dont il sortit un blister contenant des comprimés et qu'il posa à côté de moi.) Voilà. Ça devrait aider.

Je repoussai mes cheveux de mon visage. Ils étaient légèrement humides de sueur et curieusement emmêlés.

— Qu'est-ce qui s'est passé ?

— Nous pourrons en reparler plus tard. Bois ton café.

Docile, je bus une gorgée. Il était fort et revigorant. À vue de nez, j'aurais besoin de six tasses.

— Pourquoi est-ce que je porte l'un de tes tee-shirts ?

Il sourit de toutes ses dents.

— Ça, c'est à cause de la danse.

— La danse ?

Mon estomac se retourna.

Josh se pencha et m'embrassa sur la joue. Il sentait le savon, le propre et les agrumes – que des choses saines. J'avais conscience, quant à moi, de répandre des effluves chauds de vieille sueur, d'alcool et de honte.

— Je me suis bien amusé hier soir. Eh, assure-toi seulement de bien claquer la porte en partant, d'accord ? Elle se ferme mal parfois. Je t'appelle plus tard.

Il me salua depuis le seuil, se détourna et disparut, se tapotant les poches comme pour s'assurer de quelque chose avant de quitter les lieux.

— Attends ! Je suis où ? criai-je, une minute plus tard.

Mais il était déjà parti.

J'étais à SoHo, comme je l'appris peu après. Séparée de là où je devais être par d'interminables bouchons sur la chaussée. Je pris le métro de Spring Street jusqu'à la 59e Rue, essayant de ne pas trop transpirer dans mon chemisier froissé de la veille et m'estimant heureuse de ne pas porter l'une de mes tenues de soirée à paillettes habituelles. Je n'avais jamais vraiment compris le mot « crasseux » jusqu'à ce matin-là. Je n'avais presque aucun souvenir de la soirée de la veille. Et ce que je me rappelais me revenait en flash-back brûlants et désagréables.

Moi, m'asseyant au milieu de Times Square.

Moi, léchant le cou de Josh – je lui avais léché le cou !

Et c'était quoi, cette histoire de danse ?

Si je n'avais pas été cramponnée à la barre du métro comme si ma vie en dépendait, je me serais pris la tête à deux mains. Au lieu de ça, je fermai les yeux, vacillai tout le long du trajet, changeant de position pour éviter les sacs à dos et les passagers maussades coupés du monde par leurs écouteurs, et fis de mon mieux pour ne pas vomir.

Tiens le coup jusqu'à ce soir, me dis-je. Si la vie m'avait appris une chose, c'était que les réponses viendraient bien assez tôt.

J'étais en train d'ouvrir la porte de ma chambre quand M. Gopnik apparut. Encore en tenue de sport – ce qui était inhabituel pour lui après 7 heures –, il leva une main quand il me vit, comme si cela faisait un moment qu'il était à ma recherche.

— Ah, Louisa.

— Je suis désolée, je…

— Je voudrais vous parler dans mon bureau. Tout de suite.

Évidemment, il fallait que ça tombe maintenant, songeai-je. *Évidemment.*

Il tourna les talons et s'éloigna dans le couloir. Je lançai un regard plein de regret à ma chambre, qui contenait des vêtements propres, du déodorant et du dentifrice, tout en rêvant d'une tasse de café. Mais on ne faisait pas attendre M. Gopnik.

Je jetai un coup d'œil à mon téléphone, puis courus derrière lui.

Quand j'entrai dans son bureau, il était déjà assis.

— Je suis vraiment désolée d'être arrivée dix minutes en retard. Ce n'est pas mon habitude. J'ai juste dû…

M. Gopnik se tenait derrière son bureau, une expression indéchiffrable sur le visage. Agnes était assise dans le fauteuil près de la table basse, également en tenue de *running*. Ni l'un ni l'autre ne me proposa de m'asseoir. Quelque chose dans l'air me fit dessaouler d'un coup.

— Est-ce que… tout va bien ?

— J'espère que vous allez pouvoir me le dire. J'ai reçu un appel de mon chargé de comptes ce matin.

— Votre quoi ?

— L'homme qui se charge de mes opérations bancaires. Je me demandais si vous pourriez m'expliquer ceci.

Il poussa une feuille vers moi. C'était un relevé, dont le total avait été entouré. Ma vue était un peu brouillée, mais il y avait une chose visible, une colonne de chiffres : cinq cents dollars par jour sous l'entrée « Retraits ».

C'est à ce moment-là que je remarquai l'expression d'Agnes. Elle regardait fixement ses mains, les lèvres pincées en une ligne fine. Ses yeux se posèrent sur moi une fraction de seconde, puis se détournèrent. Je sentis un filet de transpiration dévaler le long de ma colonne vertébrale.

— Il m'a appris quelque chose de très intéressant. Apparemment, pendant la période précédant Noël, une somme d'argent considérable a été retirée de notre compte joint. Des retraits d'un montant pensé – peut-être – pour ne pas être remarqué ont été effectués depuis un distributeur non loin d'ici. Il s'en est aperçu grâce à l'un de ces programmes antifraude destinés à identifier des opérations inhabituelles effectuées avec n'importe laquelle de nos cartes, et ces retraits ont été signalés comme sortant de l'ordinaire. Évidemment, c'était un peu préoccupant. J'ai donc posé la question à Agnes, qui m'a dit ne rien savoir. J'ai ensuite demandé à Ashok de me fournir les enregistrements des caméras de surveillance pour les jours concernés, et mon équipe de sécurité les a combinés aux heures des retraits. (Là, il me regarda droit dans les yeux.) Et il s'est révélé, Louisa, que vous êtes la seule personne à être entrée et sortie de l'immeuble aux horaires correspondants.

J'écarquillai les yeux.

— À présent, je pourrais solliciter la banque concernée et demander qu'on me fournisse les images de leurs caméras de surveillance de leurs distributeurs aux jours et heures où l'argent a été retiré, mais je préfère leur épargner cette peine. Donc, vraiment, je voulais savoir si vous pouviez m'expliquer ce qui se passait. Et pourquoi presque dix mille dollars ont été prélevés de notre compte commun.

Je jetai un œil à Agnes, mais elle évita obstinément mon regard. Ma bouche était encore plus sèche qu'à mon réveil.

— Je me suis chargée de quelques… achats de Noël. Pour Agnes.

— Vous avez une carte pour ça. Qui montre clairement dans quelles boutiques vous avez été, et vous fournissez les reçus pour tous les achats concernés. Ce que, jusqu'à présent, d'après les informations fournies par Michael, vous avez fait. Mais du liquide… Le liquide est moins transparent. Avez-vous les reçus correspondant à ces achats ?

— Non.

— Et pouvez-vous me dire ce que vous avez acheté ?

— Je… non.

— Alors, qu'est devenu cet argent, Louisa ?

Je ne pouvais pas parler. J'avalai ma salive avant de dire :

— Je ne sais pas.

— Vous ne savez pas.

— Je… je n'ai rien volé.

Je sentis mes joues s'empourprer.

— Donc, Agnes ment ?

— Non.

— Louisa… Agnes sait que je suis prêt à satisfaire le moindre de ses désirs. Pour être honnête, elle pourrait dépenser dix fois cette somme en une journée que je ne sourcillerais même pas. Elle n'a donc aucune raison d'aller retirer de l'argent en cachette au distributeur du coin. Je vous repose donc la question : qu'est-il advenu de cet argent ?

Je me sentais devenir écarlate. C'est alors qu'Agnes me regarda. Son visage était une supplication silencieuse.

— Louisa ?

— Peut-être que… Je l'ai peut-être pris.

— Vous l'avez *peut-être* pris ?

— Pour des courses. Pas pour moi. Vous pouvez fouiller ma chambre. Vous pouvez vérifier mon compte en banque.

— Vous avez dépensé dix mille dollars en « courses » ? Et qu'avez-vous acheté ?

— Juste… des trucs.

Il baissa brièvement la tête, comme s'il s'efforçait de contenir sa colère.

— Des trucs, répéta-t-il lentement. Louisa, vous comprenez que votre présence dans cette maison repose sur une relation de confiance.

— Parfaitement, monsieur Gopnik, et je prends cela très au sérieux.

— Vous connaissez tous les rouages de cette maisonnée. Vous avez des clés, des cartes de crédit, vous êtes au courant de nos habitudes. Vous êtes correctement rétribuée pour cela – parce que nous avons conscience que c'est un poste à responsabilités et que nous comptons sur vous pour ne pas les trahir.

— Monsieur Gopnik. J'adore mon travail. Je ne…

Je lançai un regard angoissé à Agnes, mais elle garda les yeux baissés. L'une de ses mains tenait l'autre, un ongle enfoncé profondément dans la pulpe de son pouce.

— Vous ne pouvez vraiment pas expliquer ce que vous avez fait de cet argent ?

— Je… je ne l'ai pas volé.

Il me scruta intensément pendant un long moment, comme s'il attendait quelque chose – qui ne vint pas –, et son expression se durcit.

— C'est fort décevant, Louisa. Je sais qu'Agnes vous apprécie beaucoup et que vous avez été d'une grande aide. Mais je ne peux vivre sous le même toit que quelqu'un en qui je n'ai pas confiance.

— Leonard…, commença Agnes, mais il leva une main.

— Non, ma chérie. J'y ai déjà réfléchi. Je suis désolé, Louisa, mais votre contrat prend fin immédiatement.

— Qu-quoi ?

— Vous avez une heure pour vider votre chambre. Vous laisserez vos coordonnées à Michael, et il vous contactera au sujet de ce que nous vous devons. Je saisis l'occasion pour vous rappeler l'existence de la clause de confidentialité de votre contrat. Le sujet est clos. J'espère que vous pouvez voir que c'est autant dans votre intérêt que dans le nôtre.

Agnes était devenue pâle comme un linge.

— Non, Leonard, tu ne peux pas faire ça.

— Fin de la discussion. Je dois aller travailler. Louisa, l'heure commence maintenant.

Il se leva, attendant que je quitte la pièce.

Quand je sortis du bureau, j'avais la tête qui tournait. Michael m'attendait, et je mis quelques secondes à comprendre qu'il n'était pas là pour voir si j'allais bien, mais pour m'escorter jusqu'à ma chambre. Que ma présence dans cette maison était désormais indésirable.

Je remontai le couloir en silence, vaguement consciente de l'expression sidérée d'Ilaria, debout sur le seuil de la cuisine, d'éclats de voix résonnant quelque part à l'autre bout de l'appartement. Nathan était introuvable. Pendant que Michael restait planté sur le seuil de ma chambre, je tirai ma valise de sous mon lit et commençai à y ranger mes affaires de façon désordonnée, chaotique, ouvrant les tiroirs, chargeant mes effets personnels aussi vite que je le pouvais, consciente de faire la course contre une montre capricieuse. Mon cerveau bourdonnait sous le coup du choc et de l'indignation, tempérée par le besoin de ne rien oublier : avais-je laissé du linge dans la buanderie ? Où étaient mes chaussures de sport ? Vingt minutes plus tard, j'avais fini. Toutes mes affaires étaient rangées dans une valise, un fourre-tout et un grand cabas à carreaux.

— Je me charge de celle-ci, dit Michael en saisissant la poignée de ma valise à roulettes après m'avoir vue batailler pour passer la porte, chargée de mes trois bagages.

Je tardai à comprendre que son geste était plus motivé par un souci d'efficacité que par la gentillesse.

— iPad. Téléphone portable. Carte de crédit.

Je les lui tendis, ainsi que les clés, et il les rangea dans sa poche.

Je traversai le couloir, hébétée, ayant encore du mal à croire ce qui était en train de se produire. Ilaria se tenait sur le seuil de la cuisine, ses mains charnues pressées l'une contre l'autre sur son tablier. Quand je passai devant elle, je lui lançai un regard en coulisse, m'attendant à recevoir une bordée d'insultes en espagnol ou le genre de regard méprisant que les femmes de son âge réservent aux voyous. Au lieu de ça, elle fit un pas en avant et me toucha la main sans rien dire. Michael se détourna, comme s'il n'avait rien vu. Et nous arrivâmes devant la porte d'entrée.

Il me tendit la poignée de ma valise.

— Au revoir, Louisa, dit-il, une expression indéchiffrable sur le visage. Bonne chance.

Je fis un pas dans le couloir, et l'énorme porte en acajou se referma derrière moi dans un claquement définitif.

Je passai les deux heures suivantes assise à une table du *diner*, en état de choc, incapable de pleurer, incapable de me mettre en colère. Je me sentais simplement paralysée. Je crus d'abord qu'Agnes ferait le nécessaire pour arranger la situation. Qu'elle finirait par trouver un moyen de convaincre son mari qu'il se trompait. Après tout, nous étions amies. Je restai donc là à attendre que Michael apparaisse, la mine contrite, prêt à traîner ma valise jusqu'au Lavery. Je consultais mon portable toutes les deux minutes, guettant l'arrivée d'un message – « Louisa, il y a eu un fâcheux malentendu ». Mais rien ne vint.

Quand je compris que je n'en recevrais pas, j'envisageai tout simplement de rentrer en Angleterre. Mais cela mettrait la vie de

Treena sens dessus dessous. La dernière chose dont elle et Thom avaient besoin, c'était que je les vire de l'appartement. Et il n'était pas question que je retourne m'installer chez papa et maman : non seulement la perspective de vivre à Stortfold me brisait le cœur, mais me réfugier chez eux, la queue entre les jambes pour la deuxième fois, après avoir été virée du travail que j'adorais – la première après être tombée, gravement imbibée, d'un immeuble – m'achèverait probablement.

Et, bien entendu, je ne pouvais plus m'installer chez Sam.

Serrant ma tasse de café entre mes mains tremblantes, je me rendis compte que je m'étais exclue de ma propre vie. Je songeai à appeler Josh, mais il me semblait déplacé de lui demander de m'héberger, alors que je n'étais même pas sûre que nous soyons sortis ensemble officiellement.

Et même si je trouvais où loger, qu'allais-je faire ? Je n'avais pas de boulot. J'ignorais si M. Gopnik pouvait annuler mon permis de travail. Il n'était probablement valide que pour la durée du contrat qui nous liait.

Le pire, c'était la façon dont il m'avait regardée, son expression de déception et de mépris quand je m'étais révélée incapable de lui fournir une réponse convaincante. Son approbation silencieuse avait été l'une des nombreuses petites satisfactions de ma vie ici – qu'un homme d'une telle envergure ait jugé mon travail précieux m'avait redonné confiance en moi. Ces derniers mois, je m'étais sentie capable, professionnelle, comme cela ne m'était plus arrivé depuis que je m'étais occupée de Will. J'aurais tant voulu m'expliquer et regagner son respect, mais comment l'aurais-je pu ? Je revoyais le visage d'Agnes, son air affolé, ses yeux implorants. Elle allait m'appeler, n'est-ce pas ? Pourquoi n'avait-elle pas appelé ?

— Je vous ressers, mon chou ?

Je levai les yeux vers la serveuse, une femme d'âge moyen aux cheveux couleur mandarine. Debout devant moi, le pot de café à la main, elle jeta un coup d'œil à mes bagages, comme si elle avait déjà assisté un million de fois à cette scène.

— Vous venez d'arriver ?

— Pas exactement.

J'essayai de sourire, mais ne parvins qu'à lui décocher une vague grimace.

Elle remplit ma tasse, se pencha et me glissa :

— Mon cousin tient une auberge de jeunesse à Bensonhurst, si vous ne savez pas où aller. Il y a des cartes près de la caisse. L'endroit n'est pas très coquet, mais c'est bon marché et propre. Ne tardez pas trop à appeler, hein. Ça se remplit vite.

Elle posa brièvement la main sur mon épaule avant d'aller s'occuper d'un autre client.

Cette simple démonstration de gentillesse faillit me faire craquer. Pour la première fois, je me sentais dépassée, accablée à l'idée que j'étais seule dans cette ville qui ne voulait plus de moi. Qu'étais-je censée faire, maintenant que mes ponts semblaient émettre des nuages de fumée noire et dense sur deux continents ? J'essayai de m'imaginer en train d'expliquer à mes parents ce qui s'était passé, mais, une fois de plus, je butai sur le secret d'Agnes. Était-il possible de révéler une confidence à une personne sans que la vérité se diffuse lentement ? Mes parents seraient outrés, et je ne pourrais empêcher papa de téléphoner à M. Gopnik pour l'éclairer sur la véritable nature de sa femme. Et si Agnes niait ? Je repensai à ce que m'avait dit Nathan : au bout du compte, nous restions des employés. Et si elle mentait et soutenait que j'avais volé cet argent ? Est-ce que je n'aggraverais pas mon cas ?

Pour la première fois, peut-être, depuis mon arrivée à New York, je regrettai d'être venue. Encore dans mes vêtements de la veille, fripés et dégageant une odeur de sueur rance, j'étais complètement démoralisée. Je reniflai discrètement et m'essuyai le nez avec une serviette en papier sans quitter des yeux le mug devant moi. Dehors, la vie à Manhattan suivait son cours, indifférente, pressée, ignorant les détritus qui s'accumulaient dans le caniveau.

Qu'est-ce que je fais, maintenant, Will ? pensai-je, une boule d'angoisse grossissant dans ma gorge.

Comme sur un signal, mon téléphone bipa.

C'est quoi, ce bordel, putain ? Appelle-moi, Clark.

Nathan. Malgré moi, je souris.

Nathan déclara que, *putain*, il n'y avait pas moyen que je loge dans un *putain* d'hôtel miteux, avec des *putain* de violeurs, dealers et autres pourritures. À 19 h 30, quand ces *putain* de Gopnik seraient partis à leur *putain* de dîner, il m'attendrait devant l'entrée de service. Il allait réfléchir à la suite, *putain* de merde.

Je crois que j'avais rarement lu autant de gros mots en trois messages.

Quand j'arrivai, je fus surprise de voir que sa fureur était intacte.

— Je pige pas. C'est comme si tu avais cessé d'exister. On croirait des mafiosos, avec leur *putain* d'omerta. Michael n'a rien voulu me raconter, à part que c'était un problème de « malhonnêteté ». Je lui ai dit que tu étais la personne la plus honnête que j'aie jamais rencontrée et qu'ils avaient tous pété un câble. Qu'est-ce qui s'est passé, *putain* ?

Après m'avoir fait entrer dans sa chambre par l'escalier de service, il ferma la porte derrière lui. J'étais tellement soulagée de le voir que je dus faire un effort pour ne pas le serrer dans mes bras. Je me retins, estimant que j'avais agrippé assez d'hommes comme ça durant les dernières vingt-quatre heures.

— *Putain*. Les gens. Tu veux une bière ?

— Pas de refus.

Il décapsula deux bouteilles et m'en tendit une tout en s'asseyant dans son fauteuil. Je me perchai sur son lit et bus une gorgée.

— Et donc… ?

Je fis une grimace.

— Je ne peux rien te dire, Nathan.

Ses sourcils sautèrent quelque part près du plafond.

— Toi aussi ? Merde ! Tu n'as quand même pas…

— Bien sûr que non. Je serais incapable de voler un sachet de thé aux Gopnik. Mais si je te racontais ce qui s'est vraiment passé, ce serait… ce serait désastreux. Pour d'autres personnes de la maison… C'est compliqué.

Il fronça les sourcils.

—Quoi ? Tu es en train de me dire qu'on t'accuse de quelque chose que tu n'as pas commis et que tu ne vas rien faire pour t'innocenter ?

—En quelque sorte.

Penché en avant, les coudes sur les genoux, Nathan secoua la tête.

—Ce n'est pas juste.

—Je sais.

—Quelqu'un doit dire quelque chose. Tu sais que le vieux a failli appeler les flics ?

Je crus que ma mâchoire allait se décrocher. S'il le faisait, j'allais au-devant de graves ennuis.

—Ouais. Elle a réussi à l'en dissuader, mais Michael m'a appris qu'il était suffisamment furax pour le faire. Quelque chose au sujet d'un distributeur ?

—Je n'ai rien fait de mal, Nathan.

—Je le sais bien, Clark. De toute façon, tu serais complètement nulle en délinquante. Ou au poker. (Il but une gorgée de bière.) Merde. J'adore mon boulot, tu sais. J'aime travailler pour ces familles. Et j'aime beaucoup le vieux Gopnik. Mais parfois, c'est comme s'ils prenaient un malin plaisir à te rappeler qu'ils peuvent se passer de toi. Ils ont beau te répéter à tout bout de champ que tu es leur ami, que tu es formidable, se demander ce qu'ils deviendraient sans toi et blablabla… à la minute où ils n'ont plus besoin de toi, ou si tu fais quelque chose qui leur déplaît, *bam*. La porte. La justice n'a pas grand-chose à voir là-dedans.

C'était la première fois, depuis mon arrivée à New York, que Nathan se montrait si loquace.

—Je déteste ça, Lou. Même en ne sachant rien de cette affaire, il est évident que tu portes le chapeau pour un truc dont tu n'es pas responsable. Et ça craint.

—C'est compliqué.

— *Compliqué*? (Il me regarda un long moment, secoua la tête et prit une gorgée de bière.) Ben, ma vieille, on peut dire tu n'es pas rancunière.

Nous décidâmes que Nathan descendrait nous chercher de quoi dîner au restaurant chinois, mais, au moment où il enfilait son blouson, quelqu'un frappa à la porte. Nous échangeâmes un regard paniqué ; d'un geste, il m'indiqua la salle de bains. Je m'y précipitai et refermai silencieusement la porte derrière moi. Plaquée contre le porte-serviettes, j'entendis une voix familière.

— Clark, c'est bon, c'est Ilaria, m'annonça Nathan quelques instants plus tard.

Elle portait toujours son tablier et tenait une cocotte.

— Pour vous. Je vous ai entendus parler. (Elle me tendit le plat.) Je l'ai préparé exprès. Vous devez manger. C'est le poulet que vous aimez, avec la sauce au poivre.

— Ah, Ilaria, vous assurez ! s'exclama Nathan en lui donnant une claque dans le dos.

La gouvernante tituba en avant, retrouva son équilibre et posa précautionneusement la cocotte sur le bureau.

— Vous l'avez préparé pour moi ?

De l'index, Ilaria donna de petits coups dans le torse de Nathan.

— Je sais qu'elle n'a pas fait ce qu'ils disent. Je sais beaucoup de choses. Beaucoup de choses qui se passent dans cet appartement. (Elle se tapota le nez.) Oh, oui.

Je soulevai légèrement le couvercle – de délicieux effluves s'en échappèrent. Je me rappelai soudain que je n'avais presque rien mangé de la journée.

— Merci, Ilaria. Je ne sais pas quoi dire.

— Où allez-vous, maintenant ?

— Je n'en ai aucune idée.

— Eh bien, en tout cas, tu ne passeras pas la nuit dans une auberge de jeunesse de Bensonhurst, putain, grogna Nathan. Tu peux rester ici une nuit ou deux le temps de t'organiser. Je mettrai le verrou. Vous ne direz rien, n'est-ce pas, Ilaria ?

Celle-ci grimaça, effarée – question stupide.

— Je l'ai entendue maudire ta patronne tout l'après-midi, tu n'imagines pas. Elle considère qu'Agnes t'a sacrifiée. Pour le dîner, elle leur a cuisiné un plat de poisson qu'ils détestent tous les deux. J'ai appris un paquet de gros mots, aujourd'hui... Pas vrai, Ilaria ?

La gouvernante marmonna quelque chose dans sa barbe. Je ne distinguai que le mot *« puta »*.

Le fauteuil était trop petit pour que Nathan puisse y dormir, et il était trop vieux jeu pour accepter que j'y dorme. Nous nous mîmes donc d'accord pour partager son lit deux places en installant quelques coussins au milieu afin d'éviter de nous toucher accidentellement pendant la nuit. J'ignore lequel de nous deux était le plus mal à l'aise. Il insista pour que je passe à la salle de bains la première, s'assurant que je mettais bien le verrou, et attendit que je sois au lit pour en émerger après ses ablutions. Il avait enfilé un tee-shirt et un pantalon de pyjama rayé en coton, ce qui ne m'empêcha guère de ne pas savoir où poser les yeux.

— Un peu bizarre, hein ? dit-il en grimpant dans le lit.

— Hum, oui.

Je ne sais si ce fut le choc, ou la fatigue, ou simplement la tournure surréaliste des événements, mais je me mis à glousser. Et puis mon rire se transforma en larmes et, avant d'avoir eu le temps de m'en rendre compte, je me mis à sangloter, recroquevillée, le visage enfoui dans mes mains.

— Oh, pleure pas...

Terriblement gêné, ne voulant pas me prendre dans ses bras alors que nous étions au lit ensemble, Nathan me tapota l'épaule, penché vers moi.

— Ça va s'arranger.

— Comment ? J'ai perdu mon boulot, mon logement et l'homme que j'aimais. Je n'aurai aucune recommandation, vu que M. Gopnik me prend pour une voleuse, et je ne sais plus dans quel pays je suis censée vivre. (Je m'essuyai le nez avec ma manche.) J'ai encore tout fait foirer. Je me demande bien pourquoi je me donne encore la peine d'essayer parce que, chaque fois, ça se termine par un désastre.

— Tu es fatiguée, c'est tout. Tout ira bien. Je t'assure.

— Comme avec Will ?

— Ah… Ça, c'était complètement différent. Viens là…

Nathan passa alors son gros bras autour de moi et m'attira dans le creux de son épaule. Je m'abandonnai alors, pleurant jusqu'à ce que je n'aie plus de larmes, puis, exactement comme il l'avait dit, épuisée par les événements de la journée – et de la soirée –, je dus m'endormir.

Je me réveillai huit heures plus tard, seule, dans la chambre de Nathan. Je mis quelques instants à comprendre où j'étais, puis la journée de la veille me revint en mémoire comme une gifle. Je restai blottie sous la couette un moment, me demandant distraitement si je ne pourrais pas demeurer là un an ou deux, le temps que ma vie se résolve miraculeusement.

Je consultai mon téléphone : deux appels manqués et des messages de Josh reçus tardivement la veille au soir.

Salut, Louisa. J'espère que tu te sens mieux. Je n'ai pas arrêté de repenser à ta danse et à ricaner tout seul au boulot ! Quelle soirée ! Bise. J

Ça va ? Je voudrais être sûr que tu es arrivée chez toi et que tu n'as pas fait une autre sieste au milieu de Times Square…

OK. Bon, il est 22 h 30 et des brouettes. On va dire que tu es allée te coucher pour une longue nuit réparatrice. J'espère ne pas t'avoir vexée. Je plaisantais. Appelle-moi.

Cette soirée, avec son match de boxe et les illuminations aveuglantes de Times Square, me semblait déjà à des années-lumière. Je sortis du lit, me douchai et m'habillai, puis je rangeai mes affaires dans un coin de la salle de bains. On y était encore plus à l'étroit, mais cela me sembla plus sûr, au cas où l'envie prendrait un Gopnik errant de passer la tête dans la chambre de Nathan.

Je lui envoyai un message pour lui demander de m'indiquer le bon moment pour m'esquiver, et il me répondit :

MAINTENANT. Ils sont dans le bureau.

Je me glissai hors de l'appartement, puis dehors par la porte de service. Ashok discutait avec un livreur. Je passai à toute allure devant lui, la tête rentrée dans les épaules. Quand il se retourna vivement et cria : « Eh ! Louisa ! », j'étais déjà partie.

Le froid et la grisaille pesaient sur Manhattan. C'était l'une de ces journées maussades où des particules de glace semblent suspendues dans l'air et où le vent vous transperce les os. Seuls les yeux, parfois quelques nez, étaient visibles. Je marchai la tête basse, mon bonnet enfoncé bas sur mes oreilles, sans savoir où j'allais. Je me réfugiai une nouvelle fois au *diner* – la vie semble plus belle après un bon petit déjeuner. Je m'installai seule à une table et me mis à observer les passants. Tous avaient quelque part où aller. Je me forçai à avaler un muffin, ce qu'il y avait de moins cher et de plus nourrissant au menu, essayant d'ignorer qu'il se transformait en une pâte gluante et insipide dans ma bouche.

À 9 h 40, je reçus un texto. Michael. Mon cœur se serra.

Bonjour, Louisa. M. Gopnik vous paiera la fin du mois en guise de préavis, après quoi vous ne bénéficierez plus de la couverture médicale. Votre carte verte quant à elle demeure valide. Vous conviendrez certainement que, étant donné la violation de votre contrat de travail, c'est plus que généreux de sa part. Agnes est intervenue en votre faveur. Cordialement, Michael.

— Comme c'est aimable à elle, marmonnai-je avant de taper :

Merci de m'avoir tenue informée.

Il ne me répondit plus.

Et puis, mon téléphone bipa de nouveau.

Bon, Louisa. Maintenant, j'ai vraiment peur de t'avoir blessée. À moins que tu ne te sois perdue sur le chemin de Central Park ? S'il te plaît, appelle-moi. Bise. J

Je retrouvai Josh près de son bureau – l'un de ces immeubles de Midtown si hauts que, si vous vous tenez sur le trottoir et levez les yeux, une zone enfouie de votre cerveau se réveille pour vous suggérer de tomber. Je le vis approcher à grandes enjambées, une écharpe grise et douillette enroulée autour du cou. Alors que je glissais au bas du muret sur lequel j'étais assise, il marcha droit sur moi et m'étreignit.

— Je n'arrive pas à le croire. Viens là… Oh, non, tu es gelée. Allons te chercher quelque chose de chaud à manger.

Nous nous installâmes dans un bar à tacos bruyant et étouffant à deux rues de là. Des employés en pause déjeuner entraient et sortaient en un flot continu pendant que les serveurs aboyaient des ordres. Comme avec Nathan, je ne lui racontai que l'essentiel.

— Je ne peux pas vraiment en dire plus, à part que je n'ai rien volé. J'en serais incapable. Je n'ai jamais rien volé. Enfin, si, une fois, j'avais huit ans. Ma mère me le ressort encore, de temps à autre, quand elle éprouve le besoin de me rappeler que j'ai échappé de peu à une vie de criminelle.

J'essayai de sourire.

Il fronça les sourcils.

— Est-ce que ça veut dire que tu vas devoir quitter New York ?

— Je n'ai encore rien décidé. Mais je doute que les Gopnik me fassent une lettre de recommandation, et je vois mal comment je pourrais rester ici sans travail. Les hôtels de Manhattan sont légèrement au-dessus de mes moyens…

J'avais fait une recherche Internet au *diner* sur d'éventuelles locations et avais failli recracher mon café en voyant le prix des loyers.

J'avais appris, par ailleurs, que la chambre minuscule, qui m'avait laissée si perplexe à mon arrivée chez les Gopnik, n'était abordable que pour quelqu'un doté d'un salaire de cadre. Pas étonnant que les cafards n'aient pas été pressés de déménager.

— Est-ce que ça te dépannerait de t'installer chez moi ?

Je levai les yeux de mon taco et Josh reprit :

— Juste en attendant mieux. Et sans que ça implique quoi que ce soit entre nous. J'ai un canapé-lit dans le salon. Tu ne t'en souviens probablement pas.

Il me fit un petit sourire. J'avais oublié la facilité avec laquelle les Américains invitaient les gens chez eux. Rien à voir avec les Anglais, qui lanceraient l'invitation, mais émigreraient au dernier moment en apprenant que vous l'acceptiez.

— C'est très gentil, Josh. Mais cela compliquerait les choses. Je crois que je vais devoir rentrer, pour le moment, en tout cas. Jusqu'à ce que je trouve autre chose.

Josh regarda fixement son assiette.

— Mauvais timing, hein ?

— Ouaip.

— Moi qui me faisais une joie de te revoir danser…

Je fis une grimace.

— Mon Dieu. La fameuse danse. Je… Est-ce que… Je ne suis pas sûre de vouloir savoir ce qui s'est passé l'autre nuit…

— Tu ne te souviens vraiment de rien ?

— Seulement de flashs de Times Square. Je crois être montée dans un taxi, non ?

Il haussa les sourcils.

— Oh, oh ! Oh, Louisa Clark. Me voilà très tenté de te taquiner. Mais il ne s'est rien passé. Pas *ça*, en tout cas. À moins que me lécher le cou soit vraiment ton truc.

— Alors pourquoi ne portais-je qu'une culotte et un tee-shirt quand je me suis réveillée ?

— Ça, c'est parce que tu as insisté pour te déshabiller pendant que tu dansais. Quand nous sommes arrivés dans mon immeuble, tu as déclaré que tu aimerais exprimer ce que tu avais vécu les jours précédents au moyen d'une danse improvisée, et pendant que je te suivais, tu as semé tes vêtements du hall jusqu'à mon salon.

—Je me suis déshabillée toute seule?

—De façon tout à fait charmante. Il y a eu des… fioritures.

Je me revis soudain tournoyer sur moi-même, agiter une jambe faussement timide de derrière un rideau; je me rappelai même la sensation d'une vitre froide dans mon dos. Je ne savais pas si je devais rire ou pleurer. Les joues écarlates, je me couvris le visage de mes mains.

—Je dois dire que tu es à mourir de rire quand tu es saoule.

—Et… une fois dans ta chambre?

—Oh, à ce stade, tu étais en sous-vêtements! Et tu t'es mise à chanter une chanson complètement dingue – il était question d'un… *molahonkey*? Ensuite, tu es tombée comme une masse. Je t'ai mis un tee-shirt et je t'ai couchée dans mon lit. Et j'ai dormi sur le canapé.

—Je suis vraiment désolée. Et merci.

—Tout le plaisir a été pour moi. (Il sourit, les yeux pétillants.) Les filles avec qui je sors en général sont loin d'être aussi drôles.

Je baissai la tête au-dessus de mon mug.

—Tu sais, j'ai passé les deux derniers jours entre le rire et les larmes, littéralement. Et là, tout de suite, j'ai un peu envie de faire les deux.

—Tu dors chez Nathan ce soir?

—Probablement.

—OK. Bon, attends un peu avant de décider quoi que ce soit. Laisse-moi passer quelques coups de fil avant de réserver un billet d'avion, histoire de voir si j'entends parler d'un poste vacant quelque part.

—Tu crois que tu pourrais trouver quelque chose?

Il était toujours si sûr de lui. C'était l'un des traits chez lui qui me rappelaient le plus Will.

—Il y a *toujours* quelque chose. Je t'appelle plus tard.

Et là-dessus, il m'embrassa. Il le fit de manière si naturelle que je faillis ne pas le remarquer: il se pencha et m'effleura les lèvres, comme s'il l'avait déjà fait des millions de fois, comme si c'était la façon la plus naturelle de clore nos déjeuners. Puis, avant que je n'aie eu le temps d'être surprise, il lâcha mes doigts et enroula son écharpe autour de son cou.

— OK. Il faut que j'y aille. J'ai deux grosses réunions cet après-midi. Haut les cœurs, surtout !

Il me décocha un sourire – le fameux sourire à cent mille watts – et repartit vers son bureau, me plantant là, perchée sur mon tabouret haut en plastique, bouche bée.

Je ne racontai pas à Nathan ce qui s'était passé. Je lui demandai par texto si la voie était libre, et il me répondit que les Gopnik ressortaient à 19 heures, mais qu'il vaudrait mieux que j'attende le quart pour monter. Je marchai un moment dans le froid, puis allai tuer le temps au *diner*. Enfin, je rentrai, et je découvris qu'Ilaria m'avait laissé de la soupe dans un Thermos et deux de ces espèces de scones qu'ils appellent des pains au lait. Nathan avait un rencard. Le matin, il était déjà parti quand je me réveillai. Il m'avait laissé un mot pour me dire qu'il espérait que j'allais bien et que je pouvais passer la nuit suivante dans sa chambre sans problème. Apparemment, je ronflais juste un petit peu.

Pendant des mois, j'avais rêvé d'avoir plus de temps libre. À présent que c'était le cas, je me rendais compte que New York n'était guère accueillant pour le visiteur fauché. Je quittais le Lavery quand je pouvais le faire discrètement et arpentais les rues jusqu'à ce que j'aie trop mal aux pieds. Alors, je m'offrais une tasse de thé au *Starbucks*, que je faisais durer deux heures, pendant lesquelles je profitais du wifi gratuit pour parcourir les offres d'emploi. Il n'y avait pas grand-chose pour quelqu'un sans recommandations, à moins d'avoir de l'expérience dans l'industrie alimentaire.

Mes expositions à l'air libre ne se limitant plus à quelques minutes entre des halls d'immeubles et des limousines chauffées, je me mis à accumuler les couches de vêtements. Je portais souvent ma marinière bleue, ma salopette, de grosses bottes, des collants et une paire de chaussettes en dessous. Pas très élégant. Toutefois, mes priorités avaient changé.

À l'heure du déjeuner, j'allais me réfugier dans un fast-food miteux où les hamburgers n'étaient pas chers ; personne ne prêtait attention à une cliente isolée qui faisait durer un petit pain une heure ou deux. Pas question d'aller passer le temps dans les grands magasins, car, malgré la qualité des toilettes et du wifi, c'était trop déprimant, n'ayant plus un sou à dépenser. Je me rendis deux fois au *Grand Magasin du Vintage*, où les deux sœurs se montrèrent compatissantes tout en échangeant les regards un peu inquiets de celles qui redoutent qu'on leur demande un service.

— Si vous entendez parler d'un boulot qui se libère, surtout dans le genre du vôtre, pouvez-vous me prévenir ? lançai-je quand je ne pus plus feindre de parcourir les portants.

— Mon chou, si nous n'avions pas déjà du mal à payer le loyer, on te proposerait illico de travailler ici, dit Lydia en soufflant un anneau de fumée plein de commisération vers le plafond, avant de regarder sa sœur, qui le chassa en agitant une main.

— Les fringues vont puer ! Écoute, on en parlera autour de nous, m'assura Angelica sur un ton qui suggérait que je n'étais pas la première à leur demander la même chose.

Je quittai la boutique d'un pas lourd, le moral à zéro. Je ne savais plus quoi faire de moi-même. Il n'y avait aucun endroit tranquille où je puisse simplement m'asseoir et réfléchir. À New York, le pauvre est un réfugié qu'on ne tolère pas très longtemps. Peut-être était-il temps d'admettre ma défaite et de réserver mon billet de retour.

Et puis, j'eus une illumination.

Je pris le métro jusqu'à Washington Heights et descendis à une station proche de la bibliothèque. Pour la première fois depuis plusieurs jours, j'eus l'impression de retrouver un lieu familier et d'y être la bienvenue. Rassérénée à l'idée d'avoir trouvé un refuge, un tremplin vers un nouvel avenir, je gravis les marches de pierre. Au premier étage, je trouvai un ordinateur libre, devant lequel je m'assis lourdement. Prenant une profonde inspiration, je fermai les yeux et éprouvai un certain apaisement depuis le fiasco Gopnik.

Je sentis mes épaules se relâcher, libérées d'une tension ancienne, et me laissai bercer par les chuchotements autour de moi, loin du chaos et du tumulte du dehors. J'ignore si c'était juste le bonheur d'être entourée de livres et de silence, mais je me sentais à ma place ici, fondue dans le décor – un cerveau, un clavier : je n'étais qu'une personne parmi d'autres venue faire des recherches.

Et là, prenant conscience réellement de ma situation, je me demandai ce qui venait de se passer. Merde. Agnes m'avait trahie ! Les mois que j'avais passés chez les Gopnik me faisaient soudain l'effet d'un rêve fiévreux, d'une parenthèse hors du temps. Ne m'en restait qu'une image floue, lointaine, de limousines et d'intérieurs dorés, un monde devant lequel un rideau avait été brièvement écarté, avant d'être brusquement tiré de nouveau.

Cet endroit, par contre, était réel. Je pourrais y venir tous les jours jusqu'à ce que j'aie défini une stratégie. Ici, je dessinerais les étapes d'une nouvelle trajectoire vers l'avant.

« Le pouvoir est dans le savoir, Clark. »

— Madame.

J'ouvris les yeux : un agent de sécurité se tenait devant moi. Il se pencha de façon à me regarder bien en face.

— Vous ne pouvez pas dormir ici.

— Quoi ?

— Vous ne pouvez pas dormir ici.

— Je ne dormais pas, protestai-je, indignée. Je réfléchissais.

— Alors, veillez peut-être à réfléchir les yeux ouverts, d'accord ? Sans quoi, je serai obligé de vous prier de partir.

Il s'éloigna en murmurant quelque chose dans son talkie-walkie. Je mis un moment à comprendre ce qu'il venait de me dire. Deux personnes assises à une table voisine me lancèrent un coup d'œil avant de détourner le regard précipitamment. Je baissai les yeux vers ma salopette en jean, mes grosses bottes fourrées et mon bonnet de laine. D'accord, je ne faisais pas très *Bergdorf Goodman*, mais de là à me prendre pour une sans-abri…

— Eh ! Je ne suis pas SDF ! criai-je dans son dos. Et puis je vous signale que j'ai manifesté pour sauver cette bibliothèque, monsieur ! JE NE SUIS PAS SDF !

Deux femmes qui s'entretenaient à voix basse s'interrompirent, l'une haussant un sourcil.

C'est alors que je percutai : mais si, je l'étais.

Chère maman,

Désolé d'être resté si longtemps sans donner de nouvelles. Nous travaillons d'arrache-pied sur ce contrat avec la Chine, et je suis souvent debout toute la nuit à jongler avec les fuseaux horaires. Si j'ai l'air un peu las, c'est parce que je le suis. J'ai touché la prime, pas désagréable (je vais en envoyer une partie à Georgina pour qu'elle puisse s'acheter la voiture de ses rêves), mais, ces dernières semaines, j'ai fini par me rendre compte que je ne me plaisais pas trop ici.

Ce n'est pas que je n'aime pas le style de vie – et tu sais que travailler dur ne me fait pas peur. Mais l'Angleterre me manque trop. L'humour me manque. Le déjeuner du dimanche. Les accents anglais – les authentiques, en tout cas : tu n'as pas idée du nombre de gens qui s'en inventent et finissent par paraître plus snob que Sa Majesté. J'aime l'idée de pouvoir m'échapper un week-end à Paris, Barcelone ou Rome. Et l'univers des expatriés est assez ennuyeux. Dans l'aquarium de la finance, ici, tu finis par toujours tomber sur les mêmes têtes, que tu sois à Nantucket ou Manhattan. Je sais que tu me crois toujours attiré par le même genre de femmes, mais ici l'uniformité est presque comique : cheveux blonds, taille zéro, garde-robes identiques, en route pour le même cours de Pilates…

Alors, voilà : tu te souviens de Rupe ? Mon vieux camarade de Churchill College ? Il m'a parlé d'un poste à pourvoir dans sa compagnie. Son boss vient à New York dans deux semaines ; il souhaite me rencontrer. Si tout se passe bien, il se pourrait que je sois bientôt de retour.

J'ai adoré New York. Mais il y a un temps pour tout, et je crois que mon expérience ici touche à sa fin.
Affectueusement,

Will

Chapitre 23

Les jours suivants, je passai des dizaines de coups de téléphone, répondant à plusieurs annonces de Craigslist. La femme à la voix agréable que j'appelai au sujet d'un poste de nounou me raccrocha au nez en apprenant que je n'avais aucune référence, et tous les boulots de serveuse avaient déjà été pourvus. Le poste de vendeuse dans un magasin de chaussures était toujours disponible, mais mon interlocuteur m'annonça que l'heure était rémunérée deux dollars de moins que prévu, compte tenu de mon manque d'expérience dans ce domaine, et je calculai que ça me laisserait à peine de quoi payer les trajets. Je passais mes matinées au *diner* et les après-midi à la bibliothèque de Washington Heights, où j'étais au calme et au chaud. Mis à part l'agent de sécurité, personne ne me regardait comme si je m'apprêtais à entonner une chanson paillarde ou faire pipi par terre.

Tous les deux jours, je retrouvais Josh pour déjeuner dans un bar à nouilles près de son bureau et le tenais informé de mes recherches en essayant de faire abstraction de notre décalage : à côté de lui, impeccablement vêtu et fringant, j'avais l'air d'une squatteuse de canapé crasseuse complètement nulle.

— Tout finira bien, Louisa. Tiens bon, disait-il avant de repartir travailler.

Il m'embrassait toujours pour prendre congé, comme s'il était entendu que nous étions un couple.

Incapable de réfléchir aux implications de ce nouvel élément en plus de tout le reste, je décidai simplement que ce n'était pas une *mauvaise* chose, contrairement à beaucoup d'autres, et que ce dossier pouvait attendre. De plus, Josh avait toujours un agréable goût mentholé.

Je ne pourrais pas abuser de l'hospitalité de Nathan beaucoup plus longtemps. La veille, je m'étais réveillée avec son bras posé sur moi et quelque chose de dur pressé dans le creux de mes reins. Le mur de coussins avait apparemment glissé pour former un amas chaotique à nos pieds. Je m'étais figée avant d'essayer discrètement d'échapper à son étreinte comateuse, mais il avait ouvert les yeux avant de bondir hors du lit comme s'il avait été piqué, un oreiller plaqué sur l'entrejambe.

— Oh, merde ! Je ne voulais pas… Je n'essayais pas…

— Je ne sais pas de quoi tu parles ! avais-je piaillé en examinant, fascinée, un motif de la couette, préférant ne pas lever les yeux au cas où sa…

Il ne savait plus où se mettre.

— J'étais juste… Je ne me suis pas rendu compte que… Ah ! bon sang…

— Pas de problème ! De toute façon, il fallait que j'y aille !

J'avais filé dans la minuscule salle de bains, où j'étais restée planquée pendant dix minutes, les joues brûlantes. Pendant ce temps, je l'avais entendu aller et venir, et s'habiller. Quand j'étais ressortie, il était déjà parti.

Après tout, à quoi bon m'obstiner ? Je pouvais encore passer une nuit ou deux chez Nathan, mais pas plus. Et puis, apparemment, je ne trouverais guère mieux – avec de la chance – qu'un job payé le salaire minimum et une colocation dans un appartement infesté de cafards et de punaises de lit. Au moins, si je rentrais en Angleterre, je pourrais dormir sur mon canapé à moi. Peut-être que Treen et Eddie seraient suffisamment entichées l'une de l'autre pour s'installer ensemble, ce qui me permettrait de récupérer mon appartement. J'essayai de ne pas penser à ce que ça me ferait – affronter ses pièces vides et me retrouver au même point que six mois plus tôt, sans parler du fait que Sam travaillait à deux pas de là. Toutes les sirènes que j'entendrais ne manqueraient pas de me rappeler cruellement ce que j'avais perdu.

Il s'était mis à pleuvoir, mais je ralentis en arrivant à proximité du Lavery et levai les yeux sous mon bonnet de laine vers les fenêtres des Gopnik : les lumières étaient encore allumées, bien que Nathan m'ait prévenue qu'ils étaient déjà sortis assister à un gala ou je ne sais quelle réception. Pour eux, la vie avait simplement suivi son cours, comme si je n'avais jamais existé. Peut-être qu'Ilaria était là-haut, à présent, passant l'aspirateur ou pestant en rassemblant les magazines d'Agnes éparpillés sur les coussins du canapé. Les Gopnik – et cette ville – m'avaient happée goulûment avant de me recracher sans ménagement. Malgré toutes ses paroles affectueuses, Agnes s'était débarrassée de moi aussi définitivement qu'un lézard abandonne sa peau en muant – et sans un regard en arrière.

Si je n'étais pas venue ici, j'aurais peut-être encore un endroit où vivre. Et un travail.

J'étais furieuse.

Si je n'étais pas venue ici, j'aurais encore Sam.

Cette pensée assombrit davantage mon humeur. Je rentrai la tête dans les épaules et enfonçai mes mains glacées dans mes poches, prête à regagner mon logement temporaire, une chambre où je devais me faufiler à l'abri des regards, et un lit que je devais partager avec un homme terrifié à l'idée de me toucher. Ma vie était devenue ridicule, une mauvaise plaisanterie qui tournait en boucle. Je me frottai les yeux. La pluie froide roulait sur ma peau. Je réserverais un billet ce soir et rentrerais par le premier avion. J'encaisserais et je recommencerais. Je n'avais pas vraiment le choix.

« Il y a un temps pour tout. »

C'est à ce moment-là que j'aperçus Dean Martin. Planté sur le tapis qui couvrait le trottoir devant l'entrée de l'immeuble, il tremblait sans son manteau et regardait autour de lui comme pour décider où aller. Je fis un pas en avant et jetai un coup d'œil dans le hall, mais le gardien de nuit, occupé à trier des paquets, ne l'avait pas vu. Nulle trace de Mme De Witt. Je plongeai sur le chien et le cueillis avant qu'il n'ait eu le temps de comprendre ce que je faisais. Il se débattit aussitôt comme un beau diable. Prenant soin de le tenir à bout de bras, je me précipitai à l'intérieur et gravis l'escalier à toute vitesse pour le ramener à sa maîtresse, adressant un signe de tête au gardien en passant.

J'avais une raison valable pour être là, mais, quand je m'engageai dans le couloir menant également chez les Gopnik, je sentis mon cœur tambouriner dans ma poitrine : s'ils rentraient plus tôt que prévu et me voyaient, M. Gopnik me soupçonnerait-il de préparer un mauvais coup ? M'accuserait-il d'intrusion ? Ces questions tournoyaient dans ma tête pendant que Dean Martin se tortillait furieusement tout en faisant claquer sa mâchoire pour me mordre les bras.

— Madame De Witt ? appelai-je tout bas en jetant des regards inquiets derrière moi.

Sa porte était encore entrouverte. Je pénétrai dans l'appartement et haussai la voix.

— Madame De Witt ? Votre chien était encore sorti.

Le son de la télévision résonnait dans le couloir. Je fis quelques pas dans l'appartement.

— Madame De Witt ?

Comme personne ne répondait, je fermai doucement la porte derrière moi et posai Dean Martin par terre, ne tenant pas à le porter plus longtemps que nécessaire. Il s'éloigna immédiatement en trottinant vers le salon.

— Madame De Witt ?

Je vis d'abord une jambe sur le sol, dépassant derrière le fauteuil. Je mis une fraction de seconde à comprendre ce que je voyais. Puis, je me précipitai, contournai le siège et me jetai à genoux à côté d'elle, mon oreille contre sa bouche.

— Madame De Witt ? Vous m'entendez ?

Elle respirait, mais son visage était marbré de bleu. Je me demandai depuis combien de temps elle était étendue là.

— Madame De Witt ? Réveillez-vous ! Oh, mon Dieu... Réveillez-vous !

Je fis le tour de l'appartement à toute allure, cherchant le téléphone. Il était dans l'entrée, sur une table, à côté de plusieurs annuaires. Je composai le 911 et expliquai la situation.

— Une équipe est en route, madame. Pouvez-vous rester avec la patiente et ouvrir aux ambulanciers ?

— Oui, oui, oui. Mais elle est vraiment fragile et elle a l'air d'être complètement frigorifiée. Je vous en prie, dépêchez-vous.

Je courus dans sa chambre et rapportai un édredon, dont je la couvris, essayant de me rappeler ce que Sam m'avait expliqué sur la façon de prendre en charge les personnes âgées qui avaient fait une chute. L'un des risques les plus importants était celui d'hypothermie, dans le cas où la personne serait restée des heures au sol avant d'être découverte. Or, en dépit du chauffage central qui tournait à plein régime dans l'immeuble, le corps de la vieille dame était glacé. Je m'assis sur le sol à côté d'elle et pris sa main dans la mienne, la caressant doucement, espérant qu'elle sentirait qu'il y avait quelqu'un avec elle. Une pensée me traversa soudain l'esprit : si elle mourait, m'accuserait-on de l'avoir tuée ? M. Gopnik n'hésiterait pas à dire que j'étais une délinquante. J'envisageai un instant de m'enfuir, mais ne pus me résoudre à abandonner la vieille dame.

Je ruminais encore ces sombres pensées quand elle ouvrit un œil.

— Madame De Witt ?

Elle me regarda en clignant des paupières, comme si elle essayait de comprendre ce qui s'était passé.

— Je suis Louisa. De l'autre côté du couloir. Est-ce que vous avez mal quelque part ?

— Je ne sais pas… Mon… mon poignet…, répondit-elle d'une petite voix.

— L'ambulance arrive. Vous allez vous en sortir. Tout ira bien.

Elle me regardait d'un air ébahi, tentant de savoir qui j'étais et si ce que je disais avait un sens. Soudain, son front se plissa.

— Où est-il ? Dean Martin ? Où est mon chien ?

Je scrutai la pièce. Plus loin dans un coin, garé sur son arrière-train, le petit chien faisait bruyamment la toilette de ses organes génitaux. Il leva les yeux en entendant son nom et bascula pour se remettre sur ses pattes.

— Il est là. Il va bien.

Elle referma les yeux, soulagée.

— Vous voudrez bien vous en occuper ? Si je dois aller à l'hôpital ? Je vais aller à l'hôpital, n'est-ce pas ?

— Oui, bien sûr. Comptez sur moi.

— Il y a un dossier dans ma chambre qu'il faut que vous donniez aux médecins. Sur ma table de nuit.

— Pas de problème.

Je refermai les mains sur les siennes et, pendant que Dean Martin m'observait d'un air méfiant depuis le seuil de la pièce – enfin, moi et la cheminée –, nous attendîmes en silence l'arrivée des ambulanciers.

Je fis le trajet jusqu'à l'hôpital avec Mme De Witt, laissant Dean Martin dans l'appartement puisqu'il n'était pas autorisé à l'accompagner dans l'ambulance. Une fois les formalités effectuées et la vieille dame installée, je regagnai le Lavery après l'avoir rassurée en lui promettant de m'occuper de son chien. Je repasserais le lendemain pour lui donner de ses nouvelles. Ses yeux bleus minuscules s'emplirent de larmes pendant qu'elle me donnait ses instructions d'une voix rauque au sujet de son alimentation, de ses promenades, de ses préférences, jusqu'à ce que l'infirmière la fasse taire, insistant pour qu'elle se repose.

Je pris le métro pour regagner la Cinquième Avenue, à la fois complètement épuisée et surexcitée après cette montée d'adrénaline. Je pénétrai dans l'appartement en utilisant le jeu de clés que m'avait confié Mme De Witt. Dean Martin attendait au milieu de l'entrée, planté fermement sur ses pattes, la méfiance irradiant de son petit corps tendu.

— Bonsoir, jeune homme ! Que diriez-vous d'un bon dîner ? lançai-je comme si j'étais sa vieille amie, et pas quelqu'un qui s'attendait vaguement à perdre un morceau de mollet.

Je passai devant lui avec une assurance feinte et me rendis à la cuisine, où j'essayai de déchiffrer les instructions que j'avais gribouillées sur le dos de ma main concernant ses doses de poulet et de croquettes.

Je versai la nourriture dans sa gamelle, que je poussai vers lui du bout du pied.

— Et voilà ! Bon appétit !

Il me considéra de ses yeux globuleux, d'un air maussade et plein de défi, le front plissé par l'inquiétude.

— Manger ! Miam !

Mais il ne me quittait pas du regard.

— Tu n'as pas encore faim, hein ?

Je le contournai prudemment pour sortir de la cuisine. Je ne savais pas encore où j'allais dormir.

L'appartement de Mme De Witt était deux fois moins spacieux que celui des Gopnik, sans être petit pour autant. Je parcourus d'abord le vaste salon, d'où, par les baies vitrées allant du sol au plafond, on avait une vue plongeante sur Central Park. La décoration en bronze et verre fumé semblait remonter à l'époque de *Studio 54*. Il y avait une salle à manger plus traditionnelle, bourrée d'antiquités coiffées d'une couche de poussière – qui suggérait que la pièce n'avait pas servi depuis des générations –, une cuisine aménagée en mélamine et Formica, une buanderie et quatre chambres, dont la principale disposait de sa salle de bains, ainsi que d'un dressing aux dimensions respectables. Les salles d'eau paraissaient encore plus antiques que celles des Gopnik ; les robinets y déversaient en crachotant d'imprévisibles torrents d'eau. Je visitai l'appartement avec le respect solennel qu'on éprouve en parcourant une maison vide dont on ne connaît pas particulièrement le propriétaire.

En arrivant sur le seuil de la chambre principale, je retins mon souffle. La pièce était remplie sur trois murs et demi de vêtements alignés sur des portants, soigneusement rangés dans des housses en plastique et pendus sur des cintres rembourrés. Le dressing était une débauche de couleurs et de tissus, encadrés au-dessus et au-dessous par des étagères remplies de piles de sacs à main, de boîtes à chapeaux et de chaussures assortis. Je parcourus l'endroit lentement, laissant courir mes doigts sur les matières, m'arrêtant de temps à autre pour tirer doucement sur une manche ou repousser un cintre afin de mieux voir un vêtement.

Cela ne s'arrêtait pas là. Le petit carlin trottinant, méfiant, sur mes talons, je parcourus deux autres chambres, où je découvris encore des rangées et des rangées de robes, de tailleurs-pantalons, de manteaux et de boas soigneusement disposés dans de longs placards climatisés. Je découvris des étiquettes *Givenchy*, *Biba*, *Harrods* et *Macy's*, des chaussures de chez *Saks Fifth Avenue* et *Chanel*. Il y avait des marques que je ne connaissais pas – françaises, italiennes, et même russes –, des vêtements d'époques diverses : de petits tailleurs à la coupe droite et nette façon Jackie Kennedy, des caftans fluides, des vestes aux épaulettes pointues. Je soulevai quelques couvercles et découvris des chapeaux tambourins et des turbans, des lunettes de soleil aux énormes montures en jade et de délicats colliers de perles. Le rangement ne semblait répondre à aucune logique particulière, si bien que je plongeai simplement au hasard, attrapant ce qui venait, dépliant des feuilles de papier de soie, caressant les étoffes, les soupesant, humant l'odeur musquée des vieux parfums, les soulevant pour admirer une coupe ou un motif.

Les espaces libres aux murs, au-dessus des étagères, avaient presque tous été comblés par des croquis de mode ou des couvertures de magazines encadrés, datant des années 1950 et 1960. On y voyait des mannequins aux silhouettes anguleuses, sourires radieux, vêtues de robes droites psychédéliques ou de robes chemises invraisemblablement cintrées. Cela devait faire une heure que je flânais là quand je me rendis compte que je n'avais pas repéré d'autre lit. Mais si : il y en avait un dans la quatrième chambre, couvert de vêtements en vrac : un couchage simple datant probablement des années 1950, avec une tête de lit en noyer sculptée, ainsi qu'une armoire et une commode assorties. Dans la pièce, je comptai encore quatre portants, plus rudimentaires, de ceux qu'on trouve dans les salons d'essayage et, tout du long, des rangées de boîtes remplies d'accessoires – bijoux fantaisie, ceintures et foulards. Délicatement, j'en ôtai quelques-uns du lit et m'allongeai, sentant aussitôt le matelas s'affaisser sous mon poids, trahissant sa vétusté. Mais peu m'importait. J'allais plus ou moins dormir dans la garde-robe de

Mme De Witt. Pour la première fois depuis des jours, j'oubliai d'être déprimée.

Cette nuit, au moins, j'étais au pays des merveilles.

Le lendemain matin, je donnai à manger à Dean Martin, puis sortis le promener, essayant de ne pas me sentir offensée de le voir descendre la Cinquième Avenue presque en crabe, de façon à garder un œil sur moi en permanence, comme s'il s'attendait à un coup bas de ma part. Puis, je me rendis à l'hôpital, désireuse de rassurer Mme De Witt sur l'état de son bébé, en grande forme, quoique prêt à passer à l'attaque à tout moment. Je décidai de garder pour moi l'unique façon que j'avais trouvée de le convaincre de manger, à savoir râper du *parmigiano reggiano* sur son petit déjeuner.

En arrivant à l'hôpital, je fus soulagée de lui trouver un teint plus humain, bien qu'elle me parût étrangement fade sans son maquillage et sa coiffure habituelle. Elle s'était effectivement fracturé le poignet et devait se faire opérer ; après quoi, elle resterait une semaine à l'hôpital, à cause de ce qu'ils appelaient des « facteurs aggravants ». Quand je révélai que je n'étais pas un membre de sa famille, ils refusèrent de m'en dire plus.

— Pouvez-vous vous occuper de Dean Martin ? me demanda-t-elle, l'anxiété se lisant sur son visage. (Clairement, le chien avait été sa préoccupation principale pendant mon absence.) Peut-être vous laisseront-ils lui rendre visite de temps en temps dans la journée ? Pensez-vous qu'Ashok pourrait le promener ? Le pauvre petit va se sentir tellement seul ! Il n'a pas l'habitude d'être sans moi.

J'avais hésité à lui avouer ma situation. Mais la vérité était devenue une denrée rare ces derniers temps dans notre immeuble, et je ne voulais aucune zone d'ombre.

— Madame De Witt, commençai-je. Il faut que je vous dise quelque chose. Je… je ne travaille plus pour les Gopnik. Ils m'ont renvoyée.

Elle recula légèrement la tête dans son oreiller et répéta le mot, comme si elle ne le connaissait pas.

— *Renvoyée* ?

J'avalai ma salive.

—Ils ont cru que je leur avais volé de l'argent. Tout ce que je peux vous dire, c'est que ce n'est pas vrai. Mais je me sens dans l'obligation de vous en informer, car, sachant cela, vous pourriez ne pas souhaiter mon aide.

—Eh bien, dit-elle d'une petite voix. Eh bien…

Nous restâmes assises en silence pendant un moment.

Puis, elle plissa les yeux.

—Mais vous n'avez rien pris.

—Non, madame.

—Avez-vous un autre travail ?

—Non, madame. J'en cherche un.

Elle secoua la tête.

—Gopnik est un idiot. Où logez-vous ?

Je détournai le regard.

—Euh… je… Eh bien, je dors dans la chambre de Nathan pour le moment. Mais ce n'est pas idéal. Nous ne sommes pas… ensemble. Et bien sûr, les Gopnik ne sont pas au courant…

—Eh bien, dans ce cas, voilà un arrangement qui devrait nous convenir à toutes les deux. Vous occuperiez-vous de mon chien ? Que diriez-vous de poursuivre votre recherche d'emploi de mon côté du couloir jusqu'à mon retour ?

—J'en serais ravie !

Je ne pus retenir un sourire.

—Bien entendu, vous devrez prendre soin de lui mieux que vous ne l'avez fait par le passé. Je vais vous préparer des fiches. Le pauvre petit doit être affreusement perturbé.

—Je suivrai vos indications à la lettre.

—Et je compte sur vous pour me donner des nouvelles de lui tous les jours. C'est très important.

—Bien sûr.

Cela étant établi, elle parut se détendre légèrement. Elle ferma les yeux.

— Il n'y a pas pire imbécile qu'un vieil imbécile, murmura-t-elle, sans que je sache si elle parlait de M. Gopnik, d'elle-même ou de quelqu'un d'autre.

J'attendis qu'elle s'endorme avant de retourner à son appartement.

Cette semaine-là, je me consacrai aux soins d'un carlin méfiant et revêche de six ans aux yeux exorbités. Nous allions nous promener quatre fois dans la journée, et je lui râpais du parmesan sur son petit déjeuner. Au bout de plusieurs jours, il renonça à me suivre dans l'appartement pour me surveiller, planté sur ses quatre pattes, prêt à mordre, comme s'il attendait que je commette quelque innommable méfait. Désormais, il s'allongeait simplement à quelques pas de moi, haletant doucement. Je me méfiais encore un peu de lui, mais il me faisait de la peine aussi – la seule personne qu'il aimait avait brutalement disparu, et je ne pouvais rien faire pour le rassurer ni lui promettre qu'elle rentrerait bientôt à la maison.

De plus, ce n'était pas désagréable de vivre dans l'immeuble sans avoir l'impression d'être une criminelle. Ashok, qui avait été absent quelques jours, fut d'abord choqué par le récit de mes mésaventures, puis outré, et enfin ravi.

— Eh ben, c'est une chance que vous l'ayez trouvée ! Le chien aurait pu partir à l'aventure et personne n'aurait su qu'elle était tombée ! (Il frissonna exagérément.) Quand elle rentrera, j'irai vérifier qu'elle va bien tous les jours.

Nous échangeâmes un regard.

— Ça va la rendre dingue, fis-je remarquer.

— Ouaip, furax, mais il faut ce qu'il faut ! conclut-il avant de retourner travailler.

Nathan feignit d'être triste de retrouver sa chambre pour lui tout seul, avant de m'apporter mes affaires avec un empressement presque inconvenant, sous prétexte de m'épargner un trajet d'environ six mètres. Je crois qu'il voulait seulement s'assurer que je décampais pour de bon. Il lâcha mes bagages sur le sol et s'en fut visiter l'appartement, contemplant, ébahi, les murs de vêtements.

— Quel bric-à-brac ! s'exclama-t-il. On se croirait dans la boutique Oxfam la plus grande du monde. Ben, mon vieux, je n'aimerais pas faire partie de l'équipe qui viendra débarrasser ce foutoir quand la vieille clamsera.

Je ne me départis pas de mon sourire.

Il prévint Ilaria, qui frappa à la porte le lendemain pour prendre des nouvelles de Mme De Witt. Elle avait confectionné des muffins maison, qu'elle me chargea d'apporter à la vieille dame.

— La nourriture dans ces hôpitaux n'est bonne qu'à rendre malade, déclara-t-elle.

Elle me tapota le bras, puis s'en fut en trottinant vivement avant que Dean Martin n'ait pu la mordre.

J'entendis Agnes jouer du piano à l'autre bout du couloir, un beau morceau doux et mélancolique, et un autre, passionné et furieux. Je repensai à toutes les fois où Mme De Witt était venue en clopinant exiger rageusement de faire cesser ce tapage. Désormais, la musique s'interrompait brusquement sans son intervention, Agnes concluant en abattant ses mains sur le clavier. À plusieurs reprises, j'entendis des éclats de voix. Je tardai plusieurs jours à convaincre mon corps qu'il n'était pas obligé de m'envoyer des décharges d'adrénaline chaque fois que je détectais leur présence, qu'ils n'avaient plus rien à voir avec moi.

Je croisai M. Gopnik juste une fois dans le hall de l'immeuble. D'abord, il ne me remarqua pas, puis, m'ayant aperçue, je le vis ouvrir la bouche pour protester contre ma présence. Je relevai le menton et brandis la laisse de Dean Martin.

— J'aide Mme De Witt avec son chien, déclarai-je le plus dignement possible.

Il baissa les yeux vers la petite bête, serra la mâchoire et se détourna en feignant de ne pas m'avoir entendue. Michael, à ses côtés, me jeta un coup d'œil avant de faire mine d'être absorbé par son téléphone portable.

Josh me rendit visite le vendredi soir, après le travail. Il apporta de quoi dîner et une bouteille de vin. Il était toujours en costume – il avait travaillé tard toute la semaine. Il était en concurrence avec un collègue pour une promotion, si bien qu'il passait quatorze heures par jour au bureau et prévoyait d'aller y travailler pendant le week-end. Il fit le tour de l'appartement, ébahi par le décor.

— Eh bien, j'avoue que je n'avais pas pensé à un poste de dog-sitter ! lança-t-il, un Dean Martin soupçonneux sur les talons.

Faisant lentement le tour du salon, il souleva un cendrier en onyx et une statuette africaine, avant de les reposer pour examiner, fasciné, les dorures ouvragées qui ornaient les murs.

— Ce n'était pas exactement le boulot dont j'avais rêvé, dis-je en semant des friandises pour chien jusqu'à la chambre principale, où j'enfermai le petit animal jusqu'à ce qu'il se soit calmé. Mais, honnêtement, ça me convient très bien.

— Comment vas-tu ?

— Mieux ! répondis-je en me dirigeant vers la cuisine.

Voulant montrer à Josh que j'étais plus que la demandeuse d'emploi dépenaillée et régulièrement bourrée qu'il avait fréquentée cette dernière semaine, j'avais enfilé ma robe style Chanel noire à col et manchettes blancs avec mes Mary Jane en faux crocodile émeraude, et m'étais lissé les cheveux en un carré net.

— Tu es très en beauté, fit-il remarquer en m'emboîtant le pas.

Il posa sa bouteille et le sac du restaurant sur un plan de travail de la cuisine, puis marcha jusqu'à moi, s'arrêtant à quelques centimètres seulement. Son visage occupait tout mon champ de vision.

— Et puis, tu sais, tu n'es plus SDF. Ce qui est toujours seyant.

— Provisoirement, en tout cas.

— Est-ce que ça veut dire que tu vas rester encore un peu dans le coin ?

— Qui sait ?

Il était vraiment tout près de moi. Me revint soudain la sensation que j'avais eue en enfouissant mon visage dans son cou une semaine plus tôt.

— Tu rosis, Louisa Clark…

— C'est parce que tu es extrêmement proche de moi.

— C'est l'effet que je te fais ?

Il baissa la voix, haussa les sourcils, puis fit un pas en avant et posa les mains sur le plan de travail de part et d'autre de mes hanches.

— Apparemment.

Alors, il baissa la tête et m'embrassa. Je m'appuyai contre le meuble derrière moi et fermai les yeux, assimilant son goût mentholé, la sensation un peu étrange de son corps contre le mien, celle de mains inconnues se refermant sur les miennes. Je me demandai si embrasser Will avant son accident aurait ressemblé à ça. Puis, je me rappelai que plus jamais je n'embrasserais Sam. Et enfin, je songeai qu'il était probablement déplacé de penser à d'autres hommes alors qu'il y en avait un charmant en train de vous embrasser. Comme je reculais légèrement la tête, il s'interrompit et plongea son regard dans le mien, tentant de comprendre ma réaction.

— Je suis désolée, dis-je. C'est… c'est encore un peu tôt. Je t'apprécie beaucoup, mais…

— Mais tu viens à peine de rompre avec l'autre mec.

— Sam.

— Qui est clairement un imbécile. Et pas assez bien pour toi.

— Josh…

Il pencha la tête de façon à laisser son front reposer contre le mien. Je ne lâchai pas sa main.

— Tout me semble encore un peu compliqué. Je suis désolée.

Il ferma les yeux un moment, puis les rouvrit.

— Tu me le dirais si je perdais mon temps ?

— Tu ne perds pas ton temps. Seulement, ça fait tout juste deux semaines…

— Il s'est passé beaucoup de choses pendant ces deux semaines.

— C'est vrai. Qui sait où nous en serons dans quinze jours ?

— Tu as dit « nous ».

— On dirait bien !

Il hocha la tête, visiblement satisfait par ma réponse.

— Tu sais, dit-il, presque comme pour lui-même, j'ai un pressentiment en ce qui nous concerne, Louisa Clark. Et je ne me trompe jamais sur ce genre de chose.

Là-dessus, avant même que j'aie pu répondre, il lâcha ma main et marcha vers les placards, qu'il ouvrit et referma en quête d'assiettes. Quand il se retourna, son sourire était éblouissant.

— Si on dînait ?

J'appris beaucoup de choses au sujet de Josh, ce soir-là – son éducation à Boston, la carrière de joueur de baseball que son homme d'affaires à moitié irlandais de père lui avait fait abandonner, estimant que le sport ne lui assurerait pas des revenus suffisants à long terme. Sa mère, ce qui était inhabituel dans leur milieu, était avocate et avait continué d'exercer durant toute son enfance. Désormais à la retraite, ses parents en étaient encore à s'accoutumer à cette nouvelle oisiveté partagée et qui, apparemment, les rendait complètement fous.

— Il n'y a que des hommes et des femmes d'action dans notre famille, tu sais ? Mon père s'est donc empressé d'endosser un rôle à responsabilités dans leur club de golf, et ma mère donne des cours de soutien aux élèves du lycée de leur quartier. Tout, plutôt que de rester chez eux, à se regarder en chiens de faïence.

Il avait deux frères plus âgés que lui, dont l'un était concessionnaire pour Mercedes dans la banlieue de Weymouth, Massachusetts, et l'autre comptable, comme ma sœur. C'était une famille soudée. Il avait détesté ses frères avec la fureur impuissante d'un benjamin torturé jusqu'à ce qu'ils quittent le domicile familial. Après quoi, il s'était aperçu que, contre toute attente, ils lui manquaient cruellement.

— D'après maman, c'est parce que j'avais perdu la référence à partir de laquelle je mesurais tout.

Les deux aînés étaient désormais mariés et propriétaires, ils avaient chacun deux enfants. La famille se réunissait pour les fêtes et se retrouvait tous les étés dans la même maison qu'ils louaient à Nantucket. Adolescent, il avait horreur de ces vacances familiales, mais désormais c'était une semaine qu'il attendait chaque année avec plus d'impatience.

— C'est formidable. Les gosses, le farniente et le bateau… Tu devrais venir ! suggéra-t-il, avant de mordre dans un cha siu bao.

Il parlait avec assurance, en homme habitué à ce que les choses se passent comme il le voulait.

— Des vacances en famille ? Je croyais qu'à New York, les hommes ne juraient que par les relations sans engagement.

— Ouais, eh bien… j'en suis revenu. Et, en plus, je ne suis pas new-yorkais.

Il semblait s'investir à fond dans tout ce qu'il entreprenait. Il travaillait des centaines d'heures par semaine, courait après les promotions et se rendait quotidiennement à la salle de sport avant 6 heures du matin. Il jouait au baseball avec l'équipe de son entreprise et envisageait de faire du bénévolat dans un lycée près de chez lui, comme sa mère, mais s'inquiétait de ce que ses horaires de travail ne lui permettent pas un engagement régulier. Il était imprégné du rêve américain – travailler dur, réussir, et se mettre au service de la communauté. J'essayai de m'empêcher de le comparer en permanence à Will. En l'écoutant, je me sentis aussi admirative qu'épuisée.

Il me dessina son avenir tel qu'il l'imaginait : un appartement dans le Village, peut-être une résidence secondaire dans les Hamptons s'il parvenait à faire monter ses bonus au bon niveau. Il voulait un bateau. Il voulait des enfants. Il voulait prendre sa retraite tôt. Il voulait gagner un million avant ses trente ans. Tout en parlant, il agitait ses baguettes avec enthousiasme et ponctuait son exposé de phrases telles que « Tu devrais venir ! » ou « Tu adorerais ! ». J'étais flattée – et surtout reconnaissante – qu'apparemment il ne se soit pas senti offensé par ma réticence.

Il décida de partir à 22 h 30, ayant prévu de se lever à 5 heures le lendemain. Nous nous tenions dans l'entrée près de la porte, Dean Martin montant la garde à quelques pas de nous.

— Est-ce qu'on va pouvoir se retrouver pour déjeuner, entre le chien et l'hôpital ?

— Peut-être qu'on pourrait se voir un de ces soirs ?

— « Peut-être qu'on pourrait se voir un de ces soirs », répéta-t-il d'une voix douce. J'adore ton accent anglais !

— Je n'ai pas d'accent ! protestai-je. C'est toi qui en as un.

— Et tu me fais rire. Les filles qui me font rire sont rares.

— Ah… C'est que tu n'as pas rencontré les bonnes…

— Oh, je crois que si.

Il se tut alors et leva les yeux au ciel, comme s'il essayait de se retenir de faire quelque chose. Puis, il sourit, conscient du ridicule de la situation : deux adultes approchant de la trentaine essayant de ne pas s'embrasser devant une porte. C'est ce sourire qui acheva de me conquérir.

Je levai une main et la posai délicatement sur sa nuque. Puis, je me mis sur la pointe des pieds et l'embrassai. À quoi bon s'appesantir sur quelque chose qui n'était plus ? Deux semaines suffisaient probablement à prendre une décision, surtout quand vous n'aviez pas vu votre ex-petit ami des mois avant la rupture et étiez presque déjà célibataire de toute façon. Il fallait que je tourne la page.

Josh ne se le fit pas dire deux fois. Il me rendit mon baiser, ses mains remontant lentement le long de ma colonne vertébrale, et me plaqua contre le mur. Il m'embrassa, et je me forçai à arrêter de réfléchir et à m'abandonner à ces sensations, à son corps inconnu, plus étroit et légèrement plus ferme que le dernier que j'avais touché, à l'intensité de sa bouche contre la mienne. Ce bel Américain. Nous étions tous les deux un peu étourdis quand nous nous arrêtâmes pour reprendre notre souffle.

— Si je ne pars pas maintenant…, dit-il en faisant un pas en arrière, clignant fort des yeux, une main sur la nuque.

Je lui décochai un grand sourire. Je devais avoir du rouge à lèvres partout.

— Tu dois te lever tôt. Je t'appelle demain.

J'ouvris la porte, et, après avoir déposé un dernier baiser sur ma joue, il s'éloigna dans le couloir.

Quand je refermai le battant, Dean Martin me dévisageait, sceptique.

— Quoi ? dis-je. Quoi ? Je suis célibataire.

Il baissa la tête d'un air dégoûté, me tourna le dos et trottina vers la cuisine.

À : MetMmeBernardClark@yahoo.com
De : Le_bourdon_à_NY@gmail.com

Salut maman,
J'ai été bien contente d'apprendre que Maria et toi aviez autant apprécié votre thé chez *Fortnum & Mason* pour l'anniversaire de Maria. Même si, oui, je suis d'accord, ça fait CHER pour un paquet de biscuits, et je ne doute pas que Maria et toi pourriez en cuisiner de bien meilleurs. Les tiens sont effectivement très légers. Et, non, l'épisode des toilettes du théâtre m'a paru assez déplaisant. Étant donné son travail, elle est bien placée pour remarquer ces choses-là. Je me réjouis que quelqu'un ait été présent pour veiller à la qualité de tes… pauses techniques.
Tout va bien ici. Il fait assez frisquet à New York en ce moment, mais tu me connais, j'ai de quoi m'habiller en toutes circonstances ! Il y a deux, trois choses en suspens au boulot, mais avec un peu de chance tout sera bientôt rentré dans l'ordre. Ne t'en fais pas pour Sam et moi, ça va. Effectivement, on ne peut rien y faire.
Je suis désolée pour grand-père. J'espère que, dès qu'il se sentira mieux, tu pourras reprendre tes cours.
Vous me manquez tous. Beaucoup.
Je t'embrasse fort,
Lou

P.-S. : Il vaut mieux, pour l'instant, que tu m'envoies des mails. Mais si tu tiens à m'écrire des lettres, adresse-les à Nathan, car nous avons des problèmes avec le courrier.

Chapitre 24

Mme De Witt sortit de l'hôpital dix jours après son admission. Debout sur le trottoir, elle plissa les yeux, éblouie par la lumière du jour, le bras droit disparaissant dans un plâtre qui semblait trop lourd pour son corps fluet. Je la ramenai chez elle en taxi. Ashok vint à sa rencontre au bord du trottoir et l'aida à gravir lentement les marches. Pour une fois, elle ne maugréa pas ni ne le repoussa en lui donnant des tapes, mais marcha précautionneusement, comme si elle doutait désormais de son sens de l'équilibre. Je lui avais apporté la tenue qu'elle m'avait réclamée – un tailleur-pantalon bleu pâle Céline des années 1970, un chemisier jaune jonquille et un béret en laine rose pâle –, ainsi qu'un assortiment de cosmétiques qui se trouvaient sur sa commode, et m'étais assise sur le bord de son lit d'hôpital pour l'aider à se maquiller. Elle m'expliqua que ses tentatives de la main gauche lui donnaient l'air d'une femme qui avait bu trois Sidecars pour son petit déjeuner.

Ravi, Dean Martin courait et reniflait sur ses talons, levait les yeux vers elle avant de me regarder avec insistance, comme pour me signifier que je pouvais partir, maintenant. Nous avions établi une sorte de trêve, le chien et moi. Il mangeait ses repas et s'endormait en boule sur mes cuisses tous les soirs, et je crois qu'il avait commencé à apprécier le rythme de nos promenades, de plus en plus longues, parce que sa petite queue s'agitait frénétiquement chaque fois qu'il me voyait attraper la laisse.

Mme De Witt était enchantée de le voir et manifesta sa joie par des récriminations – il était évident que j'avais négligé la pauvre bête, qu'elle estima en surpoids, puis, quelques heures plus tard, terriblement amaigrie – et par d'incessantes excuses susurrées à l'animal pour l'avoir confié à une incompétente.

— Mon pauvre bébé. Maman t'a abandonné avec une inconnue ? Oui ? Elle ne s'est pas bien occupée de toi ? Ne t'inquiète pas, maman est revenue, tout va rentrer dans l'ordre.

Si la vieille dame était clairement enchantée d'être rentrée chez elle, je dois avouer que je me sentais inquiète. Elle devait prendre des médicaments en quantité industrielle – même selon les normes américaines –, et je me demandais si elle souffrait d'une forme agressive d'ostéoporose : cela me semblait bien excessif pour une fracture du poignet. J'en parlai à Treena, qui me fit remarquer avant d'éclater de rire que, en Angleterre, on lui aurait prescrit un antidouleur et recommandé de ne rien porter de lourd.

Mais Mme De Witt était rentrée affaiblie de son séjour à l'hôpital. Elle était pâle et toussait sans arrêt. Elle nageait dans ses vêtements sur mesure. Quand je lui préparai des macaronis au fromage, elle en mangea quatre ou cinq bouchées, déclara que c'était délicieux, mais refusa d'en avaler plus.

— Je crois que mon estomac a rétréci dans cet affreux hôpital – probablement pour se préserver de leur épouvantable nourriture.

Elle se promena une demi-journée dans l'appartement pour reprendre ses marques, titubant lentement d'une pièce à l'autre, s'assurant que rien n'avait changé en son absence. J'essayai tant bien que mal de chasser l'idée qu'elle vérifiait que je n'avais rien volé. Enfin, elle s'assit dans son fauteuil rembourré et poussa un petit soupir.

— Quel bonheur d'être de nouveau chez soi ! souffla-t-elle sur un ton qui suggérait qu'elle s'était presque attendue à ne jamais revenir.

Puis elle s'endormit. Pour la millième fois, je songeai à grand-père et à la chance qu'il avait que maman s'occupe de lui.

Mme De Witt était trop affaiblie pour rester seule, et manifestement peu pressée de me voir partir. Alors, sans que nous en ayons vraiment parlé, je restai, tout simplement. Je l'aidais à faire sa toilette, à s'habiller et à préparer ses repas, et, au moins la première semaine, je promenais Dean Martin plusieurs fois par jour. Vers la fin de ces premiers moments de cohabitation, je m'aperçus qu'elle m'avait fait un peu de place dans la quatrième chambre, déplaçant un à un des livres et des vêtements, libérant une table de nuit ou une étagère sur laquelle je pourrais poser mes affaires. Je décidai d'investir la salle d'eau des invités en la récurant du sol au plafond et en laissant couler l'eau jusqu'à ce qu'elle soit claire. Puis, discrètement, j'entrepris de nettoyer les recoins sales de la cuisine et de la salle de bains qui échappaient à sa vue défaillante.

Je l'accompagnai à l'hôpital pour ses examens, l'attendant dehors avec Dean Martin avant de la ramener à son domicile. Je pris rendez-vous chez son coiffeur et patientai pendant que ses fins cheveux argentés retrouvaient les vagues nettes que je lui avais connues, un événement apparemment anodin, mais qui sembla lui faire plus de bien que toute l'attention médicale dont elle avait été entourée. Je l'aidais à se maquiller et à retrouver ses innombrables paires de lunettes. Elle me remerciait toujours d'une voix douce, avec insistance, comme si j'étais une invitée de marque.

Consciente qu'elle avait vécu seule pendant des années et avait certainement besoin d'espace, je sortais souvent pendant plusieurs heures dans la journée. J'allais à la bibliothèque et épluchais les offres d'emploi, mais sans le sentiment d'urgence qui m'avait habitée jusqu'alors, et, franchement, rien ne me faisait envie. À mon retour, je la trouvais soit endormie, soit devant la télévision.

— Eh bien, Louisa, disait-elle en se redressant, comme si nous avions été coupées au beau milieu d'une conversation, je me demandais où vous étiez passée. Auriez-vous la gentillesse d'emmener Dean Martin faire un petit tour ? Il semble préoccupé depuis un moment…

Le samedi, j'accompagnais Meena aux manifestations devant la bibliothèque. La foule s'était clairsemée, l'avenir de la bibliothèque ne dépendant plus uniquement du soutien du public, mais d'un recours juridique des habitants du quartier. Personne ne semblait beaucoup y croire. Chaque semaine, un peu moins frigorifiés, nous brandissions nos pancartes et acceptions les boissons chaudes et en-cas que les voisins et commerçants nous apportaient sans relâche. Je me mis à guetter les visages familiers, dont celui de la grand-mère rencontrée la première fois, qui s'appelait Martine et me saluait désormais en me serrant chaleureusement dans ses bras avec un grand sourire. Une poignée d'autres m'adressaient un signe de la main ou me disaient bonjour – l'agent de sécurité, la femme des pakoras, la bibliothécaire à la magnifique crinière. Je n'ai jamais revu la vieille femme aux épaulettes déchirées.

Je vivais chez Mme De Witt depuis treize jours quand je revis Agnes pour la première fois. Étant donné notre proximité, il me parut étonnant que ce ne soit pas arrivé plus tôt. Il pleuvait à verse et je portais l'un des vieux imperméables de Mme De Witt – un modèle en plastique des années 1970, jaune et orange avec des fleurs rondes. Dean Martin était vêtu d'un petit imperméable à capuche, et le voir ainsi accoutré me faisait pouffer immanquablement. Nous remontions le couloir en courant, et je gloussais justement en regardant sa petite tête encadrée par la capuche en plastique, quand les portes de l'ascenseur s'ouvrirent et qu'Agnes en sortit. Je m'arrêtai net. Escortée d'une jeune femme munie d'un iPad, les cheveux tirés en arrière en une queue de cheval impeccable, mon ancienne patronne s'immobilisa. Une expression indéchiffrable passa sur son visage – de la gêne, des excuses muettes ou même de la colère contenue face à ma présence ici ? Difficile à dire. Ses yeux rencontrèrent les miens, elle ouvrit la bouche comme pour dire quelque chose, puis pinça les lèvres et passa devant moi comme si elle ne m'avait pas vue, ses cheveux blonds et brillants se balançant, la fille sur les talons.

Je les suivis des yeux jusqu'à ce que la lourde porte de l'appartement se referme sur elles avec un claquement définitif, les joues brûlantes comme celles d'un amoureux éconduit.

Je nous revis vaguement en train de rire dans le bar à nouilles.

« Nous sommes amies, n'est-ce pas, Louisa ? »

Je pris une profonde inspiration et appelai Dean Martin pour lui mettre sa laisse, avant de descendre et de sortir sous la pluie.

Finalement, ce sont les filles du *Grand Magasin du Vintage* qui m'offrirent un emploi rémunéré. Un conteneur rempli arrivait de Floride – l'équivalent de plusieurs garde-robes –, et elles avaient besoin d'une paire de bras supplémentaire. Il fallait examiner chaque article avant de le placer en rayon, remplacer les boutons manquants et vérifier que chaque vêtement était repassé avant d'être accroché aux portants pour une grande foire prévue fin avril. Les articles qui sentaient mauvais étaient généralement renvoyés. Elles me payaient le salaire minimum, mais je travaillais en bonne compagnie, le café était gratuit, et elles me feraient vingt pour cent de réduction sur tout ce que je voudrais acheter. J'avais perdu mon appétit pour les nouvelles fringues en même temps que mon logement, mais j'acceptai avec plaisir et, une fois assurée que Mme De Witt tenait suffisamment sur ses jambes pour promener Dean Martin au moins jusqu'au coin de la rue, je me rendis à la boutique tous les mardis à 10 heures et passai la journée dans la réserve à nettoyer, coudre et discuter avec les filles pendant leurs pauses cigarette – qui avaient lieu à peu près tous les quarts d'heure.

Margot – je n'avais plus le droit de l'appeler « Mme De Witt » : « Vous vivez sous mon toit, pour l'amour du ciel ! » – m'écouta avec attention lui expliquer ma nouvelle fonction, puis me demanda de quoi je me servais pour réparer les vêtements. Je lui décrivis l'énorme caisse en plastique remplie de vieux boutons et de fermetures Éclair, expliquant que l'ensemble était tellement chaotique que j'avais souvent du mal à dégoter deux boutons identiques, et parvenais en tout cas rarement à en trouver trois assortis. Elle se leva péniblement de son fauteuil et me fit signe de l'accompagner. Je la suivais toujours de près, car elle ne semblait pas encore tout à fait stable et gîtait souvent d'un côté, tel un navire en haute mer dont la cargaison aurait été mal répartie. Mais elle parvint à destination, s'aidant de sa main valide, qu'elle laissait traîner sur le mur.

— Sous ce lit, ma chère. Non, là. Il y a deux coffres.

Je m'agenouillai et tirai deux lourdes boîtes en bois. En soulevant leurs couvercles, je découvris qu'elles étaient remplies à ras bord de rangées de boutons, fermetures Éclair, rubans et franges. Il y avait des fermoirs de toutes sortes, nettement séparés et étiquetés, des boutons en laiton de la marine et d'autres, minuscules, dans le style chinois, habillés de soie de couleurs vives, d'autres encore en os ou en nacre, tous soigneusement cousus sur de petites bandes de carton. Sur les couvercles matelassés, j'aperçus des bouquets d'épingles, des rangées d'aiguilles de toutes tailles et un assortiment de fil de soie sur de tout petits piquets. Je les effleurai du bout des doigts avec révérence.

— Je les ai reçues pour mon quatorzième anniversaire. Mon grand-père les avait fait venir de Hong Kong. Si vous êtes en panne, regardez donc là-dedans. Autrefois, je prélevais les boutons et fermetures de tous les vêtements que je ne portais plus. Comme ça, si je perdais un bouton sur quelque chose de joli et que je n'avais pas de quoi le remplacer, je disposais toujours d'un ensemble complet à coudre à la place.

— Mais vous n'allez pas en avoir besoin ?

Elle agita sa main valide.

— Oh, mes doigts sont désormais bien trop maladroits pour faire de la couture. La plupart du temps, je suis même incapable de boutonner une veste. Et il y a tellement peu de gens qui prennent la peine de changer un bouton ou une fermeture Éclair de nos jours – ils se contentent de jeter leurs vêtements et d'acheter quelque chose d'affreux dans ces boutiques de prêt-à-porter au rabais. Prenez-les, ma chère. Cela me ferait très plaisir de savoir qu'ils vont servir à quelqu'un.

Ainsi, par chance – ou bien le destin y était-il pour quelque chose ? –, j'avais désormais deux boulots que j'adorais. Grâce à eux, je trouvai une forme de satisfaction. Tous les mardis soir, je rapportais à la maison quelques vêtements dans l'un de ces grands fourre-tout à carreaux en nylon, et, pendant que Margot faisait la sieste ou regardait la télévision, j'ôtais précautionneusement les boutons restants et les remplaçais par un nouvel assortiment avant de lui montrer mon travail, en quête de son approbation.

— Vous êtes assez douée, fit-elle remarquer une fois en examinant mes points derrière ses lunettes, alors que nous étions assises devant *La Roue de la fortune*. Je m'attendais à ce que vous soyez aussi mauvaise que dans tout le reste.

— À l'école, la couture était à peu près la seule discipline dans laquelle je tirais mon épingle du jeu.

De la main, je lissai une veste posée sur mes genoux, m'apprêtant à la plier.

— Pareil pour moi, me confia-t-elle. À treize ans, je confectionnais mes propres vêtements. Ma mère m'a montré comment suivre un patron, et je me suis débrouillée toute seule. J'étais obsédée par la mode.

— Que faisiez-vous exactement, Margot ? demandai-je en posant mon ouvrage.

— J'étais rédactrice de mode pour *Ladies' Look*. Le magazine n'existe plus – il n'a pas survécu aux années 1990. Mais il a duré un peu plus de trente ans, et j'y suis restée jusqu'à la fin.

— Est-ce celui dont j'ai vu les couvertures encadrées ? Sur le mur ?

— Oui. Ce sont mes favorites. J'étais assez sentimentale et j'en ai gardé quelques-unes.

L'expression de son visage s'adoucit brièvement et elle pencha la tête en me lançant un regard annonçant des confidences.

— Ce n'était pas rien, à l'époque, vous savez ? L'entreprise qui possédait le magazine ne tenait pas particulièrement à voir confier les positions les plus élevées à des femmes, et le rédacteur en chef des pages de mode était un odieux personnage. Mais mon éditeur – un homme merveilleux, M. Aldridge – a estimé que les lectrices les plus jeunes ne se laisseraient pas convaincre par un vieux schnock qui utilisait des jarretières pour tenir ses chaussettes. Il trouvait que j'avais une bonne intuition pour la mode, j'ai été promue, et voilà.

— Je comprends mieux d'où vient votre magnifique collection de vêtements.

— Eh bien, on ne peut pas dire que j'aie épousé un millionnaire.

— Alors, vous avez été mariée… ?

Mme De Witt baissa les yeux et ramassa quelque chose sur ses genoux.

— Seigneur, c'est vrai que vous posez beaucoup de questions. Oui, j'ai été mariée. À un homme charmant. Terrence. Il travaillait dans l'édition. Mais il est mort en 1962, trois ans après notre union. Je ne me suis pas remariée.

— Vous n'avez jamais voulu avoir d'enfants ?

— J'ai eu un fils, très chère, mais pas avec mon mari. Votre curiosité est-elle satisfaite ?

Je rougis.

— Non. Enfin, pas comme ça. Je... fichtre... Avoir des enfants, c'est... Je veux dire, je ne me permettrais pas...

— Ne vous en faites pas, Louisa. Je me suis éprise de quelqu'un dans des circonstances... inconvenantes, peu de temps après la mort de mon mari, et je suis tombée enceinte. J'ai gardé le bébé, et sa naissance a provoqué un certain émoi. Pour finir, il a été jugé plus raisonnable que mes parents l'élèvent dans le comté de Westchester.

— Où est-il maintenant ?

— Toujours dans le Westchester, aux dernières nouvelles.

Je clignai des yeux.

— Vous ne le voyez pas ?

— Oh, je l'ai vu. Tous les week-ends et toutes les vacances durant son enfance. Mais, adolescent, il m'en a voulu de ne pas être la mère dont il aurait eu besoin. Je n'avais pas vraiment eu le choix, vous comprenez. À l'époque, si vous vous mariiez ou aviez des enfants, vous deviez renoncer à travailler. Moi, j'ai choisi de faire carrière. Honnêtement, j'étais convaincue que je ne survivrais pas si j'arrêtais. Et Frank – mon patron – m'a soutenue. (Elle soupira.) Malheureusement, mon fils ne m'a jamais vraiment pardonné d'avoir fait passer ma vie professionnelle avant lui.

Un long silence s'abattit sur la pièce.

— Je suis désolée.

— Oui. Moi aussi. Mais ce qui est fait est fait, et ça ne sert pas à grand-chose de ressasser toute cette histoire.

Comme elle se mettait à tousser, je lui servis un verre d'eau. D'un geste, elle m'indiqua un flacon de pilules qu'elle gardait sur le buffet, et j'attendis qu'elle en ait avalé une. Elle retrouva son calme, comme une poule après s'être ébouriffé les plumes.

— Comment s'appelle-t-il ? demandai-je une fois qu'elle se fut tranquillisée.

— Encore des questions… Frank Junior.

— Alors son père était…

— … l'éditeur du magazine, oui. Frank Aldridge. Il était bien plus âgé que moi et marié – ce qui alimente aussi la rancœur de mon fils, je le crains. Ça n'a pas été facile pour lui, à l'école. Les gens ne voyaient pas ces choses-là d'un bon œil, à l'époque.

— Quand l'avez-vous vu pour la dernière fois ? Votre fils, je veux dire.

— Ça remonte à… 1987. L'année de son mariage. Je l'avais appris après, et je lui avais écrit une lettre pour lui dire combien j'avais été peinée de ne pas avoir été invitée. Il m'avait répondu en des termes on ne peut plus clairs que j'avais depuis longtemps perdu le droit de faire partie de sa vie.

Nous restâmes assises un moment en silence. Son visage était parfaitement impassible, si bien qu'il était impossible de deviner ce qu'elle pensait, ni même si elle était simplement concentrée sur son émission de télévision. Je ne savais pas quoi dire. Aucune parole de réconfort à la hauteur d'une telle douleur ne me venait.

— Et ce fut tout. Ma mère est morte deux ans plus tard, et elle avait été la dernière personne à me lier à lui. Il m'arrive de me demander comment il va – s'il est encore en vie ou s'il a eu des enfants. Je lui ai écrit pendant un moment. Mais, au fil des années, j'ai fini par me résigner. Il avait raison, bien sûr. Je n'avais aucun droit sur lui ou sur sa vie.

— Mais c'était votre fils, murmurai-je.

— Oui, c'était mon fils, mais je ne m'étais pas exactement comportée comme une mère, si ?

Elle prit une inspiration tremblante.

—J'ai eu une très bonne vie, Louisa. J'ai aimé passionnément mon travail, et j'ai travaillé avec des gens merveilleux. J'ai voyagé à Paris, Milan, Berlin, Londres, bien plus que la plupart des femmes de mon âge… Je me suis acheté ce magnifique appartement et j'ai eu d'excellents amis. Vous ne devez pas être désolée pour moi. On raconte tellement de bêtises sur ces femmes qui arrivent à mener tambour battant leur carrière et leur vie de famille… Nous n'avons jamais pu, et ne le pourrons jamais. Les femmes ont toujours dû faire des choix difficiles. Mais on trouve une grande consolation à accomplir simplement quelque chose qu'on aime.

Nous nous tûmes un moment, le temps de digérer cela. Puis, elle posa les mains sur ses genoux.

—À présent, ma chère enfant, auriez-vous l'amabilité de m'accompagner jusqu'à ma salle de bains ? Je me sens assez fatiguée, et je crois que je vais aller me coucher.

Ce soir-là, je restai un moment allongée à réfléchir à ce que Margot m'avait dit. Je songeai à Agnes et au fait que ces deux femmes, qui vivaient à quelques mètres l'une de l'autre, repliées chacune sur leur tristesse, auraient pu, dans un autre monde, être d'un immense réconfort l'une pour l'autre. Je songeai combien une femme semblait devoir payer le prix fort, quoi qu'elle décide de faire de sa vie. Mais je le savais déjà, n'est-ce pas ? Venir à New York m'avait coûté cher.

Souvent, au petit matin, j'écoutais Will me souffler de ne pas être ridicule et de ne pas sombrer dans la mélancolie, mais de penser plutôt à tout ce que j'avais accompli. Étendue dans le noir, je comptais mes succès sur mes doigts.

1) J'avais un chez-moi – pour l'instant du moins.

2) J'avais un emploi rémunéré.

3) J'étais toujours à New York, entourée d'amis.

4) Je vivais une nouvelle relation amoureuse, même s'il m'arrivait de me demander comment c'était arrivé.

Si je l'avais pu, aurais-je fait les choses différemment ?

Mais, ce soir-là, c'est à la vieille dame endormie dans la pièce voisine que je pensais quand je m'abandonnai enfin au sommeil.

Je comptai quatorze trophées sportifs sur une étagère chez Josh, dont quatre de la taille de ma tête. Ils récompensaient ses exploits au football américain, au baseball, à une autre discipline appelée *track and field*. Il avait aussi remporté un trophée à un concours d'orthographe. J'étais déjà venue chez lui, mais ce soir, sobre et libre de mon temps, j'avais tout le loisir d'examiner le décor et de prendre la mesure de ses succès. Il y avait des photos de lui en tenue de sport, prises lors de ses triomphes, les bras passés autour de ses coéquipiers – ses dents parfaites dans un sourire parfait. Je repensai à Patrick et aux nombreux certificats exposés aux murs de son appartement, et m'interrogeai sur la nécessité du mâle d'étaler les preuves de ses succès, tel un paon qui ferait chatoyer sa queue en permanence.

Quand Josh reposa son téléphone, je bondis.

— Je nous ai commandé à dîner. Je suis désolé, avec tout ce qui se passe au boulot, je n'ai le temps de rien faire en ce moment. Mais ça vient du meilleur resto coréen de Koreatown.

— C'est parfait.

Je n'avais jamais goûté la cuisine coréenne, donc pas de points de comparaison. Sur le chemin, je m'étais réjouie à l'idée d'aller le retrouver. En marchant pour aller prendre la ligne sud, j'avais savouré le fait de me rendre à Downtown sans avoir à lutter contre des vents sibériens, une épaisse couche de neige ou une pluie torrentielle.

L'appartement de Josh n'était pas exactement le clapier qu'il m'avait décrit, à moins évidemment que votre lapin n'ait décidé de s'installer dans un loft recyclé au sein d'un quartier qui avait autrefois abrité des studios d'artistes, et qui désormais était le repaire de quatre versions différentes de Marc Jacobs et d'artisans joailliers, voisinant avec des boutiques de cafés rares et des magasins dont l'entrée était gardée par des agents de sécurité équipés d'oreillettes. Chez lui, ce n'étaient que murs blanchis à la chaux, parquet de chêne, table en marbre moderniste et canapés en cuir vieilli. Les meubles et les quelques bibelots minutieusement choisis suggéraient que tout avait été soigneusement pensé, cherché et acquis, peut-être grâce aux services d'un décorateur d'intérieur.

Il m'avait acheté des fleurs, un mélange exquis d'hyacinthes et de freesias.

— En quel honneur ? demandai-je.

Il haussa les épaules.

— Je les ai vues sur le chemin du retour et je me suis dit qu'elles te plairaient.

— Waouh… Merci. (Je humai profondément l'odeur du bouquet.) C'est la chose la plus agréable qui me soit arrivée depuis des siècles.

— Les fleurs ? Ou moi ? demanda-t-il en haussant un sourcil.

— Eh bien, je suppose que tu es *assez* agréable.

J'avais oublié que les Américains n'étaient pas très doués pour le second degré. Son visage se décomposa.

— Tu es incroyable. Et je les adore.

Il m'adressa un grand sourire et m'embrassa.

— Eh bien, toi, tu es certainement la chose la plus agréable qui me soit arrivée depuis des siècles, déclara-t-il doucement avant de reculer. J'ai l'impression de t'avoir attendue longtemps, Louisa.

— Nous ne nous sommes rencontrés qu'en octobre.

— Ah, mais nous vivons à une époque où le moindre désir doit être immédiatement satisfait. Et nous habitons dans la ville où tu obtiens ce que tu veux *hier*.

Il y avait quelque chose de curieusement grisant dans le fait de se sentir désirée ainsi. Je ne savais pas très bien ce que j'avais fait pour mériter une telle attention. J'avais envie de lui demander ce qu'il voyait en moi, mais je craignais que la question trahisse mon manque de confiance en ma personne. J'essayai donc de le découvrir autrement.

— Parle-moi des autres femmes avec lesquelles tu es sorti, dis-je, assise sur le canapé pendant qu'il allait et venait dans le coin cuisine, sortant des assiettes, des couverts et des verres. À quoi ressemblaient-elles ?

— En dehors des rencontres Tinder sans lendemain ? Intelligentes, jolies, en général carriéristes et brillantes… (Il se pencha pour sortir une bouteille de sauce nuoc-mâm d'un placard.) Mais honnêtement ? Complètement obsédées par leur image, poursuivit-il. Par exemple, il était impensable qu'elles se montrent si elles n'étaient pas parfaitement maquillées, et elles piquaient une crise si elles se jugeaient mal coiffées. Tout devait être posté sur Instagram, photographié ou diffusé sur les réseaux sociaux, présenté sous son meilleur jour. Y compris nos rencards. Si bien qu'elles ne baissaient jamais la garde. (Il se redressa, deux bouteilles dans les mains.) Tu préfères de la sauce chili ? Ou soja ? Je suis sorti avec une fille qui vérifiait à quelle heure je devais me lever le lendemain pour programmer son réveil une demi-heure plus tôt afin de pouvoir se maquiller et se coiffer. Pour elle, il n'était pas question que je la voie autrement qu'impeccablement apprêtée. Même si cela l'obligeait à se lever à 4 h 30.

— OK. Il faut que je te prévienne tout de suite : je ne suis pas cette fille.

— Je le sais, Louisa. Je t'ai mise au lit.

Je me débarrassai de mes chaussures et repliai les jambes.

— Je suppose que de tels efforts méritent une certaine admiration.

— Ouais. Mais ça peut être assez épuisant. Et tu n'as jamais l'impression… d'avoir accès à ce qui se passe derrière le masque. Avec toi, pas de dissimulation. Tu es qui tu es.

— Dois-je prendre ça comme un compliment ?

— Bien sûr ! Tu es comme les filles avec qui j'ai grandi. Tu es honnête.

— Les Gopnik te diraient le contraire.

— Qu'ils aillent se faire foutre, déclara-t-il d'une voix dure. Tu sais, j'y ai réfléchi. Tu peux prouver ton innocence, n'est-ce pas ? Eh bien, tu devrais les poursuivre pour licenciement abusif, diffamation, préjudice moral et…

Je secouai la tête.

—Sérieusement. Les affaires de Gopnik reposent sur sa réputation irréprochable de gentleman, il fait même dans les bonnes œuvres… Pourtant, il t'a virée comme une malpropre, Louisa. Tu as perdu ton emploi et ton logement sans préavis ni compensations.

—Il était persuadé que je le volais.

—Ouais, mais il devait savoir que quelque chose clochait dans ce qu'il faisait, sinon il aurait appelé les flics. Sachant qui il est, je parie que tu trouveras facilement un avocat qui accepte de te représenter en ne touchant ses honoraires que si tu obtiens gain de cause.

—Vraiment, ça va. Je ne suis pas procédurière.

—Ouais, eh bien, tu es trop bonne. Tu réagis comme une *Anglaise*.

La sonnette de l'entrée retentit. Josh brandit un index, comme pour m'avertir que cette conversation n'était pas finie. Il disparut dans l'étroit couloir et je l'entendis payer le livreur du restaurant pendant que je finissais de dresser la table.

—Et tu sais quoi ? lança-t-il en rapportant le sac à la cuisine. Même si tu n'avais pas de preuve, je suis sûr que Gopnik paierait une somme forfaitaire rien que pour empêcher que cette affaire ne s'ébruite et ne soit rapportée par les journaux. Imagine ce que cela signifierait pour toi. Je veux dire, il y a deux semaines, tu squattais chez quelqu'un. (Je ne lui avais pas dit que j'avais partagé le lit de Nathan.) Tu pourrais obtenir l'équivalent d'un bel acompte pour une location. Bon sang, avec un avocat digne de ce nom, tu pourrais en tirer un appartement. As-tu une idée de l'empire que dirige Gopnik ? Dans le genre, c'est une célébrité ! Et nous sommes dans une ville habitée par des gens richissimes.

—Josh, je sais que tes intentions sont bonnes, mais tout ce que je veux, c'est oublier cette histoire.

—Louisa, tu…

—*Non*. (Je posai les mains à plat sur la table.) Je n'intenterai de procès à personne.

Il garda le silence un moment, peut-être déçu de ne pas réussir à me convaincre, puis il haussa les épaules et sourit.

— OK. Eh bien, à table ! Tu n'as pas d'allergies particulières, j'espère. Goûte le poulet. Tiens. Tu aimes les aubergines ? Leur confit d'aubergines est absolument incroyable.

Je couchai avec Josh cette nuit-là. Je n'étais ni saoule ni vulnérable, je ne brûlais pas non plus de désir pour lui. J'avais juste envie que ma vie semble de nouveau normale. Nous avions mangé et bu, parlé et ri jusqu'à une heure avancée de la soirée ; il avait tiré les rideaux et éteint les lumières, et cela m'avait paru être la suite logique des événements. En tout cas, je n'avais trouvé aucune raison de ne pas le faire. Il était tellement beau ! Il avait un teint sans défauts et des pommettes merveilleusement bien dessinées, et ses cheveux châtains étaient doux et parsemés de reflets d'or, même après un long hiver. Nous nous embrassâmes sur le canapé, d'abord doucement, puis avec de plus en plus de ferveur, et il ôta son tee-shirt, et puis j'ôtai le mien. Et alors, je me forçai à me concentrer sur cet homme magnifique et attentionné, ce prince de New York, et à oublier toutes ces idées décousues vers lesquelles dérivait mon imagination. Je sentis le désir croître en moi, tel un ami lointain et rassurant, jusqu'à ce que je parvienne à chasser de mon esprit tout ce qui n'était pas la sensation de Josh contre moi, puis à l'intérieur de moi.

Ensuite, il m'embrassa tendrement et me demanda si j'étais heureuse, puis ajouta dans un murmure qu'il fallait qu'il dorme. Je restai allongée là, à essayer d'ignorer les larmes qui coulaient inexplicablement du coin de mes paupières jusque dans mes oreilles.

Que m'avait dit Will ? Qu'il fallait vivre chaque journée comme si elle était unique. Saisir les opportunités quand elles se présentaient. Dire « oui ». Si je m'étais refusée à Josh, ne l'aurais-je pas regretté toute ma vie ?

Je me tournai en silence dans le lit inconnu et examinai son profil pendant qu'il dormait – le nez droit parfait et la bouche si semblable à celle de Will. Je songeai à combien ce dernier l'aurait approuvé.

Je pouvais même les imaginer tous les deux, riant ensemble, une pointe de compétition dans leurs plaisanteries. Ils auraient peut-être été amis. Ou ennemis. Ils se ressemblaient tellement…

Peut-être étais-je destinée à être avec cet homme, songeai-je, même si la trajectoire qui m'avait menée à lui était étrange. Peut-être que, d'une certaine façon, Will m'était revenu. À cette pensée, je m'essuyai les yeux et sombrai dans un sommeil agité.

À: KatClark@yahoo.com
De: Le_bourdon_à_NY@gmail.com

Ma chère Treen,
Je sais que tu penses que c'est trop tôt. Mais que m'a enseigné Will ? On n'a qu'une vie, n'est-ce pas ? Et toi, tu es heureuse avec Eddie ? Alors, pourquoi ne pourrais-je pas être heureuse, moi aussi ? Tu comprendras quand tu le verras, je te le promets.
Voilà le genre d'homme qu'est Josh. Hier, il m'a emmenée à la meilleure librairie de Brooklyn et m'a acheté quelques livres de poche dont il a pensé qu'ils pourraient me plaire. Ensuite, il m'a invitée à déjeuner dans un restaurant mexicain branché de la 46e Rue Est et m'a fait goûter des tacos au poisson – range ta grimace, c'était absolument divin. Puis, il m'a annoncé qu'il voulait me montrer quelque chose (non, pas ça). Nous avons marché jusqu'à Grand Central Terminal, bondée, comme à l'ordinaire, et j'ai pensé : « Bizarre, bizarre… on part en voyage ou quoi ? » Alors, il m'a demandé de rester là, la tête tournée vers le mur sous une voûte près de l'*Oyster Bar*. Je lui ai ri au nez, persuadée qu'il plaisantait. Mais il a insisté, me demandant de lui faire confiance.
Me voici donc debout dans ce recoin, le nez collé à cette énorme voûte, au milieu de tous ces voyageurs allant et venant, tâchant de conserver un semblant de dignité. Quand je regarde derrière moi, je le vois qui s'éloigne. Soudain, il s'arrête dans le coin en diagonale par rapport

à moi, à peut-être quinze mètres, et il place son visage dans l'angle. Alors, par-dessus le brouhaha, le chaos et le grondement des trains, j'entends, aussi distinctement que s'il le murmurait à mon oreille : « Louisa Clark, tu es la fille la plus adorable de New York. »

Treen, c'était de la sorcellerie. Je l'ai regardé, et il s'est retourné en souriant. Je n'ai aucune idée de comment il a fait ça. Et puis, il est revenu vers moi, m'a simplement prise dans ses bras et m'a embrassée devant tout le monde, et quelqu'un nous a sifflés. C'est la chose la plus romantique qui me soit jamais arrivée.

Alors, oui, je tourne la page. Et Josh est incroyable. J'aimerais beaucoup que tu sois contente pour moi.

Fais un gros bisou à Thom de ma part.

Je t'embrasse.

L.

Chapitre 25

Les semaines passèrent, et le printemps arriva à toute allure, comme si New York imprimait son rythme effréné aux saisons. La circulation s'intensifia, les flots de passants se firent plus denses sur les trottoirs, et le tumulte de la ville frénétique, qui ne faiblissait guère avant le petit matin, s'élevait derrière nos fenêtres. Je pus bientôt me passer de bonnet et de gants à nos manifestations du samedi. Le manteau matelassé de Dean Martin fut lavé et remisé dans un placard. Le parc verdit d'un coup. Mon retour en Angleterre n'était toujours pas à l'ordre du jour.

En guise de compensation pour mon aide, Margot me pressait d'accepter une telle quantité de vêtements que je dus cesser d'admirer ses trésors en sa présence de peur qu'elle ne se sente obligée de m'en offrir davantage. Au fil des semaines, je constatai qu'elle n'avait de commun avec les Gopnik que son adresse. Elle vivait, comme l'aurait dit ma mère, sur les vestiges de sa splendeur passée.

— Entre les frais de santé et les charges, j'ai à peine de quoi me nourrir, fit-elle remarquer alors que je lui tendais une énième lettre recommandée avec avis de réception envoyée par la société de maintenance de l'immeuble.

L'enveloppe indiquait : « URGENT – PROCÉDURE JUDICIAIRE EN INSTANCE ». Elle fit la grimace et déposa soigneusement la lettre en haut d'une pile sur la commode, où elle resterait plusieurs semaines, à moins que je ne l'ouvre.

Elle se plaignait souvent des charges, qui s'élevaient à plusieurs milliers de dollars par mois – il s'agissait désormais de montants si astronomiques que Margot avait décidé de les ignorer purement et simplement, sous prétexte qu'elle n'avait pas d'autre choix.

Elle me raconta qu'elle avait hérité l'appartement de son grand-père, un esprit libre, unique membre de sa famille à ne pas juger qu'une femme devrait se limiter strictement à devenir une bonne épouse et une bonne mère.

— Mon père était tellement furieux d'avoir été court-circuité qu'il ne m'a plus adressé la parole pendant plusieurs années. Ma mère a essayé de négocier un accord, mais ensuite il y a eu… les autres problèmes.

Elle soupira.

Margot se ravitaillait dans une épicerie du quartier, une supérette qui pratiquait des prix exorbitants, parce que c'était l'un des rares endroits où elle pouvait se rendre à pied. J'y mis un terme en me rendant deux fois par semaine à un *Fairway* sur la 86e Rue Est, où j'achetais l'essentiel pour à peu près le tiers de ce qu'elle dépensait habituellement.

Si je ne cuisinais pas, elle grignotait n'importe quoi. Par contre, elle achetait toujours de bons morceaux de viande pour Dean Martin, ou lui faisait pocher du poisson dans du lait « parce que c'est bon pour sa digestion ».

Je crois qu'elle s'était habituée à ma compagnie. De plus, elle était encore si fragile que je pense que nous savions toutes deux qu'elle ne pourrait plus s'en sortir seule. Je me demandais combien de temps il faudrait à une personne de son âge pour se remettre d'une opération. Je me demandais aussi ce qu'elle aurait fait si je n'avais pas été là.

— Qu'allez-vous faire ? dis-je en désignant la pile de factures.

— Oh, je vais les ignorer. (Elle agita une main.) Je quitterai cet appartement les pieds devant. Je n'ai nulle part où aller et personne à qui le léguer, et cette crapule d'Ovitz le sait. Il ne bouge pas parce qu'il attend que je passe l'arme à gauche pour mettre la main sur l'appartement en invoquant la clause de non-paiement des frais d'entretien. Il espère gagner une fortune en le vendant à l'un de ces rois d'Internet ou à un affreux PDG, dans le genre de l'idiot qui vit de l'autre côté du couloir.

— Je pourrais vous aider ? J'ai mis un peu d'argent de côté quand je travaillais chez les Gopnik. Je veux dire, juste pour gagner un ou deux mois de répit. Vous avez été tellement gentille avec moi…

Elle poussa un cri de protestation.

— Ma chère enfant, vous ne pourriez même pas payer les charges pour l'entretien de la salle de bains des invités !

J'ignore pourquoi, mais cette idée la fit tant rire qu'elle fut prise d'une quinte de toux qui l'obligea à s'asseoir. Néanmoins, je jetai un coup d'œil à son courrier quand elle partit se coucher. Les « suppléments de retard », « violations directes des termes de votre bail » et « menace d'expulsion forcée » me suggérèrent que M. Ovitz n'était peut-être pas aussi bienveillant – ou patient – qu'elle voulait le croire.

Je promenais toujours Dean Martin quatre fois par jour et, durant ces escapades au parc, j'essayais de trouver des solutions pour Margot. J'étais horrifiée à l'idée qu'elle puisse se faire expulser. Le gérant de l'immeuble ne ferait certainement pas une chose pareille à une vieille dame en convalescence. Les autres résidents s'y opposeraient. Puis, je me rappelai la rapidité avec laquelle M. Gopnik m'avait renvoyée et l'isolement dans lequel vivaient les occupants du Lavery, qui s'appliquaient tant à ignorer leurs voisins. Réflexion faite, je n'étais même pas sûre qu'ils s'en apercevraient.

Debout devant une boutique de lingerie de la Sixième Avenue, j'eus une illumination. Les filles du *Grand Magasin du Vintage* ne vendaient peut-être pas de Chanel ni d'Yves Saint Laurent, mais elles le feraient si elles parvenaient à s'en procurer – ou elles connaissaient une agence qui le ferait pour elles. Margot possédait une quantité phénoménale de vêtements griffés, des raretés pour lesquelles des collectionneurs seraient prêts à débourser des fortunes. À eux seuls, certains sacs à main devaient valoir plusieurs milliers de dollars.

J'emmenai Margot rencontrer mes nouvelles amies sous prétexte de lui changer les idées. Par cette magnifique journée, il serait dommage de ne pas aller un peu plus loin que d'habitude et l'air frais l'aiderait à recouvrer ses forces. Elle me rétorqua que c'était ridicule, personne n'avait plus respiré d'air frais à Manhattan depuis 1937, mais elle grimpa dans le taxi sans trop rechigner, et, Dean Martin sur ses genoux, nous gagnâmes East Village. Arrivée à destination, elle contempla la façade en béton en fronçant les sourcils, comme si quelqu'un lui avait suggéré d'entrer dans un abattoir pour le plaisir.

— Qu'avez-vous donc fait à vos bras ?

Margot s'était arrêtée à la caisse et examinait la peau de Lydia. Celle-ci portait un chemisier vert émeraude à manches bouffantes et sur ses bras se déployaient trois carpes koïs japonaises aux nuances orange, vertes et bleues.

— Oh, mes tatouages. Vous aimez ?

Lydia fit passer sa cigarette dans son autre main et leva le bras vers la lumière.

— Il faut vouloir ressembler à un terrassier.

J'entraînai la vieille dame un peu plus loin.

— Regardez, Margot. Il n'y a que des vêtements vintage classés par décennies – années 1960 par ici, là-bas les années 1950… Ça ressemble un peu à votre appartement.

— Cela n'a rien à voir avec mon appartement.

— Je voulais seulement dire qu'on vend ici des vêtements comme les vôtres. C'est un commerce qui marche pas mal, de nos jours.

Margot tira sur la manche d'un corsage en nylon, puis jeta un coup d'œil à l'étiquette par-dessus ses lunettes.

— Amy Armistead est une ligne affreuse. Ils n'ont jamais su mettre la femme en valeur. Pareil pour Les Grandes Folies. Leurs boutons ne tenaient jamais en place. Ils faisaient des économies sur le fil.

— Il y a des robes vraiment uniques au fond, dans des housses.

Je me dirigeai vers le rayon des robes de cocktail où étaient exposées les plus belles tenues. Je sortis une robe Saks Fifth Avenue turquoise ornée de sequins et brodée de perles aux ourlets et aux poignets, et la plaquai contre moi en souriant.

Margot l'examina, puis tourna l'étiquette dans sa main. Elle grimaça en découvrant le prix.

— Qui paierait une somme pareille ?

— Des gens qui aiment les beaux vêtements, rétorqua Lydia, qui était apparue derrière nous.

Elle mâchait bruyamment un chewing-gum, et je voyais les yeux de Margot briller légèrement à chaque mastication.

— Il y a donc vraiment un marché pour ça ?

— Et comment ! m'exclamai-je. Surtout pour des vêtements aussi impeccables que les vôtres. Toutes les tenues de Margot ont été conservées dans des housses à l'intérieur de pièces climatisées. Certaines datent des années 1940, expliquai-je à Lydia.

— Celles-ci n'étaient pas à moi, mais à ma mère, précisa sèchement la vieille dame.

— Sérieusement ? Vous avez quoi ? demanda Lydia en examinant ouvertement Margot de haut en bas.

La vieille dame portait un manteau trois quarts en laine Jaeger et un chapeau en fourrure noire de la forme d'un *Victoria sponge cake*. Malgré le temps presque doux, elle semblait toujours avoir froid.

— Ce que j'ai ? Rien que je veuille confier à cette boutique, merci.

— Mais, Margot, vous avez des tailleurs absolument magnifiques – les Chanel et les Givenchy qui ne vous vont plus. Et puis, vous avez des foulards, des sacs – vous pourriez les proposer à des vendeurs spécialisés. Ou même à des salles des ventes.

— Chanel rapporte un paquet, intervint sagement Lydia. Surtout les sacs à main. S'il n'est pas trop abîmé, un Chanel à double rabat en cuir caviar peut rapporter de deux mille cinq cents à quatre mille dollars. Un nouveau ne vous coûtera pas beaucoup plus, vous voyez ce que je veux dire ? En python, waouh… Il n'y a pas de limites.

— Vous possédez plus d'un sac à main Chanel, Margot, fis-je remarquer.

La vieille dame resserra le coude sur son sac Hermès en alligator.

— Vous en avez d'autres comme ça ? Nous pouvons les vendre pour vous, madame De Witt. Nous avons une liste d'attente pour les trucs rares. Je connais une femme de Asbury Park qui est prête à payer cinq mille dollars pour un Hermès en bon état.

Lydia tendit la main pour en caresser le côté, et Margot recula comme si la jeune femme l'avait agressée.

— Ce ne sont pas des trucs, protesta-t-elle. Je ne possède aucun « truc ».

— Je pense simplement que ça vaut la peine d'y réfléchir. J'ai l'impression qu'il y en a beaucoup que vous n'utilisez plus. Vous pourriez les vendre, payer les charges en retard, et puis vous détendre…

— Je *suis* détendue, siffla la vieille dame. Et je vous serais reconnaissante de ne pas évoquer ma situation financière en public comme si je n'étais pas là. Oh, je n'aime pas cet endroit. Ça sent le renfermé. Viens, Dean Martin, j'ai besoin d'air frais.

Je la suivis, articulant des excuses à Lydia, qui haussa les épaules, indifférente. Je soupçonnai que, même faible, la probabilité que la garde-robe de Margot finisse dans ses rayons avait émoussé sa combativité naturelle.

Le trajet de retour en taxi se déroula en silence. Je me reprochai mon manque de tact, tout en en voulant à Margot d'avoir purement et simplement rejeté un plan qui m'avait semblé assez sensé. Elle évita mon regard durant toute la course. Dean Martin haletait entre nous sur la banquette. Je passai en revue dans ma tête toutes sortes d'arguments jusqu'à ce que son silence commence à m'agacer. Je lui lançai un coup d'œil en coulisse et vis la vieille dame qui sortait à peine de l'hôpital. Je n'avais aucun droit de lui forcer la main.

— Je ne cherchais pas à vous contrarier, Margot, dis-je en l'aidant à sortir devant l'immeuble. J'ai seulement pensé que cela pourrait être une solution. Vous savez, avec les dettes et tout. Je ne voudrais pas que vous perdiez votre appartement.

Margot se redressa et ajusta son chapeau de fourrure d'une main fragile. Elle prit la parole d'une voix plaintive, presque larmoyante, et je compris qu'elle aussi avait préparé son argumentation sur les cinquante et quelques pâtés de maisons du trajet.

— Vous ne comprenez pas, Louisa. Ce sont mes affaires – mes bébés. Il ne s'agit peut-être que de vieux vêtements, d'une potentielle source de revenus, mais ils sont *précieux* à mes yeux. Ils sont mon histoire, de magnifiques et inestimables vestiges de ma vie.

— Je suis désolée.

— Je ne les enverrais pas dans cette boutique de seconde main crasseuse même si j'étais à genoux. Et l'idée de tomber dans la rue sur une parfaite inconnue vêtue d'une tenue que j'adorais ! Cela me détruirait. Non. Je sais que vous ne cherchiez qu'à m'aider, mais non.

Elle se détourna en chassant ma main tendue d'un geste, attendant qu'Ashok l'aide à monter dans l'ascenseur.

Malgré nos ratés occasionnels, Margot et moi vécûmes très heureuses ce printemps-là.

En avril, comme promis, Lily vint à New York, accompagnée de Mme Traynor. Elles séjournèrent au *Ritz-Carlton*, à quelques rues du Lavery, et nous invitèrent, Margot et moi, à déjeuner. Les avoir là ensemble me donna l'impression qu'une aiguille à repriser raccordait sans bruit les différents morceaux de ma vie.

Avec ses bonnes manières de diplomate, Mme Traynor sut charmer Margot, et toutes deux se trouvèrent des intérêts communs, retraçant l'histoire du Lavery et de New York en général. Durant le repas, je découvris une autre Mme De Witt : spirituelle, cultivée, animée par cette nouvelle compagnie. Mme Traynor ayant séjourné à New York au cours de sa lune de miel en 1978, les deux femmes échangèrent leurs impressions sur des restaurants, galeries d'art et expositions de l'époque. Mme Traynor parla de sa carrière de magistrate, Margot des intrigues de bureau dans les années 1970, et toutes deux rirent de bon cœur, d'une façon qui laissait entendre que nous, les jeunes, ne pouvions absolument pas comprendre. Nous mangeâmes de la salade et une petite portion de poisson enveloppée dans du prosciutto. Je m'aperçus que Margot avalait à grand-peine une minuscule fourchetée de tout, avant de pousser le reste sur le bord de son assiette, et je désespérai de la revoir un jour remplir ses vêtements.

Pendant ce temps, penchée vers moi, Lily me demanda de lui recommander des lieux n'impliquant ni personnes âgées ni contenu culturel d'aucune sorte.

— Mamie nous a concocté un programme absolument blindé de sorties éducatives de merde. Je vais devoir me taper le Museum of Modern Art et je ne sais quel jardin botanique, ce qui est très bien, blablabla, si tu aimes ce genre de trucs. Mais moi, tout ce que je veux, c'est sortir en boîte, me mettre une mine et aller faire du shopping. Je suis à New York, putain !

— J'ai déjà parlé avec Mme Traynor. Demain, toi et moi, nous sortons pendant qu'elle va retrouver une cousine.

— Sérieux ? Alléluia ! Je vais me faire un grand voyage sac au dos au Vietnam pendant les vacances. Je te l'avais dit ? Je voudrais me trouver un short sympa. Le genre que je pourrais porter pendant des semaines sans que ce soit un problème si je ne le lave pas. Et peut-être un vieux blouson de motard. Un truc de bonne qualité, mais qui ne paie pas de mine.

— Tu pars avec qui ? Un ami ? demandai-je en haussant un sourcil.

— On dirait grand-mère.

— Eh bien ?

— Mon petit ami.

J'allais intervenir. Malheureusement, elle m'en empêcha.

— Je ne veux pas en parler.

— Pourquoi ? Je suis ravie que tu aies un copain. C'est une excellente nouvelle ! (Je baissai la voix.) Tu sais, la dernière à m'avoir fait des cachotteries comme ça, c'est ma sœur. Et c'était parce qu'elle s'apprêtait à faire son *coming out*.

— Je ne vais pas faire mon *coming out*. Je n'ai aucune envie d'aller farfouiller dans le jardin secret d'une dame. Beurk.

Je me retins de rire.

—Lily, tu n'es pas obligée de tout garder pour toi. Tout ce que nous voulons, c'est que tu sois heureuse. Il n'y a pas de mal à se livrer un peu.

—Je me suis *livrée* à mamie, comme tu le dis de façon si pittoresque.

—Alors, pourquoi pas à moi ? Je croyais qu'on pouvait tout se dire, toi et moi !

Lily afficha une expression résignée : elle était coincée. Poussant un soupir théâtral, elle posa son couteau et sa fourchette. Puis, elle me regarda, prête au combat.

—Parce que c'est Jake.

—Jake ?

—Le Jake de Sam.

Autour de moi, le restaurant sembla s'immobiliser doucement. Je me forçai à sourire.

—D'accord ! Waouh !

Elle se renfrogna.

—Je savais que tu réagirais comme ça. Écoute, c'est arrivé, c'est tout. Et ne crois pas qu'on parle de toi tout le temps, hein. Je suis tombée sur lui par hasard deux, trois fois – tu te souviens qu'on s'était rencontrés à l'embarrassante cérémonie d'adieux de ce groupe de soutien où tu allais ? On s'était bien entendus, et même plu… Eh ben, on se capte, tous les deux. Et on part ensemble, sac au dos, cet été. Pas la peine d'en faire tout un plat.

Mon cerveau tournait à toute allure.

—Est-ce que Mme Traynor l'a rencontré ?

—Oui. Il vient chez nous et je vais chez lui.

Elle semblait presque sur la défensive.

—Alors, tu dois voir beaucoup…

—Son père. Je veux dire, il m'arrive de croiser Sam l'Ambulancier, mais, de façon générale, je vois son père. Qui ne va pas trop mal, mais est encore assez déprimé et mange à peu près une tonne de gâteaux par semaine, ce qui stresse beaucoup Jake. C'est l'une des raisons pour lesquelles nous voulons nous échapper. Pendant environ deux mois.

Elle poursuivit ses explications, mais ma tête s'était mise à bourdonner et j'avais du mal à enregistrer ce qu'elle me disait. Je n'avais pas envie d'entendre parler de Sam, même indirectement. Je n'avais pas envie d'apprendre que des gens que j'aimais jouaient à la famille Ricoré sans moi, alors que je me trouvais à des milliers de kilomètres de là. Je ne voulais rien savoir du bonheur de Sam, de Katie et de sa bouche ultra-sexy, ni de leur emménagement dans ce nouveau nid d'amour et de passion où ils mélangeaient leurs uniformes assortis.

— Et à quoi ressemble ton nouveau petit ami, alors ? demanda-t-elle.

— Josh ? Josh ! Il est super. Carrément super. (Je posai soigneusement mes couverts sur le bord de mon assiette.) Le mec idéal... tout simplement.

— Bon... et... ? J'ai besoin de voir des photos de vous ensemble. Tu abuses de ne pas être sur Facebook ni Instagram. Tu n'as pas une photo de lui sur ton téléphone ?

— Nan, dis-je, et elle fit la grimace comme si ma réponse était parfaitement insuffisante.

Je mentais. J'en avais une de nous deux dans un restaurant éphémère sur un toit, prise une semaine plus tôt. Mais je ne voulais pas qu'elle se rende compte que Josh était le portrait craché de son père. Soit cela la déstabiliserait, soit, pire encore, je serais déstabilisée de l'entendre formuler cette évidence.

— Bon... quand allons-nous enfin sortir de ce funérarium ? Et si on s'esquivait et qu'on laissait les vieilles finir leur déjeuner ? (Lily me donna un coup de coude, les deux femmes bavardant toujours.) Tu sais que je n'arrête pas de pipeauter papy à propos du nouveau compagnon imaginaire absolument canon de mamie ? Je lui ai raconté qu'ils partaient en vacances aux Maldives et que mamie était allée se réapprovisionner en sous-vêtements chez *Rigby & Peller*. Je te jure qu'il est à deux doigts de déclarer qu'il l'aime toujours. Ça me fait *mourir* de rire.

J'avais beau adorer Lily, je me félicitais de ne pas passer trop de temps avec elle, en dehors de notre expédition shopping, grâce au programme culturel chargé concocté par sa grand-mère pour les prochains jours. Sa présence à New York – et sa connaissance intime de la vie de Sam – avait créé une vibration dans l'air que je ne parvenais pas à dissiper. Heureusement, épuisé par son travail, Josh ne sentit ni mon abattement ni ma distraction. Mais Margot perçut mon trouble, et un soir, alors que son émission préférée touchait à sa fin et que je me levais pour emmener Dean Martin faire sa dernière promenade de la journée, elle me demanda sans détour ce qui m'arrivait.

Je le lui racontai. Je ne voyais aucune raison de ne pas le faire.

— Vous aimez toujours l'autre.

— J'ai l'impression d'entendre ma sœur. Non. Mais je l'ai tellement aimé, et la fin de notre histoire a été tellement affreuse… J'ai cru qu'être ici et mener une vie différente m'en protégerait. Je ne me connecte plus aux réseaux sociaux. Je ne veux plus surveiller personne. Et pourtant, je ne sais comment, il semblerait que des informations sur votre ex finissent toujours par vous arriver aux oreilles. Du coup, tant que Lily sera à New York, je crois que je n'arriverai pas à penser à autre chose. Savoir qu'elle fait désormais partie de sa vie me perturbe énormément.

— Peut-être devriez-vous simplement l'appeler, ma chère. On dirait que vous avez encore des choses à lui dire.

— Je n'ai plus rien à lui dire, protestai-je.

Puis je repris, d'une voix de plus en plus passionnée :

— J'ai vraiment essayé, Margot. Je lui ai écrit, envoyé des mails, je l'ai appelé. Vous savez qu'il ne m'a pas envoyé une seule lettre ? En trois mois ? Je l'avais supplié de m'écrire, pensant que ce serait vraiment un joli moyen de rester en contact, qui nous permettrait en plus d'apprendre des choses l'un sur l'autre, de patienter en attendant de nous parler. Nous aurions ainsi eu plus tard quelque chose pour nous rappeler cette séparation. Mais il a refusé de jouer le jeu.

Toujours assise dans son fauteuil, Margot me regardait, les mains croisées sur la télécommande.

Je redressai les épaules.

— Mais ça n'a plus d'importance. Parce que j'ai tourné la page. Et Josh est tout simplement extraordinaire. Je veux dire, il est magnifique, gentil, il a un boulot de rêve, et il est ambitieux – oh, *tellement* ambitieux ! Il ira loin, vous savez. Il obtiendra ce qu'il veut – maison, avancement… Et il tient déjà à partager avec d'autres, moins chanceux, ce que la vie lui a donné – alors que sa carrière commence à peine !

Je me rassis. Dean Martin vint se dresser devant moi, inquiet.

— Et il *sait* qu'il veut être avec moi. Pas de « si » ni de « mais ». Littéralement, il parle de moi comme de sa petite amie depuis notre premier rendez-vous, quand, dans cette ville, la plupart des hommes se contentent d'histoires sans lendemain. Si vous saviez comme je me sens chanceuse !

Elle hocha légèrement la tête.

— Donc, franchement, je n'en ai pas grand-chose à faire de Sam. Je veux dire, nous nous connaissions à peine quand je suis venue ici. D'ailleurs, je doute que nous aurions fini ensemble si nous n'avions pas tous les deux frôlé la mort. En fait, je suis sûre que non. Et, clairement, je n'étais pas la bonne personne pour lui, sinon il aurait attendu, non ? Parce que c'est ce que les gens font dans ces cas-là. Donc, tout compte fait, c'est super. Et je suis vraiment heureuse de la façon dont les choses se sont terminées. C'est parfait. Parfait…

Un ange passa.

— Je vois ça, souffla Margot.

— Je suis vraiment heureuse.

— Je le vois bien, ma chère. (Elle me dévisagea un moment, puis elle posa les mains sur les bras de son fauteuil.) Bien. Pourriez-vous aller promener le chien à présent ? Les yeux lui sortent de la tête.

Chapitre 26

Il me fallut deux soirées pour localiser le petit-fils de Mme De Witt. Josh travaillait tard et Margot se couchait généralement vers 21 heures. Alors, un soir, je m'assis par terre contre la porte d'entrée – le seul endroit de l'appartement où je captais le signal wifi des Gopnik – et entrepris de rechercher son fils sur Google. J'essayai d'abord avec le nom « Frank De Witt », puis, comme cela ne donnait rien, avec « Frank Aldridge Junior ». Je ne trouvai aucun homme qui aurait pu correspondre, même s'il avait déménagé à l'autre bout du pays.

Le lendemain soir, au cours de ma seconde tentative, sur un coup de tête, j'allai vérifier le nom de femme mariée de Margot dans de vieux papiers rangés dans un tiroir de la commode de ma chambre. Je trouvai un faire-part de décès de Terrence Weber. J'essayai donc Frank Weber. Je découvris alors, avec une certaine tristesse, qu'elle avait donné à son fils le nom de son mari bien-aimé, mort des années avant la naissance de son enfant, et que plus tard elle avait elle-même repris son nom de jeune fille – De Witt – et s'était complètement réinventée.

Frank Weber était dentiste et vivait à Tuckahoe, ville sise dans le comté de Westchester. Je trouvai quelques références sur LinkedIn et Facebook grâce à sa femme, Laynie. Le scoop, c'est qu'ils avaient eu un fils, Vincent, qui était un peu plus jeune que moi. Il travaillait à Yonkers, dans un centre éducatif pour enfants en difficulté, ce qui acheva de me convaincre. Frank Weber en voulait peut-être trop à sa mère pour souhaiter reconstruire une relation, mais quel mal y avait-il à essayer de contacter Vincent ? Je trouvai son profil, pris une profonde inspiration, lui envoyai un message et attendis.

Josh fit une pause dans son interminable course à la promotion et déjeuna avec moi dans notre bar à nouilles. Il m'annonça au cours du repas que son entreprise organisait une « journée des familles » le samedi suivant au *Loeb Boathouse*, et qu'il aimerait que je l'y accompagne.

— J'avais prévu d'aller manifester devant la bibliothèque.

— Je ne vois pas l'intérêt de continuer, Louisa. Ce ne sont pas trois pelés et deux tondus scandant en chœur des slogans qui vont renverser la situation.

— Et puis, je ne suis pas vraiment de ta famille, poursuivis-je sans relever, légèrement hérissée néanmoins.

— Suffisamment proche, en tout cas. Allez ! Ça va être une journée fantastique. Tu as déjà été au *Hangar à bateaux* ? C'est magnifique. Ils savent vraiment organiser les fêtes, dans ma boîte. Tu appliques toujours la règle du « dire oui aux nouvelles expériences », n'est-ce pas ? Alors, tu ne peux pas refuser. (Il me fit ses yeux de chiot.) Dis oui, Louisa, je t'en prie. Allez !

J'étais cuite, et il le savait. Je lui adressai un sourire résigné.

— D'accord. Oui.

— Formidable ! Apparemment, l'année dernière, il fallait enfiler ces costumes gonflables de sumotoris et lutter sur l'herbe, et puis il y a eu des courses et des jeux organisés. Tu vas adorer.

— Ça m'a l'air merveilleux.

L'expression « jeux organisés » avait sur moi le même effet que « frottis obligatoire ». Mais c'était Josh, et il avait l'air si heureux à l'idée que je l'accompagne que je n'eus pas le cœur de refuser.

— Je te promets que tu n'auras pas à affronter mes collègues. Mais tu devras peut-être lutter avec moi, dit-il avant de déposer un baiser sur mes lèvres et de s'en aller.

Je consultai ma boîte de réception toute la semaine, en vain. Je ne reçus qu'un mail de Lily me demandant si je pouvais lui recommander un endroit où se faire tatouer quand on était mineur, un salut amical de la part de quelqu'un qui avait apparemment été au lycée avec moi, mais dont je n'avais absolument aucun souvenir, et un autre mail de ma mère, qui m'envoyait un GIF montrant un chat obèse semblant discuter avec un bambin de deux ans et un lien vers un jeu intitulé *Fiesta Fandango*.

— Vous êtes sûre que vous vous en sortirez toute seule, Margot ? lançai-je en glissant mes clés et mon porte-monnaie dans mon sac à main.

Je portais la combinaison-pantalon blanche datant du début des années 1980 dont elle m'avait fait cadeau, avec épaulettes et galons en lamé or. En me voyant, elle avait joint les mains et s'était exclamée :

— Oh, elle vous va divinement bien ! Vous devez avoir exactement les mêmes mensurations que moi à votre âge. J'avais de la poitrine, autrefois, vous savez ! Affreusement démodé durant les années 1970 et 1980, mais c'est comme ça.

De peur de la décevoir, je m'abstins de lui avouer que je devais accomplir un effort surhumain pour ne pas faire exploser toutes les coutures, mais elle avait raison – j'avais perdu quelques kilos depuis que je m'étais installée avec elle, notamment parce que je m'appliquais à ne lui cuisiner que des plats équilibrés et sains. Me sentant ravissante dans la combinaison, je fis un tour sur moi-même à son intention.

— Avez-vous pris vos médicaments ?

— Bien sûr. Ne faites donc pas tant d'histoires, ma chère. Est-ce que cela veut dire que vous ne rentrerez pas ce soir ?

— Je n'en suis pas sûre. Au cas où, je vais emmener Dean Martin faire une petite balade. (J'allai chercher la laisse du chien.) Margot ? Pourquoi l'avez-vous appelé Dean Martin ? Je ne vous l'ai jamais demandé…

À son ton, je devinai que ma question était idiote :

— Parce que Dean Martin était le plus irrésistible des hommes, et qu'il est le plus irrésistible des chiens, bien sûr.

Le petit animal s'assit docilement, ses yeux exorbités et indépendants roulant au-dessus de sa langue pendante.

— Suis-je bête…, dis-je avant de sortir.

— Eh bien, ça alors ! (Ashok siffla en nous regardant, Dean Martin et moi, dévaler la dernière volée de marches menant au rez-de-chaussée.) Une diva du disco !

— Tu aimes ? lançai-je en prenant la pose devant lui. C'était à Margot.

— Sérieusement ? Cette femme est décidément pleine de surprises.

— Tu voudras bien passer la voir plus tard ? Je ne la trouve pas très en forme, aujourd'hui.

— J'ai gardé une lettre de côté afin d'avoir une excuse pour frapper à sa porte à 18 heures.

— Tu es génial, merci !

Nous courûmes jusqu'au parc, et Dean Martin fit ce que font les chiens, et je fis ce qu'il convient de faire avec un petit sac et quelques frissons, et plusieurs passants me regardèrent, exactement comme vous le feriez si vous voyiez une fille en combinaison-pantalon à galons dorés trottinant derrière un chien nerveux, un petit sac d'excréments à la main. Au moment où nous déboulâmes dans le hall, Dean Martin jappant, ravi, sur mes talons, nous tombâmes nez à nez avec Josh.

— Oh, salut, toi ! lançai-je en l'embrassant. J'en ai pour deux minutes, d'accord ? Il faut juste que je me lave les mains et que j'attrape mon sac à main.

— Ton sac à main ?

— Eh bien, oui ! dis-je en le regardant curieusement.

— Mais… tu ne comptes pas te changer ?

Je baissai les yeux vers ma combinaison-pantalon.

— Je me suis changée.

— Mon chou, si tu portes ça aujourd'hui, tout le monde va se demander si tu fais partie de l'équipe d'animation.

Je mis un moment à comprendre qu'il ne plaisantait pas.

— Tu n'aimes pas ?

— Oh, si ! Tu es magnifique. Seulement, ça fait un peu… *drag queen*, non ? Au bureau, le costume est de rigueur. Les épouses et les petites amies seront en robes droites ou pantalons blancs. C'est juste... informel, mais élégant.

— Oh. (Je fis de mon mieux pour dissimuler ma déception.) Désolée. Je n'avais pas vraiment intégré les codes vestimentaires américains. D'accord. D'accord. Attends ici. Je reviens tout de suite.

Je gravis les marches quatre à quatre et fis irruption dans l'appartement de Margot, jetant la laisse de Dean Martin à sa maîtresse, qui s'était levée de son fauteuil et me suivait à présent dans le couloir, un bras mince tendu vers le mur.

— Que nous vaut une telle hâte ? On dirait qu'un troupeau d'éléphants débarque dans l'appartement.

— Il faut que je me change.

— Vous changer ? Mais pourquoi ?

— Apparemment, ma tenue n'est pas convenable.

Je passai en revue ma garde-robe. Une robe droite ? La seule que je possédais était la psychédélique offerte par Sam, mais, je ne sais pas pourquoi, il me semblait déloyal de la porter ce jour-là.

— Je trouve que ça vous allait à ravir, protesta Margot d'un ton appuyé.

Josh apparut dans l'embrasure de la porte restée ouverte – apparemment, il était monté à ma suite.

— Oh, mais parfaitement. Elle est ravissante. Seulement... je préférerais qu'on parle d'elle pour les bonnes raisons.

Il éclata de rire. Margot ne cilla pas.

Faisant toujours défiler les cintres, je jetai quelques tenues sur mon lit, jusqu'à dégoter mon blazer bleu marine style Gucci et une robe chemise rayée en soie. J'ôtai la combinaison et enfilai la robe dare-dare avant de glisser mes pieds dans mes Mary Jane vertes.

— Ça, c'est mieux ? demandai-je en me précipitant dans le couloir tout en essayant de me lisser les cheveux.

— Super ! s'exclama-t-il, visiblement soulagé. OK, on y va.

— Je ne verrouillerai pas la porte, ma chère, entendis-je murmurer Margot alors que je courais derrière Josh, qui était déjà ressorti. Juste au cas où vous voudriez revenir.

Le *Loeb Boathouse* était un endroit magnifique, protégé, du fait de sa position, du bruit et du chaos qui régnaient autour de Central Park. Ses grandes baies vitrées offraient une vue panoramique sur le lac, qui étincelait sous le soleil de l'après-midi. La salle était remplie d'hommes élégamment vêtus de chinos parfaitement identiques et de femmes aux brushings irréprochables – comme l'avait prédit Josh, c'était une mer de pantalons pastel et blancs.

J'attrapai une coupe de champagne sur un plateau promené gracieusement par un serveur et regardai Josh se mêler à la foule et saluer avec un enthousiasme étudié des hommes qu'il ne connaissait manifestement pas, interchangeables avec leurs coupes de cheveux courtes, leurs mâchoires carrées et leur sourire Colgate. Me revinrent comme un flash des images des réceptions auxquelles j'avais accompagné Agnes : j'étais retombée dans mon autre New York, un monde à mille lieues des boutiques vintage, des pulls parfumés à la naphtaline et du café soluble où j'avais été immergée récemment. Je bus une gorgée de champagne, décidant de m'y abandonner.

Josh apparut à mes côtés.

— Pas mal, non ?

— C'est splendide !

— C'est quand même mieux que de passer l'après-midi assise dans l'appartement d'une vieille dame, hein ?

— Eh bien, je ne crois pas que…

— Mon boss arrive. OK. Je vais te présenter. Reste avec moi. Mitchell !

Josh leva un bras, et un homme plus âgé s'approcha lentement de nous, accompagné d'une femme brune sculpturale au sourire étrangement inexpressif. Peut-être était-ce inévitable quand vous deviez vous montrer aimable avec tout le monde en permanence.

— Alors, vous vous amusez bien ?

— Oh, oui, monsieur ! acquiesça Josh. Quel endroit absolument magnifique ! Puis-je vous présenter ma petite amie ? Voici Louisa Clark, d'Angleterre. Louisa, voici Mitchell Dumont. Il dirige Mergers and Acquisitions.

—Anglaise, n'est-ce pas ?

Je sentis l'énorme main de l'homme se refermer sur la mienne et la secouer énergiquement.

—Oui, je…

—Bien. Bien. (Il se tourna de nouveau vers Josh.) Alors, jeune homme, j'ai entendu dire que vous déplaciez des montagnes dans votre service.

Josh ne put dissimuler sa joie. Son sourire s'étala sur son visage. Son regard passa sur moi, puis sur la femme à mes côtés, et je compris qu'il attendait de moi que je lui fasse la conversation. Personne n'avait pris la peine de nous présenter. Mitchell Dumont passa un bras paternel autour des épaules de Josh et l'entraîna quelques pas plus loin.

—Donc…, dis-je.

Je haussai les sourcils, puis les baissai.

Elle m'adressa son sourire insipide.

—J'adore votre robe, tentai-je.

Le compliment passe-partout universel pour deux femmes qui n'ont absolument rien à se dire.

—Merci. Jolies chaussures, fit-elle remarquer à son tour sur un ton qui laissait entendre qu'elles n'étaient pas jolies du tout.

Elle jeta un regard par-dessus mon épaule, clairement en quête d'un autre convive à qui parler. Après un coup d'œil à ma tenue, elle s'était estimée bien au-dessus de ma tranche de salaire.

Comme il n'y avait personne à proximité, je tentai le tout pour le tout :

—Et vous venez ici souvent ? Au *Loeb Boathouse*, je veux dire ?

—C'est « Lobe ».

—« Lobe » ?

—Vous avez prononcé « Leub ». C'est « Loeb ».

Je la regardai, avec son visage parfaitement maquillé, ses lèvres un peu trop charnues pour être vraies, répéter le mot et dus me retenir de glousser. Je bus une gorgée de champagne pour dissimuler mon amusement.

— Alors, *veu veunez seuvent* au *Leub Beuthouse* ? demandai-je, incapable de résister à la tentation.

— Non, répondit-elle. Mais l'une de mes amies s'est mariée ici l'an dernier. La réception a été absolument merveilleuse.

— J'imagine. Et que *faites-veu* dans la vie ?

— Je suis femme d'intérieur.

— *Feumme d'intérieur !* Ma *meure* aussi est *feumme d'intérieur.* (Je bus une autre longue gorgée de champagne.) *S'occeuper* de son intérieur est tout à fait *cheurmant.*

J'aperçus Josh, en grande conversation avec son patron. L'expression d'intense concentration qui se lisait sur son visage me rappela la tête que faisait Thom quand il suppliait papa de lui donner quelques chips.

Mon interlocutrice avait commencé à afficher un air vaguement préoccupé – autant que possible pour une femme dans l'impossibilité de plisser le front. Une bulle d'hilarité enflait dans ma poitrine, et je priai quelque divinité invisible de l'empêcher d'exploser.

— Maya ! appela Mme Dumont (du moins le supposais-je) d'une voix teintée de soulagement en agitant la main à l'intention d'une femme qui s'approchait de nous, sa silhouette irréprochable impeccablement moulée dans une robe droite couleur menthe.

— Tu es absolument éblouissante.

— Toi aussi. J'adore cette robe !

— Oh, c'est une vieillerie. Et tu es radieuse. Comment va ton cher époux ? Toujours à parler affaires.

— Oh, tu connais Mitchell. (Mme Dumont ne pouvait décemment ignorer ma présence plus longtemps.) Voici la petite amie de Joshua Ryan. Je suis terriblement navrée, je n'ai pas bien entendu votre nom. C'est affreusement bruyant ici.

— Louisa, répondis-je.

— Charmant. Je suis Maya. La moitié de Jeffrey. Vous connaissez Jeffrey, du service marketing ?

— Oh, tout le monde connaît Jeffrey ! affirma Mme Dumont.

— Oh, Jeffrey ! répétai-je en secouant la tête.

J'enchaînai sur un hochement de tête. Et la secouai de nouveau.

— Et que faites-vous dans la vie ?

— Ce que je fais ?

— Louisa travaille dans la mode, répondit Josh en surgissant à mes côtés.

— Vous avez effectivement un style très singulier. J'adore les Anglais, pas toi, Mallory ? Ils sont si *intéressants* dans leurs choix.

Il y eut un bref silence, le temps que tout le monde digère les miens.

— Louisa va bientôt commencer à travailler à *Women's Wear Daily*.

— Vraiment ? dit Mallory Dumont.

— Vraiment ? m'étonnai-je. Oui. Vraiment.

— Eh bien, ce doit être absolument palpitant. Quel merveilleux magazine ! Je dois retrouver mon mari. Je vous prie de m'excuser.

Après nous avoir adressé un autre de ses sourires éteints, elle s'éloigna sur ses escarpins vertigineux, Maya sur les talons.

— Pourquoi as-tu raconté ça ? dis-je en attrapant une autre flûte. Ça rend mieux que « elle s'occupe d'une vieille dame » ?

— Non. Tu… tu donnes simplement l'impression de quelqu'un qui travaille dans la mode.

— Tu n'es toujours pas satisfait de ma tenue ?

Je lançai un regard aux deux femmes qui s'éloignaient dans leurs robes homologuées. Je repensai soudain à Agnes et à ce qu'elle devait ressentir à ces réceptions, aux myriades de signes subtils que les femmes pouvaient lancer pour faire savoir à d'autres qu'elles n'étaient pas à leur place.

— Tu es magnifique. Il est simplement plus facile d'expliquer ta… ta sensibilité si particulière et unique si les gens croient que tu travailles dans la mode. Ce qui n'est pas complètement faux.

— Je suis parfaitement satisfaite de ce que je fais, Josh.

— Mais tu veux travailler dans la mode, non ? Tu ne vas pas t'occuper d'une vieille dame toute ta vie. Écoute, je comptais t'en parler bientôt : ma belle-sœur, Debbie, connaît une femme qui travaille au service marketing de *Women's Wear Daily*. Elle a dit qu'elle allait se renseigner sur d'éventuels postes vacants pour des profils juniors. Elle semblait assez sûre de pouvoir faire quelque chose pour toi. Qu'est-ce que tu en penses ?

Il souriait de toutes ses dents, comme s'il venait de me présenter le Saint Graal.

Je bus une autre gorgée de champagne.

— Bien sûr.

— Eh bien, voilà. Formidable !

Il ne me quittait pas des yeux, l'air ravi.

— Youpi ! dis-je du bout des lèvres.

Il exerça une pression de la main sur mon épaule.

— Je savais que ça te plairait. Bon. Retournons-y. Ça va être l'heure de la course des familles. Tu veux un Perrier rondelle ? Je ne suis pas sûr que l'on soit censé boire plus d'un verre de champagne. Si on te voit… Laisse-moi te débarrasser.

Il me prit ma coupe des mains et la posa sur le plateau d'un serveur qui passait par là, puis m'entraîna dehors, au soleil.

Étant donné l'élégance de l'assistance et la beauté du décor, j'aurais vraiment dû apprécier les deux heures qui suivirent. Après tout, j'avais encore dit « oui » à une nouvelle expérience. Mais en vérité, je me sentais de moins en moins à ma place parmi ces couples et leur esprit d'entreprise. Le rythme des conversations m'échappait, si bien que, quand j'étais attirée par hasard dans un groupe, je finissais immanquablement par paraître muette ou stupide. Josh passait d'un convive à l'autre, tel un missile à tête chercheuse de dirigeants, et, à chaque nouvelle discussion, son visage affichait une expression avide et concentrée, assortie d'une assurance raffinée. Je me surpris encore à l'observer en me demandant ce qu'il pouvait bien me trouver. Je n'avais rien de commun avec ces femmes, avec leur teint de pêche rayonnant et leurs robes sans un pli, leurs histoires de nounous impossibles et de séjours de rêve aux Bahamas. Je restai dans son sillage, soutenant son mensonge sur ma carrière naissante dans la mode, souriant sans rien dire et approuvant – oui, oui, c'est tout à fait merveilleux ; et merci, oooh, oui, j'accepterais avec plaisir une autre coupe de champagne –, m'efforçant d'ignorer les sourcils de Josh qui dansaient la polka.

— Vous vous amusez bien ?

Une femme au carré roux si brillant qu'on pouvait presque se voir dedans s'arrêta près de moi. Plus loin, Josh éclata d'un rire tonitruant à la plaisanterie d'un homme plus âgé en chemise bleue et pantalon chino.

— Oh, oui. Merci.

À ce stade, j'étais très bonne pour sourire sans rien dire du tout.

— Felicity Lieberman. Je travaille à deux bureaux de Josh. Ça marche vraiment bien pour lui.

Je lui serrai la main.

— Louisa Clark. Oui, effectivement.

Je reculai d'un pas et bus une gorgée de champagne.

— Il deviendra associé d'ici deux ans, j'en suis certaine. Vous sortez ensemble depuis longtemps ?

— Euh… non. Mais nous nous connaissons depuis un certain temps déjà.

Elle avait l'air d'attendre que j'en dise davantage, ce que je fis :

— Eh bien, nous avons d'abord été amis, en quelque sorte. (J'avais trop bu et me découvris bien plus bavarde que je ne l'aurais voulu.) J'étais avec quelqu'un d'autre, en fait, mais Josh et moi n'arrêtions pas de nous croiser par hasard. Il prétend qu'il m'attendait. Ou attendait que mon ex et moi nous séparions. C'était assez romantique, en fait. Plusieurs trucs se sont passés ensuite et… bam ! Tout à coup, on s'est retrouvés ensemble. Vous savez comment c'est.

— Oh, oui. Notre Josh sait se montrer très persuasif…

Quelque chose dans son rire me troubla.

— Persuasif, répétai-je après un moment.

— Il vous a fait le coup de la galerie des murmures ?

— S'il m'a fait quoi ?

Elle dut surprendre mon expression sidérée, car elle se pencha vers moi :

— « Felicity Lieberman, tu es la fille la plus adorable de New York. »

Elle lança un coup d'œil à Josh, puis fit machine arrière.

— Oh, ne faites pas cette tête. Ce n'était pas sérieux entre nous. Et Josh vous adore. Il n'arrête pas de parler de vous au bureau. Il est clairement amoureux. Mais, bon sang, ces hommes et leurs numéros de charme, c'est drôle, non ?

Je m'efforçai de rire.

— Si.

Quand arriva l'heure du discours d'autocongratulation de M. Dumont et que les couples commencèrent à prendre congé, je me sentis sombrer dans un début de gueule de bois. Josh ouvrit pour moi la portière d'un taxi en attente, mais je lui dis que je préférais marcher.

— Tu ne veux pas venir chez moi ? Nous pourrions nous commander quelque chose à manger.

— Je suis fatiguée. Et Margot a un rendez-vous demain matin.

J'avais mal aux joues à force d'avoir fait semblant de sourire toute la journée.

Ses yeux cherchèrent les miens.

— Tu m'en veux ?

— Je ne t'en veux pas.

— Tu m'en veux à cause de ce que j'ai dit sur ton travail. (Il me prit la main.) Louisa, je n'avais pas l'intention de te blesser, ma chérie…

— Mais tu voulais que je sois quelqu'un d'autre. Tu trouves que je vaux moins qu'eux.

— Non. Je te trouve merveilleuse. Seulement, tu pourrais faire mieux, parce que tu as un tel potentiel, et je…

— Ne dis pas ça, OK ? Le truc du potentiel. C'est condescendant et insultant et… Eh bien, je ne veux plus entendre ça. Jamais. D'accord ?

— Waouh…

Josh lança un coup d'œil derrière lui, peut-être pour vérifier qu'aucun de ses collègues ne nous regardait. Puis, il me prit par le coude.

— Bon, qu'est-ce qui se passe, là ?

Je regardai fixement mes pieds. J'aurais voulu ne rien dire, mais ce fut plus fort que moi.

— Combien ?

— Combien de quoi ?

— Combien de femmes as-tu charmées avec le truc de la galerie des murmures ?

Cela le désarçonna. Il leva les yeux au ciel et se détourna brièvement.

— Felicity.

— Ouais. Felicity.

— Bon, tu n'es pas la première. Mais c'était amusant, non ? Je croyais que ça t'avait plu. Écoute, je voulais seulement te voir sourire.

Nous nous tenions chacun d'un côté de la portière. J'entendis le compteur du taxi cliqueter, et le chauffeur leva les yeux vers le rétroviseur intérieur avec impatience.

— Et ça t'a fait sourire, non ? Ça a été un joli moment ?

— Mais tu avais déjà eu ce joli moment avec quelqu'un d'autre.

— Allons, Louisa. Suis-je le seul homme à qui tu aies dit des choses gentilles ? Pour qui tu te sois faite jolie ? À qui tu aies fait l'amour ? Nous ne sommes pas des adolescents. Nous avons une histoire.

— Et des numéros de drague testés et approuvés.

— Ce n'est pas juste.

Je pris une inspiration.

— Je suis désolée. Ce n'est pas seulement le coup de la gare. Ces réceptions ne m'amusent pas du tout. Je n'ai pas l'habitude de faire semblant d'être quelqu'un que je ne suis pas.

Il retrouva le sourire et son expression s'adoucit.

— Eh, tu vas y arriver. Ce sont des gens sympas une fois qu'on les connaît. Même les filles avec qui je suis sorti.

Il tenta un sourire.

— Si tu le dis.

— Je t'emmènerai un jour de match de softball. C'est un peu moins formaliste. Tu verras, tu vas adorer.

Je me forçai à sourire à mon tour.

Il se pencha vers moi et m'embrassa.

— Toi et moi, ça va, alors ?

— Ça va.

— Tu es sûre que tu ne veux pas venir chez moi ?

— Je dois aller voir Margot. Et puis, j'ai mal à la tête.

— Ça t'apprendra à lever le coude ! Bois beaucoup d'eau. Tu es probablement déshydratée. Je t'appelle demain.

Il m'embrassa de nouveau, grimpa dans le taxi et ferma la portière. Alors que je restais plantée sur le trottoir à le regarder, il agita la main, puis donna deux petits coups sur la vitre de séparation pour indiquer au chauffeur de démarrer.

En arrivant, je jetai un coup d'œil à la pendule du hall et fus surprise de constater qu'il n'était que 18 h 30. L'après-midi m'avait paru interminable. Je me déchaussai, savourant le pur soulagement que seule une femme peut connaître, celui de ses orteils comprimés enfin libérés s'enfonçant dans une moquette épaisse, et montai pieds nus jusqu'à l'appartement de Margot, mes Mary Jane pendant au bout de mes doigts. Je me sentais lasse et contrariée, d'une façon que j'aurais eu du mal à exprimer. C'était comme si on m'avait demandé de jouer à un jeu dont je ne comprenais pas les règles. J'aurais préféré être n'importe où ailleurs. À présent, je ne cessais de repenser au « Il vous a fait le coup de la galerie des murmures ? » de Felicity Lieberman.

En passant la porte de l'appartement, je me penchai pour accueillir Dean Martin, qui traversait le vestibule en bondissant vers moi. Sa petite face écrasée exprima un tel ravissement en me voyant rentrer qu'il me fut difficile de rester grincheuse. Je m'assis par terre et le laissai sautiller autour de moi en haletant. Il s'appliqua à me lécher le visage jusqu'à me redonner le sourire.

— Ce n'est que moi, Margot ! lançai-je.

— Eh bien, je ne m'attendais pas vraiment à voir George Clooney apparaître, me répondit-elle. C'est bien dommage. Comment allaient les femmes de Stepford ? Est-ce qu'il vous a convertie ?

— J'ai passé un merveilleux après-midi, Margot. Tout le monde s'est montré charmant.

— Affreux, hein ? Ma chère, si vous passez par la cuisine, cela vous ennuierait-il de me rapporter un petit vermouth ?

— Tu sais ce qu'est un vermouth, toi ? murmurai-je au chien.

Mais il s'assit pour se gratter une oreille de la patte arrière.

— Servez-vous-en donc un, si vous voulez, ajouta-t-elle. Je parie que vous avez bien besoin d'un petit remontant.

J'étais en train de me relever quand mon téléphone sonna. Consternée, je me dis qu'il s'agissait probablement de Josh. Or, je n'avais pas du tout envie de lui parler. Mais quand je consultai l'écran, je reconnus le numéro de la maison de mes parents. Je décrochai.

— Papa ?

— Louisa ? Oh, Dieu merci !

Je jetai un coup d'œil à ma montre.

— Tout va bien ? Il est tard, chez vous…

— Ma chérie, j'ai de mauvaises nouvelles. C'est ton grand-père.

En mémoire d'Albert John Compton, « Grand-Père ».

Une messe aura lieu à l'église paroissiale de St. Mary and All Saints, Stortfold Green, le 23 avril à 12 h 30.

Des rafraîchissements seront servis après la messe au pub Le Chien qui rit, *sur Pinemouth Street.*

Pas de fleurs, mais les dons à l'Association des Jockeys en faveur des jockeys blessés sont les bienvenus.

« Nos cœurs sont vides, mais bienheureux sommes-nous de t'avoir aimé. »

Chapitre 27

Trois jours plus tard, je m'envolais pour l'Angleterre, à temps pour assister à l'enterrement. Je préparai de quoi nourrir Margot pendant dix jours, congelai les plats et laissai des instructions à Ashok. Il devait trouver un prétexte pour passer une fois par jour à l'appartement et s'assurer qu'elle allait bien, et, si ce n'était pas le cas, faire en sorte que je ne la trouve pas agonisante en rentrant une semaine plus tard. Je décalai l'un de ses rendez-vous à l'hôpital et passai chercher ses ordonnances, m'assurai que ses draps étaient propres, que Dean Martin avait assez à manger, et je payai Magda, une promeneuse de chiens professionnelle, pour qu'elle passe deux fois par jour. Je priai instamment Margot de ne pas la renvoyer dès la première rencontre. Je prévins les filles du *Grand Magasin du Vintage* de mon absence. Je vis Josh deux fois. Je le laissai me caresser les cheveux et me dire combien il était désolé – il se souvenait de ce que cela lui avait fait de perdre son grand-père. Ce ne fut qu'une fois dans l'avion que je me rendis compte que, en me débrouillant pour ne pas rester désœuvrée une seconde, je n'avais fait que repousser le moment d'assimiler ce qui s'était passé.

Grand-père était mort.

Un autre AVC, avait dit papa. Lui et maman discutaient dans la cuisine pendant que grand-père regardait des courses de chevaux à la télé. Maman était allée lui demander s'il voulait un peu plus de thé, et il était parti, si doucement et paisiblement que quinze minutes s'étaient écoulées avant que l'un des deux s'aperçoive qu'il n'était pas simplement endormi.

— Il paraissait si détendu, Lou, me raconta papa en me ramenant de l'aéroport, où il était venu me chercher dans sa camionnette.

Il avait la tête penchée sur le côté et les yeux fermés, c'est tout. Comme s'il faisait la sieste. Je veux dire, paix à son âme, aucun de nous ne voulait le perdre, mais, s'il y a une bonne façon de partir, c'est celle-là, non ? Dans ton fauteuil préféré, chez toi, la télé allumée. Il n'avait pas parié sur cette course, donc il ne risquait même pas de partir au ciel dégoûté d'avoir raté ses gains.

Il essaya de sourire.

Je me sentais engourdie. Ce n'est qu'en suivant papa dans la maison et en voyant le fauteuil vide que je pris conscience de la mort de grand-père. Je ne le reverrais plus jamais, ne sentirais plus jamais son vieux dos voûté sous mes doigts en le serrant contre moi, ne lui préparerais plus jamais de tasses de thé, n'interpréterais plus ses silences ni ne plaisanterais avec lui en trichant au sudoku.

— Oh, Lou.

Maman arriva dans le couloir et m'attira dans ses bras.

Je l'étreignis, sentant ses larmes glisser dans mon cou tandis que papa, debout derrière elle, lui tapotait le dos en marmonnant :

— Là, là, chérie. Ça va aller. Ça va aller.

Comme si, à force de le répéter, ça finirait par se réaliser.

Même si j'adorais grand-père, il m'était arrivé de me demander abstraitement si, après sa mort, maman se sentirait d'une certaine façon libérée de la responsabilité de s'occuper de lui. Sa vie avait été si étroitement liée à la sienne pendant si longtemps qu'elle n'avait jamais pu se dégager un peu de temps libre – ces derniers mois, il avait été tellement mal qu'elle avait dû renoncer à suivre ses cours du soir.

Mais je me trompais. Elle était perdue, l'abattement la guettait en permanence. Elle se reprochait de ne pas avoir été dans la pièce quand il s'était éteint, avait les larmes aux yeux à la vue de ses affaires et ne cessait de se demander si elle aurait pu en faire davantage. Elle s'agitait sans cesse, complètement désœuvrée à présent qu'elle n'avait plus personne dont s'occuper. Elle se levait et s'asseyait, regonflait des coussins, surveillait l'heure comme pour quelque rendez-vous imaginaire. Quand vraiment elle se sentait triste, elle se lançait fiévreusement dans le ménage, essuyait de la poussière imaginaire sur les plinthes et récurait le carrelage jusqu'à en avoir les jointures rougies et à vif. Le soir, nous nous asseyions à la table de la cuisine pendant que papa allait au pub – officiellement pour régler les derniers arrangements en vue du buffet organisé après l'enterrement –, et elle vidait dans l'évier la quatrième tasse qu'elle avait préparée par habitude pour un homme qui n'était plus là, avant de poser les questions qui la hantaient depuis sa mort.

— Peut-être que nous aurions pu faire quelque chose ? Et si nous l'avions emmené à l'hôpital pour d'autres examens ? Ils auraient pu détecter des risques accrus d'AVC ?

Elle se tordait les mains par-dessus son mouchoir.

— Mais tu as fait tout ça. Tu l'as emmené passer des centaines d'examens.

— Tu te rappelles la fois où il a mangé deux paquets de Digestives au chocolat ? C'est peut-être à cause de ça. Tout le monde s'accorde à dire que le sucre fait des ravages. J'aurais dû les ranger sur une étagère plus haute. Je n'aurais pas dû le laisser manger ces maudits biscuits…

— Ce n'était pas un enfant, maman.

— J'aurais dû le forcer à manger ses légumes. Mais ce n'était pas facile, tu sais ? On ne peut pas nourrir un adulte à la petite cuillère. Oh, Seigneur, excuse-moi ! Je veux dire, avec Will, évidemment, c'était différent…

Je posai une main sur la sienne et regardai son visage se chiffonner.

— Personne n'aurait pu l'aimer plus que tu l'as fait, maman. Personne n'aurait pu s'occuper de grand-père mieux que toi.

Honnêtement, son chagrin me mettait mal à l'aise. Cela me ramenait trop près d'un endroit où je m'étais tenue il n'y avait pas si longtemps. Je me méfiais de sa tristesse, comme si elle était contagieuse, et me surpris à me chercher des excuses pour l'éviter, m'efforçant de rester occupée afin de ne pas être condamnée à l'absorber aussi.

Ce soir-là, pendant que papa et maman étaient assis pour examiner des papiers déposés par le notaire, j'allai dans la chambre de grand-père. Je la trouvai exactement telle qu'il l'avait laissée : le lit fait, un numéro du *Racing Post* sur le fauteuil, deux courses du lendemain après-midi entourées au stylo à bille bleu.

Je m'assis au bord du lit et suivis les motifs du dessus-de-lit en chenille du bout de mon index. Sur la table de nuit trônait une photo de ma grand-mère datant des années 1950, les cheveux coiffés en vagues, le sourire ouvert et confiant. Je n'avais que des souvenirs fugaces d'elle. Mon grand-père, lui, avait été une composante constante de mon enfance. Il avait d'abord vécu dans une petite maison, plus bas dans la rue : tous les samedis après-midi, Treena et moi y courions pour qu'il nous donne des bonbons alors que ma mère nous suivait des yeux depuis le portillon. Ensuite, pendant les quinze dernières années, il avait occupé une chambre de notre maison, et surtout son fauteuil dans le salon, équipé de son journal et de sa tasse de thé, son doux sourire ponctuant mes journées.

Je me remémorai les histoires qu'il nous racontait quand nous étions enfants sur l'époque où il était dans la marine (celles où il était question d'îles désertes, de singes et de cocotiers n'étaient peut-être pas tout à fait vraies), le pain perdu qu'il faisait frire dans la poêle noircie – la seule chose qu'il savait préparer – et comment, quand j'étais toute petite, il racontait à ma grand-mère des blagues qui la faisaient rire aux larmes. Enfin, je songeai à ses dernières années, durant lesquelles je l'avais presque traité comme un meuble. Je ne lui avais pas écrit. Je ne l'avais pas appelé. J'étais simplement partie du principe qu'il serait là pour toujours. Cela l'avait-il contrarié ? Avait-il regretté de ne pas pouvoir me parler ?

Je ne lui avais même pas dit au revoir.

Je me rappelai les mots d'Agnes : nous qui étions parties loin de chez nous, nous aurions toujours le cœur à deux endroits. Je posai une main sur le dessus-de-lit. Et, enfin, j'éclatai en sanglots.

Le jour de l'enterrement, en descendant, je trouvai maman en train de briquer furieusement la maison – pour les invités, me dit-elle, même si, à ma connaissance, personne ne viendrait chez nous. Assis à table, papa arborait une expression légèrement dépassée – on la lui voyait assez souvent ces jours-ci quand il parlait à ma mère.

— Rien ne t'oblige à trouver du travail, Josie. En fait, rien ne t'oblige à quoi que ce soit.

— Eh bien, je vais avoir besoin de faire quelque chose de mon temps libre.

Maman ôta sa veste et la posa, soigneusement pliée, sur le dossier d'une chaise avant de s'agenouiller pour s'attaquer à un grain de poussière invisible caché derrière un placard. Sans un mot, papa poussa une assiette et un couteau vers moi.

— Je disais juste à ta mère, Lou, ma chérie, qu'elle n'a pas besoin de se précipiter. Elle veut aller à l'agence pour l'emploi après la messe.

— Tu t'es occupée de grand-père pendant des années, maman. Tu devrais profiter un peu de ton temps libre.

— Non. Je me sens mieux quand j'ai quelque chose à faire.

— Nous n'aurons bientôt plus de placards si elle continue à les récurer comme ça, marmonna papa. Assieds-toi, s'il te plaît. Il faut que tu manges quelque chose.

— Je n'ai pas faim.

— Pour l'amour du ciel, femme ! C'est moi qui vais faire un AVC si tu n'arrêtes pas de t'agiter. (Il grimaça aussitôt après avoir dit cela.) Je suis désolé. Je suis désolé. Je ne voulais pas…

— Maman.

Comme elle ne réagissait pas, je posai une main sur son épaule. Elle s'immobilisa brièvement.

— Maman, répétai-je.

Poussant sur ses mains, elle se releva et regarda par la fenêtre.

— À quoi je sers, maintenant ? demanda-t-elle.

— Que veux-tu dire ?

Elle arrangea les voilages blancs amidonnés.

— Plus personne n'a besoin de moi.

— Oh, maman. Moi, j'ai besoin de toi. Nous avons tous besoin de toi.

— Mais tu es partie. Il n'y a plus personne. Pas même Thom. Vous vivez tous loin de la maison.

Papa et moi échangeâmes un regard.

— Ça ne veut pas dire que nous n'avons pas besoin de toi.

— Grand-père était le seul qui comptait sur moi. Même toi, Bernard, tu serais content avec une part de tourte et une pinte au pub tous les soirs. Que suis-je censée faire, maintenant ? J'ai cinquante-huit ans et je ne suis bonne à rien. J'ai passé toute ma vie à m'occuper des autres, et à présent plus personne n'a besoin de moi.

Elle avait les larmes aux yeux. Pendant une minute terrifiante, je crus qu'elle allait se mettre à hurler.

— Nous aurons toujours besoin de toi, maman. Je ne sais pas ce que je ferais si tu n'étais pas là. C'est comme si tu étais les fondations d'un bâtiment. Je ne te vois peut-être pas tout le temps, mais je sais que tu es là. Que tu me soutiens. Que tu nous soutiens tous. Je parie que Treena dirait la même chose.

Elle me regarda, visiblement troublée, comme si elle ne savait pas si elle devait me croire.

— C'est la vérité. Et c'est… c'est un moment bizarre. Il va falloir du temps pour s'habituer. Mais rappelle-toi ce qui s'est passé quand tu as commencé tes cours du soir. Tu étais tellement enthousiaste ! Comme si tu découvrais des bouts de toi… Eh bien, cela va se reproduire. Il ne s'agit pas de savoir qui a besoin de toi – il s'agit de profiter de ton temps libre.

— Josie, dit papa d'une voix douce. Nous allons voyager. Faire toutes ces choses que nous pensions ne pas pouvoir faire parce que ça aurait impliqué de le laisser seul. Peut-être que nous irons te voir, Lou. Un voyage à New York ! Tu vois, ma chérie, ta vie n'est pas finie ; simplement, elle va être différente.

— New York ? répéta maman.

— Oh là là, j'adorerais ! m'exclamai-je en attrapant un toast sur le présentoir. Je pourrais vous trouver un joli hôtel et vous faire visiter la ville.

— Vraiment ?

— Peut-être qu'on pourrait rencontrer ce millionnaire pour qui tu bosses, dit papa. Il pourrait nous donner quelques tuyaux, non ?

Ils n'étaient toujours pas au courant des changements qui avaient eu lieu… Impassible, je continuai à manger ma tartine.

— Nous ? À New York ? reprit maman.

Papa attrapa une boîte de mouchoirs en papier et la lui tendit.

— Eh bien, pourquoi pas ? Nous avons des économies. Et nous ne les emporterons pas avec nous quand nous passerons l'arme à gauche. Le vieux avait compris ça, au moins. Ne t'attends pas à hériter une fortune, Louisa, hein ? Maintenant, j'ai peur de passer devant le *bookmaker*, des fois qu'il me saute dessus pour me dire que grand-père lui devait cinq livres.

Maman se redressa, son chiffon à la main, le regard dans le vague.

— Toi, moi et papa à New York. Eh bien, ce serait quelque chose, non ?

— Nous pouvons commencer à regarder des vols ce soir, si tu veux.

Je me demandai brièvement si je parviendrais à convaincre Margot de dire que son nom de famille était Gopnik.

Maman porta une main à sa joue.

— Bonté divine ! Écoutez-moi faire des projets alors que le corps de grand-père n'est pas encore froid dans sa tombe. Que dirait-il ?

— Il trouverait ça merveilleux. Grand-père adorerait l'idée que papa et toi alliez en Amérique.

— Tu crois vraiment ?

— J'en suis persuadée. (Je me penchai pour la serrer dans mes bras.) Il a sillonné les mers du globe quand il était dans la marine, non ? Et je sais aussi qu'il aimerait savoir que tu retournes au centre de formation pour adultes. Ce serait tellement dommage de gâcher tout ce que tu as appris cette année.

— Et il approuverait sûrement que tu ne partes pas sans me laisser de quoi dîner dans le four, intervint papa.

—Allez, maman. Tiens bon jusqu'à ce soir, et ensuite on pourra pensera à la suite des événements. Tu as accompli tout ce que tu as pu pour lui, et grand-père aurait pensé que tu mérites que la prochaine étape de ta vie soit une aventure.

—Une aventure, répéta maman, songeuse. (Elle attrapa un mouchoir dans la boîte que lui tendait papa et se tamponna le coin de l'œil.) Comment mes filles ont-elles pu devenir aussi sages, mmm ?

Papa haussa les sourcils et, d'un mouvement adroit, fit glisser le toast de mon assiette.

—Ah, eh bien, c'est probablement l'influence paternelle, vois-tu...

Il glapit quand maman lui donna un coup de torchon sur la nuque, puis, quand elle se détourna, il me décocha un sourire soulagé.

Comme tous les enterrements, celui-ci se déroula avec son lot d'émotion, de larmes, et une part assez importante de l'assemblée regrettant de ne pas connaître les cantiques. Ce ne fut pas un rassemblement *excessif*, selon la formule polie du prêtre. Sur la fin, grand-père n'était guère sorti, et peu de ses amis semblaient savoir qu'il était mort, bien que maman ait fait publier un avis de décès dans le *Stortfold Observer*. Bon, c'était soit ça, soit la plupart étaient morts aussi (pour certains, il n'était pas facile de voir la différence).

Debout à côté de Treena près de la tombe, la mâchoire crispée, je fus envahie d'un sentiment de gratitude fraternelle puissant quand elle me prit la main et la serra. Je me retournai pour regarder Eddie, qui tenait celle de Thom : silencieux, il donnait des coups de pied dans une pâquerette, essayant peut-être de se retenir de pleurer, à moins qu'il ne songe à ses Transformers ou au biscuit à moitié mangé qu'il avait glissé derrière un rideau du corbillard.

Le prêtre murmura ce passage connu où il est question de poussière et de cendre, et mes yeux se remplirent de larmes. Je les essuyai avec un mouchoir. Et puis, je levai la tête. Là, de l'autre côté de la tombe, derrière la petite assemblée, se tenait Sam. Mon cœur ne fit qu'un tour. Je sentis une vague de chaleur me submerger, entre la peur et la nausée. Nos regards se croisèrent brièvement au-dessus de la foule, mes paupières se mirent à papilloter et je me détournai. Quand je regardai de nouveau, il avait disparu.

J'étais devant le buffet au pub lorsque, tournant la tête, je le découvris debout à côté de moi. Je ne l'avais jamais vu en costume, et il était si beau et si méconnaissable que j'en eus le souffle coupé. Je décidai de gérer la situation avec toute la maturité dont j'étais capable, c'est-à-dire en ignorant tout simplement sa présence, le regard obstinément rivé sur une assiette de sandwichs, comme quelqu'un qu'on viendrait d'initier au concept de nourriture.

Il resta là un moment, attendant peut-être que je lève les yeux, puis dit doucement :

— Je suis désolé pour ton grand-père. Je sais à quel point votre famille est soudée.

— Pas si soudée, manifestement, sinon j'aurais été là.

Je me donnai une contenance en arrangeant une pile de serviettes en papier, même si maman avait embauché du personnel pour le service.

— Ouais, mais la vie ne marche pas toujours comme ça.

— Je m'en suis rendu compte.

Je fermai brièvement les yeux, essayant de gommer l'amertume de ma voix. Je pris une inspiration et levai enfin les yeux vers lui, mon visage soigneusement arrangé en une expression neutre avant de reprendre :

— Alors, comment vas-tu ?

— Pas mal, merci. Toi ?

— Oh. Bien.

Nous gardâmes le silence un moment.

— Comment va la maison ?

— Ça avance. J'emménage le mois prochain.

— Waouh.

J'oubliai un instant mon malaise. Il me semblait improbable que quelqu'un que je connaissais ait pu bâtir une maison à partir de rien. Je l'avais vue alors qu'elle n'était encore qu'un carré de béton sur le sol. Et pourtant, il l'avait fait.

— C'est… c'est incroyable, repris-je.

— Je sais. Le vieux wagon me manquera, cela dit. J'aimais bien y vivre. Tout était… simple.

Nos regards se croisèrent brièvement.

— Comment va Katie ?

Une hésitation à peine perceptible.

— Bien.

Ma mère apparut près de moi avec un plateau de friands à la saucisse.

— Lou, ma chérie, tu voudrais bien trouver Treen ? Je l'avais chargée de distribuer… Ah, non. La voilà. Alors, peut-être pourrais-tu les lui apporter. Il y a des gens, là-bas, qui n'ont encore rien man… (Reconnaissant soudain mon interlocuteur, elle m'arracha le plateau des mains.) Excusez-moi. Je suis navrée de vous avoir interrompus.

— Pas du tout, dis-je avec un peu plus d'insistance que je ne l'avais voulu.

Je fis mine de lui reprendre le plateau.

— Je m'en occupe, mon chou, assura-t-elle en le tirant vers sa taille.

— Je peux le faire.

Je me cramponnai, les articulations crispées sur le plateau.

— Lou. Lâche, dit-elle fermement.

Elle plongea son regard dans le mien. Des flammes dansaient dans ses yeux. Je finis par céder et desserrer ma prise, et elle s'éloigna précipitamment.

Sam et moi restâmes debout près de la table. Nous nous souriions d'un air gêné, mais nos rictus s'effacèrent rapidement. J'attrapai une assiette et posai dessus un bâton de carotte. Je n'étais pas sûre d'être capable d'avaler quoi que ce soit, mais il me semblait bizarre de rester là avec une assiette vide à la main.

— Bon. Et tu restes longtemps ?

— Une semaine.

— Comment va la vie, là-bas ?

— Ça a été intéressant. Je me suis fait virer.

— Lily m'a raconté. Je la vois régulièrement maintenant qu'elle sort avec Jake.

— Ouais. J'ai été surprise d'apprendre ça.

Je me demandai brièvement ce que Lily lui avait raconté de son séjour new-yorkais.

— Moi pas. Ça sautait aux yeux le jour où ils se sont rencontrés. Tu sais, elle est super. Ils sont heureux ensemble.

Je hochai la tête, comme pour approuver.

— Elle parle beaucoup. De ton merveilleux petit ami, de comment tu es retombée sur tes pieds après l'épisode du licenciement, retrouvant aussitôt un endroit où vivre et un boulot au *Grand Magasin du Vintage*. (Il était apparemment aussi fasciné que moi par les bâtonnets de fromage.) Tu as très bien tiré ton épingle du jeu. Elle t'admire énormément.

— J'en doute.

— Elle dit que New York te va bien, ajouta-t-il avec un haussement d'épaules. Mais je suppose que, toi et moi, nous le savions déjà.

Je lui lançai un coup d'œil furtif pendant qu'il regardait ailleurs, m'émerveillant, depuis cette infime partie de moi qui n'était pas encore morte, que deux personnes naguère si à l'aise ensemble soient désormais à peine fichues d'échanger deux phrases.

— J'ai quelque chose pour toi. Dans ma chambre, chez mes parents, précisai-je soudain, me demandant aussitôt ce qui m'avait pris. Je te l'avais apporté la dernière fois, mais… tu sais.

— Quelque chose pour moi ?

— Pas exactement pour toi. C'est… eh bien, c'est une casquette de l'équipe des Knicks. Je l'ai achetée… il y a longtemps, en pensant à ce que tu m'avais dit au sujet de ta sœur. Elle n'est jamais montée en haut du 30 Rock, mais je me suis dit que ça ferait peut-être plaisir à Jake.

Il me dévisagea en silence.

Incapable de soutenir son regard, je m'absorbai dans la contemplation de mes pieds.

— Bon, c'était probablement une idée stupide. Je peux la donner à quelqu'un d'autre si tu préfères. Ce n'est pas comme si j'allais avoir du mal à trouver preneur pour une casquette des Knicks à New York. Et puis, ce serait peut-être déplacé que je t'offre quelque chose…

— Non. Non. Il adorerait. C'est très gentil de ta part.

Un coup de Klaxon retentit dehors, et Sam jeta un regard par la fenêtre. Je me demandai distraitement si Katie l'attendait dans la voiture.

Je ne savais pas quoi dire. Il ne semblait y avoir aucune réponse satisfaisante à tout ça. J'essayai de ravaler la boule qui s'était formée dans ma gorge. Je repensai au bal des Strager – j'avais pensé que Sam aurait détesté y assister, qu'il ne devait même pas avoir de costume. D'où me venait ce préjugé ? Celui qu'il portait ce jour-là semblait avoir été fait sur mesure.

— Je… je te l'enverrai. Tu sais quoi ? dis-je, n'en pouvant plus. Il vaudrait mieux que j'aille aider maman avec ces… avec les… Il y a des friands qui…

Sam fit un pas en arrière.

— Bien sûr. Je tenais juste à te dire que mes pensées t'accompagnent. Je vais te laisser.

À peine se fut-il détourné que mon visage se décomposa. Au moins, étant à un enterrement, mon expression ne risquait d'alarmer personne. Et là, avant que je n'aie eu le temps de reprendre contenance, il se tourna de nouveau vers moi.

— Lou, dit-il dans un souffle.

Incapable de parler, je me contentai de secouer la tête. Puis, je le suivis des yeux tandis qu'il se frayait un chemin jusqu'à la sortie et disparaissait par la porte du pub.

Ce soir-là, maman me tendit un petit paquet.

— C'est de grand-père ? demandai-je.

— Ne dis pas de sottises. Grand-père n'a fait de cadeau à personne durant les dix dernières années de sa vie. C'est de ton homme, Sam. J'y ai repensé en le voyant aujourd'hui. Tu l'as laissé ici la dernière fois que tu es venue. Je n'étais pas sûre de ce que tu voulais que j'en fasse.

Le petit paquet dans la main, je me rappelai soudain notre dispute dans la cuisine. « Joyeux Noël », avait-il dit avant de le poser sur la table et de s'en aller.

Maman se détourna et commença à faire la vaisselle. J'ouvris précautionneusement le paquet, ôtant chaque couche de papier avec un soin exagéré, comme un archéologue mettant au jour un objet fabriqué à une époque lointaine.

À l'intérieur d'une boîte se trouvait une broche en émail représentant une ambulance. Elle devait dater des années 1950. Sa croix rouge était composée de minuscules pierres brillantes qui auraient aussi bien pu être des rubis que du strass. En tout cas, elle scintillait dans le creux de ma main. Il y avait un mot plié dans le couvercle : « Pour que tu ne m'oublies pas à New York. Avec tout mon amour. Ton Sam l'Ambulancier. »

Je restai ainsi un moment, le bijou dans ma paume, et maman se pencha par-dessus mon épaule pour regarder. Il était rare que ma mère garde le silence. Pourtant, cette fois, elle posa une main sur mon épaule, qu'elle pressa légèrement, avant de me planter un baiser sur le haut du crâne et de retourner à la vaisselle.

Chapitre 28

Chère Louisa Clark,

Je m'appelle Vincent Weber – je suis le petit-fils de Margot Weber, que vous connaissez apparemment sous son nom de jeune fille, De Witt.

Votre message m'a beaucoup surpris dans la mesure où mon père ne parle pas vraiment de sa mère – pour être honnête, pendant des années je l'ai crue morte, bien que je me rende compte à présent que je n'ai jamais entendu personne évoquer son décès.

Après avoir reçu votre message, j'ai interrogé ma mère, qui m'a expliqué qu'avant ma naissance, il y avait eu une grosse dispute. Après réflexion, j'estime que cela ne me concerne pas. J'aimerais beaucoup en savoir plus sur elle : vous avez l'air de dire qu'elle est malade ? Je n'arrive pas à croire que j'ai une autre grand-mère !

Je vous en prie, répondez-moi. Et merci de vous être donné la peine de me contacter.

Vincent Weber

Il se présenta à l'heure convenue un mardi après-midi, première journée chaude de mai. Les rues s'étaient brusquement remplies de bras et de jambes nus, ainsi que de paires de lunettes de soleil toutes neuves. Je n'avais pas prévenu Margot de sa visite parce que :

a) je savais qu'elle serait furieuse, et

b) quelque chose me disait qu'elle aurait trouvé le moyen de sortir se promener pour ne revenir qu'une fois certaine qu'il serait parti.

J'ouvris la porte d'entrée. Là, sur le seuil, se tenait Vincent – grand et blond, les oreilles percées à sept endroits, vêtu d'un pantalon ample style années 1940 et d'une chemise écarlate, un pull Fair Isle posé sur les épaules.

— Vous êtes Louisa ? demanda-t-il tandis que je me baissais pour ramasser le chien, qui s'agitait comme un beau diable.

— Oh là là ! dis-je en le détaillant lentement de la tête aux pieds. Vous et Margot allez vous entendre à merveille.

Je le précédai dans le couloir, où nous bavardâmes un moment en chuchotant. Deux bonnes minutes s'écoulèrent avant qu'elle appelle Dean Martin, qui n'avait cessé d'aboyer et de grogner.

— Qui était-ce donc à la porte, très chère ? Si c'est encore cette affreuse épouse Gopnik, dites-lui donc que son jeu au piano est tapageur et sentimental – de la soupe ! Ce qui n'est pas peu dire venant de quelqu'un qui a autrefois écouté jouer Liberace.

Elle se mit à tousser.

Marchant à reculons, je fis signe à Vincent de me suivre au salon, dont je poussai la porte.

— Margot, vous avez de la visite.

Elle se tourna, les sourcils froncés, les mains posées sur les bras de son fauteuil, et le scruta pendant dix bonnes secondes avant de lâcher son verdict :

— Je ne vous connais pas.

— Voici Vincent, Margot. (J'inspirai un grand coup.) Votre petit-fils.

Elle le regarda fixement.

— Bonjour, madame De Witt… grand-mère.

Le jeune homme s'avança en souriant, puis se pencha et s'accroupit devant elle. Elle examina son visage.

Elle avait une expression si féroce que je crus qu'elle allait lui crier dessus, mais ensuite elle poussa un petit soupir étouffé. Sa bouche s'ouvrit et ses vieilles mains osseuses se refermèrent sur les manches du jeune homme.

— Tu es venu, souffla-t-elle d'une voix douce et fêlée, comme montant de tout au fond de sa poitrine. Tu es venu.

Elle le scrutait toujours, ses yeux voletant sur ses traits, comme si elle voyait déjà des similitudes, des histoires, réveillant des souvenirs tombés depuis longtemps dans l'oubli.

— Oh, mais tu ressembles tellement à ton père…

Elle tendit la main et lui toucha la joue.

— J'aime penser que j'ai légèrement meilleur goût, dit Vincent en souriant.

Margot laissa échapper un glapissement amusé.

— Laisse-moi te regarder. Oh, mon Dieu ! Tu es si beau. Mais comment m'as-tu trouvée ? Est-ce que ton père sait… ?

Elle secoua la tête, comme étourdie par ses propres questions, les jointures blanches de ses mains sur les manches du jeune homme. Puis, elle se tourna vers moi, comme si elle avait oublié ma présence.

— Eh bien, qu'est-ce que vous attendez, Louisa ? Toute personne normalement constituée aurait déjà offert à boire à ce jeune homme depuis longtemps. Seigneur ! Parfois, je me demande ce que vous faites ici.

Vincent parut choqué, mais, quand je fis volte-face pour me rendre à la cuisine, j'avais un grand sourire aux lèvres.

Chapitre 29

— Ça y est ! s'exclama Josh en joignant les mains.

Il était sûr d'obtenir la promotion. Connor Ailes n'avait pas été convié à ce dîner, tout comme Charmaine Trent, récemment arrivée du service juridique. Alors que Scott Mackey, le directeur commercial, avait été invité à un dîner avant d'être nommé directeur commercial, et il avait affirmé à Josh que c'était dans la poche.

— Sans vouloir paraître trop sûr de moi, tout est une question de relationnel, Louisa, dit-il en scrutant son reflet. Ils ne promeuvent que ceux qu'ils jugent compatibles avec eux socialement. Ce n'est pas les compétences qui comptent, n'est-ce pas ? D'ailleurs, je me demandais si je ne devrais pas me mettre au golf. Ils jouent tous au golf. Mais je n'ai pas touché un club depuis mes treize ans. Que penses-tu de cette cravate ?

— Super.

C'était une cravate. Que dire ? Elles étaient toutes bleues, de toute façon. Il la noua en quelques gestes rapides et assurés.

— J'ai appelé mon père hier. D'après lui, le secret, c'est de ne pas avoir l'air de dépendre d'eux, tu comprends ? Genre… genre je suis ambitieux et loyal, mais aussi très convoité, et je pourrais partir n'importe quand travailler pour un concurrent. Ils doivent se sentir légèrement menacés, savoir que tu risques d'aller voir ailleurs s'ils ne te donnent pas ce qui t'est dû, tu vois ce que je veux dire ?

— Oh, oui.

Nous avions eu cette conversation à peu près quatorze fois depuis le début de la semaine. Je n'étais même pas sûre qu'il attende de moi une réponse. Il examina encore une fois son reflet, puis, visiblement satisfait, il marcha jusqu'au lit et se pencha pour me caresser les cheveux.

—Je passerai te chercher juste avant 19 heures, d'accord ? Fais en sorte d'avoir promené le chien avant, je ne veux pas être en retard.

—Je serai prête.

—Passe une bonne journée. Eh, c'est super, ce que tu as fait pour la famille de cette vieille dame, tu sais ? Vraiment super. Tu as eu raison d'agir ainsi.

Il m'embrassa avec enthousiasme, souriant déjà à la perspective de la journée qui l'attendait, puis disparut.

Je restai un moment dans son lit sans bouger, vêtue d'un de ses tee-shirts, les bras passés autour de mes genoux. Puis, je me levai, m'habillai et quittai l'appartement.

Plus tard dans la matinée, j'emmenai Margot à son rendez-vous à l'hôpital. Distraite, je gardai la tête appuyée contre la vitre du taxi en essayant d'avoir l'air de comprendre ce dont elle me parlait.

—Vous n'avez qu'à me laisser là, ma chère, dit la vieille dame alors que je l'aidais à sortir.

Je lâchai son bras quand nous atteignîmes les doubles portes, qui s'ouvrirent en coulissant, comme pour l'avaler.

Nous procédions ainsi à chacun de ses rendez-vous. J'attendais dehors avec Dean Martin pendant qu'elle se rendait à sa consultation, puis revenais une heure plus tard, ou quand elle se décidait à m'appeler.

—Je me demande bien ce qui vous arrive ce matin. Vous êtes complètement ailleurs. Inutile.

Debout dans l'entrée, elle me tendait la laisse.

—Merci, Margot.

—À vrai dire, j'ai l'impression d'être avec une demeurée. Vous êtes clairement préoccupée, et vous voilà de bien mauvaise compagnie. J'ai dû vous poser trois fois la même question avant d'avoir votre attention.

—Désolée.

— Assurez-vous de vous occuper correctement de Dean Martin pendant que je suis à l'intérieur. Il est bouleversé quand il se sent ignoré. (Elle agita un index.) Je suis sérieuse, jeune demoiselle. Je le saurai.

J'étais presque arrivée à mon café habituel, avec les tables à l'extérieur et le serveur sympathique, quand je m'aperçus que je tenais toujours son sac à main. Un juron m'échappa et je remontai la rue en courant.

Je me précipitai à la réception, ignorant les regards noirs des patients qui considéraient le chien avec hostilité, comme si j'avais apporté une grenade vivante.

— Bonjour ! J'aurais besoin de donner son sac à main à Mme Margot De Witt. Auriez-vous la gentillesse de me dire où je pourrais la trouver ? S'il vous plaît. Je suis son aide à domicile.

— Vous ne pouvez pas l'appeler ? me demanda la femme sans lever les yeux de son écran.

— Elle a plus de quatre-vingts ans. Les portables, ce n'est pas son truc. Et si elle en avait un, il serait dans son sac. S'il vous plaît. Elle va en avoir besoin. Ses médicaments et son dossier sont à l'intérieur.

— Elle avait rendez-vous aujourd'hui ?

— À 11 h 15. Margot De Witt.

Je l'épelai, au cas où.

Elle parcourut la liste, faisant glisser un doigt exagérément manucuré sur l'écran.

— OK. Ouais. Je l'ai. Le service d'oncologie est par là, à gauche après les portes à double battant.

— Pardon… quoi ?

— Oncologie. Au bout de ce couloir. Après la double porte à gauche. Si elle est déjà avec le médecin, vous pouvez confier son sac à main à l'une des infirmières. Ou laissez un message pour lui dire où vous attendez.

Je la regardai fixement. Elle allait me dire qu'elle s'était trompée… Elle finit par lever un visage interrogateur vers moi, comme si elle attendait que je lui explique ce que je faisais encore là, abrutie, devant elle. Je ramassai la carte de rendez-vous sur le comptoir et m'écartai.

—Merci, dis-je faiblement avant d'entraîner Dean Martin à l'extérieur.

—Pourquoi ne me l'avez-vous pas dit ?

Assise dans le taxi, Dean Martin haletant sur ses genoux, Margot évitait mon regard.

—Parce que cela ne vous regarde pas. Vous l'auriez raconté à Vincent. Et je ne veux pas qu'il se sente obligé de venir me voir uniquement à cause d'un stupide cancer.

—Quel est le pronostic ?

—Ça ne vous regarde pas non plus.

—Comment… comment vous sentez-vous ?

—Exactement comme je me sentais avant que vous commenciez à poser toutes ces questions.

Je comprenais mieux maintenant – les médicaments, les fréquentes visites à l'hôpital, la perte d'appétit. Toutes ces choses que j'avais prises pour de simples signes de son grand âge ou le résultat du système de santé américain trop zélé avaient en fait dissimulé une ligne de faille bien plus profonde. J'étais atterrée.

—Je ne sais pas quoi dire, Margot. Je me sens…

—Ce que vous ressentez ne m'intéresse pas.

—Mais…

—Ne vous avisez pas de pleurnicher, me dit-elle sèchement. Où est donc passé votre flegme britannique ? Le vôtre est en guimauve ?

—Margot…

—Je ne veux pas en parler. Il n'y a rien à dire. Et si vous tenez absolument à vous lamenter, vous n'avez qu'à aller voir ailleurs.

Quand nous arrivâmes devant le Lavery, elle sortit du taxi avec une vigueur inhabituelle. Le temps que je paie le chauffeur, elle avait disparu dans l'entrée.

Voulant raconter à Josh ce qui s'était passé, je lui envoyai un texto, mais il me répondit qu'il était complètement débordé et qu'on pourrait discuter de tout ça pendant la soirée. Nathan était occupé avec M. Gopnik. Ilaria risquait de flipper, ou, pire, insisterait pour passer toutes les deux minutes et harceler Margot avec ses remèdes maison et une cure de ragoût de porc. Je ne pouvais en parler à personne d'autre.

L'après-midi, profitant de la sieste de Margot, je me rendis discrètement dans sa salle de bains et, sous prétexte de faire le ménage, j'ouvris l'armoire à pharmacie et passai en revue les médicaments alignés sur l'étagère, notant leurs noms. L'un d'eux m'apporta la confirmation redoutée : morphine. Je cherchai les autres sur Internet jusqu'à trouver les réponses à mes questions.

J'étais bouleversée. Je me demandais ce que cela faisait de regarder ainsi la mort en face. Je me demandais combien de temps il lui restait. Je m'aperçus que j'aimais la vieille dame, avec sa langue acérée et son esprit vif, comme j'aimais ma famille. Et, égoïstement, je ne pus m'empêcher de m'inquiéter de ce que cela impliquait pour moi : j'étais heureuse dans l'appartement de Margot. Je me doutais bien que cela ne durerait pas éternellement, mais j'avais espéré pouvoir y rester un an au moins. À présent, je devais me faire à l'idée de marcher de nouveau sur des sables mouvants.

Je m'étais un peu ressaisie quand la sonnette retentit à 19 heures. J'allai ouvrir : Josh se tenait sur le seuil, impeccable, sans l'ombre d'un début de barbe.

— Comment fais-tu ? m'étonnai-je. Comment fais-tu pour ressembler à ça après une journée de travail ?

Il se pencha et m'embrassa sur la joue.

— Rasoir électrique. Et j'avais laissé un costume chez le teinturier. Je me suis changé au bureau. Pas question de me pointer avec une veste et un pantalon froissés.

— Mais ton boss portera probablement le même costume que celui qu'il avait aujourd'hui.

— Peut-être, mais ce n'est pas lui qui convoite une promotion. Comment tu me trouves ? Ça va ?

— Bonsoir, mon cher Josh ! lança Margot, en chemin vers la cuisine.

— Bonsoir, madame De Witt. Comment allez-vous ?

— Je suis toujours là, très cher. C'est tout ce que vous avez besoin de savoir.

— Eh bien, vous êtes très en beauté.

— Et vous, vous êtes un sacré baratineur.

Il sourit et se tourna vers moi.

— Bon, alors, qu'est-ce que tu vas mettre, chou ?

Je baissai les yeux.

— Euh… ça ?

Il y eut un silence.

— Ces… collants ?

Je jetai un coup d'œil à mes jambes.

— Oh, *ça*. J'ai eu une journée éprouvante. Ce sont mes collants anti-coup de mou, l'équivalent pour moi d'un costume sorti de chez le teinturier. (Je lui adressai un sourire contrit.) Sache que je ne les porte que pour les grandes occasions.

Il considéra mes jambes un moment, puis se passa lentement une main sur la bouche.

— Désolé, Louisa, mais ça ne va pas aller pour ce soir. Mon patron et sa femme sont assez conformistes. Et c'est un restaurant très huppé. Genre étoilé du guide Michelin.

— Cette robe est une Chanel. Mme De Witt me l'a prêtée.

— OK, mais l'ensemble fait juste un peu… (Il grimaça.) Asile de fous ?

Comme je ne bougeais pas, il tendit les mains et me saisit par les bras.

— Ma chérie, je sais que tu adores les tenues originales, mais pourrais-tu faire plus sobre ce soir, pour mon patron ? Cette soirée est vraiment décisive pour moi.

Je baissai les yeux vers ses mains et me mis à rougir. Je me sentais soudain ridicule. Bien sûr que mes collants de bourdon ne convenaient pas pour aller dîner avec un directeur financier. Qu'est-ce qui m'était passé par la tête ?

— Évidemment. Je vais me changer.

— Ça ne t'ennuie pas ?

— Bien sûr que non.

Il me sembla presque le voir se dégonfler de soulagement.

— Formidable. Tu peux te changer à la vitesse de l'éclair ? Je ne veux surtout pas être en retard et il y a des bouchons infernaux jusqu'à la 7e. Margot, puis-je utiliser vos toilettes ?

Elle hocha la tête sans mot dire.

Je me précipitai dans ma chambre et explorai ma garde-robe. Que portait-on pour un dîner chic avec des pontes de la finance ?

— Aidez-moi, Margot, soupirai-je en l'entendant approcher derrière moi. Qu'est-ce que je fais ? Je ne change que les collants ? Qu'est-ce que je mets, à votre avis ?

— Exactement ce que vous portez maintenant.

Je me tournai vers elle.

— Mais, d'après lui, ça n'est pas approprié.

— Pour qui ? Il y a un uniforme ? Pourquoi n'avez-vous pas le droit d'être vous-même ?

— Je…

— Ces gens sont-ils idiots au point de ne pas pouvoir partager leur repas avec quelqu'un qui ne s'habille pas exactement comme eux ? Pourquoi devez-vous vous faire passer pour quelqu'un que vous n'êtes manifestement pas ? Avez-vous envie de devenir l'une de ces femmes-là ?

Je laissai tomber le cintre que je tenais dans ma main.

— Je… je ne sais pas.

Margot porta une main à ses cheveux fraîchement coiffés, puis elle m'adressa un regard que ma mère aurait qualifié d'« à l'ancienne ».

— L'homme, quel qu'il soit, qui aurait la chance de vous avoir pour cavalière devrait se moquer que vous sortiez vêtue d'un sac-poubelle et de galoches.

— Mais il…

Margot soupira et pressa ses doigts sur sa bouche, comme pour se retenir de dire le fond de sa pensée. Elle garda le silence un moment avant de reprendre la parole :

— Je crois qu'à un moment, il va vous falloir décider qui est vraiment Louisa Clark.

Elle me tapota le bras et, là-dessus, sortit de la chambre.

Je restai figée, regardant fixement l'endroit où elle s'était tenue. Je baissai les yeux vers mes jambes rayées, puis les relevai et contemplai mes vêtements sur leur portant. Je pensai à Will et au jour où il m'avait offert ces collants.

Quelques instants plus tard, Josh apparut sur le seuil de ma chambre en resserrant son nœud de cravate.

Tu n'es pas lui. En fait, tu ne lui ressembles en rien.

— Alors ? dit-il en souriant. Oh, je pensais que tu serais prête, ajouta-t-il, la mine défaite.

Je regardai mes pieds.

— Eh bien, en fait..., commençai-je.

Chapitre 30

Margot me conseilla de partir quelques jours pour mettre de l'ordre dans mes idées. Quand je lui dis que ce n'était pas utile, elle me demanda pourquoi diable je refusais, ajoutant que cela faisait clairement un moment que je déraillais : je devais à tout prix me ressaisir. Quand je finis par admettre que je ne voulais pas la laisser seule, elle déclara que j'étais ridicule et que j'ignorais ce qui était bon pour moi. Elle me surveilla du coin de l'œil pendant un moment, sa vieille main osseuse tapotant avec humeur le bras de son fauteuil, puis elle se leva péniblement et disparut. Elle revint quelques minutes plus tard avec un Sidecar si fort que la première gorgée me brûla les yeux. Ensuite, elle m'intima de m'asseoir, déclara que mes reniflements devenaient agaçants et que je n'avais qu'à regarder *La Roue de la fortune* avec elle. J'obéis, essayant de faire abstraction de la voix de Josh qui résonnait dans ma tête, outrée et pleine d'incompréhension : « Tu me plaques à cause d'une paire de collants ? »

À la fin de l'émission, elle me regarda, fit claquer sa langue et me dit que, puisque c'était comme ça, nous partirions ensemble.

— Mais vous n'avez pas d'argent…

— Doux Jésus, Louisa ! Voilà un sujet de conversation parfaitement vulgaire, me gronda-t-elle. Je suis choquée de la facilité avec laquelle les jeunes femmes d'aujourd'hui évoquent de telles choses.

Elle me donna le nom de l'hôtel de Long Island où elle voulait que je réserve. Je devais leur préciser sans faute que j'appelais de la part de Margot De Witt afin qu'on nous fasse bénéficier du tarif préférentiel « famille ». Elle ajouta qu'elle y avait réfléchi et que, si ça me préoccupait tant que ça, je n'avais qu'à payer pour nous deux. Voilà, est-ce que je me sentais mieux ?

Et c'est ainsi que j'offris une escapade à Montauk à Margot, Dean Martin et moi.

Nous quittâmes New York en train et arrivâmes à un petit hôtel en bardeaux posé sur la plage, où Margot avait logé tous les étés pendant des décennies, jusqu'à ce que sa fragilité – ou ses finances – ne le lui permette plus. J'attendis un peu en retrait pendant que le personnel l'accueillait, effectivement, comme un membre de la famille après une longue absence. On nous servit des moules à la plancha et de la salade pour le déjeuner. Je la laissai ensuite bavarder avec le couple qui gérait l'hôtel et descendis le sentier qui menait à l'immense plage balayée par le vent. Je respirai l'air iodé et regardai Dean Martin batifoler joyeusement à travers les dunes. Là, sous le ciel immense, je commençai à sentir, pour la première fois depuis des mois, que mes pensées n'étaient pas complètement encombrées par les attentes d'autres personnes.

Épuisée par le voyage en train, Margot passa la majeure partie des deux journées suivantes dans le petit salon à regarder la mer ou à bavarder avec le patriarche de l'hôtel, un homme au visage tanné nommé Charlie et qui me faisait vaguement penser à une statue de l'île de Pâques. Il écoutait Margot avec attention, hochant la tête ou la secouant en disant que, non, ce n'était plus ce que c'était, ou que, oui, effectivement, tout changeait trop vite autour d'eux. Ils épuisaient ce refrain en sirotant de petites tasses de café, rassérénés à l'idée de ne pas perdre grand-chose de ce monde affreux et de se savoir deux à le penser. Je ne tardai pas à comprendre que mon rôle avait simplement consisté à amener Margot jusqu'ici. Elle semblait parfaitement capable de se passer de moi, sauf pour l'aider avec certains détails de ses tenues et pour promener le chien. Je ne l'avais jamais vue sourire autant depuis que je la connaissais, ce qui suffisait déjà à justifier notre escapade.

Durant les quatre jours qui suivirent, je pris mon petit déjeuner dans ma chambre, lus des livres piochés au hasard dans la petite bibliothèque de l'hôtel, me laissai aller au rythme plus doux de la vie de Long Island et me pliai aux instructions de Margot. Je marchai sans relâche jusqu'à ce que je retrouve l'appétit et parvienne à noyer mes pensées sous le rugissement des vagues, les cris des mouettes planant dans le ciel infini et les jappements d'un petit chien surexcité qui n'en revenait pas de sa chance.

L'après-midi du troisième jour, assise sur le lit de l'hôtel, j'appelai ma mère et lui révélai les événements qui avaient eu lieu ces dernières semaines. Pour une fois, elle m'écouta en silence et, à la fin, elle me dit qu'elle pensait que j'avais été très sage et très courageuse, deux affirmations qui me tirèrent quelques larmes. Puis, elle me passa papa, qui déclara que, bon sang de merde, il irait volontiers leur botter le cul, aux Gopnik. Il me recommanda ensuite de ne pas parler aux gens que je ne connaissais pas et de les prévenir aussitôt que Margot et moi serions de retour à Manhattan. Il ajouta qu'il était fier de moi. « Ta vie… Jamais deux minutes tranquille, hein, ma chérie ? » J'en convins, effectivement, et repensai à mon existence deux ans plus tôt, avant ma rencontre avec Will, quand la chose la plus extraordinaire qui pouvait m'arriver était qu'un client du *Petit Pain beurré* exige d'être remboursé. Je m'aperçus alors que je la préférais comme ça, ma vie, malgré les hauts et les bas.

Le dernier soir, Margot insista pour que nous dînions dans la salle à manger de l'hôtel. Pour l'occasion, je mis mon haut en velours rose foncé avec ma jupe-culotte trois quarts en soie, et Margot enfila une chemise verte fleurie à volants et un pantalon assorti (j'avais cousu un bouton supplémentaire à la taille afin qu'il ne lui glisse pas sur les hanches). Nous sentîmes avec ravissement les regards des autres clients braqués sur nous tandis qu'on nous conduisait à la meilleure table, près de la grande fenêtre.

— Bien. Ma chère, c'est notre dernier soir. Que diriez-vous de faire les choses en grand ? annonça-t-elle en levant une main royale pour saluer d'un geste nos voisins, qui ne nous quittaient pas des yeux.

J'étais en train de me demander ce qu'elle entendait par « grand » quand elle ajouta :

— Je crois que je vais prendre le homard. Et peut-être du champagne. Après tout, c'est probablement la dernière fois que je viens ici.

Comme je commençais à protester, elle m'interrompit :

— Pour l'amour du ciel, Louisa. C'est un fait. Un simple fait. Je croyais les Anglaises plus solides que ça.

Nous commandâmes donc une bouteille de champagne et deux homards, et, face au soleil couchant, nous nous régalâmes de la chair délicieuse et aillée. Je cassai les pinces, que Margot était trop frêle pour ouvrir : elle les suça en poussant de petits soupirs d'aise et fit passer en douce de minuscules morceaux sous la table, où Dean Martin se tenait, ce que tout le monde, par diplomatie, feignait de ne pas remarquer. Nous partageâmes un énorme saladier de frites (je les mangeai presque toutes ; elle se contenta d'en disperser quelques-unes autour de son assiette et déclara qu'elles étaient vraiment délicieuses).

Nous nous attardâmes dans un silence complice et repu pendant que le restaurant se vidait lentement, et elle régla la note avec une carte de crédit rarement utilisée (« Je serai morte avant qu'ils viennent réclamer que je paie, ha ! »). Puis, Charlie s'approcha d'un pas raide et posa une énorme main sur l'épaule minuscule de la vieille dame. Il annonça qu'il allait se coucher, mais qu'il espérait la voir le lendemain matin avant notre départ et que ça avait été un plaisir de la revoir après toutes ces années.

— Tout le plaisir a été pour moi, Charlie. Merci pour ce séjour absolument enchanteur.

Plissant les yeux, Margot le regarda avec affection, et ils joignirent leurs mains, jusqu'à ce qu'il lâche les siennes avec réticence et se détourne.

— J'ai couché avec lui autrefois, déclara la vieille femme en le regardant s'éloigner. Un homme charmant. Mais il n'était pas pour moi, bien sûr.

Alors que je toussai et crachai ma dernière frite, elle me lança un regard las.

— C'était les années 1970, Louisa. J'étais seule depuis longtemps. Cela m'a fait assez plaisir de le revoir. Il est veuf, évidemment. (Elle soupira.) À mon âge, tout le monde l'est.

Nous restâmes assises en silence un moment à contempler l'étendue infinie de l'océan, désormais d'un noir d'encre. Au loin, on distinguait tout juste les scintillements minuscules des lumières des bateaux de pêche. Je me demandai ce que cela faisait d'être là-bas, tout seul, au milieu de nulle part.

Puis Margot prit la parole.

— Je ne pensais pas revenir un jour ici, dit-elle doucement. Je devrais donc vous remercier. Cela a été... assez stimulant.

— Pour moi aussi, Margot. Je me sens... désembrouillée.

Elle me sourit avant de se baisser pour caresser Dean Martin. Étalé de tout son long sous sa chaise, il ronflait doucement.

— Vous avez pris la bonne décision avec Josh, vous savez. Il n'était pas pour vous.

Je ne répondis pas. Il n'y avait rien à dire. J'avais passé trois jours à penser à la femme que je serais peut-être devenue si j'étais restée avec lui – riche, semi-américaine, plutôt heureuse, même –, et j'avais découvert que, après seulement quelques semaines, Margot me comprenait mieux que je ne me comprenais moi-même. Je me serais modelée de façon à m'adapter à lui. Je me serais débarrassée de mes vêtements fantaisistes. J'aurais modifié mon comportement, mes habitudes, perdue dans son sillage charismatique. Je serais devenue l'épouse d'un homme d'affaires me reprochant de ne pas être tout à fait capable d'entrer dans le moule, infiniment reconnaissante envers cette version américaine de Will.

Je n'avais pas pensé à Sam. Je m'étais découvert un talent particulier pour la mémoire sélective.

— Vous savez, dit-elle, quand vous arrivez à mon âge, la pile de regrets peut devenir si énorme qu'elle vous obstrue la vue. Après, vous êtes incapable d'y voir clair.

Elle garda les yeux rivés sur l'horizon, et j'attendis, me demandant à qui elle s'adressait.

Après notre retour de Montauk, trois semaines s'écoulèrent sans incident majeur. Ma vie ne semblant plus composée désormais que d'incertitudes. J'avais décidé de vivre comme Will me l'avait conseillé, simplement dans l'instant, jusqu'à ce que le destin vienne encore me forcer la main. Il arriverait un moment, supposai-je, où Margot se porterait trop mal ou serait trop endettée pour empêcher notre petite bulle d'exploser. Il ne me resterait alors qu'à prendre un billet d'avion pour l'Angleterre.

En attendant, ma vie était loin de me déplaire. La routine qui rythmait mes journées me satisfaisait – courir autour de Central Park, me promener avec Dean Martin, préparer les repas de Margot, même si elle ne mangeait pas beaucoup. Pour finir, nous nous asseyions ensemble devant *La Roue de la fortune* et criions les lettres des énigmes. Je complétai ma garde-robe, adhérant pleinement à ma version new-yorkaise en me composant une série de looks qui laissèrent Lydia et sa sœur bouche bée d'admiration. Je portais parfois des vêtements prêtés par Margot, d'autres fois des tenues achetées au *Grand Magasin du Vintage.* Tous les matins, debout devant le miroir de la chambre d'amis de Margot, j'examinais les portants où j'étais autorisée à me servir, sentant crépiter en moi des étincelles de joie.

J'avais un boulot, en quelque sorte, aidant les filles de plus en plus souvent à la boutique : Angelica était partie faire une razzia sur un atelier de confection de Palm Springs, où avait apparemment été conservé un exemplaire de chaque article fabriqué depuis 1952. Je tins la caisse avec Lydia, aidai de jeunes filles au teint pâle à essayer des robes de bal de promo vintage en priant pour que les fermetures Éclair tiennent le coup, pendant qu'elle réorganisait l'agencement des portants et se plaignait de l'espace perdu dans leur *outlet.*

— Tu sais combien coûte le mètre carré dans le quartier ? lança-t-elle en secouant la tête devant l'unique portant rotatif installé au fond, dans un coin. Sérieusement, je louerais volontiers cet espace à un service de voituriers si je trouvais le moyen de faire entrer des voitures.

Je remerciai une cliente qui venait d'acheter un boléro en tulle à paillettes et refermai violemment le tiroir de la caisse.

— Alors, pourquoi ne le loues-tu pas ? À une boutique par exemple ? Tu gagnerais un peu plus.

— Ouais, on y a déjà pensé. C'est compliqué. Dès qu'il y a plusieurs détaillants impliqués, il faut construire une cloison et créer des accès séparés, prendre une assurance. Et puis, ça veut dire que des gens entrent et sortent à n'importe quelle heure sans que tu le saches… Des inconnus dans nos affaires. C'est trop risqué.

Elle mastiqua son chewing-gum et souffla une bulle, qu'elle fit claquer distraitement de son ongle verni de violet.

— Et puis, il faudrait encore qu'on trouve quelqu'un qui nous revienne…

— Louisa !

En arrivant devant le Lavery, j'aperçus Ashok debout au milieu du tapis qui couvrait le trottoir, frappant dans ses mains gantées.

— Meena me demande si tu viens toujours à la maison samedi.

— La manif est maintenue ?

Les deux samedis précédents, il ne m'avait pas échappé que les rangs s'étaient sérieusement clairsemés. Les gens du quartier avaient pratiquement perdu espoir. On scandait toujours des slogans, mais le cœur n'y était plus : les budgets de la Ville s'étaient resserrés, et même les manifestants chevronnés avaient peu à peu abandonné. Des mois après les premiers rassemblements, seul notre petit noyau demeurait. Meena rameutait tout le monde avec des bouteilles d'eau et insistait sur le fait que, tant que ce n'était pas fini, ce n'était pas fini.

— Oui, aux dernières nouvelles. Tu connais ma femme, elle ne lâche rien.

— Alors, avec plaisir. Merci. Dis-lui que j'apporterai le dessert.

— Parfait !

Il se frotta le ventre, ravi à la perspective d'un bon repas, et lança au moment où j'atteignais l'ascenseur :

— Eh !

— Quoi ?

— Chouette tenue, *my lady*.

Ce jour-là, je m'étais habillée en hommage à *Recherche Susan désespérément*. Je portais un bomber violet en soie avec un arc-en-ciel brodé dans le dos, un legging, un tee-shirt à volants et une tripotée de bracelets qui avaient tinté joyeusement chaque fois que j'avais claqué le tiroir de la caisse (l'unique manière de le refermer correctement).

— Tu sais, poursuivit-il en secouant la tête. Je n'arrive toujours pas à croire que tu aies porté cette espèce de polo quand tu travaillais chez les Gopnik. Ce n'était tellement pas toi…

J'hésitai quand les portes de l'ascenseur s'ouvrirent. Ces derniers temps, je refusais d'utiliser l'ascenseur de service.

— Tu sais quoi, Ashok ? Tu as carrément raison.

Par respect pour son statut de propriétaire, je frappais toujours avant de pénétrer dans l'appartement de Margot, même si elle m'avait donné un jeu de clés des mois plus tôt. Ne recevant pas de réponse, je dus réfréner mon réflexe de panique en me rappelant qu'elle avait souvent la radio allumée, qu'Ashok m'aurait prévenue s'il y avait eu un problème. Finalement, je me décidai à entrer. Dean Martin apparut tout frétillant dans le couloir pour m'accueillir, les yeux plus tordus que jamais par la joie de me voir. Je le pris dans mes bras et laissai son museau fripé me renifler le visage.

— Oui, coucou, toi. Coucou. Et alors, elle est où, maman ?

Je le déposai au sol et il jappa en courant en cercles, tout excité.

— Margot ? Margot, où êtes-vous ?

La vieille dame émergea du salon, drapée dans son kimono chinois en soie.

— Margot ! Vous ne vous sentez pas bien ?

Je lâchai mon sac et courus vers elle, mais elle brandit une main, paume vers moi.

—Louisa, il s'est produit un miracle.

Ma réponse m'échappa avant que je n'aie pu l'arrêter.

—Vous allez mieux ?

—Non, non, non. Entrez. Entrez ! Venez, j'aimerais vous présenter mon fils.

Elle se détourna avant même que j'aie pu parler et disparut de nouveau dans le salon. J'y entrai derrière elle. Un homme imposant en pull pastel, tendu au-dessus de la boucle de sa ceinture par une bedaine naissante, se leva d'un fauteuil et s'approcha pour me serrer la main.

—Voici Frank Junior, mon fils. Frank, voici ma très chère amie, Louisa Clark, sans qui je n'aurais pas survécu ces derniers mois.

J'essayai de dissimuler ma gêne.

—Oh. Euh. C'est… ça a été réciproque.

Je me penchai pour serrer la main de la femme à côté de lui. Elle portait un pull à col roulé blanc, et sa chevelure, qu'elle avait dû passer sa vie à essayer de dompter, ressemblait à de la barbe à papa.

—Je suis Laynie, dit-elle d'une voix haut perchée de petite fille, comme ces femmes qui avaient du mal à laisser leur enfance derrière elles. L'épouse de Frank. Si je comprends bien, c'est vous que nous devons remercier pour ces retrouvailles familiales.

Elle se tamponna les yeux avec un mouchoir brodé. Elle avait le nez rouge, comme si elle venait de pleurer.

Margot me tendit une main.

—Il semblerait que Vincent, ce misérable petit fourbe, ait parlé à son père de nos rencontres et de ma… situation.

—Oui, ce misérable petit fourbe, c'est bien moi ! s'exclama l'intéressé, qui venait d'apparaître sur le seuil avec un plateau. (Il semblait détendu et heureux.) Ravi de vous revoir, Louisa.

Je hochai la tête, un demi-sourire aux lèvres.

C'était tellement bizarre de voir des gens dans l'appartement ! J'étais habituée au silence, à ce que ce soit juste moi, Margot et Dean Martin, pas Vincent avec sa chemise à carreaux et sa cravate Paul Smith apparaissant brusquement, chargé du plateau sur lequel je disposais notre dîner, ni ce grand type aux jambes repliées contre la table basse ou la femme qui ne cessait de jeter des coups d'œil légèrement effrayés autour d'elle, comme si elle n'avait jamais mis les pieds dans un tel endroit auparavant.

— Ils m'ont fait la surprise, m'expliqua Margot d'une voix rauque, comme si elle avait déjà trop parlé. Vincent m'a appelée pour me dire qu'il passait. Je n'attendais que lui, et puis la porte s'est ouverte un peu plus et, eh bien… Vous devez trouver ma tenue tout à fait choquante. Je n'avais même pas encore trouvé le temps de m'habiller, n'est-ce pas ? D'ailleurs, je dois avouer que cela m'était sorti de la tête. Mais nous avons passé un après-midi merveilleux, si vous saviez !

Margot tendit son autre main ; son fils s'en saisit et la serra. Le menton de Frank trembla légèrement d'émotion contenue.

— Oh, vraiment, ça a été magique, renchérit Laynie. Nous avons tellement de temps perdu à rattraper. Je pense honnêtement que c'est grâce au Seigneur que nous nous sommes retrouvés.

— Eh bien, disons grâce à Lui et à Facebook, intervint Vincent. Voulez-vous un peu de café, Louisa ? Il en reste dans la cafetière. J'ai seulement apporté des petits gâteaux au cas où Margot aurait voulu grignoter quelque chose.

— Ceux-là, elle ne les mangera pas, dis-je avant d'avoir eu le temps de me retenir.

— Oh, elle a raison. Je ne mange pas de biscuits, Vincent chéri. Ils sont pour Dean Martin, en fait. Les pépites de chocolat ne sont pas vraiment du chocolat, vois-tu.

Margot reprenait à peine son souffle. Elle paraissait complètement transformée. C'était comme si elle avait rajeuni de dix ans pendant la nuit. L'éclat fragile derrière ses yeux avait disparu, remplacé par une lueur plus douce, et elle ne cessait de babiller joyeusement.

Je reculai vers la porte.

— Eh bien, je… ne voudrais pas m'imposer. Je suis sûre que vous avez beaucoup de choses à vous dire. Margot, criez si vous avez besoin de quoi que ce soit. (J'étais debout et agitais inutilement les mains.) C'était un plaisir de vous rencontrer tous. Je suis très heureuse pour vous.

— Nous aimerions que maman rentre avec nous, annonça Frank Junior de but en blanc.

Il y eut un bref silence.

— Rentre où ? demandai-je.

— À Tuckahoe, répondit Laynie. Chez nous.

— Pour combien de temps ?

Ils se regardèrent.

— Je veux dire, combien de temps y séjournerait-elle ? Seulement pour savoir ce que je dois mettre dans sa valise.

Frank Junior tenait toujours la main de sa mère.

— Mademoiselle Clark, maman et moi avons perdu beaucoup de temps. Et nous pensons tous les deux qu'il serait merveilleux de pouvoir profiter au mieux l'un de l'autre. Alors, nous allons avoir besoin de prendre des… dispositions.

Je décelai une pointe de possessivité dans sa voix, comme s'il tenait déjà à revendiquer ses droits sur elle.

Je me tournai vers Margot, qui me rendit mon regard, lucide et sereine.

— C'est exact, confirma-t-elle.

— Attendez. Vous voulez partir…, commençai-je.

Comme personne ne disait rien, je terminai :

— … partir d'ici ? Vous voulez quitter l'appartement ?

Faisant preuve de délicatesse, Vincent se tourna vers son père.

— Et si nous prenions congé, papa ? Ça fait déjà beaucoup à digérer pour tout le monde. Il y a sans doute énormément de choses à organiser. Et il me semble que grand-mère et Louisa vont aussi avoir besoin de discuter.

Il m'effleura l'épaule en sortant. Je perçus dans son geste comme des excuses.

— Vous savez, j'ai trouvé l'épouse de Frank plutôt agréable, malgré son manque de goût flagrant, la pauvre petite. D'après ma mère, il avait des petites amies affreusement désagréables quand il était plus jeune. À une époque, elle me les décrivait dans des lettres. Mais un col roulé blanc… Quelle horreur ! Vous imaginez ? *Un col roulé blanc.*

Au souvenir de cette faute de goût – ou peut-être était-ce à cause de son débit de paroles –, Margot fut prise d'une quinte de toux. Je partis chercher un verre d'eau et attendis qu'elle s'apaise. Son fils et sa famille s'étaient retirés quelques minutes après l'intervention de Vincent. J'avais eu l'impression qu'ils avaient cédé à son insistance, mais que ni l'un ni l'autre de ses parents n'avaient eu envie de la laisser.

Je m'assis dans le fauteuil.

— Je ne comprends pas.

— Cela doit vous paraître très soudain. Ce fut tout simplement extraordinaire, chère Louisa. Nous avons parlé, parlé, peut-être même versé une larme ou deux. Il n'a pas changé ! C'est comme si nous n'avions jamais été séparés. Il est si sérieux, si calme, exactement comme quand il était enfant. Sa femme aussi. Et puis, tout à coup, sans prévenir, ils m'ont proposé de venir m'installer chez eux. Bien sûr, j'ai senti qu'ils en avaient discuté avant de venir. Et j'ai accepté. (Margot me regarda.) Oh, allons, vous et moi savions bien que ce ne serait pas éternel. Il y a un établissement très bien à moins de deux kilomètres de chez eux où je pourrai m'installer quand la situation deviendra trop difficile.

— Difficile ? chuchotai-je.

— Louisa, arrêtez de jouer les gourdes, pour l'amour du ciel. Quand je ne pourrai plus rien faire seule. Quand je serai officiellement en fin de parcours. Honnêtement, je ne pense pas vivre chez mon fils plus de quelques mois. D'ailleurs, c'est probablement pour cela qu'ils n'ont pas hésité à me proposer de m'accueillir.

Elle émit un petit gloussement sec.

— Mais… mais je ne comprends pas. Vous disiez que vous ne quitteriez jamais cet endroit. Je… Et toutes vos affaires ? Vous ne pouvez pas partir comme ça.

Elle me lança un regard appuyé.

— Oh, si, je peux. (Elle prit une profonde inspiration, sa vieille poitrine osseuse se soulevant péniblement sous le tissu soyeux.) Je suis en train de mourir, Louisa. Je suis une vieille femme, et je ne vieillirai pas beaucoup plus. Et mon fils, que je croyais avoir perdu, a fait preuve d'assez de grandeur d'âme pour ravaler sa douleur et sa fierté, et me tendre la main. Vous imaginez ? Vous imaginez que quelqu'un fasse cela pour vous ?

Je pensai à Frank Junior, à son regard pour sa mère, à leurs chaises rapprochées, à son immense main serrant celle de Margot.

— Par quelle folie choisirais-je de rester ici une minute de plus si j'ai la chance de passer du temps avec lui ? De me réveiller et de prendre mon petit déjeuner avec mon fils en bavardant de toutes les choses que j'ai manquées, et de voir ses enfants… *Vincent…* Cher Vincent. Savez-vous qu'il a un frère ? J'ai deux petits-enfants. *Deux !* Enfin… il fallait que je demande pardon à mon fils. C'était très important, vous comprenez ? Il fallait que je lui dise combien je suis désolée. Oh, Louisa, on peut s'accrocher à sa douleur au nom d'une fierté mal placée, ou l'on peut simplement lâcher prise et savourer le répit que la vie nous accorde.

Elle posa ses mains sur ses genoux d'un geste résolu.

— C'est donc ce que j'ai décidé de faire.

— Mais… vous ne pouvez pas partir comme ça.

Je ne pus m'empêcher de me mettre à pleurer.

— Oh, ma chère enfant, j'espère sincèrement que vous n'en ferez pas tout un drame. Allons, allons. Pas de larmes, je vous en prie. J'ai une faveur à vous demander.

Je m'essuyai le nez.

— Cette requête me coûte terriblement. (Elle avala sa salive avec difficulté.) Frank et sa famille ne peuvent pas accueillir Dean Martin. Ils sont tout à fait désolés, mais il semblerait que ce soit une question d'allergie ou quelque chose d'approchant. Je leur aurais volontiers dit de ne pas se montrer ridicules, mais, honnêtement, ces derniers temps, je me suis beaucoup inquiétée en pensant à ce que mon bébé allait devenir… après que je serai partie. Il a encore de belles années devant lui. En tout cas, il me survivra certainement.

Je me demandais donc si vous accepteriez de vous en occuper pour moi. Il semble vous apprécier – Dieu seul sait pourquoi, étant donné la façon épouvantable dont vous avez traité la pauvre créature. Cet animal est la bonté incarnée.

Je la regardai à travers mes larmes.

— Vous voulez me confier Dean Martin ?

— Oui.

Je baissai les yeux vers le petit chien, qui attendait, plein d'espoir, à ses pieds.

— Je vous demande si, en tant qu'amie, vous accepteriez d'y penser. Pour moi.

Elle me regardait intensément, ses yeux pâles fouillant les miens, les lèvres pincées. Mon visage se chiffonna. J'étais heureuse pour elle, mais j'avais le cœur brisé à l'idée de la perdre. Et j'avais peur de me retrouver seule, une fois de plus.

— Oui.

— Vous vous occuperez de lui ?

— Bien sûr.

Et je fondis en larmes de plus belle.

Soulagée, Margot s'affaissa.

— Oh, je savais que vous accepteriez. Je le savais ! Et je ne doute pas que vous prendrez soin de lui.

Elle sourit – pour une fois, elle ne me reprocha pas de pleurer – et se pencha en avant, refermant ses doigts sur les miens :

— Vous avez le cœur sur la main.

Ils vinrent la chercher deux semaines plus tard. Leur empressement me parut légèrement indécent, mais bien sûr aucun de nous ne savait vraiment combien de temps il lui restait à vivre.

Frank Junior avait réglé la montagne de charges impayées – geste dont on pouvait relativiser la générosité, puisque cela lui permettrait d'hériter de l'appartement au lieu de laisser M. Ovitz mettre le grappin dessus, mais Margot préféra y voir un geste d'amour, et je n'avais aucune raison d'en douter. Il semblait en tout cas vraiment heureux de l'avoir de nouveau auprès de lui. Le couple s'agitait autour d'elle, vérifiait qu'elle se sentait bien, qu'elle emportait tous ses médicaments, qu'elle n'était pas trop fatiguée, qu'elle n'avait pas le vertige ou soif, jusqu'à ce qu'elle agite les mains et lève les yeux au ciel en feignant l'exaspération. Mais elle faisait semblant. Elle n'avait pas cessé de parler de son fils depuis qu'elle m'avait annoncé son départ.

Je devais rester m'occuper de l'appartement « le temps de voir venir », d'après Frank Junior. Je crois que cela signifiait jusqu'à la mort de Margot, même si personne ne le formula ainsi, bien entendu. Apparemment, d'après l'agent immobilier, personne ne voudrait le louer dans cet état, et il aurait été pour le moins inconvenant de le vider avant de « voir venir ». On m'avait donc attribué temporairement le rôle de gardienne. À plusieurs reprises, Margot mit également en avant le fait que cela donnerait à Dean Martin le temps de s'habituer à sa nouvelle situation. Je doute néanmoins que l'équilibre psychologique du chien se soit trouvé si haut dans la liste des préoccupations de Frank Junior.

Margot n'emporta que deux valises. Comme tenue de voyage, elle choisit l'un de ses tailleurs préférés, avec la veste et la jupe en laine bouclée couleur jade, et le chapeau tambourin assorti. J'y ajoutai un foulard bleu nuit Saint Laurent, que je nouai autour de son cou étroit afin de dissimuler sa maigreur douloureuse, et allai chercher ses boucles cabochons turquoise pour la touche finale. Je craignais qu'elle n'ait trop chaud, mais elle avait encore maigri et se plaignait du froid même les jours de grande chaleur. Debout sur le trottoir, Dean Martin dans les bras, je regardai Vincent et son père superviser le chargement de ses bagages dans le coffre. Elle vérifia qu'ils avaient bien pris ses boîtes à bijoux – elle prévoyait d'en donner certains des plus précieux à Laynie, d'autres à Vincent « pour quand il se mariera ». Puis, apparemment satisfaite, sûre qu'elles avaient bien été rangées, elle marcha vers moi lentement, s'appuyant pesamment sur sa canne.

— Bien. Ma chère. Je vous ai laissé une lettre avec mes instructions. Je n'ai pas prévenu Ashok de mon départ – je ne suis pas faite pour les grandes effusions. Mais j'ai laissé quelque chose pour lui dans la cuisine. Je vous serai reconnaissante de le lui donner dès que nous serons partis.

Je hochai la tête.

— J'ai écrit tout ce que vous avez besoin de savoir au sujet de Dean Martin dans une lettre à part. Je compte sur vous pour respecter ses habitudes. C'est comme ça qu'il aime les choses.

— Surtout, ne vous inquiétez pas. Je prendrai bien soin de lui.

— Et ne lui donnez plus de ces friandises au foie. Il les adore, mais elles le rendent malade.

— Plus de friandises au foie, c'est bien noté.

Margot toussa, peut-être à la suite de l'effort que parler lui réclamait, et attendit d'avoir repris son souffle. Elle s'appuya sur sa canne pour se stabiliser et leva les yeux vers l'immeuble où elle avait vécu pendant plus d'un demi-siècle, portant une main à son front pour se protéger du soleil. Puis, elle se retourna, raide, et balaya du regard Central Park, qui s'était offert à sa vue si longtemps.

Frank Junior appelait depuis la voiture, se penchant pour nous voir plus distinctement. Sa femme se tenait devant la portière côté passager dans son coupe-vent bleu pâle, les mains pressées l'une contre l'autre, angoissée. Manifestement, elle n'aimait pas beaucoup New York.

— Maman ?

— Une minute, mon chéri.

Margot se déplaça de façon à se tenir en face de moi. Elle me tendit une main, que je serrai, et de l'autre caressa la tête du chien, trois, quatre fois de ses doigts fins et marbrés.

— Tu es un bon garçon, n'est-ce pas, Dean Martin ? dit-elle d'une voix douce. Un très bon garçon.

Le chien lui rendit son regard, captivé.

— Tu es vraiment le plus beau.

Sa voix se brisa sur ce dernier mot.

Le chien lui lécha la paume et elle se pencha pour embrasser son front plissé. Les yeux fermés, elle garda les lèvres pressées contre lui un peu trop longtemps, si bien que les yeux de traviole du carlin ressortirent davantage et qu'il se mit à agiter les pattes contre elle. Le visage de la vieille dame se chiffonna un instant.

— Je… je pourrai vous l'amener.

Elle garda les yeux fermés, faisant abstraction du bruit, de la circulation et des gens autour d'elle.

— Vous m'avez entendue, Margot ? Une fois que vous serez installée, nous pourrons prendre le train et…

Elle se redressa et ouvrit les yeux, les gardant baissés quelques secondes.

— Non. Merci.

Avant que je n'aie pu ajouter quoi que ce soit, elle se détourna.

— Et maintenant, emmenez-le faire une promenade, ma chère. Je ne veux pas qu'il me voie partir.

Son fils était descendu de voiture et attendait, debout sur le trottoir. Il lui offrit son aide, mais elle la refusa d'un geste. Je crus l'avoir vue chasser ses larmes en battant des paupières, mais comment en être sûre alors que, moi-même, je pleurais comme une fontaine ?

— Merci, Margot, lançai-je derrière elle. Merci pour tout.

Elle secoua la tête, les lèvres pincées.

— Et maintenant, partez, ma chère, je vous en prie.

Elle se tourna vers la voiture au moment où son fils approchait, une main tendue vers la sienne. J'ignore ce qu'elle fit ensuite, car je posai Dean Martin sur le trottoir comme elle me l'avait demandé et m'éloignai prestement vers Central Park, tête baissée, ignorant les regards curieux des passants, étonnés par le spectacle d'une fille en short à paillettes et bomber violet en soie pleurant à chaudes larmes à 11 heures du matin.

Je marchai aussi longtemps que les courtes jambes de Dean Martin le lui permirent. Et puis, quand il s'arrêta, têtu, près de l'Azalea Pond, sa minuscule langue pendante et un œil légèrement refermé, je le pris dans mes bras, les yeux gonflés de larmes, la poitrine encore labourée par les sanglots.

Je n'ai jamais beaucoup aimé les animaux. Mais je compris soudain le réconfort qu'on peut ressentir en enfouissant le visage dans le doux pelage d'une autre créature, consolation qui valait bien les petites corvées que leur bien-être exige.

— Mme De Witt est partie en vacances ?

Ashok était assis derrière son bureau quand je pénétrai dans le hall, tête baissée, mes lunettes de soleil en plastique bleu sur le nez.

Je n'avais pas encore l'énergie de lui expliquer la situation.

— Ouaip.

— Elle ne m'a pas demandé d'annuler ses journaux. Je ferais mieux de m'en occuper tout de suite. (Il secoua la tête et attrapa un registre.) Tu sais quand elle rentre ?

— Je me renseigne et je te le dis.

Je gravis lentement les marches, le petit chien immobile dans mes bras, comme pour se faire oublier et ne pas risquer de devoir finir à pied. Puis, je pénétrai dans l'appartement.

Il y régnait un silence de mort. L'absence de Margot imprégnait les lieux comme jamais je ne l'avais ressentie durant son séjour à l'hôpital. De fines particules de poussière flottaient dans l'air immobile et chaud. Dans quelques mois, quelqu'un d'autre vivrait ici, éventrerait les salles de bains, arracherait le papier peint des années 1960, emporterait les meubles en verre fumé, et installerait un plancher chauffant et une sono ultramoderne. L'appartement serait vidé jusqu'à ce qu'il ne reste que les murs, puis repensé et métamorphosé en un refuge pour couple de cadres débordés ou famille richissime avec enfants. Cette idée m'anéantit.

Je donnai de l'eau à Dean Martin, ainsi qu'une poignée de croquettes pour le réconforter, puis je parcourus lentement l'appartement, effleurant du regard ses vêtements, ses chapeaux et ses murs de souvenirs, me forçant à ne pas penser aux choses tristes, mais au bonheur qui se lisait sur le visage de la vieille dame à la perspective d'aller vivre avec son fils. Cette joie l'avait transformée, lissant ses traits fatigués et illuminant son regard. Finalement, peut-être avait-elle accumulé tous ces vêtements, tous ces objets de collection pour se mettre à l'abri de la douleur infinie causée par l'absence de son fils.

Margot De Witt, reine du style, brillante rédactrice de mode, femme avant-gardiste, avait bâti un mur, un mur ravissant, voyant, multicolore, pour se persuader que sa vie n'avait pas été vaine. Et, à la seconde où son fils avait reparu, elle l'avait démoli sans hésiter.

Un peu plus tard, quand le débit de mes larmes se fut ralenti et que mes sanglots laissèrent place à un hoquet intermittent, je ramassai la première enveloppe sur la table et l'ouvris. Je reconnus la belle écriture de Margot, vestige d'une époque où les enfants étaient jugés sur leur calligraphie. Comme promis, elle y exposait en détail les préférences alimentaires du petit chien, les heures de ses repas, le calendrier de ses vaccinations, traitements antipuces et autres parasites, ainsi que les soins vétérinaires. Elle m'y indiquait où trouver ses manteaux d'hiver – il y en avait plusieurs, selon qu'il pleuve, vente ou neige – et sa marque de shampoing préférée. Il ne fallait pas oublier non plus les détartrages, nettoyages d'oreilles et – je grimaçai – les vidanges des glandes anales.

— Elle s'est bien gardée de me parler de ça quand elle m'a demandé de m'occuper de toi, lançai-je à Dean Martin, qui leva la tête, grogna et la baissa de nouveau.

Un peu plus loin, elle m'expliquait où faire suivre son courrier, les coordonnées de l'entreprise de transport – les affaires qu'ils n'emporteraient pas resteraient dans sa chambre, et je devrais accrocher une note sur sa porte leur indiquant de ne pas entrer. Tous les meubles, lampes et rideaux pouvaient partir. Les cartes de visite de son fils et de sa belle-fille étaient dans l'enveloppe, au cas où j'aurais besoin de les joindre pour des précisions supplémentaires.

Et maintenant, le plus important. Louisa, je ne vous ai jamais remerciée d'avoir retrouvé Vincent – l'acte de désobéissance civile qui m'a apporté une joie infinie tellement inespérée. J'aimerais également vous exprimer toute ma gratitude pour avoir accepté de vous occuper de Dean Martin. Il y a peu de personnes que je crois capables de suivre mes indications et de l'aimer comme je l'aime, mais vous en faites partie.

Louisa, vous êtes un trésor. Votre discrétion vous a empêchée de me raconter les détails de l'affaire, mais ne laissez pas ce qui est arrivé chez mes stupides voisins étouffer votre lumière. Vous êtes une petite créature courageuse, magnifique et d'une gentillesse rare, et je serai toujours reconnaissante que la vie vous ait mise sur mon chemin – le malheur des uns fait le bonheur des autres, même si, en l'occurrence, ce fut à leur insu. Merci.

Et c'est pour vous témoigner de ma reconnaissance que je tiens à vous offrir ma garde-robe. N'importe qui d'autre – à part, peut-être, vos amies aux allures de mercenaires dans leur boutique répugnante – n'y verrait qu'un bric-à-brac. J'en ai bien conscience. Mais vous, vous voyez mes vêtements pour ce qu'ils sont. Faites-en ce que vous voulez – gardez-en quelques-uns, vendez-en certains, peu importe. Je sais qu'ils vous apporteront de la joie.

Voici ce que je pense – même si je suis parfaitement consciente que l'opinion d'une vieille dame n'intéresse pas grand monde. Montez donc votre propre agence. Louez-les ou vendez-les. Vos amies avaient l'air de dire qu'il y a de l'argent à se faire. Eh bien, il me semble que ce serait une carrière parfaite pour vous. Vous devriez trouver ici de quoi commencer une sorte d'entreprise. Bien entendu, vous avez sûrement d'autres projets et idées en tête – de bien meilleurs. Auriez-vous la gentillesse de me faire savoir ce que vous décidez ?

Enfin, chère colocataire, je serai ravie de recevoir de vos nouvelles. S'il vous plaît, embrassez le petit chien pour moi. Il me manque déjà horriblement.

Très affectueusement,

Margot

Je posai la lettre et restai assise sans bouger un moment dans la cuisine, puis je gagnai la chambre de Margot et pénétrai dans son dressing, passant en revue les portants surchargés, cintre après cintre.

Une agence de location de vêtements ? J'ignorais comment monter une entreprise ou faire des affaires, louer un local, gérer des comptes ou traiter avec des clients. Je vivais dans une ville dont je ne saisissais pas complètement les règles, sans adresse permanente, et j'avais échoué dans à peu près tous les boulots que j'avais obtenus. Comment avait-elle pu imaginer que je serais capable de monter une affaire ?

Je laissai courir mon doigt le long d'une manche en velours bleu nuit, puis sortis le vêtement : une combinaison-pantalon Halston, dont une jambe était fendue presque jusqu'à la taille, avec une pièce insérée en tulle. Je la raccrochai soigneusement et sortis une robe – broderie anglaise blanche, jupe froufroutante. Je longeai ce premier portant, sidérée, intimidée. Je venais à peine d'assimiler la responsabilité de posséder un chien. Qu'étais-je censée faire de trois pièces remplies de vêtements et accessoires de haute couture ?

Ce soir-là, seule dans l'appartement de Margot, je m'assis devant *La Roue de la fortune*. Je finis les restes du poulet rôti que je lui avais préparé pour son dernier dîner (je suis presque sûre qu'elle en avait glissé la plupart des morceaux au chien sous la table). Je n'écoutai pas ce que disait Vanna White, pas plus que je ne criai les lettres de l'énigme. Je pensai à ce que Margot m'avait écrit et m'interrogeai sur la personne qu'elle avait vue.

Qui était Louisa Clark, finalement ?

J'étais une fille, une sœur ; j'avais été un genre de mère de substitution pendant un moment. J'étais une femme qui s'occupait des autres, mais qui semblait incapable de prendre soin d'elle-même. Tandis que la roue scintillante tournait devant moi, j'essayai de réfléchir à ce que je voulais vraiment, en laissant de côté ce que tout le monde semblait vouloir pour moi. Je songeai à ce que Will avait réellement cherché à me dire – il ne s'agissait pas de vivre par procuration l'idée d'une existence pleinement remplie, mais de vivre mon rêve. Mon problème, c'est que je ne savais pas encore en quoi il consistait.

Je pensai à Agnes, de l'autre côté du couloir, une femme qui essayait de convaincre tout le monde qu'elle pouvait se couler avec un chausse-pied dans une nouvelle vie, tout en regrettant amèrement celle qu'elle avait laissée derrière elle. Je pensai à ma sœur, à son bonheur tout neuf : elle s'était donné la peine de comprendre qui elle était vraiment, elle avait eu cette audace. Elle avait réussi à s'épanouir dans une relation amoureuse parce qu'elle s'y était enfin autorisée. Je pensai à ma mère, une femme qui s'était tellement sacrifiée pour les autres qu'elle ne savait plus quoi faire de sa vie à présent.

Je pensai aux trois hommes que j'avais aimés, combien chacun m'avait façonnée. Indubitablement, Will s'était imprimé sur moi, car je n'avais cessé ensuite de considérer ma vie à travers le prisme de ce qu'il avait voulu pour moi.

J'aurais aussi changé pour toi, Will. Et à présent, je comprends que tu l'avais probablement toujours su.

« Vis avec audace, Clark. »

— Bonne chance ! s'écria la présentatrice de *La Roue de la fortune* avant de la faire tourner de nouveau.

Soudain, je compris ce que je voulais vraiment faire.

Je passai les trois jours suivants à trier la garde-robe de Margot, séparant les vêtements en six sections, une par décennie, et dans chacune je triai les tenues de journée, du soir, et celles réservées aux grandes occasions. Je séparai tout ce qui aurait besoin d'être réparé – boutons manquants, dentelle abîmée, trous minuscules –, m'émerveillant de ce que Margot ait réussi à les tenir à l'abri des mites pendant si longtemps et que les coutures soient encore intactes. Je plaçai chacun des vêtements devant moi, en essayai certains, ouvris des housses et poussai de petits soupirs d'extase et d'admiration devant chacune de ces merveilles. Chaque fois, Dean Martin dressait les oreilles, puis s'éloignait avec un air dégoûté. Je passai une demi-journée à la bibliothèque afin de me renseigner sur les démarches à effectuer pour monter une entreprise – obligations fiscales, subventions, tâches administratives – et imprimai un dossier qui s'épaissit jour après jour. Puis, je me rendis au *Grand Magasin du Vintage* avec Dean Martin et m'assis avec les filles pour leur demander où faire nettoyer les vêtements délicats et les noms des meilleures merceries où trouver des doublures en soie pour les réparations.

La nouvelle du cadeau de Margot mit les deux sœurs en émoi.

— On pourrait te racheter le lot, annonça Lydia en soufflant un rond de fumée vers le plafond. Je veux dire, pour ça, nous pourrions demander un prêt à la banque, non ? Nous te le paierions un bon prix. Suffisamment pour un dépôt de garantie et un joli loyer ! Nous avons été contactées par une chaîne de télé allemande qui semble très intéressée. Ils vont produire une série de vingt-quatre épisodes, l'une de ces histoires qui courent sur plusieurs générations, et ils…

— Merci, mais je n'ai encore rien décidé, dis-je sans me laisser désarçonner par la déception qui se lisait sur leurs visages.

Je n'avais aucune envie de me défaire de ces vêtements. Je me penchai par-dessus le comptoir et ajoutai :

— Mais j'ai une autre idée…

Le lendemain matin, j'étais en train d'essayer un tailleur-pantalon lavande des années 1970, traquant les coutures abîmées et les trous, quand la sonnerie de la porte d'entrée retentit.

— Une seconde, Ashok ! J'arrive ! Laisse-moi juste attraper le chien ! criai-je en cueillant Dean Martin, qui aboyait furieusement devant la porte.

Michael se tenait debout devant moi.

— Bonjour, dis-je froidement, une fois remise de ma surprise. Y a-t-il un problème ?

Il fit un effort visible pour dissimuler son étonnement devant ma tenue.

— M. Gopnik aimerait vous voir.

— C'est mon droit le plus strict de vivre ici. Mme De Witt m'a invitée à rester.

— Il ne s'agit pas de ça. J'ignore ce dont il veut vous parler, pour être honnête. Mais il souhaite s'entretenir avec vous.

— Je n'y tiens pas, Michael. Merci quand même.

Je voulus fermer la porte, mais il glissa son pied dans l'embrasure pour m'en empêcher. Dean Martin émit un grognement sourd.

— Louisa. Vous savez comment il est. Je ne dois pas partir tant que vous n'aurez pas accepté.

— Alors, dites-lui donc de traverser le couloir lui-même. Ce n'est pas très loin.

Il baissa la voix.

— Il ne veut pas vous voir ici, mais à son bureau. En privé.

Il semblait étrangement mal à l'aise – ce qui n'était pas étonnant de la part de quelqu'un qui aurait prétendu être votre meilleur ami avant de vous tourner le dos du jour au lendemain.

— Eh bien, dites-lui que je passerai peut-être plus tard dans la matinée. Après que Dean Martin et moi aurons fait notre promenade.

Michael ne bougea pas.

— Quoi ?

Il me regardait d'un air suppliant.

— La voiture attend dehors.

Vaguement inquiète, j'emmenai Dean Martin en renfort – il serait une distraction bienvenue. Michael prit place à côté de moi dans la limousine, et Dean Martin lui lança des regards noirs. Je restai assise en silence, me demandant à quelle sauce M. Gopnik allait bien pouvoir me manger. S'il avait décidé d'engager des poursuites, il aurait certainement envoyé la police plutôt que sa voiture. Avait-il délibérément attendu que Margot soit partie ? Avait-il découvert d'autres choses dont il s'apprêtait à me rendre responsable ? Je pensai à Steven Lipkotz et au test de grossesse, et réfléchis à ce que je répondrais s'il me demandait de but en blanc ce que je savais. Will m'avait toujours soutenu que je serais nulle au poker. Je pratiquai mentalement le « je ne sais rien », jusqu'à ce que Michael me jette un regard perçant et que je me rende compte que j'avais parlé à haute voix.

Le chauffeur nous déposa devant une gigantesque tour de verre. Michael pénétra d'un pas vif dans l'immense hall en marbre, mais je le suivis sans empressement, laissant même Dean Martin trottiner d'un pas tranquille, à son rythme, consciente que cela rendait Michael fou furieux. Il alla chercher un badge au poste de sécurité et me le tendit avant de m'entraîner vers un ascenseur situé en retrait des autres, au fond du couloir. M. Gopnik était visiblement trop important pour monter et descendre avec le reste de ses employés.

Nous nous élevâmes jusqu'au quarante-sixième étage à une vitesse telle qu'il me sembla que mes yeux devenaient presque aussi exorbités que ceux de Dean Martin. En sortant de la cabine, j'espérais que le léger tremblement de mes jambes passerait inaperçu. À l'étage régnait un silence étouffant. Une secrétaire, impeccable en tailleur-pantalon et talons aiguilles, me lança un regard distrait puis appuyé – je suppose qu'ils recevaient rarement de visiteuses en tailleur-pantalon lavande Givenchy des années 1970, avec un col en faux léopard, agrippées à de petits chiens hargneux. Je suivis Michael le long d'un couloir menant à un autre bureau, dans lequel était assise une autre femme aussi impeccablement vêtue que sa collègue.

— J'ai Mlle Clark pour M. Gopnik, Diane, annonça-t-il.

Elle hocha la tête et souleva le combiné d'un téléphone, dans lequel elle chuchota quelques mots.

— Il vous attend, dit-elle avec un petit sourire.

Michael me désigna la porte.

— Voulez-vous que je vous prenne le chien ?

Il souhaitait désespérément que je le laisse.

— Non, merci, dis-je en serrant Dean Martin contre moi.

La porte s'ouvrit, révélant Leonard Gopnik debout en bras de chemise.

— Merci d'avoir accepté de me rencontrer, dit-il en fermant la porte derrière lui.

D'un geste, il désigna un fauteuil en face de son bureau, qu'il contourna lentement. Je remarquai qu'il boitait et me demandai ce que Nathan faisait avec lui. Il était trop discret pour en parler.

Je gardai le silence.

Il s'assit lourdement dans son fauteuil. Il avait l'air fatigué – son bronzage de milliardaire ne suffisait pas à dissimuler les cernes sous ses yeux et les rides aux coins de ses paupières.

— Vous prenez vos responsabilités très au sérieux, dit-il en indiquant le chien d'un geste.

— Toujours.

Et il hocha la tête, comme pour approuver ma réponse.

Puis, il se pencha et s'accouda sur son bureau en joignant le bout de ses doigts.

— Je ne suis pas du genre à me trouver à court de mots, mais je dois vous avouer que je ne sais pas quoi dire aujourd'hui. J'ai découvert quelque chose il y a deux jours. Quelque chose qui m'a bouleversé.

Il leva les yeux vers moi. Je lui rendis son regard en prenant soin de garder une expression parfaitement neutre.

— Ma fille Tabitha a eu… des soupçons à la suite de rumeurs qu'elle avait entendues. Elle a engagé un détective privé – initiative que je désapprouve, car, dans le cadre de la famille, il me semble parfaitement inconvenant d'enquêter les uns sur les autres. Néanmoins, quand elle m'a révélé ce que l'homme avait découvert, je n'ai pas pu ignorer l'information. J'en ai donc parlé à Agnes, qui m'a tout révélé.

J'attendis.

— L'enfant.

— Oh.

Il soupira.

— Au cours de ces… discussions approfondies, il a été question de l'épisode du piano et de l'argent que, si j'ai bien compris, elle vous avait chargée de retirer au compte-gouttes à un distributeur près de chez nous.

— Oui, monsieur Gopnik.

Il baissa la tête comme s'il avait espéré, en dépit de tout, que je contesterais les faits, que je lui démontrerais que c'était un tissu de mensonges et que le détective privé disait n'importe quoi.

Finalement, il se redressa et bascula pesamment contre son dossier.

— Nous vous avons fait beaucoup de tort, Louisa.

— Je ne suis pas une voleuse, monsieur Gopnik.

— C'est on ne peut plus clair. Et pourtant, par loyauté envers ma femme, vous étiez prête à me le laisser croire.

Je n'arrivais pas à savoir si c'était une critique.

— Je n'avais pas vraiment le choix.

— Oh, si, vous l'aviez. Absolument.

Le silence s'installa dans la pièce. M. Gopnik tambourina sur son bureau avec ses doigts.

— Louisa, j'ai passé une grande partie de la nuit à essayer de décider comment réparer le préjudice que vous avez subi. Je souhaite vous faire une offre.

J'attendis.

— J'aimerais vous proposer de reprendre votre poste. À des conditions plus avantageuses, bien entendu – plus de vacances, augmentation de salaire et privilèges significatifs. Si vous préférez ne pas vivre sur place, nous pourrions vous trouver un logement à proximité.

— Un travail ?

— Agnes n'a rencontré personne qu'elle apprécie autant que vous. Vous avez prouvé votre valeur au-delà de nos attentes, et je vous suis infiniment reconnaissant pour votre… loyauté et votre discrétion sans faille. La jeune femme qui vous a remplacée… n'est pas à la hauteur. Agnes ne l'aime pas beaucoup. Elle vous considérait plus comme… comme une amie.

Je baissai les yeux vers le chien. Qui leva les yeux vers moi. Manifestement, il n'était pas très impressionné.

— Monsieur Gopnik, je suis très flattée, mais je ne crois pas que je me sentirais très à l'aise en travaillant de nouveau comme l'assistante d'Agnes.

— Il y a d'autres postes dans mon organisation. J'ai cru comprendre que vous n'aviez pas encore trouvé de travail.

— Qui vous a dit ça ?

— Je suis au courant d'à peu près tout ce qui se passe dans l'immeuble, Louisa. Sauf exception, ajouta-t-il avec un sourire désabusé. Écoutez, j'ai des postes à pourvoir au service commercial et au service administratif. Je pourrais demander aux ressources humaines de contourner certains critères d'entrée, et nous pourrions vous proposer une formation. Je serais également disposé à vous créer un poste dans la branche philanthropique de mon entreprise, si vous étiez intéressée. Qu'en dites-vous ?

Il se laissa aller contre son dossier, un bras sur son bureau, son stylo en ébène pendant mollement entre ses doigts.

Une image de cette vie possible dansa devant mes yeux – Louisa Clark, en tailleur, dans un vaste bureau vitré. Louisa Clark, avec son gros salaire et son bel appartement. Une version new-yorkaise de moi. Ne s'occupant de personne, pour une fois, consacrant tout son temps à grimper les échelons dans un monde où tout serait possible. Une vie nouvelle, l'occasion inespérée de goûter au rêve américain.

Je songeai à la fierté de ma famille si j'acceptais.

Je songeai à un entrepôt cradingue de Downtown, débordant de vieux vêtements.

— Monsieur Gopnik, encore une fois, je suis très flattée. Mais je préfère décliner votre proposition.

Son expression se durcit.

— C'est donc de l'argent que vous voulez.

Je clignai des paupières.

— Je suis bien conscient que nous vivons dans une société procédurière, Louisa. Et que vous détenez des informations sensibles sur ma famille. Si vous avez une somme en tête, nous pouvons en parler. Je vais prier mon avocat de se joindre à cette discussion. (Il se pencha et pressa le bouton de l'interphone.) Diane, pouvez-vous…

C'est à ce moment-là que je me levai. Je posai doucement Dean Martin par terre.

— Monsieur Gopnik, je ne veux pas de votre argent. Si j'avais voulu vous poursuivre en justice – ou gagner de l'argent grâce à vos secrets –, je l'aurais fait il y a des semaines, quand je me suis retrouvée sans emploi et sans logement. C'est la deuxième fois que vous vous méprenez sur mon compte. J'aimerais m'en aller à présent.

Il relâcha le bouton.

— Je vous en prie… asseyez-vous. Je ne voulais pas vous offenser. (Il indiqua le fauteuil d'un geste.) Je vous en prie, Louisa. J'ai besoin de régler cette affaire.

Il ne me faisait pas confiance. Je me rendis compte alors que M. Gopnik vivait dans un monde où l'argent et le prestige étaient tant prisés, plus que tout le reste, qu'il lui était inconcevable que quelqu'un n'essaie pas de profiter d'une telle opportunité pour en obtenir.

— Vous voulez que je signe quelque chose ? dis-je froidement.

— Je veux juste connaître votre prix.

Et soudain, j'eus une illumination. Peut-être que j'avais un prix, finalement.

Je me rassis et, au bout d'un moment, je le lui donnai. Pour la première fois depuis neuf mois que nous nous connaissions, il eut vraiment l'air surpris.

— Vous êtes sûre que c'est ce que vous voulez ?

— Parfaitement. Et peu m'importe la façon dont vous vous y prendrez.

Il se cala contre son dossier et croisa les mains derrière la tête. Il demeura ainsi un moment, le regard perdu dans le vague, pensif, puis il se tourna de nouveau vers moi.

— J'aurais vraiment préféré que vous reveniez travailler pour nous, Louisa Clark, conclut-il.

Puis, il sourit pour la première fois, se pencha par-dessus le bureau et me serra la main.

— Tu as reçu une lettre, m'annonça Ashok en me voyant arriver.

M. Gopnik avait chargé son chauffeur de me raccompagner au Lavery, et j'avais demandé à celui-ci de me déposer deux rues avant afin que Dean Martin puisse se dégourdir les pattes. Je tremblais toujours à la suite de notre entretien. La tête me tournait, j'étais folle de joie, je me sentais capable de tout. Ashok dut se répéter pour que je comprenne ce qu'il me disait.

— Pour moi ?

Je baissai les yeux vers l'adresse. Qui, à part mes parents, savait que je vivais chez Mme De Witt ? (Et il y avait autant de chances qu'ils m'écrivent une lettre qu'ils viennent s'installer à New York.)

Je me précipitai à l'étage, donnai à boire à Dean Martin, puis m'assis et ouvris l'enveloppe. Ne reconnaissant pas l'écriture, je retournai la lettre. Elle était rédigée sur une feuille A4 bon marché, à l'encre noire, et il y avait quelques ratures, comme si son auteur avait peiné à formuler ses idées.

Sam.

Chapitre 31

Ma chère Lou,

Je n'ai pas été tout à fait honnête la dernière fois que nous nous sommes vus. Alors je t'écris maintenant, pas parce que je crois que ça changera quoi que ce soit, mais parce que je t'ai trahie une fois et qu'il est important pour moi que tu saches que jamais plus je ne t'induirai en erreur ni ne te tromperai.

Je ne suis pas avec Katie. Je n'étais pas avec elle quand nous nous sommes vus la dernière fois. Je préfère ne pas m'étendre sur le sujet, mais je dirai qu'il est devenu clair assez rapidement que nous sommes très différents, et que j'avais commis une grave erreur. Pour être honnête, je crois que je le savais depuis le début. Elle a fait une demande de transfert et, bien que ça n'ait pas trop plu à la direction, il semblerait qu'elle l'obtienne.

Et me voilà seul comme un imbécile, ce que j'ai bien mérité. Pas un jour ne passe sans que je regrette de ne pas t'avoir écrit quelques lignes quotidiennement, ou envoyé une carte postale de temps en temps. J'aurais dû m'accrocher davantage. J'aurais dû te dire sur le moment ce que je ressentais. J'aurais dû essayer un peu plus fort au lieu de me complaire dans ma solitude en pensant à tous les gens qui m'ont laissé derrière eux.

Comme je te l'ai dit, je ne t'écris pas pour essayer de te faire changer d'avis. Je sais que tu as tourné la page. Je voulais juste que tu saches que je suis désolé, que je regretterai toujours ce qui s'est passé, et que j'espère vraiment que tu es heureuse (c'est un peu difficile à dire à un enterrement).

Prends soin de toi, Louisa.
Avec tout mon amour, toujours,

Sam

J'EUS SOUDAIN LA TÊTE QUI TOURNAIT. UNE VAGUE DE NAUSÉE me submergea. La gorge serrée, j'essayai de ravaler un énorme sanglot. Enfin, je chiffonnai la lettre, dont je fis une boule que je jetai de toutes mes forces dans la poubelle en hurlant.

J'envoyai à Margot une photo de Dean Martin et lui écrivis une courte lettre pour la tenir informée de son état, juste histoire de me calmer. Je fis les cent pas dans l'appartement en jurant. Je me servis un verre de xérès – une bouteille trouvée dans son armoire à liqueurs poussiéreuse – et le bus d'un trait, bien que l'heure du déjeuner soit encore loin. Enfin, je ressortis la lettre de la poubelle, ouvris mon ordinateur portable, m'assis par terre dans l'entrée, le dos contre la porte de l'appartement pour pouvoir capter le signal wifi des Gopnik, et j'écrivis un mail à Sam.

> Tu te fous de moi ? Qu'est-ce qui t'a pris de m'envoyer une lettre pareille maintenant ? Après tout ce temps ?

La réponse me parvint quelques minutes plus tard, comme s'il avait été assis devant son ordinateur à attendre.

> Je comprends ta colère. Je serais probablement furieux à ta place. Mais Lily m'a appris que tu envisageais de te marier et que vous cherchiez un appartement dans Little Italy, et j'ai pensé que, si je ne te le disais pas maintenant, je ne te le dirais jamais.

Je regardai fixement mon écran, les sourcils froncés. Je relus son mail, deux fois. Puis je tapai :

> Lily t'a dit ça ?

Oui. Que tu pensais que c'était un peu tôt et que tu ne voulais pas qu'il croie que tu le faisais pour avoir un permis de séjour. Mais que, vu sa demande, tu n'avais pas pu refuser.

J'attendis quelques instants, puis tapai prudemment :

Sam, qu'est-ce qu'elle t'a dit au sujet de la demande ?

Que Josh s'était mis à genoux en haut de l'Empire State Building et avait embauché un chanteur d'opéra pour l'occasion. Lou, ne lui en veux pas. C'est ma faute. Je n'aurais pas dû la pousser à tout me raconter. Je sais que ça ne me regarde pas. Mais je lui ai seulement demandé comment tu allais, l'autre jour. Je voulais savoir ce qui se passait dans ta vie. Et là, elle m'a un peu assommé avec toutes ces infos. Je sais bien que je devrais me réjouir pour toi. Mais je n'arrêtais pas de penser : et si ce mec, ça avait été moi ? Si j'avais saisi l'occasion ?

Je fermai les yeux.

Donc, tu m'as écrit parce que Lily t'a annoncé que j'allais me marier ?

Non. Je comptais le faire de toute façon. Je voulais t'écrire depuis que je t'avais vue à Stortfold. Je ne savais juste pas quoi dire. Mais ensuite, j'ai pensé qu'une fois que tu serais mariée – surtout si tu te mariais si vite –, je ne pourrais plus rien t'avouer. Peut-être est-ce vieux jeu de ma part.
Écoute, en gros, je voulais seulement que tu saches que je regrette terriblement ce qui s'est passé, Lou. C'est tout. Je suis désolé si ma lettre t'a semblé déplacée.

Je mis du temps à répondre.

OK. Bon, merci de me l'avoir dit.

Je baissai le couvercle de mon ordinateur, m'adossai contre la porte et fermai les yeux. Je restai dans cette position un long moment.

Je décidai de ne pas y penser. J'étais assez douée pour ignorer les choses qui me dérangeaient. Je faisais des courses, m'occupais de l'appartement, promenais Dean Martin et prenais le métro, où régnait une chaleur étouffante, jusqu'à East Village pour discuter de mètres carrés, de cloisons, de baux et d'assurances avec les filles. Je ne pensais pas à Sam.

Je ne pensais pas à Sam en passant avec le chien devant les éternels camions poubelles écœurants ni quand j'évitais les camionnettes UPS qui klaxonnaient, me tordais les chevilles sur les pavés de SoHo ou luttais pour faire passer d'énormes sacs de vêtements dans les tourniquets du métro. Je me répétais les paroles de Margot et je faisais ce que j'adorais, et qui était passé de l'état de germe microscopique à celui d'énorme bulle d'oxygène, qui se gonflait à l'intérieur de moi et poussait tout le reste vers l'extérieur.

Je ne pensais pas à Sam.

La lettre suivante arriva trois jours plus tard. Cette fois, je reconnus son écriture griffonnée sur une enveloppe qu'Ashok avait poussée sous ma porte.

> Notre échange de mails m'a fait réfléchir et j'ai eu envie de te parler de deux ou trois autres choses. (Tu ne m'as pas dit que je ne pouvais pas, alors j'espère que tu ne déchireras pas cette lettre.)
> Lou, je ne savais même pas que tu voulais te marier un jour. Maintenant, je me sens bête de ne jamais avoir demandé ta main. Et je ne m'étais pas rendu compte que tu étais le genre de fille à espérer secrètement de grands gestes romantiques.

Mais Lily m'a raconté tellement de choses sur ce que Josh fait pour toi – les roses toutes les semaines, les dîners dans des beaux restaurants… Du coup, en comparaison, je me trouve nul. Comment ai-je pu imaginer que tout irait bien si je n'essayais même pas ?

Lou, est-ce que je me suis planté à ce point ? J'aimerais juste savoir si, tout le temps où nous avons été ensemble, tu as attendu que je fasse un grand geste, si je t'ai mal lue. Si c'est le cas, je suis vraiment désolé.

C'est un peu bizarre de réfléchir autant sur soi, surtout quand on n'est pas très porté sur l'introspection. J'aime faire des choses, pas y penser. Mais je suppose que j'ai besoin d'apprendre une leçon, là, alors je te pose la question, si tu veux bien avoir la gentillesse d'y répondre…

Je pris une feuille du papier à lettres jauni de Margot avec l'adresse en haut. Après avoir barré son nom, j'écrivis :

Sam,

Je n'ai jamais attendu de démonstration grandiose de ta part. Rien.

Lou

Je dévalai les marches et tendis l'enveloppe à Ashok pour qu'elle parte au courrier, puis remontai en courant presque aussi vite, feignant de ne pas l'entendre me demander si tout allait bien.

La lettre suivante arriva quelques jours plus tard. Il les envoyait toutes en « express ». Cela devait lui coûter une fortune.

Mais si, en fait. Tu voulais que je t'écrive. Et je ne l'ai pas fait. J'étais toujours trop fatigué, ou alors je me sentais mal à l'aise. Je n'avais pas l'impression de te parler, seulement de râler sur papier. Je me sentais faux.

Le temps a passé, je n'ai pas écrit, et toi, tu as commencé à t'adapter à ta vie là-bas et à changer. Je me disais : bon, de toute façon, qu'est-ce que j'ai à lui raconter ? Elle assiste à des réceptions avec tout le gratin de New York, va déjeuner dans des country clubs, se balade en limousine et s'éclate, et moi je conduis une ambulance dans l'est de Londres et je ramasse des poivrots et des petits vieux isolés qui sont tombés de leur lit.

OK, bon, je vais t'avouer autre chose maintenant, Lou. Et si tu ne veux plus jamais entendre parler de moi, je comprendrai. Mais maintenant que nous avons repris contact, je dois le dire : je n'arrive pas à être heureux pour toi. Épouser cet homme n'est pas une bonne idée. Je sais qu'il est intelligent, beau et riche, et qu'il embauche des quatuors à cordes pour animer le dîner qu'il t'a préparé sur son toit-terrasse, etc., mais je suis assez inquiet. Quelque chose me dit que ce type-là n'est pas le bon.

Ah, merde. Il n'y a pas que ça. Ça me rend dingue. Je déteste t'imaginer avec lui. Rien que l'idée de son bras autour de toi me donne envie de donner des coups de poing dans des trucs. Je dors mal parce que je suis devenu un crétin jaloux qui n'arrive plus à penser à rien d'autre. Et tu me connais – je suis capable de m'endormir n'importe où en l'espace de cinq minutes.

Tu dois probablement lire ces mots en pensant : « Dis donc, connard, tu l'as bien cherché. » Et tu auras raison.

Mais je t'en prie, ne prends pas de décision hâtive. Assure-toi que cet homme est bien celui que tu mérites. Et, dans le cas contraire… ne l'épouse pas, point.

Je t'embrasse,

Sam

Cette fois, je ne répondis pas pendant plusieurs jours. Je gardais la lettre avec moi et la parcourais dans les moments de calme au *Grand Magasin du Vintage* ou quand je m'arrêtais pour boire un café dans le *diner* qui acceptait les chiens près de Columbus Circle.

Je la relisais quand je me glissais dans mon lit affaissé le soir et y pensais quand je barbotais dans la petite baignoire rose saumon de Margot.

Et puis, pour finir, je lui répondis.

Cher Sam,
Je ne suis plus avec Josh. Pour reprendre tes mots, nous étions très différents finalement.

Lou

P.-S. : Soit dit en passant, l'idée d'un violoniste se penchant au-dessus de moi pendant que j'essaie de manger me fait frémir jusqu'aux orteils.

Chapitre 32

Chère Louisa,

Bon, j'ai bien dormi pour la première fois depuis des semaines. J'ai trouvé ta lettre en rentrant d'un service de nuit à 6 heures du matin, et je dois te dire que j'étais tellement content que j'ai failli me mettre à hurler comme un fou et danser, mais je danse super mal et je n'avais personne à qui parler, alors j'ai ouvert aux poules, je me suis assis sur le pas de la porte et je leur ai tout raconté (elles n'ont pas semblé très impressionnées, mais qu'est-ce qu'elles y connaissent, après tout ?).

Est-ce que je peux t'écrire, alors ?

J'ai des trucs à dire maintenant. J'ai également un sourire débile collé sur le visage en permanence. Mon nouvel équipier (Dave, quarante-cinq ans, définitivement pas du genre à m'apporter des romans français) m'accuse de faire peur aux patients.

Raconte-moi ce qui se passe dans ta vie. Tu vas bien ? Es-tu triste ? Tu n'avais pas l'air triste. Je n'ai pas envie que tu sois triste.

Parle-moi.

Tendrement,

Sam

DES LETTRES ARRIVAIENT PRESQUE TOUS LES JOURS. CERTAINES étaient longues et décousues, d'autres ne contenaient que quelques lignes, des gribouillages, ou une photo de lui s'extasiant devant les travaux de sa maison, qui avançaient à grands pas. Une autre de lui avec ses poules. Parfois, ses lettres étaient longues, exploratoires, ardentes.

Nous sommes allés trop vite, Louisa Clark. Peut-être que ma blessure a accéléré les choses. Tu ne peux pas jouer à te faire désirer face à quelqu'un qui a littéralement tenu tes tripes dans ses mains, après tout. Alors, peut-être que ce qui est en train de se passer est une bonne chose. Peut-être que cela nous donne l'occasion de vraiment nous parler.
J'ai été une épave après Noël. Je peux te le dire maintenant. J'aime sentir que j'ai fait ce qu'il fallait. Mais là, au contraire, je t'ai blessée, et cela me hantait. Combien de nuits ai-je simplement renoncé à dormir et suis-je allé poursuivre les travaux dans la maison à la place ? Je recommande chaudement à tous ceux qui ont un projet de construction à terminer de se comporter comme des salauds.
Je pense beaucoup à ma sœur. Surtout à ce qu'elle me dirait. Tu n'as pas besoin de l'avoir connue pour imaginer le savon qu'elle m'aurait passé.

Jour après jour, elles arrivaient, parfois deux en vingt-quatre heures, de temps en temps complétées par des mails, mais le plus souvent il s'agissait simplement de longs essais manuscrits, fenêtres ouvertes sur la tête et le cœur de Sam. Parfois, je n'avais pas envie de les lire, effrayée à l'idée de retrouver une intimité avec un homme qui m'avait brisé le cœur. Et puis, certains matins, je me surprenais à dévaler l'escalier pieds nus, Dean Martin sur les talons, pour me planter devant Ashok en me balançant sur mes orteils pendant qu'il passait en revue le paquet de courrier posé sur son bureau. Il feignait, à certains moments, de ne rien trouver, puis tirait une enveloppe de sa veste et me la tendait avec un sourire avant que je file à l'étage pour la savourer en privé.

Je les lisais et les relisais, m'apercevant, chaque fois que j'en découvrais une, à quel point nous nous connaissions peu avant mon départ, construisant une nouvelle image de cet homme silencieux et compliqué. Parfois, ses lettres m'attristaient :

Vraiment désolé. Pas le temps aujourd'hui. On a perdu deux enfants dans un accident de la route. Juste besoin d'aller me coucher.
Je t'embrasse.
P.-S. : J'espère qu'il t'est arrivé plein de belles choses aujourd'hui.

Mais, de manière générale, c'était de la joie à l'état brut. Il me parlait de Jake, qui lui avait dit que Lily était la seule personne qui comprenait vraiment ce qu'il ressentait. Il me raconta que, toutes les semaines, il emmenait le père de Jake marcher le long du canal ou lui demandait de l'aider à peindre les murs de sa maison pour l'encourager à s'ouvrir un peu (et le dissuader de passer son temps à manger des gâteaux). Il me parla des deux poules emportées par un renard, des carottes et des betteraves qui poussaient dans son potager. Il m'avoua comment, furieux et désespéré, il avait démoli sa moto à coups de pied le jour de Noël après m'avoir quittée chez mes parents et n'avait pas fait réparer les dégâts afin de ne jamais oublier à quel point il avait été malheureux de me perdre. Chaque jour, il s'ouvrait davantage, et chaque jour, j'avais l'impression de le connaître un peu mieux.

Je t'ai dit que Lily était passée aujourd'hui ? J'ai fini par lui avouer qu'on avait repris contact : elle est devenue rose vif et s'est étranglée avec son chewing-gum. Sérieusement, j'ai cru que j'allais devoir lui faire la manœuvre de Heimlich.

Je lui répondais dès que j'avais un moment libre, entre le travail et mes promenades avec Dean Martin. Je lui esquissais des petits instantanés de ma vie, de mon catalogage soigneux et de mes réparations sur la garde-robe de Margot, lui envoyant des photos des vêtements qui m'allaient comme s'ils avaient été faits sur mesure pour moi (il me confia qu'il les affichait dans sa cuisine). Je lui appris que l'idée de Margot d'une agence de location de vêtements avait fait son chemin et qu'elle ne cessait de me trotter dans la tête. Je lui parlai de mon autre correspondance : de petites cartes de Margot écrites en pattes de mouche – depuis que son fils lui avait pardonné, elle rayonnait de joie –, et de gentilles cartes fleuries de sa belle-fille Laynie, qui me tenait au courant de la détérioration de son état de santé et me remerciait d'avoir permis à son mari de se réconcilier avec son passé, tout en regrettant que cela ait pris si longtemps.

Je racontai à Sam que j'avais commencé à chercher un appartement et m'étais rendue, avec Dean Martin, dans des quartiers où je n'avais encore jamais mis les pieds – Jackson Heights, Queens, Park Slope –, essayant d'évaluer le risque de me faire assassiner dans mon lit tout en m'efforçant de ne pas tomber à la renverse face à l'écart terrifiant entre les loyers et la surface des clapiers que je visitais.

Je lui parlai de mes dîners désormais hebdomadaires chez Ashok et Meena, de la façon dont leurs insultes désinvoltes et l'amour qui liait les membres de leur famille faisaient que la mienne me manquait. Je lui confiai que mes pensées retournaient sans cesse vers grand-père, bien plus que lorsqu'il était en vie, et que maman, libérée de toute responsabilité, le pleurait encore. Je lui confiai que, durant ces dernières semaines, bien que j'aie été plus seule que jamais et que je vive dans un grand appartement vide, curieusement, je ne souffrais absolument pas de la solitude.

Et, peu à peu, je lui avouai ce que cela signifiait pour moi de l'avoir de nouveau dans ma vie, d'entendre sa voix dans mon oreille au petit matin, de savoir que je comptais pour lui, de le sentir à mes côtés malgré les kilomètres qui nous séparaient.

Enfin, je lui dis qu'il me manquait. Et je compris, à l'instant où j'appuyai sur « envoyer », que cela ne résolvait rien du tout.

Nathan et Ilaria vinrent dîner. Nathan apporta un pack de bières et Ilaria, un ragoût de porc aux épices et aux haricots dont personne n'avait voulu chez les Gopnik. Bizarrement, Ilaria semblait cuisiner beaucoup de plats dont personne ne voulait ces derniers temps. La semaine précédente, elle m'avait apporté un curry de crevettes, celui-là même qu'Agnes l'avait priée de ne plus jamais servir.

Assis sur le canapé de Margot devant la télévision, nos bols sur les genoux, nous trempions des morceaux de pain de maïs dans la délicieuse sauce tomate, bavardant joyeusement tout en essayant de ne pas nous roter au nez. Ilaria prit des nouvelles de Margot, se signant et secouant tristement la tête quand je lui fis part du dernier bilan de Laynie. Elle me raconta qu'Agnes avait banni Tabitha de l'appartement, une cause supplémentaire de stress pour M. Gopnik, qui avait choisi d'affronter cette nouvelle crise familiale en passant le plus clair de son temps à son bureau.

— Pour sa défense, il se passe beaucoup de choses à son travail, intervint Nathan.

— Il se passe beaucoup de choses de l'autre côté du couloir, rétorqua Ilaria en haussant un sourcil à mon intention. La *puta* a une fille, me souffla-t-elle en s'essuyant les mains sur sa serviette, profitant d'une visite de Nathan aux toilettes.

— Je sais.

— Elle vient lui rendre visite, avec la sœur de la *puta*. (Ilaria renifla en tirant sur un fil qui dépassait de son pantalon.) Pauvre petite. Ce n'est pas sa faute si elle arrive dans une famille de fous.

— Vous veillerez sur elle, n'est-ce pas ? Vous êtes douée pour ça.

— La couleur de la salle de bains ! s'exclama Nathan en revenant. Je n'aurais jamais cru qu'on pouvait faire des toilettes vert menthe. Tu savais qu'il y avait une bouteille de crème hydratante qui datait de 1974 ?

Ilaria haussa les sourcils et pinça les lèvres.

Nathan partit à 21 h 15. Quand la porte se referma sur lui, Ilaria baissa la voix, comme s'il pouvait encore nous entendre, et me confia qu'il fréquentait une experte en coaching sportif de Bushwick qui le convoquait à toute heure du jour et de la nuit.

Entre cette fille et M. Gopnik, il n'avait de temps pour personne en ce moment. Mais que voulez-vous y changer ?

Rien. Les gens faisaient ce qu'ils avaient à faire.

Elle hocha la tête, comme si je venais de faire preuve d'une grande sagesse, et s'éloigna à petits pas dans le couloir.

— Je peux te demander quelque chose ?

— Bien sûr ! Nadia, chérie, apporte ça à mamie, tu veux bien ?

Meena se pencha pour donner à l'enfant un petit gobelet en plastique rempli d'eau glacée. Il faisait une chaleur étouffante ce soir-là, et toutes les fenêtres de l'appartement d'Ashok et Meena étaient ouvertes. Malgré les deux ventilateurs qui vrombissaient paresseusement, l'air résistait obstinément au mouvement. Nous préparions le dîner dans la minuscule cuisine, et au moindre de mes gestes, un bout de moi restait collé à quelque chose.

— Est-ce qu'Ashok t'a déjà fait du mal ?

Debout devant la cuisinière, Meena se retourna vivement pour me faire face.

— Pas physiquement, m'empressai-je de préciser. Juste…

— Est-ce qu'il m'a déjà fait de la peine ? Joué avec mes sentiments ? Pas beaucoup, franchement. Il n'est pas vraiment conçu pour ça. Une fois, alors que j'étais enceinte jusqu'au cou de Rachana, il s'est moqué en disant que je ressemblais à une baleine, mais une fois redescendue de mon trip d'hormones, j'ai été forcée d'admettre qu'il avait raison. Et, bon sang, je peux te dire qu'il l'a payé cher !

À ce souvenir, elle partit d'un éclat de rire sonore comme un coup de Klaxon, puis elle se mit à fouiller dans un placard en quête de riz.

— Tu penses encore à ton amoureux de Londres ?

— Il m'écrit. Tous les jours. Mais je…

— Tu quoi ?

Je haussai les épaules.

— J'ai peur. Je l'aime tellement. Et ça a été tellement dur quand nous nous sommes séparés. Si je m'autorise à retomber amoureuse de lui, je risque de m'en reprendre plein la figure. C'est compliqué.

— C'est toujours compliqué, affirma Meena en s'essuyant les mains sur son tablier. C'est la vie, Louisa. Bon, montre-moi.

— Quoi ?

— Les lettres. Allez. Ne me fais pas croire que tu ne les trimballes pas partout. Ashok dit que, chaque fois qu'il t'en tend une, tu souris comme une débile.

— Je croyais que les concierges étaient soumis au secret professionnel !

— Cet homme n'a aucun secret pour moi. Tu le sais. Et nous sommes *extrêmement attentifs* à ce qui se passe dans ta vie. Allez, par ici.

Elle rit et tendit une main en agitant les doigts avec impatience. J'hésitai une seconde, avant de sortir la liasse de lettres de mon sac à main. Alors, ignorant les allées et venues de ses enfants, les éclats de rire étouffés de sa mère, qui regardait une comédie à la télévision dans la pièce voisine, la sueur et les cliquètements rythmés du ventilateur au-dessus de sa tête, Meena se pencha sur mes lettres et se mit à lire.

Un truc bizarre, Lou. J'ai passé trois années à construire cette fichue baraque, réfléchissant des heures avant de choisir les encadrements de fenêtres ou le modèle de bac de douche, hésitant entre des prises de courant en plastique blanc ou en métal brossé… Voilà, c'est fait. Et maintenant, assis tout seul dans mon salon impeccable, aux murs peints dans la nuance parfaite de gris pâle, devant le poêle remis à neuf et les rideaux à plis pincés triples que ma mère m'a aidé à choisir, je me demande : à quoi bon avoir construit tout ça ?

Je crois que j'avais besoin de détourner mon attention de la mort de ma sœur. J'ai construit une maison pour m'empêcher de penser. J'ai construit une maison parce que j'avais besoin de croire en l'avenir. Mais, maintenant que c'est fait, je contemple ces pièces vides et je ne ressens rien. Peut-être une certaine fierté pour avoir mené à bien ce projet, mais à part ça ? Rien du tout.

Meena regarda fixement le dernier paragraphe pendant un moment. Puis, elle replia la lettre et la rangea soigneusement dans la pile qu'elle me rendit.

— Oh, Louisa, dit-elle, la tête penchée sur le côté. *Allez*, ma vieille.

1442 Lantern Drive
Tuckahoe
Westchester, NY

Chère Louisa,

J'espère que vous vous portez bien et que l'appartement ne représente pas une charge trop contraignante. L'entrepreneur doit venir y jeter un coup d'œil dans deux semaines – pourriez-vous vous arranger pour être là afin de lui ouvrir ? Nous vous préciserons au plus vite le jour et l'heure du rendez-vous.

Margot n'est pas suffisamment d'attaque pour écrire ces jours-ci – elle se fatigue vite et les médicaments qu'elle prend l'étourdissent un peu –, mais j'ai pensé que vous seriez heureuse d'apprendre que nous sommes aux petits soins pour elle. Nous nous sommes rendu compte que, même si cela se complique, nous ne supporterions pas l'idée de l'installer dans cette résidence médicalisée. Elle restera donc avec nous. Nous serons aidés par du personnel médical tout à fait charmant. Elle a encore tant de choses à nous raconter ! La plupart du temps, elle nous fait courir en tous sens ! Cela ne me dérange pas. J'aime assez avoir quelqu'un dont m'occuper, et, quand elle se sent mieux, c'est un plaisir de l'entendre raconter toutes ces anecdotes de l'époque où Frank était enfant. Je crois qu'il aime aussi les écouter, même s'il refusera de l'admettre. Ces deux-là se ressemblent comme deux gouttes d'eau.

Margot aimerait savoir si cela vous ennuierait de lui envoyer une autre photo du chien. Elle a tellement aimé celle que vous lui avez fait parvenir l'autre jour ! Frank l'a mise dans un joli cadre en argent près de son lit, et je sais qu'elle lui est d'un grand réconfort maintenant qu'elle passe beaucoup de temps à se reposer. Je ne peux pas dire que je trouve cette petite bête aussi plaisante à regarder qu'elle, manifestement, mais il en faut pour tous les goûts.

Elle vous fait ses amitiés et dit qu'elle espère que vous portez toujours ces magnifiques collants rayés. Je ne sais pas si ce sont les médicaments qui parlent, en tout cas je suis persuadée que ses intentions sont bonnes !

Avec toute notre amitié,

Laynie G. Weber

— Tu es au courant ?

Je partais travailler accompagnée de Dean Martin. L'été n'avait pas tardé à se faire sentir, chaque jour plus chaud et humide. Les livreurs à bicyclette exposaient leur peau brûlée par le premier soleil en pestant contre les touristes qui marchaient sur la chaussée. Le temps d'arriver au métro, la sueur faisait adhérer ma jupe au bas de mon dos. Mais ce jour-là, je portais ma robe psychédélique des années 1960, celle que Sam m'avait achetée, et des sandales à semelles compensées en liège avec des fleurs roses sur la sangle, et, après l'hiver que je venais de passer, le soleil sur ma peau me faisait l'effet d'un baume.

— Au courant de quoi ?

— La bibliothèque ! Elle est sauvée ! Son avenir est assuré pour les dix prochaines années !

Ashok tendit son téléphone vers moi. Je m'arrêtai sur le tapis et remontai mes lunettes de soleil sur mon crâne pour lire le texto de Meena.

— Je n'arrive pas à le croire. Un don anonyme en mémoire d'un mec décédé. La… Attends, je l'ai ici. (Il fit défiler le message avec le doigt.) La Bibliothèque William-Traynor. Mais peu importe qui il est ! Un financement pour dix ans, Louisa ! Et le conseil municipal a donné son accord ! Dix ans ! Oh là là. Meena est aux anges. Elle pensait que c'était fichu…

Je jetai un coup d'œil au téléphone et le lui rendis.

— Plutôt chouette, non ?

— Incroyable, tu veux dire ! Qui aurait pu imaginer une chose pareille, hein ? Enfin une bonne nouvelle pour le petit peuple. Oooh, *yes* !

Le sourire d'Ashok était gigantesque.

Je sentis alors quelque chose enfler en moi, une bulle de joie pure, et une telle impatience que j'eus l'impression que la Terre avait brièvement cessé de tourner, comme s'il ne restait plus que moi et l'univers, et un million de choses merveilleuses qui pouvaient arriver si seulement vous teniez bon.

Je baissai les yeux vers Dean Martin, puis regardai de nouveau vers l'entrée. Je saluai Ashok de la main, chaussai mes lunettes de soleil et me mis en route sur la Cinquième Avenue en souriant jusqu'aux oreilles.

J'étais d'autant plus ravie que je n'avais demandé que cinq ans.

Bon, je suppose qu'à un moment, nous allons devoir parler du fait que ton année à New York touche à sa fin. As-tu une date de retour en tête ? J'imagine que tu ne peux pas rester éternellement chez ta vieille dame.

J'ai réfléchi à ton agence de location de vêtements. Tu pourrais utiliser ma maison comme base, si tu veux, il y a plein de place, et c'est gratuit. Et si ça te dit, tu pourrais t'y installer aussi…

Si tu penses que c'est trop tôt pour ça, mais que tu ne veux pas obliger ta sœur à déménager en récupérant ton appartement, tu pourrais t'installer dans le wagon ? Ce n'est pas l'option que je préfère, mais tu l'as toujours adoré, et j'aime assez l'idée de t'avoir comme voisine juste de l'autre côté du jardin…
Il y a bien sûr une autre option, à savoir que c'est trop pour toi et que tu ne veux plus rien avoir à faire avec moi, mais

elle me plaît encore moins. Pour tout dire, elle est pourrie.
J'espère que tu es de mon avis.
Des idées?
Je t'embrasse,

Sam

P.-S. : Ce soir, j'ai embarqué un couple marié depuis cinquante-six ans. Lui avait des difficultés respiratoires – rien de très grave –, et elle ne lui a pas lâché la main une seule seconde, aux petits soins avec lui jusqu'à ce qu'on arrive à l'hôpital. Je ne fais généralement pas très attention à ces choses-là, mais ce soir… Je ne sais pas.
Tu me manques, Louisa Clark.

Je remontai la Cinquième Avenue, balayant du regard la chaussée saturée de véhicules, telle une artère bouchée, et les trottoirs bloqués par les flots bariolés de touristes. Je pensai à la chance que c'était de tomber amoureuse non pas d'un homme extraordinaire, mais de deux – et de votre veine s'ils vous aimaient tous les deux en retour. Je songeai à combien nous sommes modelés par les gens qui nous entourent, et par conséquent au soin qu'il faut mettre à les choisir. Et enfin, je me dis que, malgré tout, il fallait se résoudre à tous les perdre pour pouvoir se trouver vraiment soi-même.

Je pensai à Sam, et à un couple qui avait été marié pendant cinquante-six ans et que je ne rencontrerais jamais. Son nom se superposa dans ma tête au battement de mes pas qui me menèrent devant la Rockefeller Plaza, la Trump Tower et son faste de mauvais goût, la cathédrale Saint-Patrick, le gigantesque magasin *Uniqlo*, tout illuminé, éblouissant avec ses écrans pixellisés, Bryant Park, la New York Public Library, avec son imposante façade ouvragée et les lions vigilants qui montent la garde devant, les boutiques, les panneaux d'affichage, les touristes, les vendeurs des rues, les sans-abri – tous ces éléments de décor quotidiens d'une vie que j'aimais dans une ville où il n'habitait pas. Pourtant, par-dessus le bruit et les sirènes et le vacarme des Klaxon, je compris qu'il s'y trouvait à chaque pas.

Sam.

Sam.

Sam.

Puis, je pensai à ce que ça me ferait de rentrer chez moi.

28 octobre 2006

Maman,

Je t'écris cette lettre en vitesse pour te dire que je rentre en Angleterre ! J'ai obtenu le poste dans l'entreprise de Rupe, donc je donne ma démission demain, ici, ce qui veut dire que je quitterai mon bureau et emporterai mes effets personnels dans une boîte quelques minutes plus tard – ces compagnies de Wall Street n'aiment pas trop vous retenir, de peur qu'il ne vous vienne l'idée de piller leurs fichiers clients.

Donc, au début de l'année prochaine, je serai directeur général de Mergers and Acquisitions à Londres. J'ai hâte de relever ce nouveau défi. Néanmoins, je m'offrirai probablement une petite pause avant – je vais peut-être faire ce trek d'un mois en Patagonie dont je n'ai pas arrêté de parler, après quoi il faudra que je me trouve un endroit où vivre. Si l'occasion se présente, pourrais-tu me mettre en contact avec quelques agents immobiliers ? J'aimerais dénicher un appartement dans le centre, avec deux ou trois pièces et un parking en sous-sol pour ma moto si possible (oui, je sais, tu la détestes).

Oh, autre chose. Ça va te plaire. J'ai rencontré quelqu'un. Alicia Deware. Elle est anglaise, figure-toi, mais elle rendait visite à des amis et nous avons fait connaissance lors d'un dîner mortellement ennuyeux. Nous nous sommes vus plusieurs fois avant qu'elle reparte à Notting Hill. De vrais rendez-vous, pas du dating new-yorkais. C'est un peu tôt pour dire quoi que ce soit, mais j'ai passé de très bons moments en sa compagnie. J'espère bien la revoir à mon retour. Attends tout de même un peu avant de commencer à passer en revue les chapeaux de mariage. Tu me connais.

Bon, voilà ! Embrasse papa pour moi – dis-lui que je lui offrirai bientôt une pinte ou deux au Chêne Royal.

Aux nouveaux départs, hein ?

Très affectueusement,

Ton fils,
Will

Je lus et relus cette lettre de Will, avec ses allusions à des univers parallèles, et ce-qui-aurait-pu-être retomba doucement autour de moi comme des flocons de neige. Entre les lignes, je lus le futur qu'il aurait pu partager avec Alicia – ou peut-être même avec moi. William John Traynor avait bouleversé ma vie. En m'envoyant sa correspondance, Camilla Traynor, sans le savoir, s'était assuré qu'il continuerait à le faire.

« Aux nouveaux départs, hein ? »

Je lus une dernière fois ses mots avant de replier la lettre et de la ranger soigneusement avec les autres. Puis, je m'assis et réfléchis. Enfin, je me servis la fin de la bouteille de vermouth de Margot, sirotai mon verre, le regard perdu dans le vague, soupirai, marchai jusqu'à la porte d'entrée avec mon ordinateur, m'assis par terre et écrivis :

Cher Sam,

Je ne suis pas prête.

Je sais qu'une année se sera bientôt écoulée et que j'étais censée rentrer, mais voilà : je ne suis pas prête.

Toute ma vie, j'ai pris soin des autres, je me suis adaptée à leurs besoins et leurs envies. Je suis douée pour ça. Je le fais sans même m'en rendre compte. Je le ferais probablement aussi avec toi. Tu n'as pas idée comme j'aimerais réserver un billet, là, maintenant, pour être auprès de toi.

Mais ces deux derniers mois, il m'est arrivé quelque chose – quelque chose qui m'en empêche.

J'ouvre mon agence ici. Elle va s'appeler Les Jupons du Bourdon, et se trouvera au coin du Grand Magasin du Vintage. Les clients pourront soit acheter aux filles, soit louer chez moi. Nous allons partager nos contacts, promouvoir notre activité. L'idée est de nous entraider. J'ouvre mes portes vendredi et j'ai écrit à tous les gens auxquels j'ai pu penser. Nous avons déjà été contactées par des maisons de production, des magazines de mode, et même des femmes souhaitant louer une tenue pour une soirée déguisée (tu n'imagines pas le nombre de soirées Mad Men organisées à Manhattan).

Ça va être dur et je vais être fauchée. Le soir, quand je rentre, je dors debout, mais pour la première fois de ma vie, Sam, je me réveille pleine d'enthousiasme. J'adore m'occuper des clients, découvrir ce qui va leur aller. J'adore recoudre ces magnifiques vêtements d'une autre époque afin de leur redonner une jeunesse. J'adore pouvoir imaginer, jour après jour, qui je veux être.

Tu m'as dit, une fois, que tu avais toujours voulu être ambulancier. Eh bien, moi, j'ai attendu presque trente ans pour savoir ce à quoi j'étais destinée. Ce rêve pourrait aussi bien durer une semaine qu'un an, mais chaque jour, je me rends dans East Village chargée de mon sac rempli de vêtements, les bras douloureux, et l'impression que je ne serai jamais prête à temps, et… j'ai envie de chanter.

Je pense beaucoup à ta sœur. Je pense aussi à Will. Quand des êtres chers meurent jeunes, c'est un rappel permanent que rien ne doit être tenu pour acquis, qu'il est de notre devoir de profiter au maximum de ce que la vie nous donne. J'ai l'impression de le comprendre enfin.

Alors voilà : je n'ai jamais vraiment rien demandé à personne. Mais si tu m'aimes, Sam, je veux que tu me rejoignes – au moins le temps que je voie si j'arrive à concrétiser cette idée. J'ai fait des recherches : il faudrait que tu passes un examen, et apparemment les postes à New York sont saisonniers, mais ils recrutent des ambulanciers.

Tu pourrais mettre ta maison en location, ça te ferait une rentrée d'argent. Nous louerions un petit appartement dans Queens, ou peut-être dans l'un des coins bon marché de Brooklyn, et nous nous réveillerions tous les jours ensemble et… rien ne me rendrait plus heureuse. Et je ferais tout ce que je peux – durant les heures où je ne suis pas couverte de poussière, de mites et de sequins – pour que tu sois heureux avec moi.

On n'a qu'une vie, n'est-ce pas?

Tu m'as demandé un jour si je voulais une grande démonstration d'amour. Eh bien, la voilà : je serai là où ta sœur a toujours voulu aller le 25 juillet à 19 heures. Tu sais où me trouver si ta réponse est oui. Sinon, j'y resterai un moment à admirer la vue, et je serai quand même heureuse de t'avoir retrouvé, même par lettres interposées.

Avec tout mon amour,

Lou

Chapitre 33

Je revis Agnes une dernière fois avant de quitter définitivement le Lavery. Je venais d'y pénétrer en titubant, croulant sous deux brassées de vêtements que je rapportais pour les repriser à la maison, les housses en plastique me collant désagréablement à la peau. Au moment où je passais devant la réception, deux robes glissèrent au sol. Ashok bondit en avant pour les ramasser pendant que je luttais pour ne pas lâcher tout le reste.

— On dirait que tu as du pain sur la planche, ce soir.

— Tu l'as dit ! Trimballer tout ça dans le métro a été absolument cauchemardesque.

— Je te crois. Oh, excusez-moi, madame Gopnik. Je dégage tout de suite le passage.

Je levai les yeux tandis qu'Ashok ramassait prestement mes robes et reculait pour laisser Agnes sortir.

Je me redressai autant que je le pus, encombrée de mon chargement. Elle portait une simple robe droite avec un grand col danseuse et des ballerines, donnant l'impression, comme toujours, de ne pas se soucier des conditions météorologiques – que ce soit la canicule ou le froid glacial. Elle tenait la main d'une fillette de quatre ou cinq ans vêtue d'une robe chasuble. Celle-ci ralentit pour jeter un coup d'œil aux vêtements de couleurs vives que je tenais contre moi. Ses cheveux blonds délicatement ondulés étaient impeccablement coiffés en arrière et retenus par deux nœuds en velours. Elle avait les yeux en amande de sa mère et, quand elle croisa mon regard, elle s'autorisa un petit sourire espiègle face à ma situation fâcheuse.

Je ne pus me retenir de le lui rendre. Au même moment, Agnes se retourna pour voir ce qui retardait l'enfant et nos regards se croisèrent. Je me figeai brièvement, m'apprêtant à reprendre une expression neutre, mais, avant que je n'en aie eu le temps, les commissures de ses lèvres frémirent, comme celles de sa fille, presque malgré elle. Elle me fit un signe de tête, un mouvement si imperceptible que je fus peut-être la seule à le remarquer. Puis, elle franchit la porte qu'Ashok lui tenait, la fillette bondissant déjà dehors, et elles disparurent, avalées par la lumière du soleil et le flot des passants en perpétuel mouvement de la Cinquième Avenue.

Chapitre 34

Ma Lou chérie,

Eh bien… J'ai dû le lire deux fois juste pour être sûre d'avoir bien compris. J'ai regardé cette jeune femme sur les photos et j'ai pensé : est-ce vraiment ma fille qu'on voit dans un journal de New York ?

Ces photos de toi au milieu de toutes ces robes sont absolument merveilleuses, et tu es si belle, habillée ainsi, entourée de tes amies. Si tu savais comme nous sommes fiers, ton père et moi ! Nous avons découpé celles du journal gratuit, et ton père a fait des captures d'écran de toutes celles que nous avons trouvées sur Internet. T'ai-je dit qu'il a commencé un cours d'informatique au centre de formation pour adultes ? Tu vas voir qu'il va devenir le Bill Gates de Stortfold. Nous t'envoyons tout notre amour. Je sais que tu sauras faire de ton entreprise un succès, Lou. Tu m'avais paru si optimiste au téléphone l'autre jour… Quand tu as raccroché, je suis restée un moment assise à contempler le combiné, n'en revenant pas que ma petite fille, la tête pleine de projets, m'ait appelée depuis sa propre boutique de l'autre côté de l'Atlantique. (C'est bien l'Atlantique ? Je confonds toujours avec le Pacifique.)

Et maintenant, voici NOTRE grande nouvelle : nous projetons de te rendre visite vers la fin de l'été ! Nous préférons voyager quand il fera un peu moins chaud – il paraît que la chaleur est effroyable à New York en ce moment, et ça ne nous a pas fait très envie. Tu sais que ton père a facilement des irritations dans des endroits fâcheux. Deirdre, de l'agence de voyages, nous laisse bénéficier de ses remises. Nous ferons

nos réservations à la fin de la semaine. Pourrons-nous loger avec toi dans l'appartement de la vieille dame ? Si ce n'est pas possible, pourras-tu nous recommander un hôtel ? SANS PUNAISES DE LIT, ATTENTION !
Dis-moi les dates qui t'arrangent. Je suis tellement contente !
Je t'embrasse fort,

Maman

P.-S. : T'ai-je dit que Treena avait été promue ? Elle a toujours été si intelligente. Je comprends pourquoi Eddie l'aime tant.

25 juillet

« *Wisdom and knowledge shall be the stability of thy times.* » (« La sagesse et l'intelligence sont source de salut. »)

DEBOUT À L'ÉPICENTRE DE MANHATTAN AU PIED DE L'IMPOSANT building, je reprenais mon souffle en contemplant la plaque dorée qui surmontait l'imposante entrée du 30 Rockefeller Plaza. Autour de moi, New York grouillait sous la chaleur de cette fin d'après-midi, les trottoirs disparaissaient sous le flot des touristes en vadrouille, l'air était saturé du vacarme des Klaxon, et de la sempiternelle odeur des gaz d'échappement et de pneus surchauffés. Derrière moi, une femme portant un polo « 30 Rock », luttant pour se faire entendre par-dessus le raffut, récitait un discours bien préparé à un groupe de touristes japonais. « La construction de ce building fut achevée en 1933, sous la supervision d'un architecte réputé, Raymond Hood, dans le style Art déco… Monsieur, s'il vous plaît, ne vous éloignez pas. Madame ? Madame ? Par ici, je vous prie. » Je levai les yeux vers ses soixante-sept étages et pris une grande inspiration.

Il était 18 h 45.

Voulant être parfaite pour ce moment, j'avais prévu de repasser au Lavery à 17 heures afin de prendre une douche et d'enfiler une tenue de circonstance (je pensais m'inspirer de Deborah Kerr dans *Elle et lui*). Mais le Destin était intervenu sous la forme d'une styliste travaillant pour un magazine de mode italien et qui s'était présentée au *Grand Magasin du Vintage* à 16 h 30. Elle avait demandé à voir tous les tailleurs deux pièces pour une rubrique qu'elle préparait. Elle avait voulu ensuite que sa collègue en essaie quelques-uns afin de prendre des photos. Elle devait me recontacter. Je n'avais pas vu le temps passer, et il était déjà 17 h 40. Il me restait tout juste le temps de ramener Dean Martin à la maison et de lui donner à manger avant de repartir. Me voilà donc, en sueur et assez lessivée, dans les vêtements que j'avais portés pour travailler, sur le point d'apprendre quel tournant allait prendre ma vie.

« Bien. Mesdames et messieurs, par ici pour la terrasse panoramique, s'il vous plaît. »

Bien que j'aie arrêté de courir quelques minutes plus tôt, j'étais encore hors d'haleine en traversant l'esplanade. Je poussai les portes en verre fumé et constatai avec soulagement que la file pour acheter les tickets était courte. J'avais consulté le site TripAdvisor la veille au soir, qui mettait en garde contre l'attente parfois très longue, mais je m'étais sentie trop superstitieuse pour acheter un ticket à l'avance. J'attendis donc mon tour, vérifiant mon reflet dans mon miroir de poche, jetant des coups d'œil furtifs autour de moi au cas où Sam serait arrivé en avance, puis achetai un ticket qui me donnait accès à l'ascenseur de 18 h 50 à 19 h 10. Je suivis le cordon de velours et attendis qu'on m'oriente avec un groupe de touristes.

Soixante-sept étages. Le gratte-ciel était si haut qu'il était probable que vos oreilles se bouchent pendant l'ascension.

Il viendra. Bien sûr qu'il viendra.

Et s'il ne vient pas ?

Cette pensée n'avait cessé de me hanter depuis que j'avais reçu sa réponse – à peine une ligne – à mon mail.

D'accord. Compris.

Une réponse sibylline qui pouvait signifier tout et son contraire. J'avais attendu, au cas où il aurait voulu me poser des questions au sujet de mon plan, ou me dire quoi que ce soit qui m'aurait donné un indice quant à sa décision. J'avais relu mon message, me demandant s'il avait pu sembler décourageant, trop assuré, voire péremptoire, si j'avais su y transmettre la force de mes sentiments. J'aimais Sam. Je voulais l'avoir près de moi. Avait-il compris à quel point ? Mais, ayant lancé le plus énorme des ultimatums, il m'avait semblé bizarre d'essayer de vérifier qu'il avait bien été compris. Je m'étais donc résolue à attendre.

18 h 55. Les portes de l'ascenseur s'ouvrirent. Je tendis mon ticket et entrai. Soixante-sept étages. Je sentis mon estomac se nouer.

L'ascenseur commença à s'élever lentement, et je fus prise d'une panique soudaine. Et s'il ne venait pas ? Et s'il avait accepté, mais changeait d'avis ? Qu'est-ce que je ferais ? Il ne m'infligerait certainement pas une chose pareille, pas après tout ce qui s'était passé. Je me surpris à inspirer bruyamment et pressai mes mains sur ma poitrine, essayant de me calmer.

— C'est l'altitude, n'est-ce pas ?

Une femme, près de moi, tendit la main et me toucha gentiment le bras.

— Soixante-sept étages, ce n'est pas rien.

J'essayai de sourire.

— Quelque chose comme ça.

Si tu ne peux pas te résoudre à quitter ton travail et ta maison et toutes les choses qui te rendent heureux, je comprendrai. Je serai triste, mais je comprendrai.

Tu seras toujours avec moi, d'une façon ou d'une autre.

J'avais menti. Bien sûr que j'avais menti.

Oh, Sam, dis oui ! Je t'en supplie, sois devant les portes quand elles se rouvriront.

Soudain, l'ascenseur s'immobilisa.

— Eh bien, ce n'étaient pas soixante-sept étages, lança quelqu'un, et deux personnes eurent un petit rire gêné.

Un bébé dans un landau me dévisagea de ses grands yeux bruns. Nous restâmes tous immobiles pendant quelques secondes, puis quelqu'un sortit de la cabine.

— Oh, ce n'était pas l'ascenseur principal, dit la femme à côté de moi. Il est là-bas.

Effectivement. Je le repérai, à l'extrémité opposée, au bout d'une file interminable en forme de fer à cheval.

Je regardai autour de moi, horrifiée. Il devait y avoir une centaine de visiteurs, deux cents peut-être, même, s'affairant en silence, examinant les objets exposés, lisant les textes explicatifs plastifiés accrochés aux murs. Je consultai ma montre. Il était déjà 18 h 59. Je voulus envoyer un message à Sam, mais constatai, atterrée, que je n'avais pas de réseau. Je commençai à me frayer un chemin dans la foule en marmonnant : « Excusez-moi. Excusez-moi. » Les gens protestaient bruyamment et criaient : « Eh, dites donc, attendez votre tour ! » La tête rentrée dans les épaules, je passai devant les panneaux qui racontaient l'histoire du Rockefeller Center, de ses arbres de Noël et de l'exposition audiovisuelle de la NBC, plongeant dans la foule et me faufilant, murmurant des excuses. Il est difficile de trouver plus grincheux que des touristes mourant de chaud coincés dans une file d'attente. Un homme me retint par la manche.

— Eh, vous ! Nous faisons tous la queue !

— Je dois retrouver quelqu'un, dis-je. Je suis désolée. Je suis anglaise. Nous sommes pourtant *très bons* pour faire la queue, mais je risque de le manquer si je suis coincée ici.

— Vous pouvez attendre, comme nous tous !

— Laisse-la passer, chéri, dit la femme à ses côtés.

J'articulai des remerciements et poursuivis ma progression, me frayant un chemin au milieu d'un amas d'épaules brûlées par le soleil, de corps mouvants, d'enfants geignards et de tee-shirts « I LOVE NY ». Les portes de l'ascenseur étaient de plus en plus proches.

Mais à cinq mètres de l'arrivée à peu près, la file d'attente s'immobilisa fermement. Je sautillai, essayant de voir par-dessus la tête des gens, et faillis heurter une fausse poutrelle en fer. Elle était installée devant un gigantesque agrandissement en noir et blanc de la ligne d'horizon de New York. Des visiteurs s'asseyaient en groupe sur la structure, dans une imitation de la photo légendaire sur laquelle on voyait des ouvriers déjeuner durant la construction de la tour. En face d'eux, une jeune femme derrière un appareil photo leur criait : « Levez les mains en l'air, c'est ça, et maintenant les pouces levés pour New York, c'est ça. Et maintenant, faites semblant de vous pousser les uns les autres. Maintenant, embrassez-vous. OK. Les photos seront disponibles quand vous redescendrez. Suivants ! » Pour chaque groupe, elle répétait les quatre mêmes directives tandis que nous nous approchions peu à peu. La seule façon de passer devant impliquerait de gâcher l'unique occasion d'une photo souvenir en haut du 30 Rock. Il était 19 h 04. Je tentai de me faufiler, espérant réussir à me glisser derrière la photographe, mais me retrouvai bloquée par un groupe d'adolescents avec des sacs à dos. Quelqu'un me poussa et nous avançâmes.

— Sur la poutre, s'il vous plaît. Madame ?

Le passage était obstrué par un mur inamovible de gens. La photographe gesticulait. J'allais faire tout ce qu'il fallait pour que ça avance plus vite. Docile, je me hissai sur la poutrelle, marmonnant entre mes dents :

— Allez, allez, il faut que je bouge.

— Levez les mains en l'air, c'est ça, et maintenant les pouces levés pour New York !

Je levai les mains et me forçai à brandir les pouces.

— Et maintenant, faites semblant de vous pousser, très bien… Maintenant, embrassez-vous.

Un adolescent à lunettes se tourna vers moi, surpris, puis ravi.

Je secouai la tête.

— Pas cette fois, mon pote, désolée.

Je sautai de la poutre, le poussai pour passer et courus jusqu'au dernier segment de queue devant l'ascenseur.

Il était 19 h 09.

C'est à ce moment-là que j'eus envie de pleurer. Debout, écrasée au milieu de cette file vociférante où régnait une chaleur étouffante, je dansais d'un pied sur l'autre tout en regardant l'autre ascenseur déverser des gens, me maudissant de ne pas m'être renseignée. C'était le problème avec les grands gestes. Ils ont tendance à vous exploser au visage de la plus spectaculaire des façons. Les agents de sécurité me regardaient m'agiter avec une indifférence blasée, ayant probablement déjà vu toutes les manifestations possibles du comportement humain. Et puis, enfin, à 19 h 12, la porte de l'ascenseur s'ouvrit et un garde fit avancer le troupeau en comptant les têtes. Quand il arriva à moi, il tira le cordon.

— Prochain ascenseur.

— Oh, *allez* !

— C'est le règlement, madame.

— Je vous en prie, je dois retrouver quelqu'un. Je suis déjà tellement, tellement en retard. Laissez-moi passer, s'il vous plaît, je vous en supplie...

— Je ne peux pas. On ne plaisante pas avec la sécurité.

Au moment où je laissais échapper un petit gémissement d'angoisse, une femme debout dans la cabine, à quelques mètres de moi, me fit signe.

— Tenez, dit-elle en sortant. Prenez ma place. Je monterai dans le suivant.

— C'est vrai ? Merci, c'est gentil de votre part !

— Comment ne pas soutenir une cause si romantique ?

— Oh, merci, merci ! dis-je en me glissant devant elle.

Je ne voulus pas lui dire que les chances qu'elle soit romantique, ou même qu'il reste une cause à soutenir, s'amenuisaient à chaque seconde. Je grimpai dans l'ascenseur, consciente des coups d'œil curieux que me lançaient les autres passagers, et serrai les poings quand la cabine se mit en branle.

Cette fois, l'ascenseur monta à une vitesse fulgurante, et des enfants gloussèrent en pointant du doigt le plafond de verre, qui trahissait la rapidité de l'ascension. Des lumières clignotèrent au-dessus de nous. Mon estomac fit des montagnes russes. Une vieille dame coiffée d'un chapeau fleuri me donna un petit coup de coude.

— Vous voulez une pastille à la menthe ? me demanda-t-elle avec un clin d'œil. Pour quand vous le retrouverez ?

J'en pris une et la remerciai avec un sourire nerveux.

— Je veux savoir comment ça s'est passé, dit-elle en rangeant le paquet dans son sac. Venez me voir après.

Soudain, mes oreilles se débouchèrent avec un claquement sec, et la cabine se mit à ralentir avant de s'immobiliser.

Il était une fois une jeune fille originaire d'une petite ville qui vivait dans un petit monde. Elle était parfaitement heureuse, ou du moins s'en persuadait-elle. Comme beaucoup de jeunes filles de son âge, elle aimait essayer différentes apparences, jouer à être quelqu'un qu'elle n'était pas. Mais, comme cela arrive à beaucoup trop de jeunes filles, la vie avait fini par l'entamer, jusqu'au moment où, au lieu de chercher ce qui lui conviendrait vraiment, elle se camoufla, dissimula ce qui la rendait unique. Pendant un temps, elle laissa le monde l'abîmer, jusqu'à ce qu'elle estime qu'il valait mieux renoncer à être elle-même.

Il y a tant de versions de nous-mêmes que nous pouvons choisir d'incarner. Autrefois, ma vie avait été destinée à être mesurée selon la plus ordinaire des unités. J'avais appris que tout était possible auprès d'un homme qui refusait d'être une version diminuée de lui-même, et d'une vieille dame qui, à l'inverse, avait compris qu'elle pouvait encore se transformer, à un âge où la plupart des gens jugent préférable de se résigner.

J'avais un choix à faire. J'étais Louisa Clark de New York ou Louisa Clark de Stortfold. Ou bien, une autre version de Louisa Clark, radicalement différente, que je n'avais pas encore eu l'occasion de rencontrer. L'essentiel, c'était de ne pas laisser les autres choisir à ma place. De ne pas les laisser me clouer au fond d'une boîte comme un papillon naturalisé.

L'essentiel était de garder à l'esprit qu'il existe toujours une façon de se réinventer.

Je survivrais s'il n'était pas là, me rassurai-je. Après tout, j'avais surmonté bien pire. Ce ne serait qu'une réinvention de plus, voilà tout. Je me le répétai plusieurs fois en attendant que les portes de l'ascenseur s'ouvrent. Il était 19 h 17.

Je marchai d'un pas vif vers les portes vitrées. S'il était arrivé jusque-là, il avait sans doute pris la peine d'attendre vingt minutes. Je traversai la terrasse en courant, tournant sur moi-même et me faufilant entre les visiteurs, les touristes qui bavardaient et ceux qui se prenaient en photo, essayant de l'apercevoir. Je franchis de nouveau les portes en verre et traversai le vaste vestibule intérieur jusqu'à ce que je découvre une seconde terrasse. Il devait se trouver de ce côté. J'avançais d'un pas rapide, entrais et sortais, examinais les visages inconnus qui m'entouraient, cherchant du regard un homme plus grand que tout le monde, aux cheveux bruns et aux épaules carrées. Je sillonnai le sol dallé, éperdue. Le soleil du soir me tapait sur la tête, la sueur commençait à perler dans mon dos tandis que je scrutais la foule autour de moi, constatant avec horreur qu'il n'était pas là.

— Vous l'avez trouvé ? me demanda la vieille dame de l'ascenseur en me saisissant le bras.

Je secouai la tête.

— Montez donc, mon chou, dit-elle en désignant le côté du bâtiment.

— Monter ? On peut encore monter ?

Je courus en suivant la direction qu'elle indiquait, essayant de ne pas regarder vers le bas, jusqu'à ce que je trouve un petit ascenseur qui menait à une autre terrasse panoramique, encore plus bondée que la précédente. Désespérée, je songeai que, s'il redescendait par l'autre côté, je n'aurais aucun moyen de le savoir.

— Sam ! criai-je, le cœur battant la chamade. Sam !

Quelques badauds me regardèrent, mais la plupart continuèrent d'admirer la vue, de prendre des selfies ou de poser contre l'écran de verre.

Debout au milieu de la terrasse, je criai encore d'une voix rauque :

— Sam ?

Je tapotai frénétiquement l'écran de mon téléphone, essayant sans relâche d'envoyer mon message.

— Ouais, on capte très mal ici. Vous avez perdu quelqu'un ? me demanda un garde en uniforme qui venait d'apparaître à côté de moi. Un enfant ?

— Non. Un homme. J'étais censée le retrouver ici. J'ignorais qu'il y avait deux niveaux. Ou autant de terrasses. Oh, mon Dieu. Mon Dieu. Je ne l'ai vu sur aucune des terrasses.

— Je vais passer le message à mon collègue par radio, pour voir s'il pourrait essayer de l'appeler. (Il porta le talkie-walkie à son oreille.) Dites, vous savez qu'il y a trois niveaux, madame ?

Il pointa l'index vers le haut. Je laissai échapper un sanglot étouffé. Il était 19 h 23. Je ne le trouverais jamais. Il serait déjà parti. S'il était venu…

— Essayez là-haut.

Le gardien m'attrapa par le coude et me montra une autre volée de marches avant de se détourner pour parler dans sa radio.

— C'est tout, n'est-ce pas ? lui demandai-je. Il n'y a plus d'autres terrasses après ?

Il me fit un grand sourire.

— Non, plus de terrasses.

Il y a soixante-sept marches entre les portes de la deuxième terrasse du 30 Rockefeller Center et l'ultime, la plus haute terrasse panoramique, plus si vous portez des chaussures de danse de salon à talons en satin rose fuchsia, que je ne recommande vraiment pas pour courir, surtout en pleine canicule. Cette fois, je gravis les marches étroites lentement et, à mi-hauteur, quand je sentis que quelque chose en moi risquait d'exploser sous le coup de l'angoisse, je me retournai pour admirer la vue. De l'autre côté de Manhattan, le soleil orange brillait, et une mer infinie de gratte-ciel scintillants renvoyait une lumière couleur pêche. Le centre du monde vaquait à ses occupations. Un million de vies sous moi, un million de chagrins gros et petits, d'histoires de joie, de perte et de survie, un million de petites victoires quotidiennes.

« Il y a une grande consolation à faire simplement quelque chose qu'on aime. »

Pendant que je montais les dernières marches, je pensai à toutes les façons dont ma vie allait encore être merveilleuse. Je m'efforçai de respirer calmement et songeai à ma nouvelle agence, à mes amis, à ce petit chien arrivé à l'improviste dans ma vie, avec son visage tordu et joyeux. Je me rappelai comment, en l'espace d'un an, j'avais survécu à la perte de mon logement et de mon travail dans l'une des villes les moins accueillantes de la planète. Je songeai à la bibliothèque William-Traynor.

Et, quand je me tournai et levai de nouveau les yeux, je le vis, accoudé à la corniche, le regard perdu vers la ville. Il me tournait le dos et ses cheveux frémissaient dans la brise. Je restai là un moment pendant que les touristes derrière moi me poussaient pour passer, et j'embrassai du regard ses larges épaules, la façon dont il inclinait la tête en avant, les cheveux noirs dans sa nuque, et quelque chose se modifia en moi : je me sentis renaître, et une grande paix m'envahit.

Je restai là, à le contempler, et un profond soupir m'échappa.

Au même moment, ayant peut-être senti mon regard, il se tourna lentement et se redressa, et le sourire qui s'épanouit peu à peu sur son visage répondit au mien.

— Bonsoir, Louisa Clark.

MARQUIS

Québec, Canada

Achevé d'imprimer en mars 2019
Imprimé au Québec